Anne Freytag
Aus schwarzem Wasser

ANNE FREYTAG

AUS SCHWARZEM WASSER

Thriller

Ausführliche Informationen über
unsere Autorinnen und Autoren und ihre Bücher
finden Sie unter www.readbold.de

Originalausgabe
3. Auflage 2020

Dieses Werk wurde vermittelt von der Verlagsagentur Lianne Kolf, München
Umschlaggestaltung: zero-media.net, München unter Verwendung von Motiven
von Justinreznick/Getty Images und Finepic®, München
Layout & Satz: Gaby Michel, Hamburg
Gesetzt aus der Adobe Caslon
Druck und Bindung: CPI books GmbH, Leck
Umschlagdruck: RMO Druck GmbH, München
Printed in Germany · ISBN 978-3-423-23019-3

Für die Menschen, die verstehen, dass nur ein Teil dieser Geschichte Fiktion ist.

(Und auch ein bisschen für Harry Styles.)

TAG 1

AM KUPFERGRABEN, BERLIN, 21:53 UHR

Der Ausdruck verschwindet aus ihren Augen. Dann sind sie nur noch leer und blau, wie Glaskugeln, durch die niemand mehr sieht. Ihre Hand liegt tot in meiner, ihr Blick geht ins Unendliche, an mir vorbei in ein unbestimmtes Nichts. Schmutzpartikel schweben im Wasser. Ihr Haar fließt um ihr Gesicht wie blonde Flammen. Ich will wegsehen, aber ich kann nicht. Mein Brustkorb zieht sich immer weiter zusammen, ein Gefühl, als würden meine Rippen brechen. Es dauert nicht mehr lang, dann gibt es mich nicht mehr.

Das matte Grün ist überall. Eine luftleere Hülle, die mich langsam tötet. Ich stecke fest, Blutwolken wabern um mein Knie, die Wagentür ist eingedrückt, mein Bein klemmt dazwischen.

Ich schaue durch die Windschutzscheibe nach oben in verschwommenes Licht. Helle Flecken in der Dunkelheit, die rund und oval schimmern. Nicht weit weg. Ein paar Meter vielleicht. Meine Muskeln zucken, als würden sie sich ein letztes Mal entladen. Ich höre auf zu frieren. Es ist ein leises Gefühl. Ohne Angst, schon halb auf der anderen Seite. Als würde ich mich mit einer Hand am Leben festhalten und der Rest hat bereits losgelassen. Ich spüre, dass der Bindfaden, der mich noch hier hält, jeden Moment reißen wird.

Der Nebel meiner Gedanken lichtet sich. Ich treibe ganz knapp unter meinem Bewusstsein, zwischen zwei Welten, gerade noch da, halte weiter ihre Hand. In meinem Kopf läuft kein Film, nur ein paar Fetzen aus meinem Leben. Erinnerungen, die Abschied nehmen. Sie kommen und gehen. Ich denke ein letztes Mal an alles und dann an nichts mehr. Mein Kopf leert sich, wie meine Lungen sich geleert haben. Übrig bleiben nur ihre letzten Worte: *Du kannst niemandem trauen, sie stecken alle mit drin.*

Das schwarze Grün pulsiert. Der Atemreflex wartet direkt an meiner Kehle. Er ist stärker als mein Verstand. Ich lasse das Wasser in meinen Mund fließen. Es schmeckt endgültig, nach Metall und nach Blut, dringt immer tiefer in meinen Rachen. *Tu es*, sagt die Stimme in meinem Kopf. *Tu es jetzt.*

Ich schaue ein letztes Mal in das tote Gesicht meiner Mutter, sehe sie an, und sie durch mich hindurch.

Dann atme ich ein.

Und sterbe nicht.

ZWEIEINHALB STUNDEN SPÄTER

Du kannst niemandem trauen, sie stecken alle mit drin.

Ich öffne die Augen und da ist nichts als Schwarz. Mehr Schwarz, als ich je gesehen habe. Ein seltsam raumloses Gefühl, wie ein Universum ohne Sterne. Die Luft ist modrig feucht, sie riecht nach gekipptem Wasser und Gummi. Ich höre mich atmen, rasselnd und flach. Sonst ist da nichts, kein Geräusch, nur eine leere Stille.

Ich liege ausgestreckt auf dem Rücken, meine Schulterblätter bohren sich in harten Untergrund – Stein, vielleicht auch Metall. Ich versuche, mich zu bewegen, aber es geht nicht, taste blind um mich. Alles ist nass und kalt. Die Enge greift auf mich über, mein Mund ist trocken, es ist zu dunkel, zu schwarz, ich will mich aufsetzen und kann nicht. Mein Atem trifft auf etwas direkt vor meinem Gesicht, vor meiner Nase, vor meinem Mund. Ich fasse um mich, berühre das glatte Material, es ist dicht, die Oberfläche gibt kaum nach, ich spüre Wasser, eine Lache, in der ich liege, durchtränkte Kleidung. Meine Finger rutschen ab, wieder und wieder. Ich taste nach einer Öffnung, einem Ausweg, einem Reißverschluss, nach irgendwas. Aber es gibt keine Öffnung, keine Luft, nur Wände, überall Wände, biegsam und dicht, zu allen Seiten geschlossen. Es fühlt sich an wie ersticken, Blut rauscht in meinen Ohren, die Luft ist abgestanden und zu oft geatmet, das Schwarz pulsiert vor meinen Augen, ich bin eingeschlossen in einer undurchdringlichen Haut aus nasser Kälte. Sie frisst sich klamm in mein Fleisch, immer tiefer, bis in die Knochen.

Mein Brustkorb ist eng, meine Lungen krampfen, ich winde mich, weiß nicht, ob ich schreie, schlage um mich, kann nicht mehr denken, trete und rutsche ab. Meine Muskeln verspannen sich, sie zucken, als würde jemand Strom durch meinen Körper jagen. Ich versuche ein weiteres Mal, mich aufzusetzen, kann mich nicht aufsetzen, liege wie auf einer Schlachtbank, mit trockenem Mund und trockener Kehle, sehe flirrende Sterne, während eine Kralle in meinem Rachen nach meiner Luftröhre greift und immer fester zudrückt.

Atemnot. Dunkelblaue Fetzen, vage Erinnerungen, schwerelos, schmutziges Wasser, überall Wasser, eine grünlich graue Tiefe, die mich verschluckt, das Gesicht meiner Mutter.

Dann eine Riffelung unter meinen Fingerkuppen.

Ein Reißverschluss.

Ich erstarre, blicke mit offenen Augen ins Nichts, zwinge mich, mich zu konzentrieren, suche fieberhaft die Schließe, bekomme sie nicht zu fassen. Es ist das Innenstück, klein und glatt, nicht dazu gedacht, geöffnet zu werden. Ich atme zu hastig, verschlucke mich, muss würgen, erwische endlich den Verschluss, kralle mich mit den Fingernägeln darunter, einer reißt ein bis ins Nagelbett. Meine Hände sind kalt, aber ich lasse nicht los, schaffe es schließlich, den Reißverschluss ein kleines Stück zu öffnen. Ich denke nicht daran, wo ich bin, denke nicht ans Sterben oder Totsein, bloß an den Reißverschluss, zwinge einen Finger durch das winzige Loch, höre mich keuchen und schreien, alles dreht sich.

Dann ein Lichtstrahl. Wie ein Schlag ins Gesicht. Wie ein Hoffnungsschimmer. Kurz ein ratschendes Geräusch, nur ein paar Zentimeter, Hände, die sich durch die viel zu enge Öffnung kämpfen – meine Hände. Sie umfassen das gummihafte Material, dann reißen sie den Verschluss in einem Ruck auf.

SOFIE, BORACAY, PHILIPPINEN, ZUR SELBEN ZEIT

Der Sand ist nicht sandfarben, sondern weiß. Wie Zucker unter einem großen Himmel. Sofie hat noch nie so klares Meerwasser gesehen. Es ist so klar wie Wasser aus der Leitung. Sie schaut sich um. Die Sonne geht gerade erst auf und der Strand ist fast leer. Er scheint ihnen allein zu gehören, die Weite, die Farben, das Meer. Es umspült die schroffen Felsen mit der Madonna und den Palmen, die wie eine kleine schwarze Insel vor dem Ufer liegen. Dahinter schimmert der Ozean. Es ist ein Blau, das Sofie an Maja erinnert. An ihre Augen. An diese Mischung aus Blau und Türkis.

In der Ferne kräht ein Hahn. Sofie hatte keine Ahnung, dass es auf den Philippinen so viele Hähne gibt. Der Laut passt nicht zum Bild, aber sie hat sich daran gewöhnt. An das Krähen ab vier Uhr morgens, an den Gestank von Benzin und Abwasser, an die Schlaglöcher in den buckeligen Sandstraßen, an die Tricycles und die Mittagshitze. Sie liebt es hier. Das kleine Hotel direkt am Meer, das gute Essen, die Massagen für drei Euro pro Stunde. Sofie will hier nie wieder weg. Sie will Maja anrufen und ihr sagen, dass sie ihre Sachen packen und auf der Stelle herkommen soll. Und dann bleiben sie für immer dort. Maja, Theo und sie. In einer kleinen Hütte irgendwo am Strand. Nur das Krähen der Hähne und das Rauschen der Wellen. Und dann verliebt sich Maja in einen Filipino oder einen Japaner. Und sie sind alle glücklich.

Sofie schaut lächelnd in den Himmel. Er ist so blau, dass er beinahe schwarz wirkt, sie schließt die Augen und bohrt die

Füße noch tiefer in den Sand. Das Sonnenlicht dringt rötlich durch ihre Lider, die Strahlen treffen warm auf ihre Haut. Dann beginnt ein Song von Jack Johnson in der Hotelbar hinter ihr. »Seasick Dream«. Das Lied ist leicht wie der Wind, er streicht über die Wellen wie eine große Hand über ein glattes Bettlaken.

»Kommst du mit ins Wasser?«

Sofie öffnet die Augen und blickt in Theos Gesicht. Es ist unglaublich, wie braun er bereits geworden ist. Sie selbst ist fast noch so blass wie bei ihrer Ankunft vor einer Woche. Theo steht auf und streckt ihr die Hand hin. Sofie will sie gerade nehmen, als ihr Handy auf dem kleinen Plastiktisch zwischen ihren Sonnenliegen zu vibrieren beginnt.

Ihr Blick fällt auf das Display.

»Das ist mein Vater«, sagt sie. »Ich komme gleich nach.«

»Richte ihm Grüße aus«, erwidert Theo und küsst sie auf den Mund. Seine Lippen sind kühl und schmecken nach Mango. Wenn sie für immer blieben, würden sie oft nach Mango schmecken. Sofie schaut ihm nach. Er passt gut hierher. In ihr Paradies.

Ja, sie ist glücklich …

Dann geht sie ans Telefon.

MAJA

Weiß gekachelte Wände, gefliester Boden, ein nackter Raum, Neonröhren, kaum Licht. Ich atme gierig ein, zu schnell und zu flach, muss husten, mein Blickfeld pulsiert, mein Atem kommt von allen Seiten, hallt von den Wänden wider. Ich stütze mich mit den Armen auf dem Metalltisch ab, auf dem ich sitze, schaue mich um, sehe verschwommen, ein Tränenschleier, dann heiße Spuren in meinem Gesicht. Mein Herz schlägt schnell und fremd, ein tiefes dumpfes Gefühl, das sich überall in mir ausbreitet, lauter als sonst. Meine Hände sind wässrig blau und aufgedunsen, der Reißverschluss hat Risse in meiner Haut hinterlassen, mein Zeigefinger blutet. Der Nagel steht eingerissen ab.

Ich blicke durch den Raum. Scharfe Linien und Kanten, als wäre die Welt härter geworden. Realer. Es ist kalt, vielleicht ein paar Grad über null, die nasse Kleidung macht es noch kälter. Mein Atem kondensiert, er schwebt milchig und halb durchsichtig in der klammen Luft. Meine Zähne klappern, sonst ist nichts zu hören. Ich schaue mich um. Obduktionstische auf Rollen, Metallschränke, Leichen unter weißen Laken und in Säcken. Ein Kühlschrank für Menschen.

Ein paar Sekunden lang bleibe ich reglos sitzen, zwischen den Toten und der Stille, dann klettere ich umständlich aus dem Leichensack, steif gefroren und zitternd. Ich bleibe hängen, muss mich festhalten, falle fast vom Tisch. Meine Füße sind eiskalt. Keine Schuhe. Ich bin barfuß. Dann berühre ich den Boden. Er ist rau und trocken, meine Füße sind feucht und gräulich blau. Es ist ein Boden, den man abspritzen kann, in der Mitte ein großer Gully.

Ich bemerke den Umschlag nicht gleich, er hat fast denselben Farbton wie die Fliesen. Er muss vom Tisch gefallen sein. Ich bücke mich danach und hebe ihn auf. Umweltpapier, kein Fenster, die Lasche ist nicht zugeklebt.

Ich ziehe eine einzelne Seite heraus.

Ganz oben steht *Totenschein.* Darunter mein Name, Maja Fria Kohlbeck. Meine Anschrift und mein Geburtsdatum. *Letzter behandelnder Arzt: Dr. Volker Hauck.* Sterbezeitpunkt heute um 22:47 Uhr. *Identifiziert durch: Prof. Robert Stein.* Robert hat mich identifiziert? Er war hier? Ich versuche, es mir vorzustellen, aber es gelingt mir nicht. Wie er neben meinem toten Körper steht und nickt. *Überstellung an Prof. Dr. Greifland – auf Wunsch von Prof. Stein.* Gefolgt von einer Adresse: *Kolmarer Straße 4, 10405 Berlin.*

Abholung morgen um 7:45 Uhr.

Todesursache: ungeklärt.

MAJA, KURZ DARAUF

Ein Geräusch lässt mich aufschauen. Das Licht im Korridor ist angegangen, eine helle Linie unter der Tür und ein quadratischer Fleck auf dem Boden. Ich bewege mich nicht, stehe neben dem Metalltisch, lauernd wie ein in die Enge getriebenes Tier, das sich bereit macht, jeden Moment anzugreifen. Mein Herz schlägt schneller, verteilt das Adrenalin in meinem Körper, plötzlich bin ich schmerzhaft wach.

Ich gehe lautlos in Richtung Tür und schaue durch das kleine Fenster in den Flur, doch es ist nichts zu sehen. Nur Licht. Ich höre Schritte und Stimmen, die näher kommen. Absätze auf Fliesen. Und das Quietschen von Gummisohlen. Mein Blick fällt auf das an die Wand montierte Telefon. Aber es ist zu spät. Ich habe keine Zeit mehr für diesen Anruf. Abgesehen davon ist die einzige Handynummer, die ich auswendig kenne, die von Sofie – und die ist auf den Philippinen.

»Ja, davon habe ich auch schon gehört«, sagt eine tiefe Männerstimme. »Wann wird sie nach Moabit überstellt?«

Jeden Moment sind sie da. Nur noch ein paar Schritte. Ich kann die beiden riechen, ja, beinahe schmecken.

»Gar nicht. Sie wird woanders hingebracht«, antwortet eine Frau. »Kam von ganz oben. Keine Ahnung, warum.«

Ich höre das Klirren von Schlüsseln, die Suche nach dem richtigen, keine Schritte mehr. Der Mann fragt etwas, ich höre nicht hin, suche nach einem Fluchtweg, entdecke eine zweite Tür am anderen Ende des Raums, mit einem grünen länglichen Aufkleber und der Aufschrift *Notausgang*.

Ich stopfe meinen Totenschein zurück in den Umschlag und danach beides in die Hosentasche. Dann laufe ich los. Meine Füße treffen auf Fliesen, ein nasses Geräusch, begleitet von der Frage, ob das Öffnen der Tür wohl einen Alarm auslösen wird – egal, spielt keine Rolle. Ich stoße sie auf, kein Alarm, dafür eine Stimme hinter mir: »Halt!«

Scheiße! Die Tür fällt in Schloss, der Boden ist glatt, ich renne, rutsche fast weg, laufe weiter durch leere Gänge, gräulich blaue Fliesen an den Wänden, die am Boden sind gemustert, rechts und links zweigen Türen ab, breit mit Sicherheitsglas, Beschilderungen führen durch ein Labyrinth aus Korridoren. Es ist ein Krankenhaus. Eines, in dem ich noch nie war. Alte Mauern und keine Menschenseele. Nur ich. Und die, die mir folgen.

»Bleiben Sie stehen!«

Auf einer der Türen am Ende des Flurs steht *Treppenhaus*. Ich stemme mich dagegen, sprinte die Stufen hoch. Ein Stockwerk, dann zwei. Die Schritte kommen näher, sie holen auf.

Ich erreiche das Erdgeschoss, sehe ein Schild mit dem Wort *Ausgang*, folge ihm. Da sind Betten, die durch Gänge geschoben werden, Schwestern und Ärzte, ich trete zur Seite, renne an ihnen vorbei. Beim Anblick der filigranen Schnörkel auf den Fliesen wird mir schwindlig. Alles beginnt sich zu drehen. Ich strecke die Arme aus, als könnte ich so die Wände davon abhalten, sich zu bewegen, werde langsamer, das Licht schmerzt in meinen Augen, wie Nadeln, die in mein Gehirn gestoßen werden. Vielleicht ist es ein Fehler wegzulaufen, vielleicht sollte ich einfach stehen bleiben und es erklären. Aber ich kann es nicht erklären, nichts davon, weder, was passiert ist, noch, warum ich nicht tot bin. Die Warnung meiner Mutter erwacht in meinem Kopf: *Du kannst niemandem trauen, sie stecken alle mit drin.* Also renne ich weiter – nur weg, egal wohin.

Eine Frau hinter mir schreit: »Haltet sie!« Aber niemand hält mich. Alles passiert zu schnell, die Welt hört auf, sich zu drehen, wird wieder gestochen scharf, schärfer als je zuvor. Am Ende des Flurs sehe ich den Ausgang, schwere Holztüren, die sich für mich öffnen. Meine Beine brennen, eine bleierne Schwäche breitet sich in mir aus, Seitenstechen, ich bekomme kaum noch Luft, höre, wie der Mann ruft: »Bleiben Sie endlich stehen!« Die Sohlen seiner Sportschuhe quietschen auf dem Boden.

Das Geräusch ist nah.

Gleich haben sie mich.

MAJA, WENIG SPÄTER

Ich werde schneller, renne blind durch die Straßen, versuche, mich an etwas zu orientieren. Es ist dunkel, ich kann die Schilder nicht schnell genug lesen, passiere sie, biege ab, erkenne die Rosenthaler Straße – auch ohne Schild. Ich laufe wie abgerichtet, wie eine Maschine im Autopilot. Keine Spur mehr von Schwäche und Schwindel, nur noch Flucht, Beine, die rennen, und ein Herz, das viel zu ruhig schlägt. Ich war nie konzentrierter, nie wacher. *Du kannst niemandem trauen, sie stecken alle mit drin.* Meine nackten Füße treffen auf den Asphalt, rau und körnig, voller Kanten. Wovon hat sie gesprochen? Wer steckt wo mit drin? Ich weiche Passanten aus, ihnen und ihren Blicken. Es ist spät, vielleicht schon Nacht. 22:47 Uhr, schließt es mir durch den Kopf. Da bin ich gestorben. *Todesursache: ungeklärt.* Wie lange ich in dem Leichensack lag, weiß ich nicht. Minuten? Stunden? Länger? Ich sehe mir über die Schulter, der Mann ist noch da, weiter weg, aber trotzdem zu nah. Als ich wieder nach vorne schaue, pralle ich mit einer Frau zusammen. Ich strauchle, fange mich aber. Sie ruft mir irgendwas hinterher, ich höre nicht hin, renne weiter, scanne den Boden vor mir, überall Glasscherben, mal kleine, mal größere. Ich versuche, ihnen auszuweichen, erkenne eine zu spät, weiß, dass ich sie in vollem Lauf treffen werde. Das Glas bohrt sich tief in meine Ferse. Sie pocht und blutet, aber ich spüre den Schmerz nicht, das Adrenalin verschiebt ihn auf später.

Rechts von mir stolpern zwei Männer aus einer Bar, der eine schubst den anderen, sie streiten, schreien sich an, es riecht nach Alkohol. Ich verlasse den Gehweg, laufe ein Stück auf der Straße weiter, ein Taxifahrer hupt mich an. Ich sehe den Rosenthaler Platz näher kommen, die beleuchteten U-Bahn-Schilder, Autos und Ampeln. Der Typ folgt mir noch immer. Ich spüre seine Anwesenheit wie einen Schatten. Es besteht kein Zweifel: Er wird nicht aufgeben.

Ich renne weiter, vorbei am Zugang zur U-Bahn, vorbei am Café Oberholz, der Gehweg ist voll mit Menschen, Nachtschwärmer und Raucher. Ich dränge mich an ihnen vorbei, sie starren gebannt auf einen Fernseher, vielleicht ein Fußballspiel. Die Ampel wechselt auf Rot, ich schaue nach links und rechts, die Tram fährt ein, Endstation *Am Kupfergraben.* Der Straßenname versetzt mir einen seltsamen Stich. Dann bemerke ich, dass die M1 in Richtung *Niederschönhausen, Schillerstraße* noch an der Haltestelle steht. Ihre Türen beginnen bereits, sich zu schließen. Ich laufe los, denke nicht, mein Herz schlägt einen festen Rhythmus gegen meine Rippen, dann springe ich ab. Kein Boden mehr unter den Füßen, nur noch Wind im Gesicht. Ich spüre den Jeansstoff, der an meinen Beinen klebt, das feuchte T-Shirt an meinem Bauch. Mein Blick ist auf die Türen gerichtet, der Spalt wird enger, sie streifen meine Schultern. *Nicht wieder aufgehen,* denke ich. *Nicht wieder aufgehen.* Meine Füße berühren den Boden, ich rutsche weg, stoße gegen einen Reisekoffer und eine Haltestange, fange mich und drehe mich sofort wieder zu den Türen. Sie sind zu.

Der Typ erreicht die Tram, er steht draußen, ich drinnen. Ich sehe sein Gesicht durch die staubigen Scheiben. Es ist rot, Schweißperlen glänzen auf seiner Stirn. Er starrt mich an, direkt in meine Augen. Es ist ein Blick, als wäre das, was er sieht, nicht möglich.

Dann fährt die Tram los und unser Blickkontakt reißt ab.

SOFIE

»Bist du noch dran?«

Sie ist noch dran. Doch sie kann nicht sprechen. Als hätte dieser eine Satz sie gelähmt. Wie ein Gift, das so verzögert wirkt, dass das Opfer seinen eigenen Tod noch mitbekommt.

»Liebling?«

Die Stimme ihres Vaters ist sanft und weit weg. Alles ist weit weg. Das Meer, Theo, sie selbst.

»Wenn du nach Hause willst, kann ich das organisieren.«

Nach Hause, denkt Sofie und weiß nicht mehr, wo das ist.

»Sag mir, was ich tun kann«, sagt ihr Vater.

Aber er kann nichts tun. Sie hat ihn niemals zuvor machtlos erlebt, noch nie in ihrem ganzen Leben. Doch in diesem Fall ist er es.

»Wann ist die Beerdigung?«, fragt Sofie und ihre Stimme klingt so fremd, dass es auch die einer anderen sein könnte.

Ihr Vater schluckt. Sie hört es. »Das steht noch nicht final fest«, sagt er. »Wir müssen noch die Obduktion abwarten.«

»Die Obduktion?«, fragt sie matt.

»Die Unfallursache ist unklar«, antwortet er. »Das ist das übliche Prozedere.«

»Wird Maja auch obduziert?« Sofies Stimme bricht wie ein dünner Zweig.

»Ja«, sagt ihr Vater. Mehr nicht.

Sie nickt langsam. Die Bilder in ihrem Kopf sind entsetzlich. Sofie will sie nicht sehen, aber sie gehen nicht weg. Die Pathologie einer Klinik, bläuliches Licht, Maja, die nackt auf einem Metalltisch liegt, ein Gerichtsmediziner, der ihren Brustkorb aufsägt.

»Wo seid ihr gerade?«

Sofie ist froh um diese Frage, sie lenkt sie kurz von den Bildern ab.

»Auf Boracay«, sagt sie.

»Soll ich euch dort abholen lassen?«

Sofie kann nicht antworten. Sie weiß es nicht. Sie weiß gar nichts. Ihr Körper fühlt sich an wie betäubtes Zahnfleisch. Sie begreift nicht, was passiert ist. *Dass* es passiert ist. Sie hat den Satz genau gehört, beide Male, doch er hat sie nicht erreicht.

Maja ist tot.

Aber sie kann nicht tot sein. Sofie hat vorgestern noch mit ihr gesprochen. Worüber, weiß sie nicht mehr. Wie kann sie es nicht mehr wissen? Es war erst vor zwei Tagen.

»Soll ich jemanden schicken, Liebes?«, fragt ihr Vater ruhig.

»Ich muss mit Theo sprechen«, erwidert sie.

»In Ordnung«, sagt er. »Ich fliege morgen am späten Nachmittag nach Israel. Aber Verena kannst du immer erreichen. Tag und Nacht.«

»Okay«, sagt Sofie.

»Ruf an, ja?«

»Okay«, sagt sie noch einmal. Dann legt sie auf.

Die Trambahn ruckelt die Straße entlang. Ich sinke auf einen der freien Plätze. Meine Haare sind nass, rotschwarze Spuren übersäen den Boden. Blut und Dreck. Sie führen von den Türen bis zu meiner Ferse. Es tut noch immer nicht weh. Aber das wird nicht mehr lang dauern. Die Streckenanzeige wechselt und kündigt die nächste Station an: *Zionskirchplatz*. Daneben steht 01:13 Uhr.

Ich schließe kurz die Augen. 01:13 Uhr. Ich will einfach nur nach Hause, aber der Weg dorthin ist weit und ich bin müde. Abgesehen davon habe ich keinen Schlüssel. Und Sofie ist verreist, ich komme also nicht in die Wohnung. Und ich habe kein Geld. Daniel wohnt keine fünf Minuten von hier. Und er verlässt so gut wie nie das Haus. Abgesehen davon hat er unseren Ersatzschlüssel. Ich könnte bei ihm duschen und die Wunde versorgen. Bei ihm übernachten.

Kurz denke ich, dass ich nicht aufstehen kann. Und ich will auch nicht aufstehen. Am liebsten würde ich für immer hier sitzen bleiben. Genau hier. Alle Kraft, die ich eben noch hatte, ist aufgebraucht. Ich bin ein kleiner Rest, der übrig ist, gerade noch in der Lage, zu atmen und zu sitzen.

Trotzdem tue ich es. Ich zwinge mich auf die Füße. Als meine Ferse den Boden berührt, entlädt sich der Schmerz wie ein Stromschlag in mein Bein. Die Trambahn hält und die Türen gehen auf. Ich steige aus, dann stehe ich an der Haltestelle und sehe mich um. Viele Gesichter, aber seins ist nicht dabei. Er ist mir nicht gefolgt.

Ich überquere schwerfällig die Straße, humple den Gehweg hinunter. Und während ich gehe, versuche ich zu rekonstruieren, was in den vergangenen Stunden passiert ist. Die einzelnen Stücke zu einem Ganzen zu formen. Aber es bleiben Lücken. Offene Fragen ohne Antworten. Ich weiß, wer ich bin und wann ich geboren wurde – und das nicht nur, weil es auf meinem Totenschein stand. Ich weiß auch, wo ich heute Nachmittag war – und dass ich nicht das getan habe, was ich ursprünglich vorhatte. Genauso wenig wie die letzten beiden Male.

Ziemlich genau dann kommt der Riss. Was dazwischen geschehen ist, ist weg. Als würde ich durch eine beschlagene Scheibe schauen. Dunkelblaue Fetzen. Umrisse. *Todesursache: ungeklärt.* Was ist passiert?

Ein paar Meter vor mir blockieren Leute den Gehsteig. Sie stehen da und schauen in einen Fernseher. Und irgendwas an der Situation stimmt nicht. Die seltsame Stille. Die Anspannung. Es ist keine Fußballstimmung. Kein Bier, kein Gegröle, nur steife Körper und stumme Mienen. Ein paar von ihnen wirken betroffen, andere ungläubig. Keiner spricht.

Ich bleibe stehen und stütze mich mit einer Hand an der Hausmauer neben mir ab, um meinen Fuß zu entlasten.

Dann sehe ich, was sie sehen.

Und ein Teil der Erinnerung kommt zurück.

DANIEL, CHORINER STRASSE 57, 10435 PRENZLAUER BERG

Er sitzt vor dem Fernseher, als es klingelt. Daniel ist allein in seiner Wohnung. Wie so oft. Neben ihm auf dem Bett liegt eines von Majas getragenen T-Shirts. Sie hat es neulich nachts angehabt und er hat es nicht gewaschen, weil er nicht wollte, dass es ihren Duft verliert.

Als Sofie ihn angerufen hat, war er gerade dabei, Kaffee zu machen. Das Pulver ist im Filter, das Wasser im Kocher. Daniel ist nicht mehr dazu gekommen, auf Start zu drücken. Jetzt sitzt er da und schaut leer in den Fernseher. Eine Sondersendung. In der rechten Hand hält er noch immer den Kaffeelöffel.

Es klingelt ein zweites Mal, doch Daniel steht nicht auf. Die Leute klingeln oft bei ihm – auch nachts –, weil sie wissen, dass er meistens zu Hause ist. Und lange wach. Normalerweise öffnet er ihnen auch. Aber nicht heute. Heute tut er gar nichts mehr. Nur dort sitzen, auf seinem Bett, und es nicht begreifen. Weil die Wahrheit größer ist als sein Verstand. Die Fassungslosigkeit lähmt ihn. Vor nicht mal ein paar Stunden hat er noch auf diesem Bett mit Maja geschlafen. Auf derselben Matratze, auf der er gerade sitzt. Der Bezug hat ihren Schweiß aufgesaugt. Maja hat auf der Bettdecke gelegen, nackt und mit geschlossenen Augen. Er auf ihr, in ihr. Daniel sieht den Moment, sie unter sich in den Laken, Haut auf Haut. Danach hat er sie festgehalten, ein paar Minuten der Stille, nur ihr schwerer Atem. Daniel will sich in dieser Erinnerung auflösen wie eine Tablette in einem Glas Wasser.

Aber das Klingeln lässt ihn nicht. Es hört einfach nicht auf, wird zu einem Sturm. Daniel fährt unvermittelt hoch, die Wut packt ihn so plötzlich, dass es ihn überrascht. Er schleudert den Kaffeelöffel auf den Boden, durchquert mit schnellen Schritten den Raum, erreicht die Wohnungstür, reißt den Hörer von der Gegensprechanlage und schreit ein »Was?!« hinein.

Für die Dauer eines Augenblicks ist es absolut still, sein Gesicht angespannt, alle Muskeln gleichzeitig. Bis er ihre Stimme hört. Nur drei Wörter und sein Zorn fällt in sich zusammen. Übrig bleibt Ungläubigkeit. Und ein Rauschen in seinen Ohren.

Daniel steht da und starrt auf die Wand, auf ein unsauber gestrichenes Weiß. Dann öffnet er die Wohnungstür und lauscht in den Flur. Seine Hände sind taub. Er hört hallende Schritte, die lauter werden. Es ist ihr Rhythmus – und doch auch wieder nicht. Als würde sie mit einem Fuß fester auftreten als mit dem anderen. Trotzdem erkennt er ihren Gang. Er kennt ihn genau, er hat oft dort oben gestanden und darauf gewartet, dass ihr Gesicht über dem Geländer erscheint.

Ich bin's. Maja.

Dann endlich sieht er sie. Müde und abgeschlagen, mit Schatten unter den Augen. Eine Schürfwunde am Hals. Sie ist blass und schön.

Daniel hätte nicht gedacht, dass er sie je wiedersieht.

MAJA

Ich weiß nicht, wo er anfängt und ich aufhöre. Oder wer wen zusammenhält. Ich atme langsam ein und aus, spüre ein scharfes Brennen hinter meinen geschlossenen Lidern. Die Wohnung riecht noch nach uns. Nach Daniel und mir. Nach einem Hauch von Schweiß und unseren Körpern. Ein kleiner Rest Sex, den wir im Bettzeug zurückgelassen haben. Das war vor ein paar Stunden. Am späten Nachmittag. Als ich gekommen bin, um es zu beenden, und wieder nur gekommen bin.

Daniel vergräbt sein Gesicht in meiner Halsbeuge, küsst mich auf die Schläfe, auf die Wange, murmelt belegt: »Du lebst.« Er sagt es immer wieder. Seine Arme liegen um mich wie ein Versteck, in dem mich niemand findet.

Wir stehen neben der offenen Wohnungstür, im Hintergrund läuft der Fernseher. Der Ton ist kaum zu hören, nicht mehr als ein dumpfes männliches Flüstern. Als ich die Augen öffne, sehe ich mein Gesicht. Eine Version von mir mit hochgesteckten Haaren und stark geschminkten Augen. Ein Blick in die Vergangenheit. Das Foto zeigt meine Mutter und mich in bodenlangen Roben. Es ist vor zwei Jahren auf einer Benefizveranstaltung entstanden. Vielleicht auch vor zweieinhalb. Ich erinnere mich daran, wie sie damals in ihrem begehbaren Schrank stand, zwei Abendkleider hochhielt und fragte: »Welches davon soll ich anziehen? Das schwarze oder das hellblaue?« Und wie ich antwortete: »Das hellblaue.« Weil es denselben Farbton hatte wie ihre Augen. Dieses beinahe eisige Blau. Sie sah schön aus an jenem Abend. Das tat sie oft.

Ich löse mich aus Daniels Armen und es wird schnell kühl ohne ihn. Er drückt die Wohnungstür ins Schloss, ich schaue stumm in den Fernseher. Unten links im Bild steht *Brennpunkt*. Der Moderator trägt Schwarz. Ich bücke mich nach der Fernbedienung, die neben dem Bett auf dem Boden liegt, und mache lauter.

»*Was die genaue Ursache für den Unfall war, bei dem die Innenministerin Dr. Patricia Kohlbeck und ihre Tochter Maja tödlich verunglückten, ist derzeit noch unklar. Ein Krisenstab wurde zusammengestellt und mit der Aufklärung des Vorfalls beauftragt, ein Sondereinsatzkommando hat die Ermittlungen aufgenommen.*

Von der Kanzlerin selbst gibt es bislang noch keine Stellungnahme. Diese wird jedoch direkt nach ihrer Landung in Kopenhagen erwartet, wo sie als eine der Abgesandten der Europäischen Union an der Welt-Klimakonferenz teilnimmt.

›Das Einzige, was wir zum jetzigen Zeitpunkt mit Sicherheit sagen können, ist, dass die Bundesinnenministerin, Dr. Patricia Kohlbeck, in einen schweren Autounfall verwickelt war. Es ist noch zu früh, um genauere Angaben zu den Hintergründen oder dem Unfallhergang zu machen‹, so der Sprecher des Innenministeriums Markus Dornbusch bei einer Sonderpressekonferenz.

Augenzeugen berichten von einem schwarzen Audi A8, der heute Abend gegen 21:45 Uhr Am Kupfergraben ungebremst das Geländer des Spreeufers durchbrach und dann in den Fluss raste. Mehrere Passanten verständigten umgehend den Rettungsdienst. Einer von ihnen, der einunddreißigjährige Efrail R., riskierte sein Leben bei dem Versuch, die Opfer aus dem Wagen zu befreien. Seiner Aussage zufolge kam jede Hilfe für die Innenministerin zu spät. Ihre Tochter hingegen war noch bei Bewusstsein. Efrail R. ist es zu verdanken, dass Maja Kohlbeck noch lebend aus dem Wrack geborgen werden konnte. Sie verstarb dann jedoch nur wenig später auf dem Weg ins Krankenhaus.«

Daniel nimmt mir die Fernbedienung aus der Hand und schaltet auf stumm.

»Was ist passiert?«, fragt er.

Ich starre auf den Bildschirm, in das Gesicht meiner Mutter. Da sah sie noch aus wie sie. Unter Wasser dann nicht mehr. Als hätte es sie geschluckt, sie festgehalten unter der Oberfläche, dicht wie Quecksilber. Auf dem Foto lächelt sie. Und ich kann mir nicht vorstellen, dass sie nie wieder lächeln wird. Dass es sie nicht mehr gibt.

Daniel legt seine Hand auf meine Schulter. Ich schaue ihn an. In ernste Augen, seine Stirn ist gerunzelt, eine steile Falte steht zwischen seinen Brauen. Er weiß, dass ich nicht antworten werde. Weil ich nicht kann. Dann nickt er, als hätte er mein Schweigen verstanden. Er drückt sanft meinen Arm, Daniels Blick fällt auf den kleinen See aus Blut, der sich um meine Ferse gebildet hat.

»Soll ich mir das mal anschauen?«, fragt er.

Ich nicke.

Er verschwindet nebenan im Badezimmer und kommt wenig später mit einem Verbandskasten, Desinfektionsmittel und einer mit Wasser gefüllten Plastikwanne zurück.

»Geh zum Bett«, sagt er.

Genau das hat er vor ein paar Stunden schon einmal zu mir gesagt. Nur in einem völlig anderen Zusammenhang. In einem anderen Tonfall. In einem ganz anderen Leben. Daniel sieht mich an. Und da weiß ich, dass wir beide dasselbe denken.

Er weicht meinem Blick aus und ich setze mich auf die Bettkante. Daniel geht vor mir in die Hocke, greift nach meinem Fuß und fängt an, die Wunde zu säubern. Es ist mir unangenehm, aber ich sage nichts. Schmutz und Blut färben das Wasser.

»Tut es sehr weh?«, fragt Daniel.

Ich schüttle den Kopf. »Es geht.«

Er trocknet meine Ferse mit einem sauberen Handtuch ab. Der weiße Stoff saugt sich voll. Daniel untersucht die Verletzung. Es ist der inspizierende Blick eines Medizinstudenten, fokussiert und ernst. Man sieht, dass ihm Blut nichts ausmacht. Er desinfiziert die Wunde. Ich halte still, obwohl es brennt.

»Der Schnitt ist tief«, sagt er. »Das muss genäht werden.«

»Ich gehe nicht ins Krankenhaus«, sage ich.

Daniel nickt langsam, so als hätte er nichts anderes von mir erwartet.

»Ich kann es hier machen.« Kurze Pause. »Aber ich habe nichts zum Betäuben da.« Er mustert mich. Sein Blick sagt: *Das wird verdammt wehtun.*

Ich sage: »Ist okay.«

Daniel zögert einen Moment, doch dann steht er auf und nimmt einen Stuhl. Er stellt ihn vor das Bett und platziert mein Bein so, dass meine Ferse ein Stück über die Kante der Sitzfläche ragt. Danach setzt er sich auf den Boden und zieht Einweghandschuhe an. Er desinfiziert erst meinen Fuß, dann seine Hände.

»Ich brauche mehr Licht«, sagt er und macht eine Kopfbewegung in Richtung Nachttischlampe. Ich strecke mich danach und verstelle den Schirm.

»So?«, frage ich.

»Ja«, sagt Daniel und reißt zwei Zellophanverpackungen auf. Es sind geübte Handgriffe, ruhig und präzise. Bevor er zu nähen beginnt, schaut er noch einmal hoch, direkt in meine Augen. »Und du bist dir sicher?«, fragt er.

»Ich bin mir sicher«, sage ich.

»*Nicht* bewegen.«

»Okay.«

Wir sehen einander an, ein, vielleicht zwei Sekunden, dann senkt er den Blick und beinahe im selben Moment schießt der Schmerz heiß durch meinen Fuß.

»Worüber wollte deine Mutter mit dir sprechen?«, fragt Daniel.

Ich kann nicht denken, auch nicht antworten, der Schmerz frisst sich durch meinen Verstand. Ein Brennen und Stechen, das sich ausbreitet.

Daniel stellt die Frage noch einmal. Er will mich ablenken. Und ich lasse mich ablenken. Versuche, mich zu erinnern. Daniel setzt zum zweiten Stich an, ich schließe die Augen und presse die Lippen aufeinander, gebe keinen Laut von mir. Meine Hände krallen sich ins Bettzeug. Und ich halte still.

Es war Viertel nach neun, als mein Handy geklingelt hat. Ihr Anruf kam aus dem Nichts. Als würde sich eine Tote bei einem melden. *Eine Tote*, denke ich. Ich lag nackt auf Daniel. Auf diesem Bett. Er war noch in mir. Alles an dieser Situation war falsch.

Meine Mutter stand schon vor der Tür. Ich weiß nicht, woher sie wusste, wo ich war, woher sie die Adresse kannte. Ich hätte sie fragen sollen. Vielleicht habe ich das ja und weiß es nur nicht mehr. Vielleicht will ich es auch gar nicht wissen.

Der Schmerz in meiner Ferse wächst und breitet sich langsam aus, er zieht in den Mittelfuß und die Wade hoch. Ich schlucke dagegen an und halte weiter still.

Sie wartete vor Daniels Haustür. Ein Panzer von einem Wagen, in der zweiten Reihe geparkt. Sie ist selbst gefahren, saß nicht wie sonst hinten. Ich tauche ein in den zähen Brei aus Erinnerungen. In die klebrige Masse aus Bildern und Worten, bei der ich nicht weiß, was wahr ist und was nicht. Ich sehe meine Mutter und mich im Auto sitzen. Sie angespannt und fahrig und ich auf einmal wieder das Kind, das ich nicht mehr sein wollte, ein paar Jahre jünger in nur ein paar Minuten. Sie hat immerzu in den Rückspiegel geschaut. Tausend nervöse Blicke. Ich habe keine Ahnung, wohin sie wollte. Sie hat es mir nicht gesagt. Oder ich erinnere mich nicht. Aber ich erinnere mich an ihren letzten Gesichtsausdruck. Daran, wie ich zugesehen habe, wie das Leben aus ihren Augen verschwand. Wie eine Kerze, die man ausbläst. Und an das, was sie kurz davor noch zu mir sagte. Kurz bevor der Wagen volllief und wir nur noch Blicke hatten.

»Fertig«, sagt Daniel.

Ich öffne die Augen. Er verbindet bereits meinen Fuß.

»Danke«, sage ich leise.

Er antwortet nicht, lächelt nur. Mit dem Mund und mit den Augen. Dann sagt er: »Du musst Sofie anrufen.«

»Ich will nicht, dass sie sich Sorgen macht«, erwidere ich. »Ich glaube kaum, dass sie auf den Philippinen irgendwas davon mitbekommen hat.«

»Hat sie«, widerspricht Daniel. »Ihr Vater hat es ihr gesagt.«

Natürlich hat er das, denke ich. *Identifiziert von Prof. Robert Stein.*

»Du hast mit ihr gesprochen?«

Daniel nickt. »Sie hat mich vorhin angerufen.«

»Wo sind sie gerade?«, frage ich.

»Auf Boracay.«

ST. HEDWIG-KRANKENHAUS, GROSSE HAMBURGER STRASSE 5–11, 10115 BERLIN

»Was soll das heißen, sie ist verschwunden?«, fragt Dr. Hauck mit einem müden bis gereizten Unterton in der Stimme. Den Blick hält er gesenkt, studiert im Gehen eine Krankenakte.

»Genau das«, sagt Dr. Merten betont leise. »Sie ist verschwunden.«

Hauck bleibt stehen und schaut auf.

»Sie kann nicht verschwunden sein«, entgegnet er. »Maja Kohlbeck ist tot. *Ich selbst* habe ihren Tod festgestellt.«

»Das ist mir klar. Ich war anwesend«, sagt Dr. Merten ruhig. »Aber ich habe sie gesehen. Es *war* Maja Kohlbeck.«

Dr. Hauck atmet tief ein. Er ist ein viel beschäftigter Mann, hat eine Station zu leiten, Patienten, die ihn brauchen, *das* braucht er nicht.

»Gibt es denn noch irgendwelche anderen Anhaltspunkte?«, fragt Dr. Hauck. »Ich meine, einmal abgesehen von Ihrer Aussage?«

»Nun ja«, sagt Merten, »da wäre dann noch das Fehlen der Leiche.«

Hauck nickt. Es kommt vor, dass Leichen verschwinden. Das passiert öfter, als man denkt. Meistens tauchen sie nach kurzer Zeit wieder auf. Irgendjemand bringt sie irgendwohin, sie werden verwechselt, etwas wird falsch beschriftet. Das passiert. Wenn es allerdings stimmt und Merten sagt die Wahrheit, wenn Maja Kohlbeck wirklich noch lebt, wäre das ein

Skandal. In diesem Fall hätte nämlich er – Hauck – die Tochter der Innenministerin fälschlicherweise für tot erklärt. Und das kann nicht sein.

Sie war tot. Da ist er sich sicher, er geht jeden Schritt gedanklich noch einmal durch und kann keinen Fehler finden. Alles ist genau nach Vorschrift abgelaufen. Ein tragisches Unglück, ja, aber Maja Kohlbeck *war* tot. Und Merten, dieser schmierige Aasgeier, ist schon eine ganze Weile hinter seinem Posten her. Der lauert doch nur auf eine Chance, ihn abzusägen. Hauck weiß das. Trotzdem fragt er sich, was er übersehen haben könnte. Ob Merten doch recht haben könnte. Sie stehen nebeneinander im Flur, Hauck hält sich an der Krankenakte fest. Schließlich sagt er: »Kümmern Sie sich darum.«

»Ist gut«, sagt Merten.

»Davon darf nichts nach außen dringen. Wir würden ziemlich blöd dastehen.«

»Wir?«, fragt Merten selbstgefällig.

»Ja, wir. Die Klinik, ich … Sie.«

Merten runzelt die Stirn. »Wieso ich?«

»Wie Sie vorhin selbst sagten«, Hauck lächelt abgeklärt, »Sie waren dabei. Sie standen direkt neben mir, als ich Maja Kohlbeck für tot erklärte. Wenn ich damit falschlag, hätten Sie eingreifen müssen. Und das haben Sie nicht. Sie verstehen, was ich sagen will?«

Die beiden Männer sehen einander an. In Mertens Blick flackern Widerworte auf, die er nicht aussprechen wird, das weiß Hauck. Es ist immer dasselbe mit den Ambitionierten. Sie wollen unbedingt aufsteigen, unterschätzen aber, was es für Konsequenzen hat, sich mit den Falschen anzulegen. Und er ist der Falsche. Es gibt einen guten Grund, weshalb die alten

Hasen da sind, wo sie sind. Wenn ein Kopf rollt, wird es sicher nicht seiner sein.

»Ich erledigte das«, sagt Merten.

»Guter Mann«, sagt Hauck. »Ich wusste, wir verstehen uns.«

MAJA, EINE STUNDE SPÄTER

»Geh endlich duschen«, sagt Daniel und zeigt auf die Tür zum Badezimmer.

»Ich muss Sofie anrufen«, erwidere ich.

»Das versuchst du jetzt bereits seit über einer Stunde.« Er nimmt mir das Handy weg. »Sie hat kein Netz.«

»Sie denkt, ich bin tot«, fahre ich ihn an.

»Ich weiß«, sagt er und sieht mir direkt in die Augen. »Ich suche die Nummer des Hotels raus und du gehst duschen.« Bevor ich widersprechen kann, reicht er mir eine kleine Plastiktüte und fügt hinzu: »Mach die um den Verband. Die Wunde darf nicht nass werden.«

Ich stehe nackt im Bad und trinke aus dem Wasserhahn. Der Durst ist wie ein Fieber. Ich stütze mich auf dem Waschbecken ab und kann nicht aufhören zu trinken. Irgendwann tue ich es dann doch und betrachte mich im Spiegel. Ein paar Tropfen laufen über mein Kinn und meinen Hals. Ich wische sie mit einem Handtuch weg und lege es zur Seite. Der Durst ist noch da. Ich ignoriere ihn.

Durch das gekippte Fenster dringen die nächtlichen Geräusche der Stadt in den Raum. Autos, Menschen, Stimmen. Sie kommen mir lauter vor als sonst. Ich betrachte mein Gesicht. Meine farblose Haut. Ein blasses Grau, durchsetzt von verzweigten Äderchen. Zusammen mit den dunklen Haaren wirke ich fast schwarz-weiß. Wie eine Kohlezeichnung auf porösem Papier. Nur meine Augen sind in Farbe. Und die

Blutergüsse. Lilablau mit grünen Schatten. Es ist ein seltsam vertrauter Anblick, mein Körper mit so vielen Prellungen, Schürfwunden und Kratzern. Ich sah oft so aus. Und wusste nie, warum. Ich weiß es bis heute nicht. Es ist ein Rätsel geblieben, das ich irgendwann hingenommen habe.

Ich war vier oder fünf, als es das erste Mal passierte. Vielleicht war ich auch jünger und kann mich an die Male davor einfach nicht erinnern. Meine Mutter hat mich an jenem Abend ins Bett gebracht. Alles war wie immer. Bis ich aufgewacht bin. In diesem kleinen Waldstück, das an das Anwesen meiner Mutter grenzt. Es war dunkel, aber eine Art der Dunkelheit, in der man sehen kann, ganz kurz bevor es zu dämmern beginnt. Ich lag auf der feuchten Erde, mein Nachthemd nass und schmutzig, mein Haar voller Blätter. Es war im Herbst. Ich habe nicht geweint, ich hatte nicht mal besonders große Angst, ich saß einfach nur da und wartete darauf, dass es hell wird. Dann ging ich nach Hause.

Von da an passierte es oft. Phasenweise fast jede Nacht. Über Monate hinweg. Meine Mutter war ratlos. Sie verschloss jeden Abend alle Türen und Fenster, aber irgendwie kam ich trotzdem raus. Mit der Zeit wurde es unregelmäßiger, geschah nur noch alle paar Wochen. So blieb es eine Weile. Meine Mutter schickte mich zum Kampfsport. Irgendwie musste sie ja die Blutergüsse erklären. Also begann ich mit Krav Maga. Ein halbes Jahr später dann mit Boxen. Beides ist mir leichtgefallen. Wenn mich jemand auf meine Wunden, Abschürfungen und blauen Flecken angesprochen hat, konnte ich es auf das harte Kampftraining schieben. Im Krav Maga sagte ich, es käme vom Boxen, im Boxen, vom Krav Maga.

Als ich dreizehn war, hörte das mit dem Schlafwandeln mit einem Mal auf. Mit dem Kampfsport machte ich weiter. Zwei

Jahre lang blieb es ruhig. Bis es wieder anfing. Einfach so, ohne erkennbaren Grund. Ich weiß nicht, was genau es auslöst oder was ich tue, während ich denke, dass ich schlafe. Ich habe nie ein Muster erkennen können. Vielleicht gibt es keins. Vielleicht auch doch.

Sofie und Daniel wissen Bescheid. Daniel nur deswegen, weil es einmal in seinem Beisein passierte. Erzählt hätte ich es ihm nicht. Er wachte auf, als ich gerade im Begriff war, seine Wohnung zu verlassen. Er meinte, ich habe ausgesehen, als wäre ich wach, hätte jedoch auf nichts reagiert – nicht auf ihn, nicht auf seine Stimme. Wie ein ferngesteuerter Soldat.

Ich frage mich, ob meine Mutter je beobachtet hat, was in diesen Nächten geschah. Bestimmt hat sie das. Immerhin reden wir hier von meiner Mutter. Gesagt hat sie es mir nie. Aber sie hat mir vieles nicht gesagt.

Ich schließe die Augen und sehe, wie sie barfuß durchs Haus geht und sich mit dieser ganz bestimmten Handbewegung das Haar aus dem Gesicht streicht. Es war immer dieselbe, immer diagonal. Eine von den Gesten, die einen Menschen ausmachen. Als ich klein war, hat sie mir auch die Haare so aus der Stirn gestrichen. Und wenn ich nicht schlafen konnte, hat sie mich in die Arme genommen und festgehalten. Mein Kopf lag dann auf ihrer Brust und sie hat leise vor sich hin gesummt. Ihr gesamter Körper hat vibriert. Sie hatte die beste Stimme, die man haben kann. Tief und ruhig. Und ich habe die Augen geschlossen und gespürt, wie sie bis in meine Knochen drang. Es war das sicherste Gefühl der Welt. Dieses Vibrieren und ihre Arme. Solange sie da war, hatte ich nie Angst. Jetzt ist sie tot.

Ich hatte vergessen, dass sie auch gute Seiten hatte.

MAJA, WENIG SPÄTER

Sofie hat noch immer kein Netz. Und bei der Nummer, die Daniel rausgesucht hat, geht keiner ran. Es klingelt so lange, bis irgendwann das Besetztzeichen ertönt. Vielleicht ist Sofie schon auf dem Weg nach Hause. Vielleicht sitzt sie bereits in einer Maschine nach Deutschland. Für Robert wäre es kein Problem, so einen Rücktransport zu organisieren. Ein Anruf, und jemand holt sie ab.

Ich lege Daniels Handy zur Seite. Dann fällt mein Blick auf den eingerissenen Zeigefingernagel meiner rechten Hand. Ich nehme die kleine Schere, die auf der Ablage liegt, und schneide das abstehende Stück vorsichtig weg. Das Blut ist getrocknet, mein Fleisch scheint rosa hindurch.

Einen Augenblick stehe ich einfach nur da. Zu müde, um mich zu bewegen. Auf eine Art erschöpft, die ich so nicht kannte. Rein körperlich, die Muskeln, die Knochen. Als wären mein Kopf und mein Körper siamesische Zwillinge, zwei Wesen, die sich arrangieren müssen, aber nicht dasselbe wollen. Der eine schlafen, der andere nicht. Also tue ich, was Daniel gesagt hat: Ich gehe duschen. Den Tag von meinem Körper schrubben. Und mit ihm alles, was passiert ist.

Ich greife nach der Plastiktüte, die neben dem Waschbecken liegt, stülpe sie über meinen bandagierten Fuß und klebe die Öffnung mit Leukoplast zu. Dann gehe ich zur Badewanne, die Tüte knistert auf den Fliesen, ich halte mich fest und steige über den Wannenrand, ziehe den Duschvorhang zu und drehe das Wasser auf. Es prasselt auf mein Gesicht wie

Regen. Eine Weile stehe ich so da, vollkommen reglos im Wasser, dann öffne ich den Mund und trinke ein paar Schlucke. Aber das trockene Gefühl im Rachen geht einfach nicht weg. Ich spüre, wie die kühle Flüssigkeit meine Kehle benetzt, doch es ändert nichts, macht es eher noch schlimmer.

Ich höre auf zu trinken und wasche mir die Haare. Dann greife ich blind nach einem Duschgel. Es riecht nach Mann, aber das ist mir egal. Ein herber Duft, den ich gut von Daniels Haut kenne. Ich seife mich damit ein. Es sind automatische Abläufe, als wüsste mein Körper allein, wie duschen geht. Als bräuchte er mich dafür nicht, als wäre ich nur dabei. Ich spüle den Schaum aus meinen Haaren, von meinem Bauch und den Beinen, dann stelle ich das Wasser ab und wickle mich in ein Handtuch.

Ich stehe noch tropfnass in der Badewanne, als ich nach Daniels Handy auf der Ablage greife und ein weiteres Mal bei Sofie anrufe. Keine Verbindung. Dann trockne ich mich ab, schlüpfe in die Jogginghose und das Unterhemd, das ich noch bei Daniel hatte, und schaue in den noch leicht beschlagenen Spiegel. Mein Blick ist ernst. So, wie es der meiner Mutter oft war. Wenn man nicht weiß, dass ich ihre Tochter bin, kann man es nicht sehen. Aber wenn man es weiß, kann man es erkennen. Ich schaue in meine Augen und suche nach ihren, suche *sie* in mir. Normalerweise klappt das. Aber nicht heute.

Irgendwas ist falsch. Erst weiß ich nicht, was es ist, doch dann sehe ich es. Es ist der Farbton. Das Blau ist zu dunkel, zu fließend, nicht wie Eis, eher wie dunkle Tinte, die in Wasser verläuft. Ich rücke näher an den Spiegel heran, so nah, dass sich mein Atem als Dunst auf die Oberfläche legt, und betrachte meine Iris. Den scharfen Ring, der sie nachtgrau vom Weiß des Augapfels trennt. Er sieht aus wie immer. Ganz im

Gegensatz zu meiner Regenbogenhaut mit diesem Kranz aus rötlichem Braun, der das Blau durchbricht. Ein Bernsteinton, der sich wie Feuer um meine Pupille ausbreitet.

Es muss am Licht liegen. Eine optische Täuschung.

Aber es ist dasselbe Licht wie sonst auch.

DANIEL, NEBENAN

»Es handelt sich dabei ja um Panzerglas«, entgegnet einer der Experten im Fernsehen. *»Das tritt man nicht so einfach ein.«*

Daniel steht auf und geht zum Kühlschrank. Er holt alles heraus, was er braucht, um Sandwiches zu machen, bestreicht die Toastscheiben mit Butter, belegt sie dann mit Cheddar und Tomaten. Mehr hat er ohnehin nicht da.

»Bedeutet das dann nicht eigentlich im Umkehrschluss, dass die zusätzlichen Sicherheitsvorkehrungen in Dienstwagen von Politikern letzten Endes zum Sicherheitsrisiko, im Fall der Innenministerin gar zur Todesursache werden können?«

Daniel legt die Sandwiches ins heiße Olivenöl. Der Käse schmilzt und quillt zwischen den Toastscheiben am Rand heraus. Grilled Cheese, so wie Maja es mag.

»Das kann man generell so nicht sagen«, erwidert der Experte. *»Fest steht allerdings, dass nach derzeitigen Kenntnissen das eindringende Wasser zu Kurzschlüssen in der Elektronik geführt hat, was es nahezu unmöglich machte, ohne Hilfe von außen aus dem Wagen zu kommen.«* Pause. *»Selbst mit Hilfe von außen wäre es kaum zu machen. Der hohe Wasserdruck, die Dicke der Verglasung …«*

Maja kommt barfuß in die Küche. Sie wirkt angespannt. Ihre Stirn liegt in Falten. Daniel will nicht fragen, ob es ihr gut geht – denn wie könnte es ihr gut gehen nach so einem Tag? –, aber er will auch nicht nichts sagen, ihre Anspannung einfach ignorieren.

»Bist du okay?«, fragt er vorsichtig.

Sie nickt.

»Ich hab uns was zu essen gemacht. Ich dachte, du hast bestimmt Hunger.«

Sie schaut in die Pfanne.

»Das riecht gut«, sagt sie.

Sie steht neben ihm in Jogginghose und einem weißen Unterhemd, trägt keinen BH, das Haar hat sie lose zusammengebunden, sie ist ungeschminkt. So mag er sie am liebsten. So pur. Es ist eine Art von verletzlicher Nacktheit, die ihn seltsam berührt. Unverstellt und echt. Daniel liebt es, wenn sie so durch seine Wohnung geht. Als wäre sie seine Freundin. Als wäre sie bei ihm zu Hause.

»Hast du Sofie erreicht?«, fragt er, während er die Sandwiches auf zwei Teller legt und in der Mitte durchschneidet.

»Nein«, sagt Maja. »Am Handy konnte keine Verbindung aufgebaut werden und in dem blöden Hotel geht keiner ran.«

Daniel nimmt die Teller und stellt sie auf den Tisch.

»Wir erreichen sie noch«, sagt er. »Versprochen.«

Sie setzen sich, fangen an zu essen. Und mit jedem Bissen scheint Maja etwas mehr Farbe zu bekommen. Es war gut, dass er Sandwiches gemacht hat.

Plötzlich stockt die Moderatorin mitten im Satz, und Maja und Daniel blicken zum Fernseher. *»Ich höre soeben aus der Regie, dass wir ein Video erhalten haben, das den Unfallhergang dokumentiert.«*

Ein Standbild wird eingeblendet, kurz darauf startet die Aufnahme. Zu sehen ist ein Mann, schätzungsweise Mitte fünfzig, der an ein Metallgeländer gelehnt in der Abendsonne steht. Hinter ihm fließt breit und schwarz die Spree. Es wirkt wie ein Versehen, so als hätte die Person, die filmt, eigentlich nur ein Foto machen wollen. Einen schnellen Schnappschuss.

Es ist ein ruhiger, träger Abend, ein Anflug von Sommer, kaum Autos, nur ein paar Fußgänger. *Die Ruhe vor dem Sturm*, denkt Daniel noch, als wie aus dem Nichts etwas Schwarzes von hinten ins Bild schießt, über den Gehweg rast und im nächsten Moment die Brückenabsperrung durchbricht.

Maja versteift sich neben ihm, sie legt das Sandwich weg, er nimmt ihre Hand. Der Mann im Video springt gerade noch rechtzeitig zur Seite, die Aufnahme wackelt, der Fluss ist aufgewühlt, sieht aus, als würde er kochen. Einen Augenblick lang ist es absolut still, so als hätte der Schock alle Geräusche verschluckt. Dann auf einmal Stimmen, die alle durcheinanderreden, schnelle Schritte, eine Frau, die hysterisch schreit, eine andere, die versucht, sie zu beruhigen. Daneben jemand, der reglos aufs Wasser starrt. Passanten, die angerannt kommen. Der Mann, der eben noch gefilmt wurde, holt sein Handy aus der Tasche und wählt eine Nummer. Eine Frau, nur ein paar Meter von ihm entfernt, tut dasselbe.

Daniel sieht kurz zu Maja hinüber. Er kann nicht glauben, dass sie in diesem Fahrzeug war. Eingesperrt. Dass der Wagen langsam mit Wasser volllief. Er sieht ihr helles Gesicht in der grünen Dunkelheit, die Atemluft wird dünner, die Enge beklemmend. Daniel spürt, dass ihm schlecht wird. Dann plötzlich rennt ein Mann ins Bild, etwas älter als er, vielleicht auch genauso alt. Sein Gesicht ist nicht zu erkennen, sein Haar unordentlich und dunkel, ein Ton, der im schwachen Licht fast schwarz wirkt. Er wirft im Lauf seinen Rucksack auf den Gehweg und springt ohne zu zögern ins Wasser.

Alles in Daniel spannt sich an, er schaut gebannt auf die unruhige Oberfläche des Flusses, hört Leute in dem Video reden, aber nicht, was sie sagen. Der Typ taucht kurz auf, holt tief Luft und verschwindet wieder in der Schwärze.

Nach ein paar Sekunden erfolgt ein Schnitt, dann sind die Rettungskräfte da, Notarztwagen, Feuerwehr, Blaulicht. Daniel erkennt zwei dunkle Gestalten im Wasser, eine davon ist Maja. Die Sanitäter ziehen sie heraus, stützen sie, legen sie auf eine Trage, packen sie in warme Decken. Sie wird nicht beatmet, ist ansprechbar.

Daniel schaut zu ihr rüber. Er wüsste gern, was in ihr vorgeht, während sie das sieht, doch der Ausdruck in ihrem Gesicht verrät nichts. Es ist eine Maske, hinter die sie ihn nie wirklich hat blicken lassen. Er betrachtet sie und in diesem Moment wird ihm schmerzlich bewusst, wie wenig er von ihr weiß. Es ist Maja nie schwergefallen, sich vor ihm auszuziehen, aber nackt kennt er nur ihren Körper. Ein paar Dinge hat er im Laufe der Zeit herausgefunden. Dass sie Grilled-Cheese-Sandwiches mag, worauf sie im Bett steht, welche Art von Filmen sie gern schaut, welche Serien, dass sie sich unter anderem deswegen mit ihrer Mutter zerstritten hat, weil die ihr nicht sagen wollte, wer ihr Vater ist, und dass sie Yoga hasst, aber wünschte, sie würde es mögen. Daniel weiß etwas von ihr, aber er kennt sie nicht. Nicht wirklich.

Maja schaut auf und er sieht weg. Zurück zum Fernseher. Sein Herz schlägt schnell. Er ist angespannt, mustert den jungen Mann, der sie aus dem Wagen gezogen hat, und spürt ein irrationales Prickeln von Eifersucht im Nacken. Es hat nichts mit ihm zu tun. Der Typ spielt keine Rolle. Trotzdem fragt sich Daniel, warum er es getan hat. Alle anderen sind stehen geblieben, sie haben den Notarzt verständigt, waren betroffen, aber keiner von ihnen hat sein Leben riskiert. Nur er. Warum? Weil er so ein guter Mensch ist? Ein Arzt? Eher unwahrscheinlich bei dem Anzug, den er trägt.

Er geht zu den Sanitätern, sie reichen ihm eine Decke. Er

ist groß mit breiten Schultern und einem Gesicht voller Schatten. Dann macht er einen Schritt in den Lichtkegel der Straßenlaterne und für den Bruchteil einer Sekunde schaut er direkt in die Kamera.

DANIEL, 3:56 UHR

Um kurz vor vier schaltet er den Fernseher aus und verräumt das benutzte Geschirr. Es ist ihm ein Rätsel, wie Maja in dieser Position schlafen kann. So verrenkt. Andererseits, vielleicht ist es ein Shutdown des Gehirns, so eine Art Schutzfunktion. Daniel streicht ihr sanft das Haar aus der Stirn. Maja schläft weiter. Wie bewusstlos. Ihr Arm liegt ausgestreckt auf der Tischplatte, ihr Gesicht halb auf ihrer Schulter, halb auf dem harten Untergrund.

Er greift unter ihre Kniekehlen und Achseln, dann hebt er sie vorsichtig von dem Stuhl, auf dem sie sitzt. Sie schläft weiter, die Wange an seine Brust gepresst, ihr Körper dicht an seinem.

Er legt sie nebenan ins Bett und deckt sie zu, dann geht er zurück in die Küche, schaltet das Licht aus und kriecht wenig später zu Maja unter die Decke. Es ist nachtgrau im Zimmer, der Vorhang ist nur halb zugezogen, die Straßenlaterne wirft ihr dünnes Licht an die Wand. Bis auf ein paar vorbeifahrende Autos ist nichts zu hören. Ab und zu Majas Atem.

Daniel betrachtet sie im Halbdunkel. Und dieser Anblick erinnert ihn an die Nacht, in der er sie kennengelernt hat. Ein Spieleabend. Theo hat damals ein paar Kommilitonen eingeladen. Einer von denen schrieb Daniel. Er war gerade von einem Date nach Hause gekommen und wollte eigentlich ins Bett gehen. Er weiß bis heute nicht, warum er seine Meinung noch geändert hat. Dafür erinnert er sich genau an den Moment, in dem er Maja zum ersten Mal sah. Ungeschminkt, in verwaschenen Jeans und ohne BH. Wie sie im Schneidersitz auf dem Sofa saß und ferngesehen hat. Eine Packung Chips in der Hand, auf dem Couchtisch vor sich eine Flasche Bier. Das hat gereicht.

Die Frau, mit der er am selben Abend ausgegangen war, war vergessen. Sie und ihr rotes Kleid und ihre getuschten Wimpern und die gemachten Haare. Ebenso wie die Zeit mit ihr, das lange Gespräch, die Drinks danach, der Spaziergang. Alles ausgelöscht in nur ein paar Sekunden.

Maja zuckt neben ihm im Schlaf, sie windet sich, schaut hektisch unter ihren geschlossenen Lidern hin und her, als würde sie schlecht träumen. Auf ihrer Stirn schimmern Schweißperlen, ihr Gesicht ist angespannt, sie atmet flach und unruhig. Sie so zu sehen, erinnert Daniel an das, was passiert ist. Daran, dass sie tot war. Daran, dass ihre Mutter tot ist. Daran, dass Sofie nach wie vor denkt, Maja ist es auch. Er greift nach ihrer Hand und hält sie fest. Und ihr Atem entspannt sich, erst er und dann ihre Muskeln.

Daniel betrachtet sie und da fällt ihm sein Versprechen wieder ein. *Wir werden Sofie noch erreichen.* Aber sie haben sie nicht erreicht, sie haben nicht mehr angerufen. Maja hat noch ein paar Bissen von ihrem Sandwich gegessen und ist kurz danach eingeschlafen. Und es ist gut, dass sie schläft. Sie muss sich erholen.

Er hingegen ist hellwach. Also rappelt er sich auf, löst vorsichtig seine Hand aus ihrer und geht leise in die Küche zurück – sein Versprechen einlösen.

TAG 2

BORACAY, PHILIPPINEN, 11 UHR VORMITTAGS

Die Algen kamen plötzlich, die Wellen haben sie gebracht. Nicht wirklich ungewöhnlich für diese Jahreszeit. Sie treiben im Wasser, fließend und weich wie Haarsträhnen. Das Meer liegt da wie ein ausgebreitetes Bettlaken. Ruhig und atmend, nur ein paar Wellen. Der Himmel ist tiefblau, das Wasser klar, der Tag erfüllt von fauler Stille. Sonnenmilch und Trägheit liegen in der Luft, die Sonne brennt aufs Meer, auf Köpfe und Schultern und Rücken. Die Menschen kühlen sich ab, die Algen leuchten grün.

Dann bricht die Hölle los.

Ein Schrei zerschneidet die Stille, spitz und schrill, erst nur einer, dann immer mehr, ein Chor aus Schmerz und blutiger Haut. Alle rennen los wie Tiere, eine Herde in blinder Panik, sie wollen an Land, alle gleichzeitig, bloß weg, zurück ans Ufer, raus aus dem Wasser. Am Strand ist Stillstand, Leute stehen da, hilflos, gaffen, bewegen sich nicht. Blutwolken wabern um offenes Fleisch, sie legen sich rot auf die Wellen. Menschen stolpern und fallen, sie drücken sich gegenseitig unter Wasser, stützen sich aufeinander ab.

Es geht schnell, es dauert nur Minuten, dann ist es vorüber. Die Schreie verstummen, das aufgewühlte Wasser beruhigt sich, die Oberfläche wird wieder glatt. Menschen treiben in einem Meer aus Algen, die Sonne verbrennt ihre Rücken und Arme.

Doch sie spüren es nicht mehr.

Sie sind alle tot.

MAJA

Ich schrecke hoch, schaue mich um, aber da sind keine Leichen, keine im Wasser treibenden Körper, keine verätzte Haut, kein Blut, nur ich in Daniels Bett, allein in seinem Zimmer. Es war nur ein Traum, sage ich mir, nicht echt. Auch wenn es sich so anfühlt. Ich schließe kurz die Augen, zwinge mich dazu, ruhig zu atmen, ein und aus, spüre meinen Puls überall, wie er knapp unter der Haut pocht. Meine Haare sind klatschnass, die Decke, das Unterhemd, die Jogginghose. Ich wische meine feuchten Handflächen am Bettlaken ab, dann die verschwitzten Strähnen aus meinem Gesicht. So viele Tote. Und so schnell. Ich höre noch ihre Schreie, sehe den Horror in ihren Augen. Mütter, die versuchen, ihre Kinder an Land zu bringen, Kinder, die am Strand stehen und nach ihren Eltern schreien. Aber es war nur ein Traum. Es ist nicht wirklich passiert. Nur in meinem Kopf.

Irgendwann beruhigt sich endlich mein Herzschlag und ich befreie mich aus der feuchten Daunendecke, die wie eine Faust um meinen Körper liegt. Als ich aufstehe, zittern meine Knie. Es ist lange her, dass ich mich so schwach gefühlt habe. Ich schäle mich aus den durchgeschwitzten Klamotten und werfe sie auf den Boden. Die Luft im Zimmer ist kühl und ich bekomme Gänsehaut, viele kleine Härchen, die sich gegen die Kälte stemmen. Ich gehe zu Daniels Schrank und nehme eine Trainingshose und ein Unterhemd von ihm heraus, dann ziehe ich beides an. Mir ist flau im Magen, fast übel. Als könnte ich das offene Fleisch riechen, das von der Sonne verbrannt wird.

Nebenan in der Küche läuft Musik. Je näher ich der Tür komme, desto stärker wird der Geruch nach frischem Kaffee. Trotzdem gehe ich erst ins Bad. Die Luft ist abgestanden, als wäre sie dick und zäh. Vielleicht liegt es aber auch gar nicht an der Luft, vielleicht bekomme ich einfach nicht genug.

Ich kippe das Fenster, dann gehe ich aufs Klo. Sobald ich die Augen schließe, sehe ich wieder die Bilder. Seelenlose Körper auf blutgetränkten Wellen. Ich stehe auf und spüle, meine Knie zittern, meine Hände sind kalt. Es ist, als wäre ein Teil von mir noch in dem Traum gefangen. Ich wasche mir die Hände, und währenddessen betrachte ich mein blasses Gesicht. Die Schatten unter meinen Augen, die so dunkel sind, als wäre ich die ganze Nacht über wach gewesen. Besonders viel habe ich auch nicht geschlafen. Und auch nicht besonders gut. Ich binde mir die Haare zusammen und rücke näher an den Spiegel, suche nach dem rötlichem Muster in meiner Iris, das vor ein paar Stunden noch da war und es jetzt nicht mehr ist. Keine Spur davon. Es lag wohl doch am Licht. Oder an der Müdigkeit.

Ich atme langsam aus. Irgendwie erleichtert. Doch das Gefühl bleibt nur kurz, denn dann kommt die Erinnerung zurück. An meine Mutter, leblos im Wasser, angeschnallt auf dem Sitz neben mir, tote Arme, die auf Höhe ihres Gesichts treiben. Eine leere Hülle mit Organen, die nichts mehr tun. Ich habe ihre Hand irgendwann losgelassen. Bei dem Gedanken daran läuft mir ein Schauer über den Rücken. Ich fange an zu begreifen, dass es stimmt. Dass ich noch lebe. Und sie nicht. Dass alles anders ist, auch wenn es sich nicht anders anfühlt, weil wir so lange keinen Kontakt hatten. Es scheint wie immer. Als hätte sich seit gestern nichts geändert und ich nur schlecht geträumt.

Die letzten Jahre war meine Mutter in ihrem Leben und ich in meinem. Es gab keine Überschneidungen. Ab und zu hat sie mir mein Antiallergikum per Post geschickt, aber meistens hat Robert es mir mitgebracht. Wir haben uns nicht gesehen, sie und ich. Nur in den Nachrichten. Dann haben mich ihre Stimme und ihr Gesicht für einen Moment daran erinnert, dass sie mir fehlt, und ich habe es ignoriert. Sie hat meistens irgendwelche klugen Statements zu aktuellen innenpolitischen Themen abgegeben. Jetzt ist sie das innenpolitische Thema.

Und die seltsame Leere, die sie zurücklässt, breitet sich in mir aus wie Tinte auf einem nassen Stück Papier.

MAJA, WENIG SPÄTER

Ich gehe in die Küche, wo Daniel mit gesenktem Blick am Tisch sitzt, die Beine auf einem der freien Stühle. Er ist barfuß. In der einen Hand hat er eine Tasse Kaffee, in der anderen meinen Totenschein. Nebenher läuft der kleine Fernseher, aber er ist auf stumm gestellt. Im Hintergrund höre ich »Hold That Train« von B. B. King. Seit ich Daniel kenne, stehe ich auf Blues, davor hatte ich keine Ahnung davon. Daniel wippt mit dem Bein im Takt der Musik. Als die Holzdielen unter meinen Schritten knarzen, schaut er auf.

»Guten Morgen«, sage ich mit kratziger Stimme.

»Morgen«, sagt er und zeigt auf die Bodum-Kanne neben dem Herd. »Der dürfte noch warm sein, hab ihn vorhin erst gemacht.«

Ich nicke ein *Danke* in seine Richtung, dann hole ich eine Tasse aus dem Schrank über der Spüle und schenke mir etwas Kaffee ein. Er riecht stark und gut. Ich will gerade den ersten Schluck nehmen, als sich alles in mir dagegen wehrt. *Erst Wasser*, sagt die Stimme in meinem Kopf. Und als wäre es ein Befehl, stelle ich die Tasse weg, drehe den Hahn auf und trinke es direkt aus der Leitung.

Nach einer Weile fragt Daniel: »Ist alles okay?«

Ich mache ein zustimmendes Geräusch und trinke weiter. Es ist wie ein Brand. Als würde man dem Bedürfnis nachgeben, einen Mückenstich zu kratzen, und könnte dann nicht mehr damit aufhören. Mein Magen wird kälter und kälter. Doch der Durst bleibt. *Nur noch ein bisschen. Ein paar Schlucke.*

Irgendwann stelle ich das Wasser ab und wische mir mit dem Handrücken über den Mund. Als ich mich mit meiner Kaffeetasse zu Daniel an den Tisch setze, mustert er mich aus zusammengekniffenen Augen.

»Was ist?«, frage ich abwehrend.

»Gar nichts«, sagt er.

»Ich hatte Durst.«

»Ist okay.« Er lächelt. »Hast du gut geschlafen?«

»Geht so«, nuschle ich in meine Tasse, trinke noch einen Schluck Kaffee und versuche, nicht an den Traum zu denken, was mir jedoch nicht gelingt. »Kann ich noch mal dein Handy haben?«, frage ich.

»Sicher«, sagt er und schiebt es über den Tisch. »Aber falls du Sofie anrufen willst, das habe ich die halbe Nacht schon versucht.« Er schaut auf die Uhr. »Das letzte Mal vor knapp zehn Minuten.«

»Noch immer nichts?«, frage ich. »Auch nicht im Hotel?«

Er schüttelt den Kopf, seine grauen Augen wirken müde. »Ich schätze, sie ist auf dem Rückweg nach Deutschland. Der Flug dauert fast fünfzehn Stunden. Das würde es erklären.«

»Kann sein«, sage ich. Aber irgendwie glaube ich es nicht.

»Warum rufst du nicht bei Stein an? Der müsste es doch wissen.«

»Weil ich seine Nummer nicht habe. Die hatte ich nur im Handy.«

Daniel gähnt und streckt sich. »Was ist mit Sofies Laptop? Ist sie da vielleicht eingespeichert?«

»Vermutlich. Aber den hat sie mitgenommen.«

Es entsteht eine nachdenkliche Pause, in der Daniel mit den Fingerkuppen auf der Tischplatte herumklopft. Es geht mir auf die Nerven, aber ich sage nichts.

»Facebook!«, ruft er dann plötzlich und ich zucke zusammen. »Wir schreiben ihr über Facebook.«

»Sofie ist nicht bei Facebook.«

»Dann eben über Instagram.«

»Da ist sie auch nicht«, sage ich. »Sofie hat nirgends einen Account.«

»Du verarschst mich.«

»Tu ich nicht.«

»Echt jetzt?«

»Die Geheimdienste lesen alles mit. Jeden einzelnen Post. Jede Nachricht. Und damit meine ich nicht nur die NSA.«

»Ist das der Grund, warum du nirgends angemeldet bist?«

Ich nicke. »Robert ist nie ins Detail gegangen, aber er hat gesagt, wir sollten es lassen.«

»Was ist mit Theo? Hat der vielleicht einen Account?«

»Keine Ahnung«, murmle ich, doch dann fällt mir ein, dass er kurz vor ihrer Abreise auf die Philippinen sein Instagram-Profil erwähnt hat. Ich setze mich aufrecht hin. Sofie hat ihn noch blöd angeredet und er hat sie deswegen aufgezogen. »Doch«, sage ich. »Er ist bei Instagram. *TheoWorldTraveller* oder so ähnlich.«

Es dauert nicht lang, dann hat Daniel ihn gefunden.

»Theo_around_the_world«, sagt er triumphierend und streckt mir das Handy entgegen.

Der letzte Post ist von vorgestern. Ein Video. Es startet automatisch. Ich höre das leise Gluckern der Wellen, sehe weißen Sand durch glasklares Wasser. Bei dem Anblick zieht sich alles in mir zusammen. Meine Kopfhaut prickelt.

»Ist das da eine Madonna?«, fragt Daniel.

Ich schaue wieder auf das Display. Vor dem Ufer liegen schwarze Felsen im Meer. Sie haben etwas von einem gestrandeten Schiff. Auf der rechten Seite erkenne ich eine Steintreppe und eine kleine Plattform. Ganz oben thront die Madonna. Neben ihr ragt eine Palme in den wolkenlosen Himmel.

»Ja«, sage ich. »Sofie hat davon erzählt. Sie meinte, bei Ebbe sind die Felsen an Land und bei Flut werden sie zu einer Insel.«

Ich gehe zurück zu Theos Profil und tippe auf die weiße Schaltfläche, auf der *Nachricht* steht. Im nächsten Moment öffnet sich ein leeres Chat-Fenster und ich beginne zu schreiben. Ich denke nicht nach, ich schreibe einfach irgendwas.

> Hi Theo, ich bin's, Maja. Ich weiß, das klingt verrückt, aber ich bin nicht tot. Ich kann dir nicht sagen, was passiert ist, weil ich es nicht genau weiß. Aber ich versuche, es herauszufinden. Daniel und ich haben 1000 Mal bei euch angerufen – am Handy und in eurem Hotel. Aber wir sind nie durchgekommen. Ich hoffe, du liest das hier bald. Bitte sag Sofie, dass es mir gut geht. Und dass sie mich auf Daniels Handy erreicht. Sie soll mich bitte anrufen. Passt auf euch auf.
> xxx Maja

Es fühlt sich gut an, die Nachricht abzuschicken. Wie ein erster Schritt. Theo wird sie lesen und Sofie wird mich anrufen. Mein Blick fällt auf das hellgrau hinterlegte Feld mit meinem Text, der nun darauf wartet, bemerkt zu werden. Und dann frage ich mich, wie regelmäßig Theo wohl nach seinen Nachrichten schaut. Vor allem unter den gegebenen Umständen. Ich kann mir nicht vorstellen, dass er sich auf Instagram herumtreibt, während Sofie damit klarzukommen versucht, dass ihre beste Freundin bei einem Autounfall ums Leben gekommen ist. Theo ist nicht so ein Typ.

»Was, wenn er die Nachricht gar nicht liest?«, frage ich.

»Das habe ich auch eben gedacht«, murmelt Daniel. »Theo folgt mir nicht bei Instagram, das heißt, meine Nachricht landet erst mal in seinem Anfragenordner. Und abgesehen davon, wenn ich an seiner Stelle wäre, wäre ich ganz sicher nicht bei Instagram. Ich würde mich um dich kümmern.«

Ja, das würde er. Er würde mich nicht eine Sekunde aus den Augen lassen. Ich sehe ihn an und sein Blick sagt das, was er immer verschweigt. Weil er weiß, dass ich nicht dasselbe fühle wie er. Ich empfinde nicht nichts für ihn, aber es ist zu wenig. Manchmal frage ich mich, was mit mir nicht stimmt. Warum ich so emotionslos bin. Warum es mir so leichtfällt, mit ihm ins Bett zu gehen, ich es aber nicht schaffe, ihn zu lieben. Er ist klug und witzig, akzeptiert mich so, wie ich bin. Auch launisch und müde, manchmal sogar abweisend. Ich hab ihn wirklich gern. Und ich stehe darauf, mit ihm zu schlafen. Aber ich bin nicht in ihn verliebt. Und das war ich auch nie.

In dem Moment, als ich das denke, senkt Daniel den Blick, so als hätte er alles mitgehört. Er trinkt einen Schluck Kaffee und schaut auf die Tischplatte. Sein hellbraunes Haar fällt ihm in die Stirn. Es ist nicht in Ordnung, was ich mit ihm mache, das weiß ich. Deswegen wollte ich es auch beenden. Ich hatte mir sogar schon ein paar Sätze zurechtgelegt, sie dann aber nie gesagt.

Sofies Stimme schießt mir durch den Kopf. *Dieser Typ ist Beziehungsmaterial, Maja. Versau das bloß nicht.* Aber ich versaue es jedes Mal. Ich lerne Kerle kennen und die sind nett, aber von meiner Seite ist es nie mehr. Eher so eine Art Bedürfnisbefriedigung. Wie das Stillen eines plötzlich auftretenden Hungers, der mich in unregelmäßigen Abständen überfällt. Meistens läuft das dann ein paar Wochen. Mit Daniel schon länger. Manchmal weiß ich nicht, ob er mich nicht gehen lässt oder ob ich einfach nicht gehe.

»Wir könnten es über Steins Büro versuchen«, sagt er unvermittelt.

»Über Steins Büro?«

»Na ja, du lässt dich einfach zu ihm durchstellen …«

Ich bin froh, dass er das Thema wechselt, auch wenn sein Vorschlag uns nicht wirklich weiterbringt.

»Das dürfte schwierig werden«, sage ich. »Robert ist ein ziemlich hohes Tier beim BND, da ruft man nicht einfach mal so an. Und wenn doch, stellen sie einen garantiert nicht durch.« Ich seufze. »Abgesehen davon bin ich offiziell tot. Ich kann ihn nicht einfach anrufen.«

»Guter Einwand«, sagt Daniel. Er reibt sich die Augen, so wie Kinder es tun, wenn sie müde sind, dann fügt er murmelnd hinzu: »Aber du musst doch irgendeine Nummer haben …«

»Ich hatte alle Nummern«, sage ich. »In meinem Handy.«

»Du weißt echt *gar keine* auswendig? Nicht mal die von Stein? Ich meine, ist der nicht so etwas wie ein Vater für dich?«

Ich verschränke die Arme vor der Brust. »Wie lautet denn meine Nummer?«, frage ich ihn. »Die müsstest du doch eigentlich auswendig kennen. Immerhin schläfst du seit sechs Monaten mit mir.«

Daniel macht den Mund auf und dann wieder zu.

»Das dachte ich auch nicht«, erwidere ich.

»Und was ist mit Steins E-Mail-Adresse? Wenigstens die müsstest du doch haben? In deinem Laptop oder so …«

Ich ziehe die Augenbrauen hoch und schaue ihn wartend an. Er mustert mich ein paar Sekunden lang. Dann fällt es ihm wieder ein. Dass mein Laptop kaputt ist. Dass genau genommen *er* ihn kaputt gemacht hat, weil er nicht länger warten wollte. Dass das mit dem Küchentisch seine Idee war. Dass ich noch das Bett vorgeschlagen habe, es aber dann nicht mehr so weit kam.

Daniel schaut mich an, dann fällt sein Blick auf die Tischplatte zwischen uns. Auf genau die Stelle, wo ich lag. Nein, man sollte besser keinen Sex auf einem Tisch haben, auf dem neben einem aufgeklappten Laptop noch ein volles Glas Orangensaft steht. Jedenfalls nicht, wenn man an dem Gerät hängt.

»Der Orangensaft …«, murmelt Daniel.

»Der Orangensaft«, sage ich.

DANIEL

Er zwingt sich, nicht an sie nackt auf diesem Tisch zu denken, an ihre milchweiße Haut auf dem dunklen Holz. Stattdessen fragt er sich, ob es einen anderen Weg gibt, Robert Stein zu kontaktieren. Sie könnten eine Nachricht für ihn am Empfang hinterlegen. Die würde zwar bestimmt kontrolliert, aber Maja könnte etwas schreiben, das nur von ihr kommen kann. Etwas, das außer Stein niemand versteht. Das wäre umständlich, aber immerhin eine Möglichkeit. Andererseits ist Stein laut Maja ziemlich oft dienstlich unterwegs, manchmal auch mehrere Tage am Stück. Dementsprechend lang könnte es dauern, bis ihn ihre Nachricht erreicht.

»Was ist mit deiner Mutter?«, fragt Daniel vorsichtig, weil er nicht taktlos sein will. »Sie hat doch garantiert irgendwo Steins Kontaktdaten. Hatte sie ein Adressbuch oder etwas in der Art?«

»Ich kenne die Zugangsdaten zu ihrem Computer nicht. Und an ein Adressbuch kann ich mich nicht erinnern.«

Daniel denkt weiter in diese Richtung. Das Handy ihrer Mutter. Aber das dürfte – genau wie das von Maja – irgendwo am Grund der Spree liegen. Oder sicher verwahrt in einer Plastiktüte auf irgendeiner Polizeiwache. Vermutlich ist es kaputt. Und selbst wenn nicht, auch da bräuchten sie eine PIN – die sie nicht haben.

»Was ist mit Kollegen?«, fragt Daniel.

»Überwiegend Geheimdienstler, Wissenschaftler und Politiker.«

»Also Leute, an die wir nicht rankommen.« Maja nickt. »Und Freunde?«

»Ich weiß nur von Robert«, sagt sie. »Meine Mutter war nicht so der gesellige Typ.«

Ihr Blick scheint hinzuzufügen: *Genau wie ich.*

Daniel legt seine Unterarme auf der Tischplatte ab und lehnt sich in Majas Richtung.

»Warum gehen wir nicht einfach zur Polizei?«, fragt er.

»Ich kann nicht zur Polizei gehen.«

»Irgendwann musst du damit sowieso an die Öffentlichkeit. Du kannst nicht ewig tot bleiben.«

»Ich weiß«, sagt sie.

»Diese Nachricht würde durch die Presse gehen und sich wie ein Lauffeuer verbreiten. Stein würde sofort davon erfahren. Vielleicht sogar Sofie.«

»Ich weiß«, sagt Maja wieder. Sie schaut ihn an. Ein tiefer Blick aus türkisblauen Augen.

»Aber du willst nicht zur Polizei gehen«, sagt Daniel.

Sie nickt.

»Warum nicht?«

»Wegen dem, was meine Mutter zu mir gesagt hat.«

Daniel legt die Stirn in Falten. »Was deine Mutter wann zu dir gesagt hat?«, fragt er.

»Im Wagen … er war fast vollgelaufen.«

Daniel schluckt. »Was hat sie da gesagt?«

»Dass ich niemandem trauen kann. Und dass alle mit drinstecken.«

»Mit drinstecken?«, fragt er. »Mit drin in was?«

»Ich weiß es nicht.«

Danach ist es lange still. Aufgeladen und um sich greifend. Als läge ein elektrisches Summen in der Luft. Die Härchen an

Daniels Armen richten sich auf. Er sagt nichts dazu, doch die Tatsache, dass sie ihm davon erzählt hat, zeigt ihm, dass sie ihm vertraut. Es bedeutet ihm mehr, als er je zugeben würde, dieser erste Blick hinter ihre Maske.

»Glaubst du, sie meinte damit auch Stein?«, fragt er schließlich.

Maja zögert, dann schüttelt sie den Kopf. »Nein. Nein, das kann ich mir nicht vorstellen.«

»Okay«, sagt Daniel. »Dann sollten wir bei ihm zu Hause anfangen.«

»Er wird nicht da sein.«

»Vermutlich nicht, aber du kannst ihm eine Nachricht hinterlassen. Wenn du willst, bring ich dich hin.«

Maja nickt.

»Hast du die Schlüssel zu seinem Haus?«

»An dem Ersatzschlüssel, den ich bei dir gelassen habe, ist auch der von Robert dran«, sagt Maja.

»Umso besser«, entgegnet Daniel und steht auf. »Dann sparen wir uns den Umweg zu dir.«

DANIEL

Sie sitzen in seinem Auto und die Straßen sind verstopft. So wie meistens um diese Zeit. Das Radio läuft, irgendein Lied, das sie beide ignorieren. An einer roten Ampel blickt Daniel aus dem Seitenfenster, zu den Zeitungskästen, die neben der Tramhaltestelle stehen. Die Titelseiten zeigen Großaufnahmen von Patricia Kohlbeck und Maja.

»Dein Gesicht ist überall«, sagt Daniel und zeigt aufs Handschuhfach. »Da drin müsste noch eine Sonnenbrille sein. Die kannst du nehmen.«

Die Ampel schaltet auf Grün und Daniel fährt los. Im Augenwinkel sieht er, wie Maja sich vorbeugt und die Klappe des Handschuhfachs öffnet. Er sieht, wie sie die Sonnenbrille aufsetzt, und wünscht sich insgeheim, dass sie ihn fragen wird, wem sie gehört – es ist ganz offensichtlich die einer Frau –, doch sie fragt ihn nicht. Sie sagt gar nichts.

Daniel schluckt seine Enttäuschung hinunter und biegt rechts ab. Als er auf einem der Hinweisschilder den Namen *Moabit* liest, fällt es ihm wieder ein.

»Ich habe heute Nacht deinen Totenschein gelesen«, sagt er unvermittelt und blickt kurz zu Maja hinüber, die mit der großen Sonnenbrille, seinem weißen Unterhemd und der Trainingshose etwas von einem Filmstar hat, der nicht erkannt werden will.

»Und?«, fragt sie.

»Ein paar der Dinge, die da standen, waren ziemlich seltsam.«

»Wie was zum Beispiel?«

»Zum Beispiel, dass du nicht nach Moabit überstellt werden solltest.«

»Was daran ist ungewöhnlich?«

»Na ja, da ist die Gerichtsmedizin. Dort werden Obduktionen durchgeführt. Zumindest bei ungeklärter Todesursache.«

Maja zuckt mit den Schultern. »Irgendeinen Grund werden sie schon gehabt haben«, sagt sie.

»Das haben nicht die von der Klinik so entschieden«, erwidert Daniel. »Es war Stein.«

Sie biegen wieder ab und da sind überall Bremslichter. Daniel bleibt stehen.

»Ja, das habe ich gelesen«, erwidert Maja. »Zu einem Dr. Greifenberg, oder so ähnlich.«

»Fast«, sagt Daniel. »Prof. Dr. Greifland.«

Es entsteht eine kurze Pause.

»Vielleicht ist das ja jemand, den Robert kennt«, schlägt Maja vor. »Jemand, dem er vertraut.«

»Ja, kann sein«, sagt Daniel vage.

»Was war denn noch?«, fragt Maja nach ein paar Sekunden.

Daniel schaut sie an. Die Sonnenbrille verdeckt ihr halbes Gesicht. Er mag es nicht, ihre Augen nicht zu sehen.

»Meintest du nicht, es wären ein paar Dinge gewesen?«

»Doch«, sagt Daniel. »In dem vertraulichen Teil stand, dass du über achtzehn Minuten unter Wasser warst.«

»Da stand auch, dass ich um 22:47 Uhr gestorben bin.«

»Das bist du.«

Jemand hinter ihnen hupt, Daniel sieht, dass die Straße vor ihm frei ist, er hebt entschuldigend die Hand und fährt weiter.

»Laut den Aufzeichnungen hattest du auf dem Weg ins Krankenhaus einen Herzstillstand. Die Sanitäter und Ärzte haben siebenunddreißig Minuten lang versucht, dich wiederzubeleben.«

»Und wie es aussieht, hat es geklappt.«

»Das ist nicht witzig, Maja«, sagt er ernst.

»Es gibt ganz bestimmt irgendeine Erklärung«, erwidert sie. »Man hört doch immer wieder von Menschen, die lange unter Wasser waren und trotzdem überlebt haben.«

»Das ist richtig«, sagt Daniel, »aber normalerweise passiert das nur bei sehr niedrigen Wassertemperaturen. Das war bei dir und deiner Mutter nicht der Fall.« Er sieht Maja für einen flüchtigen Moment an und sein Herz schlägt dumpf und schnell, als er sagt: »Irgendwas stimmt da nicht. Irgendwas ist da unten mit dir passiert.«

MAJAKOWSKIRING 29, 13156 BERLIN, 20 MINUTEN SPÄTER

Ihr Typ ist nicht bei ihr geblieben, was mich irgendwie wundert. Ich hätte nicht gedacht, dass er sie aus den Augen lassen würde. Aber ich kann mir denken, wo er hinwill, unser kleiner Medizinstudent. In die Klinik. In Dingen herumschnüffeln, die ihn nichts angehen. Aber Jenecke ist nicht mein Ziel. *Sie* ist mein Ziel. Trotzdem könnte er zu einem Problem werden. Solange er auf der Bildfläche ist, dürfte es schwierig sein, ihr Vertrauen zu gewinnen. Jenecke steht auf sie. Von seiner Seite sind ganz klar Gefühle im Spiel. Er wird nicht verschwinden, jedenfalls nicht freiwillig. Was ich nicht weiß, ist, was sie für ihn empfindet. Sie ist schwer einzuschätzen, was das betrifft.

Ich stehe auf der gegenüberliegenden Straßenseite im Schatten eines Baumes und beobachte, wie sie zum Haus geht. Ihr Aufzug passt nicht zur Gegend. Die billige Sonnenbrille und seine viel zu großen Klamotten. Aber man merkt, dass sie sich auskennt, dass sie schon viele Male hier war, so selbstverständlich, wie sie sich bewegt. Sie betritt das Haus und schließt die Tür hinter sich.

Ich überquere die Straße. Weit und breit kein Auto. Nicht mehr lange und es wird anders aussehen. Die Welt wird brennen. Und sie bekommen endlich das, was sie verdienen.

Ich gehe am Hauseingang vorbei. Das Gras dämpft meine Schritte wie ein dicker Teppich. Ich schaue durchs Fenster und sehe sie durch die Reflexion meines Gesichts. Sie steht wie eine Frage im Raum. Auf der Suche nach Antworten. Dabei wirkt sie ähnlich verloren wie gestern in dem Wagen. Aber sie ist nicht unschuldig. Keiner von ihnen ist das.

Ich denke an Saul und balle die Hände zu Fäusten. Es wäre so einfach, sie jetzt umzubringen. Aber noch nicht. Noch brauche ich sie.

Das Wichtigste ist der Codename, sagt Sauls Stimme in meinem Kopf. *Denn wenn sie einen echten Namen haben, haben sie ein Wesen. Und wenn sie ein Wesen haben, dann ist es Mord. Aber wir sind keine Mörder, Efrail.*

Ich sehe wieder zu ihr. Und das erste Wort, das mir bei ihrem Anblick einfällt, ist Ikigai.

Ikigai.

Seltsame Wahl. Erst denke ich, es passt nicht. Aber eigentlich tut es das doch – wenn auch auf eine ziemlich paradoxe Art und Weise. Von nun an ist sie der Grund, warum ich morgens aufstehe. Sie ist der Grund, warum ich existiere. Ich werde da sein, wo sie ist. Wie ein Schatten. Sie wird mich zu den Akten führen. Und dann werde ich sie töten.

Wäre ihre Mutter noch am Leben, würde ich sie dabei zusehen lassen.

MAJA

Ich stehe mitten im Wohnzimmer und denke an das, was Daniel vorhin gesagt hat. *Irgendwas stimmt da nicht. Irgendwas ist da unten mit dir passiert.* Bei dem Gedanken daran schmecke ich wieder das Wasser. Diese träge metallische Brühe. *Tu es. Tu es jetzt.* Ich sehe die Augen meiner Mutter. Leer wie die einer Puppe. Ihre Arme, die wie schwerelos neben ihrem Gesicht treiben, wie Algen in schwacher Strömung. Daniel hat recht. Irgendwas stimmt nicht. Aber ich weiß nicht, was.

Ich spüre einen Blick im Nacken, stechend wie Nadeln, und wende mich zum Fenster. Aber es ist niemand zu sehen. Trotzdem fühlt es sich an, als würde mich jemand beobachten. Als wäre das gesamte Wohnzimmer voller Augen, die ich nicht sehen kann. Und vielleicht ist es so. Vielleicht sind wirklich überall Kameras. Diese Art der Überwachung würde mich bei Robert nicht wundern. Seiner Auffassung nach wäre es einfach nur gründlich. Er hat einen ziemlichen Tick, was Sicherheit betrifft. Er ist durch seinen Job ein richtiger Kontrollfreak geworden.

Ich blicke mich um und gehe durchs Zimmer. Dabei bemerke ich einen Duft, der nicht zu diesem Haus gehört. Männlich und warm. Irgendwie körperlich. Wie von nackter Haut, deren Geruch sich in Bettlaken festsetzt. Ich schließe die Augen und atme ihn tief ein. Dann plötzlich bellt ein Hund und ich schrecke zusammen. Mein Herz rast und der Laut durchfährt mich, als wäre er eine Erinnerung daran, warum ich hier bin. Als würde er sagen: *Steh da nicht rum. Mach endlich das, wofür du gekommen ist.* Ich schaue nach draußen, aber es ist niemand zu sehen. Kein Hund. Und auch sonst nichts.

Ich gehe in den Flur und dann die Treppe nach oben in den ersten Stock. Die Stufen knarzen unter meinen Füßen, Adrenalin schießt durch meinen Körper, eine nervöse Wachsamkeit begleitet jeden meiner Schritte, als wüsste ich, dass jeden Moment etwas passieren wird. Die Tür zu Roberts Arbeitszimmer ist offen, die Schreibtischlampe brennt. Ich schaue durch den Raum, aber Robert ist nicht da. Stattdessen bemerke ich das Gesicht meiner Mutter auf dem Titelblatt einer Ausgabe der *Berliner Zeitung*. Ich greife danach und sehe sie an. Es ist ein aktuelles Foto. Höchstens ein paar Tage alt. Sie trägt darauf dasselbe Jackett wie gestern, als sie mich abgeholt hat. In diesem Jackett ist sie gestorben. Ich verdränge den Gedanken und lese die Schlagzeile unter dem Bild: *Die vielen Gesichter der Patricia Kohlbeck.* Der Artikel ist von vorgestern. Da hat sie noch gelebt.

Ausnahmepolitikerin, Wissenschaftlerin, Mutter

Dr. Patricia Kohlbeck –
Deutschlands Vorzeigefrau mit den vielen Gesichtern

Ein Artikel von Tanja Albers

Tanja Albers. Meine Mutter hat sich oft über sie aufgeregt. Aber sie hat sie auch respektiert. *Die gehört zu den wenigen, die noch was können*, hat sie mal gesagt. Tanja Albers hat sich einen Namen damit gemacht, den Mächtigen und Einflussreichen auf die Füße zu treten. Sie war schon eine ganze Weile hinter meiner Mutter her. Lange genug, dass ich davon weiß.

Nein, man kann unserer Innenministerin wahrlich nicht vorwerfen, untätig gewesen zu sein in den vergangenen zwei Jahren. Zur Sicherheit der Bürgerinnen und Bürger dieses Landes wurden seit ihrem Amtsantritt deutschlandweit mehr als 9000 zusätzliche Kameras mit Gesichtserkennung installiert, die Handyüberwachung zur Terrorabwehr massiv ausgeweitet und die Kompetenzen der Polizei weitreichend gestärkt. Dr. Kohlbeck sei Dank ist es den Beamten nun endlich möglich, Verdächtige ganz ohne den lästigen richterlichen Beschluss zu observieren. Man könnte fast meinen, die Bundesinnenministerin sei auf einem Feldzug zur Durchleuchtung eines jeden Einzelnen von uns – 82 Millionen gläserne Bürgerinnen und Bürger, alle auf dem silbernen Tablett. Ein Beispiel dafür ist das erst vor einigen Wochen verabschiedete Datenschutzgesetz – man könnte es auch reine Augenwischerei nennen – oder dass das Recht auf Privatsphäre seit über einem Jahr still und heimlich sukzessive beschnitten wird. Die Bundesrepublik Deutschland ist durchsichtig wie nie. Die Bundesinnenministerin hingegen hält sich lieber bedeckt, während sie nach außen hin unaufhörlich auf Transparenz pocht. Doch wer ist diese Patricia Kohlbeck eigentlich? Diese Frau, die uns seit Jahren in den Medien begegnet und so viele durch ihre Tatkraft und Ausstrahlung begeistert. Da wäre zum einen die Politikerin, die sich für Frauenrechte starkmacht – selbst ein Paradebeispiel für gelungene Emanzipation –, die Karrierefrau, die Mutter – alleinerziehend –, erfolgreich, gut aussehend, niemals die Frau von. Zum anderen wäre da dann noch die Wissenschaftlerin und Forscherin – mit so mancher Leiche im Keller. Doch dazu später mehr. Beginnen wir von vorn. Im Jahre 2000.

Patricia Kohlbeck promoviert und spezialisiert sich nach ihrem Studium in Medizin und Bio-Chemie auf den Bereich Genetik. Binnen kürzester Zeit macht sie sich einen Namen als eine der Besten ihres Fachs. Deswegen – und vielleicht auch, weil sie eine sexuelle Beziehung mit dem damaligen Chef des Instituts für Molekulare und Genetische Medizin, Professor Robert Stein, pflegt – es ist im Übrigen derselbe Robert Stein, der seit knapp sieben Jahren dem Bundesnachrichtendienst vorsteht – wird sie als eine von sechs Ärzten, als einzige Frau, für ein streng geheimes Forschungsprojekt ausgewählt. Der Vollständigkeit halber muss erwähnt werden, dass Stein und Kohlbeck eine sexuelle Beziehung seit jeher dementieren. Laut den Mitarbeitern des Labors hingegen wusste jedoch jeder von deren Affäre – inklusive Steins damaliger Ehefrau Magdalena.

Ein weiteres Indiz, das für diese Affäre spricht, ist Kohlbecks beachtenswert rasanter Aufstieg. Zu Beginn ihrer Forschungsarbeit ist ihre Sicherheitsfreigabe noch eingeschränkt. Doch das ändert sich nach nicht einmal drei Monaten, als sie, obwohl sie zu den am wenigsten erfahrenen Mitgliedern des Teams zählt, als Einzige die Freigabe drei – die höchste Sicherheitsfreigabe – und damit Zugriff auf alle Informationen erhält. Robert Stein selbst ist auch in diesem Fall treibende Kraft. Ein Schelm, der Böses dabei denkt.

Mehrere Jahre wird intensiv geforscht, woran genau, auch darum ranken sich Gerüchte. Fakt ist aber, dass von Mai 2000 bis August 2001 von deutscher Seite 2,5 Milliarden Euro in das internationale Forschungsprojekt namens Mavi fließen. Insgesamt verschlingt es knapp zehn Milliarden Dollar – und das in nur etwas mehr als einem Jahr.

Direkt danach gefragt, was denn Gegenstand der Forschungsarbeit gewesen ist, verweist Kohlbeck darauf, dass ihr die Hände gebunden seien – sie habe eine Verschwiegenheitserklärung unterschreiben müssen, sagt sie. Darauf berufen sich auch Dr. Markus Klein, Professor Anton Seebauer und Dr. Joachim Friedberg.

Die beiden übrigen Teammitglieder können sich leider nicht mehr dazu äußern, da sie beide unter nach wie vor ungeklärten Umständen zu Tode gekommen sind. Dr. Jens Iffland bei einem Unfall mit seinem Segelflugzeug im Mai 2004, ziemlich genau zwei Wochen vor Auslaufen seines Vertrags mit dem Institut – der im Übrigen auf seinen eigenen Wunsch hin nicht verlängert wurde –, und der britische Forscher Dr. Gregory Peck bei einem unglücklichen Sturz im Treppenhaus der Tiefgarage des Forschungszentrums einige Jahre zuvor. Gefunden hat ihn damals Dr. Patricia Kohlbeck. Andere Zeugen gab es leider keine.

Das Verhörprotokoll ist schnell zusammengefasst: Kohlbeck sei spätabends auf dem Weg zu ihrem Wagen gewesen, sie habe Peck am Treppenabsatz liegen sehen und sofort mit Wiederbelebungsmaßnahmen begonnen. Jedoch ohne Erfolg. Irgendwann habe sie ihre Versuche eingestellt und die Polizei verständigt. Als die Beamten eintreffen, können sie nur noch Pecks Tod feststellen. Die Ursache: Genickbruch. Kohlbeck macht eine Aussage im Präsidium und die Angelegenheit wird zu den Akten gelegt. Was sie damals nicht gewusst haben will: Nur ein paar Tage vor seinem Tod reichte Peck Beschwerde gegen eine Mitarbeiterin seines Teams ein. Der Name wird nirgends genannt, doch die einzig weibliche Mitarbeiterin ist Patricia Kohlbeck. Zu einer Beschwerde kommt es nun nicht mehr, Pecks Termin wäre erst am darauffolgenden Morgen um 9 Uhr gewesen. Natürlich kann es sich bei alldem um eine Ansammlung von Zufällen handeln und vielleicht lag der Beschwerde eine Lappalie zugrunde, dennoch bleibt ein fahler Nachgeschmack.

Interessant ist zudem, dass nur ein paar Wochen später überraschend alle weiteren Mittel für das Mavi-Projekt gestrichen werden. Die Forschungsarbeit geht nach London, wo sie von einem anderen Labor weitergeführt werden soll – es ist ausgerechnet das Labor, aus dem Dr. Gregory Peck einige Monate zuvor nach Berlin versetzt worden war. Noch ein Zufall? Oder doch eher die Reaktion eines verärgerten Bündnispartners, dem die Aufklärung des Todes eines seiner Spitzenforscher etwas zu lapidar abgehandelt wurde? London äußert sich auch nach mehrmaligem Anfragen nicht zu dem Vorfall.

Bald darauf werden Spekulationen über eine Schwangerschaft Kohlbecks laut. Einmal abgesehen von den hartnäckigen Gerüchten um sie und Professor Stein, hat es in Kohlbecks Leben nie einen Mann gegeben. Dementsprechend interessiert wurde später die Frage auch öffentlich thematisiert, ob nicht doch er der Vater ihre Tochter sein könnte. Mehrere Quellen bestätigen die Affäre, drei ehemalige Mitarbeiter erwähnen sogar unabhängig voneinander, dass Steins Büro seit der Eröffnung des Instituts unter Kollegen nur »das Liebesnest« genannt wurde. Im Sommer darauf war Patricia Kohlbeck schwanger.

Stein selbst dementiert jegliche Spekulation, was jedoch nicht weiter verwunderlich ist, war er doch zu jener Zeit längst verheiratet und Vater von zwei Söhnen. Auf direkte Nachfrage hin sagte Kohlbeck stets dasselbe: dass sie eine jahrelange Freundschaft verbinde. Dass Stein ihr Mentor und Vorgesetzter sei, ein enger Vertrauter und deswegen auch der Taufpate ihrer Tochter – eine Tatsache, die seiner Frau wohl eher missfallen haben dürfte.

Im März des darauffolgenden Jahres wird Maja Fria Kohlbeck geboren. Ihr Zwillingsbruder kommt still zur Welt.

Ich starre auf die Zeitung, lese den Satz immer und immer wieder. Aber er ergibt keinen Sinn. Mein Zwillingsbruder? Das hätte mir meine Mutter nicht verschwiegen. Andererseits hat sie mir so viel verschwiegen. Ich denke an unseren letzten Streit zurück, an den Augenblick, als ich endlich verstanden habe, dass ich sie gar nicht kenne. Im Vergleich zu dem, was sie getan hat, ist so ein verheimlichter toter Zwillingsbruder eigentlich nicht der Rede wert.

Ich spüre Wut in mir aufsteigen, ein enges festes Gefühl in meinem Magen. Ich hatte einen Zwillingsbruder. Und er hat nie gelebt. Ich spüre, wie mir der Schweiß ausbricht, ein dünner Film auf meiner Haut, die Zeitung knistert in meinen feuchten Händen. Ein Teil von mir will sie zusammenknüllen und auf den Boden werfen, den Artikel nicht weiterlesen, aber ich weiß, dass ich ihn so oder so zu Ende lesen werde. Weil es um meine Mutter geht. Und in Bezug auf sie war es immer diese Mischung aus sich abgestoßen fühlen und ihr nahe sein zu wollen. So als wäre sie zwei Menschen. Berechnend, distanziert und kalt auf der einen Seite, liebevoll und warmherzig auf der anderen. Ich habe sie verabscheut. Und ich habe sie geliebt. Der Kloß in meinem Hals wächst, meine Augen brennen, aber ich blinzle die Tränen weg. Dann fällt mein Blick wieder auf die Zeitung und ich suche den Absatz, bis zu dem ich eben gelesen habe.

Im März des darauffolgenden Jahres wird Maja Fria Kohlbeck geboren. Ihr Zwillingsbruder kommt still zur Welt. Die Mehrlingsschwangerschaft befeuert neue Gerüchte. Ist Stein etwa doch nicht der Vater? War es am Ende gar eine künstliche Befruchtung? Die zweieiigen Zwillinge sprechen dafür. Steins Scheidung von seiner damaligen Ehefrau wenig später wiederum dagegen. Kohlbeck bleibt ihrer Linie treu und schweigt – nicht nur, was ihr Privatleben betrifft, sondern auch in Bezug auf alles Berufliche.

Es ist davon auszugehen, dass sie zwischen dem Jahr 2002 und 2004 weiterhin für den BND und die Bundesregierung geforscht hat, doch Belege dafür existieren keine. Ab Mai 2004 – wir erinnern uns an Iffands tragischen Flugzeugabsturz im selben Monat – übernimmt Kohlbeck die Leitung des Instituts und Stein wechselt zum Bundesnachrichtendienst. Zwei steile Karrieren, die stets eng miteinander verwoben waren. Eine Hand wäscht die andere, so wie es sich gehört.

An der Spitze angekommen, avanciert Kohlbeck in den folgenden Jahren zur Koryphäe auf dem Gebiet der genetischen Forschung. Sie hält Vorträge, schreibt Papers für internationale Fachzeitschriften und doziert weltweit an den angesehensten Universitäten. Eine Bilderbuchkarriere, die sie zwischenzeitlich jedoch immer wieder unterbricht, mal nur ein paar Wochen, mal für mehrere Monate. Angeblich wegen ihrer Tochter Maja, die an einer seltenen Hautkrankheit leidet – für die Kohlbeck selbstverständlich selbst ein Serum entwickelt. Man könnte fast meinen, es gibt nichts, was diese Frau nicht kann. Zu diesem Zweck hat sie sich ein Labor im Keller ihres Anwesens am Wannsee einrichten lassen – wie war das noch gleich mit den Leichen? Einige

Nachbarn berichten, dass sie in den besagten Wochen und Monaten, in denen Kohlbeck die Arbeit ruhen ließ, regen Betrieb auf ihrem Grundstück bemerkt hätten. Vornehmlich nachts. Ankommende Transporter, das Öffnen und Schließen von Wagentüren, Militär, gedämpfte Gespräche. Augenzeugen wollen gar gesehen haben, wie schwarze Säcke ins Haus getragen wurden. Ganz schön viel Aufhebens nur für die Herstellung einer Hautcreme.

Oder ist da noch etwas anderes? Etwas, das Kohlbeck unter allen Umständen zu verheimlichen versucht? Gingen möglicherweise die geheimen Forschungen im Souterrain ihrer Villa jahrelang weiter? Oder ist alles ganz harmlos? Aber wenn es so ist, warum bezieht die Bundesinnenministerin dann nicht endlich Stellung? Wo bleibt die Transparenz, die sie von uns allen so rigoros fordert?

Sehr geehrte Frau Dr. Kohlbeck, wir finden, es ist Zeit für die Wahrheit.

DANIEL, ST. HEDWIG-KRANKENHAUS, GROSSE HAMBURGER STRASSE 5–11, 10115 BERLIN

»Ich kann das nicht machen«, sagt sie in einem harten Flüstern. »Das geht einfach nicht.« Er nickt langsam, massiert sich die Schläfen. »Du musst das verstehen, Daniel, wenn das rauskommt …«

»Das wird es nicht«, fällt er ihr ins Wort und sieht sie direkt an. »Von mir wird es niemand erfahren.«

Eine Krankenschwester drängt sich an Vera vorbei, nimmt eines der iPads von der Ablage und verschwindet wieder.

»Es geht hier um meinen Job, Daniel.«

»Du weißt, dass ich dich nicht darum bitten würde, wenn es nicht wirklich wichtig wäre.«

Sie weicht seinem Blick aus, zögert. *Gut*, denkt Daniel.

»Warum ist es so wichtig?«

Daniel weiß, dass er nur diese eine Gelegenheit hat, nur eine Chance, um sie zu überzeugen. Er horcht in sich hinein, denkt an den gestrigen Abend zurück, daran wie es sich angefühlt hat, als er dachte, sie wäre tot. An diese allumfassende Leere, die so tief war, dass er darin zu ersticken drohte. Sein Hals wird eng bei der Erinnerung daran, seine Augen brennen dumpf, der Tresen verschwimmt hinter Tränen. Daniel schaut auf und sieht Vera an. Ihr eben noch durchdringender Blick ist plötzlich sanft, auf eine weibliche Art weich. Sie wird ihm alles sagen, was er wissen will, wenn er nur diesen *einen Satz* richtig rüberbringt.

Daniel befeuchtet sich die Lippen, presst sie kurz aufeinander, dann schluckt er und sagt heiser: »Maja und ich, wir …« Seine Stimme bricht weg, er atmet ein. »Wir waren zusammen.«

Es ist nicht mehr als ein Flüstern, ein Hauch von Worten, die gelogen sind, von denen er wünschte, sie wären wahr. Die Tränen lösen sich im perfekten Moment und rollen über seine Wangen. Eine Meisterleistung. Vera hat keine Chance.

»Es tut mir so leid, Daniel«, sagt sie und legt ihre Hand auf seine. Mitfühlend. Menschlich.

»Ich muss einfach wissen, was mit ihr passiert ist«, sagt er mit erstickter Stimme. Noch eine Träne läuft über sein Gesicht. Er wischt sie hastig weg, als wäre er peinlich berührt, dann fügt er hinzu: »Es nicht zu wissen, macht mich wahnsinnig.«

Vera sieht sich um, als wollte sie sichergehen, dass niemand hört, was sie als Nächstes sagt. »Ich weiß nicht, ob es stimmt«, flüstert sie dann, »aber hier geht das Gerücht, dass ihre Leiche verschwunden ist.«

MAJA, WÄHRENDDESSEN

Ich stehe in Roberts Arbeitszimmer, die Zeitung noch immer in den Händen. Und irgendwie weiß ich nicht, was ich als Nächstes tun soll. *Sehr geehrte Frau Dr. Kohlbeck, wir finden, es ist Zeit für die Wahrheit.* Ich glaube, dass ich die Wahrheit gar nicht wissen will. Jedenfalls nicht, wenn sie mit der Forschungsarbeit meiner Mutter zu tun hat. Ich betrachte noch einmal ihr Gesicht auf dem Foto, ihren Blick, der so sehr sie war, dann lege ich den Artikel weg und gehe zum Schreibtisch. Er ist voll mit Unterlagen und Akten. Gut möglich, dass Robert meine Notiz gar nicht bemerken würde in diesem Wust von Papieren. Vielleicht ist es besser, wenn ich sie ihm aufs Bett lege. Da sollte sie ihm auffallen. Ich schaue auf die Unordnung vor mir. Es sieht Robert nicht ähnlich, Dokumente einfach so herumliegen zu lassen. Er ist da wirklich eigen. Sogar wenn nur Sofie und ich mit ihm im Haus waren, hat er immer alles fein säuberlich weggesperrt. Aber vielleicht sind es gar keine geheimen Unterlagen. Vielleicht sind sie privat.

Ich nehme einen Stift und einen Zettel und schreibe meine Nachricht darauf. Nur ein paar Sätze. Dann fällt mein Blick auf eine Liste mit Namen neben meiner Notiz. Es ist eindeutig Roberts Handschrift. Julia Kleist, Paul Dressler, Dr. Sebastian Merten, Benedikt Thorwaldsen.

Ich sollte das nicht lesen. Diese Namen haben nichts mit mir zu tun. Also nehme ich den Zettel mit meiner Nachricht und gehe in den Flur, vorbei an Sofies Kinderzimmer, aus dem mir ein vertrauter Geruch entgegenkommt. Und mit ihm die

Erinnerungen an so viele Male, die ich bei ihr übernachtet habe.

Als ich wenig später vor Roberts Schlafzimmer stehe, zögere ich kurz. Meine Hand liegt bereits auf der Klinke. Aber irgendwie kommt es mir falsch vor, einfach hineinzugehen, ohne ihn vorher gefragt zu haben. Früher war dieser Raum für Sofie und mich tabu. Wir waren in ihrem Zimmer und unsere Eltern in seinem. Ihr Vater und meine Mutter.

Irgendwann gebe ich mir schließlich einen Ruck und öffne die Tür. Alles ist sauber, die Nachttischchen sind staubfrei, auf dem dicken grauen Teppich sieht man noch die Bahnen des Saugers. Ich gehe zu Roberts Bett. Es wirkt wie aus einem Hotel, die Laken und Decken so fein säuberlich glatt gezogen, als hätte noch nie jemand darin geschlafen. Seine Haushälterin muss heute hier gewesen sein. Er selbst hätte es wohl eher nicht so akribisch gemacht. Solche Arbeiten hat er immer lieber anderen überlassen.

Ich lege meinen Zettel ans Fußende – so vorsichtig, als hätte ich Angst, mit dem dünnen Papier etwas kaputt zu machen –, dann drehe ich mich um.

Und blicke in ein erstarrtes Gesicht.

DANIEL, ZUR SELBEN ZEIT

Er steht im Halteverbot direkt vor der Klinik und studiert den Ausdruck der Krankenakte. Das Original war verschwunden, doch alle digital erfassten Befunde hat Vera ihm besorgt.

Tibiakopffraktur rechts. *Absolut unmöglich*, denkt Daniel. Maja hätte nicht auftreten können. Und erst recht nicht von hier bis zum Rosenthaler Platz rennen. Daniel schüttelt den Kopf. Da muss ein Irrtum vorliegen. Er blättert um und sein Blick fällt auf die Röntgenaufnahme. Dieser Schienbeinkopf ist eindeutig gebrochen. Dann wohl doch kein Irrtum. Aber möglicherweise die falsche Krankenakte. Daniel überprüft den Namen. *Patientin: Maja Fria Kohlbeck.* Auch das Geburtsdatum stimmt. Dann wurden vermutlich die Aufnahmen vertauscht. So etwas sollte zwar nicht passieren, aber es kommt durchaus vor. Übermüdete Assistenzärzte, zu lange Schichten, mehrere Notfälle gleichzeitig. Daniel verbucht es als Nachlässigkeit und widmet sich wieder dem Befund.

Starke Verwachsungen im Bronchialsystem, schwere Fibrose? Bei Autopsie Proben entnehmen!

Er legt den Ausdruck zur Seite und betrachtet das beiliegende CT.

»Was ist das?«, murmelt Daniel in die Stille des Wagens und inspiziert die Schwarz-Weiß-Aufnahme genauer. Mit so einer Lunge dürfte Maja eigentlich nicht einen einzigen Atemzug nehmen können. Aber sie atmet. Sie lebt. Daniel schüttelt den Kopf. Er ist nicht leicht aus der Fassung zu bringen, immerhin hat er während seines Medizinstudiums schon einiges zu Gesicht bekommen, aber das ist anders. Ihn erfasst eine seltsame Mischung aus Faszination und Ekel. Gänsehaut spannt sich um seinen Körper. Daniel hatte schon einmal ein ganz ähnliches Gefühl, da war er noch ein Kind gewesen. Es war im Garten seiner Großeltern. Und beim bloßen Gedanken daran beginnt seine Kopfhaut zu kribbeln. Er erinnert sich genau, wie der Baumstamm damals ausgesehen hat, vollkommen übersät mit Käfermaden. Abertausenden davon. Farblos und wuselig. Es waren so viele, dass man sie erst nicht als Fremdkörper erkennen konnte, so befallen war die Rinde. Als würden sich die Insekten den Baum einverleiben.

Daniel legt das CT zu den anderen Unterlagen auf den Beifahrersitz, doch das angewiderte Gefühl bleibt. Er schaut angespannt nach draußen. Sein Verstand wehrt sich gegen das, was er gerade gesehen hat. Gegen das, was er denkt. Es widerspricht allen medizinischen Fakten. Allem, was er weiß.

Demgegenüber stehen die Tatsachen. Dass Maja über achtzehn Minuten lang unter Wasser war. Dass ihr Herz mehrere Stunden nicht geschlagen hat. Dass sie mit einer Tibiakopffraktur in die Klinik eingeliefert wurde, dann aber nur wenige Stunden später mit demselben Knie knapp einen Kilometer vor jemandem weglaufen konnte. Ganz zu schweigen davon, dass sich in diesem Moment irgendetwas in ihr Bronchialgewebe frisst. Etwas, das Daniel noch nie gesehen hat. Etwas Fremdartiges.

Hier geht das Gerücht, dass ihre Leiche verschwunden ist, hallt Veras Stimme in Daniels Kopf. Dicht gefolgt von der Frage, ob vielleicht gerade dieses Etwas der Grund dafür ist, dass Maja noch lebt.

PROF. ROBERT STEIN

Er steht ihr bewegungsunfähig gegenüber, sie am Fußende seines Bettes, er in der Tür, in der Hand einen Kleiderbügel mit einem frisch gesteamten Hemd. Es war ziemlich verknittert, er hat es selbst bügeln müssen. Maria hat offensichtlich keine Zeit mehr dafür gehabt. Deswegen war er im Keller. Es hat eine Weile gedauert, weil er ungeübt ist, wenn es um den Steamer geht. Robert steht da und sieht sie an, ohne zu blinzeln. Als könnte sie sich in Luft auflösen, wenn er es doch tut. Er betrachtet sie. Ihr Gesicht, ihre Augen. So blau wie die ihrer Mutter und doch so anders. Aber sie kann es nicht sein. Er hat sie dort liegen sehen mit gräulich fahler Haut und diesem leeren Blick. Ohne Puls und Vitalzeichen. Er selbst hat sie identifiziert, hat ihre leblose Hand gehalten. Sie war tot. Die Ärzte haben es ihm bewiesen, er hat darauf bestanden. Keine Reflexe, keine Hirnaktivität. Nichts. Aber sie ist es. Sie steht da und sieht ihn an. Sein zweites kleines Mädchen in viel zu großer Kleidung.

»Robert«, sagt sie. Mehr nicht.

Und als wäre ihre Stimme ein letzter Beweis dafür, dass er nicht den Verstand verliert, lässt Stein den Bügel fallen, macht zwei Schritte auf Maja zu und nimmt sie in die Arme. Er hebt sie hoch und hält sie fest. Als wäre sie noch ein Kind. Sein Kind. Er schließt die Augen, küsst sie auf den Kopf. Es ist die Reaktion eines Vaters – oder etwas, das dem am nächsten kommt. Er hält sie fest und weint. Und auch sie weint. Beide tun es lautlos. Das Hemd liegt zerknittert auf dem Boden, im

Raum ist es still. Nur sein Flüstern ist zu hören. »Du lebst«, sagt er. Immer wieder: »Du lebst.«

Erst da wird ihm klar, was das bedeutet. Die gesamte Tragweite davon.

MAJA, KURZ DARAUF

Wir sitzen in der Küche. Ich vor einem Espresso, Robert vor einem Schnaps – es ist sein zweiter. Als wenig später sein Handy klingelt, zucke ich zusammen, und das, obwohl ich wusste, dass Verena zurückrufen würde.

Robert greift nach seinem Telefon und beantwortet den Anruf mit seinem typisch strengen: »Ja?«

Dann steht er auf und geht zur Spüle. Ich kann sein Gesicht nicht mehr sehen und daher nicht mitverfolgen, was in ihm vorgeht. Andererseits ist das auch dann schwierig, wenn man sein Gesicht sehen kann. Selbst, wenn man ihn gut kennt. Als läge eine wächserne Schicht über seinen Zügen, die jede Emotion abschwächt. Ein Pokerface.

»Okay«, sagt er ruhig und verlässt das Zimmer. Ich höre seine Schritte im Flur leiser werden, gefolgt vom Knarren der Stufen.

Dann bin ich allein in der Küche, seltsam aufgekratzt. Als läge etwas in der Luft, das nur ich spüren kann. Das beklemmende Gefühl, beobachtet zu werden, erfasst mich wieder, Augen im Rücken, Blicke, die mich nicht nur sehen, sondern zu durchleuchten scheinen. Ich sehe mich um, stehe auf, gehe zum Fenster und schaue nach draußen, aber alles ist wie immer. Es ist niemand da.

Ich höre Roberts Stimme als leises Brummen durch die Holzdecke. Er ist im Arbeitszimmer. Ich setze mich wieder an den Tisch und trinke den letzten Schluck des lauwarmen Kaffees. Und während ich dasitze, schießen mir einzelne Bruchstücke von Roberts und meinem Gespräch von eben durch den Kopf.

Er: Was ist passiert?

Ich: Ich weiß es nicht.

Er: Du warst tot. Ich war da. Ich habe dich gesehen.

Pause.

Ich: Warum haben sie dich angerufen?

Er: Ich war Patricias Notfallkontakt.

Noch eine Pause.

Ich: Was ist mit Sofie? Hat sie sich gemeldet?

Er: Nein.

Ich: Hast du es denn noch mal bei ihr versucht?

Er: Noch nicht. Ich wollte ihr Zeit geben.

»Das kann ich mir schwer vorstellen«, mischt sich Roberts Stimme zu seinem Echo in meinem Kopf. »Dann schicken Sie gefälligst jemanden hin …«

Er kommt in die Küche und dann zum Tisch, setzt sich aber nicht.

»Verstehe«, sagt er bestimmt. »Ich muss zum Flughafen. Ich melde mich von dort aus. Bis dahin will ich Ergebnisse.«

Er beendet das Gespräch und schaut mich an.

»Was ist?«, frage ich.

»Nichts, worüber du dir Sorgen machen müsstest«, sagt er mit einem Lächeln, das seine Augen nicht erreicht, dann hält er mir ein Handy entgegen. »Ich dachte, das könntest du brauchen. Es ist mein altes. Aber es funktioniert.«

»Danke«, sage ich und nehme es.

»Meine Nummer habe ich eingespeichert. Der Code lautet 1608. Du kannst ihn ändern, wenn du willst.«

Ich sehe ihn an. »Ihr Geburtsdatum«, murmle ich. Es ist ein Gedanke, den ich ausspreche, ohne nachzudenken. Robert schluckt und weicht meinem Blick aus. Ein paar Sekunden sagen wir nichts, dann schließlich frage ich: »Wann hast du sie zum letzten Mal gesehen?«

Er schaut auf. »Du meinst, bevor ich sie identifizieren musste?«

Ich nicke.

»Vorgestern«, erwidert er. »Aber nur kurz. Sie hat was bei mir abgeholt.«

»Wie ging es ihr so?«, frage ich vorsichtig.

Robert zuckt vage mit den Schultern. »Du kennst sie ja«, sagt er. »Sie zeigt nicht gern, was sie empfindet.« Es entsteht eine Pause, dann korrigiert er sich. »… *hat* nicht gern gezeigt, was sie empfindet.«

Er blickt auf die Uhr.

»Es tut mir leid, Maja, aber ich muss wirklich los.«

»Okay«, sage ich, stehe auf und mache einen Schritt in Richtung Flur.

»Ich kann diesen Termin nicht absagen. Und wenn ich den Flug noch weiter nach hinten verschiebe, schaffe ich es nicht mehr rechtzeitig.« Pause. »Sie erwarten mich dort.«

»Natürlich«, sage ich, »kein Problem.«

Sein Handy vibriert. Er holt es aus der Hosentasche und sagt währenddessen: »Vermutlich ist das schon mein Fahrer. Du kannst mitfahren, wenn du willst.«

»Ist das denn kein Umweg für dich?«

Ich sehe Robert an, doch der reagiert nicht. Stattdessen schaut er mit gerunzelter Stirn auf das Display seines Telefons, dann nimmt er ab und sagt: »Frau Albers … Ich habe Ihren Anruf bereits erwartet.«

Einen Großteil der Fahrt telefoniert er mit Albers. Die meiste Zeit spricht sie. Ab und an macht er ein zustimmendes Geräusch, dann schweigt er wieder. Kurz bevor wir Daniels Wohnung erreichen, schaut Robert in meine Richtung, dann beendet er sein Telefonat mit einem sachlichen »Nein, dazu habe ich keinen Kommentar« und legt auf.

»Was wollte sie?«, frage ich.

»Eine Stellungnahme zum Verschwinden deiner Leiche«, sagt er und mustert mich. »Es wird nicht mehr lange dauern, bis sie damit an die Öffentlichkeit geht. Ich schätze morgen. Spätestens übermorgen.«

»Okay«, murmle ich und der Wagen kommt mir seltsam eng vor, obwohl er riesig ist.

»Sie werden dich belagern, Maja«, sagt Robert ruhig und schaut mich direkt an. »Die Presse, die Fotografen … sie werden dir auflauern, sie werden überall sein, wie die Schmeißfliegen.«

Ich spüre, wie sich das Adrenalin mit jedem Herzschlag weiter in meinem Körper ausbreitet. Wie meine Haut zu kribbeln beginnt und meine Hände zu schwitzen.

»Danke für die Warnung.« Er nickt. »Gibt es irgendetwas, das ich tun muss?«, frage ich. »Zur Polizei gehen? Oder zu irgendeiner Behörde? Ich meine, weil ich für tot erklärt wurde.«

Robert greift nach meiner Hand. Seine ist warm. »Mach dir darüber keine Gedanken«, antwortet er. »Darum kümmere ich mich, wenn ich zurück bin.«

Der Fahrer biegt ab und wir werden langsamer. Wenig später hält er an. Ich erkenne Daniels Haus durch die verdunkelten Scheiben des Wagens.

»Kannst du Sofie meine neue Nummer geben, wenn du mit ihr sprichst?«, sage ich und schaue wieder zu Robert. »Und sie bitten, mich anzurufen?«

»Natürlich«, erwidert er. »Das hätte ich sowieso getan.« Robert macht eine Pause, dann sagt er: »Komm her zu mir.«

Ich lehne mich an seine Schulter. Er riecht nach Mann und nach meiner Kindheit.

»Sei vorsichtig, Maja«, sagt er leise.

»Das bin ich.«

Dann lässt Robert mich los und sieht mich an. »Wenn du irgendwas brauchst, egal was, ruf Verena an. Ihre Handynummer ist eingespeichert. Und auch die von meinem Büro.«

»Danke«, sage ich.

Er nickt und lächelt. Und diesmal werden seine ernsten Augen freundlich. Als hätte sein Lächeln sie geöffnet wie ein Fenster.

»Ich fliege morgen wieder zurück«, sagt er. »Dann melde ich mich.«

»Okay«, antworte ich.

Ich will gerade aussteigen, als Robert mich am Handgelenk festhält.

»Eins noch«, sagt er und greift nach seinem Aktenkoffer. Er legt ihn auf seinen Schoß, öffnet ihn und sucht aus einem Stapel Visitenkarten eine heraus.

»Hier«, sagt er und reicht sie mir.

Auf der Vorderseite steht in goldglänzenden Lettern Wittenbrink & Partner. Und darunter Carl H. Wittenbrink, eine Anschrift, eine E-Mail-Adresse und eine Handynummer.

»Wer ist das?«, frage ich.

»Der Treuhänder deiner Mutter«, sagt Robert. »Er war ihr Berater, ihr Anwalt. Vielleicht auch mehr.«

Kurz sage ich nichts, sitze nur da und schaue auf die Visitenkarte in meiner Hand, dann frage ich: »Was meinst du damit, vielleicht auch mehr?«

»Es war mehr als eine geschäftliche Beziehung«, erwidert er vage.

»Wie viel mehr?«, frage ich.

»Das weiß ich nicht. Es kann sein, dass sie nur befreundet waren, oder aber er war ihr Liebhaber.« Pause. »Ein Paar waren sie nicht. Zumindest, soweit ich weiß.«

Meine Mutter hatte nie einen Freund und sie war nie verheiratet. *In einer Beziehung würde ich mich nur verlieren*, hat sie immer gesagt. Wenn es so etwas wie einen Mann in ihrem Leben gegeben hat, dann war es Robert. Aber auch er war es nicht, auch wenn er es gern gewesen wäre. Sie hat ihn nie an sich rangelassen. So wie sie niemanden an sich rangelassen hat.

»Es ist davon auszugehen, dass deine Mutter Wittenbrink als Nachlassverwalter eingesetzt hat«, sagt Robert. »Falls es nicht so ist, kann er dir aber vermutlich sagen, an wen du dich wenden musst.«

»Warum bist du es nicht?«, frage ich.

»Warum bin ich nicht was?«, fragt Robert.

»Ihr Nachlassverwalter. Oder der, der das Testament vollstreckt.« Er weicht meinem Blick aus. »Du warst doch auch ihr Notfallkontakt.«

»Deine Mutter und ich hatten in den letzten Monaten nur wenig miteinander zu tun«, sagt er ausweichend.

»Weswegen?«, frage ich.

»Berufliche Interessenskonflikte«, sagt Robert. »Und dann war da noch der Streit wegen Wittenbrink.«

»Ihr habt seinetwegen gestritten?«

Robert schaut auf und sieht mich an. »Ich traue Carl nicht. Und das habe ich deiner Mutter gesagt.« Er seufzt. »Wie du dir vorstellen kannst, war sie davon nicht gerade begeistert. Sie hat mir vorgeworfen, ich wäre eifersüchtig.«

»Warst du das?«, frage ich vorsichtig.

»Natürlich war ich das«, sagt Robert. »Aber das ist nicht der Grund, warum ich ihm nicht traue.«

»Sondern?«, frage ich, doch im selben Moment senkt sich die Abtrennung zwischen den Vorder- und Rücksitzen und der Fahrer sagt: »Herr Stein, wenn Sie es noch rechtzeitig zu den Verhandlungen nach Israel schaffen wollen, müssen wir jetzt zum Flughafen.«

Robert sieht mich entschuldigend an. »Ich melde mich morgen, Maja«, sagt er. »Ich muss leider los.«

»Okay«, antworte ich und öffne die Tür.

»Patricias Beerdigung ist in zwei Tagen.«

Ich runzle die Stirn. »Was denn, schon?«

»Ja. Es gibt ziemlichen Druck von oben«, sagt Robert. »Einige Leute wollen das Thema so schnell wie möglich vom Tisch haben.«

Das Thema, denke ich und steige aus.

DANIEL, CHORINER STRASSE 57, 10435 PRENZLAUER BERG

Als er in die Wohnung zurückkommt, bemerkt er als Erstes die Sonnenbrille auf der Ablage neben dem Schlüsselbrett. Dann das Brummen des Backofens. Daniel hört, wie Schränke und Schubladen geöffnet und geschlossen werden. Ein paar Sekunden lang steht er neben der Tür im Flur und genießt das Gefühl, zu Maja nach Hause zu kommen. Es fühlt sich an wie die Vorschau auf ein anderes Leben. Ein Leben, in dem er und sie zusammen sind – und zusammen wohnen.

Daniel fragt sich, ob er sich irgendwie bemerkbar machen sollte, er will sie nicht erschrecken. Er könnte *Hallo* rufen. Oder *Ich bin wieder da*. Aber beides kommt ihm blöd vor. Letzten Endes entschließt er sich, die Wohnungstür etwas fester als nötig ins Schloss zu werfen und mit seinen Schlüsseln zu klirren.

»Daniel?«, ruft Maja aus der Küche. »Ich mache Pizza. Willst du auch eine?«

Er lächelt. Daran könnte er sich gewöhnen. An ihre Stimme aus der Küche, an ihre Sachen, die herumliegen. An sie, in seinem Leben.

»Gerne«, sagt er laut, tritt sich die Schuhe von den Füßen und geht nach nebenan – ihre Krankenakte in der Hand.

Als er die Küche betritt, lehnt Maja barfuß am Spülbecken und schenkt Kaffee in eine Tasse. Ihre steht auf dem Tisch, daneben liegt eine cremeweiße Visitenkarte.

»Wittenbrink und Partner«, liest Daniel und setzt sich. »Wer ist das?«

»Der Treuhänder meiner Mutter«, sagt Maja, während sie eine Kaffeetasse vor ihm abstellt. »Robert meinte, ich soll ihn anrufen.«

»Er war zu Hause?«, fragt Daniel verblüfft.

»Ja«, antwortet sie, »aber nur kurz. Zum Packen.«

Maja setzt sich zu ihm an den Tisch. »Wo warst du eigentlich?«

»Ich bin in die Klinik gefahren«, antwortet er.

»Warum?«

»Um herauszufinden, was da unten mit dir passiert ist.«

Maja verschränkt die Arme vor der Brust. Eine abwehrende Körperhaltung, als würde er sie angreifen. Daniel mustert sie, dann blättert er wortlos in der Krankenakte, bis er die richtige Stelle gefunden hat und schiebt ihr die Unterlagen entgegen.

»Was ist das?«, fragt sie.

»Eine Kopie deiner Krankenakte«, sagt Daniel. »Oder das, was davon übrig ist. Das Original war verschwunden.« Er macht eine Pause. »Das sind die einzelnen Befunde. Vera hat sie mir ausgedruckt.« Er tippt auf den ersten Abschnitt. »Hier. Lies vor, was da steht.«

Maja runzelt die Stirn, dann senkt sie den Blick.

»Tibiakopffraktur rechts«, murmelt sie und schaut wieder auf. »Was bedeutet das?«

»Das ist der medizinische Fachausdruck für den Schienbeinkopf«, sagt Daniel. »Und laut diesen Aufzeichnungen hier war *dein* Schienbeinkopf gestern Abend noch gebrochen.«

MAJA

Ich schaue Daniel an. Sein letzter Satz sickert langsam in meinen Verstand. *Und laut diesen Aufzeichnungen hier war dein Schienbeinkopf gestern Abend noch gebrochen.* Ich erinnere mich. Mein rechtes Bein war eingeklemmt. Es steckte zwischen Sitz und Beifahrertür. Das Blut ist in roten Schwaden aus einer Wunde in meinem Knie pulsiert. Wie ein Nebel, der das Wasser färbte.

Du kannst niemandem trauen, sie stecken alle mit drin.

Da war etwas in ihrer Stimme. Etwas an der Art, wie sie es gesagt hat. Angst. Meine Mutter hatte nie Angst.

»Da ist noch was«, sagt Daniel und hält mir sein Handy entgegen. »Das hier ist die Computertomografie eines Toraxbereiches ohne Befund.«

Mein Blick fällt auf das Display. Ich betrachte das Bild, erkenne aber nicht viel.

»Okay?«, sage ich halb fragend.

»Und so sieht das CT von deiner Lunge aus.«

Daniel schiebt eine Schwarz-Weiß-Aufnahme über den Tisch. Und das erste Wort, das mir bei diesem Anblick einfällt, ist *Parasiten.*

»*Das* ist in mir drin?«, frage ich angewidert und schaue hoch.

Daniel nickt.

»Was ist es?«, will ich wissen und fasse mir reflexartig an den Brustkorb.

»Ich weiß es nicht«, sagt Daniel. »Ich habe nie etwas in der Art gesehen.«

Ich starre auf die Aufnahme. Auf die unzähligen wurmartigen Gebilde. Und dann frage ich: »Denkst du, ich bin krank?«

Und Daniel antwortet: »Nein. Ich glaube, diese Dinger sind der Grund dafür, dass du noch lebst.«

MAJA

Als die Küchenuhr piept, zucke ich zusammen. Daniel legt kurz seine Hand auf meine, dann steht er auf, geht zum Backofen und nimmt die Pizzen heraus. Erst jetzt bemerke ich den Geruch von geschmolzenem Käse und Salami. Es riecht salzig und nach Geschmacksverstärkern.

Ich starre noch immer auf das Bild vor mir. Und dann frage ich mich, wie ich nach diesem Anblick etwas essen soll. Aber im selben Moment knurrt mein Magen. Der Hunger ist wohl größer als mein Ekel.

»Wie geht es eigentlich deiner Ferse?«, fragt Daniel, während er die Pizzen schneidet.

Erst da wird mir klar, dass ich den ganzen Tag kein einziges Mal an meine Ferse gedacht habe. Sie hat nicht wehgetan. Ich kann auftreten, als wäre nichts gewesen.

»Scheint schon viel besser zu sein«, sagt er und bringt die Teller an den Tisch.

Ich sage nichts. »Und der Bluterguss an deinem Arm ist auch fast weg.«

Es stimmt. Von dem blauen Fleck ist nur noch ein Schatten übrig. Als wäre der Unfall bereits Wochen her. Die Blutergüsse aus meiner Kindheit brauchten jedes Mal ewig, bis sie verschwunden waren.

»Du solltest was essen«, sagt Daniel. Er sitzt bereits am Tisch. Der Fernseher läuft ohne Ton. »Ich hab sie dir aufgeschnitten.«

Die Nachrichten fangen an. Als das Gesicht meiner Mutter

eingeblendet wird, schaue ich weg und nehme ein Stück Pizza. »Wie lange braucht so ein Bruch denn normalerweise, um zu heilen?«, frage ich. »Ich meine, so ein Schienbeinkopfbruch?«

»Bei nicht-dislozierten Spaltbrüchen lässt man das Bein für einen Monat in einer Gipsschiene«, antwortet Daniel. »Mit anschließender Physiotherapie kann das Bein nach acht bis zwölf Wochen wieder voll belastet werden.«

»Hm«, mache ich und ziehe mein Bein an.

Daniel beißt von seiner Pizza ab und deutet mit dem angebissenen Stück auf mein Knie. »Bei dir sieht man noch nicht mal einen Kratzer«, sagt er mit vollem Mund. Ich weiche seinem Blick aus und schaue zurück zum Fernseher. Das Gesicht meiner Mutter ist weg. Stattdessen ist da ein breiter Sandstrand. Türkises Wasser. Schwarze Felsen im Meer. »Also, wenn du mich fragst«, sagt Daniel, »dann ist das alles absolut ...«

Und dann erkenne ich die Madonna.

»Mach den Ton an!«, falle ich ihm ins Wort. Er schaut von mir zum Fernseher. »Den Ton!«, rufe ich. »Mach ihn an!«

Daniel lässt das Pizzastück auf den Teller fallen und greift hastig nach der Fernbedienung. Dann schaltet er auf laut.

MAJA, SEKUNDEN SPÄTER

»Auf Boracay, einer der über 7000 Inseln der Philippinen, kam es heute zu einem tragischen Zwischenfall, der Wissenschaftler und Forscher weltweit gleichermaßen ratlos zurücklässt. Ein zu dieser Jahreszeit ansonsten völlig normales Phänomen, nämlich das vermehrte Auftreten von Algen in Strandnähe, endete heute am späten Vormittag für mehrere Tausend nichts ahnende Einheimische und Touristen tödlich.«

Die Erinnerung an meinen Traum trifft mich wie ein Schlag. Ich sehe Körper, die im Wasser treiben. Verätzte Haut, rotes Fleisch, offene Rücken, auf die die Sonne herabbrennt.

»Ersten Untersuchungen zufolge handelt es sich bei dieser Alge um einen bislang unbekannten Vertreter der Blaualgen-Gattung Tychonema. Sie produziert Anatoxin A, ein Gift, welches bereits zu zahlreichen Todesfällen bei Tieren geführt hat, nachdem diese kontaminierte Wasserstellen aufgesucht hatten. Anatoxin A wird in Fachkreisen auch VFDF genannt – die Abkürzung steht für ›Very Fast Death Factor‹. Das Toxin war für den Menschen bislang nicht tödlich, das des neuen Vertreters jedoch löste bei direktem Hautkontakt binnen Sekunden schwere Vergiftungen aus, die bei den Opfern zu einer akuten Lähmung der Atemwege führten.«

Ich bekomme keine Luft, mein Körper ist zu eng. Ich will ihn aufreißen und schreien, aber kein Laut entweicht meiner Kehle. Ich sitze nur da und starre in den Fernseher, eine Mischung aus gelähmt und ungläubig.

»Laut einem Pressesprecher der Philippinischen Regierung kam ausnahmslos jeder, der der Alge ausgesetzt war, ums Leben.«

»Nein«, sage ich. »Nein!« Diesmal lauter.

Ich stehe auf, der Stuhl kippt um, Daniel hält mich am Arm fest. Ich höre die Schreie in meinem Kopf, sehe die Leichen – und unter ihnen Sofie. Mit offenen Augen und einem Blick, der nichts mehr sieht. Wie der meiner Mutter, nur in Grün. »Nein«, sage ich wieder, schwach und leise. Mir bricht der Schweiß aus, meine Hände zittern. Ich zittere. Mein ganzer Körper. Ich atme zu schnell, erst ging es gar nicht, jetzt geht es nicht anders.

»Beruhige dich, Maja«, sagt Daniel eindringlich. Ich spüre das Brummen seiner Stimme in meinen Knochen. Bis in die Füße. Er hält mich fest, greift hinter sich, ich weiß nicht, was er tut. Es ist mir egal. Mir wird schwarz vor Augen.

»Unter den Todesopfern sind auch einige Deutsche zu beklagen. Die Bundesregierung steht mit den Philippinischen Behörden in ständigem Kontakt.«

Daniel presst mir irgendwas auf Mund und Nase. Es raschelt und riecht nach Brot.

»Tief einatmen, Maja. Hörst du?«, sagt Daniel bestimmt. »Einatmen.«

»Ob sich auch an anderen Stränden des Inselstaates Ähnliches zugetragen hat, ist bislang noch unklar. Das Auswärtige Amt verschärft seine Warnungen vor Reisen auf die Philippinen. Weitere Informationen finden Sie in der ARD Mediathek und auf der Internetseite des Auswärtigen Amtes.«

Sofie, denke ich.

Dann geben meine Beine nach.

2001

PROF. ROBERT STEIN, INSTITUT FÜR MOLEKULARE UND GENETISCHE MEDIZIN, BERLIN, 4. JANUAR

Patricia verschränkt die Arme vor der Brust und sieht ihn an, wie sie es schon so oft getan hat. Aufmüpfig und stur. Es ist ein Blick, der ihn jedes Mal aufs Neue einschüchtert und zur selben Zeit in körperliche Aufregung versetzt, ja beinahe sexuell erregt.

»Ich will wissen, was hier läuft«, sagt sie ohne Umschweife.

Er mag, wie direkt sie ist. Ihre Selbstsicherheit und dass sie sagt, was sie will. Er mochte es schon an der Uni. Dass sie keine Angst vor ihm hatte. Weder vor seiner übergeordneten Stellung noch vor seinem Alter und der damit einhergehenden Erfahrung – im Leben und auch im Bett. Es hat Patricia nicht gekümmert, dass er bereits verheiratet war und zwei Kinder hatte. Es war ihr egal gewesen.

Stein hat auch damals schon gewusst, dass sie auch aus Berechnung mit ihm schlief. Sicher nicht nur, jedenfalls sagt er sich das, doch es war mit ein Grund. Und das ist es noch. Einer von vielen. Sie haben eine komplexe Beziehung, Patricia und er, weit mehr als nur Sex und weit weniger, als er eigentlich will.

»Was sind das für Gewebeproben, die heute spätnachts aus London gekommen sind?«, fragt sie und schaut ihn an, als wäre er ihr Untergebener und nicht umgekehrt. Dieser Umstand macht ihn wütend und gleichzeitig an. Es war immer dieses Wechselspiel mit ihr.

»Es ist eine gängige Vorgehensweise, dass sich die verschiedenen Pathologie-Zentren gegenseitig Proben zur Prüfung schicken. Das ist völlig normal«, sagt er leichthin.

»Die Lieferung kam nach vier Uhr morgens«, entgegnet Patricia. »Und das ist keineswegs normal.«

»Wir unterstehen dem BND. Dieses Institut funktioniert ein kleines bisschen …«, Stein sucht nach dem richtigen Wort und entscheidet sich schließlich für: »… anders.«

»Inwiefern anders?«, fragt sie.

»Das weißt du«, antwortet er.

»Ich weiß nicht genug.«

Stein mustert sie ein paar Sekunden.

»Willst du, dass ich bereue, dass ich dich an Bord geholt habe?«

»Ich will wissen, was das für Gewebeproben sind«, erwidert Patricia.

Er senkt den Blick auf die Papiere vor sich.

»Es sind einfach nur Gewebeproben«, sagt er dann.

»Das ist nicht wahr.«

Er seufzt. »Ich habe keine Ahnung, wovon du sprichst«, sagt Stein. Dabei gibt er sich größte Mühe, möglichst gleichgültig zu wirken, denn offiziell gibt es diese Proben nicht und dementsprechend auch keine Antworten auf ihre Fragen.

»Ich habe sie untersucht, Robert.«

Jetzt schaut er auf.

»Du hast was?«, sagt er.

Patricia stützt sich mit beiden Händen auf der Tischplatte vor ihm ab und mustert ihn.

»Ich habe sie untersucht«, sagt sie noch einmal. Sie sagt es vollkommen ruhig. Da ist kein Zittern in ihrer Stimme, kein Bedauern, nicht einmal der Anflug eines schlechten Gewissens.

»Das war ein Fehler«, erwidert er in jenem schneidenden Tonfall, den seine Frau bei ihm so verabscheut.

»Ich bin nicht einer von deinen kleinen Handlangern, Robert«, flüstert Patricia schroff. »Entweder sagst du mir, was los ist, oder ich bin raus.«

Vor der Tür sind Schritte und Stimmen zu hören, Gespräche von Mitarbeitern, die alle längst ahnen, was sich in seinem Büro in den meisten Mittagspausen und nach Feierabend abspielt, es aber nicht sicher wissen. Und so sollte es auch bleiben, denn Stein hat viel zu verlieren. Seinen Ruf, seine Familie, seinen Verstand.

»Raus aus was?«, fragt er leise, doch sie antwortet nicht. »Aus dem Institut? Oder aus der Sache mit mir?«

Sie sieht ihn an und schweigt. Niemand schweigt so gekonnt wie sie. Patricia deutet etwas an und lässt ihr Gegenüber dann frei interpretieren. Und am Ende kann man ihr nichts vorwerfen, weil sie es nie laut ausgesprochen hat.

»Du hast die Sicherheitsfreigabe ignoriert«, sagt Stein schließlich.

»Es war schon ziemlich spät und ich entsprechend müde«, entgegnet sie. »Ich muss sie übersehen haben.«

»Blödsinn«, sagt Stein knapp, erhebt sich von seinem Stuhl und geht um den ausladenden Schreibtisch herum. Dabei lässt er sie nicht eine Sekunde aus den Augen. Genauso wenig wie sie ihn. Wie Beute und Jäger. Stein fragt sich, wer in diesem Fall was ist.

Bevor er Patricia getroffen hat, war es normal, dass die meisten Menschen seinem Blick ausweichen, aber nicht sie. Sie hält ihm spielend stand, mustert ihn unbeeindruckt, während er sich ihr nähert. Dann wendet sie sich ihm zu, bietet ihm die Stirn. Er steht direkt vor ihr, so nah, dass sie zu ihm aufschauen muss. Doch sie schaut nicht zu ihm auf, schaut ihn nur von unten an. Diese Frau macht etwas mit ihm, hat Macht über ihn, mehr als er sich eingestehen will.

»Du hast die Sicherheitsfreigabe absichtlich ignoriert«, sagt er schließlich. Es ist kaum mehr als ein Flüstern, viel zu vertraut für den Ernst der Lage. »Ich sollte dich fristlos entlassen.«

»Dafür müsstest du *beweisen*, dass ich vorsätzlich gehandelt habe«, antwortet sie und ihr Atem riecht nach Kaffee mit Milch. »Und das kannst du nicht.«

Für die Dauer eines Moments sehen sie einander nur an, dann sagt Stein: »Ich könnte deine Karriere mit nur ein paar Anrufen beenden.«

Die Luft zwischen ihnen knistert aufgeladen.

»Und ich deine Ehe mit nur einem.«

Stein sollte sie rauswerfen. Ihr zeigen, dass man sich ihn besser nicht zum Feind macht. Noch ist sie ein Niemand, er hat sie in der Hand. Doch dann spürt er ihre in seinem Schritt. Er hört, wie sich der Reißverschluss seiner Anzughose öffnet. Patricia sieht ihn direkt an und er sie, dann schließt er die Augen. Vor dem Moment. Und vor den Tatsachen. Nämlich, dass sie ihn in der Hand hat. Und das im wahrsten Sinne des Wortes.

PROF. ROBERT STEIN, 15 MINUTEN SPÄTER

Er steht hinter ihr, noch schwer atmend, die Hose zwischen den Fußgelenken, seine Hände umfassen ihre Hüfte. Patricias Oberkörper liegt ausgestreckt und nackt auf dem Schreibtisch, ihre Brüste auf streng geheimen Akten. Sie hat die Bluse in der Hand, ihre Faust umschließt den dünnen Stoff, als wollte sie ihn erwürgen, ihr Rücken ist entblößt.

Stein steht da und sieht sie an, den hochgeschobenen Rock, den blanken Po, seinen Körper so dicht an ihrem. Er spürt sich in ihr, ihre Wärme, das Pochen ihres Unterleibs, das langsam nachlässt. Er hat ihr nie widerstehen können. Nicht nur ihrem Körper – ihr.

Es hatte im Laufe seines Lebens einige Frauen gegeben. Mit ein paar davon war es wirklich gut gewesen. Aber mit keiner wie mit ihr. Vielleicht, weil es für ihn so viel mehr ist als Sex. Gefühle, die er sich nicht eingestehen will. Er ist fasziniert von Patricia. Von ihrem Verstand, von ihrer Unabhängigkeit, von der Art, wie sie denkt. Und davon, dass sie keine Hemmungen hat. So streng und reserviert sie sich zeigt, so ruchlos ist sie, sobald sie sich auszieht. Als wäre ihre äußere Erscheinung reine Ablenkung. Eine Maske, die sie nach Belieben abnehmen kann.

Patricia öffnet die Augen und dreht den Kopf ein Stück in seine Richtung. Ihre Blicke treffen sich. Die Stille ist verräterisch und voll mit Ungesagtem. Als Stein spürt, dass seine Erektion nachlässt, schaut er weg. Er hasst das Gefühl, in ihr weich zu werden. Als wäre es nicht sein Penis, sondern er, der weich wird. Als wäre es ein Zeichen seiner Unzulänglichkeit und nicht Teil des Aktes, den sie eben vollzogen haben. Er zieht sich aus Patricia zurück, aus der Dunkelheit ihrer Wärme. Das Kondom wirft er in den Müll. Dann ziehen sie sich beide an. Währenddessen ist es still. Ein benutztes Schweigen, schamhaft und zur selben Zeit befriedigt. Stein fragt sich, wer wen mehr benutzt hat, sie ihn oder er sie, und kann es nicht sagen. Warum muss es jedes Mal so gut sein? So gut, dass er es wieder tun will. Immer wieder. So oft es geht. Weil keine Frau so ist wie sie? Weil er ihr auf eine seltsame Art nah ist und sie doch nicht erreicht? Weil Patricia ihn besser versteht als seine Frau? Weil sie genauso tickt wie er?

Das ist der Moment, in dem ihm bewusst wird, dass er es dauerhaft nicht durchhält, Geheimnisse vor ihr zu haben. Dass er ihr alles sagen will, dass er wissen will, was sie denkt und was sie an seiner Stelle tun würde.

Er hält inne und schaut auf, sieht dabei zu, wie sie die Bluse zuknöpft. Der weiße Stoff ist verknittert. Patricia streicht die Stellen glatt, dann irgendwann bemerkt sie seinen Blick und hält ihn.

»Du willst also wissen, was hier läuft«, sagt Stein gedämpft.

»Ich will die Wahrheit.«

»Die Wahrheit«, sagt er mit einem abgeklärten Lachen.

»Was sind das für Proben, die gestern spätnachts angekommen sind?«

Er mustert sie.

»Dir ist bewusst, dass ich dir nichts davon sagen darf.«

Patricia nickt.

»Dass es Landesverrat wäre, wenn ich es tue.«

Sie nickt ein zweites Mal.

Stein und sie sehen einander an, ein langer ernster Blick,

dann sagt er: »Nichts von dem, was du gleich hörst, darf jemals diesen Raum verlassen. Kein Wort. Verstehst du das?«

Stille.

»Sie würden mich fertigmachen. Sie würden ein Exempel an mir statuieren.« Stein macht eine kurze Pause. »Und wenn ich untergehe, dann gehst du mit.«

Auf Patricias Mundwinkeln entsteht ein kaum sichtbares Lächeln.

»Du bist also einverstanden?«

Sie nickt.

Und dann erzählt er es ihr.

Zumindest einen Teil davon.

DR. PATRICIA KOHLBECK, LABOR 3, EINIGE STUNDEN ZUVOR, 4:42 UHR, 4. JANUAR

Alles riecht neu und steril. Patricia liebt den Geruch von Desinfektionsmittel. Er schafft Ordnung in ihrem Kopf. So, als würde er den ganzen Dreck beseitigen. Sie schließt kurz die Augen und atmet tief ein. Dann öffnet sie sie wieder. Dieses Umfeld ist ihr nach wie vor fremd. Aber sie mag die Tatsache, dass vor ihr noch nie jemand hier gearbeitet hat. Dass dieses Labor nur ihr gehört. Ihr ganz allein. Dass sie es mit niemandem teilen muss.

Patricia hat es schon immer vorgezogen, allein zu arbeiten. Das ist jetzt nicht anders. Und die meisten ihrer neuen Kollegen hält sie ohnehin für Idioten. Allen voran diesen Markus Klein, diesen Arschkriecher. Patricia hat kurz befürchtet, Robert würde sie zusammen in ein Labor stecken, um ihr seine Macht zu demonstrieren. Aber das hat er nicht getan. Offensichtlich war seine Befürchtung, Klein könnte ihr Interesse wecken, tatsächlich noch größer als sein Wunsch, ihr zu zeigen, dass sie ihm untersteht. Ihr ist es lieber so. Keiner, mit dem sie sich arrangieren muss, keiner, der ihr reinredet. Das entspricht ihr. Außerdem schätzt sie es, dass ihr Labor über alle Geräte verfügt, die sie für ihre Forschungsarbeit benötigt. Nur ihr Standard zählt, niemand, der unsauber arbeitet oder etwas ohne Handschuhe anfasst – Patricias persönlicher Albtraum. Und kein ewiges Hin-und-her-Gerenne mehr, so wie sie es aus ihrer Zeit am MIT kennt. Die Mikroskope in einem Raum, die Zentrifugen in einem anderen. Nein, so ist es ihr lieber.

Der Gedanke wiederum, dass man sie und ihre Teamkollegen hauptsächlich deswegen so strikt voneinander trennt, um eindeutig feststellen zu können, wer woran zu welcher Zeit und wie lange gearbeitet hat, der missfällt ihr. Ebenso wie die Kameras, die vergangene Woche installiert wurden und die exakt so justiert sind, dass sie jeden Zentimeter eines jeden Labors abdecken. Mit einer kleinen Ausnahme: dem Metalltisch neben ihrer Tür. Er ist der einzig blinde Fleck des Raums.

Das ist selbstverständlich kein Zufall. Solche Zufälle gibt es nicht. Patricia hat eine Chance gesehen und sie genutzt. Sie hat den Techniker mit ihren Fragen bombardiert, hat Interesse gezeigt, ihm geschmeichelt und nett gelächelt. Und er war mehr als empfänglich für ihre Avancen. Ein junger Mann eben. Wehrlos gegen Schlüsselreize. Er hat ihr nur zu gern das Sicherheitssystem gezeigt und erklärt, wie man sich im dazugehörigen Backend zurechtfindet. Sie kennt die Zugangsdaten, er hat sie nicht geändert. Ob Unachtsamkeit oder Absicht ist ihr egal. Patricia hat nun Zugriff auf alles. Sie kann zwar keine Änderungen vornehmen – was ein Jammer ist –, aber sie kann alles sehen. Wer wann woran gearbeitet hat. Wer wann das Institut verlässt und wer sich wo aufhält. Sie ist vielleicht nicht Gott, aber sie ist seine rechte Hand. Als der Techniker einen Anruf erhalten und das Labor kurz verlassen hat, hat Patricia schnell gehandelt und eine der Kameras leicht verstellt. Nur minimal. Und so entstand ihr kleines Stück Freiheit in der totalen Überwachung.

In ebendiesem toten Winkel steht sie nun und studiert die Unterlagen, die zusammen mit der Gewebeprobe aus der Pathologie in London gekommen sind. Auf dem großen Umschlag, der aufgerissen daneben liegt, leuchtet ihr unübersehbar in roten Lettern *Confidential* entgegen. Unter dem Aufdruck des Stempels steht in einer männlichen, gut lesbaren Handschrift die Adresse des Instituts und die eindeutige Anweisung: *Deliver to Prof. Stein only.*

Sie hätte die Sendung nie annehmen dürfen, das weiß sie. Andererseits war sie die Einzige, die noch im Haus war – was zu dieser Uhrzeit eigentlich nicht weiter verwunderlich ist. Abgesehen davon hätte der Kurierfahrer ihr die Sendung nicht aushändigen dürfen. Jedenfalls nicht, ohne auf ein amtliches Ausweisdokument zu bestehen, das beweist, dass es sich bei ihr tatsächlich um Professor Stein handelt. Aber das hat er nicht getan. Er fragte nur: *Sind Sie Professor Stein?* Das war's. Sie hat nicht einmal lügen müssen, stattdessen nur zwei Gegenfragen gestellt. Zum einen: *Wer genau will das wissen?* Und zum anderen: *Worum geht es?*

Dann hat sie unterschrieben. Und der Kurier hat ihr ohne ein weiteres Wort die Akten übergeben. Es ist Patricia ein Rätsel, wie man einem Jungen wie ihm – und nichts anderes war er –, Unterlagen der höchsten Sicherheitsstufe hatte anvertrauen können. Aber genau genommen ist er nur ein Kind mit einem Nebenjob. Ganz im Gegensatz zu ihr: eine Pathologin, die kurz davorsteht, Hochverrat zu begehen.

Sie steht da und schaut auf die Papiere. In diesem Moment gibt es noch ein Zurück, die Möglichkeit, alles wieder in den Umschlag zu stecken und so zu tun, als wäre es nur ein Versehen gewesen. Doch sie hat ihn bereits geöffnet, der Inhalt liegt ausgebreitet vor ihr. Und Stein würde ihr niemals glauben, dass sie die Dokumente nicht wenigstens kurz angesehen hat.

Es ist zu spät. Sie hat die Entscheidung in dem Augenblick getroffen, als sie das Kuvert aufgerissen hat. Und genau das gilt es jetzt zu vernichten – denn damit könnte man ihr Vorsatz nachweisen.

Ganz kurz regt sich noch einmal ihr Gewissen, ein letztes Zweifeln, schwach und halbherzig, dann tut sie, was getan werden muss.

Das ratschende Geräusch von reißendem Papier hallt in der Stille. Immer wieder, bis nur noch kleine Stücke übrig sind. Patricia zieht Handschuhe über, stellt einen leeren Erlenmeyerkolben in den Abzug und wirft die Schnipsel hinein. Dabei achtet sie darauf, dass sie die Kamera genau im Rücken hat. Man darf gerne sehen, dass sie arbeitet, nicht jedoch, woran. Patricia greift nach der hochkonzentrierten Schwefelsäure und schüttet sie in das Behältnis. Auf den ersten Blick scheint die Flüssigkeit wie Wasser, transparent und geruchlos. Lediglich die leicht ölige Konsistenz ist verräterisch. Patricia zieht die Handschuhe aus und sieht dabei zu, wie die Papierfetzen an den Rändern zerfressen werden. Als würden unzählige kleine Zähne gleichzeitig darüber herfallen. Patricia hat schon immer etwas übriggehabt für Säuren. Für jene scheinbar unschuldigen Substanzen, die, je nachdem, wie man sie einsetzt, Schaden anrichten oder Gutes bewirken können. Sie beobachtet den Prozess, das Ende einer Form und den Übergang in eine andere. Verschiedene Arten der Existenz. Sie genießt es, dabei zuzusehen. Die Transformation vom Chaos hin zur Ordnung.

Als der Umschlag fast zur Hälfte zersetzt ist, beginnt unvermittelt einer der Thermocycler hinter ihr zu piepen und Patricia zuckt zusammen. Ihr Puls schnellt hoch und ihr Herz rast, als hätte sie jemand bei dem erwischt, was sie gerade getan hat. Doch es ist niemand da. Laut den Stempelprotokollen und den Aufzeichnungen der Überwachungskameras ist sie die Letzte im Institut – beides hat sie vorsorglich überprüft, bevor sie den Umschlag aufgerissen hat.

Patricia ist allein. Nur sie und diese streng geheimen Unterlagen.

Sie schaut zurück zu ihrem Erlenmeyerkolben. Und von dem Umschlag ist nichts mehr übrig. So, als hätte es ihn nie gegeben.

»Na, dann«, sagt Patricia mit Blick auf den Objektträger vor sich. »Und nun zu dir.«

DR. PATRICIA KOHLBECK, 5:52 UHR

Sie hat nur die erste Seite der Aufzeichnungen überflogen, sie will sich so wenig wie möglich vorwegnehmen lassen. Es ärgert sie fast ein bisschen, dass sie gesehen hat, dass es sich bei dem Gewebe um einen Hautschnitt handeln soll. Die Fragen, die ihr britischer Kollege, Dr. Gregory Peck, sich in Bezug auf die Probe stellt, hat sie absichtlich ignoriert. Sie will sich erst selbst ein Bild machen, unvoreingenommen und ohne Scheuklappen.

Als Patricia die Struktur des Gewebes unter dem Mikroskop untersucht, erwartet sie Kollagenfasern und Hautzelltypen vorzufinden, wie Fibroblasten. Und so ist es dann auch. Aber das ist nicht das Einzige, was sie findet.

»Das kann nicht sein«, durchbricht ihre müde Stimme das leise Surren der Kühlschränke und Lüftungen. »Unmöglich.«

Sie schiebt es auf die Erschöpfung, auf den Schlafentzug, immerhin ist sie über achtundzwanzig Stunden wach, die meisten davon hoch konzentriert und arbeitend. Patricia streckt sich und dehnt ihr Genick, das Knacken hallt durch die Leere des Labors. Ein paar Sekunden lang schließt sie die Augen.

Es muss sich um einen Irrtum handeln. Sie ist viel zu lange wach, ihr Verstand spielt ihr einen Streich.

Doch dann schaut sie ein weiteres Mal durch die Linse und sieht dasselbe: Neuronen. Aber es können keine Neuronen sein. Nicht in der Haut. *Was, wenn es gar kein Hautschnitt ist?*, fragt eine Stimme in ihrem Kopf. *Aber es muss ein Hautschnitt sein*, entgegnet eine andere. Patricia schüttelt den Kopf und seufzt. Der Aufbau von Dermis und Epidermis ist eindeutig. Nur, dass die Epidermis durchbrochen ist. Von winzigen Drüsen, die ein öliges Sekret absondern. Eine wächserne Schicht. Wasserabweisend. Ist es das? Ein Schutz vor Wasser? Aber warum? Und warum Neuronen? Das ergibt doch überhaupt keinen Sinn. Andererseits passiert in der Natur nichts ohne Grund. Ursache und Wirkung. Es ist immer dasselbe Prinzip.

Patricia schließt einen Moment lang die Augen. Es gibt eine Erklärung, einen Zusammenhang, sie sieht ihn nur nicht. Sie denkt an ihren Professor vom MIT zurück. An jenen Mann, der ihr erst wirklich beigebracht hat zu denken. *Forget what you know*, hört sie seine dunkle Stimme laut und deutlich hinter ihren Schläfen, wie ein Echo aus der Vergangenheit.

»Okay«, sagt Patricia und senkt den Blick erneut auf die Probe, auf diesen Widerspruch, der vor ihr liegt. Die Faszination quillt in ihr über und ihr Herz schlägt auf diese Art lebendig, nach der sie beinahe süchtig ist. Patricia wird wach bleiben. Sie wird eine MAP-2-Färbung durchführen und prüfen, ob die Zellen den Neuronen-Marker exprimieren. Sie wird herausfinden, was es mit diesem Hautschnitt auf sich hat. Ganz egal, wie lange es dauert.

PROF. ROBERT STEIN, STEINS BÜRO, 1:36 UHR, 5. JANUAR

»Seit wann weißt du davon?«, fragt Patricia.

»Schon eine Weile«, sagt er ausweichend.

Sie liegt nackt neben ihm auf der Wolldecke. Er hat sie für Nächte wie diese in seinem Büro deponiert. Genauso wie den Wein und die Gläser. Das Licht, das bis hinter den Schreibtisch dringt, ist gedämpft, doch er sieht ihre Silhouette, weiche Rundungen, zerzaustes Haar.

Sie streckt sich nach dem Weinglas, das halb voll neben ihr auf dem Boden steht, dann fragt sie: »Reden wir eher über Monate oder über Jahre?«

Stein lächelt ins Halbdunkel. Sie wird nicht aufhören, ihm Fragen zu stellen, bis er ihr antwortet. Also sagt er: »Schon seit ein paar Monaten. Aber unsere Auftraggeber wissen schon viel länger davon.«

Patricia trinkt einen Schluck, dann legt sie sich wieder zu ihm auf die Decke. Ihre Augen wirken schwarz und endlos. Wie tiefe Löcher, die ihn mit Blicken verschlucken.

»Was habt ihr bis jetzt über sie herausgefunden?«, fragt sie. Und es wundert ihn, wie bereitwillig sie diese neuen Informationen hinnimmt. Bei ihm hat es um einiges länger gedauert, die Wahrheit zu akzeptieren. Alles in ihm hat sich dagegen gewehrt.

»Nicht genug«, sagt er irgendwann leise. »Aber genug, um zu wissen, dass sie eine Gefahr darstellen.« Er fährt die Linie ihrer Leiste mit seinem Zeigefinger nach, diesen glatten Übergang zwischen Oberschenkel und Schambein.

»Eine Gefahr? Inwiefern?«, fragt Patricia, halb flüsternd, halb seufzend.

Stein zögert. Ihr davon zu erzählen, ist eine Sache, ihr die Akten tatsächlich zu zeigen, eine andere. Dennoch nimmt er seine Hand weg und steht auf. Er geht zu dem Tresorschrank, in dem er allabendlich sämtliche streng geheimen Dokumente wegsperrt, und holt drei Hängeregister mit der Aufschrift Mavi I bis III heraus. Die vierte Akte wäre zu viel.

Stein schaltet die Schreibtischlampe ein und richtet den Metallschirm auf den Boden, wo Patricia sitzt und ihn aus zusammengekniffenen Augen ansieht. Er geht um den Tisch herum und reicht ihr die Unterlagen.

»Hier«, sagt er und sie nimmt sie.

Sie kennt den Namen *Mavi* bereits, sie weiß, dass das Projekt so heißt, doch sie weiß nicht, worum es dabei geht. Keiner im Team weiß es. Sie forschen blind vor sich hin und werten aus. Im Grunde sind sie nichts weiter als Instrumente. Sie werden benutzt, weil die KI noch nicht weit genug entwickelt ist, um ihren Job zu übernehmen – noch nicht einmal annähernd. Jedenfalls *ihre* KI ist es nicht.

Stein setzt sich wieder zu Patricia auf den Boden, sie schlägt die erste Akte auf und senkt den Blick. Er beobachtet sie dabei. Trinkt Wein und sieht zu, wie die Falten in ihrer Stirn sich nachdenklich vertiefen, je weiter sie liest. Sie blättert um, der Pappkarton liegt offen auf den Innenseiten ihrer Schenkel.

»Ist das hier sicher?«, fragt Patricia und deutet auf die Papiere in ihrem Schoß.

»Nein, aber wir gehen davon aus.«

»Wie kommt ihr darauf?«

Stein atmet tief ein. »Weil sie genetisch weniger divers sind.«

Patricia denkt seine Antwort weiter, er sieht dabei zu. Wie

ein einziger Satz in ihrem Kopf eine Lawine auslöst. Als wäre seine Aussage ein Dominostein, der den nächsten anstößt. Sie weiß, was das bedeutet, genetisch einwandfreies Material. Weniger Krankheiten und weniger Diversität.

Patricia studiert die Unterlagen. Ihre Augen fliegen über die Seiten. Von Zeile zu Zeile. Dann schaut sie plötzlich auf, ein direkter brennender Blick, ihr gesamter Körper ist angespannt vor Faszination.

»Hautatmung?«, sagt sie. »Ist das bewiesen?«

Stein kann nicht anders als zu lächeln.

»Sagen wir so«, sagt er und füllt ihre Weingläser wieder auf, »alle bisherigen Tests deuten darauf hin.«

Patricia senkt kurz den Blick, liest etwas, sieht Stein wieder an.

»Habt ihr deswegen den Projektnamen Mavi gewählt?«, fragt sie. »Wegen der Bedeutung *Blau*?«

»Ich weiß. Nicht gerade einfallsreich«, gibt Stein zu. »War nicht meine Idee.«

»Dann leben sie also im Wasser«, sagt Patricia mehr zu sich selbst als zu ihm. »Das erklärt zwar noch nicht die Neuronen, aber vielleicht die Drüsen in der Epidermis«, murmelt sie leise.

»Wovon sprichst du?«, fragt Stein.

»Bei der Gewebeprobe, die ich letzte Nacht untersucht habe, handelte es sich um einen Hautschnitt.«

»Und weiter?«

»Der Grundaufbau war so, wie man ihn erwarten würde: eine intakte Struktur mit Kollagenfasern, Fibroblasten – alles normal. Bis auf die Drüsen in der Epidermis.«

»Was für Drüsen?«

»Wie bei der Haut eines Lurchs oder eines Frosches.«

»Schleimdrüsen«, sagt Stein.

»Wäre möglich.« Sie macht eine Pause. »Um das herauszufinden, bräuchte ich ein ganzes Stück Haut, nicht nur einen Schnitt.« Patricia schaut auf. »Woher habt ihr die Proben bisher eigentlich?«

»Den Großteil aus dem Labor in London«, sagt Stein. »Zwei aus Australien. Eine aus Frankreich.«

»Und woher haben die die Proben?«

Stein trinkt einen Schluck Rotwein und zuckt mit den Schultern. »Keine Ahnung.«

»Ich brauche mehr davon«, sagt Patricia und klingt wie eine Süchtige.

Stein kennt dieses Gefühl. Diesen unbändigen Drang, etwas herausfinden zu müssen, den Durst danach, ein Rätsel zu lösen, sich der Wahrheit Stück für Stück anzunähern, sie so lange zu jagen, bis man sie hat. Nur, dass er darin leider nie besonders gut war. Patricia dagegen ist dafür geboren, sie hat den Riecher, der ihm immer gefehlt hat. Er betrachtet sie im kühlen Licht der Schreibtischlampe, ihre entwaffnende Nacktheit, die blasse Haut, das zerwühlte Haar, den grüblerischen Blick.

»Was genau brauchst du?«, fragt er.

»Lebendes Material«, sagt sie.

Ein paar Sekunden lang ist Steins Büro erfüllt von Stille, ein nachdenkliches Flirren liegt in der Luft.

»Okay«, sagt er dann. »Den Nächsten, den wir reinkriegen, bekommst du.«

Der Wechsel in ihrem Gesicht ist ohne Worte. Es ist eine Begeisterung, die ihn seltsam berührt. Als hätte er nun endlich einen Weg gefunden, sie glücklich zu machen. Etwas, das nur er ihr geben kann.

»Wann?«, fragt sie.

»Schon bald«, erwidert er. »Aber es wird kein lebendes Material sein.«

»Warum nicht?«

»Weil wir sie nie lebend kriegen.« Stein schüttelt leicht resigniert den Kopf. »Jedes Mal, wenn wir einen von ihnen erwischen, schaltet er sich gedanklich aus.«

»Wie meinst du das, er schaltet sich gedanklich aus?«

»So wie ich es sage«, sagt er dann. »In dem einen Moment stehen sie noch vor dir und im nächsten sind sie tot. Und wenn nicht sie, dann ihr Gegenüber.«

»Woran erkennt man sie?«, fragt Patricia.

»Gar nicht«, erwidert Stein. »Die Marin sehen genauso aus wie wir.«

TAG 3

MAJA, 7:16 UHR

Ich habe einen toten Schlaf geschlafen. Leere Stunden, als hätte es mich nicht gegeben. Ich war so weit weg von allem, dass mich nichts erreichen konnte – nicht mal meine Albträume. Als wäre ich aus meinem Leben geflohen. Doch als ich dann vorhin aufgewacht bin, traf mich die Realität umso härter. Wie eine Salve aus Fäusten, die unaufhörlich auf mich einschlägt. Ins Gesicht, in den Bauch, in die Eingeweide. Der Wahrheit entkommt man nicht. Jedenfalls nicht auf Dauer.

Ich schaue wie betäubt die Nachrichten. Sie zeigen dieselben Bilder immer und immer wieder. Menschenkörper, die blutig im seichten Wasser treiben, Rücken und Waden und Hinterköpfe, die in den Wellen gewiegt werden. Eine Schicht aus Toten, zwischen denen grün die Algen hervorleuchten. Es ist ein absurd friedlicher Anblick. Eine Ruhe, die in mir schreit.

Ich darf nicht darüber nachdenken, dass einer dieser Rücken Sofie sein könnte. Oder Theo. Oder sie beide. Denn wenn ich es tue, wird mein Verstand aussetzen. Es gibt Dinge, die begreift man nicht. Die sind zu viel. Mehr, als man verarbeiten kann. Tot und Sofie in einem Satz kriege ich nicht zusammen. Sie darf nicht tot sein, weil es mich ohne sie nicht geben kann. Bei diesem Gedanken bestehe ich nur noch aus Herzschlag, ein schnelles Pulsieren, das sich in mir ausbreitet. Dumpfe, harte Schläge unter meinen Rippen, als würde jemand in mir rennen, während ich reglos an Daniels Küchentisch sitze und vor mir auf den kleinen Fernseher starre, der einfach nicht aufhört, mir die Tatsachen zu zeigen: sterbliche Überreste unter einem wolkenlosen Himmel.

Daniel ist Kaffee holen gegangen, weil keiner mehr da war. Seitdem fällt mein Blick alle paar Minuten nervös auf die Uhr, so als hätte ich Angst, dass ihm als Nächstes etwas passieren könnte. Aber ihm wird nichts passieren. Immerhin geht er nur die Straße runter. Was sollte da schon sein?

Ich kann nicht mehr sitzen, also stehe ich auf und gehe rastlos durch die Küche. Dabei schießen mit tausend Bilder durch den Kopf. Der letzte Blick meiner Mutter, Boracay, Sofie, die sich am Flughafen lächelnd von mir verabschiedet, Daniel, der nicht wiederkommt. Ich gehe hin und her, versuche, die Geschehnisse irgendwie zu verknüpfen. Als wären es lose Enden, die zusammengehören, und keine unlösbare Gleichung, aus Komponenten, die nichts miteinander zu tun haben. Als wäre alles ein großes Ganzes. Zu groß, um es zu verstehen. Irgendwann setze ich mich wieder, schaue weiter die Bilder an, als würde ich es begreifen, wenn ich nur lange genug hinsehe. Meine Mutter ist tot. Und Sofie vielleicht auch.

Dann höre ich, wie ein Schlüssel ins Schloss gesteckt wird, und obwohl ich darauf gewartet habe, zucke ich dermaßen zusammen, dass ich um ein Haar mein Wasserglas umstoße. Ich habe keine Nerven mehr, sie liegen blank auf meiner Oberfläche.

Die Geräusche aus dem Flur verraten, dass Daniel sich die Schuhe auszieht und danach die Wohnungstür hinter sich absperrt – das Klirren der kleinen Kette klingt, als wäre es direkt neben meinem Ohr. Aus dem Augenwinkel bemerke ich, dass der Bericht über Boracay unterbrochen wurde. Keine Leichen mehr, kein Wasser, kein Strand. Nur die Sprecherin, die für einen langen Moment seltsam leer in die Kamera schaut, als würde ihr jemand etwas einflüstern. Sie hält inne, dann bewegt sie stumm die Lippen. Und den Bruchteil einer Sekunde später schaut mir mein eigenes Gesicht entgegen. Übergroß und blass.

Ohne darüber nachzudenken, greife ich nach der Fernbedienung, die vor mir auf dem Tisch liegt, und schalte den Ton wieder ein – genau in dem Moment, als die Nachrichtensprecherin sagt: »*Was mit Maja Kohlbecks Leiche passiert ist, ist bislang noch unklar. Hat man sie versehentlich an einen falschen Ort gebracht? Wurde ihre Leiche mit einer anderen verwechselt? Fest steht, es gibt immer mehr Ungereimtheiten im Zusammenhang mit dem tödlichen Unfall der Bundesinnenministerin.*«

Im selben Augenblick betritt Daniel die Küche. Er schaut von den Nachrichten zu mir.

»Du hast es also schon gesehen«, sagt er, während er die neueste Ausgabe der Berliner Zeitung vor mir auf den Tisch legt. Auf der Titelseite prangt in großen Lettern:

WO IST MAJA KOHLBECK?

Ein Artikel von Tanja Albers

DANIEL, WENIGE MINUTEN SPÄTER

Er legt die Zeitung weg und sieht zu Maja hinüber, wie sie dasitzt und ihre Kaffeetasse mit beiden Händen festhält, ihr Blick verliert sich irgendwo an der Wand knapp über dem Fernseher. *Kein Wunder, nach diesem Artikel*, denkt Daniel. Tanja Albers war gründlich. Und schnell. Beängstigend schnell.

Natürlich war es nur eine Frage der Zeit gewesen, bis die ganze Sache ans Licht kommt, trotzdem hat Daniel gehofft, dass es länger dauern würde. Er hätte gern mehr Zeit gehabt, um Nachforschungen anzustellen. Um im Stillen nach Antworten zu suchen, bevor jeder Reporter und jeder Fotograf der Stadt Maja auf Schritt und Tritt verfolgt.

Wer auch immer Tanja Albers' Quelle in der Klinik ist, sie hat ihr nicht alles verraten. Was Daniel irgendwie wundert. Wenn er so einfach an die Unterlagen rankommt, müsste sie das doch erst recht? Andererseits: Vielleicht hat sie sie ja und hat sie nur nicht veröffentlicht? Daniel fragt sich, ob Tanja Albers das dürfte – vertrauliche Krankenakten abdrucken. So oder so, sie sind noch nicht publik. Für den Moment wissen, wie es aussieht, nur Maja und er davon – abgesehen von den betreuenden Ärzten natürlich. Und – wenn Daniels Bauchgefühl diesbezüglich stimmt – von der Person, die Majas Krankenakte hat verschwinden lassen. Er glaubt nicht an einen Zufall, aber das behält er für sich. Daniel will sich gar nicht ausmalen, was es für Folgen haben könnte, wenn das alles rauskommt. Ein Albtraum.

Bei diesem Gedanken durchfährt ihn erneut dieses ungute Gefühl. So, als hätte er etwas vergessen. Etwas Wichtiges. Etwas, das er nicht hätte vergessen dürfen. Er hat es bereits seit gestern. Wie ein lästiges Piepen im Ohr, das man irgendwann ausblendet und dann, ganz unvermittelt, wieder wahrnimmt. Daniel kann nicht sagen, wann es angefangen hat, nur, dass es nicht aufhört. Wie bei einem von diesen Träumen, von denen man weiß, dass man sie hatte, deren Inhalt sich jedoch sofort in der Realität verliert, sobald man die Augen öffnet. Was war es? Woran erinnert er sich nicht?

»Ich werde zu ihr fahren«, sagt Maja wie aus dem Nichts.

»Du wirst zu wem fahren?«, fragt Daniel irritiert.

»Na, zu Albers«, erwidert Maja.

»Zu Albers?« Daniel runzelt die Stirn. »Und was sollte das bringen?«

»Sie weiß Dinge, die wir nicht wissen.«

»Schon. Nur, dass sie sie dir nicht sagen wird.«

»Für ein Exklusivinterview wird sie das.«

Daniel mustert Maja. Die Entschlossenheit hinter ihren blauen Augen, den maskenhaften Gesichtsausdruck, der so gekonnt kaschiert, was in ihr vorgeht.

»Du meinst das ernst«, sagt Daniel.

»Wenn du eine bessere Idee hast, immer nur raus damit.«

Er wünschte, er hätte eine. Aber sie hat recht. Abgesehen von Stein ist Albers die Einzige, die ihnen in diesem Moment weiterhelfen könnte. Auch wenn Daniel nicht glaubt, dass sie es tun wird.

»Was ist mit Wittenbrink?«, fragt er.

»Solange ich offiziell tot bin, kann ich keinen Termin bei ihm machen«, sagt Maja. »Ich weiß nicht, wann genau Robert aus Israel zurückkommt, aber bis dahin will ich nicht warten.«

Sie sieht ihn an. »Ich gehe zu Albers. Sie bringt mich in die Medien. Und dann fahre ich zu Wittenbrink.«

»Okay«, sagt Daniel und steht auf. »Ich fahre dich.«

»Ich kann auch die U-Bahn nehmen«, sagt Maja.

»Du kannst auch die Klappe halten«, erwidert er.

Maja lächelt, dann steht sie auf, greift nach seinem schwarzen Kapuzenpulli, den er vor ein paar Tagen über eine der Stuhllehnen gehängt hat, zieht ihn sich über den Kopf und geht in den Flur.

DANIEL, ALTE JAKOBSTRASSE 105, 10969 BERLIN, 13 MINUTEN SPÄTER

Daniel parkt den Wagen und stellt den Motor ab. Und in genau dem Moment, als er den Schlüssel aus dem Zündschloss zieht und Maja die Beifahrertür öffnet, um auszusteigen, fällt es ihm wieder ein. So, als hätte ihm jemand einen Schlag auf den Hinterkopf versetzt.

»Charles Ricker«, sagt Daniel.

Maja wendet sich ihm zu.

»Wie bitte?«, fragt sie.

»Charles Ricker«, wiederholt er. »Das ist es.«

»Das ist was?«, fragt Maja. »Wovon redest du?«

Daniel will antworten, aber er kann nicht. Er erinnert sich zu vage an das, was er damals gelesen hat. Es ist wie das Echo einer Stimme, das man hört, aber nicht versteht. Einzelne Bruchstücke, die er nicht zusammensetzen kann, die er aber zusammensetzen muss.

»Ich fahre zur Uni«, sagt Daniel unvermittelt.

»Okay.« Maja mustert ihn. »Ist alles in Ordnung?«, fragt sie.

»Ja, alles gut«, sagt Daniel, in Gedanken längst im Archiv der Universität. »Treffen wir uns um sechs bei mir in der Wohnung?«

»Nein, bei mir«, sagt Maja. »Ich habe die Schlüssel mitgenommen. Ich brauche was zum Anziehen.«

»Gut«, sagt Daniel, »dann um sechs bei dir.«

Er will, dass sie aussteigt, er muss los, nachsehen, ob die Unterlagen noch da sind. Wahrscheinlich nicht. Wahrscheinlich ist er zu spät. Warum ist er nicht früher darauf kommen? Die Verbindung ist eindeutig.

»Ist wirklich alles okay?«, fragt Maja noch einmal.

Daniel schaut zu ihr hinüber. Sie ist halb im Auto und halb draußen.

»Ja«, sagt er. »Wir sehen uns um sechs bei dir.«

TANJA ALBERS, REDAKTION BERLINER ZEITUNG, ALTE JAKOBSTRASSE 105, 10969 BERLIN, 9:46 UHR

Es ist nicht einfach, Tanja Albers zu überraschen. Wenn man Georg, ihren Lebensgefährten, bei dem Thema einbeziehen würde, er würde sagen, es ist unmöglich. *Dich kann man nicht überraschen. Es geht einfach nicht.* Tanja fragt sich, wie oft er ihr das in ihren gemeinsamen zwei Jahren zum Vorwurf gemacht hat. Das – und dass ihre Arbeit ihr wichtiger ist als ihre Beziehung, was im Grunde so viel heißt wie wichtiger als er. Und mit beidem hat er recht.

Doch in diesem Augenblick ist Tanja Albers überrascht. Mehr als das. Sie ist sprachlos. Selbstverständlich hat sie geahnt, dass etwas an der Sache faul ist. Sie wäre sogar so weit gegangen, dass der Unfall keiner war – und das auch schon vor dem Gutachten, das einer ihrer Informanten ihr heute Morgen aus dem Innenministerium zugespielt hat. Tanja hatte schon immer einen Riecher, was die Wahrheit betrifft. Manche können gut Klavier spielen, andere sind athletisch, Tanja durchschaut Menschen. Und eine Frau wie Patricia Kohlbeck, das wusste Tanja sofort, hätte niemals Selbstmord begangen. Jemand wie sie setzt sich still und heimlich ab und fängt irgendwo ein neues Leben an. Und wenn schon Selbstmord, dann eine Kugel in den Kopf, Patricia Kohlbeck hätte sich nicht ertränkt. Schon gar nicht zusammen mit ihrer Tochter. Einer Tochter, für die sie über Jahre hinweg irgendwelche Hautseren hergestellt hat. Nichts von alldem hat zusammengepasst.

Und dann verschwindet auch noch Maja Kohlbecks Leiche. Natürlich kann das mal vorkommen, aber normalerweise taucht so eine Leiche wenig später wieder auf – im falschen Krankenhaus, in einem Bestattungsunternehmen, irgendwo da, wo man Leichen vermuten würde. Doch Maja Kohlbecks Leiche ist nicht wieder aufgetaucht. Ganz einfach, weil es keine Leiche gibt. Und mit dieser Wendung hat Tanja Albers nicht gerechnet.

»Okay«, sagt sie schließlich. »Erklären Sie es mir. Sie wurden für tot erklärt, sitzen mir aber in diesem Moment ziemlich lebendig gegenüber. Wie ist das möglich?«

»Ich bin nicht hergekommen, um Ihnen irgendwas zu erklären«, sagt Maja Kohlbeck. »Sie sind Journalistin, finden Sie es selbst raus.«

Tanja Albers nickt langsam. Es ist eine kaum sichtbare Geste, hinter der sie zu verbergen versucht, dass sie beeindruckt ist. Kohlbecks Selbstsicherheit scheint nicht gespielt. Die Art, wie sie ihrem Blick standhält, eisblaue Augen, kühl und distanziert, so wie die ihrer Mutter, scharfe und doch entspannte Gesichtszüge, eine aufrechte Haltung, gestraffte Schultern – jedoch nicht absichtlich gestrafft, nicht für den Effekt, sondern ebenbürtig. Ein Gegenüber, das nicht vor ihr einknickt. Tanja Albers hat fast vergessen, wie sich das anfühlt. Sie ist schon so lange in diesem Geschäft. In diesem Haifischbecken, in dem sie sich durchgebissen hat. Man kommt nicht bis ganz nach oben in einer von Männern dominierten Branche, wenn man sich duckt. Sie weiß das. Sie ist ganz oben. Und sie hat vor, dort zu bleiben. Tanja Albers lehnt sich in ihrem Bürostuhl zurück und schlägt die Beine übereinander. Sie mochte Herausforderungen schon immer. Maja Kohlbeck ist so eine.

»Nun gut«, sagt Tanja mit dem Anflug eines Lächelns auf den Lippen, »was wollen Sie?«

»Informationen«, sagt Kohlbeck.

»Informationen also«, wiederholt Tanja. »Und worüber?«

Maja Kohlbeck schweigt. Eine blasse Maske aus Gleichgültigkeit. Sieht so eine Tochter aus, die gerade ihre Mutter verloren hat? Die auch noch dabei war, als es geschah?

»Informationen über den Unfall«, sagt Maja kühl.

»Und weshalb sollte ich Ihnen die geben?«

Kohlbeck lächelt, als hätte sie mit dieser Reaktion gerechnet. »Weil ich davon ausgehe, dass Sie diejenige sein wollen, die exklusiv darüber berichtet, dass ich noch am Leben bin«, sagt sie dann.

»Das stimmt«, sagt Tanja, »aber das kann ich auch, ganz ohne Ihnen irgendwelche Informationen zu geben.« Albers verschränkt zufrieden die Arme vor der Brust. »In diesem Fall bin ich meine eigene Quelle. Sie sitzen schließlich hier vor mir, ich habe Sie selbst gesehen. Ich brauche Sie nicht.«

Maja legt den Kopf schräg. »Und das würde Ihnen reichen? Kein Foto, kein Video, kein Beweis? Damit wären Sie zufrieden?«

Kurz ist es still.

»Das wäre also Ihre Gegenleistung?«, fragt Albers.

Kohlbeck nickt.

»Ein Foto oder ein Video?«

»Das kommt ganz auf die Informationen an, die Sie mir geben.«

In dem Moment, als Albers antworten will, klopft es an der Tür zu ihrem Büro und die neue Volontärin betritt den Raum. Tanja kann sich ihren Namen nicht merken – Lisa, Lena, Laura? Sie ist seit vier Wochen da. Eine unscheinbare dünne

Person, durchsichtig wie ein Schatten, ohne jegliches Händchen für Timing. Lisa, Lena, Laura kommt auch diesmal ungelegen. Sie nähert sich dem Tisch, dann stellt sie zwei Tassen Kaffee, eine Flasche Mineralwasser und zwei leere Gläser ab.

»Kann ich sonst noch etwas für Sie tun?«, fragt sie schwach.

Verschwinden, denkt Tanja Albers und sagt stattdessen: »Nein, das wäre alles. Sie können gehen.«

Ein paar Sekunden später fällt die Tür ins Schloss und Maja Kohlbeck greift unaufgefordert nach einer der beiden Kaffeetassen. Bei der Art, wie sie Tanja währenddessen ansieht, wird deutlich, dass sie sich ihrer Position durchaus bewusst ist. Sie kann Forderungen stellen, das weiß sie. Und das weiß auch Tanja. Trotzdem wird die kleine Kohlbeck wohl kaum gleich gehen, wenn ihr die Informationen nicht passen, die Tanja ihr gibt. Sie ist nicht ohne Grund zu ihr gekommen. Also wird Tanja ihr einfach irgendwas erzählen. Ihr ein paar Krumen hinwerfen und sie dann wieder wegschicken. Das dürfte nicht allzu schwierig sein. Wittenbrinks Kontaktdaten und das Gutachten sollten reichen.

»Ich will ein Video-Interview«, sagt Tanja und nimmt die zweite Kaffeetasse. »Und damit meine ich exklusiv. Niemand sonst bekommt eins.«

Maja sagt nichts. Darin ist sie gut, das muss Tanja ihr lassen.

»Außerdem will ich die schriftliche Erlaubnis, dass wir das Video auf allen Kanälen nutzen dürfen. Zeitlich unbegrenzt.«

Ein paar Sekunden wartet Maja, dann sagt sie: »Einverstanden. Aber nur, wenn Ihre Informationen mir weiterhelfen.«

»So läuft das nicht. Quid pro quo. Sonst können Sie ja einfach aufstehen und gehen, egal, was ich Ihnen gebe.«

Die Stille ist aufgeladen. Angespannt und feindselig.

»Okay«, erwidert Maja. »Sie bekommen ein Foto von mir,

auf dem ich die aktuelle Zeitung oder einen Kalender oder irgendwas hochhalte, das beweist, dass ich noch lebe und dass das Bild aktuell ist. Dieses Foto bekommen Sie in jedem Fall.«

Tanja Albers schürzt die Lippen. »Bekomme ich es vorab?«

»Nein«, sagt Maja. »Danach.«

MAJA, IM SELBEN MOMENT

Tanja Albers mustert mich. Es ist offensichtlich, dass ihr die Richtung nicht gefällt, die wir einschlagen. Sie sitzt mir gegenüber wie ein Hund, der sich bereit macht, anzugreifen. Misstrauische, enge Augen. Einschüchternd. Alles an dieser Frau ist einschüchternd. Ihr Aussehen, die Ausstrahlung, die Mimik.

Ihr Büro wirkt riesig, so als würde es mich jeden Moment verschlucken. Aber es ist nicht das Büro. Es ist Albers' Schweigen, das mich mürbe macht. Es gibt nicht viele Menschen, die so eine Wirkung auf mich haben – dass ich mich auf einmal wieder ganz klein fühle, wie ein Kind. Vielleicht hat es etwas damit zu tun, dass Tanja Albers mich an meine Mutter erinnert. Obwohl sie viel jünger ist und ihr nicht mal besonders ähnlich sieht. Ja, auch sie ist blond und auch sie ist zu hübsch für ihren Job. *Schöne Frauen werden nicht ernst genommen*, schießt mir die Stimme meiner Mutter durch den Kopf. Aber sie hatte ein herberes Gesicht. Ein Gesicht, das unmissverständlich gesagt hat: *Leg dich bloß nicht mit mir an.* Albers hat das auch, aber in der Hülle einer Puppe. Ich will wegsehen, überallhin, nur nicht in ihre Augen. Aber wenn ich das tue, wird sie mir nicht geben, was ich will, dann wird sie meine Schwäche wittern, also halte ich ihm stand, diesem Kräftemessen zwischen Frauen, wie ein Armdrücken mit Blicken.

Mir bricht der Schweiß aus.

Und dann frage ich mich, was meine Mutter in dieser Situation tun würde. Wenn sie an meiner Stelle wäre. Sie hier auf diesem Stuhl, gegenüber von Tanja Albers. Und dann weiß ich es. Mein Körper weiß es noch vor mir. Ich schiebe unvermittelt den Stuhl zurück und stehe auf. Es ist eine Entscheidung, die eigentlich gar keine ist. Eher ein Muskelzucken, das zu weit geht.

Tanja Albers schaut irritiert zu mir auf. Sie runzelt die Stirn.

»Wie es aussieht, werden wir uns nicht einig«, sage ich und stelle meine Kaffeetasse ab. »Wegen mir können Sie schreiben, was Sie wollen. Ich bin weg.«

Meine Fingerspitzen berühren bereits die Türklinke, als Tanja Albers hinter mir endlich »Okay« sagt.

Ich drehe mich zu ihr um, lasse aber meine Hand an der Klinke. Albers ist aufgestanden.

»Okay was?«, frage ich.

»Ihre Regeln«, erwidert sie und zeigt auf den Stuhl, auf dem ich bis eben saß. »Setzen Sie sich wieder hin. Ich sage Ihnen, was Sie wissen wollen.«

MAJA, 62 MINUTEN SPÄTER

Der Gehweg ist menschenleer. Wie eine verwaiste Kulisse, in der es nur mich gibt. Ich rufe bei Daniel an, aber der scheint kein Netz zu haben, denn es geht nur die Mailbox an. Ich lege auf, ohne eine Nachricht zu hinterlassen, dann schaue ich an dem Gebäude neben mir hoch. Hinter einem dieser Fenster im vierten Stock sitzt Tanja Albers und bereitet meine Auferstehung von den Toten vor. Ich denke an das, was sie gesagt hat. Viele Sätze, aber einer immer wieder: »Irgendjemand hat sich an der Software des Wagens Ihrer Mutter zu schaffen gemacht, die Bremsen haben nicht zufällig versagt – Sie wissen, was das bedeutet.«

Ja, das weiß ich. Dass es kein Selbstmord war. Und auch kein Unfall.

»Wer, glauben Sie, war es?«

»Schwer zu sagen, Politiker haben viele Feinde.«

Sie muss es wissen. Sie ist einer davon.

»Es ist eher unwahrscheinlich, dass das Ganze mit Ihnen zu tun hat.« *Das Ganze.* Genauso hat sie es gesagt. Ein lapidarer Satz. »Aber völlig ausschließen lässt es sich trotzdem nicht. Wenn ich Ihnen einen Rat geben darf: Vertrauen Sie niemandem.«

Ich wette, sie vertraut niemandem. Keiner Menschenseele. Vielleicht ist das der Preis, den man zahlt.

Ich rufe ein weiteres Mal bei Daniel an. Wieder nur die Mailbox. Beim Klang der Ansage wird ein ungutes Gefühl in mir wach. Eine nicht greifbare Angst davor, dass ihm etwas zugestoßen sein könnte. Dass ich ihn nie wiedersehe. Dass jemand uns folgt, mir und ihm. *Das ist alles nur in deinem Kopf*, denke ich und schiebe die Gedanken weg, so weit weg wie möglich. Und dann sage ich mir, dass Daniel einfach nur an der Uni ist, dass er kein Netz hat und dass das schon oft so war. Nur, dass ich mir das leider nicht glaube. Die innere Unruhe bleibt. Als wüsste mein Körper etwas, das ich nicht weiß. Meine Haut, jeder Zentimeter davon. Eine Vorahnung, die viel mehr ist als das.

Die Mailbox-Ansage endet, dann piept es und ich hinterlasse eine Nachricht, obwohl ich das sonst nie tue.

»Hi, ich bin's«, sage ich. »Ich kann dich nicht erreichen. Vermutlich ist nichts, aber irgendwie mache ich mir Sorgen um dich.« Ich schaue hoch in einen graublauen Himmel, der schwer und undurchdringlich über mir liegt. »Ruf mich an, okay? Und sei vorsichtig.«

Ich lege auf. Mein Herz rast, als wäre mein Kreislauf der Lauf der Dinge, ein Abbild der Realität und nicht nur ein Anzeichen meiner Angst. Ich muss mich zusammenreißen. Und von hier verschwinden. Mein Blick fällt auf die Uhr. Wenn ich mich beeile, schaffe ich es vielleicht noch, bevor das Video online geht.

Ich denke an Robert, an seine Warnung von gestern. *Sie werden dich belagern, Maja. Die Presse, die Fotografen … sie werden dir auflauern, sie werden überall sein, wie die Schmeißfliegen.* Ich habe es selbst losgetreten. Das war ich. Andererseits wäre es irgendwann ohnehin passiert. So habe ich wenigstens entschieden, wann – und ein paar Informationen dafür bekommen.

Ich öffne Google Maps. Mit dem Auto wären es sechs Minuten von hier zu mir nach Hause. Nur, dass ich leider kein

Auto habe. Und mit den Öffentlichen dauert es knapp eine halbe Stunde, also fast genauso lang wie zu Fuß, weil ich mehrfach umsteigen müsste. Ich starte die Lime-App und suche den nächsten Elektroroller. Er ist keine hundert Meter von mir entfernt. Das ist die schnellste Variante.

Ein Stück die Straße runter kommt mir eine Frau mit Hund entgegen. Sie sieht mich an – länger, als man jemanden normalerweise ansieht. Ich stülpe mir die Kapuze von Daniels Pullover über den Kopf und ziehe sie mir bis tief in die Stirn. Keine Ahnung, ob die Frau mich erkannt hat, es wäre möglich. Ich gehe schneller, mein Blick fällt auf die App. Angeblich sind es nur noch zwanzig Meter bis zu dem Roller. Dann entdecke ich ihn, scanne den Code und fahre los.

Und auf einmal fühlt es sich wieder so an, als wäre jemand hinter mir. Als würde mir jemand folgen. Augen, die mich begleiten, und Blicke, die mich berühren. Ich spüre sie im Rücken, schaue mir über die Schulter, sehe aber niemanden. Alles scheint normal. Ein früher Nachmittag, wie jeder frühe Nachmittag.

Ich fahre weiter, fließe mit den Autos und Radfahrern und Fußgängern durch den Stadtverkehr, bin eine von vielen. Und trotzdem werde ich das Gefühl nicht los, dass da jemand ist. Jemand, den ich nicht sehe.

Er aber mich.

DANIEL, BONHOEFFER-WEG, ALTES GELÄNDE DER CHARITÉ, ZUR SELBEN ZEIT

Als er zum dritten Mal nach seinem Handy greift, nur um wieder festzustellen, dass er kein Netz hat, seufzt Daniel über sich selbst. Er sollte es wirklich besser wissen. Immerhin hat er zwei Jahre lang hier unten gearbeitet. In diesem Archiv, von dem kaum jemand weiß. Nicht etwa, weil es so geheim wäre, sondern weil es niemanden interessiert. Dieses Funkloch unter der Charité, von dem sie die Zugangscodes nie ändern. In diesem Fall ein Glück, sonst wäre er nicht reingekommen.

Es war ein lukrativer Nebenjob. Er hat ihn gern gemacht. Gutes Geld für wenig Arbeit. Akten und Dokumente digitalisieren. Kühle Sommer und keiner, der ihn nervt, weil keiner ihn erreichen kann. Daniel hat dieses abgeschnittene Gefühl stets gemocht. Wenn er fertig war, ist er meistens geblieben und hat noch gelernt. Vollkommene Stille – nur das Summen der Server. Einmal ist er nachts mit Maja hergekommen. Das war vor ein paar Monaten. Sie waren davor etwas trinken und dann sind sie hier gelandet. Zwischen deckenhohen Regalen voller Ordner. Sie hat damals den Anfang gemacht. Er wollte es, hat sich dann aber nicht getraut. Seitdem ist dieses Stückchen Boden zwischen Regal fünf und Regal sechs heilig für ihn. Als wäre dort etwas von ihnen zurückgeblieben.

Danach sind sie zusammen über das geisterhaft leere Gelände gestreift. Allein mitten in der Stadt. Nur die wenigsten wissen, dass unter den alten Backsteinbauten alle Daten der Uni-Klinik, der diversen Institute und Labore zusammenlaufen. Dass alles auf diesen Servern landet. Bevor Daniel hier gearbeitet hat, hat er es auch nicht gewusst.

Jetzt, über zwei Jahre später, sitzt er im Halbdunkel der Schreibtischlampe, neben sich die zweite Tasse Kaffee, und durchforstet die digitalen Archive.

Die Suche nach »Charles Ricker« hat acht Ergebnisse geliefert, aber nichts davon hatte mit dem Dokument zu tun, das Daniel versucht zu finden. Was, wenn er gar nicht Charles Ricker hieß, was, wenn Daniel sich täuscht? Er hat verschiedene Varianten ausprobiert, verschiedene Schreibweisen, aber es war nichts Passendes dabei. Im Anschluss hat er den Zeitraum eingegrenzt, doch das lieferte, trotz des Filters, noch Tausende Einträge – Einträge, die er jetzt seit fast einer Stunde einzeln durchsieht.

Daniel trinkt einen Schluck Kaffee und öffnet den nächsten Ordner. Wieder nichts. Noch ein Schluck Kaffee. Ein Unterordner. Siebenundvierzig Dateien. Daniel schüttelt den Kopf, er öffnet die erste, dann die zweite. Aber nichts. Natürlich nicht. Die Person, die die Papers damals versehentlich auf einem der Server gespeichert hat, hat ihren Fehler mittlerweile vermutlich längst rückgängig gemacht. Es ist über ein Jahr her. Mehr als genug Zeit, alle Daten zu löschen.

»So eine verdammte Scheiße«, sagt Daniel und steht so abrupt auf, dass der Drehstuhl nach hinten umkippt. Es macht ein hohles Geräusch, als die Lehne auf den Teppich trifft. Dann ist es wieder still.

Vielleicht sollte er einfach aufgeben. Er könnte zu Maja fahren und dort auf sie warten. Aber er hat keinen Schlüssel. Und abgesehen davon, ist Daniel sich sicher, dass die Dokumente hier irgendwo noch sind. Sie sind da. Er weiß nur nicht, wo.

Daniel geht auf und ab. Immer wieder dieselbe Strecke. Einmal um den Schreibtisch, zweimal um den Schreibtisch. Warum zum Teufel hat er sich den Scheißnamen nicht einfach gemerkt? Oder das Dokument irgendwo gespeichert? Oder besser noch ausgedruckt? Er ist so ein Idiot. So ein unglaublicher Idiot. Andererseits: Warum hätte er das machen sollen? Es hatte nichts mit ihm zu tun. Und auch nicht mit seinem Studium. Daniel hat die Datei überhaupt nur durch Zufall entdeckt. Wegen des eindeutigen Vermerks *Verschlusssache, streng vertraulich*. Er hat es damals für einen Witz gehalten. Er erinnert sich, dass er laut lachen musste, als er die Abhandlung gelesen hat. Jetzt lacht er nicht mehr. Nicht, nachdem er Majas Krankenakte kennt. Sie liest sich fast genauso. Wie eine seltsame Fortsetzung.

Es war irgendwas mit Studien, denkt Daniel. *Maritime Studien?*

Nein, das war es nicht. Ähnlich, aber anders. Im nächsten Moment gefriert er mitten in der Bewegung.

Marin-Studien.

Das war es. Oder? Kann das sein?

Daniel bückt sich nach dem Schreibtischstuhl, er stellt ihn auf und setzt sich. Seine Hände sind kalt, blutleer. *Marin-Studien.* Das ist es. Das war der Name. Er tippt ihn mit zitternden Fingern in das Suchfeld der Maske, dann drückt er Enter.

Kein Ergebnis.

Das kann nicht sein. Daniel versucht es noch einmal. Wieder nichts.

Sie dürfen nicht weg sein. Irgendwo sind sie noch. *Denk nach, denk nach.* Daniel schließt die Augen. Er dehnt sein Genick und das Knacken hallt laut durch die Stille. Er geht jeden Schritt der Back-up-Kette durch. Das Protokoll, an das sich jeder, der im medizinischen Archiv arbeitet, akribisch zu halten hat. Es gibt eine bestimmte Reihenfolge, einen bestimmten Ablauf, wie was wo gespeichert werden muss.

Die alten Server, schießt es Daniel durch den Kopf.

Er öffnet die Augen. Das ist es.

Jeden ersten Mittwoch im Monat wurden auf den alten Servern zusätzliche Sicherungskopien erstellt. Irgendwann hat man die dann eingestellt, weil diese Back-ups *manuell* durchgeführt werden mussten. Aber vielleicht wusste die Person, die diese Dokumente gelöscht hat, nichts davon.

Daniel steht auf. Vielleicht sind sie noch da. Vielleicht hat er Glück.

Er rennt den Gang hinunter zum alten Serverraum, so vertieft in seine Gedanken, dass er die Gefahr nicht wahrnimmt. Die beinahe lautlosen Schritte, die sich ihm nähern. Die elektrische Anspannung in der Luft. Den Schatten, der ihm folgt.

MAJA, SCHENKENDORFSTRASSE, ECKE BERGMANNSTRASSE, 23 MINUTEN SPÄTER

Der Himmel ist seltsam düster, ein Grau, das ins Grün übergeht, ähnlich dem Farbton von Flusswasser. Die Stimmung ist elektrisch aufgeladen. Ich will nicht an meine Mutter denken, nicht daran, wie sie neben mir ertrinkt, also zwinge ich mich, an etwas anderes zu denken – an das Gespräch mit Albers. An die Informationen, die sie mir gegeben hat. Es war nur ein Bruchteil der Wahrheit, aber es ist ein Anfang. *Wittenbrink war jahrelang der Anwalt Ihrer Mutter. Aber ich nehme an, das wussten Sie.* Nein, bis gestern wusste ich das nicht. So wie ich eigentlich nichts von meiner Mutter weiß. *Ich habe mehrfach versucht, Wittenbrink ans Telefon zu kriegen, aber wie Sie sich wahrscheinlich denken können, war er nicht zu sprechen.*

Ich schaue den Gehweg hinunter, zu der Ansammlung von Menschen direkt vor meinem Hauseingang. Die Luft ist schwül, die Blätter bewegen sich nicht, ich höre keine Vögel zwitschern, keine Motorengeräusche, keine Stimmen, nichts. Diese Stille beunruhigt mich. Als würden Bild und Ton nicht richtig zusammenpassen. Die Journalisten und Fotografen stehen in gelangweilter Anspannung vor dem Haus. Noch haben sie mich nicht bemerkt. Aber sie warten – auf mich.

In dem Moment, als ich das denke, sieht einer von ihnen auf. Er schaut in meine Richtung. Aber wegen der Sonnenbrille, die er trägt, weiß ich nicht, ob er mich gesehen hat. Eine seltsame Bedrohung liegt in der Luft. Ich sollte verschwinden, bevor es zu spät ist. Und dann tue ich es. Ich verstecke mich hinter der Hausmauer, bleibe in ihrem Schatten stehen, die Wand im Rücken, den Roller neben mir. Ich habe zwei Möglichkeiten. Erstens: Ich nehme Sofies Route in die Wohnung – über die Schenkendorfstraße. Die Eingangstür der Nummer zwei kann man nicht absperren, das Schloss ist seit Jahren kaputt. Ich weiß das so genau, weil Sofie und ich diesen Eingang mehrere Monate genutzt haben, um über die Hintertür in unser Haus zu kommen. Sofie konnte ihren Schlüssel damals nicht finden. Und ich wollte meine Mutter nicht fragen, ob wir einen nachmachen dürfen. Es war relativ kurz nach unserem Streit. Ich will nicht daran denken. Weder an den Grund noch an die Dinge, die wir beide gesagt und genau so gemeint haben. Es ist lange her. Um den Schlüssel hat Robert sich letzten Endes gekümmert. Und bis dahin haben wir meinen bei den Mülltonnen deponiert. Unseren Hof und den der Nummer zwei trennt nur eine Backsteinmauer. Sie ist nicht besonders hoch, man kann leicht drüberklettern. So kommt man über den Hintereingang zu uns ins Haus.

Ich habe den Ersatzschlüssel, ich käme also rein.

Oder aber, Möglichkeit Nummer zwei: Ich fahre zu Wittenbrink. Albers' Video ist, wie es aussieht, inzwischen online gegangen, sonst wären wohl kaum so viele Reporter hier. Und das Video beweist, dass ich noch lebe.

Wenn Wittenbrink in der Kanzlei ist, wird er mich empfangen. Mit dem Roller bin ich nicht gerade schnell, komme aber zumindest hier weg. Und weg ist gut.

Ich spähe vorsichtig um die Ecke. Es sind noch mehr Journalisten als eben. Sie scharen sich um den Eingang wie um ein verendetes Tier.

Vielleicht weiß Wittenbrink etwas über den Unfall. Oder über die, die ihn verursacht haben. Vielleicht hat meine Mutter ihm gegenüber etwas erwähnt. Immerhin waren sie mehr als nur geschäftlich verbunden. Und selbst wenn er nichts weiß, kann er mir vielleicht wenigstens die Schlüssel zu ihrem Haus besorgen – meine habe ich vor knapp zwei Jahren meiner Mutter auf den Tisch geknallt und bin gegangen.

Seitdem war ich nie wieder dort.

DANIEL, BONHOEFFER-WEG, ALTES GELÄNDE DER CHARITÉ, ZUR SELBEN ZEIT

Daniel liest die Abhandlung im Stehen über den Schreibtisch gebeugt. Das Licht ist schwach, ein dunstig gelber Kreis in der Dunkelheit. Er hat Rickers Studie sofort gefunden, sie schien dort auf ihn gewartet zu haben, geduldig hinter verschlossenen Türen. Oder aber jemand *wollte*, dass er sie findet. War es Zufall oder Absicht? Ein Versehen? Daniel weiß es nicht.

Er hat das Dokument ausgedruckt, siebenundzwanzig Seiten, und sofort begonnen zu lesen. *Charles Ricker, Meeresbiologe, Professor in Yale,* steht in der Vita. *Gemeinsam mit seiner Frau Karin, ebenfalls Meeresbiologin, betrieb Ricker fast fünfundzwanzig Jahre lang maritime Forschungsarbeit. Dabei widmeten sich ihre Untersuchungen überwiegend den Auswirkungen des menschlichen Handelns auf die Ökosysteme der Ozeane und deren Fauna. Zu diesen Themen veröffentlichten sie mehrere Bücher und Thesen, die weltweit Anerkennung fanden. 2011 kamen beide bei einem Autounfall ums Leben.*

Ausgerechnet ein Autounfall.

Daniel legt die Vita zur Seite und widmet sich den Forschungsergebnissen. Und es ist dasselbe Gefühl wie damals. Ein ungläubiges Staunen, ein klares Abstreiten dessen, was da geschrieben steht – mit dem Unterschied, dass er diesmal weiß, dass es stimmt. Dass es sich bei dieser Arbeit keineswegs um das Werk eines Irren handelt, sondern um Tatsachen. Um eine Wahrheit, die größer ist, als er begreift.

Daniel betrachtet die Fotografien der Iriden, die alle auf

ähnliche Art verfärbt sind. Ein warmer Bernsteinton um die Pupille, der sich wie ein goldenes Feuer ausbreitet. Darunter ist vermerkt: *Änderung der Iris, Grund bislang unklar. Wasser und Dunkelheit begünstigen Heilungsprozesse.*

Daniel schaut auf.

Maja war achtzehn Minuten lang unter Wasser. Und danach mehrere Stunden in einem Leichensack. Wenn das hier stimmt, optimale Bedingungen. Aber an eine Verfärbung ihrer Iris kann er sich nicht erinnern. Vielleicht ist sie ihm einfach nicht aufgefallen. Andererseits ist die Farbgebung auf diesen Fotos so eindeutig, dass es Daniel schwerfällt, sich vorzustellen, dass er sie übersehen haben könnte. Im selben Augenblick bemerkt er die Aufnahme einer Iris, deren Verfärbung nur minimal ist. Ein hauchzarter Ring, kaum sichtbar. Wie eine Spiegelung auf einer schwarzen Wasseroberfläche. Wenn es bei Maja so aussah, hätte er es übersehen.

Daniel blättert weiter.

Auf den Folgeseiten sind Mikroskopaufnahmen von Hautzellen abgebildet. Es sind Hautzellen mit Neuronen.

Unmöglich, denkt Daniel. Und doch ist es so. Er betrachtet das dichte Geflecht aus neuronalen Zellen, folgt mit dem Blick den winzigen Verästelungen, die das Hautgewebe durchziehen – ein zweites Gehirn, das den gesamten Körper umspannt.

Danach steht Daniel einen Moment lang da und schaut leer in die Dunkelheit. Sein träger Verstand versucht zu verarbeiten, was er gerade gesehen hat, zu begreifen, was nicht zu begreifen ist. Immer mehr Puzzleteile fügen sich zu einem Ganzen, sie setzen sich zusammen, eins nach dem anderen.

Und plötzlich ergibt alles Sinn.

Daniel hat schon immer geahnt, dass da mehr ist, als er

weiß. Mehr, als er sich erklären kann. Ein Geheimnis, in das nur eine Handvoll Menschen eingeweiht ist. Ein erlauchter Kreis, zu dem er nun auch zählt.

In dem Moment hört er ein Geräusch. Er kennt es. Es ist das Quietschen der Feuerschutztür zum Serverraum.

Daniel bewegt sich nicht, er steht einfach da, hält den Atem an, wartet auf dumpfe Schritte auf dem Estrich, auf eine Stimme, darauf, dass jemand etwas sagt oder dass ein Gesicht neben dem Regal auftaucht. Doch es bleibt still. Keine Bewegung, kein Laut, nichts. Als wäre er nicht der Einzige, der in diesem Augenblick nicht atmet. Nicht der Einzige, der dasteht und lauscht.

Daniel unterdrückt den Impuls *Hallo* zu rufen, *Ist da jemand?* Weil da jemand sein muss. Jemand, der nicht gehört werden will. Jemand, der seinetwegen hier ist.

Das Unbehagen schlägt in Angst um. Daniel spürt die Gefahr. Sie stellt seine Nackenhaare auf, dann die seiner Arme, sie kriecht als Gänsehaut über seinen Rücken, pocht als Herzschlag in seinen Ohren, lässt seine Finger taub und kalt werden. Dann wieder ein Geräusch, leise wie ein Flüstern, Metall auf Metall, fast nicht zu hören, aber eindeutig da. Daniel kennt die Stille hier unten, wie von der Welt verschluckt. Allumfassend. Sonst ist da kein Laut. Nur sein Atem und das Surren der Computer.

Diese Stille ist anders. Ein Knistern in der Luft.

Er muss weg hier.

Schnell oder leise, denkt Daniel – und entscheidet sich für schnell.

Er rafft alle Papiere zusammen, alles, was dort liegt, alles, was er zu fassen bekommt. Dann rennt er los.

Die Dunkelheit kommt ihm entgegen, schnelle Schritte

folgen ihm. Er rennt, jemand rennt ihm nach. Daniel hätte es wissen müssen. Wer auch immer dahintersteckt, hat nicht umsonst alles darangesetzt, die Ergebnisse dieser Studie verschwinden zu lassen. *Streng vertraulich. Verschlusssache.* Daniel rennt weiter, er stolpert, fängt sich wieder, biegt ab, links und rechts von ihm ragen Regale auf wie schwarze Türme, der Gang dazwischen ist dunkel und schmal. Daniel erreicht die Tür zur Poststelle, außer Atem, mit schwitzigen Händen, er reißt sie auf, wirft sie hinter sich zu, schließt schnell ab. Kurz ist es stockdunkel. Er schaltet das Licht ein, sieht die zweite Tür, rennt los, sperrt auch sie ab. Und in dem Moment, als er dort steht, mitten in diesem Raum, umgeben von Wänden und nichts, weiß Daniel, dass er dort lebend nicht wieder rauskommen wird. Dass es das war, dass es keinen Ausweg gibt. Er weiß es so, wie man manche Dinge einfach weiß. Gewissheiten. Fakten.

Ein erster Tritt erschüttert die Tür, kurz darauf ein zweiter. Daniel muss sich beeilen. Dafür sorgen, dass Maja diese Dokumente bekommt. Dass sie die Wahrheit erfährt, an der er nur gekratzt hat.

Er läuft zu den Fächern mit den Umschlägen, greift nach einem, der groß genug ist, steckt die Papiere hinein und klebt ihn zu. Noch ein Tritt, Daniel zuckt zusammen, hört, wie das Holz der Tür splittert. Doch noch hält sie. Er schreibt Majas Anschrift auf die Vorderseite des Kuverts, verschreibt sich beim Straßennamen, streicht den Fehler durch, verbessert ihn. Seine Schrift sieht fremd aus, krakelig, wie die eines Kindes, sein Herz rast. Dann vermerkt er seinen Namen als Absender auf der Rückseite. Zuletzt gibt er noch an: *Per Frühkurier zustellen*, danach stopft er den Umschlag in einen der zylindrischen Behälter, schraubt ihn zu und läuft zur Rohrpostanlage.

Links ist die Expresslinie rüber in die Klinik, rechts die normale, erinnert sich Daniel an Frau Weber. Sie hat ihn damals eingearbeitet. *Die eiligen Anfragen immer links, alles andere rechts.*

Daniel steckt den Behälter in die linke Öffnung – es ist ihm vollkommen egal, wo er ankommt, Hauptsache, er kommt an –, dann schließt er die Luke. Sein Verstand ist seltsam ruhig, sein Körper in Aufruhr.

Als Daniel den Behälter per Knopfdruck abschickt, spürt er, wie seine Finger zittern. Im selben Moment bricht die Tür. Es ist ein beinahe schmerzhafter Laut, ein Geräusch wie von splitternden Knochen.

Daniel dreht sich um. Er sieht in ein Gesicht voller Schatten.

Und dann sieht er nichts mehr.

MAJA, KANZLEI WITTENBRINK & PARTNER, 11:46 UHR

Ich stehe in Wittenbrinks Büro. Umgeben von holzvertäfelten Wänden und deckenhohen Regalen. Die Buchrücken sind alt, einige davon aufwendig verziehrt. Sie wirken wie Attrappen. Als wären die Regale in Wahrheit Türen zu geheimen Hinterzimmern und dieses Büro nur Tarnung. Ein Ikea-Raum mit besseren Möbeln. An den hohen Fenstern hängen schwere Vorhänge, an der Wand links neben mir steht ein imposanter Kamin, davor eine ausladende Couch – aber keine persönlichen Gegenstände. Kein Foto. Keine Bilder von Reisen, der Familie oder dem Hund. Keine Auszeichnungen oder Urkunden von Universitätsabschlüssen. Nichts. Es ist wie eine Filmkulisse, der der letzte Schliff fehlt. Eine Inszenierung nur für mich.

»Frau Kohlbeck«, sagt dann eine Männerstimme hinter mir. Sie ist tief und ruhig und auf eine Art selbstsicher, die mich abstößt und fasziniert. Ich wende mich ihm zu. Er ist groß und schlank, ich schätze ihn auf Ende vierzig. Sein Gesicht ist kantig, sein dunkelblauer Anzug maßgeschneidert und seine Schuhe so sauber, dass mir der Zustand meiner für einen Moment tatsächlich unangenehm ist.

»Ich dachte, Sie sind in einem Termin«, sage ich.

»Das war ich auch«, entgegnet er. »Ich habe ihn abgebrochen.«

Er streckt mir die Hand entgegen und ich nehme sie.

»Ich bin Carl Wittenbrink.« Er klingt wie jemand, der immer Geld hatte, und damit wie jemand aus meiner Welt, nur, dass ich mich dort nie zugehörig gefühlt habe. »Es freut mich, Sie kennenzulernen«, fährt er fort und ich bin mir sicher, dass er jeden Moment hinzufügen wird, dass er wünschte, die Umstände unseres Zusammentreffens wären andere gewesen. Aber das tut er nicht. Er sagt: »Ich habe mich in den letzten zehn Jahren um die rechtlichen Belange Ihrer Mutter gekümmert.« Sein Blick ist ernst und sachlich, sein Händedruck perfekt. Er dauert nur zu lang. »Mein aufrichtiges Beileid.« Kurze Pause. »Ich habe Ihre Mutter sehr geschätzt.«

Ich frage ihn nicht, wie sehr, denke stattdessen an Robert und wie er gesagt hat: *Ich traue Carl nicht.* Wittenbrink lässt meine Hand los und deutet zu seinem Schreibtisch. Ich spüre seine Wärme noch auf meiner Haut.

»Wollen wir uns setzen?«, fragt er.

Ich will Nein sagen. Nein, ich will mich nicht setzen. Ich will nicht mal hier sein. Und ich will auch nicht mit Ihnen reden. Ich will nicht hören, was Sie mir zu sagen haben, weil das, was Sie mir sagen werden, bedeutet, dass es stimmt. Dass sie tot ist. Dass es nicht nur ein Traum war. Dass ich wirklich neben ihr saß und dabei zugesehen habe, wie das Leben sich aus ihr zurückgezogen hat. Ich weiß, dass es so ist. Ich weiß das alles. Und morgen wird sie beerdigt. Ich werde ein schwarzes Kleid tragen, meine Haare hochstecken und meine Augen dunkel schminken. Ich werde nicht aussehen wie ich, sondern wie man es von mir erwartet. Hunderte Menschen werden in schwarzen Trauben um mich herumstehen, die Frauen mit kleinen Hüten mit Spitzenborte, die Männer mit betretenen Blicken. Sie werden mir alle ihr Beileid aussprechen, sie werden mir sagen, wie leid es ihnen tut und was für eine großartige Frau meine Mutter gewesen ist. Eine Ausnahmepolitikerin. Integer. Loyal. Menschlich. Jemand, auf den man zählen konnte. Sie werden betroffen sein. Aber nur, solange ihnen jemand dabei zusieht. Danach werden sie weiter E-Mails checken, Nachrichten verschicken und Fotos posten. Sie werden sich unterhalten und lachen und das Essen genießen.

Für diese Leute war Patricia Kohlbeck die Innenministerin. Für mich war sie Familie – auch, wenn wir nichts mehr miteinander zu tun hatten. Nein, meine Mutter und ich standen uns nicht nah, wir waren so gut wie nie einer Meinung, und wenn wir uns gesehen haben, haben wir gestritten. Und jetzt ist sie tot.

Ich werde bei ihrer Beerdigung nicht weinen. Ich werde einfach nur dastehen und Hände schütteln und mich bei jedem für sein Erscheinen bedanken. Für die schönen Blumen und die aufwendigen Kränze. Für die Anteilnahme. Wir werden umringt sein von einer menschlichen Mauer aus Fernsehteams und Berichterstattern, die die Trauerfeier live übertragen. Ein mediales Spektakel. Weil der Tod Einschaltquoten bringt, wenn die richtigen Leute sterben. Und danach werden die Reporter mir auflauern: vor dem Anwesen meiner Mutter, vor dem Haus, in dem ich wohne. Sie werden auf mich warten, mir immer einen Schritt voraus sein, als wüssten sie genau, was ich vorhabe und wo ich hinwill. Und wenn sie mich sehen, werden sie mir zurufen: *Maja, was ist geschehen in jener Nacht?* Und: *Wie kann es sein, dass Sie überlebt haben?* Und: *War es überhaupt ein Unfall?*

Aber ich habe keine Antworten, nur Fragen.

Also nein, ich will mich nicht setzen. Ich will nicht mal hier sein. Trotzdem tue ich es. Ich setze mich hin und schweige.

Und dann stelle ich mich dem letzten Willen meiner Mutter.

MAJA, 15 MINUTEN SPÄTER

»Da wären zum einen die Immobilien – das Haus Ihrer Mutter am Wannsee und die Wohnung in der Bergmannstraße 18, die Sie und Sofie Stein derzeit bewohnen. Dazu kommen das Aktienvermögen, einige Wertpapiere und die Uhrensammlung Ihres Großvaters«, sagt Wittenbrink mit einem Blick auf eine Liste, die vor ihm auf dem Tisch liegt.

Ich runzle die Stirn. »Ich weiß nichts von einer Uhrensammlung.«

»Sie umfasst knapp vierzig teilweise sehr seltene Modelle«, sagt Wittenbrink, »Ihre Mutter hat sie nach dem Tod ihres Vaters geerbt und im Laufe der Jahre noch um ein paar sehr exquisite Stücke erweitert.« Wittenbrink hält kurz inne, fügt dann hinzu: »Ein paar davon hat sie bei uns in einem Schließfach verwahrt. Neben etwas Gold und den Ersatzschlüsseln zu den beiden Immobilien.«

»Die Schlüssel sind hier?«, frage ich. »Kann ich sie haben?«

Wittenbrink nickt. »Selbstverständlich«, sagt er. »Sie gehören nun Ihnen.« Er hält inne. »Sofern Sie das Erbe antreten.«

»Das tue ich«, sage ich.

»Davon war auszugehen«, sagt Wittenbrink und erhebt sich von seinem Stuhl. »Ich hole eben das Schließfach, wenn Sie mich bitte entschuldigen würden.« Damit wendet er sich ab und geht mit langen Schritten zu einem der Regale. Er nimmt aus dem Fach in Brusthöhe zwei Bücher heraus, dann gleitet er mit der Hand in die Lücke, die so entstanden ist, und im nächsten Augenblick fährt das Regal zu seiner Linken wie auf

Schienen zur Seite. Zum Vorschein kommt ein kleiner Raum, dunkel und schmal – das Hinterzimmer, das ich dort vermutet hatte. Wittenbrink sieht mich kurz an, dann geht er hinein, die Lichter schalten sich automatisch an. Ich höre, wie ein Schlüssel in ein Schloss gesteckt und umgedreht wird, dicht gefolgt von einem metallischen Geräusch. Es ist kein Quietschen, eher ein Schieben, Metall auf Metall. Wenig später kommt Wittenbrink mit einer Schließfachkassette zurück zum Schreibtisch. Er stellt sie vor mir ab und öffnet sie.

»Wenn es Ihnen lieber ist, lasse ich Sie für einen Moment allein«, sagt er.

»Nicht nötig«, sage ich und inspiziere den Inhalt. Zwei Uhrenboxen, eine große und eine kleinere, ein schwarzes Säckchen, zwei Satz Schlüssel, die Fernbedienung des Gartentors.

Ich betrachte die Uhren durch den Glaseinsatz im Deckel der größeren Box.

»Ich kenne mich mit Uhren nicht aus«, sage ich dann.

»Wenn ich ganz ehrlich bin, bin ich auch kein Experte auf dem Gebiet«, sagt Wittenbrink, »doch in diesem Fall kenne ich die Expertise. Der Marktwert von jeder dieser drei Uhren liegt bei zwischen achtzig- und hundertfünzigtausend Euro.«

Ich starre ihn an. »Das ist nicht Ihr Ernst.«

»Doch, ist es«, erwidert er trocken. »Ihre Mutter hat sie als lukrative Wertanlage verstanden. Es gibt Uhren, die sind weitaus wertbeständiger als so manche Aktie.« Wittenbrink macht eine kurze Pause, dann deutet er auf die zweite Box und sagt: »Diese beiden hier sind Erbstücke.« Er zeigt auf den Deckel. »Darf ich?« Ich nicke, dann öffnet er ihn. »Die goldene Taschenuhr ist bereits seit drei Generationen im Besitz Ihrer Familie. Sie ist über zweihundert Jahre alt.« Wittenbrink lächelt. »Und diese hier«, er zeigt auf eine Armbanduhr mit schwarzem Zifferblatt, »diese hier hat Ihrem Vater gehört.«

»Sie meinen, meinem Großvater«, korrigiere ich ihn.

»Nein, nein«, sagt Wittenbrink. »Ihrem Vater.«

Ich mustere ihn skeptisch.

»Zumindest ist es das, was Ihre Mutter erzählt hat. Genaueres weiß ich auch nicht.« Wittenbrink lehnt sich in seinem Stuhl zurück. »Bei diesen beiden Stücken habe ich den Marktwert nicht bestimmen lassen. Ihre Mutter war an einer monetären Einschätzung nicht interessiert. Sie hätte keine der beiden Uhren jemals verkauft. Aber wenn Sie möchten, kann ich das für Sie in Erfahrung bringen.«

Ich mustere Wittenbrink. »Nein, vorerst nicht«, sage ich und greife nach der Uhr, die angeblich meinem Vater gehört hat. Meine Mutter hat nie über ihn gesprochen, ganz egal, wie sehr ich sie dazu gedrängt habe. Ich glaube, es war das Thema, weswegen wir am häufigsten gestritten haben – einmal abgesehen von ihrer Forschungsarbeit. Andererseits, wenn Albers' Recherchen stimmen, bin ich das Ergebnis einer künstlichen Befruchtung – aber hätte mir meine Mutter das nicht einfach sagen können? *Ich wollte ein Kind, es gab nur leider keinen passenden Mann.* Doch es gab einen passenden Mann. Robert. Stimmen die Gerüchte am Ende doch? Könnte er mein Vater sein? Aber wenn es so ist, warum hat er es dann stets bestritten? Mein Blick fällt wieder auf das glänzende Gehäuse. Es liegt schwer in meiner Hand. Ein wertiges, schmeichelndes Gefühl. Das Ziffernblatt ist schlicht, keine Zahlen. Nur *Patek Philippe Genève.*

»Es gibt da noch ein paar Formalitäten, um die wir uns kümmern müssen«, sagt Wittenbrink in die Stille und ich schaue auf. »Und dann wären da noch die privaten Sachen aus dem Büro Ihrer Mutter. Die sind nach wie vor unter Verschluss. Aber ich rechne damit, dass sie morgen, spätestens übermorgen, freigegeben werden. Ich melde mich natürlich sofort bei Ihnen, wenn ich mehr darüber weiß. Hat jemand am Empfang Ihre Handynummer notiert?«

»Ja«, sage ich.

»Sehr gut. Sie können die Unterlagen gerne noch mal in Ruhe durchsehen«, sagt Wittenbrink. »In dem Fall müsste ich jedoch den Inhalt des Schließfachs vorerst noch hier verwahren. Ich darf Ihnen die Sachen Ihrer Mutter erst nach erfolgter Unterschrift aushändigen.«

Ich nicke, dann unterschreibe ich.

MAJA, HAUS AM WANNSEE, 13:39 UHR

Ich rufe bei Daniel an, komme aber wieder nicht durch. Und auch Robert kann ich nicht erreichen. *Denk an was anderes*, sage ich mir und denke an nichts anderes. Nur an Daniel und Sofie. Und an Theo. Und an meine Mutter.

Der Wagen biegt rechts ab. In der Ferne sehe ich Horden von Journalisten und Fernsehteams. Ich frage mich, wie lang das so bleiben wird. Wann das Leben weitergeht und eine andere Story kommt, die den Tod meiner Mutter und mein Überleben ablöst.

Wir nähern uns der von Menschen blockierten Zufahrt. Als wir langsamer werden und die Reporter begreifen, wer da in dem Wagen sitzt, beginnt das Blitzlichtgewitter.

»Näher komme ich nicht ran«, sagt Wittenbrinks Fahrer.

»Doch«, sage ich, ziehe die Fernbedienung des Garagentors aus meiner Tasche und drücke den Knopf. Es fährt zur Seite, gleichmäßig, als würde es schweben, dann verschwindet es hinter der hohen Mauer und macht den Blick frei auf das Anwesen.

Der Fahrer deutet Hilfe suchend auf die Menschenmenge. »Ich komme da nicht durch.«

»Bitte«, sage ich.

Er mustert mich über den Rückspiegel. Und kurz befürchte ich, dass er mich jeden Moment auffordern wird, auszusteigen, doch dann reißt unser Blick ab und er fährt vorsichtig weiter. Die Kühlerhaube des Mercedes schneidet in die Menge wie ein Messer. Wir tasten uns vor, ganz langsam, Meter um Meter. Ich verberge mein Gesicht hinter den Händen, starre auf meine Knie, während der Innenraum des Wagens unablässig vom Blitzlicht erhellt wird. Mir bricht kalter Schweiß aus. Die Journalisten brüllen mir ihre Fragen durch die geschlossenen Fenster entgegen, hämmern an die Scheiben, rufen meinen Namen.

»Maja, was haben Sie zu verbergen?«

»Wissen Sie etwas über den Tod Ihrer Mutter?«

»War es überhaupt ein Unfall?«

Und dann endlich passieren wir die unsichtbare Linie – die Linie, die die Presse nicht übertreten darf. Die Linie, die das Grundstück meiner Mutter vom Gehweg trennt. Und sie halten sie ein. Als wäre sie ein unüberwindbares Hindernis.

Dahinter ist nichts. Wie eine Quarantänezone oder ein verstrahltes Gebiet. Ein Niemandsland, in dem ich mal gewohnt habe, aber nie wirklich zu Hause war.

Wittenbrinks Chauffeur bringt mich bis zur Haustür, dann bleibt er stehen. Und wieder findet sein Blick meinen im Rückspiegel.

Dann sage ich: »Danke«, öffne die Tür und steige aus.

Kurz bevor ich sie zuwerfe, höre ich noch, wie er sagt: »Mein Beileid.«

Die Rufe der Reporter schwellen erneut an, als sie mich sehen, aber sie sind zu weit weg. Ich höre nur Lärm, keine Einzelheiten, nicht, was sie sagen, nur, dass sie etwas sagen.

Als Wittenbrinks Wagen das Grundstück verlässt, drücke ich den Knopf auf der Fernbedienung und das Tor beginnt sich zu schließen. Ich spüre, wie das Blut in meinen Adern pulsiert, wie schnell mein Herz schlägt, wie kalt meine Hände sind. Dann ist das Tor endlich zu.

Ich versuche es ein weiteres Mal bei Daniel. Nichts. Dann

bei Robert. Nichts. Verena geht ans Telefon, aber sie kann mir nicht sagen, wo Robert gerade ist. Er wurde aufgehalten, ist alles, was ich erfahre.

Ich war lange nicht mehr hier. Zuletzt vor über zwei Jahren, aber es fühlt sich an wie ein ganzes Leben. Ich erinnere mich, wie ich damals meine Schlüssel auf den Tisch geknallt habe und wie meine Mutter einfach nur dastand und mich angesehen hat. Ein distanzierter Blick, zwischen kühl und herablassend, während ich ihr entgegengebrüllt habe, dass sie für mich gestorben ist. Sie hat nicht reagiert, nichts gesagt. Es war ein schweres Schweigen voller Worte. Danach habe ich die Tür hinter mir ins Schloss geworfen und bin gegangen. Und nie wiedergekommen.

Jetzt betrete ich das Haus und schalte das Licht an. Der Eingangsbereich ist groß und kalt. Aber das gilt eigentlich für das gesamte Haus. Ich habe diesen Ort nie gemocht. Auch nicht als Kind. Irgendetwas hier hat sich immer falsch angefühlt. Unbehaglich. Doch wenn ich Antworten suche, ist das der beste Ort, um anzufangen.

Die Alarmanlage piept und holt mich in die Gegenwart zurück. Ich öffne die kleine Plastikklappe, tippe den Sicherheitscode ein und schließe die Haustür, danach ist es gespenstisch still.

Ich gehe die Stufen hoch in den ersten Stock, da ist das Arbeitszimmer meiner Mutter – für ihr Schlafzimmer bin ich noch nicht bereit. Es ist alles genauso ordentlich und aufgeräumt, wie sie es war. Staubfrei und glatt. Der ausladende Schreibtisch ist so gut wie leer. Eine Lampe, ein Füller, ein Bild mit einer Kinderzeichnung, auf der am unteren Rand in der Handschrift meiner Mutter *Maja, 27.04.* steht. Keine Jahreszahl.

Ich kann mich nicht daran erinnern, dieses Bild gemalt zu haben, was seltsam ist, immerhin sieht die Zeichnung aus wie von einem Schulkind in der vierten, vielleicht sogar fünften Klasse. Dieses Bild kommt mir kein bisschen bekannt vor. Aber vielleicht war ich doch noch zu klein, vielleicht habe ich es einfach vergessen. Es rührt mich, dass sie es aufgehoben hat. Und nicht nur aufgehoben, sogar auf ihren Schreibtisch gestellt – das sieht ihr gar nicht ähnlich.

Auf dem Sideboard neben dem Tisch bemerke ich ein paar gerahmte Fotos. Einige von mir als kleines Mädchen. Eine niedlichere Version ohne Piercings, die meine Mutter noch so anziehen konnte, wie sie wollte. Kleidchen und Pferdeschwänzchen. Doch dann entdecke ich ein Bild, das aktueller ist. Eines, auf dem ich mir tatsächlich ähnlich sehe. Es ist eine Aufnahme von meiner Mutter und mir. Und ein Beweis dafür, dass wir nicht nur gestritten haben. Dass wir auch gute Momente hatten, wenn auch nicht viele. Ich greife nach der Fotografie und wir lächeln mir entgegen. Die Bäume im Hintergrund sind grün und der Himmel über unseren Köpfen tiefblau. Es ist keines von diesen gestellten Fotos, von denen es so viele von uns gibt. Auf diesem sind wir echt. Mutter und Tochter.

Ich betrachte das Bild, sehe die Ähnlichkeiten und die Unterschiede, schaue in ihre eisblauen Augen, die auch meine sein könnten, und spüre, wie mein Hals eng wird. Meine Mutter war schön und streng mit ihrem schmalen Gesicht, der dunklen Brille und den kurzen blonden Haaren. Sie hat sie sich schneiden lassen, weil man sie so ernst nimmt, hat sie mal gesagt. Es war eine politische Entscheidung.

Ich will den Rahmen zurückstellen, aber dann entscheide ich mich dagegen und stecke ihn in meinen Rucksack. Ich kann ihn nicht zurücklassen. Dieser Teil meiner Mutter ist es wert, dass man ihn behält.

Ich weiß nicht, wonach ich suche, öffne wahllos irgendwelche Schubladen und Schränke, finde aber nichts, das mir weiterhilft. Bringt es etwas, jeden einzelnen Ordner durchzusehen? Oder ihre alten Terminkalender? *Du kannst niemandem trauen, sie stecken alle mit drin.* Wenn das stimmt, hätte sie wohl kaum etwas schriftlich festgehalten. Sie hat in dem Wagen so gut wie nichts gesagt, immer wieder nur in den Rückspiegel geschaut. Als würde ihr jemand folgen. Vor wem hatte sie Angst? Wer hätte meiner Mutter Angst machen können? Einer Frau, vor der eigentlich immer nur die anderen Angst hatten.

Ich werde hier nichts finden. Wenn es stimmt, was Albers sagt, hat meine Mutter jahrelang für den BND gearbeitet. Die waren wahrscheinlich längst hier und haben alles durchsucht.

Trotzdem gehe ich rüber ins Schlafzimmer. Ich muss im Safe nachsehen – was vollkommen idiotisch ist, weil das vermutlich der letzte Ort wäre, an dem meine Mutter etwas für mich versteckt hätte. Andererseits, ist nicht manchmal das offensichtlichste auch das beste Versteck?

Als ich den Raum betrete, riecht es abgestanden und leblos. Das Bett sieht aus wie aus einem Schaufenster. Drapierte Kissen, eine Tagesdecke am Fußende, Hotelbettwäsche. Meine Mutter hat Hotelbettwäsche geliebt. Als ich klein war, bin ich manchmal zu ihr ins Bett gekrochen, wenn ich Albträume hatte. Damals hat es sich riesengroß und sicher angefühlt. Als könnte mir hier nichts passieren. Jetzt ist es mir fremd, so wie alles in diesem Haus. So wie sie.

Ich gehe nach nebenan in die Ankleide. Vor dem Safe hängt ein Gemälde. Das ist so ein Klischee. Typisch für meine Mutter. Das Bild scheint zu sagen: *Hinter mir ist ein Safe versteckt.* Ich nehme das Bild von der Wand und stelle es auf den Boden. Der cremefarbene Teppich verschluckt jeden Laut.

Ich denke an das, was Wittenbrink gesagt hat, kurz bevor ich gegangen bin: *Sie müssen erst den sechsstelligen Code eingeben, danach kommt der Schlüssel, dann die PIN. Den Schlüssel bekommen Sie von mir, alles Weitere finden Sie in diesem versiegelten Schreiben des Security-Unternehmens.*

Als er das gesagt hat, habe ich mich noch gefragt, woher er das alles weiß. Aber vielleicht weiß man das, wenn man in diesem Segment arbeitet.

Ich löse den Schlüssel vom Bund. Er ist klein und dick, mit zwei eingravierten Buchstaben, dann ziehe ich den Brief der Sicherheitsfirma aus dem Kuvert, falte ihn auf und überfliege den Text. Der Code lautet 726093. Ich gebe ihn ein, dann stecke ich den Schlüssel ins Schloss und drehe ihn um. Zuletzt noch die PIN: 8831. Im selben Moment wird die Tür des Safes entriegelt und springt auf.

SCHENKENDORFSTRASSE, ECKE BERGMANNSTRASSE, EINE STUNDE SPÄTER

Die Journalisten und Fotografen belagern seit Stunden den Hauseingang. Ich bin eben erst gekommen. Aber ich habe ihnen gegenüber auch den Vorteil, dass ich nachsehen kann, wo Kohlbeck sich gerade aufhält. Dass ich zu jeder Zeit weiß, wo sie ist. Und was sie sagt. Sogar mit wem sie spricht. Handys sind die besten Wanzen. Und jeder trägt sie freiwillig mit sich herum.

Wenn sie auf dem Weg hierher ist – und allem Anschein nach ist sie das –, müsste sie in weniger als drei Minuten ankommen. Von der Geschwindigkeit ausgehend, hat sie ein Taxi genommen. Ein kleiner blinkender Punkt, der sich meinem Standort mit knapp 56 Kilometern pro Stunde nähert. Ich wechsle vom Ortungssystem des Handys zum Protokoll und gehe ein weiteres Mal alle Anweisungen durch, obwohl ich sie längst auswendig kenne. Jedes Wort. Alles, was ich sagen muss.

Ich schließe die App. Der blinkende Punkt ist fast da. Als er Sichtweite erreicht, schaue ich auf und sehe ein Taxi. Es hält nicht an, sondern fährt mit gleichbleibender Geschwindigkeit an der Nummer achtzehn vorbei und biegt dann in die Schenkendorfstraße ab.

In dem Moment sehe ich sie. Ihr Gesicht hinter der Scheibe. Die Bremslichter des Taxis leuchten auf, kurz darauf bleibt es stehen. Ich sehe ihren Hinterkopf durch die Heckscheibe des Wagens. Sie bezahlt und steigt aus.

Ich frage mich, wie sie vorhat, ins Haus zu kommen. Aber wie es scheint, gibt es einen anderen Weg hinein, denn Kohlbeck geht zielstrebig zum Eingang der Schenkendorfstraße zwei, schiebt die schwere Holztür auf und betritt das Gebäude, ohne sich noch einmal umzudrehen.

Souverän und selbstverständlich. Als würde sie dort wohnen.

Ich folge ihr mit etwas Abstand, sehe, wie sie im Hof verschwindet und im nächsten Moment über die kleine Mauer, die die beiden Nachbarhöfe trennt, in den angrenzenden hinüberklettert. Sie schließt die Hintertür auf und geht in ihr Wohnhaus.

Kohlbeck ist klug, das muss man ihr lassen.

Nur, dass ihr das nicht viel bringen wird.

MAJA, BERGMANNSTRASSE 18, 10961 BERLIN, 19:49 UHR

Ich wasche den Tag ab, als wäre er eine Schmutzschicht auf meiner Haut. Den Termin bei Wittenbrink, die körperliche Nähe der Journalisten, die mir vor dem Haus meiner Mutter aufgelauert haben, als ich versucht habe, ins Taxi zu gelangen, das Gefühl, nicht zu wissen, was passiert ist – das Gefühl, nicht zu wissen, was mit *mir* passiert. Denn irgendwas ist anders. Ich kann nicht sagen, was es ist, es ist zu abstrakt, lässt sich kaum greifen, wie ein Nebel in meinem Kopf. *Maja, was verschweigen Sie über den Tod Ihrer Mutter? Was ist in jener Nacht wirklich geschehen?* Ich schließe die Augen, der Wasserstrahl der Brause trifft heiß auf mein Gesicht. Brennend, fast schmerzhaft. Ich schrubbe über meine Haut, bis sie spannt, bis ich spüre, dass sie rot ist. Ich bin voll mit Fragen und habe niemanden, dem ich sie stellen könnte. Das Haus meiner Mutter war eine Sackgasse, der Inhalt des Safes nutzlos. Es war ein Fehler, hinzufahren. Seit ich dort war, bin ich nur noch voller mit Erinnerungen, die ich nicht haben wollte. Und einem Gefühl der Leere, das sich wie eine Infektion in mir ausbreitet. Ich warte darauf, dass Daniel klingelt. Und dass Robert anruft – er hat gesagt, dass er sich meldet, aber bis jetzt hat er es nicht getan. Ich weiß nicht, wie es Sofie geht. Ich weiß nicht mal, ob sie noch lebt. Und Daniel ist wie vom Erdboden verschluckt. Wir waren um sechs hier verabredet, jetzt ist es kurz vor acht. Vielleicht ist er doch zu sich in die Wohnung gefahren, vielleicht ist es ein Missverständnis.

Oder aber es ist keins.

Nur nicht denken. Einfach nicht denken, lieber etwas tun. Ich taste nach dem Shampoo und wasche mir die Haare, konzentriere mich auf das Gefühl meiner Fingerkuppen auf meiner Kopfhaut. Auf den Schaum, der langsam und zäh meinen Oberkörper hinunterläuft, weiter über meinen Bauch, über meine Beine. Daniel hätte mich angerufen. Er hätte mich angerufen. Oder eine Nachricht geschickt. Er wäre nicht einfach nicht aufgetaucht. Das weiß ich. Diese Erkenntnis trifft mich wie eine Kugel. Wie ein Projektil, das mich Schicht für Schicht durchdringt und dann in mir stecken bleibt.

Vielleicht war ja sein Akku leer. Vielleicht dauert es einfach etwas länger. Ich rede mir gut zu, wie man einem Kind gut zuredet. So wie meine Mutter es früher getan hat, wenn ich mal wieder schlecht geträumt habe.

Beim Gedanken an sie sehe ich ihre toten Augen. Diesen endlosen Blick durch mich hindurch. Worüber wollte sie mit mir sprechen? Was war so dringend? *Nein, Maja, nicht morgen! Jetzt. Jetzt gleich.* Fünf Monate lang kein Anruf und dann so einer? Da war eine seltsame Schärfe in ihrer Stimme, ein Tonfall, der mir fremd war. *Nein, nicht am Telefon.* Warum nicht am Telefon? Was wollte sie mir sagen? Mein Leben ist voll mit Lücken und Leerstellen. Sie hätte sie füllen können – in meiner Kindheit oder auch später. Aber sie hat es nicht getan. Sie war die meiste Zeit weg. Und diesmal kommt sie nicht wieder.

In der Sekunde, als ich das denke, beginnt mein Handy zu klingeln. Ich reiße den Duschvorhang so ruckartig zur Seite, dass ich fast dabei ausrutsche, taste nach dem Handy, stelle das Wasser ab und wische mir mit einer Hand das Shampoo aus den Augen. Dann erkenne ich den Namen auf dem Display und gehe dran.

»Robert«, sage ich atemlos.

»Hallo, meine Süße«, sagt er und ich könnte losheulen, einfach nur, weil er anruft. Weil jemand mit mir spricht, weil ich nicht mehr so allein bin. »Es tut mir leid, dass ich mich erst jetzt melde, aber die Situation hier ist vollkommen außer Kontrolle.«

»Weißt du etwas von Sofie?«, frage ich.

»Ja«, sagt er. Und dann: »Sie lebt.«

Mit diesen zwei Worten bricht etwas aus mir heraus. Und ich kurz danach zusammen. Ich sinke in die Badewanne, halte mir weiter das Telefon ans Ohr, höre Roberts Stimme, aber nicht, was er sagt. Mein Kopf ist zu voll mit *Sie lebt.* Es ist ein Gefühl, das irgendwo tief in mir detoniert und meinen Körper erschüttert. Ich weine so sehr, dass ich kaum Luft bekomme. Mein Brustkorb wird enger und enger. *Sie lebt.* Sofie lebt.

Ich kann nicht sagen, wie viel Zeit vergeht, wie lange ich nackt am Boden der Badewanne kauere – ein paar Sekunden? Minuten? –, aber irgendwann kann ich wieder atmen. Erst ist es mehr ein Schluchzen, doch dann werde ich ruhig.

»Sofie ist noch auf den Philippinen«, sagt Robert. »Theo ist bei ihr, es geht ihr gut.«

»Es geht ihr gut«, flüstere ich belegt. »Es geht ihr gut.« Ich murmle es immer wieder, als könnte ich es nur glauben, wenn ich es oft genug wiederhole.

»Ja, es geht ihr gut«, sagt Robert noch einmal. »Theo hat sich am Abend davor den Magen verdorben, deswegen sind sie im Zimmer geblieben.«

»Kann ich mit ihr sprechen?«, frage ich.

»Ich habe es versucht, Maja, ehrlich, aber die Verbindung ist andauernd zusammengebrochen.«

»Verstehe«, sage ich und versuche, nicht zu enttäuscht zu klingen.

»Aber sie weiß, dass du lebst. Ich habe es ihr gesagt.«

Kurz ist es still, dann frage ich: »Wann kommt sie wieder?«

»Das mit dem Rücktransport könnte ein Problem werden.« Kurze Pause. »Es besteht akute Seuchengefahr. Aber ich bin dran«, sagt er. »Ich hole Sofie da raus.«

MAJA, 23:12 UHR

Ein Geräusch weckt mich auf. Es ist ein Laut, den ich nicht zuordnen kann. Ich liege da und bewege mich nicht, starre an die Decke, atme flach, warte darauf, das Geräusch wieder zu hören. Aber es bleibt still. Irgendwann setze ich mich auf, mein Blick streift durch den Raum, dann erst erkenne ich mein Zimmer. Es ist nah an Schwarz, ein paar Schatten an den Wänden und ich auf dem Bett, nicht unter, sondern auf der Decke. Meine Haut ist fiebrig heiß und gespannt, als wäre sie trocken. Fast schuppig, kurz davor zu jucken. Ich sehe mich um. Und das unbestimmte Grau wird zu klaren Umrissen und Linien. Die Schatten an den Wänden, die Möbel, das Handtuch, das auf dem Boden liegt. Ich sehe so scharf, wie ich nie zuvor in der Dunkelheit gesehen habe. Jedes Detail, jede Nuance von Schwarz. Ich trage Daniels Jogginghose, ein Top und keine Socken. Draußen ist es dämmrig dunkel. Ab und zu erhellen Scheinwerfer die Wand. Ich kann mich nicht daran erinnern, mich hingelegt zu haben. Nur noch ans Duschen. Und daran, wie Robert gesagt hat: *Sie lebt.* Was danach passiert ist, weiß ich nicht mehr. Als hätte jemand den Stecker gezogen, die Stunden zwischen Roberts Anruf und dem Geräusch, das mich eben geweckt hat, aus meinem Verstand radiert. Und doch ist etwas übrig geblieben. Ein kleiner Rest. Wie von einer Bleistiftzeichnung. Eine neblige Erinnerung an einen Traum, der sich nicht wie ein Traum angefühlt hat. Eher wie Wachsein in einem anderen Kopf. Zwei Männerstimmen, eine härter als die andere. Keine Gesichter, keine Handlung, kein Außenrum. Sie haben von einer militärischen Operation gesprochen, an deren Namen ich mich nicht erinnere. Was übrig bleibt, ist ein Rauschen, in dem die Worte verschwimmen. Und noch während ich das denke, läuft der Rest in mein Unterbewusstsein wie in einen Abfluss.

Plötzlich wieder ein Geräusch, diesmal ein Knarren im Flur.

Irgendwas stimmt nicht. Da ist etwas. Oder jemand.

Direkt hinter dieser Wand.

Daniel, denke ich und stehe auf. Die Daunendecken knistern.

Doch Daniel hat keinen Schlüssel. Den habe ich. Und ich habe abgeschlossen, als ich nach Hause gekommen bin.

Ich sitze da und wage kaum zu atmen, warte auf Schritte im Gang, auf ein fremdes Gesicht, auf die Gefahr, die ich so deutlich spüre. Mein Verstand ist wach, meine Hände kalt, meine Augen fixieren die Tür. Doch es bleibt still. Da ist kein Laut. Nur das Wissen, dass jemand in der Wohnung ist.

Im selben Moment knarrt es wieder. Wie ein zartes Flüstern aus dem Flur. Mein Herz schlägt schneller. Hat vorhin jemand die Wohnungstür geöffnet? Ist es das, wovon ich wach geworden bin? Ein Schloss, das geknackt wird? Oder werde ich paranoid und es sind nur nächtliche Geräusche? Nur das Holz, das sich nach einem heißen Sommertag zusammenzieht?

Ich mache einen vorsichtigen Schritt in Richtung Gang, versuche, kein Geräusch zu machen, gehe auf Zehenspitzen durch das dunkle Zimmer, halte den Atem an.

Da ist jemand.

Es fühlt sich an, als würde sich die Zusammensetzung der Luft verändern. Mein Körper erscheint mir fremd. Wachsamer, irgendwie mehr da. Meine Haut kribbelt wie unter Strom. Ich spüre jemanden hinter dieser Wand. Als wären die Härchen an meinem Körper Antennen, die mit allem verbunden sind.

Ich bin nur noch zwei Schritte vom Flur entfernt, zwei Schritte von der Tür.

Da sehe ich sein Gesicht.

SOFIE, IRGENDWO, ZUR SELBEN ZEIT

Die Musik hämmert in Sofies Kopf. Gegen ihre Schläfen, bis in den Nacken. Sie kommt nur langsam zu sich, das grelle Licht der Neonröhren blendet sie, es schmerzt in ihren Augen, ein lautes Gefühl, das tief in ihren Schädel dringt. Sofie blinzelt. Die Luft schmeckt modrig und süß. Ein Geruch, von dem ihr schlecht wird. Sie sieht sich um, ihr Kopf tut weh, die verwaschenen Umrisse formen sich zu Gegenständen. Ein Tisch, ein Stuhl, die Matratze, auf der sie liegt. Sofie will sich umdrehen, ihr Arm ist eingeschlafen, das betäubte Gefühl zieht bis in die Schulter. Aber Sofie kann sich nicht umdrehen, sie ist an Händen und Füßen gefesselt, grobe Stricke, die ihre Gelenke festhalten. Sofie windet sich, verrenkt sich, in der Hoffnung, sie vielleicht irgendwie lösen zu können, aber sie kommt nicht an sie heran. Das spröde Seil schneidet nur immer weiter in ihr Fleisch, frisst sich durch die Hautschichten, bis es blutet. Und so hält sie still, bleibt reglos auf der Seite liegen wie ein angeschossenes Tier, umgeben von Nässe und einem Geruch nach Fäulnis und Verwesung.

Die Neonröhren flackern nervös, Staubpartikel stehen in der Luft wie winzige schwarze Löcher. Dann geht das Licht aus. Und im nächsten Moment auch die Musik. Die plötzlich eintretende Stille rauscht in Sofies Ohren. Sie hört ihren eigenen Atem übermäßig laut, hört, wie er flach und stoßweise ihre Lungen verlässt. Ihr erster Impuls ist es zu schreien. Oder um Hilfe zu rufen. Aber sie tut weder das eine noch das andere. Stattdessen weint sie lautlose Tränen, die wie heimlich über ihr Gesicht laufen, eine heiße Angst, die ihr Kinn erzittern lässt. Ebenso wie ihren Körper. In einer Mischung aus Furcht und Kälte.

Sofie schaut suchend durch die Dunkelheit. Eine Dunkelheit, so schwarz, dass sie alles frisst. Es bleiben nicht mal Schatten übrig. Nichts, woran ihr Blick sich halten könnte. Und so schließt sie die Augen, als wäre die Dunkelheit dann selbst gewählt und sie nicht länger ein Opfer davon. Sie liegt da und denkt nach. Versucht, sich daran zu erinnern, wo sie zuletzt war und was sie getan hat. Das erste Bild, das ihr bei dem Gedanken durch den Kopf schießt, ist das eines notdürftig ausgestatteten Behandlungszimmers, in dem Theo auf einer Trage liegt – mit glänzender Stirn und fiebrigen Augen, fast bewusstlos. *Theo*, denkt sie. Es ging ihm gerade etwas besser. Er hatte endlich aufgehört, Blut zu spucken. Der Arzt meinte, es wäre eine Lebensmittelvergiftung, der Fisch sei ihm nicht bekommen. *Nicht bekommen* beschreibt es nicht einmal ansatzweise. Es ging Theo so schlecht, dass Sofie dachte, er würde sterben. Er lag kotzend auf dem Badezimmerboden, konnte nicht aufhören, sich zu erbrechen, nicht einmal dann, als sein Magen leer war. Theo hat gewürgt und sich weiter übergeben. Danach kam das Blut. Sofie stand erstarrt in der Tür, dann hat sie den Hotelarzt gerufen. Panisch. Sie konnte sich nicht an ihre Zimmernummer erinnern. Nur an das Stockwerk.

Ein paar Minuten später kam der Arzt. Sofie saß frierend neben Theo und hat seine Hand gehalten, als er die Tür öffnete. Die Fliesen waren kalt. Theo hat geatmet und sein Herz hat geschlagen – das hatte sie zuvor überprüft. Und ihn dann auf die Seite gelegt, damit er nicht an seinem Erbrochenen erstickt, falls er sich doch noch mal übergeben muss. Sie hat ihn mit dem großen Badetuch zugedeckt und eines der Handtücher als Kissen unter seinen Kopf gelegt. Als der Arzt sah, was sie bis dahin unternommen hatte, sagte er *Very well done* in seinem starken philippinischen Akzent. Und im selben Moment war Sofie in Tränen ausgebrochen. Sie stand neben Theo und dem Klo wie ein kleines Kind. Auf eine Art verloren, die ihr völlig fremd war. Am liebsten hätte Sofie ihren Vater angerufen.

Der Arzt erklärte ihr in schlechtem Englisch, welches Medikament sie Theo wann geben sollte. Ein Antibrechmittel, sobald er aufwachte, eines gegen Durchfall, auch das sofort, und Elektrolyte. *Make sure he drinks all of them*, sagte der Arzt und reichte Sofie eine Handvoll silbrige Sachets. Danach hievten sie Theo gemeinsam ins Bett und der Arzt ließ sie allein.

Sofie saß die ganze Nacht an Theos Seite. Wenn er aufgewacht ist, hat sie ihm die Elektrolyte eingeflößt. Schluck für Schluck. Sie hat ihm einen kalten Lappen auf die Stirn gelegt, wenn er schwitzte, und sich an ihn geschmiegt, wenn er anfing zu zittern. Sie selbst ist wach geblieben. Als es wieder hell im Zimmer wurde, kam der Arzt vorbei. Er brachte neue Wasserflaschen und für Sofie eine Banane – sie müsse bei Kräften bleiben, sagte er. Ein paar Stunden später, um kurz vor zehn, wachte Theo auf.

Ohne diese Fischvergiftung wären Sofie und er an jenem Morgen am Strand gewesen. Und sie wären vermutlich im Meer schwimmen gegangen, um der drückenden Hitze des späten Vormittags zu entkommen. Und dann wären sie jetzt tot. Zwei Körper in irgendeinem Leichenschauhaus auf den Philippinen. Ein paar weitere Touristen, die nie wieder nach Hause kommen würden.

Sofie versucht, ihre letzte Erinnerung mit dem Jetzt zu verknüpfen. Das Bild zu vervollständigen. Doch es fehlen zu viele Teile. Irgendjemand hat sie bei ihrem Hotel abgeholt. Er hat nach ihnen gefragt, behauptet, ihr Vater hätte ihn geschickt. Alles ist drunter und drüber gegangen, ein heilloses Durcheinander. Und Sofie *wollte* ihm glauben. Sie wollte weg von dieser gottverdammten Insel voller Menschen und Rettungskräfte. Voll suchender Angehöriger und schreiender Verletzter. Der Strand war ein Teppich aus Toten. Leichenberge und die, die um sie trauern. Sofie wollte einfach nur weg. Egal, wohin. Sie hat das Kreischen der Sterbenden an jenem Morgen bis in ihr Hotelzimmer gehört. Und dann die Stille, die darauf folgte. Eine Totenstille, die den Namen verdiente. Sofie hätte nicht sagen können, was schlimmer war, die Schreie oder das Schweigen. Sie stand am geschlossenen Fenster und schaute auf ein Meer aus verbrannten Rücken und Hinterköpfen, deren Gesichter ins Wasser schauten.

Es war dasselbe Meer, in dem Theo und sie am Abend zuvor noch kurz schwimmen gegangen waren. Unter einem dramatischen Himmel aus Rosa und Rot kurz vor dem Abendessen – jenem Abendessen, das Theo vergiften und ihnen das Leben retten würde.

In dem Moment erinnert sich Sofie an den Namen des Mannes, der sie abgeholt hat. Er stellte sich als Erik Fallberg vor, sagte, er wäre ein Mitarbeiter des Deutschen Auslandsgeheimdienstes. Sofie erinnert sich an den Ausweis, den er ihr gezeigt hat. Doch besonders genau hingesehen hat sie nicht. Er hatte einen Wagen und er brachte sie weg – mit einem Schnellboot zu einer der kleinen Nachbarinseln und von dort aus mit einer Cessna weiter zu einem der großen Flughäfen. Da war Theo noch bei ihr. Er hat ihre Hand gehalten. Jetzt ist er irgendwo.

Sofie erinnert sich dunkel an die Landung. An den strömenden Regen und den peitschenden Wind. Es war, als hätten der Pilot und der Himmel um die Maschine gestritten. Und irgendwann waren sie dann unten. Die Räder der Cessna sind im Matsch versunken, genau wie ihre nackten Füße, als Theo und sie das Flugzeug verlassen haben, die Flipflops in den Händen. Sofie hat keine Ahnung, wo ihre Koffer waren. Und auch an einen weiteren Start kann sie sich nicht erinnern. Der Pilot wollte sie nach Manila bringen, das weiß sie noch. Aber dieses kleine matschige Rollfeld war sicher nicht Manila. Vielleicht mussten sie notlanden. Sofie hat ja nicht verstehen können, was gesagt wurde. Zum einen aufgrund des Lärms, zum anderen der fremden Sprache wegen.

Wie es aussieht, haben sie die Philippinen nicht verlassen. Andererseits weiß Sofie das nicht. Sie war bewusstlos, hat keine Ahnung, welcher Tag oder wie spät es ist – im Grunde könnten sie überall sein.

Sofie befeuchtet sich die Lippen. Sie sind spröde und aufgesprungen und ihre Mundhöhle schmeckt nach getrocknetem Blut.

Sie hätten nicht in dieses Auto steigen dürfen. Ein Teil von ihr hat es auch da schon gewusst. Doch der, der weg wollte, war stärker.

MAJA, BERGMANNSTRASSE 18, 10961 BERLIN, ZUR SELBEN ZEIT

Er, denke ich. Zu mehr ist mein Gehirn im ersten Moment nicht in der Lage. Es ergibt keinen Sinn. Nichts davon. Wir stehen einander gegenüber, getrennt von der Türschwelle zu meinem Zimmer und einem nicht greifbaren Schleier aus Feindseligkeit. Vielleicht ist es auch nur Schweigen.

Mein Herz schlägt schnell, ich halte die Arme kampfbereit vor den Körper, als wollte ich sagen: *Ich werde dich angreifen, wenn du auch nur einen Schritt näher kommst.* Ich selbst sage nichts, stehe nur da und mustere sein Gesicht – dieses Gesicht, das sich an jenem Abend in meinen Verstand gebrannt hat wie eine letzte Erinnerung vor dem Tod. Etwas, woran man sich klammert, wenn man geht. Ich würde sein Gesicht immer und überall wiedererkennen. Diesen Blick, diese Augen, das Blaugrün.

Unter Wasser hat er mich genauso angesehen. Eine Mischung aus skeptisch und undurchdringlich. Und irgendwie unheimlich, so als läge etwas Düsteres unter ihrer hellen Oberfläche. Als wäre sie bloß Fassade und die Wahrheit direkt dahinter. Gerade tief genug, dass man sie nicht sehen kann.

»Ich dachte, du bist tot«, sagt er dann. Es ist kaum mehr als ein Flüstern. »Sie haben gesagt, du bist auf dem Weg in die Klinik gestorben. Ich war dort, ich habe nachgefragt.«

Er war in der Klinik?

»Ich bin dem Krankenwagen gefolgt«, sagt er, als hätte er meine Gedanken gelesen.

»Warum?«, frage ich.

»Ich weiß nicht«, sagt er.

Ein paar Sekunden lang ist es still. Ich sehe ihn an. Und währenddessen schießen Videoaufnahmen des Unfallhergangs als einzelne Sequenzen durch meinen Kopf. Er, der angerannt kommt, seinen Rucksack zu Boden wirft und ohne zu zögern ins Wasser springt – in ein schmutziges Schwarz, das von unten grün aussah. Er, der immer wieder auf- und abtaucht, so lange, bis er mich schließlich aus dem Wrack befreit und an die Oberfläche bringt. Er war wie eine Maschine, hat einfach nicht aufgegeben. Ich frage mich, warum. Und auch, wie er die Tür aufbekommen hat. Dieses Gefängnis aus Stahl und Glas. Irgendwann war sie einfach offen. Und sein Gesicht dann ganz dicht vor meinem. Mit genau diesem Ausdruck. Präsent und nah.

Und jetzt steht er vor meiner Zimmertür. Keine zwei Meter von mir entfernt.

»Wie bist du hier reingekommen?«, frage ich schließlich. Meine Stimme ist fest und ruhig, und ich bereit, jeden Moment zuzuschlagen.

Er antwortet nicht.

»Wie du hier reingekommen bist, habe ich gefragt?« Pause. »Antworte mir!«

»Okay, okay.« Er hält abwehrend die Hände hoch, dann zieht er etwas aus seiner hinteren Hosentasche und hält es mir entgegen. »Damit«, sagt er. Es ist ein Sicherheitsausweis der Größe einer Kreditkarte. »So ein Türschloss ist nicht besonders schwer zu knacken, wenn nicht abgesperrt ist.«

»Aber es war abgesperrt«, sage ich.

»Nein, war es nicht. Die Tür war nur ins Schloss gezogen.« Er sieht mich an. Es ist ein beschwörender *Ich-sage-die-Wahrheit-Blick*, die Augen weit geöffnet, die Stirn in Falten gelegt.

Und plötzlich bin ich mir nicht mehr sicher, ob ich abgeschlossen habe. Ich war ziemlich fertig, als ich nach Hause gekommen bin. Vielleicht habe ich es vergessen. Vielleicht habe ich den Schlüssel nur ins Schloss gesteckt, ihn aber nicht umgedreht.

Ich nehme die Arme runter. Wenn er mir etwas tun wollte, hätte er es längst versucht. Oder er hätte mich erst gar nicht aus dem Wagen gezogen.

»Was willst du?«, frage ich.

»Ich wollte nach dir sehen«, sagt er.

»Du wolltest nach mir sehen?«

Er nickt. »Ich habe es aus den Nachrichten erfahren. Ich meine, dass du noch lebst.« Pause. »Ich konnte es nicht glauben. Ich dachte …« Er bricht ab, schaut zu Boden, dann zurück in meine Augen. »Ich kann nicht erklären, warum ich hergekommen bin. Ich musste es einfach tun.«

EFRAIL

Die Situation fühlt sich an wie ein Verhör.

»Wie ist dein Name?«

»Efrail Rosendahl.«

»Was ist dein Job?«

»Ich arbeite im Innenministerium. Ich war der Assistent deiner Mutter.«

»Wie lang hast du für sie gearbeitet?«

»Etwas über zwei Jahre.«

»Wie bist du an die Stelle gekommen?«

»Über meinen Ausbilder.«

»Warum warst du an dem Abend in der Nähe des Unfallorts?«

»Weil deine Mutter wichtige Unterlagen im Büro vergessen hat. Ich wollte sie ihr bringen.«

Sauls Stimme hallt wie ein Echo durch meinen Kopf. *Bleib so nah wie möglich an der Wahrheit. Lüg nur, wenn es sich nicht vermeiden lässt. Und merk dir deine Lügen, sonst holen sie dich ein.*

»Warum hast du das Türschloss geknackt? Du hättest auch einfach klingeln können?«

»Das habe ich getan«, sage ich. »Sogar fünf- oder sechsmal. Aber du hast nicht aufgemacht.«

»Und das gibt dir das Recht, einfach reinzukommen?«

»Nein, tut es nicht.«

»Aber?«

Ich zögere kurz, dann sage ich: »Ich dachte, du bist in Schwierigkeiten.«

Sie runzelt die Stirn. »Wieso sollte ich in Schwierigkeiten sein?«

»Weil das neulich nachts kein Unfall war«, sage ich. »Jemand hat sich an der Software des Wagens zu schaffen gemacht.«

Maja verzieht keine Miene. Nicht weiter verwunderlich, immerhin hat Albers ihr das bereits erzählt. Aber sie weiß nicht, dass ich das weiß. Also sollte es mich überraschen.

»Du weißt davon?«, sage ich halb fragend, halb feststellend.

»Ja«, sagt sie.

»Woher?«

Sie antwortet nicht, bietet mir stattdessen einen Kaffee an.

»Gern«, sage ich.

»Mit Milch und Zucker?«

»Weder noch.«

Sie wendet sich ab und ich schaue sie an, ihr dunkles Haar, so schwarz wie Kohle. Und ihre Haut ganz blass, als wäre sie noch nie der Sonne ausgesetzt gewesen. Maja hat etwas von einem Foto ohne Sättigung. In dem Moment, als ich das denke, dreht sie den Kopf in meine Richtung und sieht mich an. Es passiert so plötzlich, dass ich nicht rechtzeitig wegsehen kann, also halte ich ihrem Blick stand. Er ist seltsam deutlich. Wie ein Punkt hinter einem Satz. Wie eine unmissverständliche Antwort auf eine Frage, die ich nicht kenne. Es gibt nur wenige Menschen, die einen auf diese Art anschauen. Mit so viel Nachdruck.

»Was waren das für Unterlagen?«, fragt Maja und stellt den Kaffee vor mir auf den Tisch. »Die Unterlagen, die meine Mutter an dem Tag vergessen hat?«

»Über deren Inhalt darf ich nicht sprechen«, sage ich. »Sie waren vertraulich.«

»Und wo wollte sie hin?«

»Laut ihrem Kalender war sie unterwegs zu einem Essen. Mit dir.«

»Mit mir?« Maja zieht die Augenbrauen hoch. »Wir waren nicht verabredet«, sagt sie.

»Wart ihr nicht?«

»Nein.« Pause. »Ich war«, sie bricht ab, zögert, sagt dann: »bei einem guten Freund, als sie mich angerufen hat.«

Bei einem guten Freund also. Ich weiß genau, wo sie war. Und vermutlich auch, was sie und Jenecke bis zu Kohlbecks Anruf getan haben.

»Das hier ist der Eintrag«, sage ich, hole mein Handy aus der Tasche, öffne die Kalender-App und wähle den entsprechenden Tag. »Hier.« Ich zeige Maja das Display.

»Ich war nie in diesem Restaurant.« Sie lehnt sich in ihrem Stuhl zurück und verschränkt die Arme. »Wer außer dir hat sonst noch Zugang zu dem Kalender meiner Mutter?«

Diese Frage überrascht mich – die Frage und auch das, was sie implizieren könnte.

»Das weiß ich nicht«, sage ich. »Warum fragst du?«

»Weil theoretisch doch auch jemand anders den Termin angelegt haben könnte. Im Nachhinein. Als Erklärung, warum sie dort war.«

Sie ist tatsächlich noch misstrauischer, als ich dachte.

»Das stimmt«, antworte ich, »aber ich selbst habe die Reservierung vor ein paar Tagen im Auftrag deiner Mutter getätigt. Sie nannte das Datum, die Uhrzeit und die Anzahl der Personen, nicht aber den Anlass der Verabredung oder wen sie dort treffen wollte.«

Maja sieht mich ausdruckslos an. »Okay«, sagt sie schließlich. »Was noch?«

»Wie meinst du das, was noch?«, frage ich.

»Erzähl mir alles. Alles, was du weißt.«

Und das tue ich.

Ich erzähle ihr, was an dem Tag passiert ist. Dieselbe Geschichte, die ich bei der Polizei zu Protokoll gegeben habe. Dass Kohlbeck Dokumente im Büro hat liegen lassen – Dokumente, die sie am kommenden Morgen für einen wichtigen Auswärtstermin gebraucht hätte. Dass ich mehrmals versucht habe, sie am Handy zu erreichen, dass das jedoch abgeschaltet war – ein Verhalten, das zu ihrer Mutter passte, sie machte das oft. Ich schmücke nichts aus, halte mich an die Fakten, erwähne noch einmal den privaten Termin, der in ihrem Kalender eingetragen war, das Abendessen mit ihrer Tochter. Ich sage, dass mir in dem Moment wieder eingefallen ist, dass ich die Reservierung selbst getätigt habe. Dass ich so viele Termine für sie mache, dass ich sie mir nicht alle merken kann. Ich achte darauf, mich nicht als zu gut darzustellen, gestehe, dass ich kurz überlegt habe, einfach nach Hause zu fahren und so zu tun, als hätte ich die vergessenen Unterlagen nicht bemerkt. Dass ich mich dann aber doch dagegen entschieden habe, weil ich wusste, dass die Innenministerin mich am nächsten Tag einen Kopf kürzer gemacht hätte. Stille Vorwürfe, bestehend aus Blicken. Ich sage, dass ich eigentlich nur deswegen beschlossen habe, ihr nachzufahren. Um mir Ärger zu ersparen. Und weil im kommenden Monat meine Zwischenbeurteilung angestanden wäre und ich dachte, dass es einen guten Eindruck hinterlassen würde, wenn ich ihr die Akten bringe.

Kohlbeck hatte das Büro erst ein paar Minuten zuvor verlassen und musste ja auch noch sie, Maja, abholen, daher schien es mir am sinnvollsten, direkt zu dem Lokal zu fahren und dort auf ihre Mutter zu warten. Alles Fakten. Alles ist genauso passiert. Ich stand bei den Stufen vor dem Eingang, als Kohlbecks Wagen keine hundert Meter von mir entfernt ungebremst in die Spree raste. Ich habe den ohrenbetäubenden Knall gehört, als der Wagen die Absperrung durchbrach, und die allumfassende Stille, die darauf folgte. So, als hätte die ganze Stadt für einen Moment kollektiv den Atem angehalten.

»Dann bin ich losgerannt«, sage ich. »Den Rest der Geschichte kennst du.«

Maja legt den Kopf schräg.

Sie glaubt mir nicht.

»Was ist?«, frage ich.

»Wie konntest du den Wagen meiner Mutter aus dieser Entfernung sehen? Die meisten Autos sind schwarz. Und wir sind sehr schnell gefahren, du hattest also nur Sekundenbruchteile Zeit.«

Das hat die Polizei mich nicht gefragt. Stattdessen haben mich die beiden Beamten, die meine Aussage aufgenommen haben, für meine Zivilcourage gelobt.

»Wenn ich raten müsste, würde ich sagen, du hast erst hingesehen, als du den Knall gehört hast«, sagt sie. »Also *nachdem* wir die Absperrung durchbrochen hatten.« Sie macht eine Pause. »Wenn das der Fall ist, wäre es dir unmöglich gewesen, den Wagen zu erkennen.«

Kleines Miststück.

Ich sehe sie einen Moment lang an, dann sage ich: »Ich habe alles gesehen. Den gesamten Unfallhergang.«

»Das ist ein beeindruckender Zufall.« Ihre Stimme trieft vor Sarkasmus.

»Nicht wirklich«, entgegne ich. »Immerhin habe ich nach

dem Wagen deiner Mutter Ausschau gehalten. Ich weiß, wie er aussieht. Und ich wusste, aus welcher Richtung sie kommen würde.«

»Und woher?«, fragt sie kühl. »Woher hast du das gewusst?«

Sie ist ganz Kohlbecks Tochter. Und doch auch wieder nicht. Ähnliche Augen, die ganz anders schauen. Ein Blick, der mich zu zerschneiden scheint. Die Küche ist voll mit Misstrauen.

»Du warst bei Daniel Jenecke.«

Bei diesem Satz fällt ihre Maske.

»Wer zum Teufel bist du?«, fragt Maja und steht auf.

»Ich habe dir gesagt, wer ich bin.«

»Nein, das hast du nicht. Du hast mir nur gesagt, wie du heißt.«

»Es war schon ein bisschen mehr als das.« Sie sieht mich an und ich genieße ihre Wut, die Tatsache, dass sie endlich die Fassung verliert. »Hast du dich gar nicht gefragt, warum deine Mutter an jenem Tag wusste, wo du bist?« Maja schluckt und schaut weg. »Du hast es dich gefragt, richtig?«, sage ich. »Und doch auch wieder nicht, weil du es im Grunde längst wusstest. Nicht wahr?«

Eine Weile sieht sie mich an, sammelt sich, dann setzt sie sich wieder hin.

»Sie können uns überall orten. Dich, mich, jeden«, sage ich. »Wann sie wollen. Deswegen wusste ich auch, aus welcher Richtung deine Mutter kommt. Weil ihr Wagen, so wie übrigens alle Dienstwagen von hochrangigen Politikern, mit einem Ortungssystem ausgestattet ist. Jede Fahrt wird aufgezeichnet.« Ich zucke mit den Schultern. »Und mit der entsprechenden Sicherheitsfreigabe kann man sehen, wer wann wo ist.« Er macht eine Pause. »Im Fall deiner Mutter verfüge ich über diese Sicherheitsfreigabe.«

»Das erklärt nicht, woher du Daniels Namen kennst«, erwidert Maja. »Mag ja sein, dass du gewusst hast, welche Route meine Mutter nehmen würde. Aber nicht seinen Namen. Das erklärt es nicht.«

Ich seufze resigniert. »Du willst mir nicht vertrauen, richtig?«

»Ich will wissen, woher du seinen Namen kennst.«

»Am Morgen nach dem Unfall haben die zuständigen Ermittler Einsicht in alle relevanten Daten verlangt. Auch in die gespeicherten GPS-Daten des Wagens deiner Mutter«, sage ich. »Ich war anwesend, als ihre letzte Fahrt ausgewertet wurde.« Pause. »In der Choriner Straße vor der Hausnummer 57 hat deine Mutter einige Minuten gewartet.«

Maja schaut auf die Tischplatte.

»Die Beamten wollten wissen, ob das deine Adresse ist, aber Stein meinte, es wäre die Anschrift eines gewissen Daniel Jenecke.« Ich warte, bis Maja wieder aufschaut. »Daher kenne ich seinen Namen. Reicht dir die Antwort?«

Maja schluckt. Es ist ein harter Laut, wie eine Übersetzung von Tränen, die ihr tief im Hals stecken. Dann glänzen sie in ihren Augen.

Das ist der richtige Moment.

Ich stütze mich mit den Unterarmen auf der Tischplatte ab, lehne mich ein Stück in ihre Richtung und schaue sie direkt an. »Ist dir eigentlich klar, dass du dich kein einziges Mal bei mir bedankt hast?«

Ihr Gesichtsausdruck ändert sich im Bruchteil einer Sekunde, so als hätte ich ihr eine Ohrfeige gegeben.

»Ich habe mein Leben riskiert, um dich da rauszuholen.«

»Es …«, fängt sie an, aber ich hebe abwehrend die Hände.

»Ich brauche keine Entschuldigung von dir«, sage ich. »Du musst dich nicht mal bei mir bedanken. Aber eins werde ich ganz sicher nicht tun: mich vor dir rechtfertigen.«

MAJA, 2:32 UHR

Er ist mir unheimlich. Was genau es ist, weiß ich nicht. Es ist nicht eine einzelne Sache. Es ist alles und nichts. Aber wenn ich etwas sagen müsste, wären es seine Augen. Oder auch nur, wie er schaut. Voll unterdrückter Wut, die sich hinter Gleichgültigkeit versteckt. Trotzdem hat er mir das Leben gerettet. Und seins aufs Spiel gesetzt.

Ich habe versucht zu schlafen, aber nach eineinhalb Stunden erfolglosen Hin-und-her-Wälzens, bin ich wieder aufgestanden. Seitdem fühle ich mich wie eine Gefangene in meiner eigenen Wohnung. Als wäre mein Zimmer eine viel zu kleine Zelle und um mich herum nichts als Stille und Anspannung. Es ist, als würde ich Efrails Anwesenheit nebenan spüren. Ihn wahrnehmen wie einen Luftzug oder einen Geruch.

Er hat nicht gefragt, ob er über Nacht bleiben kann, er ist einfach geblieben. Als ich nach dem Zähneputzen aus dem Bad kam, hat er bereits geschlafen. Er lag lang ausgestreckt auf der Couch mit einem berührend unschuldigen Ausdruck im Gesicht. Da hätte ich ihn wecken sollen, aber ich habe es nicht getan. Ich weiß selbst nicht, warum. Eigentlich bin ich kein schüchterner Typ, ich gehöre nicht zu den Frauen, die gemocht werden müssen, ganz im Gegenteil. Ehrlich gesagt ist es mir scheißegal, ob mich jemand mag. Ich war nie ein großer Menschenfreund. Trotzdem habe ich Efrail schlafen lassen – ihn sogar zugedeckt.

Eine Weile stehe ich reglos vor meinem offenen Kleiderschrank, als lägen dort alle Antworten. Als müsste ich nur hineingreifen oder lange genug hinsehen. Und dann denke ich an das, was Efrail vorhin gesagt. ISA. International Security Agency. Ein Geheimdienst, der global operiert und von dem keiner weiß – bis auf ein paar Auserwählte.

Das, was deiner Mutter und dir passiert ist, war kein Unfall.

Efrail wusste alles. Von dem Gutachten. Von der manipulierten Software des Wagens. Davon, dass die Bremsen betroffen waren.

Ich will nicht darüber nachdenken. Ich will an gar nichts denken. Ich will einfach nur die Augen schließen und einschlafen. Mich in eine Welt zurückziehen, in der mich niemand finden kann. Ein Versteck in meinem Kopf, zu dem außer mir keiner Zugang hat. Aber ich bin zu wach. Zu aufgewühlt. Und zu unruhig.

In ein paar Stunden ist die Beerdigung meiner Mutter. Sie wird in einem offenen Sarg liegen, hergerichtet und geschminkt, damit sie so aussieht wie immer. Damit man sie wiedererkennt. Robert hat dem Bestattungsunternehmen ein Foto von ihr geschickt und mich gestern, als ich bei ihm war, gefragt, ob ich mit der Wahl einverstanden bin. Ich habe das Bild betrachtet. Die Frau, die darauf zu sehen war, war die Bundesinnenministerin und ich war einverstanden.

Robert hat sich um alles gekümmert. Den Rest hat Wittenbrink erledigt. Die beiden Männer meiner Mutter. Ich muss morgen nur noch hingehen. Und ab und zu lächeln. Aber nicht zu viel, weil ich sonst herzlos wirke. Wie eine Tochter, die ihre Mutter nicht genug geliebt hat. Die Leute erwarten Tränen in meinen Augen und den Anflug eines Lächelns in meinen Mundwinkeln. Die perfekte Form der Weiblichkeit – in Trauer und trotzdem schön. Ich wünschte, es wäre schon vorbei. Ich wünschte, Sofie wäre bei mir. Oder Daniel.

Bei diesem Gedanken greife ich wieder nach meinem Handy und rufe ihn an. Neben seinem Eintrag in der Liste meiner gewählten Anrufe steht in Klammern eine 96. Ich habe in den vergangenen Stunden sechsundneunzig Mal versucht, ihn zu erreichen. Und ihn sechsundneunzig Mal nicht erreicht. Als nur die Mailbox drangeht, sinke ich zu Boden. Wie ein Stein, den jemand ins Wasser geworfen hat. Ich lausche der Ansage, Daniels Stimme, die mir gut gelaunt verspricht, dass er mich umgehend zurückruft, wenn ich ihm eine Nachricht hinterlasse. Aber er wird es nicht tun. Mein Bauch weiß es längst, nur mein Verstand wehrt sich noch dagegen. Irgendwas ist passiert. Ich hätte ihn fragen sollen, wo er hinwill. Es wäre nur *eine* Frage gewesen. Eine simple Frage. Warum habe ich sie nicht gestellt? Dann könnte ich nach ihm suchen. Dann wüsste ich wo. *Ich fahre zur Uni.* Aber warum? Und wohin? Das Gelände ist riesig.

Als ich Robert vorhin am Ende unseres Telefonats gefragt habe, ob es möglich wäre, Daniels Handy zu orten, meinte er: *Na ja, ganz legal ist es nicht.* Aber er würde es tun, wenn ich ihn darum bitte, da bin ich mir sicher. Ich hätte ihn gleich bitten sollen. Kurz spiele ich mit dem Gedanken, es jetzt zu tun, ihm einfach eine Nachricht zu schreiben. Aber das könnte ihn in Schwierigkeiten bringen, und das will ich nicht. Es am Telefon anzusprechen, war schon nicht in Ordnung. Ich muss warten, bis ich ihn sehe. Das ist ohnehin in ein paar Stunden.

Ich sitze auf dem Boden, unfähig aufzustehen. So habe ich mich früher oft gefühlt, wenn ich nach einem Kampf auf der Matte lag. Ein Schlag zu viel. Irgendwann kommt jeder an seine Grenze. An diesen einen Punkt, an dem nichts mehr geht. In solchen Momenten hat mein Trainer immer gesagt: *Das ist noch nicht deine Grenze. Deine Grenze ist noch lange nicht erreicht.* Und er hatte jedes Mal recht. Beim nächsten Kampf gingen noch ein paar Schläge mehr.

Ich rapple mich auf. Und für ein paar lange Sekunden stehe ich wieder vor meinem offenen Kleiderschrank. Genauso ratlos wie vorhin.

Ich trage keine Kleider. Nur Jeans. Und das zu jeder Jahreszeit, ganz egal, wie kalt oder heiß es ist. Aber für morgen brauche ich ein Kleid. Etwas, das das ausdrücken kann, wofür mir die Worte fehlen. Etwas, das auf die richtige Art schwarz ist. Nicht zu viel Bein, auf keinen Fall zu durchsichtig, kurz: dem Anlass angemessen. Aber wie könnte ich etwas haben, das dem Anlass angemessen ist, wenn ich diesen Anlass noch nie hatte? Meine Mutter ist noch nie gestorben. Ich war noch nie bei ihrer Beerdigung.

»Sie war nicht sie selbst in den vergangenen Wochen«, meinte Efrail vorhin ernst. »Irgendwas ist passiert. Etwas, das sie nicht mehr losgelassen hat. Ich weiß nicht, worum es ging, nur dass sie anders war.«

»Inwiefern anders?«

»Viele kleine Dinge. Sie hat Termine vergessen, ist zu spät gekommen, wurde ausfallend. So war sie nicht. In der gesamten Zeit, in der ich für sie gearbeitet habe, ist nie etwas in der Art vorgekommen. Deine Mutter hat funktioniert wie ein Uhrwerk.«

Genauso habe ich sie auch immer empfunden. Wie eine Maschine, die den Takt vorgibt. Sie hat bestimmt, wo es langgeht. Sie hat alles hinterfragt, selbst aber keinerlei Widerworte geduldet. Ich versuche zu begreifen, dass es sie nicht mehr gibt. Dass sie wirklich weg ist. Dass ich von nun an in der Vergangenheitsform von ihr sprechen muss. Meine Mutter *war*. Meine Mutter *hatte*. Meine Mutter *wollte*.

»Ich habe mir ihre Reiseunterlagen angesehen und in dem Zusammenhang ist mir aufgefallen, dass sie in den vergangenen neun Monaten sieben Mal in Paris gewesen ist – drei Mal allein in den letzten sechs Wochen.«

Was hat sie dort gemacht?

»Der letzte Flug ging vor elf Tagen.«

Vor elf Tagen.

»Hast du eine Ahnung, was sie in Paris gewollt haben könnte?«

»Nein.«

»Habt ihr Freunde in Paris? Oder Verwandte? Eine Immobilie? Könnte deine Mutter eine Affäre gehabt haben? Irgendwas?«

Efrail hatte etwas Drängendes in der Stimme, als er mich das gefragt hat. Als würde er mich am liebsten an den Schultern packen und schütteln. Er hat mich auf eine bedrohliche Art angesehen, mit einem Blick, der irgendwie zu weit ging. Als würde er bis auf meinen Grund reichen.

»Warum interessiert dich das so?«, wollte ich wissen.

Er hat eine Weile gezögert. Als würde er mit sich ringen. Und dann sagte er: »Kurz vor ihrem Tod hat deine Mutter etwas gesagt, das mir nicht mehr aus dem Kopf geht.«

»Und was?«

»Dass sie sie beobachten.«

»Wer?«

»Ich weiß es nicht. Anfangs habe ich es nicht geglaubt, ich dachte, sie wäre überarbeitet, bräuchte vielleicht mal ein paar Tage Urlaub. Aber sie hat für den Geheimdienst gearbeitet. Jahrelang. Sie wusste, wie so eine Observierung abläuft, sie kannte die Protokolle. Das erklärt im Nachhinein auch ihr paranoides Verhalten.«

»Was denn für ein paranoides Verhalten?«

»Wenn deine Mutter wichtige Meetings hatte, hat sie ihr Handy nicht nur auf Flugmodus gestellt, sondern komplett ausgeschaltet, oft hat sie es sogar im Auto gelassen – im Handschuhfach. Und vertrauliche Informationen hat sie grundsätzlich nur außerhalb des Ministeriums besprochen. Im Park. Und immer ohne Handys. Als ich sie mal darauf angesprochen habe, meinte sie bloß: ›Wenn Sie wüssten, was ich weiß, würden Sie es auch so machen.‹«

Ja, das klingt nach ihr. Nach einer typischen Aussage meiner Mutter.

»Am Tag des Unfalls, kurz bevor sie losgefahren ist, um dich abzuholen, hat sie noch telefoniert. Ich weiß nicht, mit wem, nur dass es was Persönliches war. Und dass sie laut wurde. Das wurde sie sonst nie. Sie musste nicht schreien, damit jemand ihr zuhört.«

Das stimmt. Die Blicke meiner Mutter haben gereicht, um einen ganzen Saal zum Schweigen zu bringen.

»Nach dem Telefonat ist sie aus ihrem Büro gestürzt und hat gesagt, dass sie sofort ihren Wagen braucht. Und dass sie selbst fahren will. Ich habe versucht, es ihr auszureden, weil sie so aufgebracht war, aber sie hat mir nicht zugehört. Erst dachte ich, sie wäre wütend, aber das war sie nicht. Sie hatte Angst.«

In dem Moment schossen mir einzelne Bilder durch den Kopf. Sie stiegen wie Kohlensäure in mir auf, Fragmente der Fahrt, die ich vergessen hatte. Ich erinnerte mich wieder an den Ausdruck im Gesicht meiner Mutter, ängstlich und fremd, an ihre Hände, die das Lenkrad fest umklammerten, an ihren Blick, der zwischen Straße und Rückspiegel hin und her schnellte. Sie war wie eine Getriebene. Wie Wild, das gejagt wird.

»Während sie auf den Wagen gewartet hat, habe ich sie gefragt, was vorgefallen ist. Erst wollte sie nichts sagen, aber irgendwann meinte sie: ›Man kann niemandem trauen. Sie stecken alle mit drin.‹ Danach ist sie gegangen.«

TAG 4

MAJA, 5:56 UHR

Es beginnt bereits, hell zu werden. Die aufgehende Morgensonne kratzt schon an den Vorhängen. Meine Augen brennen. Ich schaue auf dic Uhr, blinzle. 5:56 Uhr. Ich habe so gut wie gar nicht geschlafen, zwei Stunden vielleicht. Und die waren bestimmt von einem wirren Traum, dessen Nachgeschmack mich bis ins Wachsein begleitet – doch sein Inhalt rutscht an mir ab.

Ich versuche, mich daran zu erinnern, aber da sind nur Bruchstücke. Der Blick meiner Mutter, als ich zu ihr in den Wagen steige, sie, wie sie immer wieder in den Rückspiegel schaut, Efrails Gesicht im dunkelgrünen Wasser, seine verschwommenen Augen, die mich direkt ansehen.

Schreckliche Kopfschmerzen.

Ich setze mich auf. Langsam. Mein Schädel dröhnt, ein Ziehen hinter der Stirn, das sich sternförmig ausbreitet. Die Haut an meinen Armen ist trocken. Ich fühle mich krank, bin es aber nicht. Jedenfalls nicht so, wie ich es kenne. Irgendwie tiefer. Als würde ich eine Schicht von mir wahrnehmen, die ich so noch nie gespürt habe.

Als ich aufstehe, fühlt der Boden sich weit weg an und einen Moment wird mir schwarz vor Augen. Ich bewege mich zittrig durchs Zimmer und der Raum pulsiert in einem verwaschenen Grau. Ich bin auf eine Art müde, die sich viral anfühlt, schwere Glieder, Schüttelfrost.

Vorsichtig drücke ich die Klinke hinunter und öffne die Tür zum Gang. Ein lang gezogenes Knarren schneidet in die Stille.

Ich bleibe stehen, lausche, frage mich, ob ich Efrail geweckt habe, doch es bleibt still.

Dann gehe ich weiter.

Die Wohnzimmertür steht weit offen. Efrail schläft. Der Umriss seines Körpers hebt sich dunkel vom hellen Stoff des Sofas ab. Er hat sein Shirt ausgezogen, liegt oben ohne da. Aus der Entfernung erkenne ich, dass er tätowiert ist. Ich nähere mich ihm ein paar Schritte. Sein Gesicht ist entspannt, keine Regung. Bei diesem Anblick verstehe ich, warum man es *friedlich schlafen* nennt. Ich stehe neben ihm und betrachte seinen nackten Oberkörper, seine Arme, seinen Bauch, die schwarzen Zeichen und Symbole, die genau so platziert sind, dass man sie nicht sieht, wenn er ein T-Shirt trägt. Das auffälligste Tattoo ist die Meerjungfrau, die abgewandt auf seiner Brust sitzt. Ihr Rücken ist nackt, ihr Haar weht im Wind, es erstreckt sich auf Efrails Schulter. Die Schwanzflosse schmiegt sich um seine Brustwarze, so als würde sie darauf sitzen. Es ist eine schöne Tätowierung, klischeehaft, aber schön. Die anderen sind kleiner. Eine doppelte Pfeilspitze knapp unter seinem linken Schlüsselbein, unter dem rechten die Ziffern 1957. Vielleicht eine Jahreszahl. Mein Blick wandert weiter über seine Haut. Knapp unterhalb seines Bauchnabels steht etwas. Es ist so klein, dass ich mich über ihn beugen muss, um es lesen zu können. *The water hears and understands.*

Ich verlasse das Wohnzimmer, es ist der Durst, der mich in die Küche treibt. Ein Durst wie ein Schmerz. In den Muskeln, im Kopf, in den Armen und Beinen. Neben der Spüle steht ein halb volles Glas. Es ist mir egal, ob es seins ist oder meins, ich denke nicht, greife einfach danach und trinke – so hastig, dass ich erst nach dem dritten oder vierten Schluck bemerke, wie salzig das Wasser schmeckt. Einen Moment stocke ich, lasse das Glas sinken, betrachte es, als könnte es mir beantworten, warum sein Inhalt salzig ist, dann setze ich es wieder an und trinke gierig den Rest. *Ich will mehr davon*, sagt etwas in mir. Und so, als wären meine Hände Soldaten, die Befehle befolgen, öffnen sie den Schrank über dem Herd, nehmen den dunkelblauen Karton mit dem Meersalz heraus, schütten etwas davon in das Glas und füllen es erneut mit Wasser. Dann trinke ich wieder. Ich trinke wie eine Süchtige, wie im Wahn, eine Hand auf der Arbeitsfläche, die Augen geschlossen.

Dann plötzlich packt mich jemand und hält mir den Mund zu. Ich sehe einen Schatten an der Wand, spüre etwas Kühles an meiner Schläfe – Metall? Den Lauf einer Waffe? Dann ein Geräusch. *Klick.* Ich denke nicht nach, lasse mich in einem Ruck fallen, spüre einen Stoß in der Seite, dann eine Faust in den Rippen. Mir bleibt die Luft weg. Das Glas fällt mir aus der Hand, zerspringt in tausend Stücke. Ich lande darauf, spüre einen scharfen Schmerz, als die Scherben mich schneiden, greife instinktiv nach der größten, die ich zu fassen bekomme, und ramme sie meinem Angreifer ins Bein. Ein Aufschrei. Ich rolle mich zur Seite, es ist nicht nur ein Mann, es sind drei, tausend kleine Splitter bohren sich in meine Haut, manche tief, andere nur oberflächlich.

Dann stehe ich wieder.

Barfuß im Glas. Schwaches Licht dringt durch das Küchenfenster.

Sie greifen mich an, mein Körper reagiert. Ich ducke mich weg, trete, schlage zu, nutze den Schwung ihrer Schläge gegen sie, hole aus, weiche aus, springe zur Seite, treffe einen von ihnen hart im Gesicht, einen anderen im Bauch, trete in irgendein Knie – der, zu dem es gehört, knickt weg, schreit auf, ich boxe ihm in die Kehle. Schritte im Glas, ein erstickter

Laut, flaches Atmen, Fäuste, die dumpf auf Knochen treffen. Es sind Geräusche, die mich an meine Jugend erinnern, an Trainingsstunden auf blauen Matten.

Ich bin seltsam klar, schneller als sonst, viel schneller als sie. Bestehe nur aus Sinnen. Doch ich bin allein und sie sind zu dritt.

Nein. Zu viert.

Denn da ist noch einer. Efrail.

MAJA

Für den Bruchteil einer Sekunde bin ich abgelenkt, nur einen Wimpernschlag. Unsere Blicke treffen sich. Seiner und meiner. *Gehört er zu ihnen? Hat er sie reingelassen? War das sein Plan?* Der Moment dehnt sich aus, wie ein Stolpern in der Zeit. Ich bemerke die Faust nicht, die auf mich zukommt, stehe einfach nur da und bewege mich nicht. Dann trifft sie mich mit voller Wucht. Mein Kopf schnellt zur Seite, mein Sichtfeld verschmiert, Gesichter, Arme, Beine, Dunkelheit. Ich verliere das Gleichgewicht, stürze, pralle mit dem Rücken flach auf den Boden, spüre einen stummen Schrei auf meinem Gesicht, bekomme keine Luft mehr.

Ich blinzle, schlucke trocken, bin kurz orientierungslos. Als meine Welt endlich wieder scharf wird – erst die Geräusche, dann der Rest –, sehe ich in den Lauf einer Waffe – ein kleines schwarzes Loch, das mich ansieht wie ein einzelnes Auge. Der Lärm um mich geht weiter, der Kampf, das Knirschen der Glasscherben, das Durcheinander, das schmerzhafte Seufzen. Ich halte mir die Hände vor den Körper, als könnten sie eine Kugel abwehren. *Los, steh auf*, sagt eine Stimme in meinem Kopf. *Wehr dich*. Doch ich kann mich nicht bewegen. Mein Herz rast, ich atme nicht, schaue wie gelähmt auf die Waffe. Der Mann, der sie auf mich richtet, ist nicht zu sehen, ihr Lauf verdeckt sein Gesicht. Es ist eine anonyme Hand, die mich gleich tötet. Irgendein Arm in einer schwarzen Uniform.

Im selben Moment drückt er ab.

2001

PROF. ROBERT STEIN, INSTITUT FÜR MOLEKULARE UND GENETISCHE MEDIZIN, BERLIN, 29. JANUAR

»Ich brauche keinen Babysitter, Robert.«

»Das ist mir klar«, antwortet er während eines kurzen Blicks auf die Uhr. Sein Termin beginnt in sieben Minuten, er muss sich beeilen. »Die Anordnung kam von ganz oben«, sagt er. »Das hat nichts mit mir zu tun.«

»Irgendwas stimmt mit dem Kerl nicht«, sagt Patricia leise.

»Dir passt nur nicht, dass er da ist«, erwidert Robert und steht auf. »Laut den Kollegen in London ist er ein sehr fähiger Wissenschaftler.«

Patricia verschränkt die Arme vor der Brust. »Ein sehr fähiger Wissenschaftler? Dass ich nicht lache.«

»Sei nicht so«, sagt Robert. »Er ist noch jung.«

»Er versucht, meine Forschung zu sabotieren.«

»Du siehst Gespenster, Patricia.«

»Tu ich das?«, fragt sie. »Ich bilde mir das also alles ein?«

»Okay, hör zu«, sagt er. »Wenn du mir Beweise bringst, werde ich ihn für dich los. Andernfalls arbeite mit ihm zusammen.«

Patricia fasst ihn am Arm. »Robert …«

»Nein«, sagt er ernst und sieht sie direkt an. »Ich bekomme richtig Druck von oben. Die wollen Ergebnisse sehen.«

»Und dann schicken sie einen wie Peck?«

Robert zuckt resigniert die Schultern. Er ist müde, die letzten Wochen haben ihn Kraft gekostet. Die vielen Streitereien mit Magdalena. Ihre Fragen, ihr berechtigtes Misstrauen. *Wo warst du so lang? Im Labor haben sie gesagt, du wärst früher gegangen. Gibt es eine andere?*

»Robert?«, fragt Patricia. Sie berührt noch immer seinen Arm. »Alles okay?«

Er sieht sie an – die Frau, die sein Leben ruiniert und zur selben Zeit so viel besser macht. Hätte er sie doch früher getroffen. Nur ein paar Jahre früher.

»Mir sind in der Sache die Hände gebunden«, ignoriert er ihre Frage. »Es geht unseren Auftraggebern nicht schnell genug. Deswegen setzen sie zusätzliche Wissenschaftler ein.« Pause. »Peck ist einer davon.«

»Ja, schon, aber …«

»Nichts aber«, schneidet er ihr das Wort ab. »Es ist ganz einfach: Sie bezahlen, sie entscheiden.«

»Wen meinst du mit sie?«, fragt Patricia. »Den BND?«

»Das spielt keine Rolle.« Er nimmt ihre Hand weg, zumindest versucht er es, doch Patricia hält dagegen.

»Doch«, erwidert sie. »Für mich tut es das.«

»Das hat dich nicht zu interessieren. In erster Linie arbeitest du für mich.«

Er reißt sich von ihr los, grober als beabsichtigt. Sein Herzschlag beschleunigt sich, Robert ist schon spät dran, in nicht einmal zwei Minuten beginnt sein Termin. Er ist schlecht vorbereitet und übermüdet. An beidem ist sie schuld.

»Ich muss jetzt los«, sagt er und öffnet die Tür. »Wir reden später.«

Während er den Flur hinuntergeht, spürt er ihren Blick im Rücken. Er spürt ihn, als er den Aufzug ruft und als sich die Türen für ihn öffnen. Robert dreht sich nicht nach ihr um. Er steigt in den Lift, drückt auf die Sechs und wartet auf das Geräusch der sich schließenden Fahrstuhltüren.

Robert betrachtet sein Gesicht im abgedunkelten Spiegel. Die fahlen Schatten unter den Augen und seine von Falten zerfurchte Stirn. Der Stress frisst sie immer tiefer in seine Haut. Manchmal fragt er sich, ob ihm das alles über den Kopf wächst. Ob er aus der Sache aussteigen sollte, bevor es zu spät ist. So oder so hätte er diese Andeutung vorhin nicht machen dürfen. Robert redet zu viel mit ihr über vertrauliche Informationen. Das muss aufhören. Ihretwegen und seinetwegen. Diese Leute verstehen keinen Spaß. Ihr Weg ist gepflastert mit Leichen. Seine könnte die nächste sein. Oder Patricias.

Und das darf auf keinen Fall passieren.

DR. PATRICIA KOHLBECK, INSTITUT FÜR MOLEKULARE UND GENETISCHE MEDIZIN, BERLIN, 3. FEBRUAR

Robert weicht ihr aus, Patricia weiß es genau. Sie hat seinen Terminkalender überprüft, er hatte gestern gar kein wichtiges Abendessen. Außer natürlich, es handelte sich dabei um ein Abendessen mit Magdalena – was Patricia jedoch nicht glaubt.

Sie wählt wieder die Nummer seines Büros, aber er geht auch diesmal nicht dran. *Arschloch.* Er hat gesagt, sie reden später. Das war vor fünf Tagen. Und Peck ist immer noch da. Diese kleine Ratte. Patricia weiß, dass er ihre Arbeit sabotiert, auch wenn sie es nicht beweisen kann. *Noch* nicht. Im Grunde ist es eine Frechheit, dass sie das überhaupt muss. Immerhin ist er ihr Assistent, *er* arbeitet für *sie*. Und das auch noch schlecht. Verunreinigte Gewebeproben, einige davon auch noch falsch beschriftet, andere unauffindbar verlegt. Ein fähiger Wissenschaftler. Dass Patricia nicht lacht. *Es tut mir wirklich leid, Frau Dr. Kohlbeck.* Diesen Satz hört sie mittlerweile gleich mehrmals täglich. Und dann auch noch in diesem schrecklich nervigen britischen Akzent. Sie heißt nicht *Coulbäc*.

Das Problem ist, dass Peck viel zu intelligent ist für seine Ungeschicklichkeit. Sein Verhalten und seine Vita passen kein bisschen zusammen, sie sind wie von zwei verschiedenen Menschen. Wahrscheinlich ist er wirklich ein fähiger Wissenschaftler. Er *muss* es sein, immerhin kommt er von einem der renommiertesten Institute der Welt. Und seine Forschungsergebnisse sind beeindruckend – Patricia hat einige seiner Papers und Reviews selbst gelesen. Als sie erfahren hat, dass er ihr assistieren wird, hat sie sich anfangs fast gefreut – und das, obwohl sie es hasst, mit anderen zusammenzuarbeiten.

Entweder ist der Ruf, der ihm vorauseilt, eine Lüge und er lediglich ein Sohn einflussreicher Eltern oder er ist tatsächlich gut. Doch er ist nicht gut, sonst müsste er sich ja nicht alle paar Minuten bei ihr entschuldigen. Oder aber er ist genau deswegen hier: um ihre Arbeit zu sabotieren. Weil irgendjemand verhindern will, dass sie etwas herausfindet, das geheim bleiben soll.

Patricia ruft sein internes Mitarbeiterprofil auf. *Stipendium in Oxford, Abschluss mit Auszeichnung, veröffentlichte Reviews und Artikel in ›Nature‹ und ›Science‹.*

Patricia betrachtet sein Foto. Es ist schwarz-weiß und nichtssagend und fängt Peck nicht wirklich ein. Ja, auch dieser Mann hat dunkles Haar und dunkle Augen, er hat einen markanten Kiefer und einen maskulinen Hals. Trotzdem wird es ihm nicht gerecht. Vielleicht, weil man seine Körpergröße und Statur nicht erkennt. Weil man nicht sieht, wie aufrecht er dasteht. Wie ein Soldat. Ein perfekter Lügner mit ehrlichem Blick. Blasse Haut, gerade Zähne. Kein typischer Engländer.

Patricia rückt näher an den Bildschirm.

»Wer hat dich hergeschickt?«, sagt sie leise. »Für wen arbeitest du, du kleine Ratte?«

Sie wird es noch herausfinden. Sie wird jeden seiner Schritte überwachen und alles kontrollieren, was er tut. Heute Abend, wenn er gegangen ist, fängt sie damit an. Sie wird sich die Überwachungsvideos ansehen. Peck weiß nicht, dass sie Zugriff darauf hat. Er mag klug sein, aber er ist sicher nicht klüger als sie. Dieser ambitionierte kleine Arschkriecher.

Patricia hat ihn heute Morgen gleich als Erstes weggeschickt – angeblich, um wichtige Gewebeproben abzuholen. Als ob. Natürlich sind sie nicht wichtig, sie ist ja nicht verrückt. Patricia wollte nur, dass er verschwindet. Dass sie für ein paar Stunden sein blasiertes Gesicht nicht sehen muss.

Es geht unseren Auftraggebern nicht schnell genug. Deswegen setzen sie zusätzliche Wissenschaftler ein, hört Patricia Robert sagen.

Wer sind ihre Auftraggeber? Sollte sie nicht wissen, für wen sie arbeitet? Hat sie nicht ein Recht darauf?

Sie wird Robert fragen. Er kann sie nicht ewig ignorieren. Irgendwann will er wieder mit ihr schlafen. Und spätestens dann quetscht sie es aus ihm heraus.

Im selben Moment klopft es an der Tür und Patricia öffnet. Aber es ist nicht Robert, es ist Iffland.

»Jens«, sagt sie. »Was gibt's?«

»Wir haben vorhin eine Leiche reinbekommen.«

Patricia nickt. »Will Stein, dass ich die Obduktion übernehme?«

»Natürlich«, antwortet er. »So wie immer.«

Patricia lächelt. »Willst du mir irgendwas sagen, Jens?«

»Nicht nötig«, erwidert er, »du weißt auch so, was ich von dir halte.«

Das stimmt. Er hält sie für eine Schlampe. Für eine, die sich hochschläft. Und mit dieser Meinung steht er nicht allein da – auch wenn es keiner von ihnen laut sagt. Schon gar nicht ihr ins Gesicht. Sie denken, sie ist eine von denen, die ihrem Chef einen blasen, um so an die interessanten Fälle zu kommen. Damit liegen sie nicht mal ganz falsch. Aber eben auch nicht ganz richtig. Patricia geht nicht mit Robert ins Bett, um etwas dafür zu bekommen. Aber wenn sie etwas dafür bekommt, sagt sie eben auch nicht Nein. Und warum sollte sie auch? Die anderen würden an ihrer Stelle dasselbe tun. Es ist nicht ihre Schuld, dass Robert sich von ihnen keinen blasen lassen will. Abgesehen davon können Iffland und die anderen Vollidioten sie sowieso nicht leiden. Frauen generell nicht, und Patricia eben im Besonderen.

Sie verschränkt die Arme vor der Brust und fragt: »Wo ist sie?«

»Warum? Hätte ich sie dir etwa bringen sollen?«

Patricia atmet einmal aus, eine Mischung aus resigniert und genervt. »Ist sie schon unten im Präpariersaal oder noch in der Kühlung?«

»Unten«, sagt Iffland und mit diesem Ein-Wort-Satz lässt er sie stehen.

Als Patricia nach ihrer Chip-Karte und ihrem Diktiergerät greift, fällt ihr Blick noch einmal auf Pecks Mitarbeiterprofil. Sie schließt es, meldet sich im System ab und verlässt das Labor. Dabei stellt sie sicher, dass sie die Tür hinter sich fest ins Schloss gezogen hat – denn ohne sie hat Peck dort nichts verloren. Und mit seiner Assistenz-Freigabe kommt er nicht rein. Auf die kleine weiße Tafel neben dem Schild mit der Aufschrift *Labor 3 – Dr. Kohlbeck* kritzelt sie ein *Bin den restlichen Tag in einem Meeting. Sie können Professor Iffland assistieren.* Danach geht sie zu den Obduktionssälen.

Auf dem Untersuchungstisch in Saal vier liegt der Leichnam eines jungen Mannes. Der Unterleib ist sorgsam mit einem weißen Tuch abgedeckt. Patricia schaltet das Oberlicht ein, dann verriegelt sie von innen die Tür. Sie möchte nicht gestört werden.

Auf den ersten Blick gibt es keine Anzeichen für äußere Gewalteinwirkung. Ein trainierter Körper, scheinbar gesund.

Makellose schwarze Haut, der Kopf kahl rasiert, der Gesichtsausdruck kriegerisch, selbst im Tod.

Das hier ist Roberts Art, sich bei ihr zu entschuldigen. Er tut es nie mit Worten – was Patricia egal ist. Sie braucht kein *Es tut mir leid.* Was sie will, ist Respekt. Jemanden, der sie ernst nimmt. Diese Leiche ist allenfalls ein Anfang. Mehr nicht. Wenn Robert denkt, er kann sich so leicht aus der Sache rauskaufen, hat er sich geirrt. Trotzdem spürt Patricia den Anflug eines Lächelns auf den Lippen, als sie Kittel und Handschuhe überzieht und sich an die Arbeit macht.

DR. PATRICIA KOHLBECK, WENIG SPÄTER

Für die Bestandsaufnahme benutzt Patricia immer ein Diktiergerät, später wird sie dann alles übertragen. Diese Herangehensweise hat sich im Laufe der Zeit als sehr effizient erwiesen – zumal eine gerichtsmedizinische Obduktion im Normalfall von zwei Ärzten durchgeführt wird. Sie hingegen arbeitet allein. Ihre Augen müssen also so viel sehen wie sonst vier. Und es darf nichts unbemerkt bleiben. Daher das Diktiergerät. Viele ihrer Kollegen verfahren genauso, andere machen es anders. Mit Stichpunkten, Notizen, ein paar haben Assistenten, die alles schriftlich für sie festhalten. Natürlich ist das praktisch, doch Patricia bleibt lieber bei ihrem Diktiergerät – und allein.

Sie hatte schon immer eine Schwäche für diese Dinger. Besonders für die alten mit den winzigen Kassetten. So eines hatte ihr Vater früher. Kassetten wie für Kinder. Selbstverständlich benutzt Patricia ein digitales, alles andere wäre Unfug. Die mit Kassetten mag sie trotzdem lieber. Abgesehen davon fragt sie sich manchmal, ob eins von den alten nicht vielleicht sogar sicherer wäre. Bestimmt wäre es das. Analog. Patricia sollte darüber nachdenken. Aber sicher nicht jetzt. Jetzt muss sie sich konzentrieren.

Sie geht um die Leiche herum, inspiziert alles genauestens, macht sich bereits erste gedankliche Notizen. Bei ihrer zweiten Runde nimmt sie sie dann auf.

»Körpergröße einen Meter fünfundachtzig, Gewicht dreiundsiebzig Kilo, Hautfarbe schwarz. Ausgehend von Ausprägungsgrad und Fortschreiten der Leichenerscheinungen und der supravitalen Reaktionen, Eintritt des Todes zwischen 10 und 11 Uhr.«

Patricia geht ein weiteres Mal um den Untersuchungstisch. Diesmal auf der Suche nach Tätowierungen, Pigmentflecken, Piercings, Operationswunden, Narben und anderen sichtbaren Verletzungen. Aber da ist nichts. Ein perfekter junger Körper. Muskulös und gesund – und tot.

Patricia inspiziert die Zehenzwischenräume, dann die zwischen den Fingern, den Bereich hinter den Ohren und die Mundhöhle. Dort wird sie fündig.

»Kleine Tätowierung an der Innenseite der Unterlippe«, spricht sie in das kleine Mikrofon und kneift die Augen zusammen. »Schwer erkennbar, ein mir unbekanntes Symbol, siehe Foto«, fügt sie dann hinzu. »Ansonsten keine Tätowierungen, keine Narben oder Pigmentflecken, keine Piercings, ebenso wenig wie Operationswunden oder andere sichtbare Verletzungen.«

Sie macht mehrere Aufnahmen des kleinen Symbols, danach dokumentiert sie den Zustand von Gebiss und Zähnen des Toten. Auch hier gibt es keine Auffälligkeiten. »Alle Zähne, inklusive Weisheitszähne«, sagt sie, obwohl ihr das ohnehin nicht weiterhilft, weil die Identität des Toten unbekannt ist und sie dementsprechend auch keine Zahnarztunterlagen hat.

Patricia macht Fotos, hält alles fest, jedes noch so kleine Detail, das im Nachhinein Aufschluss auf etwas geben könnte. Danach legt sie Kamera und Diktiergerät zur Seite und greift nach den Notizen, die Iffland bereits zu Bekleidung, Schmuck und anderen Gegenständen gemacht hat. *Kein Wunder, dass er sauer war*, denkt Patricia. Sie wäre auch sauer, wenn man ihr eine Obduktion wegnehmen würde, die sie bereits begonnen hat. Aber Iffland ist ein Idiot. Also hält sich ihr Mitgefühl in Grenzen. Und eine Sauklaue hat er auch. Seine Schrift ist wirklich eine Zumutung.

Jeans (dunkelblau, Levis, 32/34)
Boxershorts (schwarz, kein Branding)
T-Shirt (schwarz, kein Branding, Größe M)
Segelschuhe (dunkelblau, Lacoste, Größe 44)
Armbanduhr (TUDOR Prince Oysterdate, Referenz: 91520)
Notiz: Kleidung in einwandfreiem Zustand, keine Beschädigungen, keine Anzeichen auf Gewalteinwirkung, von Spurensicherung freigegeben
Zusatz: Keine Brieftasche, keine Ausweispapiere, kein Führerschein, keine Schlüssel, kein Mobiltelefon – Identität unbekannt

Patricia legt die Unterlagen weg.

»Na gut«, sagt sie leise. »Dann wollen wir mal.«

DR. PATRICIA KOHLBECK, 20 MINUTEN SPÄTER

Wenn Patricia eine Obduktion macht, beginnt sie grundsätzlich mit der Brust- und Bauchhöhle – so auch heute. Den schönsten Teil hebt sie sich für später auf: das Sezieren des Schädels. Ihr Lieblingsbereich. Das Gehirn. Wobei es vermutlich auch dieses Mal eine Enttäuschung sein wird. Sie weiß, was sie erwartet. Dasselbe wie die Male zuvor.

Patricia öffnet den Oberkörper des Leichnams mit einem Y-förmigen Schnitt, dann entfernt sie das Brustbein und die angrenzenden Rippen, um so an die Organe zu gelangen. Die innere Besichtigung ist jedes Mal etwas Besonderes für Patricia. Eine Form von Intimität, die normale Menschen nicht verstehen. Wie ein Geheimnis, das sich ihr nach und nach offenbart. Sich Stück für Stück vor ihr ausbreitet. Die Komplexität des Lebens, Ordnung und Unordnung, Zusammenhänge und Verbindungen. Muskeln, Adern, Nerven. Wie innere Landkarten, die sie studiert. Nichts fasziniert Patricia mehr.

Manche ihrer Kollegen mögen Musik zum Arbeiten – ihr Lieblingsprofessor am MIT hörte beispielsweise besonders gern Beethoven. Symphonie No. 7 in Moll. Patricia kann das verstehen, es hat etwas Erhabenes. Trotzdem bevorzugt sie Stille. Einen leeren, lautlosen Saal. Eine Art wissenschaftliche Kirche, in der sie eine Zeremonie abhält, bei der niemand zusieht.

In völliger Ruhe und Abgeschiedenheit kann Patricia am klarsten denken. Keine Störgeräusche, nichts, das sie ablenkt.

Nur Fakten. Das, was sie vor sich sieht. Und manchmal die Erinnerung an die Siebte von Beethoven.

Patricia entnimmt die Organe. Eines nach dem anderen. Sie untersucht sie auf krankheitsbedingte Veränderungen und dokumentiert ihren Zustand. Zu guter Letzt entnimmt sie Proben von Körperflüssigkeiten und anderem Gewebe für weitere Tests.

Patricia ist müde, aber auf die angenehmste Art. Eine Erschöpfung, die sie so nur nach einer Obduktion hat. Nach mehreren Stunden hoch konzentrierten Arbeitens. Sie dehnt ihr Genick. Und mit einem lauten Knacken renken sich ihre Halswirbel wieder ein. Bevor sie sich an den Schädel des Toten macht, legt sie die entnommenen Organe zurück. Wie bei einem Puzzlespiel, nur andersrum. Erst nimmt man es auseinander und dann baut man es wieder zusammen. Patricia füllt die Hohlräume, die durch die Obduktion entstanden sind, mit Zellstoff auf, um so die natürliche Form des Körpers zu erhalten. Im Anschluss näht sie die Schnitte zu und wäscht ihn. Bis auf das Y auf seiner Brust sieht der Tote aus wie zuvor.

Als Patricia mit allem fertig ist, greift sie nach dem Diktiergerät, setzt sich hin, schließt die Augen und hört sich alles noch einmal an, von Anfang bis Ende.

»Wieder keine Lungen. Dieselben Gebilde wie bei den anderen. Stark erhöhter Muskelanteil, das Herz deutlich vergrößert. Ansonsten gleichen die Organe, was Aussehen und Aufbau betrifft, weitestgehend denen von Menschen, teilweise leichte Abweichungen in Größe und Funktionalität. Nieren und Leber sind in diesem Zusammenhang zu nennen. Der Verdauungstrakt ist stark verkürzt, kleinerer Magen, kleinere Bauchspeicheldrüse. Alles deutet auf carnivore Ernährung hin und dementsprechend auf einen verlangsamten Kohlenhydratstoffwechsel.«

Patricia öffnet die Augen und schaltet das Diktiergerät aus.

Wieder ein toter Marin. Wieder ein unversehrter Körper.

Während Patricia alles für die Obduktion des Schädels vorbereitet, fragt sie sich, was wohl passieren würde, wenn man eines dieser Organe einem Menschen einsetzt. Immerhin ist der genetische Fingerabdruck weitestgehend identisch. Patricia greift nach der Säge und schaltet sie ein. Und während sie die Schädeldecke behutsam öffnet, denkt sie, dass bei Verabreichung der entsprechenden Medikamente eine Transplantation im Grunde möglich sein müsste. Dass das Herz, das sie vorhin entnommen hat, theoretisch in einem Menschen weiterschlagen könnte. Könnte es das?

Patricia nimmt die Schädeldecke ab.

Und dann sieht sie, was sie immer sieht: ein zerstörtes Gehirn. Ein formloses Etwas, das zäh vom Knochen tropft. Als wäre es implodiert. *Was zum Teufel löst diesen Mechanismus aus? Und wie kann es sein, dass der Knochen unversehrt bleibt, während das Innere komplett zerfetzt wird? Selbst die Hirnhäute?*

Einige Sekunden lang steht Patricia da und schaut auf die gräuliche Masse vor sich, dann atmet sie tief ein, schluckt die Enttäuschung hinunter und macht sich daran, Gewebeproben zu entnehmen. Sie wird auch diesmal keine intakten neuronalen Verbindungen finden – weil dieses Gehirn Matsch ist, ein verdammter Zellbrei.

Als würden sie es absichtlich tun, denkt Patricia.

Und dann lächelt sie. Weil das die einzig sinnvolle Erklärung ist.

PROF. ROBERT STEIN, INSTITUT FÜR MOLEKULARE UND GENETISCHE MEDIZIN, BERLIN, 9. FEBRUAR

Patricia geht ihm schon seit Tagen aus dem Weg. Das war schon immer ihre Art, ihn zu bestrafen. Robert kennt es gar nicht anders. Ihre Arbeit macht sie weiter nach Vorschrift, aber ihn ignoriert sie.

Die Stimmung am Institut ist insgesamt nicht die beste. Jens hat sich bei ihm beschwert, weil Robert ihm die Obduktion weggenommen hat. Wie ein Kind, das petzt. Robert hat ihn freundlich daran erinnert, dass er der Chef des Instituts ist und dementsprechend auch die Entscheidungen trifft. Und dass es ihm, Iffland, jederzeit freisteht zu gehen, wenn ihm das nicht passt.

Noch während er das gesagt hat, hat Robert gewusst, dass das ein Fehler war. Iffland wäre nur schwer zu ersetzen. Er ist einer der fähigsten Pathologen, die Robert je untergekommen sind, ein wichtiger Teil des Teams. Aber er ist nicht besser als Patricia. Und das, obwohl sie viel weniger Erfahrung hat als er.

Ja, Robert hat ihr die Obduktion unter anderem auch deswegen gegeben, weil sie seine Geliebte ist. Um Frieden mit ihr zu machen. Aber er hätte sie ihr nicht gegeben, wenn sie den Job nicht genauso gut erledigen würde wie Jens. Immerhin hat Robert einen Ruf zu verlieren. Und ein Institut zu leiten. Er trifft solche Entscheidungen nicht leichtfertig. Und auch nicht mit seinem Penis – etwas, das Iffland zwar so nicht gesagt hat, aber ganz klar impliziert. *Wir alle wissen, warum du Patricia bevorzugst*, waren seine genauen Worte.

Sie hat sich für die Obduktion bei Robert bedankt. Es war eine E-Mail mit nur einem Satz. *Danke für die Leiche.*

Er musste lächeln, als er ihn gelesen hat. Danach hat er Patricia geantwortet, aber sie ihm nicht mehr. Er gibt es nur sehr ungern zu, doch er bewundert es fast, wie sie es immer wieder schafft, den Spieß umzudrehen. Dass erst er sie meidet und dann plötzlich sie ihn. Und am Ende rennt er ihr nach. Es ist wie ein krankes Spiel. Ein Spiel, das Patricia viel besser beherrscht als er. Ein Spiel, das sie nur noch interessanter für ihn macht.

Robert scrollt durch den Obduktionsbericht, den Patricia ihm geschickt hat. Er hat ihn bereits mehrfach gelesen. Ihre Dokumentation ist so detailgenau und lückenlos, wie Robert es von ihr kennt. Er hat es nicht anders erwartet. Nur, dass ihnen das leider nichts bringt. Es ist nichts Neues. Von der veränderten Aktin- und Myosin-Filament-Struktur in den Muskeln wussten sie bereits. Und auch, dass Marin über zwei Netzhäute verfügen – eine für Farbsehen, eine zweite mit mehr Stäbchen für die Sicht bei Nacht, sie ermöglicht es ihnen, auch bei widrigen Lichtverhältnissen oder in großer Tiefe scharf zu sehen. Sie wissen inzwischen recht viel über die Marin. Dass ihre Haut empfindlicher für UV-Strahlung ist. Durchzogen von Drüsen, die ein öliges Sekret absondern, das wasserabweisend und wärmend wirkt. Dass sie beträchtliche Mengen an Trinkwasser benötigen, um an Land überleben zu können – neben Mineralien und Salzen.

Die neuesten Ergebnisse und Analysen sind nur weitere Beweise für das, was sie längst wissen: wie überlegen die Marin ihnen sind. Wie viel besser trainiert, wie viel stärker. Robert weiß nicht, was überwiegt: seine Abneigung gegen sie oder die Faszination.

Vermutlich wissen die Marin alles über sie. An ihrer Stelle hätte Robert seine Leute längst überall eingeschleust. In jede Behörde. In jedes Büro. Sie könnten das tun, die Menschen nicht.

Bei diesem Gedanken hält Robert inne.

Was, wenn sie es längst tun? Was, wenn sie wirklich *jede* Behörde und *jedes* Büro infiltriert haben? Auch die ISA? Wenn Patricia doch recht hat und Peck ihre Arbeit tatsächlich sabotiert? Wenn seine einzige Aufgabe darin besteht, sie von der Wahrheit fernzuhalten?

Nein, denkt Robert. Patricia hat ihn angesteckt mit ihrem Verfolgungswahn. Die ISA ist sauber. Und Peck ist einer der besten Wissenschaftler, die sie in der Londoner Zweigstelle haben. Deswegen ist er hier: weil er im Bereich der Marin-Forschung große Erfolge erzielen konnte. Keiner hat in so kurzer Zeit mehr über die Marin herausgefunden. Seine Vita und sein Renommee sind tadellos.

Robert steht auf.

Aber warum ist er dann hier so mittelmäßig? Mehr Bürde als Unterstützung? Warum hat er bislang rein gar nichts beitragen, kein bisschen an seine bisherigen Erfolge anknüpfen können?

Robert hat es nachgeprüft. Er wollte Patricia nicht glauben, er wollte, dass ihr Ego das Problem ist und nicht Peck. Dass sie ihn einfach loswerden will, weil sie unfähig ist, mit jemandem zusammenzuarbeiten – und das ist sie, das weiß Robert auch so. Aber die Überwachungsvideos bestätigen leider ihre Vorwürfe. Robert hat sich ein paar angesehen. Peck arbeitet ungenau, er hält sich nicht an Vorschriften, verunreinigt Proben, macht auffällig viele Fehler – weit mehr, als ein Wissenschaftler seines Formats machen dürfte.

Robert geht auf und ab.

Er hat das gesamte Team zusammengestellt. Jeden Einzelnen.

Alle außer Peck.

Diese Anweisung kam von ganz oben. Aber warum sollte die ISA jemanden an Bord holen, der sie ausbremst? Vor allem, wenn sie sagen, dass es ihnen nicht schnell genug geht? Das ergibt doch keinen Sinn.

Außer natürlich, sie wissen nicht, wer Peck ist.

In dem Moment, als Robert das denkt, klingelt sein Telefon. Auf dem Display steht: P. Kohlbeck.

Irgendwas muss passiert sein, etwas Wichtiges, sonst würde sie ihn nicht anrufen – nicht solange sie ihn noch bestraft.

Robert greift nach dem Hörer und nimmt ab.

»Patricia?«, fragt er angespannt. »Ist alles okay?«

»Nein«, sagt sie. »Du musst sofort kommen.«

TAG 4

EFRAIL

Ich sehe, wie sie fällt, wie sie mit dem Rücken auf den Boden prallt. Ich vergesse meine Deckung, nur für einen Augenblick, dann spüre ich einen Fausthieb in den Rippen. Mir bleibt kurz die Luft weg, ich fokussiere mich, ignoriere den Schmerz. Als die nächste Faust kommt, bin ich vorbereitet. Ich ducke mich weg, hole aus, schlage zu – und treffe den Kerl am Kinn. Er geht zu Boden und bleibt liegen.

Mein Blick findet zu Maja. Sie liegt halb nackt in den Scherben, ihre Haut ist hell, die Unterwäsche schwarz. Sie hält sich die Hände vor Brust und Gesicht, als wären sie ein Schutzschild. Im selben Moment kommt der zweite Typ auf mich zu, er greift mich an, mein Körper reagiert, wehrt Schläge ab, schlägt selbst zu, weicht aus. Im Augenwinkel sehe ich Majas Blick, nicht das, was sie sieht – nur ihre Reaktion darauf.

Und da weiß ich es.

Ich reiße mich los, trete meinem Angreifer in die Eingeweide, es ist ein weiches Gefühl, das sofort abgelöst wird von Muskeln, die sich anspannen. Er strauchelt, fängt sich, stürzt sich wieder auf mich. Ein Schlag geht ins Leere, dann ein zweiter, ich stoße ihn weg, er fällt, prallt mit dem Kopf ungünstig auf und bleibt reglos liegen.

Ich rapple mich auf, versuche, zu Maja zu gelangen, steige auf eine Hand oder einen Arm, ich weiß es nicht. Ein metallisches *Klick* erfüllt die Küche.

Gleich bin ich bei ihr, ich habe sie fast erreicht.

Dann höre ich den Schuss.

MAJA, 6:06 UHR

PENG.

Alles in mir zuckt, alles gleichzeitig.

Das Bild verschwimmt, die Küche, der Kampf, Efrail, der Arm des Angreifers. Dann trete ich weg.

Wie lange, weiß ich nicht. Es ist ein Gefühl wie in Watte. Kein Schmerz, nur ich auf dem Boden.

Irgendwann spüre ich Glasscherben. Viele kleine Schnitte. Dann ein dumpfes Brummen, das versucht, zu mir durchzudringen. Aber die Watte hält es ab. Ein Vibrieren, ein entferntes Wispern, ein flacher Atem, ein Herzschlag.

Mein Herzschlag.

Ich bin nicht tot.

»Maja?«

Mein rechtes Ohr piept, es ist ein schriller Laut, der nicht aufhört. Ich öffne die Augen, blinzle, warte auf den Schmerz.

»Maja, kannst du mich hören?«

Efrails Gesicht ist ganz knapp über meinem. Er streicht mir mit den Händen das Haar aus der Stirn, seine Haut ist weich.

»Du musst aufstehen«, sagt er, aber ich rühre mich nicht. »Los, komm schon.« Als ich mich auch weiterhin nicht bewege, packt Efrail mich an den Armen und zerrt mich mit sich hoch. »Wir müssen uns beeilen«, sagt er leise.

Ich schaue auf den Boden, dahin, wo ich eben noch lag. Ein paar Zentimeter weiter rechts auf Kopfhöhe steckt eine Kugel im Parkett.

»Verdammt, Maja, jetzt mach schon«, sagt Efrail, »wir müssen hier weg.«

Er schiebt mich in Richtung Flur. Meine Füße gehen mit. Überall Gliedmaßen und Glasscherben. Ich schaue mich um, bin benommen.

»Sind sie …«, ich stocke und zeige auf die drei Männer, die wie tot daliegen.

»Nein«, zischt Efrail und seine Augen sind schwarz und groß. »Und genau deswegen müssen wir auch verschwinden.«

Ich nicke. »Okay«, sage ich kaum hörbar. Und dann noch mal: »Okay.«

Mein Hals ist trocken. Dann auf einmal regt sich etwas neben mir. Die vielen Arme und Beine sehen aus wie Schlangen auf dem dunklen Boden.

»Komm jetzt!«, sagt Efrail.

Wir haben die Tür fast erreicht, als mich plötzlich jemand am Fußgelenk packt. Ich gebe einen seltsamen Laut von mir, es ist kein Schrei, nur ein Laut. Unterdrückt, als würde mir jemand den Mund zuhalten. Dann sehe ich die Hand, die mich festhält, Finger in schwarzen Handschuhen. Noch bevor ich reagieren kann, tritt Efrail dem Mann ins Gesicht und im selben Moment lockert sich sein Griff.

Ein Schlag reicht aus, um jemanden außer Gefecht zu setzen, höre ich die Stimme meines Trainers. *Also seht zu, dass ihr euch nicht schlagen lasst. Das gilt vor allem für euch Mädchen.*

Der Flur ist lang und dunkel, mein Kopf schmerzt, meine Beine sind schwer. Wir betreten mein Zimmer, Efrail stützt mich, er trägt mich fast. Seine Hände berühren meine nackte Haut.

»Pack deine Sachen«, sagt er in einem schroffen Flüstern. »Nur das Nötigste. Mehr nicht.«

Danach rennt er ins Wohnzimmer.

In dem Moment übernimmt mein Körper. Ich denke nicht, tue nur, was zu tun ist. Ich ziehe mir etwas an, schlüpfe in das Erste, was ich zu fassen bekomme, Socken, Jeans, irgendein T-Shirt, dann binde ich mir die Haare zusammen, greife nach meinem Rucksack und stopfe wahllos ein paar Klamotten hinein – Unterwäsche, die schwarze Jeans, Tops, einen BH. Dann noch meinen Pass, das Handy. Ich will den Reißverschluss gerade schließen, als mein Blick auf den Stuhl vor dem Schreibtisch fällt. Auf die Dinge, die ich für die Beerdigung rausgelegt habe. Den Schmuck, die Schuhe, Schminkzeug. Ich packe alles ein, auch die Münze. *Ich habe kein Kleid*, schießt es mir durch den Kopf. Meine Hände zittern, meine Knie, mein Ohr piept noch immer. *Ich habe kein Kleid für die Beerdigung meiner Mutter.*

»Können wir?«, fragt Efrail.

Ich starre ihn an. Er steht halbdunkel im Türrahmen. Schmal und groß mit breiten Schultern. Meine Haut brennt, ich spüre jeden einzelnen Schnitt, den die Scherben hinterlassen haben.

Dann nicke ich.

Und wir verlassen die Wohnung.

MAJA, 6:51 UHR

Während der gesamten Fahrt sagen wir kein Wort. Beim Einsteigen ins Taxi hat Efrail irgendeine Adresse genannt, seitdem schauen wir schweigend aus dem Fenster, jeder auf seiner Seite, jeder in seinen Gedanken.

Ich halte meinen Rucksack fest umklammert, als wäre er ein Lebewesen, das ich beschützen muss. Ein Kind oder ein Tier, das ängstlich auf meinem Schoß sitzt. Kurz fällt mein Blick auf den großen Umschlag, den ich auf dem Weg nach draußen eingesteckt habe. Er hing halb im Briefkasten, der Bote muss ihn eingeklemmt haben – nur deswegen ist er mir aufgefallen. Die Schrift ist krakelig, sie kommt mir nicht bekannt vor. Mein Name und meine Adresse in dickem schwarzem Edding, Großbuchstaben. Ich stecke das Kuvert in den Rucksack – an der gepolsterten Rückwand finde ich noch Platz, dann mache ich den Reißverschluss zu.

Ich will Efrail fragen, wer diese Leute waren, und gleichzeitig will ich es nicht wissen. Hätten wir die Polizei rufen sollen? Aber was, wenn es stimmt? Was, wenn meine Mutter recht hatte und ich wirklich niemandem trauen kann? Gilt das dann nicht auch für die Polizei? Vielleicht sogar erst recht für die Polizei? Wieso hat meine Mutter nicht mehr gesagt? Wieso hat sie die Zeit im Wagen nicht besser genutzt? Oder hat sie das und ich weiß es nur nicht mehr?

Ich schließe die Augen. Mein Herz schlägt zu schnell dafür, dass ich nur sitze, ein dünner Schweißfilm überzieht meine Haut. Trotzdem friere ich. Oder gerade deswegen. Das Radio läuft, ein Song, den Sofie mir mal vorgespielt hat. »The Moon« von Cat Power. Ich frage mich, wo sie gerade ist und wie es ihr geht. Es fühlt sich an, als würde ich die ganze Welt spüren, die uns gerade trennt. Als wären wir zwei versprengte Teile nach einer Explosion. Ich hier und sie irgendwo anders.

Aber wir leben. Wir leben noch.

Ich konzentriere mich auf diesen Gedanken. Auf das Lied und das Geräusch von Reifen auf Asphalt. Und dann denke ich an Sofie. Daran, dass alles an ihr rötlich ist: das Braun ihrer Augen, das Blond ihrer Haare, der Rosaton ihrer Lippen. Und ganz plötzlich werde ich seltsam ruhig. Als wäre das hier nicht mein Leben, als würde ich bloß in ein anderes hineinschauen.

Vor nicht mal einer Woche war alles noch wie immer. Meine Mutter hat gelebt, wir haben nicht miteinander gesprochen, ich hatte keine Ahnung, was ich mit meinem Leben anfangen soll. Studieren, nicht studieren, ins Ausland gehen, hierbleiben. Meine Mutter wollte, dass ich studiere, aber ich wusste nicht, was. *Du musst dein Leben auf die Reihe kriegen*. Das hat sie so oft gesagt. Und: *Jeder Mensch braucht eine Routine, Maja*. Ich hatte nie eine. Aus Trotz. Weil ich unter keinen Umständen so werden wollte wie sie. Ich konnte mich nicht mal zu einem festen Nebenjob durchringen, sie waren immer nur auf Zeit. Diese Strategie fahre ich seit Jahren. Was meine Mutter regelmäßig mit einem *Es ist so eine Verschwendung* quittierte.

Sofie hatte ihre Schauspielausbildung. Und Theo. Ab und zu ist Robert zum Abendessen gekommen. Manchmal auch Daniel. Bei dem Gedanken an ihn zieht sich alles in mir zusammen. Wie ein Krampf, der nicht aufhört.

Ich öffne die Augen und schaue wieder aus dem Fenster. Die Stadt zieht an mir vorbei, Häuser und Menschen und Bäume. Und der Himmel ist blau, so als wüsste er nicht, was heute für ein Tag ist. Dass er Schwarz tragen sollte. Ich habe kein Kleid. In nicht mal drei Stunden beginnt die Trauerfeier meiner Mutter, ein Staatsakt, und ich habe nichts anzuziehen.

Ich schaue zu Efrail hinüber. Seine Miene ist ernst, seine Augen wirken müde und gleichzeitig hellwach. Bei seinem Anblick denke ich an den Lauf der Waffe. An die metallischen Geräusche. Vorboten des Todes.

Klick.

Peng.

Kurz und abgehackt. Wäre Efrail nicht über Nacht geblieben, hätten sie mich erschossen. Sie hätten mich erschossen und in meiner Küche liegen lassen. In Glassplittern und Blut.

»Danke«, sage ich in die Stille und meine Stimme klingt rau und verbraucht.

Efrail sieht mich an. Er sagt nichts. Es sind nur seine Augen und meine. Ein paar Sekunden, in denen wir nicht reden, uns aber verstehen.

Dann lächelt er. Und dieses Lächeln ist so klein, dass es beinahe in seinem Mundwinkel verschwindet.

»Gern geschehen«, sagt er.

Im selben Moment halten wir an.

PROF. ROBERT STEIN, ISA HAUPTZENTRALE EUROPÄISCHE UNION, BRÜSSEL, ZUR SELBEN ZEIT

»Hi, Robert«, sagt Jeff Hastings in seinem starken amerikanischen Akzent. »So schnell sieht man sich wieder.«

Robert hätte gut darauf verzichten können, die zwei Tage in Israel haben ihm vollkommen gereicht. Hastings kommt auf ihn zu, den Arm ausgestreckt wie eine Lanze, mit der er ihn jeden Moment durchbohren wird. Er hat etwas von einem kleinen muskulösen Hund. Gedrungen, stämmiger Hals, kurze Gliedmaßen, breiter Kiefer und dieses amerikanische Lächeln, selbstsicher mit weißen, kräftigen Zähnen. Hastings ist der einzige Mensch, den Robert kennt, der es fertigbringt, auf Leute herabzuschauen, die größer sind als er.

Robert ringt sich ein Lächeln ab. »Hallo«, sagt er, »wie geht es Ihnen?«

»Ich kann nicht klagen.«

Natürlich nicht, denkt Robert. Es ist immer derselbe Satz.

Sie schütteln Hände. Hastings bricht ihm seine fast, aber Robert sagt nichts. So wie er nie etwas sagt. Jedenfalls nicht zu Hastings – weil der Amerikaner ist und Robert Deutscher, der Rest ergibt sich von selbst.

In Bezug auf seinen Namen zum Beispiel: Jedes Mal, wenn er ihn sagt, würde Robert ihn gerne darauf hinweisen, dass man ihn nicht englisch ausspricht, nicht wie bei Redford, aber das wäre nicht diplomatisch. Und ist es nicht das, was Deutsche sind? Diplomatisch? Was für ein herrlicher Euphemismus.

Hastings deutet auf zwei freie Stühle an dem langen Konferenztisch und sie nehmen Platz.

»Wie weit sind wir mit unserem Aktenproblem?«, fragt er.

Robert unterdrückt ein genervtes Seufzen. Er hat es schon immer gehasst, wenn jemand *wir* sagt, aber in Wahrheit ihn meint. Vielleicht, weil diese Formulierung Freundlichkeit suggeriert, wo keine ist.

»Wir kommen gut voran«, sagt Robert vage.

»Okay«, erwidert Hastings in einem Tonfall zwischen Frage und Antwort. »Um wie viele Dokumente handelt es sich?«

»Sie meinen, wie viele wir bereits vernichtet haben?«

»Nein«, erwidert Hastings mit einer schneidenden Schärfe in der Stimme, »ich meine, wie viele streng geheime Dokumente noch da draußen sind.« Er zeigt unbestimmt in Richtung Fenster.

»Das wissen wir nicht«, sagt Robert ruhig, dabei zwingt er sich, Hastings Blick standzuhalten, nicht klein beizugeben, sich nicht anmerken zu lassen, wie es wirklich in ihm aussieht.

»Und wieso bitte wissen wir das nicht?«

Unterhalb der Tischplatte ballt Robert die Hände zu Fäusten. *Dieses schmierige kleine Arschloch.* Hastings kennt die Antwort darauf, er kennt den Grund. Trotzdem sagt Robert: »Weil nach wie vor unklar ist, wie viele Dokumente in Umlauf gebracht wurden.«

Hastings nickt langsam.

»Richtig«, sagt er. »Und die undichte Stelle war Ihr System.« Kurzes Zögern. »Nicht wahr?«

Robert sagt nichts. Er beißt die Zähne aufeinander, behält die Kontrolle über sich.

Sie haben ihn verhört. Mehrfach. Sie haben ihn einem Polygrafentest unterzogen – *ihn*, den Leiter des BND, den Leiter der ISA Deutschland und Nordeuropa. Robert ist einer der mächtigsten Männer der Welt, zwar nur im Hintergrund, aber trotzdem. Und jetzt sitzt er hier und muss sich rechtfertigen. Ausgerechnet vor Jeff Hastings, diesem aufgeblasenen Arschloch. Einen Meter siebzig klein, aber ein Ego wie die halbe Welt.

Robert hat sich nichts zuschulden kommen lassen. Und die wenigen Regeln, die er im Laufe seiner Karriere gebrochen hat, hat er aus gutem Grund gebrochen – er würde es wieder tun, wenn er vor der Wahl stünde. Aber Hochverrat? Er? Das ist lächerlich. Robert hat diesem Job alles geopfert. Einen Großteil seines Lebens, seine Familie, vielleicht sogar seinen Verstand. Der einzige Fehler, den er je begangen hat, war, Patricia zu trauen. Und für diesen Fehler bezahlt er bis heute.

»Ich beschuldige Sie nicht«, sagt Hastings.

Natürlich nicht, denkt Robert.

»Sie wurden übers Ohr gehauen. Das passiert. Wir werden meistens gerade von den Menschen betrogen, die uns am nächsten stehen.«

Und wieder dieses *Wir.*

»Es geht nicht darum, einen Schuldigen zu finden«, fährt Hastings fort.

Von wegen.

»Es geht um Schadensbegrenzung und darum, das Chaos zu beseitigen, das Kohlbeck hinterlassen hat.«

»Und genau das tun wir«, sagt Robert ruhig.

Hastings will gerade etwas erwidern, als sich die anderen Gesandten zu ihnen an den Tisch setzen. Den Vorsitz dieses Treffens hat Frankreich – was Robert ganz recht ist. Immerhin kann man mit den Franzosen reden. Natürlich gibt es auch da Reibereien, aber es gibt auch Respekt. Und damit ein Fundament für eine Zusammenarbeit. Ganz im Gegensatz zu den USA, die am liebsten im Alleingang entscheiden.

»Sie wissen alle, warum wie hier sind«, sagt Margaux Morel in ihrem typisch strengen Tonfall. Sie leitet die französische ISA schon seit Jahren, Robert kennt sie gut – mehr als gut, aber das ist lange her. Er hat sie immer gemocht. Besonders ihre direkte, unverblümte Art. Schätzungsweise, weil sie ihn an Patricia erinnert. Eine dunkelhaarige Version von ihr mit schwarzen Augen und blasser Haut. Sie hat dieselbe No-Bullshit-Einstellung, dieselbe Härte, die sie hinter femininer Kleidung versteckt. Eine Art Mimikry, mit der sie ihre meist männlichen Gegner verwirrt. Man sieht eine schöne Frau – und unterschätzt sie dann.

»Ich komme am besten gleich zur Sache«, sagt Margaux. »Robert Stein muss uns pünktlich verlassen. Er wird bei der Trauerfeier für die Innenministerin in Berlin erwartet.« Sie blickt zu Robert. »Wann musst du spätestens weg?«

»Um 8:00 Uhr«, sagt er. »Die Trauerfeier beginnt um 9:30 Uhr.«

»In Ordnung«, sagt sie. Und dann zu allen: »Ich nehme an, Sie haben Ihre Handys und Laptops unten eingesperrt? Keine Regierungen oder andere Geheimdienste, die uns zuhören?«

Einhelliges Nicken.

»Gut.« Pause. »Ich habe um dieses Treffen gebeten, weil ich Bedenken habe.«

»Bedenken?«, fragt Hastings und richtet sich in seinem Stuhl auf. »In Bezug auf was?«

Margaux schaut verächtlich in seine Richtung und Robert mag sie gleich noch lieber. »In Bezug auf unser Vorgehen in dieser Angelegenheit.«

»Das verstehe ich nicht.« Hastings verschränkt die Arme. »Wir waren uns doch einig.«

»Nein«, sagt Margaux. »Wir waren vorschnell.«

»Wir haben uns einstimmig dafür entschieden«, antwortet Hastings. »Das war hier in diesem Raum.«

»Das ist mir klar. Ich war anwesend«, erwidert Margaux. »Aber da kannte ich noch nicht alle Fakten. Jetzt kenne ich sie. Und jetzt habe ich Vorbehalte.«

»Aber ...«, sagt Hastings, doch weiter kommt er nicht.

»Jeff, bitte«, fällt Margaux ihm ins Wort, »ich brauche nicht Ihre Erlaubnis, um ein Sondertreffen einzuberufen. Sie sind eingeladen, meinen Ausführungen zu folgen. Sollte Ihnen das widerstreben, steht es Ihnen frei zu gehen.« Sie wartet einen Moment, doch Hastings bleibt sitzen. »Sehr schön«, sagt sie. Und dann an alle gerichtet: »Mir wurden Akten zugespielt – streng vertrauliche Akten –, auf die ich bislang keinen Zugriff hatte. Auf die wir laut Sicherheitsfreigabe aber hätten Zugriff haben sollen.« Kurze Pause. »Es handelt sich dabei unter anderem um geheime Sitzungsprotokolle, überarbeitete und unterzeichnete Abkommen, schriftliche Verwarnungen wegen wiederholter Regelverstöße und Aufzeichnungen von Verhören.«

Hastings seufzt. »Und weiter?«, sagt er gelangweilt.

»Das Verhalten der Gegenseite ist nicht feindselig«, sagt Margaux.

»Wie bitte? Sie greifen uns an!«

»Das würden wir auch tun, wenn sie einen Erreger mit einer über zweiundneunzigprozentigen Mortalitätsrate auf uns losgelassen hätten«, sagt Margaux trocken.

»Woher hast du diese Zahlen?«, fragt Robert.

»Wieso? Kommen sie dir bekannt vor?«, fragt Margaux. »Das sollten sie. Sie stammen nämlich aus deiner Division.«

Robert atmet angespannt ein. »Natürlich sind sie aus meiner Division«, sagt er. »Ich bin für die Forschung zuständig.«

»Aber nicht für Massenmord. Und genau das ist es. Massenmord.«

»Das ist jetzt ein bisschen überdramatisch, finden Sie nicht?«, schaltet sich Cheng ein, der chinesische Abgesandte. Für gewöhnlich sagt er nie etwas, sitzt nur stumm da, mit wachsamen Augen und einem blanken Gesicht.

»Überdramatisch?«, fragt Margaux. »Würden Sie das auch so sehen, wenn das hier unsere Kinder wären?«

Sie nimmt einen Stapel Fotos aus ihrer Aktentasche und schleudert sie auf die Tischplatte. Sie verteilen sich auf der glatten Oberfläche, dann bleiben sie wie Papierleichen liegen. Robert hat sie schon einmal gesehen, ihre gesamte abschreckende Scheußlichkeit. Bilder von geschundenen kleinen Körpern mit aufgedunsenen Bäuchen und eitriger Haut. Der Tod hat viele Gesichter. In diesem Fall sind es die von Marin. *Lieber so als andersrum*, denkt Robert.

»Ist es wahr?«, fragt Margaux. »Waren wir das?« Sie zeigt auf die toten Kinder in ihrer Mitte. Und ihr Zustand wirkt seltsam makaber auf der makellos sauberen Tischplatte.

»Wir waren alle für eine endgültige Lösung«, sagt Hastings. »Für ein Ende dieses beschissenen Kalten Krieges.«

»Für eine Lösung, ja«, sagt Margaux. »Aber *das* ist keine Lösung.«

»Sie infiltrieren seit Jahren unsere Geheimdienste, weltweit, unsere Behörden, unsere Regierungen! Sie lassen sich von uns ausbilden, verdammt noch mal!«, sagt Hastings und sein breiter Hals schwillt noch weiter an. »Wir haben sie gewarnt. Wir haben sie *immer wieder* gewarnt. Und sie haben es ignoriert.«

Robert sieht es ja nur sehr ungern wie Hastings, doch er hat recht. Sie wurden gewarnt. In so vielen Gesprächen, die alle zu nichts führten.

Cheng nickt. »Wir können sie nicht von unseren eigenen Leuten unterscheiden. Was haben sie erwartet? Etwa, dass wir ewig zusehen? Dass wir einfach ausblenden, dass sie sich nicht an das Abkommen halten?«

»Das ist Blödsinn, und das wissen Sie.«

»Sie sind überall, Margaux«, sagt Robert.

»Und warum sind sie das?«, fragt sie und sieht ihn direkt an.

»Du wirst es mir sicher gleich sagen«, sagt er.

»Sie kommen an Land, weil wir seit Jahrzehnten ihren Lebensraum zerstören, und dabei rede ich nicht vom Offensichtlichen – nicht von den Plastikmassen und dem Giftmüll, den wir in der Tiefsee versenken, nicht von den heimlichen Bohrungen nach Methan, nicht von Ölteppichen, verursacht durch die Schifffahrt und die Ölförderung, ich rede nicht mal vom Temperaturanstieg der Meere durch den Klimawandel – für den ebenfalls wir verantwortlich sind.«

»Nicht schon wieder dieser Blödsinn«, fällt Hastings ihr genervt ins Wort. »Der verdammte Temperaturanstieg kommt von den Sonnenflecken, das weiß jeder.«

»Bitte«, sagt Margaux, »verschonen Sie mich mit Ihren Binsenwahrheiten.«

»Das sind Fakten«, sagt James White.

Robert hat fast vergessen, dass er da ist. Seit dem Brexit verhalten sich die Briten generell eher ruhig, was Robert nicht gestört hat. Er hat deren Input nicht wirklich vermisst.

»Erderwärmungen standen immer in Zusammenhang mit der Zunahme der Anzahl der Sonnenflecken. Es sind die solaren Aktivitätsschwankungen, die das globale Klima verändern«, fährt White fort. »Das hat nichts mit uns zu tun.«

Margaux schüttelt den Kopf. »Das ist Schwachsinn«, sagt sie.

»Tatsächlich? Und wie bitte erklären Sie sich dann, dass es bereits lange vor der industriellen Revolution zu Temperaturanstiegen auf der Erde kam? Das können Sie nicht. Nicht wahr?«

Bevor Margaux etwas entgegnen kann, erhebt sich plötzlich einer der Anwesenden. Alle Blicke richten sich auf ihn. Juri Iwanow. Ein Geist von einem Mann, hager und groß gewachsen, mit einem schmalen Gesicht und wässrig blauen Augen.

»Ich bin nicht gekommen, um dieses Thema zu diskutieren«, sagt er ruhig und schiebt seinen Stuhl zurück. »Ich habe nicht vor, meine Zeit weiter damit zu verschwenden.«

»Bitte, Juri, bleiben Sie«, sagt Margaux.

Er wartet. »Worauf wollen Sie hinaus?«, fragt er dann. »Sie sagten, Sie reden nicht von alldem, von dem Plastik und dem Müll – wovon reden Sie dann?«

»Davon, dass die Marin nur wegen des drastischen Anstiegs von Chemikalien und anderen giftigen Substanzen an Land kommen«, sagt sie. »Wir haben sie an Land *gezwungen*. Wir haben sie vergiftet.«

»Das ist lächerlich«, sagt Hastings.

Margaux ignoriert ihn.

»Die Marin haben es auf diplomatischem Weg versucht. Immer wieder.« Sie greift ein weiteres Mal in ihre Tasche, diesmal zieht sie einen Stapel Akten heraus. »Es wurde alles dokumentiert. Ihr Anlandkommen war eine Reaktion auf die andauernde Nichteinhaltung des Abkommens von unserer Seite. Nicht andersrum.«

Patricias Worte, schießt es Robert durch den Kopf. Genau dasselbe hat sie zu ihm gesagt. Nicht nur ein Mal, sondern mehrfach. Robert starrt auf einen unbestimmten Punkt vor sich auf dem Tisch. Es dauert einige Sekunden, bis ihm die Tragweite dieser Tatsache klar wird. Bis er es wirklich begreift.

Dann fragt er: »Woher genau hast du diese neuen Informationen?«

»Ich habe vor drei Tagen eine E-Mail bekommen«, sagt Margaux. »Auf den ersten Blick schien sie keinen Inhalt zu haben. Aber als ich alles markiert habe, war da ein Download-Link. Weiße Schrift auf weißem Hintergrund.«

»Wer war der Absender?«, fragt Robert seltsam tonlos, obwohl er es längst weiß. Er weiß es, auch wenn er es nicht wahrhaben will.

»Die Nachricht kam von einer Trash-E-Mail-Adresse. Ich habe versucht, die IP zurückzuverfolgen, aber das war nicht möglich.« Kurze Pause. »Wer auch immer das war, er wusste, was er tut.«

Oder sie, denkt Robert.

MARGAUX MOREL, 7:50 UHR

Die Kurzsichtigkeit ihrer Kollegen macht Margaux krank. Dass sie immer nur das Jetzt sehen und nicht die Folgen, nicht das gesamte Bild, lediglich den winzigen Ausschnitt, den ihre kümmerlichen Scheuklappen zulassen.

Bei Hastings wundert sie sich nicht darüber, er ist ein Vollidiot, aber von Stein hätte sie mehr erwartet. Dass er weiter denkt, über den Tellerrand hinaus. Aber warum eigentlich? Nur weil sie ein paarmal mit ihm im Bett war? Die Tatsache, dass er sie zum Orgasmus gebracht hat, bedeutet nicht, dass er nicht auch engstirnig sein kann. Margaux sieht zu ihm rüber, sieht dabei zu, wie er und Hastings diskutieren. Gestenreich und beide im Unrecht. Manchmal zweifelt Margaux an der Existenz des logischen Menschenverstands.

»Die USA verhandeln nicht mit Terroristen«, sagt Hastings zum inzwischen vierten Mal.

»Wer redet denn von verhandeln?«, sagt Stein.

»Ich«, sagt Margaux. Und alle Augenpaare richten sich auf sie. »Wenn wir jetzt nicht einlenken, werden die Folgen verheerend sein.«

»Meinen Sie diese Sache auf den Philippinen?«, fragt Hastings herablassend. »Das mit den Algen? Davor haben Sie Angst?«

»Meine Tochter war dort«, erwidert Stein kühl. »Denken Sie, das war Zufall? Denken Sie, die haben einfach gedacht: Warum nicht Boracay?« Kurze Pause. »Wo sind Ihre Kinder gerade? Haben Sie welche?«

Hastings legt die Stirn in Falten, sagt aber nichts.

»Robert hat recht, Boracay war in erster Linie eine Machtdemonstration«, sagt Margaux. »Ein isoliertes Ziel, das einen kleinen Vorgeschmack auf das geben sollte, wozu sie fähig sind.« Sie macht eine Pause. »Und bei dem sie wussten, dass sie Roberts ungeteilte Aufmerksamkeit bekommen würden.«

»Bei allem nötigen Respekt wegen Ihrer Tochter und so«, sagt White zu Stein, dann wendet er sich an den Rest, »aber das waren Algen. Was bitte wollen die Marin auf dem Festland damit ausrichten? Uns damit bewerfen?«

Hastings lacht auf. Sogar Iwanow lächelt.

»Diese Algen sind nur eine Warnung«, sagt Margaux. »Wenn die Marin uns wirklich angreifen, haben wir keine Chance gegen sie.«

Cheng macht ein abschätziges Geräusch. »Auf wessen Seite sind Sie eigentlich?«

»Auf der der Vernunft«, erwidert Margaux. »Wenn wir ihnen das Gegenmittel hierfür nicht geben«, sie deutet auf die Fotografien der toten Kinder, die noch immer zwischen ihnen auf der Tischplatte liegen, »dann werden sie uns vernichten.«

»Und woher weißt du, dass sie das nicht sowieso tun werden?«, fragt Robert. »Jetzt, da es so gekommen ist, wie es gekommen ist?« Margaux sieht ihn an und erkennt ihn nicht wieder. Er sieht noch aus wie er, nach wie vor groß und stattlich, wenig Haar, dafür viel Charakter um die Augen, aber etwas an ihm ist anders, als hätte er etwas verloren. »Woher willst du wissen, dass sie uns nicht so oder so vernichten? Wir geben ihnen ein Gegenmittel, und dann? Was dann?« Er schüttelt den Kopf. »Dann ist alles wieder gut? Alles vergessen?«

»Er hat recht«, sagt Hastings. »Dieser Erreger ist das Einzige, was sie in Schach hält.«

Margaux traut ihren Ohren nicht. »Sehen Sie sich die Bilder doch nur mal an«, sagt sie. »Die Vergeltung auf *das hier* wird Ausmaße annehmen, die wir uns nicht mal im Ansatz vorstellen können. Glauben Sie, die werden nichts tun?«

»Was denken Sie denn, das passieren wird?«, fragt Cheng.

»Na ja, ich weiß auch nicht«, sagt Margaux sarkastisch. »Wie wäre es denn fürs Erste mit ein paar Methanexplosionen? Daraus resultierend ein paar schöne Tsunamis, Vulkanausbrüche und Erdbeben. Oder aber biologische Waffen«, sagt Margaux. »Denken Sie, wenn wir welche haben, haben die keine? Sie sind uns, was die Forschung und Entwicklung angeht, Jahre voraus, wenn nicht sogar Jahrzehnte.«

»Methanexplosionen, biologische Waffen … Sie haben wirklich eine überaus blühende Fantasie«, sagt White amüsiert.

»Ich frage mich, ob Sie auch dann noch so lächeln, wenn die Marin anfangen, unsere Handelsschiffe anzugreifen. Das tut Ihnen vielleicht etwas mehr weh als so ein paar Menschenleben in Thailand. All die schönen Lebensmittel, denen Sie dann dabei zusehen könnten, wie sie auf den Meeresgrund sinken, während Sie mit ihrem Dienstleistungssektor auf Ihrer Scheißinsel verhungern.«

White presst die Lippen aufeinander, seine Nasenlöcher blähen sich.

»Und bitte rechnen Sie nicht mit der Hilfe der EU. Da wollten Sie schließlich raus, richtig?«

Margaux sieht White vernichtend an. Er erwidert ihren Blick.

»Wenn die Marin wirklich so mächtig sind, wie Sie sagen«, sagt Hastings nach einer Weile, »warum erledigen sie uns dann nicht einfach? Sie könnten uns alle umbringen und dann ihr eigenes Gegenmittel entwickeln. Wozu noch mit uns verhandeln?«

»So ein Gegenmittel herzustellen, dauert Monate«, erwidert Margaux. »Gut möglich, dass sie es sogar in Wochen schaffen würden, aber bis dahin wäre es zu spät.«

»Sehen Sie, genau das meine ich«, erwidert White. »Die Zeit steht in diesem Fall auf unserer Seite. Sie erledigt die Angelegenheit für uns. Wir brauchen nichts weiter zu tun. Wir können uns zurücklehnen und dabei zusehen.«

»Und was, denken Sie, geschieht bis dahin?«, fragt Margaux und verschränkt die Arme vor der Brust. »Denken Sie, die werden das einfach hinnehmen?« Pause. »Wohl kaum. Sie werden genau das tun, was wir an ihrer Stelle auch tun würden: uns ausrotten.«

»Na, in dem Fall sollten sie sich besser beeilen«, sagt Hastings leichthin. »Die Mortalitätsrate des Erregers liegt bei – was, sagten Sie, war es? Zweiundneunzig Prozent? Stimmt das so?«

Margaux atmet tief ein.

»Dasselbe gilt im Übrigen auch für die Ansteckungsrate. Dementsprechend sehe ich da kein Problem. Die paar Marin, die übrig bleiben, werden sich still verhalten, weil sie eine Minderheit sind – und damit endlich das, was sie schon immer hätten sein sollen.«

Ein paar Sekunden lang ist es still, eine angespannte, geladene Stimmung, sie liegt wie ein elektrisches Summen in der Luft.

Dann begreift Margaux. »Sie kannten die Zahlen. Sie wussten von dem Erreger. Sie wussten alles.«

»Oops«, sagt Hastings. »Erwischt.«

Margaux sieht sich um. »Wussten Sie etwa alle davon?«

Einige schütteln ihren Kopf, andere reagieren nicht, schauen weg.

»Was ist mit dir, Robert?«, fragt sie. »Hast du es gewusst?«

»Wovon genau sprichst du?«, fragt er zurück. »Von dem Erreger? Natürlich habe ich davon gewusst, er wurde unter meiner Aufsicht entwickelt. Ich dachte, jeder hier im Raum weiß davon.«

»Das meine ich nicht«, sagt sie.

»Sondern? Was dann?«

»Hast du gewusst, dass er bereits freigesetzt wurde?«, fragt sie laut. »Dass es nicht mehr nur um Tests geht, sondern um den Ernstfall? Dass sie den Erreger losgelassen haben?«

Robert antwortet nicht. Der Raum ist still und weit, und die Erkenntnis trifft Margaux wie eine Faust. Er hat es gewusst. Der, den sie so lange für ihren Verbündeten hielt, gehört zu den Feinden. Er ist ein Verräter. Ein Verräter, mit dem sie geschlafen hat.

Sie sieht Stein an und er hält ihrem Blick stand. Er mustert sie, als wäre er im Recht. Als wäre Genozid ein probates Mittel. Andererseits, warum wundert sie das? Damit hatten die Deutschen auch schon früher kein Problem.

Stein räuspert sich, dann sagt er mit einem Blick auf die Uhr: »Ich muss los. Sonst komme ich zu spät.«

Margaux antwortet nicht, Hastings und Cheng nicken.

»Deutschland ist für ein Ende dieser Patt-Situation«, sagt Stein, schiebt seinen Stuhl zurück und steht auf. »Die Verhandlungen sind gescheitert. Es ist an der Zeit, das einzusehen.« Den letzten Teil des Satzes sagt er zu Margaux, dann umfasst er den Griff seines Rollkoffers und geht in Richtung Tür.

In dem Moment, als er sie erreicht, sagt Iwanow plötzlich:

»Eine Frage noch«, – Stein bleibt stehen und dreht sich um – »da Sie zuständig für die Entwicklung des Erregers waren. Gibt es ein Gegenmittel?«

Stein zögert, dann sagt er: »Die einzige Person, die Ihnen darauf eine Antwort hätte geben können, ist Patricia Kohlbeck. Und die ist tot.«

MAJA, BERLINER DOM, AM LUSTGARTEN, 10179 BERLIN, 9:28 UHR

Ich stehe in hohen Schuhen neben dem Sarg meiner Mutter und schaue sie an. Wie sie daliegt, als würde sie nur schlafen. Als hätte sie sich für einen besonderen Anlass zurechtgemacht und sich dann noch mal kurz hingelegt. Entspannte Gesichtszüge, geöffnete Lippen, getuschte Wimpern. Sie sieht lebendig aus. So lebendig, dass ein Teil von mir darauf wartet, dass sie jeden Moment die Augen aufschlägt. Aber sie bleibt reglos liegen. Die Farbe auf ihren Wangen ist nur gemalt.

»Maja?«, sagt eine vertraute Stimme neben mir und ich schaue auf. In seinem schwarzen Anzug wirkt Robert noch größer als sonst. Noch strenger. Wie jemand, der nie jemanden umarmt. Wie jemand, der niemals lächelt. »Noch zwei Minuten, dann werden die Trauergäste hereingelassen.«

»Okay«, sage ich.

Er kommt etwas näher, das dunkle Braun seiner Augen erinnert mich an Sofie.

»Geht es einigermaßen?«, fragt er leise.

Kurz weiß ich nicht, wovon er spricht – von dem Angriff heute Morgen oder von der Tatsache, dass ich neben meiner toten Mutter stehe.

»Brauchst du irgendwas? Eine Schmerztablette vielleicht?«

Ich schüttle den Kopf. »Deine Leute haben mich gründlich untersucht«, sage ich. »Es geht mir gut.«

»In Ordnung.« Pause. »Wenn irgendwas ist, du findest mich da drüben.« Er zeigt auf die Holzportale am anderen Ende der Kirche. Im selben Moment beginnen die Glocken zu läuten.

»Hast du von Sofie gehört?«, frage ich, als er sich gerade abwenden will.

Er bleibt stehen und sieht mich an.

»Noch nicht«, sagt er. »Ich bin gerade erst aus Brüssel zurück, die Termine dort haben länger gedauert, als ich dachte. Ich war mehrere Tage so gut wie nie erreichbar.« Er macht eine Pause. »Aber wir hören bestimmt bald von ihr. Mach dir keine Sorgen.«

»Okay«, sage ich. Und dann: »Wegen der Sache mit Daniel …«

»Darüber sprechen wir noch«, schneidet Robert mir das Wort ab und nickt kurz mit dem Kinn zu einem Mann, der mit einem kleinen Spiegel die Unterseiten der Sitzbänke ein letztes Mal kontrolliert.

»Ist gut«, sage ich.

Robert lächelt, dann dreht er sich um und geht mit langen Schritten den Mittelgang hinunter. Er wird kleiner und kleiner. Als er den Eingang erreicht, bleibt er stehen. Ein winziges Etwas neben Türen, so hoch wie Häuser. Sie stehen da wie Schutzschilde gegen Eindringlinge. Nur noch ein paar Sekunden, dann werden sie geöffnet. Dann strömen alle herein. Schwarze Herden, die sich aufteilen, wieder zu einzelnen Menschen werden und ihre Plätze aufsuchen. Trauergäste, die gar nicht trauern, weil keiner von ihnen meine Mutter wirklich kannte.

Ich sehe wieder zu ihr. Zu dieser Hülle, die irgendwie meine Mutter ist und irgendwie auch nicht. Zu wenig Schneid, aber ihre Gesichtsform. Früher habe ich die Ähnlichkeit zwischen uns nicht gesehen, jetzt sehe ich nichts anderes mehr. Die schmale Nase, die Form ihrer Lippen, die helle Haut.

Das Läuten der Glocken ist nah und gleichzeitig weit weg.

Mein Herz schlägt schneller. Ich weiß nicht, wie man Abschied nimmt. Wie man jemanden, den man liebt und hasst, gehen lässt. Aber sie ist längst gegangen. Das, was noch da ist, ist nur noch ihr Rest. Trotzdem greife ich in meine Tasche und hole die kleine Goldmünze heraus, die meine Mutter mir vor Jahren mal geschenkt hat. Zu der Zeit hatte ich meine Piratenphase, und sie sagte, das wäre die erste Münze für meinen Schatz. Bei der Erinnerung daran brennen meine Augen. Ich werde nie vergessen, wie stolz ich damals war. Auf diese dumme kleine Münze. Ich habe seit Jahren nicht an sie gedacht. Und dann, heute Morgen um kurz vor drei, habe ich sie gefunden. In der kleinen Box, in der ich den Schmuck aufbewahre, den ich sonst nie trage. Die Perlen, die mir jetzt so fremd um den Hals liegen, und die Ohrstecker, die so perfekt dazu passen, aber leider nicht zu mir.

Das Glockengeläut breitet sich weiter aus. Die Türen wurden geöffnet, ich höre es an den Schritten und dem Rauschen der sich nähernden Stimmen.

Ich drehe mich nicht um, schaue nur zu meiner Mutter, in ihr leeres und doch vertrautes Gesicht. Und dann lege ich die Münze unter ihre gefalteten Hände. Ich lege sie so, dass man sie nicht sehen kann. Dann beuge ich mich zu ihr, ganz dicht an ihr Ohr, und flüstere: »Die ist für deine Überfahrt.«

Meine Stimme bricht, Tränen steigen in meine Augen.

Meine Mutter war Wissenschaftlerin durch und durch, sie hat an nichts geglaubt – außer an sich. Aber einen Obolus wollte sie trotzdem.

Also, ich will auf jeden Fall so eine Münze, sagt ihre Stimme in meinem Kopf, so deutlich, als wäre sie echt. *Die Ewigkeit an einem Flussufer verbringen? Bloß nicht. Abgesehen davon kann man ja vielleicht mit dem Tod verhandeln?*

Bei diesem Gedanken muss ich lächeln.

Ja, sie hätte mit jedem verhandelt. Vermutlich sogar mit dem Tod.

TANJA ALBERS

Tanja Albers sieht sich um. Unter den Gästen ist alles vertreten, was Rang und Namen hat. Die A-Liga. Politiker, berühmte Persönlichkeiten aus Film und Fernsehen, Journalisten, Kulturschaffende. Und natürlich die Kanzlerin. Die darf nicht fehlen. Alle sind da. Alle in Schwarz. Von einigen dieser Leute weiß Tanja genau, dass sie Kohlbeck nicht leiden konnten. Dass sie ihr vielleicht nicht gerade den Tod gewünscht haben, ihr aber keine Träne nachweinen werden. Sie haben oft genug hinter vorgehaltener Hand über sie geredet. Über sie hergezogen. Ins Gesicht gesagt hätten sie es ihr nicht. Natürlich nicht. Weil sie sie gefürchtet haben. Weil Patricia Kohlbeck, allen Ungereimtheiten ihrer Vergangenheit zum Trotz, eine Frau mit Rückgrat war, eine Frau, die vor nichts zurückschreckte. Tanja würde nicht so weit gehen, dass sie Kohlbeck geschätzt hätte, aber sie hat sie respektiert – was weitaus schwerer wiegt auf dem politischen Parkett. Die Wahrheit ist, dass Kohlbeck ihr überlegen gewesen war. Haushoch. Eine Tatsache, die Tanja niemals zugegeben hätte. Und warum auch? Überlegen sind ihr nur die wenigsten. Spontan fällt ihr – einmal abgesehen von Kohlbeck – überhaupt niemand ein. Und die ist jetzt tot.

Tanja ignoriert die aufsteigende Enge in ihrem Hals und sieht sich nach einem freien Sitzplatz um. Sie ist nicht das erste Mal im Berliner Dom und doch ist sie wie jedes Mal beeindruckt. Von seinem Prunk und seiner schieren Größe. Es hätte Kohlbeck gefallen, dass ihre Trauerfeier hier stattfindet.

Ein Staatsakt. Über tausend Gäste, die ihretwegen Schwarz tragen. Mehr Anerkennung geht nicht. Auch wenn viel davon geheuchelt ist. Die reinste Inszenierung. Doch das wäre Kohlbeck vermutlich egal gewesen. Sie mochte das Bad in der Menge. Die Blicke und die Macht. Das Wissen, wie sehr sie sie fürchten.

Auch Tanja hat sie gefürchtet. Sie erinnert sich noch genau an ihr erstes Zusammentreffen. Sie erinnert sich, als wäre es gestern gewesen. Es war nicht nur eine kleine Nervosität, nicht das übliche Maß an Adrenalin, wenn man jemandem zum ersten Mal begegnet, den man sonst nur aus dem Fernsehen kennt. Tanja hat tatsächlich Angst gehabt. Richtig Angst. So wie andere Menschen vor Höhe. Oder engen Räumen. Oder großen Hunden. Kohlbeck hatte eine Ausstrahlung, die man nicht lernen kann. Irgendwie herablassend, irgendwie beeindruckend. Empathisch und zur selben Zeit distanziert. Mütterlich und kalt. Sie konnte jemanden mit dem Anflug eines Lächelns entwaffnen. Es waren nur minimale Veränderungen in ihrem Blick. Nuancen. Und wenn es zu einer Diskussion kam, hatte ihr Gegenüber ohnehin nicht den Hauch einer Chance.

Ja, Tanja war beeindruckt von ihr gewesen. Und das vom ersten Moment an. Eigentlich sogar schon davor. Insgeheim wäre Tanja gern so, wie sie es war – natürlich in ihrer eigenen Version. Eine Frau, die über ihrem Geschlecht steht. Die nicht von Emanzipation spricht, sondern die Emanzipation ist. Jemand, zu dem sie selbst als junge Frau aufgeschaut hätte.

Tanja steht im Mittelgang der Kirche. Sie ist umringt von Menschen, die leise reden und auf engen Bänken näher zusammenrücken. Während Tanja wartet, legt sie den Kopf in den Nacken und schaut auf in die enorme Kuppel. Sonnenlicht dringt durch die umliegenden Fensterscheiben und trifft auf die Malereien. Das Gold scheint in Flammen zu stehen. Ja, dieser Ort hätte Patricia Kohlbeck gefallen. Und er ist angemessen.

Tanja geht weiter in Richtung Altar – von dem sie jedoch nichts sehen kann, weil die Trauergäste ihr die Sicht versperren. Ein Meer aus Gemurmel begleitet sie in den vorderen Bereich der Kirche, die Glocken sind in vollem Geläut.

Vor ein paar Jahren hat Tanja mal an einer Führung durch den Dom teilgenommen. Nicht ihretwegen, sondern weil ihre Schwester für ein paar Tage zu Besuch war und Tanja sich dazu verpflichtet gefühlt hatte, ihr die Stadt zu zeigen – den Reichstag, ein paar Museen, den Berliner Dom. Tanja selbst hat sich nie sonderlich für Kirchen interessiert. Sie geht nur hin und wieder im Sommer hinein, um sich kurz abzukühlen. Dementsprechend wenig hat sie sich von jener Führung auch gemerkt. Aber sie weiß noch, dass der Dom Ende des neunzehnten Jahrhunderts errichtet wurde – 1894? Könnte sein, und zwar im Stil der Neorenaissance und des Neobarocks. Deswegen auch das viele Gold. Außerdem erinnert sie sich, dass es sich bei der großen Orgel um eine Sauer-Orgel handelt – wer Sauer war und was daran so toll ist, weiß sie allerdings nicht mehr.

Es geht nur langsam weiter, doch dann entdeckt Tanja einen Platz in einer der vordersten Reihen und geht zielstrebig darauf zu.

»Ist hier noch frei?«, fragt sie und eine Frau mit einem winzigen schwarzen Hütchen wendet sich ihr zu. Sie ist Schauspielerin, Tanja erkennt sie sofort. Eine Tatort-Kommissarin. Aus welcher Stadt, weiß Tanja nicht, sie schaut nicht so oft Tatort. Die Schauspielerin scheint irgendwie darauf zu warten, dass Tanja etwas sagt, etwas wie: »Sie sind doch nicht etwa …«, aber Tanja sagt nichts. Zum einen, weil sie sich an den Namen der Frau nicht erinnert, und zum anderen, weil es für berühmte Menschen nichts Schlimmeres gibt, als nicht erkannt zu werden.

»Ist dieser Platz nun noch frei oder nicht?«, fragt Tanja gerade noch höflich.

Die Schauspielerin macht eine beinahe royal anmutende Handbewegung, die wohl bedeuten soll, dass sie sich setzen kann, wenn es denn sein muss – was Tanja mit einem Schmunzeln tut.

Nachdem sie sich auf der Bank eingerichtet hat – warum müssen Kirchenbänke eigentlich grundsätzlich unbequem sein? –, schaut Tanja in Richtung Altar, zu dem offenen Sarg, neben dem eine zierliche Person steht und blass in die Menge blickt.

Maja Kohlbeck.

Sie trägt ein hochgeschlossenes schwarzes Kleid, tailliert, es reicht über ihre Knie. Lange Ärmel, durchscheinend, aber nicht durchsichtig. Ein hauchzarter Stoff, der sich hart von ihrer hellen Haut absetzt. Tanja kann nicht wegsehen. Sie wirkt so zerbrechlich. Wie ein vollkommen anderer Mensch. Pumps mit schmalen Riemchen, das lange Haar schlicht hochgesteckt, Perlenschmuck. Eine moderne Audrey Hepburn mit ihren großen Augen und dem grazilen Nacken. Zumindest aus der Entfernung, aus der Nähe hat Maja Kohlbeck überhaupt keine Ähnlichkeit mit Hepburn. Ja, auch sie hat ein klassisch geschnittenes Gesicht, zeitlos und symmetrisch, doch ihres ist herber – was vermutlich an dem stechenden Blauton ihrer Augen liegt. Und der Blässe. Und den markanten Wangenknochen.

In dem Moment, als Tanja das denkt, treffen sich ihre Blicke. Weder sie noch Kohlbeck lächeln. Vielleicht weil es sich nicht gehört, bei einer Trauerfeier zu lächeln. Oder aber, weil sie sich nicht mögen, und beide ehrlich genug sind, nicht so zu tun, als ob.

Es vergehen einige Sekunden. Sie sind lang und zäh und am liebsten würde Tanja wegsehen, der Direktheit, mit der Kohlbeck sie mustert, ausweichen. *Genau wie ihre Mutter*, denkt Tanja. Doch sie tut es nicht. Sie sieht sie weiter an. Stur und verbissen. Ein Kraftakt, den um sie herum niemand wahrnimmt.

Als jemand neben ihr unvermittelt fragt: »Ist hier noch frei?«, schaut Tanja auf. Ein junger Mann deutet auf das kleine Stückchen Bank. Es ist kein ganzer Platz, allenfalls ein halber.

»Ich fürchte, das wird ein bisschen eng«, sagt Tanja.

Der junge Mann – Tanja erkennt ihn erst jetzt – schaut an ihr vorbei und sagt zu der Schauspielerin und ihrem Begleiter: »Entschuldigen Sie bitte.« Sie blicken beide auf. *Wie lächerlich*, denkt Tanja. *Jetzt trägt sie auch noch eine Sonnenbrille.* »Wären Sie so freundlich, etwas zusammenrücken? Ich möchte mich gern setzen.« Er formuliert es als Frage, doch es ist keine, vielmehr eine höflich vorgebrachte Anweisung. Das scheint auch die Schauspielerin so zu verstehen, denn sie macht – wenn auch nur widerwillig – Platz. Der junge Mann setzt sich.

»Sie sind Efrail Rosendahl«, sagt Tanja. »Sie haben Maja Kohlbeck aus dem Wrack befreit.«

Rosendahl sagt nichts. Tanja spürt, dass die Schauspielerin bei seinem Namen hellhörig wird. Das passt wieder.

»Es war mutig, was Sie da getan haben«, sagt Tanja.

»Finden Sie?«, fragt Rosendahl.

»Sie etwa nicht?«

Er dreht den Kopf in ihre Richtung. Seine Augen lächeln charmant. Mehr als charmant. Grünblau und auf eine Art tief, die Tanja gefährlich werden könnte. Sie hat etwas übrig für jüngere Männer mit solchen Blicken. Zornig und ernst. Wie alt wird er wohl sein? Ende zwanzig? Anfang dreißig? So oder so zu jung. Und außerdem hat Tanja einen Freund. Schade eigentlich. Er sieht wirklich gut aus. Irgendwie verwegen. Mittelbraunes, wuscheliges Haar, zimtfarben. Und kleine Ohren. Tanja mag kleine Ohren. Das war schon immer so.

»Tanja Albers, richtig?«, sagt er.

»Ja«, erwidert sie erstaunt. Sie fühlt sich geschmeichelt. Tanja mag es, wenn jemand sie erkennt. »Woher wissen Sie das? Soweit ich weiß, wurden wir uns nie persönlich vorgestellt.«

»Wir haben uns nie die Hand geschüttelt«, sagt Rosendahl. »Aber wir haben telefoniert. Mehrfach sogar.«

»Tatsächlich?«

»Ja«, sagt er und sein Knie berührt kurz ihres. »Aber keine Sorge.« Er lächelt. »Ich nehme es Ihnen nicht übel, dass sie sich nicht daran erinnern.«

Rosendahl, denkt Tanja und sagt dann: »Natürlich. Sie waren ihr Assistent.«

Tanja sagt es mehr zu sich selbst als zu ihm. Trotzdem entgegnet er: »Ja, das war ich.«

Die Schauspielerin beugt sich nun endgültig nach vorn und schiebt Tanja ein Stück zur Seite. »Sie sind der Mann, der ins Wasser gesprungen ist? Der Maja Kohlbeck aus dem Wagen befreit hat?«

Tanja verdreht die Augen. Am liebsten würde sie sagen: *Ja, verdammt, so weit waren wir schon*, aber sie hält sich zurück.

Rosendahl nickt. »Ja«, sagt er, »das bin ich.«

»Interessant«, sagt ihr Begleiter nickend. »Wie haben Sie das gemacht? Ich habe gehört, dass es absolut unmöglich ist, die Tür eines Wagens unter Wasser zu öffnen, zumindest von außen. Das kam neulich im Radio. Es lief eine ganze Sendung darüber.«

Tanja schaut zu Rosendahl hinüber, doch der verzieht keine Miene.

»Es hieß, dass die elektrischen Fensterheber noch ziemlich lang funktionieren – ganz entgegen der landläufigen Meinung. Dass man also von innen recht gute Chancen hat, aus dem Wagen rauszukommen, natürlich nur, sofern man schnell genug handelt. Von außen hingegen ist es kaum möglich. Es hieß, das Einzige, was man machen könne, wäre, die Feuerwehr zu rufen.« Er mustert Rosendahl prüfend. Als der keine Anstalten macht zu antworten, sagt er: »Daher meine Frage: Wie haben Sie das gemacht?«

EFRAIL, ZUR SELBEN ZEIT

Tja, wie habe ich das gemacht? Als ob ich ihm das erzählen würde. Vollidiot.

»Offen gestanden, erinnere ich mich nicht daran«, sage ich nach einer Weile. »Eigentlich an fast gar nichts. Ich weiß noch, dass ich ins Wasser gesprungen bin. Alles, was danach kam, ist seltsam unscharf.«

»Das kann ich mir vorstellen«, sagt die Frau neben Albers mitfühlend. Sie will mir gefallen. Etwas, das ihr Typ bemerkt.

Er räuspert sich. »Sie wollen mir erzählen, dass Sie sich nicht daran erinnern, wie Sie die Tür aufbekommen haben? Im Ernst?«

»Hör auf, Christian«, sagt seine Begleitung leise.

»Nein, ist schon gut«, sage ich beschwichtigend. »Mich wundert es auch. Ich habe keine Erklärung dafür.«

Die Frau nickt. »Also, ich habe das ja schon oft gehört«, sagt sie. »Dass Menschen in Situationen, in denen es um Leben und Tod geht, beinahe übernatürliche Kräfte entwickeln und auf einmal Dinge schaffen, die unter normalen Umständen nahezu unmöglich sind.«

»Es ist nicht *nahezu* unmöglich, es ist unmöglich«, sagt Christian.

»Nun ja«, schaltet sich Tanja Albers nun ein. »Nicht wirklich. Sonst würde sie ja wohl kaum dort vorne stehen, nicht wahr?« Sie deutet in Richtung Altar. Unsere Blicke folgen ihrer ausgestreckten Hand.

»Sie sieht bezaubernd aus«, sagt die Frau neben Albers. »Ich meine, dieses Kleid und *sie* in diesem Kleid.« Pause. »Sie ist umwerfend.« Die Frau sagt es in jenem sehnsüchtigen Tonfall, den ältere Frauen bekommen, wenn ihnen bewusst wird, dass sie nicht mehr jung sind. Dass sie selbst nicht mehr so aussehen und es vielleicht auch nie getan haben.

»Du hast recht«, antwortet Christian, »sie ist bildhübsch.« Für diese Aussage erntet er einen kühlen Seitenblick.

Ich mustere Maja. Ja, vermutlich ist sie bildhübsch.

»Kennen Sie beide sich?«, fragt Tanja Albers.

»Sie meinen Maja Kohlbeck und ich?«

»Ja«, sagt sie.

»Nicht wirklich. Sie und ihre Mutter hatten jahrelang keinen Kontakt«, sage ich. »Aber das wussten Sie bereits.«

Albers lächelt.

»Und seitdem?«, fragt sie. »Nach dem Unfall?«

»Nein«, erwidere ich.

»Warum nicht?«

»Das wäre unangemessen.«

»Unangemessen?« Albers schaut mir direkt in die Augen. »Was daran wäre bitte unangemessen? Immerhin haben Sie ihr das Leben gerettet.«

»Und deswegen muss sie sich jetzt mit mir anfreunden?«, frage ich.

»Ich denke, es gibt weitaus Schlimmeres, als sich mit Ihnen anzufreunden«, sagt sie mit dem Hauch eines Lächelns auf den Lippen.

Ich halte ihrem Blick stand und erwidere es.

Diese Frau wäre ein so viel leichteres Ziel.

SOFIE, IRGENDWO, ZUR SELBEN ZEIT

Sie hört, wie leise quietschend eine Tür geöffnet wird. Wie zu einer Zelle. Zu *ihrer* Zelle? Nein, dafür war es zu weit weg. Sofie liegt da und rührt sich nicht, sie wartet auf Schritte, auf Stimmen, auf *etwas*. Doch sekundenlang passiert nichts. Die Stille schwillt bedrohlich an, so als wäre sie zu viel, der Vorbote eines Sturms, der jeden Moment losbricht. Irgendwas ist falsch. Bei diesem Gedanken beschleunigt sich Sofies Herzschlag. Es ist mehr als Angst, es ist eine Art von Ausgeliefertsein, die sie nicht kennt.

Plötzlich ein Geräusch wie von Holz auf Stein. Wie Stuhlbeine, die über einen Boden schrammen, dicht gefolgt von einem Ausruf, der jedoch im selben Augenblick erstickt wird. Sofie hält den Atem an. Es ist dunkel, das bisschen Licht, das in den Raum fällt, macht alles schwarzgrau. Sofie starrt auf die Tür, deren Gitter sie nur erkennt, weil ihr sanfter Schatten lang gezogen auf dem Boden liegt. Sie hört ein dumpfes Geräusch – ein Schlag? –, dann unterdrückte Laute wie von einem Kampf. Einer, der versucht zu schreien, ein anderer, der ihn davon abhält. Sofie weiß nicht, woher sie weiß, dass es zwei Männer sind, doch sie weiß es. Sie bewegt sich hin und her, versucht, sich zu befreien, versucht, an die Fesseln zu kommen, schafft es aber auch diesmal nicht. Ihre Knochen schmerzen, die Muskeln, alles. Als wäre ihr Körper innerhalb weniger Stunden alt geworden. Unbeweglich. Gebrechlich. Sofie gibt auf, schließt die Augen, ist außer Atem. Es riecht vermodert – ist es ein Keller? Wird sie in einem Keller sterben? In einem gottverdammten Loch, das nach Verwesung stinkt? Sie stellt sich ihren Vater vor. Wie er in ein paar Monaten die Suche einstellt und einen leeren Sarg beerdigt, weil man sie niemals finden wird – sie ist vom Erdboden verschluckt.

Dann hört sie Schritte. Es sind Schritte, die sich ihr fast lautlos nähern. Gerade mehr als nichts, wie ein Hauch auf dem feuchten Fußboden.

Sofie hält den Atem an. Sie stellt sich tot, denkt: *Bitte geh, wer auch immer du bist, geh einfach.*

Doch er geht nicht, wer auch immer es ist, er kommt näher, sie spürt ihn im Rücken. Eine menschliche Anwesenheit, die den Raum verändert.

Dann ein Flüstern. »Sofie, ich bin's.«

MAJA, DOROTHEENSTÄDTISCHER FRIEDHOF, BERLIN, FRÜHER NACHMITTAG

Die Bestattung war ernüchternd. Wie eine Wahrheit nach einer großen Lüge. Bei der Trauerfeier heute Vormittag waren so viele Gäste, so viele Fremde, die mir alle ihr Beileid ausgesprochen haben. Jetzt, ein paar Stunden später beim Begräbnis, war kaum jemand anwesend. Nur eine Urne, ein Pfarrer und drei Hinterbliebene.

Robert, Wittenbrink und ich.

Das Ende eines Lebens, und nur drei Leute kommen. Weil nur drei Leute meine Mutter wirklich kannten. Wenn man es genau nimmt, sogar nur zwei.

Wir stehen zwischen Kränzen und Sträußen, drei schwarze Flecken in einem Meer aus Blumen. Jahrelang habe ich meine Mutter verachtet, ich wollte sie nicht sehen, auf keinen Fall so sein wie sie, und jetzt lasse ich sie hier zurück. Auf diesem Friedhof, einem grauen Ort mit Steinen und Grabkerzen, genauso einsam, wie sie vielleicht auch im Leben schon war.

Dieser Gedanke setzt mir seltsam zu. Als hätte meine Mutter mehr verdient als das hier. Aber die Wahrheit ist, vermutlich wäre es ihr egal gewesen. Oder auch nicht. Ich werde es nie wissen.

Robert greift nach meiner Hand.

Wittenbrink steht da und schweigt.

Und dann ist es vorbei.

Eine einzelne Träne läuft mir über die Wange. Sie verrät, dass ich nicht ganz so gleichgültig bin, wie ich gern tue. Dass ich meine Mutter sehr wohl geliebt habe. Mehr, als ich mir eingestehen will.

Mein Hals ist trocken und meine Hände kalt. Die Blütenkelche der Lilien verschwimmen. Ich weine lautlos, viele einzelne Tränen, die heiß über meine Wangen rollen. Dann denke ich an den letzten Gesichtsausdruck meiner Mutter, so voller Angst und dann vollkommen leer. Als hätte jemand sie abgestellt wie eine ausgediente Maschine. Ihre Hand lag tot in meiner, ihr Blick ging an mir vorbei in ein unbestimmtes Nichts – dahin, wo sie jetzt ist.

Bei dem Gedanken zieht sich mein Brustkorb zusammen. Er wird enger und enger, bis ich schließlich schluchzend einatme. Die Wimperntusche läuft mir brennend in die Augen, ich schlucke und Robert drückt meine Hand.

Als ich zu ihm aufschaue, ist sein Blick glasig. Ich habe Robert nie weinen sehen, in all den Jahren nicht.

Und dann denke ich, dass ja vielleicht drei Menschen doch genügen. Dass es reicht, irgendjemandem zu fehlen. Dass das Beweis genug ist, dass man nicht egal war.

PROF. ROBERT STEIN, NACH DER BESTATTUNG

Er hat gewusst, dass ihm der heutige Tag zusetzen würde – trotz allem, was vorgefallen ist. Dass seine tot geglaubten Gefühle für Patricia aus den Untiefen seines Wesens gekrochen kämen, um ihn zu quälen.

Robert hat diese Frau geliebt. Einen Großteil seines Erwachsenendaseins – fast drei Jahrzehnte lang. Robert will nicht daran denken. Und auch nicht an das, was sie getan hat – was sie ihm angetan hat. Und er dann auch ihr. Stattdessen versucht er, die Erinnerungen an sie und an seine Zeit mit ihr in sein Unterbewusstsein zurückzustopfen, wieder dorthin, wo er die Gedanken an sie im Laufe der Jahre begraben hat – aus gutem Grund. Zusammen mit all den anderen Dämonen und Geistern seiner Vergangenheit.

Robert geht den breiten Weg zwischen den Gräbern und Gruften in Richtung Ausgang, Maja hat sich bei ihm untergehakt. Ihrer beider Sohlen knirschen auf dem weißen Kies. Wittenbrink folgt ihnen mit etwas Abstand – wie ein Schatten oder ein Hund.

Robert schaut sich über die Schulter. Wittenbrink sieht gut aus in seinem schwarzen Anzug – das muss selbst Robert als Mann zugeben. Es hat ihn immer gestört, dass Wittenbrink größer ist als er. Er überragt ihn fast um einen halben Kopf. Und Robert ist mit seinen eins siebenundachtzig wahrlich nicht klein. Trotzdem fühlt er sich neben ihm so. Wie ein dummer Junge neben einem fertigen Mann.

Robert fragt sich, ob zwischen Patricia und Wittenbrink

etwas lief. Vermutlich. Patricia war nie verlegen um einen Liebhaber hier und da. War es in diesem Fall mehr? Hat sie ihn geliebt? Sie darf ihn nicht geliebt haben. Allein bei der Vorstellung, dass sie ihn geliebt haben könnte, zieht sich alles in Robert zusammen. Was, wenn er geschafft hat, woran Robert immer gescheitert ist? *Nein*, sagt er sich dann. Patricia war keine gefühlsbetonte Person. Er hat sie gekannt, vielleicht besser als jeder andere, vielleicht sogar besser als Maja. Sie war leidenschaftlich, ja, klug, faszinierend – aber liebevoll? Nein, das nicht. Gerissen, durchtrieben, selbstgerecht. Manchmal hatte Robert den Eindruck, dass sie zu einer Emotion wie Liebe überhaupt nicht fähig war. Maja bildet die Ausnahme. Aber die ist auch ihre Tochter, das ist etwas anderes.

Als er das denkt, sieht Maja ihn an, und die Art, wie sie es tut, erinnert Robert schmerzhaft an das erste Mal, als er zu Patricia gesagt hat, was er für sie empfindet. Er erinnert sich genau an ihren Blick. Sein *Ich liebe dich, und das weißt du genau* hing zwischen ihnen wie ein übler Geruch. Patricia hat nichts erwidert, ihn nur angesehen. Und in ihren Augen spiegelte sich so etwas wie Mitleid. Vielleicht war es gar kein Mitleid. Robert hat sie nie danach gefragt, er hat nie auf eine Antwort bestanden. Stattdessen stand er ihr verletzt gegenüber und hat geschwiegen.

Robert wird diesen Blick nie vergessen. Die Demütigung, die so eine Wahrheit mit sich bringt. Im Grunde hat er es immer gewusst. Er hat gewusst, dass Patricia ihn nicht liebt. Und doch hoffte er, sich zu täuschen. Er mochte das Bild von sich und ihr und den beiden Mädchen – von dieser Familie, die sie waren und doch auch wieder nicht.

Dann erreichen sie die schmiedeeisernen Tore des Friedhofs. Maja und er bleiben stehen. Ihr Gesicht ist voll mit schwarzen Schlieren, die blauen Augen rot gerändert, die Haut fleckig. Robert hat vergessen, dass ihre Haut fleckig wird, wenn sie weint. Er hat so vieles vergessen.

Wittenbrink geht an ihnen vorbei, weiter zu seinem Wagen, dort lehnt er sich an die Fahrertür und wartet. Manieren hat er auch noch. Robert kann ihn nicht leiden.

Er reicht Maja ein frisches Taschentuch, dann sagt er: »Ich kümmere mich um die Sache mit Daniel. Sobald ich etwas weiß, melde ich mich bei dir.«

»Danke«, sagt sie mit einer Aufrichtigkeit, die ihm kurz den Hals zuschnürt.

Robert schluckt und sagt: »Selbstverständlich.« Und dann: »Willst du fürs Erste mit zu mir kommen? Du könntest in Sofies altem Zimmer schlafen. Oder im Gästezimmer.«

»Nicht nötig«, sagt Maja. »Ich komme klar.«

»Aber du willst doch wohl hoffentlich nicht zurück in die Wohnung«, sagt er. »Nicht nach dem, was heute Nacht dort vorgefallen ist.«

»Ich habe meine Sachen bei Efrail«, erwidert sie. »Erst mal fahre ich mit zu ihm. Danach sehe ich weiter.«

Efrail Rosendahl. Patricia hat große Stücke auf ihn gehalten. *Er ist unglaublich intelligent*, hat sie mehrfach gesagt. Ein höheres Kompliment konnte man aus ihrem Mund kaum bekommen. Robert weiß nicht, was er von ihm halten soll. Das wusste er nie. Aber überprüfen lassen hat er ihn auch nicht. Vielleicht sollte er das.

»Traust du ihm?«, fragt Robert.

»Ich traue niemandem«, erwidert Maja. »Aber er hat mir zwei Mal das Leben gerettet. Wenn er mir etwas tun wollte, hätte er es längst getan.«

Sie traut niemandem, denkt Robert, sagt aber nichts. Er sieht sie nur an. Und sie sieht ihrer Mutter so ähnlich – die Augen, die Nase, der Mund. Ihrem Vater leider auch, das muss Robert zugeben. Er wünschte, *er* wäre ihr Vater. Und irgendwie ist er das auch. Er war bei ihrer Geburt dabei, er war der Erste, der sie gesehen hat – noch vor Patricia. Ganz klein und nackt und schreiend, voll mit Käseschmiere und Blut. Er hatte Tränen in den Augen, er hat geweint bei ihrem Anblick. Ein kleines perfektes Wesen mit eisblauen Augen und einem seltsam dumpfen Herzschlag.

SOFIE

Theos Arme halten sie zusammen, Sofies Knie zittern. Sie hat ihren Körper noch nie auf diese Art gespürt. Und auch seinen nicht. Nicht mal, wenn sie miteinander geschlafen haben. Nicht mal dann, wenn er sich in ihr bewegt hat. Sofie weint, nimmt es aber nicht wahr, nur Theos Brust an ihrer. Sein Becken, seinen Bauch. Theo wirkt knochig und schwach, trotzdem hält er sie zusammen. Hände und Arme und Küsse, die vor allem verzweifelt sind. Und erleichtert. Und salzig. Sie leben noch. Sie beide.

»Wir müssen weg hier«, sagt Theo gegen ihre Lippen. Sein Mund riecht nach Hunger, seine Haut nach Schweiß. Er greift nach Sofies Hand und zieht sie hinter sich her. Der Boden ist glatt und Sofies Füße nass.

Sie rennen, es ist rutschig, Sofie fällt fast hin, doch Theo hält sie davon ab. Neben ihnen zweigen Gittertüren links und rechts vom Gang ab, feuchte Ziegelwände. Sie sind tief in der Erde, als wären sie Ratten in einem Bau. Dann passieren sie den Wärter, den Theo vorhin niedergeschlagen hat. Er liegt bewusstlos auf dem Boden. *Oder tot*, denkt Sofie und rennt weiter.

Ihr schneller Atem hallt von den Wänden wider, ein gehetzter Laut in der Dunkelheit. Sie laufen den endlosen Korridor hinunter, Theo zieht sie hinter sich her, Sofie ist geschwächt, sie hat so lange nichts gegessen. Eine Banane, das war alles. Dann endlich Stufen, sie sind steil wie eine Leiter.

Theo lässt ihre Hand los.

»Du zuerst«, sagt er und sie klettert hinauf.

Sofie sieht die Luke, das Licht, das durch die Ritzen der Holzbretter dringt. *Bitte sei offen*, denkt sie. Mehr nicht. Nur das. Nur diese Worte.

Dann erreicht sie sie, stemmt sich dagegen. Und sie geht auf.

MAJA, LINIENSTRASSE 41, 10119 BERLIN, 16:43 UHR

Wittenbrink hat uns hergebracht, ursprünglich wollte Robert uns mitnehmen, aber dann kam ein Anruf und er musste dringend weg.

Ich gehe durch Efrails Wohnung und schaue mich um, doch obwohl ich heute Morgen schon einmal hier war, kommt mir nichts bekannt vor. Weder das Bad, in dem ich geduscht habe, noch die Küche, in der ich saß, während Efrail uns nach dieser viel zu kurzen Nacht einen starken Kaffee gemacht hat. Das Einzige, woran ich mich erinnere, sind die Umzugskartons, die überall herumstehen. Einer als Couchtisch, zwei aufeinandergestapelte, die im Bad als Ablage dienen, einer als eine Art Nachtkästchenersatz neben Efrails Bett – einer lächerlich dünnen Matratze ohne Lattenrost direkt auf dem Fußboden.

Ich weiß noch, dass er mir eine Salbe in die Hand gedrückt hat, die ich nach dem Duschen auf die Schnittwunden geben sollte. Danach bin ich ins Bad gegangen. Als ich fertig war und wieder rauskam, hat Efrail mir ein Kleid hingehalten. »Das dürfte passen«, hat er gesagt.

Und das hat es. Nicht nur von der Konfektionsgröße her, sondern auch zu mir. Auf eine Art elegant, in der ich mich nicht verkleidet gefühlt habe.

»Woher hast du das?«, wollte ich wissen.

»Von einem Laden in der Nähe.«

»Hast du es ausgesucht oder die Verkäuferin?«

»Ich«, meinte Efrail. Danach hat er den Raum verlassen, damit ich mich umziehen kann. Denselben Raum, in dem ich jetzt stehe und der mir so fremd erscheint, als wäre ich niemals zuvor hier gewesen.

Seltsam, wie der Verstand funktioniert. Ich habe getan, was nötig war, und alles andere ausgeblendet. Die türkisblauen Fliesen im Bad, den schwarzen Holzstuhl, der neben der Toilette steht, auf dem sich Magazine und Zeitungen stapeln, die Bilder an den Wänden, den lachsfarbenen Teppich vor der Wanne, das wohnliche Chaos der Küche – ein quadratischer Holztisch mit Furchen, benutzte Tassen in der Spüle, einen von diesen alten Espressokochern auf dem Herd, daneben ein paar Schneidebretter aus Holz, die an der Wand lehnen, ein nasser Putzlappen auf der Armatur. Ich erinnere mich an nichts davon. Und auch nicht an die großen Fenster im Wohnzimmer, den Fernseher, der provisorisch auf einem viel zu kleinen Hocker steht, die ausladende Couch, die Stuckornamente an der Zimmerdecke. Keine Vorhänge, Kronkorken auf dem umfunktionierten Couchtisch, ein halb leerer Kasten Bier im Flur, drei Garderobenhaken an der Wand neben dem Eingang, Schuhe auf dem Boden darunter.

»Wie lange wohnst du schon hier?«, frage ich.

»Fast zwei Jahre«, antwortet Efrail. »Aber ich bin so gut wie nie zu Hause. Eigentlich nur zum Schlafen und Duschen.« Er hält kurz inne, dann fragt er: »Hast du Hunger? Ich kann uns was kochen, wenn du willst. Nudeln oder so.«

»Gern«, sage ich.

Efrail mustert mich, zwischen seinen Brauen entsteht eine Falte. »Deine Lippen sind ganz blau«, murmelt er und kommt näher. So nah, dass ich zurückweichen will. »Ist dir kalt?«

»Ein bisschen«, gebe ich zu.

»Leg dich in die Wanne«, sagt er. »Ich mache uns was zu essen.«

1HOTELS, 2341 COLLINS AVENUE, MIAMI BEACH, 10:51 UHR

Als Nina heute Morgen die Augen geöffnet hat, dachte sie kurz, sie wäre tot. Aber sie war nicht tot, sie war in Miami. In einem Hotelzimmer, das auf den ersten Blick aussah wie der Himmel – ein weißer Raum mit deckenhohen Fenstern, fließenden Vorhängen und einer unbeschreiblichen Aussicht aufs Meer.

Jetzt sitzt Nina am Strand und sieht ihren beiden Jungs beim Spielen zu. Im ersten Moment haben sie den Sand für Schnee gehalten, so weiß ist er. Und der Horizont auf die perfekte Art weit weg. So wie ihre Sorgen. Als hätte sie vergessen, sie einzupacken.

Nina hat oft gehört, dass man Glück nicht kaufen kann. Aber sie ist glücklich. Als wären beim Anblick dieses klaren, türkisen Wassers Muskeln in ihrem Gesicht wieder zum Leben erwacht, die der graue Alltag in Kiel über Jahre gelähmt hatte. *Diese Farben.* Diese unfassbaren Farben. Das satte Grün, das leuchtende Blau und die vielen Schattierungen dazwischen. Nina schaut aufs Meer hinaus und sieht bunte Luftmatratzen und Wasserbälle. Der Wind trifft warm und angenehm auf ihre Haut, es riecht nach Sonnencreme und Kokos-Milkshakes. Und ab und zu weht der Duft von gegrilltem Fisch zu ihnen an den Strand.

Nina hat sich mit dieser Reise einen Traum erfüllt – einen Traum, von dem sie nicht gedacht hätte, dass er noch wahr wird. Nicht nach der Scheidung von Jan. Ein Umzug, ein schlecht bezahlter Job, nie genug Geld – wenigstens die gute

Kinderbetreuung ist geblieben, die bezahlt weiter ihr Ex-Mann. Der kann es sich leisten. Er und seine Freundin sind in das Haus gezogen, das damals Nina und er zusammen gekauft haben. Auch mit Jans Geld. Also war es sein Haus. Und da wohnt er jetzt. Mit Jessica.

In diesem Moment ist Nina das egal. Soll er das Haus doch haben. Und Jessica und alles andere. Es ist nur ein Haus. Und sie ist jetzt hier.

Ihre Freundinnen haben sie ausgelacht, als sie ihnen irgendwann von diesem Traum erzählt hat. Sie haben es nicht verstanden. *Warum unbedingt Miami Beach? Warum nicht woandershin? Warum mit den Kindern? Lass sie doch bei Jan. Und warum in ein so teures Hotel? Wenn du ein anderes nimmst, könnt ihr doppelt so lang bleiben.*

Aber Nina wollte in kein anderes Hotel. Und auch nicht woandershin. Sie hat lange gespart. Kein Kinobesuch, so gut wie nie auswärts essen, keine Urlaube, nicht mal ein Wochenende in einem billigen Wellnesshotel. Ihren Jungs hat es an nichts gefehlt, das war ihr wichtig. Sie selbst dagegen hat auf fast alles verzichtet. Für das hier.

Ihr ist klar, dass sie nicht hierherpasst, dass ihr Aufzug verrät, dass sie sonst nicht in solchen Hotels absteigt, ihr billiger H&M-Bikini, die uralten Koffer, ihre ausgeblichenen Sommerkleider. Früher war das anders. Damals mit Jan hat sie so was öfter gemacht. Bevor die Kinder kamen und seine Freundinnen.

Nina schiebt den Gedanken daran weg und holt sich ins Hier zurück. An diesen endlosen Strand, auf ihre Sonnenliege, neben der Leon und Valentin sitzen und spielen. Und zu dem alkoholfreien Cocktail, der nach wie vor unberührt neben ihr steht. Er ist hübsch dekoriert in einem bauchigen Glas mit rosa Schirmchen. Nina greift danach und nimmt einen Schluck. Der Cocktail schmeckt sahnig und frisch, nach Erdbeeren und Kokosmilch, die Eiswürfel klirren und ihre Söhne bauen eine Sandburg. Ihr unbekümmertes Lachen füllt die Luft und sie ihre kleinen Eimer immer wieder mit Wasser. *Vielleicht kann man Glück ja doch kaufen*, denkt Nina. *Vielleicht muss man nur lange genug sparen.*

Sie cremt sich die Beine ein. Als ihr Ex-Mann sie noch geliebt hat, war er ganz vernarrt in ihre Beine. *Deine Beine treiben mich in den Wahnsinn*, hat er immer gesagt. In diesem heiseren Tonfall, der Nina so erregt hat. Das ist ewig her. Wenn sie heute in den Spiegel schaut, ist sie immer noch schön, aber älter. Anfang vierzig ist eben nicht Ende zwanzig. Andererseits will sie das auch nicht mehr sein. Sie ist heute mehr sie selbst als damals. Ja, ihr Körper hat zwei Kinder geboren. Die silbrigen Dehnungsstreifen an ihren Schenkeln und eine Kaiserschnittnarbe bezeugen das. Genauso wie ihre Brüste. Leon und Valentin haben sie leer getrunken, jetzt hängen sie wie schlaffe kleine Tütchen an ihrem Oberkörper. Aber es kümmert sie nicht. Es ist ihr egal.

»Schau mal, Mama«, sagen ihre Söhne.

Nina setzt sich auf und betrachtet die buckelige Burg, die sie gebaut haben, sie sieht eher aus wie ein Berg mit drei Wipfeln, trotzdem sagt sie: »Sehr schön, die sieht toll aus.«

Leon und Valentin sehen aus wie ihr Vater. Die Gesichtsform, die Münder, die Ohren. Nur in klein und niedlich – und in hell. Das haben sie von Nina. Die blauen Augen, das weißblonde Haar und eine Haut, die schnell bräunt. Wenn sie sie so anschaut, weiß sie, dass die Zeit mit Jan kein Fehler war. Wie könnte sie das sein? Zwei so schöne Kinder – so schön und so lieb. Sie sehen aus, als würden sie hierhergehören, hier an diesen Strand. Wie zwei kleine Surfer, die noch nicht surfen können.

»Gehst du mit uns ins Wasser?«, fragt Leon.

Eigentlich will Nina Nein sagen, sie will noch etwas liegen bleiben, die träge Faulheit genießen, die es zu Hause für sie sonst nicht gibt. Und den kalten Cocktail. Und die Musik, die an der Strandbar des Hotels läuft. »Moral of the Story« von Ashe.

Eigentlich will sie Nein sagen, doch gegen die kleinen Gesichter ihrer Söhne kommt sie einfach nicht an. Also lächelt sie und steht auf.

Und sie gehen zu dritt ins Wasser.

MAJA, EFRAILS WOHNUNG, ZUR SELBEN ZEIT

»Da ist Meersalz im Wasser. Wegen der Schnitte«, sagt Efrail und zeigt auf meine Arme. »Man kann die Tür zum Bad leider nicht abschließen, aber ich werde nicht reinkommen, du bist also ungestört.«

»Okay«, sage ich.

»Wenn du was brauchst, ich bin nebenan.« Efrail öffnet die Tür, dann dreht er sich noch einmal um. »Hast du was gegen Tomaten-Sahne-Soße?«

»Nein«, sage ich.

»Gut, dann mache ich uns die.«

Mit diesem Satz verschwindet er im Flur. Danach bin ich allein.

Eine Weile stehe ich nur da. Seltsam verloren, als wüsste ich nicht, was als Nächstes zu tun ist. Wie ein verunsichertes Kind, das auf seine Mutter wartet. Meine hat mich früher oft vorm Schlafengehen gebadet. Fast jeden Abend. Mit Meersalz und Lavendelöl. Ich kann den Duft riechen, obwohl er nicht da ist. Ein Stück heile Welt, das ich vergessen hatte – ich mit vier oder fünf Jahren nackt in der Wanne. Sie kam mir damals so riesig vor. Genauso wie das Badezimmer. Groß wie ein Schwimmbad. Ich erinnere mich noch genau, wie es aussah. An das Doppelwaschbecken, von dem immer nur eins benutzt wurde – das rechte –, an das Bidet neben der Toilette, in dem ich mir früher so gern die Füße gewaschen habe.

Wenn meine Mutter mir das Badewasser eingelassen hat,

war der Raum nach kürzester Zeit voll mit Dampf. Er reichte bis zur Decke. Der Spiegel beschlug und Tropfen legten sich auf die weißen Fliesen. Und dann liefen sie wie Tränen daran herunter. Ich mochte diesen Anblick. Wie ein Waldstück im Nebel. Ich sehe es noch vor mir, so unwirklich weichgezeichnet wie ein Novembertag. Ich habe diese halbe Stunde mit meiner Mutter geliebt. Die paar Minuten, wenn sie neben mir auf dem Wannenrand saß. Oft hat sie nicht mal was gesagt, sie war einfach nur da.

Ich ziehe mich aus, das Kleid, die hautfarbene Strumpfhose, die Unterwäsche – dann hänge ich alles über die Stuhllehne. Das Wasser läuft noch immer laut in die Wanne. Als ich es abstelle, ist es für einen Augenblick absolut still. Dann dringen von nebenan Geräusche durch die Wand. Leise Musik, »UBerlin« von R.E.M., sprudelndes Nudelwasser, jemand, der summt. Ich höre mehr, als ich hören sollte. Als wäre die Wand dünn wie Papier.

Es ist eine befremdliche Vorstellung, dass auch Efrail in diesem Raum nackt ist. Dass er sich auszieht und auf derselben Badematte steht, kurz bevor er duscht. Für einen Moment schaue ich auf meine Füße, auf die Stelle, auf der seine bestimmt auch schon standen. Ich horche in mich hinein, frage mich, ob dieser Gedanke etwas in mir auslöst, und kann es nicht sagen. Vielleicht. Mehr, als er sollte.

Ich steige in die Wanne. Das heiße Wasser brennt auf meiner Haut. Es ist ein angenehmer Schmerz, der mich kriechend verschluckt. Bis ich schließlich daliege, komplett unter Wasser bis auf mein Gesicht. Ich spüre, wie meine Brüste bei jedem Atemzug die Oberfläche verdrängen, so als müssten sie kurz Luft holen. Eben war sie noch warm, jetzt scheint sie plötzlich kühl. Meine Brustwarzen ziehen sich zusammen.

Ich schließe die Augen und treibe schwerelos vor mich hin, genieße das geborgene Gefühl, die Ruhe in meinem Kopf und diese Klarheit, als würde das Wasser durch jede noch so kleine Windung meines Verstands fließen und dabei all den Dreck und all die negativen Gedanken mitnehmen. Ich höre Efrail nebenan leise mitsingen. Ich hätte nicht gedacht, dass er einer ist, der singt. Aber was weiß ich schon von ihm? So gut wie nichts. Er lächelt selten, ist meistens ernst. Und irgendwie getrieben. Ich frage mich, wovon. Oder von wem. Ich frage ihn nicht, weil ich weiß, dass er nicht antworten wird. Und wenn doch, ist es vermutlich eine Lüge.

Ich kann ihn nicht einschätzen. Er ist nicht unfreundlich, aber freundlich ist er auch nicht. Fürsorglich, aber zur selben Zeit distanziert. Er hilft mir, aber er scheint mich nicht besonders zu mögen, als wäre da eine gewisse Abneigung gegen mich, die er versucht zu kaschieren. Doch dann geht er los und kauft dieses Kleid. Dieses *perfekte* Kleid. Und jetzt ist er nebenan und kocht Pasta. Und davor hat er die Badewanne geschrubbt, damit sie sauber für mich ist. Er hat sogar Meersalz ins Wasser gegeben. Und bei alldem wirkte er irgendwie wütend. So, als wollte er es eigentlich nicht tun. Aber warum tut er es dann? Warum hilft er mir?

Ich öffne die Augen und setze mich auf. Die Schnitte in meiner Haut brennen und kribbeln, als könnte ich spüren, wie sie heilen. Ich will es mir nicht eingestehen und es ist unpassend, aber ich fühle mich zu ihm hingezogen. Wenn die Umstände anders wären, hätte ich Efrail beispielsweise bei einer Party getroffen, ich glaube, ich wäre mit ihm nach Hause gegangen. Ich hätte den ersten Schritt gemacht. Ich hätte mit ihm geschlafen. Da ist etwas in seinem Gesicht, an der Art, wie er sich bewegt, ich kann nicht sagen, was, nur dass es mich nicht kaltlässt. Aber die Umstände sind nicht anders. Sie sind, wie sie sind. Sofie ist irgendwo, Daniel ist unauffindbar und ich bin hier. In der Wohnung eines fast Fremden.

Efrail ist in dieser Nacht ins Wasser gesprungen. Er hat sein Leben riskiert. Alles angeblich, weil der Unfall meiner Mutter keiner war. Aber was hat das mit ihm zu tun? Warum sich selbst in Gefahr bringen? Für jemanden, den man kaum kennt? Wer legt sich mit dem Geheimdienst an, wenn er von der Sache nicht direkt betroffen ist?

Ich schaue auf die türkisblauen Fliesen neben mir, hinter denen Efrail gerade steht und uns etwas zu essen kocht. Er singt noch immer. Es berührt mich, dass er singt. Und gleichzeitig frage ich mich, was er vor mir verheimlicht. Was er mir alles nicht sagt. Die ganze Sache hat nichts mit ihm zu tun. Und diese drei Typen heute Morgen hätten ihn umbringen können. Sie hätten nicht gezögert. Wer tut so etwas? Und warum? Was hat er davon?

Ich kann mir nicht vorstellen, dass er und meine Mutter sich so nahestanden. Nicht mal ich stand ihr wirklich nah, und ich habe sie geliebt. Wegen der Erinnerungen. Erinnerungen, die Efrail nicht hat. Ich kannte die wenigen weichen Stellen zwischen den Ecken und Kanten meiner Mutter. Sie auf dem Badewannenrand, sie, die mir abends etwas vorliest, sie, die mich festhält, weil ich wieder schlecht geträumt habe. Ich weiß, dass sie so sein konnte. Er weiß es nicht.

Ich schaue noch immer auf die Fliesen neben mir. Auf die einzelnen Tropfen, die an ihnen hinunterlaufen. Ich weiß nicht, warum Efrail ist, wie er ist. So widersprüchlich und voller Wut. Ich weiß nicht, was er erlebt hat, ich kenne weder ihn noch seine Geschichte. Wäre ich unbekümmert und offen, wäre ich ihm einfach nur dankbar. Es wäre schön, so zu sein.

Aber ich bin es nicht. Die nagende Frage nach dem Warum lässt mich einfach nicht los.

Genauso wenig wie die Tatsache, dass etwas in mir ihm einfach nicht traut.

EFRAIL, EINE STUNDE SPÄTER

Sie sitzt neben mir und schaut müde in den Fernseher. Ein leeres Gesicht mit einem Hauch Trauer, die sie zu verbergen versucht. Zumindest glaube ich, dass es Trauer ist – das ist bei Maja schwer zu sagen. Ich beobachte sie von der Seite, während ich so tue, als würde ich weiter die Sendung verfolgen. Maja ist wie eine aufgeraute Stelle, als wäre sie innerlich aufgeschürft. Als könnte man ihre gerötete Seele in ihren Augen erkennen.

Sie hat die Pasta kaum angerührt. Und gesagt hat sie auch nicht viel. Es läuft eine schlechte Vorabendserie, die wir beide nicht wirklich beachten. Sie sorgt lediglich dafür, dass wir nicht miteinander reden müssen.

Mein Blick fällt auf Majas nackte Füße auf dem Sofa. Ihre Zehennägel sind schwarz lackiert. Sie hat die Beine angezogen und das Kinn auf ihre Knie gelegt, als wäre ihr Kopf zu schwer, um ihn zu halten. Sie trägt keinen BH. Es wundert mich, dass mir das auffällt. Normalerweise ist mir so was egal.

Als die Nachrichten beginnen, greift Maja nach der Fernbedienung und macht lauter. Natürlich geht es als Erstes um die Trauerfeier für ihre Mutter. Es werden ein paar Ausschnitte der Reden eingespielt, die Kanzlerin, Stein, dann einige Bilder des Doms und der geladenen Gäste. Und dazwischen immer wieder Maja, die wie eine junge Witwe neben dem Sarg steht.

Beim Anblick ihres eigenen Gesichts schaut Maja weg. Auf den Teller neben sich. Sie greift danach und stochert mit der Gabel in den inzwischen kalten Nudeln herum.

»Bist du okay?«, frage ich.

»Ja«, sagt sie, ohne mich anzusehen.

»Wir können auch was anderes schauen, wenn du willst. Einen Film oder eine Serie.«

Sie sieht in meine Richtung.

»Warum hast du letzte Nacht Salzwasser getrunken?«, fragt sie.

Ich runzle die Stirn. »Wie bitte?«

»Als ich heute Morgen in die Küche gegangen bin, um etwas zu trinken, stand neben der Spüle ein benutztes Glas. Ich dachte, es wäre meins, deswegen habe ich daraus getrunken.« Kurze Pause. »Aber es war nicht meins. Das Wasser hat salzig geschmeckt.«

»Ich trinke oft Salzwasser«, sage ich.

»Warum?«, will sie wissen.

»Es hilft, wenn man Sport gemacht hat. Oder bei Kopfschmerzen.«

Maja sagt eine Weile nichts und dann: »Es hat mir gutgetan. Das Salzwasser, meine ich.« Sie stellt den Teller wieder weg und wendet sich mir zu. »Als ich heute Nacht aufgewacht bin, ging es mir schlecht. Aber danach dann nicht mehr.«

Mein Handy vibriert, ich greife schnell danach, damit Maja das Display nicht sieht. Die Nachricht lautet: *1215*. Ich tippe meine Antwort – *Melde mich asap* –, dann drücke ich auf Senden.

»Vielleicht hattest du ja einen Mineralienmangel?«, antworte ich verzögert. »Magnesium, Kalium, so was kommt öfter vor, als man denkt.«

»Du verstehst es nicht«, sagt Maja mit einem undurchdringlichen Blick. »Ich war wie ausgewechselt. Als hätte mir die ganze Zeit nur Salzwasser gefehlt.«

Ich nicke langsam. Weil ich es so viel besser verstehe, als sie weiß. Weil sie mir damit mehr verrät, als ihr bewusst ist. Andererseits hat das Wasser, das ich ihr vor knapp einer halben Stunde gegeben habe, noch immer keine Wirkung gezeigt. Sie hätte längst darauf reagieren müssen.

»Was ist?«, fragt Maja.

»Gar nichts«, sage ich.

Dann sehen wir einander an, als würden wir versuchen, in den Augen des anderen zu lesen. Wie in einem Buch, das in einer fremden Sprache verfasst ist.

In der Wohnung ist es auf eine angespannte Art still. Bis auf die Stimme der Nachrichtensprecherin, die so nah klingt, als wäre sie mit uns im Zimmer.

»Die unerklärlichen Naturphänomene reißen indes nicht ab. Nach der verheerenden Katastrophe auf Boracay vor zwei Tagen sind nun auch noch fünf weitere Inseln der Philippinen von der tödlichen Blaualge betroffen. Bislang sind jedoch keine weiteren Todesopfer zu beklagen, weil die Regierung vorsorglich ein landesweites Badeverbot verhängt hat. Leider gilt das nicht für die Bahamas und die Florida Keys, an deren Ufern und Stränden Hunderte von Badenden vom plötzlichen Auftreten der Blaualge überrascht wurden. Wie bereits zuvor auf Boracay gab es auch hier keine Überlebenden.

Des Weiteren wurde von der Westküste der USA gemeldet, dass es dort zu einer signifikanten Häufung von Haiangriffen gekommen ist. Allein in Miami und South Beach wurden in nur einer Stunde über siebzig Verletzte gezählt. Ein Pressesprecher der US-Regierung bestätigte inzwischen zweiundvierzig Todesopfer.«

Ich schaue zu Maja hinüber, die wie angewurzelt auf der Couch sitzt. Beim Anblick der Bilder, die nun eingeblendet werden, schlägt sie die Hände vor den Mund. So viele Tote und Verletzte. Sie weinen und schreien, der weiße Sand ist durchzogen von roten Bahnen, die sich bis zu den Sonnenliegen erstrecken. Das Meer ist rosa verfärbt, ein seltsam harmloser Farbton, fast wie der eines Kinderzimmers. Kleine Leichen liegen am Strand. Blondes Haar, das sanft im Wind weht. Blaue Badehosen. Eine Frau kniet daneben. Sie ist nicht tot, aber vermutlich wünschte sie sich, sie wäre es.

»Neben dem erhöhten Haiaufkommen stellen weitere Phänomene Wissenschaftler vor Rätsel. An der gesamten Westküste der USA führten kilometerweite Quallenteppiche zu einer Vielzahl von Verbrennungen bei Touristen und Einheimischen. Augenzeugen berichten, dass die Feuerquallen gezielt auf Menschen zusteuerten und sie angriffen. Amateurvideos bestätigen dieses höchst untypische Verhalten. Zur Stunde werden mehr als achthundert Verletzte in umliegenden Krankenhäusern behandelt, viele von ihnen befinden sich in einem kritischen Zustand. Ob zu den Opfern auch deutsche Urlauber zählen, ist derzeit noch nicht bekannt. Das Auswärtige Amt steht in ständigem Kontakt mit den US-Behörden. Sobald es neue Informationen gibt, werden wir umgehend darüber berichten.

Auch der nächste Fall betrifft die USA, wo an mehreren Orten gleichzeitig einige Hundert teils sehr erfahrene Taucher an den Folgen des sogenannten Tiefenrausches ums Leben kamen. Als Tiefenrausch oder auch Stickstoffnarkose bezeichnet man neurologische Effekte, die in größeren Tauchtiefen durch die vermehrte Lösung von Stickstoff im Blut auftreten. Störungen des zentralen Nervensystems sind die Folge. Diese äußern sich durch schwere kognitive Einschränkungen und gehen nicht selten mit einer lebensbedrohlichen Euphorie einher – daher auch der Begriff Tiefenrausch. Besonders viele Opfer forderte The Devil's Den, ein bei Höhlentauchern beliebter Spot in Florida, aber auch in anderen Höhlen, wie beispielsweise in Jacob's Well in Texas, konnten die dreiundzwanzig Hobbytaucher, die zu der Zeit einen Tauchgang in der Höhle unternommen hatten, nur noch tot geborgen werden. Ihre Angehörigen betonen einhellig, dass die Verunglückten die Höhle sehr gut kannten und schon oft dort zum Tauchen waren. Ähnliches trifft auch auf die Todesopfer der anderen Höhlen zu.«

Maja starrt auf den Bildschirm. Auf die Grausamkeit, die in ihrer Welt keinen Sinn ergibt.

»Wann hört das wieder auf?«, fragt sie und schaut in meine Richtung.

Ich seufze und schüttle unbestimmt den Kopf. Und währenddessen denke ich: *Gar nicht. Es hat gerade erst angefangen.*

MAJA, EFRAILS WOHNUNG, 18:12 UHR

Der Boden ist matschig warm unter meinen Füßen und die Stille bedrohlich. Trotzdem gehe ich weiter. So als hätte ich keine andere Wahl. Ich trete auf einen Zweig und das Knacken erschreckt mich mehr, als es sollte. Die Luft ist getränkt in abgestandener Feuchtigkeit, das Mondlicht scheint kalt durch die Äste der abgestorbenen Bäume. Ihre Rinde ist bedeckt mit Moos. Tautropfen schimmern darauf im Halbdunkel.

Ich folge dem moorigen Geruch noch tiefer in den Wald. Dann endlich sehe ich ein schwaches Schimmern. Schwarz und blau. Es ist weder ein Weiher noch ein Teich. Nur ein Loch im Boden, etwas größer als der Deckel eines Gullys. Die spiegelnde Oberfläche bewegt sich im Schatten der Nacht, so als würde sie atmen.

Meine Zehenspitzen berühren die Wasserlinie. Es hat Körperwärme. Ich schaue nach unten. Der Boden ist aufgeweicht, ich sinke mit den Fersen ein. Ein paar Sekunden lang stehe ich da und blicke in die endlos scheinende Tiefe. Dann mache ich einen Schritt nach vorn – und schrecke hoch.

Als ich mich flach atmend umschaue, weiß ich nicht gleich, wo ich bin. Ich sitze auf einem blaugrauen Sofa. Davor steht ein Umzugskarton.

Dann weiß ich es wieder.

Efrail musste weg – ein Anruf aus dem Ministerium. Worum es dabei ging, hat er nicht gesagt, nur, dass er bald zurück ist und sich beeilen wird. Kurz darauf muss ich eingeschlafen sein.

Ich schaue zum Fernseher. Es läuft ein Brennpunkt. Wie an dem Abend bei Daniel, als er die Wunde an meinem Fuß versorgt hat. Bei der Erinnerung daran wird mein Brustkorb eng und meine Augen brennen. Ich schlucke. Dann erst bemerke ich, dass mein Handy klingelt. Der Ton ist laut und fremd.

Deswegen bin ich aufgewacht.

Als ich aufs Display schaue, steht da Wittenbrinks Name.

»Hallo?«, sage ich. Meine Stimme klingt müde.

»Frau Kohlbeck?«, sagt er. »Hier ist Wittenbrink. Haben Sie einen Moment?«

Ich räuspere mich. »Ich … ja, natürlich.«

»Eben kam ein Anruf vom Innenministerium. Die persönlichen Sachen Ihrer Mutter wurden freigegeben.«

Ich blinzle ein paarmal. »O«, sage ich dann.

»Ich habe denen angeboten, die Sachen abzuholen. Ich bin in der Nähe, wollte aber erst klären, ob Ihnen das recht ist.« Herr Wittenbrink macht eine Pause, danach fügt er hinzu: »Ich könnte die Sachen in der Kanzlei für Sie aufheben. Oder ich kann Sie Ihnen zuschicken. Wie es Ihnen lieber ist.«

Ich weiß nicht, was mir lieber ist. Ich weiß nicht mal, ob ich diese Dinge haben will.

»Oder ich bringe sie Ihnen vorbei«, sagt er. »Ich bin um 19:15 Uhr zum Essen verabredet. Die Wohnung Ihres Bekannten ist in der Nähe des Lokals.«

»Ist es wirklich in der Nähe oder sagen Sie das nur?«

Er lacht. »Es ist wirklich in der Nähe. Hirtenstraße 4. Sie können nachsehen, wenn Sie wollen. *The Grand*. Sehr zu empfehlen, wenn man gern Steak isst.«

»Okay«, sage ich.

»Okay? Heißt das also Ja?«

»Es wäre sehr nett, wenn Sie die Sachen vorbeibringen würden.«

»Gut«, sagt Wittenbrink. »Wir sehen uns in etwa dreißig Minuten.«

MAJA, 19:02 UHR

»Und es geht Ihnen wirklich gut?«, fragt Wittenbrink zum inzwischen dritten Mal.

»Ja«, sage ich. »Mir war nur etwas schwindlig.«

»Sie waren *ohnmächtig*«, sagt Wittenbrink.

»Ich weiß Ihre Besorgnis zu schätzen«, entgegne ich, »aber es geht mir gut.«

Ich klinge wie meine Mutter.

»Von Ihrer Gesichtsfarbe ausgehend, fällt es mir schwer, das zu glauben.«

Am liebsten würde ich ihm sagen, dass es mir scheißegal ist, was er glaubt, aber ich tue es nicht. Weil er es gut meint. Irgendwie kann ich ihn auch verstehen. Wahrscheinlich würde ich mir auch Sorgen machen, wenn jemand wie aus dem Nichts vor meinen Augen zusammenklappt.

»Ist Ihr Bekannter denn gar nicht zu Hause? Wie hieß er noch? Rosendahl?«

»Efrail musste kurz weg«, sage ich, »aber er ist bald wieder da.«

»Ich kann warten, bis er wiederkommt«, sagt Wittenbrink.

»Nein, das können Sie nicht. Denn Sie sind zum Essen verabredet.« Ich schaue auf das Display meines Handys. »Und zwar in genau dreizehn Minuten.« Pause. »Jetzt sind es nur noch zwölf.«

Wittenbrink zögert einen Moment, dann sagt er: »In Ordnung. Aber wenn Sie etwas brauchen oder wenn Sie sich plötzlich doch schlechter fühlen, rufen Sie mich bitte an.«

»Okay«, sage ich.

»Ich meine das ernst.«

»Okay«, sage ich noch einmal, dann verabschieden wir uns und ich schließe die Tür hinter ihm.

Der Karton, den Wittenbrink gebracht hat, wiegt so gut wie nichts. Ich gehe damit nach nebenan und setze mich auf die Couch. Sehr viele persönliche Gegenstände kann meine Mutter in ihrem Büro nicht gehabt haben. Es wundert mich nicht. *Dinge sind nur Dinge, Maja*, höre ich sie sagen. Und kurz spiele ich mit dem Gedanken, den Karton, so wie er ist, in den Müll zu werfen. Weil es nur Dinge sind. Dinge, die jemandem gehören, der tot ist. Aber ich bringe es nicht fertig. Keine Ahnung, ob es Neugierde ist oder Respekt. Vielleicht ein bisschen von beidem.

Ich könnte später hineinschauen, aber dann ist Efrail zurück und ich will allein sein, wenn ich ihre Sachen durchsehe. Also öffne ich die ineinandergesteckten Laschen, atme tief ein und werfe einen Blick in den Karton. Zwei Bilderrahmen, ein teuer aussehender Kugelschreiber, ein Adressbuch, ihr Parfum in Reisegröße, ein Louis-Vuitton-Beutel mit einer Wimperntusche, einem Chanel-Puder in der Nuance 20 – CLAIR – TRANSLUCENT und einer angebrochenen Packung Abschminktücher.

Ich rieche nicht an dem Flakon – der Duft, der sich in der Pappe festgesetzt hat, reicht mir vollkommen –, stattdessen blättere ich durch das Adressbuch, auf der Suche nach jemandem, den ich kennen könnte. Die meisten Namen kommen mir auch irgendwie vertraut vor, aber eher aus dem Fernsehen. Als hätte ich sie in den Nachrichten gehört oder bei einer der Veranstaltungen, zu denen ich meine Mutter früher oft begleitet habe.

Ich lege das Adressbuch zur Seite und greife nach den Bilderrahmen. In dem größeren der beiden ist ein Foto von meiner Mutter und mir. Es ist dasselbe, das auch auf dem Sideboard in ihrem Arbeitszimmer zu Hause stand – das Bild, das ich eingesteckt habe. Bei dem Gedanken fällt mein Blick auf meinen Rucksack, der neben der Tür an der Wand lehnt. Es dürfte irgendwo da drin sein. Ich habe es nicht rausgenommen. Genauso wenig wie die Uhren. Mehrere Hunderttausend Euro, die einfach so in einem Rucksack rumfliegen. Das passt zu mir.

Ich lege das Bild weg und betrachte das zweite.

Es ist dieselbe bunte Kinderzeichnung wie die auf ihrem Schreibtisch. Ich runzle irritiert die Stirn. Auch hier steht am unteren Rand in klein *Maja, 27.04.* Wieder keine Jahreszahl. Was soll das? Wer notiert ein Datum, dann aber keine Jahreszahl? Der 27.04. hat keinerlei Bedeutung. Es ist irgendein Tag. Warum hat sie ihn notiert? Abgesehen davon hat meine Mutter nie Bilder von mir gerahmt oder aufgehängt. Sie hat sie nicht mal aufgehoben. Meistens landeten sie ohne Umwege im Müll. Es waren nur Dinge.

Diese Kinderzeichnung ist wie eine Requisite. Wie eine von diesen Attrappen in Einrichtungshäusern, die einem ein Gefühl von Zuhause vermitteln sollen. Eine perfekte Illusion. Ich betrachte noch einmal die Schrift. Es ist eindeutig die meiner Mutter – aber das Bild ist nicht von mir.

Es soll nur so aussehen.

Und keiner soll es bemerken.

Nur ich.

Mein Herz schlägt schneller. Ich drehe den Rahmen um und ziehe die kleinen Stifte heraus, die das Glas und die Rückseite zusammenhalten. Erst sehe ich nichts. Und für eine Sekunde denke ich, dass die Zeichnung womöglich doch von mir ist und dass meine Mutter sie einfach kopiert hat, weil sie sie nicht nur zu Hause, sondern auch in ihrem Büro haben wollte, doch dann entdecke ich eine Nummer in der unteren linken Ecke. So klein, dass man sie fast übersieht. Dass man sie mit bloßem Auge kaum erkennen kann.

Ich will gerade nach meinem Handy greifen und ein Foto davon machen, damit ich den Ausschnitt vergrößern kann, als mir durch den Kopf schießt, was Robert über die Nutzung von Sicherheitslücken bei Smartphones gesagt hat. »Die Geheimdienste können auf alles zugreifen. Auf jeden Kontakt, jede Nachricht, jedes Foto. Dinge, die geheim bleiben sollen, speichert man am besten nicht auf einem Handy.«

Ich lege meins zur Seite, dann kneife ich die Augen zusammen und lese eine Stelle nach der anderen ab. Es dauert eine Weile, aber es gelingt mir.

IW504101.

Wenn ich das jetzt google, wissen sie es auch. Andererseits, sollte das hier wirklich eine Botschaft sein, sollte diese Zahl etwas zu bedeuten haben, hat meine Mutter diese Tatsache sicher mit einkalkuliert. Wie sonst könnte ich es herausfinden?

Ich starte Safari und gebe die Nummer in das Suchfeld ein, dabei vertippe ich mich drei Mal. Meine Hände sind kalt und mein Mund trocken. Als ich auf *Öffnen* klicke, halte ich den Atem an.

Der erste Treffer ist eine Anzeige. *IW504101 – Portugieser Sidérale Scafusia.*

PROF. ROBERT STEIN, GEHEIME VIDEOKONFERENZ, CODE 113, VERHANDLUNGEN ISA UND EINGEWEIHTE POLITIKER, 19:15 UHR ORTSZEIT (13:15 UHR IN NEW YORK CITY)

Roberts Blick fällt auf seine Notizen. Einige Stichpunkte, die er eilig aufgeschrieben hat, für mehr war keine Zeit. Nach der Beerdigung hat er versucht, Sofie zu erreichen. Über jeden möglichen Kanal. Aber er hatte kein Glück, ihre Spur verliert sich in Manila. Sofies Handy ist nicht zu orten, ebenso wenig wie das von Theo. Und auch seine Leute wissen nicht, wo sie sind. Laut den Agenten, die er geschickt hat, um sie abzuholen, waren sie nicht mehr in ihrem Hotel. Jemand anderes sei ihnen zuvorgekommen, hieß es. Robert darf nicht daran denken, was das bedeuten könnte. Wenn er es tut, kann er seinen Job nicht machen. Und genau das muss er jetzt. Seine eigenen Interessen zurückstellen und die nationalen vertreten. Es geht um viel. Um mehr, als die meisten Menschen je erfahren werden. Im besten Fall wird der wahre Grund dieser Krise die Öffentlichkeit nie erreichen. Tut er es doch, werden Köpfe rollen, seiner allen voran. Lorbeeren gibt es nicht in diesem Job.

Robert sitzt an seinem Schreibtisch, den offenen Laptop vor sich. Er hat sich längst eingewählt für die bevorstehende Videokonferenz mit New York. Sie beginnt erst in fünfzehn Minuten, aber seit Inkrafttreten der verschärften Sicherheitsvorkehrungen, ist das System oft instabil. Dann muss man es neu starten und das kann schon mal dauern. Robert will sich nicht verspäten.

Er legt seine rechte Fingerkuppe auf das kleine Feld in der oberen Leiste des Laptops, um ein automatisches Ausloggen zu verhindern, dann greift er wieder nach seinem Handy und ruft ein weiteres Mal bei Sofie an. Doch der Anschluss ist nach wie vor tot. Hoffentlich gilt das nicht auch für sie. Bitte nicht. Robert legt das Handy weg. Er darf nicht daran denken, er erträgt die Vorstellung nicht, dass ihr etwas zugestoßen sein könnte. Seinetwegen. Dass jemand ihr etwas antut, um ihm etwas anzutun. Es gibt einen guten Grund, warum die meisten Leute in ähnlichen Positionen keine Kinder haben. Sie sind ihre Schwachstelle, sie machen sie erpressbar. Was, wenn sie sie haben? Was ist, wenn sie Sofie irgendwo gefangen halten und nur auf den richtigen Zeitpunkt warten? Wenn sie drohen, sie umzubringen? Robert schließt die Augen. Das darf nicht passieren. Nicht Sofie. Für den Bruchteil einer Sekunde denkt er: *Nicht sie, wenn es sein muss, dann einen meiner Söhne.* Er denkt es und im selben Moment hasst er sich dafür. Aber sie ist sein Lieblingskind, sie war es immer, sein kleines Mädchen. Er weiß, dass das ein Klischee ist, aber es ist wahr. Er hat Sofie immer ein bisschen mehr geliebt als seine beiden Söhne, vielleicht sogar mehr als ein bisschen. Es lag nicht an ihnen, sondern an ihm. Und an der zweiten Familie, die er neben seiner eigentlichen hatte. Eine Familie, die nie eine war. Patricia, er und die zwei Mädchen waren letztlich nur eine Lüge, die er viel zu lang geglaubt hat.

Als plötzlich sein Handy auf der Tischplatte vibriert, zuckt er zusammen. Und im selben Moment explodiert die Hoffnung in ihm. Sein Blick schnellt auf das Display. Aber es ist kein Anruf von Sofie. Es ist nur die Erinnerung an die bevorstehende Videokonferenz. Verena hat sie erstellt. Als ob er dafür eine Erinnerung gebraucht hätte.

Robert schluckt seinen Ärger hinunter, der wie starkes Sodbrennen in ihm aufsteigt. Er kennt diese Machtlosigkeit nicht, das Gefühl, Situationen einfach hinnehmen zu müssen. Wie ist es möglich, dass er nichts tun kann? Er, dem alle technischen und personellen Mittel zur Verfügung stehen, jemanden aufzuspüren? *Du musst damit aufhören*, sagt er sich. *Deine Leute sind dran. Und sie tun alles, um sie zu finden*.

Robert atmet tief ein, dann schaut er auf den Bildschirm seines Laptops und im selben Moment wird er schwarz. Robert hat den Fingerabdruck vergessen. Er ist das Prozedere noch nicht gewöhnt. Patricia sei Dank muss er seinen Finger nun alle fünf Minuten scannen, wenn man nicht aktiv im System arbeitet, andernfalls wird man ausgeloggt.

Robert hat Verständnis für die neuen Sicherheitsvorkehrungen, immerhin geht hier es um Inhalte, die der höchsten Sicherheitsfreigabe unterliegen. Sie zu schützen, hat oberste Priorität.

Die Angelegenheit mit Patricia hat mal wieder deutlich gemacht, dass die eigentliche Schwachstelle zwischenmenschliches Vertrauen ist und nicht die technische Komponente. Maschinen machen keine Fehler. Und wenn doch, dann nur, weil sie von Menschen programmiert wurden. Diesen fehlerhaften Kreaturen, zu denen Robert leider auch zählt. Er wird nie vergessen, wie Patricia ihn angesehen und gesagt hat: *Wenn ich nur eine Rasse retten könnte, dann wären es die Marin*. Ihre Faszination für sie kannte keine Grenzen. Er hätte es wissen müssen. Seine Gefühle für Patricia waren das Problem. Sie haben sein Urteilsvermögen getrübt, ihm den Verstand vernebelt. Wenn er überlegt, was er getan hat, wird ihm ganz anders. Doch außer ihm weiß niemand davon. Und die einzig andere Person, die es wusste, ist tot. Er ist das letzte lose Ende.

Robert schiebt den Gedanken weg. *Das ist jetzt nicht der richtige Moment*, sagt er sich, dann loggt er sich wieder im System ein. Passwort, Netzhaut-Scan, Fingerabdruck. Es erscheinen drei grüne Häkchen und die Verbindung wird aufgebaut.

Inzwischen sind alle ISA-Vertreter der ständigen Mitglieder eingetroffen. Und auch die politischen Vertreter scheinen vollzählig zu sein. Die meisten sind wie er nur zugeschaltet. Robert sieht dabei zu, wie die Anwesenden die ihnen zugewiesenen Plätze aufsuchen, wie sie sich begrüßen oder ignorieren, je nachdem, was in der Vergangenheit zwischen ihnen vorgefallen ist. Margaux würdigt Hastings keines Blickes, sie steht neben ihrem Präsidenten wie ein Wachhund. Die beiden müssen unmittelbar nach den Gesprächen in Brüssel Richtung New York aufgebrochen sein.

Robert wäre auch gern persönlich dort, nicht nur, weil er die Stadt liebt – was er tut, New York City hat schon immer eine unbeschreibliche Faszination auf ihn ausgeübt –, sondern auch, oder vor allem, weil es seiner Erfahrung nach einen signifikanten Unterschied macht, ob man nur ein zweidimensionales Gesicht auf einer Mattscheibe ist oder aber tatsächlich anwesend. Es ist etwas, das auf chemischer Ebene passiert, etwas Feinstoffliches. Die Ausstrahlung eines Menschen ist nicht übertragbar, egal wie schnell die Leitungen sind.

Natürlich gibt es ein paar Ausnahmen, Menschen mit so viel Charisma, dass auch ein Laptop reicht, um es zu transportieren. Robert hat das schon erlebt. Dass jemand ihn allein mit seiner Art anstecken konnte. Aber nicht oft. Wie gesagt, es ist eine Ausnahme – und Robert ist keine. Er gehört nicht zu diesen Menschen. Er muss anwesend sein, um zu wirken. Und selbst das ist tagesformabhängig.

Als alle Teilnehmer der Abstimmung Platz genommen haben, richtet Robert sich in seinem Stuhl auf. Er muss Haltung bewahren, sie werden ihm vermutlich einen Haufen unangenehmer Fragen stellen, Fragen, die ihn und Patricia betreffen, ihre Zusammenarbeit, die Natur ihrer Beziehung, den Erreger. Alles, worüber er nicht reden will, aber wahrscheinlich reden muss. Wenn er Glück hat, sind andere Themen wichtiger.

Sein Blick fällt auf die Notizen, die vor ihm auf dem Schreibtisch liegen. Die Stichpunkte, die er noch schnell runtergeschrieben hat, zwischen Tür und Angel, zwischen den Anrufen bei Sofie und Theo, und bei jeder anderen Nummer, die Aufschluss über deren Verbleib hätte liefern können.

Robert ist nicht bei der Sache, aber genau das muss er sein. Nicht bei Sofie, nicht bei Patricia, nicht bei Maja. Sondern hier. Bei dieser Abstimmung.

Konzentrier dich, sagt eine strenge Stimme in seinem Kopf.

Und in dem Moment beginnen die Verhandlungen.

EFRAIL, ALTE SCHÖNHAUSER STRASSE, 10119 BERLIN, ZUR SELBEN ZEIT

- Na, endlich.

- Ging nicht schneller.

- Bist du allein?

- Ja.

- Die ganze Sache läuft aus dem Ruder. Wir brauchen endlich diese Forschungsergebnisse.

- Ich bin dran, okay? Es wird nicht schneller gehen, nur weil du mich nervst.

- Die Ansteckungsrate ist noch weiter gestiegen.

- Wie viele neue Fälle sind es?

- Siebenundachtzig gemeldete in den letzten zwanzig Minuten – und das allein in unserer Fraktion. Du kannst es hochrechnen.

- Scheiße. Wann beginnt Phase zwei?

- 06:00 Uhr deutsche Zeit. 00:00 Uhr dort.

- Warum erst so spät?

- Weil wir das Ergebnis der Abstimmung abwarten müssen.

- Ihr glaubt doch nicht im Ernst, dass die einlenken werden?

- Vermutlich nicht. Aber wir haben ein Ultimatum gestellt. Abwarten müssen wir so oder so.

- Wann finden die Gespräche statt?

- Jetzt, in diesem Moment.

Pause.

- Wie lief es bei dir? Hat sie unsere kleine Show geschluckt?

- Ja, hat sie.

- Immerhin. Du hast einem unserer Männer die Nase gebrochen.

– Ich weiß. Es musste überzeugend aussehen.

– Mag sein, aber dafür hättest du ihm nicht gleich ins Gesicht treten müssen.

– Ikigai denkt, die Angreifer kamen von der ISA. Und sie fängt an, mir zu vertrauen. Ich würde sagen, das war es wert.

PROF. ROBERT STEIN, GEHEIME VIDEOKONFERENZ, CODE 113, VERHANDLUNGEN ISA UND EINGEWEIHTE POLITIKER, 20:27 UHR ORTSZEIT (14:27 UHR IN NEW YORK CITY)

»Die müssten uns erst mal nachweisen, dass der Erreger von uns kommt«, sagt der britische Premierminister. »Und das können sie nicht.«

»Trotzdem haben sie uns ein Ultimatum gestellt«, sagt die Kanzlerin ruhig.

»Was einem Kriegsakt gleichkommt, wenn Sie mich fragen«, entgegnet der amerikanische Präsident. »Sie greifen uns ohne jede Grundlage an.«

»Ohne jede Grundlage?«, fragt Margaux. »Es handelt sich bei dem Erreger um ein Virus, das an ein Protein andockt, das nur in der Zellmembran von Marin vorkommt, nicht aber beim Menschen. Das ist ein zu großer Zufall, um einer sein zu können. Und das wissen die.«

»Möglich«, sagt Hastings, »aber das sind nur Indizien und keine Beweise.«

»Ihre Angriffe sind ziemlich real«, sagt die Kanzlerin.

»Und die betreffen nicht Europa.«

»Noch nicht«, erwidert die Kanzlerin. »Aber das ist nur eine Frage der Zeit. Wir haben andere Optionen.«

»Optionen«, sagt der Präsident von oben herab. »Wie was zum Beispiel?«

»Wenn wir ihnen das Gegenmittel geben«, fängt die Kanzlerin an, doch weiter kommt sie nicht, denn der Präsident lacht laut auf, humorlos und bellend.

»Ich weiß nichts von einem Gegenmittel«, sagt er dann. »Und selbst wenn ich eins hätte, denen würde ich es ganz sicher nicht geben.«

Robert spürt, wie sein Puls stetig steigt. Der Umgangston wird rauer, die Anspannung ist fast greifbar. Es sind nicht nur zwei Lager, es sind Splitter, viele verschiedene Meinungen. Der globale Gedanke ist schnell vergessen, wenn Krisensituationen auftreten. Da schaut jedes Land dann ganz schnell wieder auf seinen eigenen Vorteil.

Die USA gehörten seit jeher zu den Hardlinern, das ist nichts Neues. Zu jener Gruppe von Eingeweihten, die die Ansicht vertreten, man habe die Marin nun lange genug geduldet. Wenn es nach ihnen gegangen wäre, hätten sie sie lieber gestern als heute ausgelöscht.

»Mein Entschluss in dieser Angelegenheit steht fest«, sagt der Präsident schließlich. »Die USA verhandeln nicht mit Terroristen. Das haben wir noch nie getan und damit werden wir auch jetzt nicht anfangen.«

»Wir hatten ein Abkommen mit ihnen«, sagt die Kanzlerin. »Wir haben es alle unterzeichnet. Jeder der hier Anwesenden.«

»Und das war ein Fehler«, entgegnet der Präsident. »Ein Fehler, den wir jetzt korrigieren.«

Die Kanzlerin versucht, weiter zu vermitteln, baut auf Brücken, sucht nach Lösungen, die niemanden interessieren. Robert bewundert das, doch er bezweifelt, dass sie noch einen Kompromiss finden werden. Die USA mauern, der Präsident hat sein Nein längst betoniert. Worte allein werden es nicht zum Einsturz bringen. *Nichts* wird es zum Einsturz bringen. Am wenigsten die Vernunft.

Die einen können nicht Nein sagen, die anderen nichts anderes. Natürlich vertritt Robert nach außen hin Deutschlands Interessen, er nickt zustimmend, wenn die Kanzlerin von Zugeständnissen spricht, von einem Umdenken, von mehr Verständnis für die Gegenseite. Doch insgeheim sieht er es wie die Amerikaner. Es wurde lange genug debattiert. Sie alle haben vor knapp zwei Jahren einstimmig entschieden, diesen Erreger zu entwickeln – auch die Kanzlerin.

Der französische Präsident kritisiert, nicht hinreichend informiert worden zu sein. Ja, er hat für die *Entwicklung* eines Erregers gestimmt, jedoch nicht für dessen Freisetzung. Und das ist wahr. Aber offiziell hat das niemand. Das wäre ganz schön grausam, und das ist doch keiner. Alle wollen sie, dass Probleme gelöst werden, aber die Hände schmutzig machen kann sich bitte jemand anders.

Die Geheimdienste. Sollen die doch die Entscheidungen umsetzen, von denen im Nachhinein wieder niemand gewusst haben will. Es ist jedes Mal dasselbe. Wenn es an die Realisierung geht, entwickeln sie plötzlich alle ein Gewissen – na ja, vielleicht nicht alle, aber die meisten.

Robert erinnert sich genau an die Abstimmung vor zwei Jahren. Es waren dieselben Leute wie jetzt. Und sie waren alle dafür. Oder besser gesagt: Sie waren nicht dagegen. Denn so läuft das bei diesen Sitzungen. Am Ende wird immer nach Gegenstimmen gefragt, immer im selben Wortlaut: *Ist einer der hier Anwesenden dagegen?* Und das ist dann keiner. So erspart man Staatschefs die Peinlichkeit, *für* etwas Verwerfliches stimmen zu müssen. Jeder kann seine Hand getrost unten lassen und sich im Nachhinein einreden, er hätte nichts Böses getan. Weil er ja nicht dafür gestimmt hat.

»Wie viele Todesopfer sind es bisher?«, fragt jemand.

»Knapp dreitausend«, antwortet der US-Präsident.

»Und bei der Gegenseite?«, fragt Cheng. »Wie viele sind es da?«

Der US-Präsident wirft Hastings einen kurzen Blick zu, woraufhin der schnell etwas in seinen Computer tippt. »Laut unseren letzten Hochrechnungen«, sagt er dann, »müssten es inzwischen mehrere Zehntausend sein. Vielleicht sogar hunderttausend, das ist schwer zu sagen.«

»Wir dürfen jetzt nicht nachlassen«, sagt der Präsident beschwörend. »Sie sind geschwächt. Sie müssen Infizierte und Kranke versorgen, sie müssen Quarantänezonen einrichten, Millionenstädte dicht machen ... sie haben gar keine Zeit, uns anzugreifen.«

»Und genau da liegen Sie falsch, Mister President«, sagt Margaux mit einem elektrischen Vibrieren in der Stimme. Es ist offensichtlich, dass sie eigentlich etwas anderes sagen will, dass sie deutlicher und direkter sein möchte, aber das hier ist internationales Parkett und der Mann am Kopfende dieses Tisches, ob es einem nun gefällt oder nicht, der Präsident der Vereinigten Staaten. Also hält sie sich etwas im Ton zurück, nicht aber in ihrer Härte. »Die Marin werden nicht aufhören, uns anzugreifen«, sagt sie. »Ihre geheimdienstlichen und militärischen Einheiten operieren vollkommen autark. Im Falle eines Angriffs schotten sie sich einfach ab. Glauben Sie mir, von denen ist niemand infiziert und die werden weiterkämpfen.«

»Das klingt ja fast so, als hätten die Ihnen eine kleine Tour gegeben«, sagt Hastings. »Woher stammen diese Informationen?«

»Wir haben einen ihrer Elite-Wächter in unserer Gewalt. Einen lebenden.«

Stille.

»Und das sagen Sie erst jetzt?«

Der Präsident mustert Margaux skeptisch. Er mag keine Überraschungen, das ist offensichtlich. Genauso wenig wie Widerspruch. Patricia hätte ihm in dieser Sache auch widersprochen. Sie hätte jedem widersprochen, der in ihren Augen Blödsinn redet. Ganz im Gegensatz zu Robert. Er war in diesem Punkt immer angepasster als sie. Ein Schlappschwanz, wie Patricia ihm mehrfach attestierte.

»Sie haben also einen lebenden Elite-Wächter in Ihrer Gewalt«, wiederholt der Präsident ungläubig.

»So ist es«, sagt Margaux.

»Und wie, bitte, haben Sie das geschafft?«, fragt er gereizt. »Wir versuchen das jetzt schon seit Jahren – ohne Erfolg.«

Margaux zuckt mit den Schultern. »Unter all dem Verstand sind auch Elite-Wächter nur Männer«, entgegnet sie.

Der Präsident lacht auf. »Wollen Sie uns allen Ernstes erzählen, dass Sie einen von ihnen verführt haben? Die sind wie Maschinen. Die reagieren auf nichts. Ihre Geschlechtsteile sind reine Dekoration. So was wie ein Blinddarm.«

»Nicht ganz«, sagt Margaux. »Die Marin verfügen über einen Sexualtrieb, man muss ihn nur erst …«, sie zögert, »wach rütteln.«

»Und Sie haben ihn wach gerüttelt«, sagt Hastings mit hochgezogenen Brauen.

»O ja«, sagt Margaux. »Also, nicht ich, aber ja.«

White lacht. »Vielleicht funktioniert das ja nur bei Französinnen?«, sagt er zweideutig und Iwanow lächelt.

»Entschuldigen Sie bitte«, fragt die Kanzlerin, »aber wie können Sie wissen, dass das, was er Ihnen postkoital erzählt hat, auch wirklich stimmt? Es könnte doch auch eine Lüge sein.«

Der französische Präsident schüttelt wohlwollend den Kopf. »Es war nicht postkoital. Ich versichere Ihnen, dass die Art unserer Befragung funktioniert«, sagt er. »Es handelt sich um Fakten, da bin ich mir sicher.«

»Die Art Ihrer Befragung?«, fragt Stein. »Wie darf ich mir die vorstellen?«

»Wir fragen *während* des Akts«, sagt Margaux trocken.

Danach ist es still. So still, dass man Stecknadeln fallen hören könnte.

Der russische Präsident räuspert sich. »Nur damit ich das richtig verstehe«, sagt er, »Sie befriedigen ihn und stellen ihm währenddessen Fragen?«

»Ja«, sagt der französische Präsident. »Etwas perfide zwar, aber sehr effektiv.«

»Ich verstehe nicht, wie das funktionieren soll«, sagt Cheng.

»Erklären Sie es ihm, Madame Morel.«

Margaux nickt.

»Gerne«, sagt sie. »Bei dem Marin, den wir festsetzen konnten, handelt es sich um Mathieu Girard. Er hat zwei Jahre lang unerkannt in der Direction Générale de la Sécurité Extérieure gearbeitet. Girard überwachte einige unserer wichtigsten Auslandsoperationen. So ist er auch den Hypoglycosol-Tests ein ums andere Mal erfolgreich entgangen.« Kurze Pause. »Vor einigen Tagen bat uns dann der Präsident, die Tests in den Führungsebenen der Geheimdienste noch einmal zu wiederholen. Die Operation unterlag der höchsten Geheimhaltung und sollte schnellstmöglich durchgeführt werden. Natürlich haben wir diesem Wunsch entsprochen. Dabei wurden vier Elite-Wächter entlarvt. Einer von ihnen war Mathieu Girard.« Margaux macht noch eine Pause. »Ich sollte seine Vernehmung beaufsichtigen.«

»Warum Sie?«

»Personalmangel«, erwidert Margaux. »Wie sich herausgestellt hat, waren einige unserer besten Leute Marin. Sie sind dem Erreger zum Opfer gefallen.«

»Das ist ja alles schön und gut«, sagt der Präsident. »Aber vielleicht kommen Sie langsam mal zum Punkt und verraten uns, wie Sie es hingekriegt haben? Wie haben Sie das geschafft, woran unsere besten Wissenschaftler seit Jahren scheitern?«

»Indem ich anders gedacht habe als sie.«

»Geht das vielleicht auch ein bisschen präziser?«

»Ich war bisher noch nie bei einer Festsetzung dabei, ich kannte lediglich die Aufzeichnungen. Dass sie alle körperlich unversehrt waren, aber implodierte Gehirne hatten – das ist natürlich nicht der Fachausdruck, ich kenne mich in dem Bereich nicht so gut aus. Deswegen habe ich vorab das Protokoll gelesen. Alles war Schritt für Schritt vermerkt. Aber dann dachte ich, warum nicht mal was anderes probieren? Warum ihn aufwecken, wenn er sich dann ohnehin sofort selbst ausschaltet? Warum nicht anders vorgehen?«

Stein nickt langsam. »Du hast also kein Mittel verabreichen lassen, damit er möglichst schnell wieder zu sich kommt«, folgert er. »Stattdessen hast du mit der Stimulation der primären Sexualorgane begonnen.«

»Nicht ich«, sagt sie, »aber ja.«

»Think outside the box«, murmelt Robert anerkennend.

Cheng schüttelt verständnislos den Kopf. »Soll das etwa heißen, das wurde vorher nie versucht?«

»Natürlich nicht. Es ist nicht gerade die gängige wissenschaftliche Praxis, jemandem einen runterzuholen«, sagt Robert. »Bei unseren Untersuchungen ging es hauptsächlich darum herauszufinden, wie die Marin *denken*, unser primäres Interesse galt folglich dem Aufbau der neuronalen Strukturen. Dementsprechend lag unser Fokus auf Gehirn und Cortex.«

»So ist es«, sagt Margaux. »Und dieses Mal lag er eben auf den Genitalien.«

»Und das hat gereicht?«, fragt Iwanow. »Sie wollen mir erzählen, Sie haben ihm einen runtergeholt und dann hat er geredet? Mehr war nicht nötig?«

»Ich würde es vielleicht nicht gerade so ausdrücken, aber, ja«, sagt Margaux. »Mehr war nicht nötig.«

»Und die sollen die überlegene Rasse sein«, sagt White mit gerunzelter Stirn.

»Der Fairness halber sollten wir vielleicht anmerken«, sagt Margaux, »dass er keine Ahnung hatte, wie ihm geschieht. Immerhin war das seine erste sexuelle Erfahrung. Die Folgeversuche verliefen dann nicht mehr ganz so erfolgreich.«

»Okay, noch mal von vorn«, sagt Cheng, »das heißt also, als er wieder zu sich kam, haben Sie ihn schon …« Er bricht ab.

»Stimuliert?«, fragt Margaux.

Cheng nickt.

»Ja«, sagt sie. »Er befand sich in einem Zustand derartiger körperlicher Erregung, dass es ihm nicht mehr möglich war, sich gedanklich auszuschalten. Ich nehme an, zu wenig Blut im Gehirn«, fügt sie schmunzelnd hinzu.

Robert lacht unvermittelt auf, es passiert einfach, unbedacht, gegen seinen Willen. Er kann nicht entscheiden, ob er die Idee genial oder geschmacklos finden soll. Irgendwie beides. Und nicht nur ihm scheint es so zu gehen, denn auch der britische Premierminister und die Kanzlerin wissen nicht recht, wie sie auf diese Informationen reagieren sollen.

»Wer genau hat ihn eigentlich befriedigt?«, fragt White.

»Wen interessiert das?«, fragt die Kanzlerin.

Den Gesichtern nach zu urteilen, alle, aber keiner sagt etwas.

Eine schamhafte Stille breitet sich aus, als wären sie alle erwachsene Kinder, die sich zwar in der Lage fühlen, über Leben und Tod zu entscheiden, nicht aber mit der Vorstellung zurechtkommen, dass jemand einem bewusstlosen Marin im Namen der Wissenschaft einen runterholen könnte. Als wäre damit eine unsichtbare Grenze überschritten worden. Jemanden zu sedieren, um seinen Schädel zu öffnen, damit man die Gehirnstrukturen untersuchen kann, ist eine Sache, immerhin ist das Wissenschaft; auch Folter ist in Ordnung, wenn sie der nationalen und internationalen Sicherheit dient. Aber jemanden bewusstlos an einen Untersuchungstisch zu fesseln, um ihn dann sexuellen Praktiken zu unterziehen, das geht zu weit. Seltsamerweise findet auch Robert, dass es zu weit geht.

Hastings räuspert sich. »Er wurde also sexuell befriedigt ...«, sagt er und kratzt sich peinlich berührt am Nacken. »Aber bevor er, also, ich meine, bevor es zu einer Ejakulation kam, haben Sie aufgehört?«

»Genau«, sagt Margaux. »Wir haben erst dann weitergemacht, wenn er die Frage beantwortet hat.«

»Das gibt dem Ausdruck, jemanden in der Hand zu haben, doch noch mal eine völlig neue Bedeutung.«

Bei diesen Worten, fühlt Robert sich an Patricia erinnert. An sie und die vielen Situationen, in denen es bei ihnen genauso war. In denen sie ihre Macht über ihn ausgeübt hat. Weil sie wusste, wie sehr er sie wollte. Und wie gut es sich angefühlt hat, wenn er ihr ausgeliefert war.

»Diese Vorgehensweise ist abartig«, sagt der russische Präsident, als wäre es die schlimmste Form der Qual, einen Mann an der Ejakulation zu hindern.

»Und so furchtbar primitiv«, fügt White fast pikiert hinzu.

»Vor allem war es zielführend«, entgegnet Margaux. »Er hätte uns in diesem Zustand alles verraten. Er wollte nur, dass wir weitermachen.«

Erneut fällt Stille über den Raum. Die Erkenntnis, dass es zwischen ihnen und den Marin doch Gemeinsamkeiten gibt. Und die kollektive Frage, ob sie den armen Kerl letzten Endes erlöst haben. Ob er irgendwann kommen durfte. Es ist das erste Mal, dass Robert Mitgefühl mit einem von ihnen hat. Es ist wirklich primitiv.

»Nach allem, was er gesagt hat«, sagt Margaux, »kann ich Ihnen versichern, dass sämtliche geheimdienstlichen und militärischen Operationen der Marin genauestens vorbereitet und vollständig durchgeplant sind. Das heißt, für jeden nur denkbaren Angriff gibt es einen konkreten Gegenschlag. Wenn wir sie in den Abgrund stürzen, nehmen sie uns mit.«

Der amerikanische Präsident atmet tief ein, dann sagt er: »Das war eine tolle Ansprache. Und ich bewundere Ihren Einsatz. Das tue ich wirklich. Aber nur, weil Sie irgendeinem Marin einen runtergeholt haben, werden wir unsere Haltung nicht ändern.« Pause. »Es bleibt dabei. Die USA verhandeln nicht mit Terroristen. Und genau das sind sie.«

MAJA, THE GRAND, HIRTENSTRASSE 4, 10178 BERLIN, ZUR SELBEN ZEIT

Ich steuere kopflos durch das Lokal auf der Suche nach Wittenbrink. Es riecht nach gegrilltem Fleisch und Gambas in Knoblauchsoße. Alle Gäste schauen mich an, ihre Blicke verfolgen mich durch den Raum. Ich bin nicht richtig gekleidet für diesen Laden – Jeans, Turnschuhe und ein halb durchsichtiges Unterhemd sind nicht gerade das, was die hier gewohnt sind.

Ich bin vorhin aus der Wohnung gestürmt, ohne nachzudenken, ohne mir wenigstens einen BH anzuziehen. Mein Handy liegt bei Efrail auf dem Sofa, ich habe es extra dort gelassen. Kann sein, dass das alles zu weit geht, dass ich langsam paranoid werde oder kurz davor bin, den Verstand zu verlieren. Andererseits hätte meine Mutter bestimmt nicht so viele Umwege auf sich genommen, wenn es nicht hätte sein müssen. Sie wusste, dass man sie beobachtet, sie wusste, dass man sie auf Schritt und Tritt verfolgt – und jetzt vermutlich auch mich.

Ich bin an allen Tischen vorbeigegangen, Wittenbrink ist nicht da. Aber er sagte Hirtenstraße 4, *The Grand.* Da erst bemerke ich den Zugang zur Terrasse und gehe zielstrebig darauf zu. Der Außenbereich hat etwas von einem Schiff, schätzungsweise wegen der langen Dielen. Kerzenlicht, ein paar Stehlampen, weiße Tischdecken, dazu dunkle Holzstühle. Ich gehe zwischen den Tischen entlang. *Irgendwo hier muss er sein*, denke ich und sehe mich um. Einer der Kellner beobachtet mich, ich wende mich ab. Es läuft leise Musik, sie wird begleitet von Stimmen und Gesprächsfetzen. Dann eine Frau, die lacht. Ich folge dem Laut mit den Augen und da sehe ich ihn.

Ein plötzlicher Ruck geht durch meinen Körper. Ich bahne mir meinen Weg zu Wittenbrinks Tisch. Er ist abgelegen. Ein Tisch, um ungestört zu sein. Es ist eindeutig eine Verabredung. Aber auf die Schnelle ist mir sonst niemand eingefallen. Ich stand vor dem Internetcafé und alles, woran ich denken konnte, war: *Hirtenstraße 4*.

In dem Moment schaut Wittenbrink hoch. Als er mich sieht, verschwinden die Lachfältchen um seine Augen und er steht unvermittelt auf. Die Stoffserviette fällt zu Boden.

»Es tut mir leid, dass ich störe«, sage ich, als ich neben ihrem Tisch ankomme. »Aber …«

Doch weiter komme ich nicht, denn ein Kellner taucht auf, bückt sich nach der heruntergefallenen Serviette und fragt mit einem scharfen Blick auf mich: »Belästigt Sie diese junge Frau, Herr Wittenbrink?«

»Ich«, sagt er, »nein. Nein, das tut sie nicht.«

Das Nicken des Kellners hat etwas von einer Verbeugung.

»Benötigen Sie einen weiteren Stuhl?«

»Nein«, sage ich bestimmt und dann an Wittenbrink gerichtet: »Geben Sie mir zwei Minuten.«

»Selbstverständlich«, sagt er und blickt zu seiner Begleitung. »Entschuldige mich bitte, Martine, ich bin gleich wieder da.«

»Natürlich«, sagt sie. Wittenbrink lächelt sie an.

Dann blickt er zu mir und macht eine Handbewegung, die andeutet, dass ich vorausgehen soll.

Als wir wenig später das Lokal verlassen, fragt er: »Was ist passiert? Geht es Ihnen gut?«

»Ja«, sage ich. »Aber ich brauche Ihre Hilfe.«

EFRAIL, LINIENSTRASSE 41, 10119 BERLIN, 20:57 UHR

Es ist fast neun, als es endlich klingelt.

Ich greife nach dem Hörer der Gegensprechanlage. »Ja?«, frage ich.

»Ich bin's«, sagt sie. Dann drücke ich den Einlasser.

Ich habe keine Ahnung, wo sie war. Ihr Handy lag die ganze Zeit über hier auf der Couch. Warum hat sie es nicht mitgenommen? Auch ihren Rucksack hat sie dagelassen, das ist auch der Grund, weshalb ich wusste, dass sie wiederkommt.

Ich höre ihre Schritte im Treppenhaus, wie sie zwei Stufen auf einmal nimmt, dann steht sie vor mir.

»Wo warst du?«, frage ich.

»Wieso? Darfst etwa nur du die Wohnung verlassen?«

Ich gehe zur Seite und lasse sie rein.

»Natürlich nicht«, sage ich und schließe die Tür. »Aber nach heute Morgen, da …« Ich lasse den Satz absichtlich unvollendet, aber Maja reagiert nicht darauf. Stattdessen geht sie an mir vorbei ins Wohnzimmer. Ich folge ihr.

»Ist alles okay?«, frage ich.

»Ich muss weg«, sagt Maja.

»Weg? Wohin?«

»Spielt keine Rolle.«

Sie schiebt sich an mir vorbei und ich halte sie am Arm fest. »Was soll das?«, frage ich.

Maja schaut auf meine Hand, ein eisiger Blick, der sagt: *Lass auf der Stelle los*. Und genau das tue ich. Ihre Augen finden meine und für ein paar Sekunden sehen wir einander an.

Irgendwann sagt sie: »Warum hilfst du mir?«

Ich runzle die Stirn. »Das habe ich dir gesagt.«

»Ich meine den wahren Grund.«

Ich schüttle den Kopf – *Weiß sie etwa Bescheid? Sie kann es nicht wissen!* – »Den kennst du«, erwidere ich.

Maja seufzt, dann packt sie ihre Sachen zusammen.

»Wo willst du hin?«, frage ich.

»Das kann ich dir nicht sagen«, antwortet sie, ohne mich anzusehen.

»Warum nicht?«

Keine Reaktion.

»Maja«, sage ich.

Sie schaut auf. »Irgendetwas an deiner Geschichte stimmt nicht. Ich weiß so gut wie nichts von dir. Nur einen Namen und eine Adresse.«

»Du weißt mehr als das«, erwidere ich.

Sie nimmt ihr Handy, dann bückt sie sich nach dem Rucksack, der zu ihren Füßen steht.

»Und was?«

»Zum Beispiel, dass ich im Innenministerium arbeite. Und dass das, was deiner Mutter passiert ist, kein Unfall war.« Ich mache eine Pause. »Ich habe dir von der ISA erzählt, verdammt.«

Maja mustert mich. »Und das alles weißt du von deinem Freund, richtig? Von diesem Freund, der beim Geheimdienst arbeitet?«

Ich antworte nicht.

»Abgesehen davon hat nichts von dem, was du eben gesagt hast, unmittelbar mit dir zu tun. Und die Geschichte mit dem schlechten Gewissen meiner Mutter gegenüber kaufe ich dir nicht ab.«

»Wovon zum Teufel sprichst du?«, frage ich.

»War das nicht der Grund, warum du mir hilfst? Dass du auf sie hättest hören sollen, dass sie beschattet wurde und das alles?«

»Aber es ist wahr«, sage ich. »Sie wurde beschattet.«

»An dieser Tatsache zweifle ich auch nicht.«

»Sondern?«

Maja kommt näher.

»Ich kannte meine Mutter. Sie war berechnend und kalt. Jemand, der andere manipuliert. Jemand, mit dem die wenigsten Leute zu tun haben wollten. Nicht mal ich. Und ich bin ihre Tochter!« Maja schließt einen Moment die Augen, dann sagt sie: »Du hast gar keinen Freund beim Geheimdienst.« Sie sieht mich eindringlich an, ein Blick, der den Raum einnimmt. Der sich immer weiter ausbreitet, so wie Flüssigkeit, die über den Boden läuft. »Warum hilfst du mir wirklich?«

Ich schlucke und schweige. Zwei Sekunden, drei Sekunden, sechs Sekunden.

»Weißt du was?«, sagt Maja schließlich. »Es ist mir egal. Du hast mir geholfen und dafür bin ich dir dankbar.«

Mit diesem Satz wendet sie sich ab, nimmt den Rucksack auf die Schultern und geht zur Tür.

»Ich kann dich nicht gehen lassen«, sage ich. »Und wenn doch, dann müsste ich dir folgen.«

Maja bleibt stehen und dreht sich langsam zu mir um. »Was soll das heißen, du kannst mich nicht gehen lassen?«

»Sie werden dich töten«, sage ich ruhig. »Sie haben es schon einmal versucht und sie werden es wieder tun, bis sie erfolgreich sind.« Ich mustere sie. »Die von der ISA schrecken vor nichts zurück. Nicht mal davor, die Bundesinnenministerin umzubringen. Glaubst du, da werden die vor dir haltmachen?«

»Warum haltmachen?«, fragt sie aufgebracht. »Ich weiß gar nicht, was die von mir wollen?«

»Du bist das Verbindungsstück.«

»Das Verbindungsstück? Zu was?«

Ich atme tief ein. »Zu den Akten«, sage ich dann.

»Was für Akten?«

»Darüber darf ich nicht sprechen.«

Sie holt bereits Luft, um etwas zu sagen, doch ich schüttle nur energisch den Kopf und deute ins Wohnzimmer. »Das unterliegt der Geheimhaltung, tut mir leid.« Maja sieht mich an, dabei sieht sie auch, wie ich mein Handy auf die Ablage im Flur lege. Ich gebe ihr ein Zeichen, dasselbe zu tun – was sie auch tut –, dann gehe ich hinüber ins Wohnzimmer. Maja folgt mir und schließt die Tür.

»Die hören mit«, sage ich im Flüsterton.

»Die ISA?«

»Vermutlich auch, ja«, sage ich.

»Wer noch?«, fragt Maja.

»Als ich dir erzählt habe, dass ich fürs Innenministerium arbeite, war das nicht gelogen«, antworte ich leise. »Ich *war* der Assistent deiner Mutter. Aber ich war eben nicht *nur* der Assistent deiner Mutter.«

»Sondern? Was dann?«

»Sie war mein Ziel«, erwidere ich. »Ich arbeite für den Verfassungsschutz.«

MAJA, UNMITTELBAR DANACH

Er arbeitet für den Verfassungsschutz. Und plötzlich ergibt alles Sinn. Dass er mitten in der Nacht in meiner Wohnung auftaucht, dass er bleibt, ohne zu fragen, ob das okay ist, dass er sich so gut verteidigen kann.

Efrail mustert mich. Auf einmal passt sogar sein Blick. Ruhig und distanziert, als hätte er ihn gelernt. Ich weiß nicht, ob ich ihn in diesem Moment zum ersten Mal wirklich sehe oder ob er durch die Wahrheit wieder zu einem Fremden wird. Andererseits, vielleicht war er das die ganze Zeit?

»Was war dein Auftrag?«, frage ich tonlos.

»Ich sollte streng geheime Unterlagen ausfindig machen, die mit der Forschungsarbeit deiner Mutter in Zusammenhang stehen. Deswegen wurde ich als ihr Assistent eingesetzt.«

»Und wieso interessiert sich der Verfassungsschutz für die Forschungsarbeit meiner Mutter?«

»Weil sie jahrelang im Auftrag der Geheimdienste geforscht hat.«

»Wenn das stimmt, warum liegen denen die Ergebnisse dann nicht vor?«, frage ich.

»Das sollten sie. Aber die, um die es hier geht, existieren nur in Papierform, nicht digital. Und es gibt nur eine Ausführung. Wir wissen nur nicht, wo.« Efrail lacht humorlos auf. »Deine Mutter wusste, welche Brisanz diese Ergebnisse haben. Dementsprechend gut hat sie sie versteckt.«

»Dann hat sie einen guten Grund dafür gehabt«, erwidere ich, »denn egal, wie wenig ich von meiner Mutter auch halten mag, ihre fachliche Kompetenz und ihre Integrität als Wissenschaftlerin würde ich niemals anzweifeln.«

»Du denkst, sie hat sie verschwinden lassen, damit ihre Forschungsergebnisse nicht in die falschen Hände geraten?«, fragt Efrail. »Weißt du eigentlich, was du da sagst? Wir reden hier immerhin vom Geheimdienst.«

»Ich sage nur, dass meiner Mutter ihre Forschung heilig war. Das ist alles.« Es entsteht eine Pause. »Worum geht es überhaupt in diesen Untersuchungen?«

»Über den Inhalt weiß ich nicht viel«, sagt Efrail. »Nur, dass es um einen Erreger geht.«

»Um einen Erreger? Ist es ein Virus, oder …?« Ich breche mitten im Satz ab. »Gibt es diesen Erreger denn? Ist es eine biologische Waffe?«

»Wie gesagt«, sagt Efrail, »ich weiß nicht viel darüber. Mein Auftrag ist die Beschaffung dieser Akten, nicht deren Inhalt.« Efrail sieht mich lange an, dann sagt er: »Die Unterlagen haben höchste Priorität. Jeder verfügbare Agent ist im Einsatz.«

Er ist ein Agent. Ein Agent des Verfassungsschutzes.

»Deswegen bist du in dieser Nacht ins Wasser gesprungen. Um sie zu retten.«

»Ja«, sagt er. »Sie war mein Ziel.«

»Und als du gesehen hast, dass sie tot ist, dachtest du, du könntest über mich an die Akten kommen.«

Er schüttelt den Kopf. »So war es nicht.«

»Wie dann?«, frage ich.

»Ganz einfach, ich habe dich da rausgeholt, weil du noch gelebt hast. Ich hatte keine Zeit, darüber nachzudenken.« Efrail mustert mich und sein Gesicht ist wie eine Wand. »Der Gedanke, dass du hilfreich sein könntest, kam mir erst später.«

Hilfreich. Das klingt eher nach der Wahrheit.

»Lass mich raten«, sage ich, »das war dann gestern gegen Abend?«

»Nicht ganz«, erwidert er. »Am späten Nachmittag.«

»Und dann brichst du erst um kurz vor Mitternacht bei mir ein?«, frage ich. »Wie kommt's?«

Der Anflug eines Lächelns umspielt seine Lippen. »Ich musste erst noch das Okay meines Einsatzleiters abwarten.«

Ich nicke langsam. »Natürlich«, erwidere ich.

»Hör zu«, sagt Efrail, »wir können einander helfen, du und ich. Ich habe Zugriff auf Waffen und auf alle relevanten Geheimdienstinformationen zu dieser Operation.«

»Und wofür brauchst du dann mich? Warum bist du nicht längst auf dem Weg dorthin?«

Efrail sagt nichts.

»Gib es zu, ihr habt nicht die leiseste Ahnung, wo diese Akten sind. Sonst würdest du dich kaum mit mir aufhalten.« Ich lächle zufrieden. »Die Wahrheit ist, dass du nicht weiterkommst – und das trotz all deiner Quellen.«

Efrail schweigt, in seinem Gesicht eine gefährliche Mischung aus Zorn und Überheblichkeit.

»Du bist wirklich ganz die Tochter deiner Mutter«, sagt er schließlich.

»Kann sein«, antworte ich. »Vermutlich habe ich deshalb auch ihren Hinweis verstanden.«

»Was für einen Hinweis?«, fragt er.

»Koordinaten.«

Efrail runzelt die Stirn. »Du hast eine Adresse?«

Ich nicke.

»Warst du da vorhin?«

»Nein«, sage ich.

»Und woher weißt du dann, dass die Akten dort sind?«

»Ich habe nie gesagt, dass die Akten dort sind.«

Efrail holt Luft, sagt aber dann doch nichts.

»Ich habe keine Ahnung, was dort ist, ich habe nur eine Anschrift.«

Ein paar Sekunden lang sagt keiner von uns etwas. Efrail sieht mich an und ich versuche, in seinen Augen zu lesen.

Irgendwann sagt er: »Ich kann dich beschützen.«

»Ich brauche niemanden, der mich beschützt«, entgegne ich.

»Ach wirklich?«, fragt Efrail und zieht die Augenbrauen hoch. »Das sah heute Morgen irgendwie anders aus.«

»Ich war abgelenkt«, verteidige ich mich. »Deinetwegen.«

»Ach so«, sagt Efrail amüsiert. »Verstehe.«

»Du standest plötzlich in der Tür«, sage ich.

»Wenn das ausreicht, damit du fast erschossen wirst, brauchst du mich noch um einiges dringender, als ich dachte.«

Mein Herz schlägt schneller, mein Atem geht flach. »Ich dachte, du gehörst zu denen«, sage ich. »Ich dachte, du hast sie in die Wohnung gelassen.«

Efrail mustert mich. »Denkst du ehrlich, solche Leute brauchen jemanden, der sie in die Wohnung lässt?«

»Nein, das tue ich nicht, aber …«

»Aber was?«, fällt er mir ins Wort. »Das sind Profis, Maja. Und ja, du kannst dich gut verteidigen. Aber wäre ich heute Morgen nicht da gewesen, hätte dieser Typ dir eine Kugel in den Kopf gejagt.«

Ich will der Intensität seines Blicks ausweichen, ihm sagen, dass er unrecht hat. Dass ich nur seinetwegen überhaupt erst in Gefahr geraten bin. Dass ich bis dahin alles unter Kontrolle hatte. Aber ich tue es nicht. Nichts davon.

Efrail kommt näher, dann fragt er: »Denkst du immer noch, dass ich zu ihnen gehöre?«

Sein Gesicht ist so nah an meinem, dass ich seinen Kaffeeatem riechen kann. Ich schaue zwischen seinen Augen hin und her.

»Ich bin nicht von der ISA«, sagt er eindringlich. »Es ist wichtig, dass du mir das glaubst.«

Wir sehen einander lange an. Ein paar aufgeladene Sekunden, die ein flaues Gefühl in mir aufsteigen lassen.

»Kannst du das?«, fragt er. »Kannst du mir in dieser einen Sache vertrauen?«

Ich zögere. Dann nicke ich.

»Okay«, sagt Efrail. Und dann: »Was ist das für eine Adresse? Wo genau müssen wir hin?«

»Nach Paris«, sage ich.

MAJA, BERLIN HBF, EUROPAPLATZ 1, 10557 BERLIN, 21:48 UHR

Gleis dreizehn. Auf der Anzeigetafel steht ICE 275 nach Mannheim. Abfahrt 21:49 Uhr – das ist in nicht mal zwanzig Sekunden.

Efrail und ich rennen die Rolltreppe hinunter, er voraus, ich hinterher. Der nächste Zug, der infrage käme, geht erst um 4:30 Uhr. Und bei dem müssten wir fünf Mal umsteigen.

Ich sehe den Schaffner. Jeden Moment schließen sich die Türen. Der Bahnsteig ist leer, alle Reisenden sind längst zugestiegen. Ich widerstehe dem Impuls, laut *Warten Sie!* zu rufen, und renne stattdessen einfach weiter, eine Stufe nach der anderen. Kein Seitenstechen, nur schneller Atem, als wäre mein Körper eine gut geölte Maschine.

Efrail und ich erreichen die Plattform. Im selben Moment ertönt das schrille Piepen der Türen, ein warnender Laut, der in meinen Ohren klingt. Gleich sind wir da, jeden Augenblick. Ich halte den Atem an, bemerke, wie die Türen beginnen, sich zu schließen. Und die Situation erinnert mich an die Trambahn am Rosenthaler Platz. An den Schnitt in meinem Fuß. An die eigentümliche Stimmung der Menschen. Und an den Gesichtsausdruck des Mannes, der mich ungläubig durch die schmutzige Glasscheibe angestarrt hat.

In dem Moment springt Efrail ab.

Danach springe ich.

Und während ich in der Luft bin, denke ich an Daniel. Wie er vor ein paar Tagen in der Tür stand und mich angesehen hat. Ich erinnere mich an seinen Blick. Ein Blick, den ich von ihm nicht kannte. Eine Mischung aus überrascht, ungläubig und erleichtert. Ein Blick, der das ausdrückte, was er mir selbst nie gesagt hat.

In der Sekunde, als ich das denke, komme ich hart auf dem Boden auf.

Und als ich zur Tür schaue, ist sie zu.

EFRAIL, ICE 275, 21:53 UHR

In den meisten Abteilen sitzen ein oder zwei Leute. Manche lesen Zeitung, andere schlafen oder schauen auf ihre Handys, so oder so: Ich will keine Zuhörer. Also gehen wir weiter.

Irgendwann finden wir ein leeres Abteil. Ich öffne die Schiebetür, lasse Maja den Vortritt, dann folge ich ihr und schließe alle Vorhänge.

»Dein Handy ist aus?«, frage ich.

Sie nickt.

»Sie können es vermutlich trotzdem orten.« Pause. »Woher hast du es überhaupt? Laut Abschlussbericht der Sonderkommission wurden im Wagen deiner Mutter zwei Smartphones sichergestellt.« Maja setzt sich mir gegenüber hin. »Ich bin davon ausgegangen, eins davon gehört dir.«

»Das stimmt auch«, sagt sie. »Das hier hat Robert mir gegeben.«

»Robert Stein?«, frage ich vorsichtig. »Leiter des BND?«

»Genau der«, sagt sie. »Es ist sein altes.«

»Dann können sie es garantiert orten.« Ich seufze. »Am besten wäre, du wirfst es aus dem Fenster.«

»Man kann die Fenster im ICE nicht öffnen«, sagt sie. »Abgesehen davon, nur weil ich dir in *einer* Sache traue, bedeutet das noch lange nicht, dass ich meine einzige Möglichkeit, von dir unabhängig zu bleiben, einfach aufgebe.«

Ich massiere mir die Augen. »Mein Handy ist nicht zu orten, deins schon«, sage ich müde. »Damit ist es eine Gefahr für uns beide.«

»Ich behalte das Handy«, entgegnet sie stur. »Außer natürlich, du willst mir deins geben, dann werde ich das andere gerne los.«

Ich nehme die Hände von meinen Augen und mustere sie. »Okay, wir sollten darauf gefasst sein, dass jemand von der ISA zusteigt. Im Normalfall sind sie zu zweit oder zu dritt – ein Mann, eine Frau oder zwei Männer, eine Frau. Sie sind schätzungsweise gerade dabei, die GPS-Daten des Handys auszuwerten. Oder sie wissen längst, wo wir sind, und beordern ihre Agenten zum nächsten Bahnhof.«

»Ist es dann klug, einfach in diesem Abteil rumzusitzen?«

»Nein«, erwidere ich und schließe die Augen, »aber es ist auch nicht klug, Steins altes Handy mit sich rumzutragen, und du tust es trotzdem.«

Ich spüre, dass Maja lächelt.

»Warum bist du Agent geworden?«

Ich seufze. »Eignung, nehme ich an.«

»Das heißt, du bist eines Morgens aufgewacht und da hast du es gewusst?«

Ich öffne die Augen. »So ähnlich, ja.«

»Muss schön sein.« Sie weicht meinem Blick aus und schaut auf ihre Hände. »Ich meine, wenn man weiß, was man will.«

»Tust du das denn nicht?«

Sie schüttelt den Kopf. »Ich habe nicht die leiseste Ahnung.« Es entsteht eine Pause. »Sofie«, Maja schaut kurz auf, »das ist meine Mitbewohnerin. Aber ich schätze mal, das weißt du längst.«

Ich lächle und nicke.

»Na, jedenfalls wollte Sofie immer Schauspielerin werden. Schon als sie klein war. Und Daniel …« Sie bricht den Satz ab, als wäre ihr der Rest im Hals stecken geblieben.

»Und Daniel?«, frage ich.

Maja schluckt. »Der wusste es auch«, sagt sie leise. »Für ihn gab es immer nur die Medizin. Er hätte nie etwas anderes studiert.«

»Wie habt ihr euch kennengelernt?«, frage ich. »Daniel und du?«

»Über Sofies Freund.« Sie macht eine Pause. »Theo liebt Spieleabende. Tabu, Monopoly, Activity, solche Sachen. Es läuft eigentlich immer gleich ab: Er lädt einen Haufen Leute zu uns ein und die besetzen dann stundenlang die Küche. Ich kann mit so was nicht besonders viel anfangen, ich bin nicht so der soziale Typ.« *Soziale Typ* setzt sie mit den Fingern in Anführungszeichen. »Aber da diese Abende grundsätzlich bei uns stattfinden, bin ich zwangsläufig dabei.«

»Dann sind Daniel und Theo befreundet?«

»Nein, nicht wirklich. Irgendjemand hat Daniel an einem dieser Abende einfach mitgebracht«, sagt sie. »Ich weiß nicht mehr, wer es war.«

»Ist Daniel dein Freund?«

Sie schaut mich an. »Nein«, sagt sie. »Das zwischen uns ist, wie soll ich sagen, mehr so eine körperliche Sache.«

Ich will es mir nicht vorstellen, aber ich tue es. Sie, wie sie mit ihm schläft, wie sie unter ihm liegt mit geschlossenen Augen und einem Gesichtsausdruck, der fast schmerzverzerrt aussieht. Jenecke beachte ich nicht weiter, nur, was seine Bewegungen bei ihr auslösen – und ihre Reaktion darauf bei mir.

Maja und ich sehen uns lange an. Zu lange. Wir sagen nichts. Bis auf die monotonen Geräusche des Zuges ist es still. Mein Körper fühlt sich seltsam fremd an. Als wäre er mir näher als sonst.

»Du kannst doch bestimmt herausfinden, was mit ihm passiert ist?«, sagt sie. »Mit Daniel, meine ich. Über deine Kontakte.« Ihre Augen sind glasig und das Blau so weit und tief, als wäre es endlos. »Robert hat gesagt, er würde sich darum kümmern, aber bisher habe ich nichts von ihm gehört.«

»Wie kommst du darauf, dass Daniel etwas passiert ist?«, frage ich.

»Er ist gestern Nachmittag zur Uni gefahren, er wollte irgendwas nachsehen – was genau, weiß ich nicht.« Sie schüttelt vage den Kopf. »Wir haben uns für danach verabredet. 18 Uhr bei mir. Aber er ist nicht aufgetaucht.«

Nein, das ist er nicht, denke ich und greife nach meinem Handy. »Ich werde sehen, was ich tun kann.«

Maja befeuchtet sich die Lippen. »Danke«, sagt sie.

»Keine Ursache.«

Mit diesem Satz stehe ich auf und verlasse das Abteil.

PROF. ROBERT STEIN, MAJAKOWSKIRING 29, 13156 BERLIN, ZUR SELBEN ZEIT

Als Robert zu Hause ankommt, ist er auf eine bleierne Art müde. So als würde er krank. Aber das wird er nicht, Robert wird nie krank. Vielleicht mal eine Erkältung, und selbst das passiert nur alle paar Jahre. Die Verhandlungen wurden kurzfristig unterbrochen, sie werden in ein paar Stunden fortgesetzt, irgendein technisches Problem bei der Internetverbindung.

Robert schließt die Tür auf und betritt den Eingangsbereich. Er ist dunkel und leer. Bis auf das Piepen der Alarmanlage ist nichts zu hören. Eine monotone Begrüßung, die keine ist.

Robert stellt seine Aktentasche ab, dann drückt er die Fingerkuppe seines rechten Zeigefingers auf den Scanner des Geräts und das Piepen verstummt.

Danach steht Robert eine Weile einfach nur da. Als wüsste er nicht, warum er nach Hause gekommen ist. Vielleicht hätte er im Büro bleiben soll. Aber er muss schlafen. Und sich etwas anderes anziehen. Er trägt noch immer den Anzug von der Beerdigung. Bei dem Gedanken daran will er ihn sich vom Leib reißen. Aber er tut es nicht. Er tut gar nichts, bleibt einfach reglos stehen. Ein lauer Abendwind weht ihm in den Rücken, es ist zu warm für die Uhrzeit. Und er zu allein. Das war er auch in den letzten Monaten, vielleicht sogar Jahren, aber da hat es sich noch anders angefühlt. Selbst gewählt und nicht aufgezwungen.

Er sollte endlich die Haustür schließen, aber er bewegt sich nicht. Es scheint kein Vor und kein Zurück zu geben. Nichts als Leere. Für einen Moment malt er sich aus, wie jemand hinter ihm steht, eine Waffe auf ihn richtet und einfach abdrückt. Noch seltsamer als der Gedanke an sich ist die Erkenntnis, wie befreiend er sich anfühlt. Dann wäre es endlich vorbei. Das Leben und die Einsamkeit. Kaum zu fassen, dass die Trauerfeier heute war. Und danach die Bestattung. Eine letzte Ehre für Patricia.

Robert spürt, wie seine Brust sich verengt, wie seine Augen sich mit Tränen füllen, ihn mit einer Trauer überschwemmen, die er nicht fühlen will. Er schluckt angestrengt und trocken, wischt sich beinahe trotzig über die Wangen. Patricia hat ihn verraten. Und er hat sie geliebt.

Robert zieht sich die Schuhe aus und lockert die Krawatte, dann endlich wirft er die Tür ins Schloss. Der Knall hallt durch die Stille. Danach ist Robert allein. Allein in einem großen Haus, in dem mal so viel Leben war. Mutter, Vater und zwei Töchter. Das stimmt sogar. Und doch auch wieder nicht.

Robert geht in die Küche und schaltet den Backofen ein. Er hat keine Lust auf Pizza, aber dafür muss er am wenigsten tun und es geht schnell. Er hat den ganzen Tag so gut wie nichts gegessen. Nach dem Staatsempfang war ihm so übel, dass er keinen Bissen runtergekriegt hat. *Leichenschmaus. Was für ein grauenhaftes Wort*, denkt Robert.

Er öffnet den Gefrierschrank und nimmt eine Gustavo-Gusto-Pizza aus dem untersten Fach. Patricia hat sie mitgebracht. Die mit Rindersalami mochte sie am liebsten. Ab und zu, wenn sie über Nacht bei ihm geblieben ist, haben sie nach dem Sex noch eine zusammen gegessen. Das letzte Mal ist schon eine Weile her, aber Robert erinnert sich noch genau daran. Wie sie nackt in der Küche standen und gelacht haben. Auf eine beschwipste Art, als hätten sie zu viel getrunken. Patricia hat die Pizza in den Ofen geschoben. Dabei hat sie sich vorgebeugt und das gelbliche Licht der Backröhre legte sich warm auf ihren Körper. Bei diesem Anblick ist Robert sofort wieder hart geworden.

Und so ist es auch jetzt. Beim bloßen Gedanken daran. Keine andere Frau hatte je diese Wirkung auf ihn. Er kann nicht glauben, dass er sie nie wiedersehen wird. Dass ihre Geschichte so endet.

Robert reißt die Verpackung auf und zieht die gefrorene Pizza heraus. Es ist ein trostloser Moment. Irgendwo zwischen Tränen und Erregung. Sein Blick fällt auf die Temperaturanzeige des Ofens. Zweiundsechzig Grad.

Robert wirft den Karton weg und legt die ausgepackte Pizza auf den Rost, dann lässt er die elektrischen Jalousien herunter und öffnet den Reißverschluss seiner Hose. Er will es nicht tun. Und andererseits will er es. Trieb gegen Verstand. Etwas anderes spüren als den Schmerz.

Robert stützt sich auf der Arbeitsfläche ab und holt sich einen runter. Vor nicht einmal drei Wochen haben er und Patricia das letzte Mal miteinander geschlafen. Es war in seinem Dienstwagen und vermutlich reine Berechnung. Während er das denkt, laufen Tränen über seine Wangen. Es sind Tränen der Wut, die salzig in seinen Mundwinkeln verschwinden. Patricia saß auf ihm. Sie saß gern auf ihm. Er hat sie mit den Händen geführt und unterdessen dabei angesehen. Er erinnert sich an den Duft ihrer Haut – zart und blumig, so wie sie immer gerochen hat. In dieser Nacht vermischte er sich mit dem der Ledersitze. Sie waren in der Tiefgarage des BND, es lief keine Musik, die Fenster des Wagens beschlugen von innen, Patricias Seufzen wurde flach und flehend. Bei der Erinnerung daran wird Robert schneller. Seine Hand bewegt sich von allein. Er atmet schwer. Und obwohl seine Augen geschlossen sind, weint er. Die Tränen laufen durch seine Wimpern. Wenn Patricia gekommen ist, hat sie sich immer auf eine ganz bestimmte Art an ihm festgehalten. Es war mehr ein Klammern. Als wollte sie noch näher an ihn herankommen. Und im nächsten Moment ist sie auf ihm erstarrt. Eine ewige Sekunde, die seinetwegen auch für immer hätte dauern können.

Roberts Muskeln spannen sich an, die in seinen Beinen zucken. Nur noch einen Augenblick, dann kommt er. Er braucht einen guten Gedanken, einen richtig guten, einen, der es wert ist. Aber da ist keiner. Da ist gar nichts. Nur er in seiner Küche, der sich unter Tränen einen runterholt.

In dem Moment spritzt er ab, es ist ein gefühlloser Höhepunkt, die Anzughose und die Boxershorts zwischen den Knöcheln, im Hintergrund das Brummen des Backofens und in ihm eine Einsamkeit, die ihn zerreißt.

Robert geht in die Knie, er zittert unkontrolliert und sein Schluchzen hallt durch die Küche. Erbärmlich und unmännlich. Als er sich auf den Fliesen abstützt, denkt er nicht an das Sperma an seinen Händen, nicht an den Rotz, der ihm aus der Nase quillt, nicht an seine kümmerliche, halb nackte Gestalt, die vor dem Ofen kauert.

Patricia ist tot.

Sie ist tot.

Robert hat sie identifiziert. Er hat sie gesehen, wie sie dalag, so gräulich und falsch. Und jedes Muttermal war wie eine kleine Bestätigung dafür, dass es sich tatsächlich um sie handelt und nicht um einen Irrtum.

Patricia ist tot. Und Robert am Boden zerstört.

Den Gedanken, dass Sofie vielleicht auch nicht mehr lebt, lässt er nicht zu.

SOFIE, 5:21 UHR

Sie sind also doch in Manila. Sofie erkennt es an den Jeepneys und Tricycles, die überall herumfahren. Und an der dieselgetränkten Luft, die so dick ist, dass man sie fast schneiden kann. Die Nachtstimmung ist aufgeladen. Es läuft Musik, verschiedenste Richtungen, die zu einem zähen Brei zusammenlaufen. Elektro mit Folklore, schnelle, harte Beats, gezupfte Gitarren. Theo und Sofie drängen sich Hand in Hand durch die Massen, schieben sich über die engen, vollen Gehwege, überall sind Schlaglöcher und Scherben.

Es riecht nach Essen und Benzin, jemand hupt, Sofie zuckt zusammen, schaut sich um, immer wieder derselbe ängstliche Schulterblick, doch es scheint ihnen niemand zu folgen. Da ist keiner, der ihnen nachrennt, keiner, der die anderen Passanten aus dem Weg rammt. Alles scheint in Ordnung. Sie schwimmen in einem Meer aus gleichgültigen Gesichtern, aus dem ihre herausstechen wie Leuchtkugeln, die in der Dunkelheit abgeschossen wurden.

Plötzlich reißt Theo an Sofies Arm, er biegt unvermittelt rechts ab, zieht sie hinter sich her. In der kleinen Seitengasse ist es ruhiger und schlechter beleuchtet. Das schmutzige Grau der Nacht legt sich wie ein Umhang über ihr europäisches Äußeres. Sie rennen weiter. Egal, wohin. Hauptsache weg. Sofie hat Seitenstechen, ihre Füße tun weh, sie fühlt sich schwach und hat Hunger – doch davon merkt sie nichts.

Der Himmel über ihnen ist schwarz und die Luft wie Teer. Eine schwüle Nacht, tropisch und feucht, flirrendes Licht, überall Insekten, staubiger Boden. Sofie schaut sich erneut über die Schulter.

Da sieht sie den Mann.

Alterslos und schnell. Ein Filipino. Sofie kann nicht sagen, ob er ihnen folgt oder nur rennt. Aber es ist offensichtlich, dass er hierhergehört, in dieses dichte Geflecht aus Straßen und Gassen. Dass sie sein Zuhause sind, sein Handrücken. Als sie das denkt, treffen sich ihre Blicke. Und da weiß sie es. So, als hätten ihre Augen gefragt: *Bist du unseretwegen gekommen?* Und seine hätten geantwortet: *Ja, das bin ich.*

Sofie will schreien, sie will Theo warnen, doch die Erkenntnis steckt ihr quer im Hals wie eine Fischgräte. Keine Stimme, kein Atem, nur blanke Angst, und ein Herzschlag, der laut in ihren Ohren wummert. Sofie kann nicht mehr. Ihr Körper stößt an seine Grenzen. Als würde die Hoffnungslosigkeit ihr ein Bein stellen und sie zu Fall bringen.

Sofie ringt nach Luft, bekommt keine. Dann drückt sie Theos Hand. Sie drückt sie, so fest sie kann, so fest, dass seine Knochen aufeinandertreffen, ein malmendes Gefühl, bei dem sie Gänsehaut bekommt. Theo dreht sich zu ihr um, die Stirn gerunzelt, sein Mund eine gerade Linie. Dann sieht auch er den Mann. Er folgt ihnen, kommt immer näher, hat sie schon bald eingeholt.

Sie laufen weiter, Hand in Hand. Und der Augenblick wird langsam, so als könnten sie sich selbst beim Rennen zusehen. Als wären sie nicht länger sie, sondern nur Zuschauer. Als würden sie ihren eigenen Überlebenskampf beobachten.

Und in diesen gedehnten Sekunden in dieser Seitengasse irgendwo mitten in Manila wünscht sich Sofie ein Wunder – das, oder dass sie beide sterben.

PROF. ROBERT STEIN, MAJAKOWSKIRING 29, 13156 BERLIN, ZUR SELBEN ZEIT

Robert hat aufgeräumt. Die Spermaspritzer reichten bis zum Fenster. Jetzt ist alles wieder ordentlich. So, als wäre nichts gewesen. Während die Pizza im Ofen war, hat Robert kurz geduscht. Es hat gutgetan. Das Wasser, das kühl auf sein Gesicht traf, das beruhigende Rauschen, das Gefühl von Sauberkeit.

Im Anschluss hat er Verena angerufen und sich einen Statusbericht von ihr geben lassen. Aber nichts Neues wegen Sofie. Robert hat sich gesagt, dass schlechte Nachrichten einen immer am schnellsten erreichen und dass Stille in diesem Fall etwas Gutes ist. *Ich bleibe dran*, hat Verena versprochen. *Sobald ich etwas höre, melde ich mich.*

Danach hat er versucht, Maja zu erreichen, aber ihr Handy war ausgeschaltet. Robert loggte sich ins ISA-System ein, um das Gerät zu orten. Maja hatte Berlin verlassen. Warum? Und wieso hat sie das Telefon ausgemacht? Immerhin hat er gesagt, er würde sie anrufen. Robert hat daraufhin das Mikrofon ihres Handys aktiviert, aber er konnte nichts verstehen. Alles, was er hörte, war ein dumpfes Rauschen.

Als er gerade dabei war, die Störgeräusche zu entfernen, piepte der Timer des Ofens und Robert ging in die Küche. Seine Pizza war fertig und das ganze Haus hat salzig gerochen. Bis auf ein kleines Stück hat er alles aufgegessen. Er ist darüber hergefallen wie ein Verhungernder.

Jetzt sitzt er mit feuchten Haaren, in Jogginghose und T-Shirt auf dem Sofa und schaut Nachrichten. Sie laufen fast rund um die Uhr. Robert fragt sich, was wohl bei diesem Anblick in all den anderen Menschen vorgeht – in denen, die nur das wissen, was das Fernsehen ihnen zeigt. Tatsachen, die keine sind, erfundene Wahrheiten, von Geheimdiensten zusammengestellt und verbreitet, fingierte Expertenmeinungen, Interviews mit Wissenschaftlern, die exakt das sagen, was sie sagen sollen.

Manche dieser Formulierungen stammen von Robert. Der Trick ist, sich so weit wie möglich an die Fakten zu halten, an der obersten Schicht der echten Geschichte zu kratzen, dabei aber möglichst vage zu bleiben. Es ist eine Kunst, auf diese Art zu lügen, weil es eigentlich keine Lüge ist. Es ist nur nicht die ganze Wahrheit, so wahr einem Gott helfe. Ein paar seiner Leute machen den ganzen Tag lang nichts anderes. Sie erstellen plausible Erklärungen, die im besten Fall dann niemand hinterfragt. Als wäre die Realität ein Theaterstück, das sie für die Masse inszenieren. So wie das Dschungelcamp, nur in etwas größer.

Robert greift gerade nach dem letzten Stück Pizza, als das Handy neben ihm vibriert. Sein Blick schnellt auf das Display. Aber es ist nicht Sofie. Und auch nicht Verena. Robert atmet tief ein, Enttäuschung macht sich in ihm breit, sie mischt sich mit plötzlich aufkeimender Wut.

Er wirft das Pizzastück zurück auf den Teller und beantwortet den Anruf.

»Ja?« Sein Tonfall klingt scharf.

»Hier ist Christian Troger.« Robert versucht, den Namen zuzuordnen, aber es gelingt ihm nicht. Er muss einer der Neuen sein. »Bitte verzeihen Sie, dass ich um diese Zeit noch störe, aber …«

»Sie stören nicht«, fällt ihm Robert ins Wort. »Was gibt's?«

»Sie hatten mich gebeten, Efrail Rosendahl zu überprüfen.«

Troger … Troger. Jetzt erinnert er sich.

»Und?«, fragt er.

»Ich glaube, ich habe etwas gefunden«, erwidert Troger.

»Glauben Sie oder haben Sie etwas gefunden?«

»Ich habe etwas gefunden.«

Robert atmet tief ein. »Aha. Und was?«

»Es sind Videoaufnahmen einer Überwachungskamera.«

»Hm«, macht Robert leicht gereizt.

»Rosendahl hat sich mehrfach mit jemandem getroffen, den wir schon seit einer Weile im Verdacht haben, zur Gegenseite zu gehören.«

Robert tippt angespannt mit dem Zeigefinger auf den Couchtisch. »Mit wem hat er sich getroffen? Verdammt noch mal, Troger, jetzt lassen Sie sich doch nicht alles so aus der Nase ziehen.«

»Entschuldigen Sie bitte«, sagt der verunsichert. »Mit einem gewissen Marc Brennicke.«

»Wer ist das?«

»Eine unserer Zielpersonen, wir observieren ihn seit knapp drei Monaten. In dieser Zeit hat er sich sechs Mal mit jemandem getroffen, dessen Gesicht wir trotz Gesichtserkennungssoftware nicht einwandfrei zuordnen konnten. Bis jetzt.«

»Rosendahl?«, fragt Robert.

»Ja«, sagt Troger.

»Und das ist sicher?«

»Ich habe Ihnen die Aufnahmen eben per Mail geschickt«, sagt er. »Es handelt sich eindeutig um Efrail Rosendahl.«

»Warum trifft er sich mit einem Elite-Wächter?«

»Vielleicht weiß er nicht, dass Brennicke einer ist, vielleicht sind die beiden einfach nur befreundet«, sagt Troger.

»Möglich«, murmelt Robert, ist aber nicht überzeugt. »Woher wissen wir, dass Brennicke für die Gegenseite arbeitet?«

»Er ist für die Sache in London mitverantwortlich. Seinen Partner haben wir damals überführt. Sein Name war Jacob Brandt. Er hat sich kurz nach seiner Festnahme ausgeschaltet. Wir haben ihn danach an Kohlbeck überstellt.«

»Verstehe«, sagt Robert. »Wo ist Rosendahl jetzt?«

»Sein Handy ist nicht zu orten – eine Software, mit der wir es noch nie zu tun hatten«, antwortet Troger.

»Das heißt, Sie wissen nicht, wo er sich derzeit aufhält.«

»Doch. Wir haben ihn letzten Endes über die Videoüberwachung am Berliner Hauptbahnhof lokalisiert.«

Robert richtet sich auf. »Am Hauptbahnhof?«, fragt er nun hellhörig geworden. »Wo will er hin?«

»Er ist auf dem Weg nach Paris. Mit Maja Kohlbeck.«

EFRAIL, ICE 275, 22:21 UHR

– Wo zum Teufel bist du?

– Auf dem Weg nach Paris. Ich musste vom Plan abweichen.

– Wieso? Was ist passiert?

– Eine Code-fünf-Situation. Ich habe es nicht kommen sehen.

– Meintest du nicht vorhin noch, sie würde dir vertrauen?

– Ich hab jetzt keine Zeit für den Scheiß. Sie fragt wegen Jenecke.

– Damit war zu rechnen. Ich habe dir die Fakten zusammengestellt. Ich schicke sie gleich raus.

– Das heißt, ich soll ihr die Wahrheit sagen?

– Natürlich nicht alles. Nur so viel, dass sie mit der Sache abschließen kann. Du wirst schon die richtige Dosis finden. Apropos Dosis: Wie hat sie auf das Hypoglycosol reagiert?

– Gar nicht.

– Hast du ihr genug davon gegeben?

– Mehr als die doppelte Menge.

– Und nichts?

– Nichts. Ich muss Schluss machen, sie beobachtet mich.

– Marc hat versucht, dich zu kontaktieren. Du sollst dich bei ihm melden.

– Reicht das später?

– Nein, tut es nicht. Es geht um Phase zwei.

MAJA, 22:22 UHR

Ich öffne einen der Vorhänge und schaue in den Gang vor unserem Abteil. Efrail geht auf und ab. Drei Schritte in die eine Richtung, drei Schritte in die andere. Der Ausdruck in seinem Gesicht ist ernst, eine steile Falte zwischen den Brauen, Anspannung in den Augen. Er spricht leise, ich kann nicht hören, was er sagt, sehe nur, wie sich seine Lippen bewegen. Dann entfernt er sich, bis er schließlich ganz aus meinem Blickfeld verschwindet, und ich ziehe den Vorhang wieder zu.

Die Luft in unserem Abteil ist kalt und abgestanden. Meine Schleimhäute sind trocken und meine Augen brennen. Ich mag alte Züge lieber. In denen konnte man die Temperatur noch selbst regeln. Mal ein Fenster öffnen oder eine Heizung aufdrehen. Ab und zu kurz lüften. Stattdessen muss man sich heute zentral gesteuerten Klimaanlagen unterwerfen. Es ist Hochsommer und ich sitze frierend im ICE, meine Füße sind eiskalt.

Ich greife nach meinem Rucksack und suche nach Socken, finde aber keine. Also packe ich ein paar meiner Sachen aus. Einen BH, ein paar Unterhosen, eine Jeans, ein T-Shirt, dann endlich finde ich ein Paar. Ich ziehe es heraus und schnell an, danach schlüpfe ich wieder in meine Schuhe.

Ich will gerade die Sachen wieder einpacken, da bemerke ich den Umschlag am gepolsterten Rückenteil des Rucksacks. Ich habe diesen Brief vollkommen vergessen. Wann habe ich ihn aus dem Briefkasten geholt? Es fühlt sich an, als läge das Tage zurück. Aber es war erst heute. Heute Morgen. Genau wie die Beerdigung meiner Mutter. Dieser Tag will einfach nicht enden.

Ich nehme den Umschlag aus dem Rucksack, das braune Papier knistert. Dann fällt mein Blick auf die krakelige Schrift. Sie sieht aus, als hätte sich jemand extrem beeilen müssen. Als hätte er unter enormem Druck gestanden, als er das geschrieben hat. Bei Brgmannstraße fehlte ursprünglich das *e*. Der Straßenname wurde fahrig durchgestrichen und darunter noch einmal neu geschrieben. Über der Anschrift steht: *Per Frühkurier zustellen*. Deswegen war die Sendung um die Uhrzeit schon da. Normalerweise kommt die Post erst gegen elf.

Ich drehe den Umschlag um, um ihn zu öffnen.

Und da sehe ich seinen Namen.

Ein Name wie eine Faust, zwei Wörter, die sich wie Hände um meinen Hals legen und zudrücken. Ich kann nicht atmen, nur ein, immer nur ein und nicht mehr aus. Mein Verstand ist leer, mein Körper begreift in jeder Zelle, was ich längst wusste, was ich nicht glauben wollte, weil es nicht sein kann, nicht sein *darf*, weil es bedeuten würde, dass er tot ist. Meinetwegen.

Daniel ist tot.

Der Daniel, der mich geliebt hat und den ich nicht geliebt habe. Für das hier. Für diesen braunen Umschlag, den er irgendwie noch zu mir schicken konnte.

Ich muss würgen, stehe auf, der Umschlag fällt zu Boden. Für ihn hat Daniel einen Weg gefunden, aber nicht für sich. Mir bricht der Schweiß aus, eine kalte Schicht der Erkenntnis, die ich am ganzen Körper spüre. Ich stehe in unserem Abteil, den Umschlag zu meinen Füßen, wippe vor und zurück, dann breche ich in Tränen aus. Sie kommen von ganz unten, aus Schichten in meinem Inneren, von denen ich nichts wusste. So tief, dass alles wehtut, jeder Atemzug, jede Bewegung.

Daniel ist tot. Seine Schrift hat es verraten, die krakeligen Buchstaben, das fehlende E in Bergmannstraße.

Sie waren hinter ihm her. Sie haben ihn getötet.

Meinetwegen.

Das ist der Moment, in dem ich zu Boden gehe. Ich krümme mich, halte den Umschlag fest in beiden Händen, lege meine Stirn darauf, weine, hasse mich, wünschte, ich wäre tot, wünschte, ich hätte ihn geliebt, hätte ich ihn doch nur geliebt, bin froh, dass ich ihn nicht geliebt habe, und hasse mich dafür. Ich sehe Daniels Gesicht, seine blauen Augen. Er hatte freundliche Augen, Augen, die gelächelt haben. Jetzt werden sie nie wieder lächeln – und ich ihn nie wiedersehen. Ich habe ihn nicht geliebt. Nur er mich. Er mich viel zu sehr.

Jemand öffnet die Tür zu unserem Abteil, ich spüre einen Luftzug, dann zwei Hände, die nach mir greifen, Arme, die mir aufhelfen. Den Umschlag halte ich weiter fest, umklammere ihn, als hinge mein Leben davon ab. Efrail zieht mich an sich. Ich wehre mich nicht dagegen, sinke in seinen Oberkörper wie in ein Kissen, weine hemmungslos.

»Ich habe es gerade erfahren. Es tut mir so leid, Maja«, sagt Efrail. Er sagt es immer wieder. So oft, bis die einzelnen Worte irgendwann ihren Sinn verlieren. Bis es nur noch Laute sind, die nicht zusammenhängen.

Er hat es eben erfahren.

Damit stirbt der letzte Zweifel. Der kleine Funke Hoffnung, der bis zum Ende bleibt. Der Zug rast durch die Nacht. Ich spüre seine Geschwindigkeit als leichtes Vibrieren in meinem Körper, höre Menschen an unserem Abteil vorbeigehen, wie sie reden und lachen. Ihr Lachen dringt in mich wie Messer aus Fröhlichkeit. Wie Salz in meine Wunden.

Die Art, wie ich weine, klingt fremd, fast unmenschlich, wie das Wimmern eines verletzten Tieres. Und es ist mir egal. Mir ist alles egal. Bis zu diesem Moment habe ich es irgendwie ausgehalten. Den Autounfall, den Tod meiner Mutter, ihr beim Ertrinken zusehen zu müssen, die Angst um Sofie, Daniels Verschwinden. Aber jetzt nicht mehr. Er ist tot. Daniel ist tot.

Und er ist es meinetwegen.

TANJA ALBERS, ERKELENZDAMM 65, 10999 BERLIN, 22:45 UHR

Als die E-Mail bei ihr eintrifft, ist Tanja so vertieft in ihre Recherche, dass sie bei dem kleinen Plopp-Geräusch tatsächlich kurz zusammenzuckt. Sie war in ihrer eigenen Welt, in dieser heiligen Stille, in der sie alles vergisst. Sie wird einfach später nachsehen, von wem die Mail ist, jetzt nicht, sagt sie sich. Doch letztlich gewinnt die Neugierde und sie sieht doch sofort nach.

Die E-Mail kommt von einer ihr unbekannten Adresse. Eine Trash-E-Mail ohne echten Absender. Genau so beginnen die meisten richtig guten Storys. Mit unterdrückten Telefonnummern, Anrufern, die ihren Namen nicht nennen wollen, weil sie um ihr Leben fürchten, oder dem Klassiker: unbeschrifteten Umschlägen, die jemand heimlich bei ihr einwirft. Das sind die Momente, die Tanja daran erinnern, warum sie diesen Job so liebt. Das Adrenalin, das stetige Überwinden der eigenen Grenzen, die Angst vor der Gefahr, in die man sich begibt – begeben *muss*, wenn man die Wahrheit ans Licht bringen will. Die schmutzigen Geheimnisse, für die die Reichen und Mächtigen bereit sind zu töten.

Tanjas Blick fällt auf den Betreff. *Die größte Story Ihres Lebens*. Sie lacht auf. Sinn für Humor hat der Absender, das muss sie ihm lassen. Erst da fällt ihr auf, dass die E-Mail an ihre geheime Geschäftsanschrift ging. Das bedeutet, dass Tanja die Person, die sie geschickt hat, kennt. Und zwar von Angesicht zu Angesicht. Andernfalls hätte sie die Adresse nicht rausgegeben. Was das angeht, macht Tanja keine Ausnahmen. Ihre

Handynummer und diese E-Mail-Adresse sind ihr heilig. Es laufen zu viele Verrückte da draußen herum. Zu viele, die etwas gegen sie und ihre Hartnäckigkeit haben.

Wobei man mit den richtigen Kontakten heutzutage natürlich an jede E-Mail-Adresse rankommt. Der Absender könnte also auch einen geheimdienstlichen Hintergrund haben. Oder ein Hacker sein.

Eigentlich ist Tanja mit etwas anderem beschäftigt. Sie hat Karl zugesagt, den Artikel spätestens übermorgen abzugeben. Er rechnet damit. Aber so ist das nun mal mit den ganz großen Storys. Sie sind wie unberechenbare Tiere, die einen aus dem Nichts anfallen und verschlingen. Wie Großkatzen, die auf der Lauer liegen.

Tanja öffnet die E-Mail.

Da ist kein Text, nur ein paar Anhänge. Fotos und PDFs. Sie wählt das erste aus. Marin-Studien. Auf der ersten Seite steht: *Über den Autor.* Tanja liest den Text. *Charles Ricker, Meeresbiologe, Professor in Yale. Gemeinsam mit seiner Frau Karin, ebenfalls Meeresbiologin, betrieb Ricker fast fünfundzwanzig Jahre lang maritime Forschungsarbeit. Dabei widmeten sich ihre Untersuchungen überwiegend den Auswirkungen des menschlichen Handelns auf die Ökosysteme der Ozeane und deren Fauna. Zu diesen Themen veröffentlichten sie mehrere Bücher und Thesen, die weltweit Anerkennung fanden. 2011 kamen beide bei einem Autounfall ums Leben.*

»Bei einem Autounfall«, murmelt Tanja.

Sie liest weiter, liest sich fest, fragt sich, ob sich jemand einen Scherz mit ihr erlaubt, ob es sich bei dieser Abhandlung wirklich um eine wissenschaftliche Arbeit oder doch eher um das Werk eines Irren handelt. Marin.

Änderung der Iris, Grund bislang unklar. Wasser und Dunkel-

heit begünstigen Heilungsprozesse. Iriden verfügen über ähnliche Musterung.

Bei dem Wort Iriden fällt Tanja auf, dass sie gar nicht wusste, wie der Plural von Iris lautet. Sie schüttelt den Gedanken ab, scrollt weiter durch das PDF, überfliegt, was da steht, runzelt die Stirn. *Unmöglich*, denkt sie, dann öffnet sie ein Dokument mit dem Dateinamen »DieVierteAkte«. 246 Seiten. Auf dem Deckblatt steht *Kompendium für Marin-Forschung (KfMF)*, auf der nächsten Seite folgt eine Gliederung:

Teil I – Marin
01. *Gattungsbestimmung*
02. *Anatomie und Unterscheidungsmerkmale*
03. *Zusammenfassung Mavi, Dr. Patricia Kohlbeck (2001ff.)*
04. *Zusammenfassung ›Marin-Studie‹, Prof. Charles Ricker (1983–2011)*
05. *Vorkommen und Lebensraum*
06. *Vermehrung (IVF; F&E)*
07. *Staatsform und politisches System*
08. *Soziokulturelle Strukturen*
09. *Wächter und Elite-Wächter, Unterschiede*
10. *Mentorenausbildung und infiltrierte Geheimdienste*
11. *Identifikation von Wächtern und Elite-Wächtern*

Teil II – Das Abkommen
01. *Versionen I bis IX*
02. *Dokumentierte Änderungen und Anpassungen*
03. *Verstöße gegen das Abkommen*
04. *Krisen*
05. *Der 2. Kalte Krieg*
06. *Eskalation und Ende der Gespräche*
07. *Heiße Phase*

Teil III – Status quo

01. *Rückkehr der Marin in nationale und internationale Geheimdienste*
02. *Wissenschaftliches Wettrüsten*
03. *Maßnahmen zum Schutz der ISA*
04. *Machbarkeitsstudie »ABLATIO ERREGER, MEV«*

Teil IV – Appendizes I–XII

Tanja geht zum Punkt *Gattungsbestimmung*. Sie liest stirnrunzelnd, was da geschrieben steht. *Das hat sich doch jemand ausgedacht*, denkt sie. Trotzdem scrollt sie danach weiter zu *Anatomie und Unterscheidungsmerkmale. Menschenähnlich* heißt es da. *Rein äußerlich nicht zu unterscheiden*. Und *nahezu identischer genetischer Fingerabdruck*. Tanja schüttelt den Kopf. *Atmung über die Haut. Komplexe Neuronengeflechte. Ölabsondernde Drüsen.*

Mit jeder Zeile wird Tanja mulmiger zumute. Ein undefinierbares Gefühl zwischen Unbehagen und Übelkeit. Das, was da steht, kann unmöglich stimmen. Aber was, wenn doch? Was, wenn sie vor sich die Wahrheit hat? Eine Wahrheit, die so groß ist, dass sie alles sprengt, was Tanja sich vorstellen kann? Sie hat sich oft darüber gewundert, dass Wissenschaftler so viel mehr über das Weltall und die Galaxien herausgefunden haben als über die Ozeane und die Tiefsee auf ihrem eigenen Planeten. Ist das etwa der Grund?

Seit so vielen Jahren fragen sich die Menschen, ob sie allein sind im Universum. Und dann sind sie noch nicht mal allein auf der Erde? Wissen ein paar wenige in Wahrheit viel mehr? Es würde Tanja nicht wirklich wundern.

Sie ist gerade dabei, die ersten Sätze zum Thema *Vorkom-*

men und Lebensraum zu lesen, als das Klingeln ihres Handys sie fast zu Tode erschreckt. Es ist Georg. Tanja schaut auf die Uhr. Verdammt, nicht schon wieder. Sie hätte schon vor zwanzig Minuten bei ihm sein sollen.

»Hallo?«, sagt sie, als wäre ihr die Uhrzeit noch gar nicht aufgefallen.

»Du bist zu spät«, sagt Georg. »Außer, du stehst vor der Tür. Wobei. Genau genommen, bist du auch dann zu spät.«

Tanja antwortet nicht. Sie liest weiter.

Marin bevölkern alle größeren Gewässer. Je tiefer, desto mehr Marin kommen darin vor. In Süß- sowie Salzwasser. Sie sind perfekt an die jeweils vorherrschenden Bedingungen angepasst. Ein Wechsel zwischen den Elementen ist möglich, hat aber zu Beginn Auswirkungen auf Augen und Schleimhäute.

»Rosine? Bist du noch dran?«

Tanja ignoriert, dass er schon wieder Rosine zu ihr gesagt hat – wer bitte nennt seine Freundin Rosine? –, und murmelt: »Ja, ich bin noch dran.«

»Ist alles in Ordnung? Du klingst irgendwie …«, er zögert, »verstört.«

Verstört trifft es ziemlich gut, denkt sie und sagt: »Ich habe vorhin eine ziemlich seltsame E-Mail erhalten.«

»Du bekommst andauernd seltsame E-Mails«, sagt er.

»Schon, aber die hier ist anders.«

Tanja scrollt gedankenverloren durch eines der PDFs.

»Inwiefern anders?«, fragt Georg.

»Entweder ist das alles ein kranker Scherz oder es ist das Unfassbarste, was ich jemals gelesen habe.«

Tanjas Augen wandern über den Text. *Identifikation von Wächtern und Elite-Wächtern durch Hypoglycosol.*

»Das heißt dann also, du sagst mir ab«, sagt Georg.

Seine Stimme verrät, dass er damit gerechnet hat. Tanja versetzt ihn oft, zu oft, das weiß sie. Trotzdem hasst sie es, wenn er so redet. Ohne ihr einen Vorwurf zu machen, aber irgendwie tut er es doch. Und danach hat sie dann jedes Mal ein schlechtes Gewissen. Tanja hat Georg ganz am Anfang ihrer Beziehung gesagt, welchen Stellenwert ihr Job in ihrem Leben einnimmt. Dass es keine geregelten Arbeitszeiten gibt. Dass die Storys nicht warten, dass sie sich nach ihnen richten muss. Und er hat es verstanden. Er hat gesagt: *Ich werde lernen damit umzugehen*. Aber er hat es nicht. Tanjas Blick fällt auf den Text vor sich, auf das Wort Hypoglycosol, dann hört sie sich fragen: »Hast du eine Ahnung, was Hypoglycosol ist?«

Ein unterdrücktes Auflachen. »Das nenne ich mal einen Übergang«, antwortet Georg.

»Weißt du es nun oder weißt du es nicht?«

»Hypoglycosol?«, wiederholt Georg. »Noch nie gehört.« Er macht eine Pause. »Meinst du vielleicht Hypoglykämie?«

»In den Akten ist die Rede von Hypoglycosol.«

»Also, mir ist es kein Begriff, aber ich bin Virologe und kein Bio-Chemiker«, entgegnet er. Und dann: »Was sind das überhaupt für Akten?«

»Das kann ich am Telefon nicht sagen.«

»Verstehe«, erwidert er. Er klingt enttäuscht, versucht aber, es sich nicht anmerken zu lassen. »Ich schätze, dann hören wir uns morgen?«

»Du könntest herkommen«, sagt sie.

»Bei aller Liebe«, erwidert er, »aber ich fahre jetzt ganz bestimmt nicht noch mal los, um dir dann stundenlang bei der Recherche zuzusehen.«

»Und wenn du mit mir recherchierst?«

Kurz ist es still.

»Moment. Du willst, dass ich dir helfe?«, fragt er perplex. »Aber du willst nie, dass ich dir helfe.«

»Jetzt schon«, sagt sie. »Also, kommst du oder kommst du nicht?«

»Klar komme ich«, entgegnet er. »Ich bin in zehn Minuten da.«

2001

PROF. ROBERT STEIN, INSTITUT FÜR MOLEKULARE UND GENETISCHE MEDIZIN, LABOR 3, 9. FEBRUAR

Als er das Labor betritt, sieht er Peck auf dem Boden liegen. Ein schlaffer Körper, ein ausdrucksloses, ja beinahe totes Gesicht. Der Mund leicht geöffnet, die Haut so farblos wie der weiße Kittel, den er trägt.

Sie hat ihn umgebracht, denkt Robert und etwas tief in ihm gefriert. Ein Gefühl wie ein Stolpern. Jedoch nur kurz, nur für den Bruchteil einer Sekunde. Denn dann wird ihm klar, dass Patricia nicht der Typ wäre, der jemanden erschlägt. Jedenfalls nicht, wenn es andere Möglichkeiten gibt. Wenn sie Peck erledigen wollte, würde sie es auf eine andere Art tun, auf eine, die man ihr nicht nachweisen kann. Niemand wüsste besser, was zu tun ist, als sie. Irgendein Nervengift, etwas, worauf keiner kommt. In dem Fall hätte sie nicht ihn, sondern den Notarzt gerufen. Sie hätte an Pecks Seite gesessen, hätte verzweifelt versucht, ihn wiederzubeleben – zumindest so getan. Und am Ende, wenn der Arzt ihr gesagt hätte, dass es leider zu spät ist, hätte sie vielleicht sogar geweint. Nicht viel, nur ein paar gezielt eingesetzte Tränen. Es geht doch nichts über eine schöne Frau, die weint. Vor allem, wenn sie bekannt dafür ist, knallhart zu sein.

Robert besinnt sich aufs Jetzt. Er schließt die Tür in einer schnellen Bewegung, sein Blick geht von Pecks Körper, der zu seinen Füßen liegt, hoch zu den Überwachungskameras an der Zimmerdecke, dann schaut er zu Patricia und fragt: »Was ist passiert?« Sein Tonfall ist seltsam gefasst. So, als wäre es an der Tagesordnung, in ihrem Labor leblose Männer auf dem Boden vorzufinden.

Robert will es sich nicht eingestehen, aber Peck so zu sehen, hat tatsächlich etwas Erleichterndes an sich. Er hätte es nie zugegeben, aber insgeheim hat er immer befürchtet, dass Patricia Gefallen an Peck finden könnte. An Peck als Mann. An seinem kantigen Gesicht, an der Art, wie er sie ansieht, mit diesen durchdringenden Augen, in denen so viel mehr zu sein scheint als in seinen eigenen. Robert hat sich in den vergangenen Monaten nicht nur ein Mal die Aufnahmen der Überwachungskameras von Patricias Labor angesehen, stets auf der Suche nach einem Beweis, der seine Vermutung bestätigt. Dass zwischen den beiden doch etwas läuft. Dass Patricias Feindseligkeit in Wahrheit nur ein Deckmantel für deren Affäre ist. Robert war sich sicher, sie eines Tages auf frischer Tat zu ertappen. Im falschen Moment die Tür zu ihrem Labor zu öffnen oder auf einen aufgezeichneten Akt zu stoßen, in dem er dann dabei zusehen muss, wie die Frau, die er liebt, sich einem anderen hingibt. Einem Mann mit einer wie aus Stein gemeißelten Kinnlinie und einem, zumindest für Roberts Geschmack, viel zu definierten Körper.

Aber Peck liegt reglos da. Nicht auf Patricia, sie auch nicht auf ihm, nur er auf dem Boden.

»Was ist passiert?«, fragt Robert noch einmal.

Patricia zögert. Sie schaut schnell zwischen mehreren Punkten hin und her, ein sicheres Anzeichen dafür, dass sie überlegt, wie viel Wahrheit sie ihm sagen soll.

»Patricia«, sagt er und beim Klang ihres Namens schaut sie auf. »Was ist los mit ihm?« Robert nickt in Richtung Peck. »Warum liegt er da?«

»Er ist im Unterzucker«, sagt Patricia schlicht.

»Okay«, murmelt Robert halb fragend. »Und woher weißt du das so genau?«

Patricia atmet tief ein. »Weil ich ihm etwas verabreicht habe«, sagt sie.

»Du hast was?!« Robert klingt zu schockiert. Er sollte nicht schockiert sein, immerhin kennt er sie. Er weiß, wozu Patricia fähig ist. »Und was genau hast du ihm verabreicht?«

»Es waren nur ein paar Tropfen«, entgegnet sie, als wäre es dann nicht weiter schlimm. »Woher hätte ich denn wissen sollen, dass er gleich so stark darauf reagiert?«

»Dass er gleich so stark *worauf* reagiert?«, fragt Robert.

»Auf das Hypoglycin A.«

»Warum zum Teufel hast du ihm das gegeben?«, fragt Robert gereizt.

»Du bist Wissenschaftler«, sagt Patricia schroff. »Das solltest du wissen.«

»Ich habe wirklich keine Lust auf deine Spielchen«, erwidert er. »*Du* hast *mich* angerufen, schon vergessen? Du wolltest, dass ich dir helfe.« Pause. »Also, was ist passiert?«

Patricia reagiert nicht. Sie steht einfach nur da und sieht ihn an mit diesem herablassenden Blick, den Robert nicht ausstehen kann. Sein Herz schlägt schneller, er spürt, wie er anfängt zu schwitzen, die Achseln, die Handflächen. Patricia bringt ihn immer wieder in solche Situationen. Sie macht irgendwas und er kann dann ihren Dreck wegräumen. Dafür ist er gut genug. Und fürs Bett. Andererseits ist er derjenige mit dem Ring am Finger. Der mit der Frau, den zwei Söhnen und dem Haus.

Robert räuspert sich. »Mir ist klar, was Hypoglycin A ist«, sagt er ruhig. »Aber das erklärt nicht, warum du es ihm gegeben hast.«

»Doch, das tut es«, sagt sie genauso ruhig.

Hypoglycin, Hypoglycin, denkt Robert fieberhaft. Dann endlich erinnert er sich. *Hypoglycin A. Eine nichtproteinogene Aminosäure mit hypoglykämischer und teratogener Wirkung.*

Und dann begreift er es.

»Nein«, sagt Robert und schüttelt den Kopf. »Du denkst doch nicht etwa …«

»Doch«, entgegnet Patricia. »Genau das denke ich. Und die Tatsache, dass er jetzt hier auf dem Boden liegt, deutet darauf hin, dass ich recht habe.«

PROF. ROBERT STEIN, WENIGE MINUTEN SPÄTER

»Okay, okay, warte mal«, sagt Robert, nachdem er die Kameras deaktiviert hat. »Ich verstehe, was vorgefallen ist, und ich verstehe auch, dass Peck eine toxische Unterzuckerung hat, aber was ich nicht verstehe, ist, wie du darauf gekommen bist.«

»Der Gedanke kam mir vorhin in der Kaffeeküche«, sagt Patricia.

»In der Kaffeeküche?«

»Wobei, eigentlich kam er mir schon heute Morgen. Als ich den Litschi-Artikel gelesen habe«, sagt Patricia mehr zu sich selbst als zu ihm.

»Ich kann dir nicht ganz folgen.«

»Wir wissen durch die Obduktionen, dass der Verdauungstrakt eines Marin im Vergleich zu dem eines Menschen stark verkürzt ist, und die Bauchspeicheldrüse verkleinert, was auf einen carnivoren Metabolismus hinweist und dementsprechend auch auf einen verlangsamten Kohlenhydratstoffwechsel.« Robert nickt. »Ich habe mich nicht weiter damit beschäftigt, es schien mir nicht wichtig«, sagt sie dann, »bis zu dieser Dissertation über die Litschi-Kinder aus Indien.«

»Was für Litschi-Kinder aus Indien? Wovon redest du?«, fragt Robert.

»Von der Doktorarbeit eines Studenten aus Bihar. Einige Auszüge davon wurden in einem Fachblatt veröffentlicht. Er ist einer rätselhaften Epidemie auf den Grund gegangen, in erster Linie waren Kinder davon betroffen. Sie entwickelten unerklärliche Krampfanfälle und Bewusstseinsstörungen. Einige von ihnen haben sich nicht davon erholt. Laut seinen Recherchen starb jedes dritte betroffene Kind an einer nichtentzündlichen Enzephalopathie. Anfangs ist man noch davon ausgegangen, dass Pestizide, Schwermetalle oder unbekannte Viren dafür verantwortlich sein könnten, aber entsprechende Untersuchungen konnten nichts in dieser Richtung nachweisen.«

Robert legt die Stirn in Falten. »Scheiße«, sagt er. »Es lag an den Litschis. Sie haben zu viele davon gegessen. Zu viele Litschis auf leeren Magen.«

Er schaut Patricia fragend an und sie nickt.

»Genau«, sagt sie. »Das Hypoglycin A hat die beta-Oxidation von Fettsäuren und die Glukoneogenese gehemmt.«

»Was wiederum zu einem starken Abfall des Blutzuckers geführt hat«, sagt Robert tonlos.

»Ich hatte die ganze Zeit das Gefühl, dass ich irgendwas übersehe, und dann vorhin in der Kaffeeküche hat es klick gemacht. Da habe ich es verstanden: dass Marin durch ihre schlechte Verstoffwechselung von Kohlenhydraten eigentlich noch viel stärker auf Hypoglycin A reagieren müssten als wir.«

»Also hast du Peck bei der nächsten Gelegenheit etwas in seinen Kaffee getan, um zu sehen, ob deine Theorie stimmt«, beendet Robert ihren Satz.

»Ja«, antwortet Patricia. »Und wie es aussieht, tut sie das.« Sie zeigt auf den noch immer bewusstlosen Peck.

»Wie viel Zeit lag in etwa zwischen der Gabe des Hypoglycins und seinem Zusammenbruch?«

»Vier, vielleicht fünf Minuten?«

Robert nickt.

»Er hat das Zeichen auf der Innenseite der Unterlippe«, sagt Patricia. »Es ist dasselbe wie bei dem Toten, der neulich reinkam. Ich habe es überprüft.« Sie sieht Robert erwartungsvoll an. »Ist dir klar, was das bedeutet? Wir können sie endlich entlarven. Wir können sie überführen. Ist das nicht genau das, was unsere Auftraggeber wollen?«

Robert antwortet nicht. Ist es das, was sie wollen? Vor ein paar Stunden war er sich noch sicher, doch in diesem Moment ist er es nicht mehr. Seine Gedanken drehen sich im Kreis, so schnell, dass ihm kurz schwindlig wird. Er hat das gesamte Forschungsteam zusammengestellt. Jeden Einzelnen, der am Institut arbeitet. Alle bis auf Peck. Der kam von ganz oben. Direkt von der ISA.

»Wo hast du es ihm verabreicht?«, fragt Robert.

»Na, in der Kaffeeküche.«

»Wir müssen sofort die Videoaufnahmen löschen«, sagt er.

»Was? Aber sie beweisen den Vorgang«, protestiert Patricia. »Man sieht deutlich, was ich tue und was die Folge davon ist.«

Robert sieht sie lange an. »Und genau deswegen müssen wir sie löschen«, sagt er eindringlich. Er sieht im Augenwinkel, wie Peck wieder zu sich kommt. Als Patricia Luft holt, um zu widersprechen, hebt Robert abwehrend die Hände. »Nicht jetzt. Ich erkläre es dir später.« Robert nickt in Richtung Peck. »Gib ihm etwas Zucker«, flüstert er, »ich kümmere mich um die Tapes.«

DR. PATRICIA KOHLBECK, STEINS BÜRO, ZWEI STUNDEN SPÄTER

Robert betritt sein Büro und schließt die Tür hinter sich.

»Der Arzt hat Peck untersucht«, sagt er. »Es geht ihm gut, ich habe ihn nach Hause geschickt. Er kann sich an nichts erinnern.«

»Er würde es uns wohl kaum verraten, wenn er sich doch erinnert«, entgegnet Patricia.

Robert setzt an, um etwas zu sagen, doch sie macht eine abwehrende Handbewegung und zeigt auf das Dokument vor sich auf dem Schreibtisch. »Woher wissen wir das alles?«, fragt sie. »Und warum hast du mir nichts davon erzählt?«

Robert seufzt. »Weil es der höchsten Geheimhaltung unterliegt.«

»Bist du vielleicht mal auf die Idee gekommen, dass diese Akten hier uns bei unserer Arbeit hätten weiterhelfen können?« Sie zeigt auf die Abhandlung mit dem Titel *Marin-Studien*.

Robert setzt sich. »Ich durfte diese Inhalte nicht weitergeben«, sagt er. »Genau genommen darf ich es auch jetzt nicht.« Er seufzt. »Wir sammeln seit Jahren Informationen über sie und sie sammeln seit Jahren Informationen über uns.«

»Und dieser …«, Patricia blättert zum Deckblatt zurück, »Professor Charles Ricker ist aber doch sicher nicht *der* Professor Charles Ricker, oder?«

»Doch«, sagt Robert. »Genau der.«

»Ich kenne alle seine Papers«, sagt Patricia, »aber von dem hier habe ich noch nie gehört.«

»Was beweist, dass wir unsere Arbeit gut machen«, sagt Robert und reibt sich die Augen. Er sieht müde aus. Mehr als müde. Am Rande der Erschöpfung, als wäre er kurz davor, auszurutschen und hineinzufallen. »Wir haben alles dafür getan, dass diese Arbeit verschwindet«, sagt er und nimmt die Hände runter. »Ricker bereitet uns mit seiner unbändigen Begeisterung für Marin langsam echt Probleme. Wenn er nicht bald damit aufhört, seine Nase in Angelegenheiten zu stecken, die ihn nichts angehen, werden sie ihn mundtot machen.« Robert schnaubt. »Vermutlich nicht nur mundtot.« Sein letzter Satz hinterlässt einen fahlen Nachgeschmack bei Patricia. Ein Gefühl, das wie ein Echo in ihr hallt. Ricker ist Wissenschaftler. Genau wie sie. Es ist seine *Aufgabe*, Dingen auf den Grund zu gehen. Neugierde und Forscherdrang sind die Grundpfeiler seiner Arbeit. Er hat sicher keine Ahnung, in welcher Gefahr er und seine Frau sich befinden.

»Weiß er denn, dass er seine Nase in Angelegenheiten steckt, die ihn nichts angehen?«

»Er wurde gewarnt«, sagt Robert vage.

Patricia will sich nicht ausmalen, was das bedeutet.

»Wäre es denn nicht möglich, dass Ricker beauftragt wurde? Dass er für die US-Regierung arbeitet?«

»Unwahrscheinlich«, erwidert Robert. »Wenn es so wäre, hätten die niemals zugelassen, dass die Studie veröffentlicht wird. Sie wäre unter Verschluss geblieben. Oder sie hätten sie gleich vernichtet.« Er macht eine Pause. »In den USA läuft das ein bisschen anders als hier.« Robert steht auf und geht hinüber zu der schmalen Anrichte neben der Tür. »Willst du auch einen Kaffee?«, fragt er und deutet auf die Thermoskanne. Patricia nickt. »Ist aber von heute Morgen.«

»Mir egal«, sagt sie und dehnt ihren verspannten Nacken.

Ein paar Sekunden ist es still. Robert schenkt Kaffee in zwei Becher, dann reicht er ihr einen davon.

»Danke«, sagt Patricia und nach einer kurzen Pause: »Warum hast du vorhin die Videoaufzeichnungen gelöscht?«

Robert setzt sich. »Du weißt, darüber darf ich nicht sprechen«, murmelt er.

»Du hast gesagt, du erklärst es mir später. Jetzt ist später.«

Robert seufzt angespannt. »Ist dir eigentlich klar, dass ich mit jedem Wort, das ich in dieser Angelegenheit zu dir sage, Hochverrat begehe?«

Patricia antwortet nicht. Es ist ein strategisches Schweigen, das Robert mürbe macht. Sie kennt ihn, weiß, wie sehr diese Art der Stille ihm zusetzt. Sie schaut in ihren Schoß, mit einem Blick, der Bände spricht. Verletzt und enttäuscht und übergangen. Es ist Patricias Art, das zu bekommen, was sie will. Ein lautloses Aufbegehren. Es ist ekelhaft und manipulativ – nicht nur es, *sie* ist ekelhaft und manipulativ. Sie ist nicht gern so, aber es hat sie schon weit gebracht. In dem Moment, als sie das denkt, knickt Robert ein. So wie er immer einknickt. Weil sie seine Schwachstelle ist. Seine Gefühle für sie.

»Du weißt, wer unsere Auftraggeber sind«, sagt Robert.

Patricia befeuchtet sich die Lippen und schaut auf. »Die ISA und der BND«, sagt sie.

Robert nickt. »Inzwischen ist es überwiegend die ISA.« Er trinkt einen Schluck Kaffee.

»Warum?«, fragt Patricia.

»Weil der BND von Marin infiltriert ist. Sie sind überall.«

»Und bei der ISA ist es anders?«

»Genau das ist der Punkt«, sagt Robert und richtet sich in seinem Stuhl auf. »Es *sollte* anders sein. Die ISA hat den großen Vorteil, dass sie offiziell nicht existiert. Dementsprechend muss sie sich nicht an dieselben Regularien halten wie der BND. Für Behörden und öffentliche Stellen gibt es Vorschriften. Und ihre Einhaltung wird genauestens geprüft. Die ISA hingegen hat Mittel und Wege entwickelt, um sicherzustellen, dass sie sauber bleibt.«

»Was für Mittel und Wege sind das?«, fragt Patricia.

»Einmal die Woche wird jedem Mitarbeiter eine Blutprobe entnommen. Kein fester Tag, stets unangekündigt. Dasselbe gilt für Bewerber. Nicht menschliche DNA würde sofort registriert.« Robert atmet tief ein. »Das bedeutet, wenn Peck ein Marin ist, wenn es stimmt, was du sagst, dann weiß die Agency Bescheid.«

Patricia schüttelt den Kopf. »Wieso?«, fragt sie. »Was hat Peck mit der ISA zu tun?«

»Ich habe dir gesagt, dass er von ganz oben kommt«, sagt Robert. »Als du ihn loswerden wolltest, da habe ich es dir gesagt. Erinnerst du dich?«

»Peck kommt von der ISA?«

»Ja. Er ist einer von ihren Leuten«, sagt Robert. »Das heißt, sie wissen es. Sie müssen es wissen.«

»Du meinst, wegen der Blutproben?«, fragt Patricia. »Aber die könnten doch auch ausgetauscht worden sein. Spitzensportler machen das seit Jahren. Sogar Kiffer schaffen es, sich saubere Urinproben zu beschaffen.«

»Hast du mir eben nicht zugehört?«, fragt Robert gereizt. »Die Entnahme erfolgt zu keinem festen Termin und grundsätzlich unangekündigt. Das Blut wird vor Ort in jedem Büro sofort abgenommen. Da gibt es keine Chance, irgendwas zu vertauschen.«

»Doch«, sagt Patricia. »Im nächsten Schritt. Man braucht

nur eine Person, die absichtlich wegschaut. Oder die Marin-Proben durch saubere Proben ersetzt.«

»Du denkst, bei der ISA sind Leute gekauft?«, fragt Robert. »Dass sie für die Gegenseite arbeiten?«

»Es würde mich nicht wundern«, erwidert Patricia. »Jeder ist käuflich.«

»Nein«, sagt Robert, »manche Menschen sind integer.«

»Ich bin ja nur sehr ungern diejenige, die deine Illusion zerstört«, erwidert sie, »aber jeder hat seinen Preis. Bei den einen fällt er einfach nur höher aus als bei den anderen.«

Robert lehnt sich zurück und verschränkt die Arme vor der Brust. »Was ist dein Preis?«, fragt er. »Was müsste man dir bieten, damit du zur Verräterin wirst?«

»Keine Ahnung«, antwortet Patricia, »aber wenn jemand mich brechen will, findet er es heraus.« Sie lehnt sich in seine Richtung, den Kaffeebecher in der Hand, die Augen auf ihn gerichtet wie der Lauf einer Waffe. »Jeder von uns hat irgendein dreckiges Geheimnis, Robert. Oder jemanden, den er mehr liebt als alles andere. Den er beschützen würde. Wenn nötig, mit seinem Leben.«

Robert mustert sie. Mehrere Sekunden, in denen ihr Blick nicht abreißt, in denen Patricia ihn unverwandt ansieht. Sie maskiert ihr Gesicht, es sagt ihm: *Ich habe nichts zu verbergen*. Was natürlich nicht stimmt. Es gibt viele Dinge, die er nicht von ihr weiß.

Robert nickt langsam, so als hätte er bekommen, was er wollte. Die Wahrheit. Oder etwas, das er für die Wahrheit hält. Einen kurzen Blick in ihr Inneres. In ihre Seele.

Patricia lehnt sich wieder zurück und trinkt einen Schluck Kaffee. Dann legt sie den Kopf schräg, so als wollte sie fragen: *Und was jetzt?* Aber sie fragt es nicht, sie schaut ihn nur an, genießt die stetig wachsende Anspannung zwischen ihnen – sie geht von Robert aus, nicht von ihr. Aber sie mag ihn, wenn er so ist. Als würde Sex in der Luft liegen, wie ein Geruch, den man noch nicht bewusst wahrgenommen hat. Den man spürt, bevor man ihn riecht.

Robert schluckt. Patricia lächelt. Mehr mit den Augen als mit dem Mund.

Es wird nicht mehr lang dauern und Robert wird aufstehen. Er wird um den Tisch herumgehen und sie wird seine Erektion bemerken, seine Anzughose, die sich im Schritt spannt. Patricia wird ihre Tasse wegstellen. Und dann wird er sie nehmen. Er wird ihren Rock hochschieben und sie wird sich über den Schreibtisch beugen. So, wie sie es mag. Robert wird der Dominante sein, weil es sonst immer sie ist – und weil dieses Ungleichgewicht ab und zu zurück ins Lot gebracht werden muss.

Robert steht auf.

Und beim Blick auf seine Hose stellt Patricia ihre Tasse weg.

PROF. ROBERT STEIN, 17 MINUTEN SPÄTER

Sein Oberkörper berührt ihren Rücken, er atmet noch schwer gegen ihre Wange, genießt das rhythmische Pulsieren ihres Unterleibs, betrachtet ihre schweren Lider, den ermatteten Gesichtsausdruck. Robert liebt den Moment danach. Er liebt ihn genauso wie das Währenddessen. Die Ruhe nach dem Sturm. Das Wieder-zu-Sinnen-Kommen, das Erwachen wie aus einer anderen Welt.

Patricias Augen sind geschlossen, Robert sieht sie an, spürt ihren schnellen Herzschlag unter ihren Rippen. Er ist wie ein kleiner Applaus für das, was eben zwischen ihnen passiert ist. Für die perfekte Symbiose ihrer Körper, für das Zusammenspiel, das mit ihr so natürlich ist. Er in ihr, als wäre sie sein Zuhause, eine Zuflucht aus seinem Leben. Einem Leben, von dem Robert manchmal nicht sagen kann, ob er es gewählt hat oder es ihn.

Patricia öffnet die Augen und ihr Mund wird zu einem Lächeln. Dann zieht Robert sich aus ihr zurück und sie ihren Rock zurecht, während er das Kondom entsorgt. Er hätte es dieses Mal vergessen. Sie nicht.

Robert macht seinen Reißverschluss zu, dann schließt er den Gürtel, sein Hemd ist zerknittert, aber unter dem weißen Kittel wird das nicht weiter auffallen. Patricia streicht sich die Haare glatt. Sie betrachtet ihre Spiegelung im Glas einer der Bilderrahmen. Er würde ihr gerne sagen, wie schön es war, wie schön es immer mit ihr ist, wie schön sie ist. Aber zu dieser Art des Verrats Magdalena gegenüber ist er nicht fähig. So ist es nur eine Affäre. Sex zwischen Kollegen. Nach diesem Satz wäre es mehr. Und das darf es nicht sein. Auch wenn es längst so ist.

Robert schaut auf die Uhr.

»Ich muss noch ein paar wichtige Telefonate führen«, sagt er, wieder ganz der Chef, Herr der Lage, längst beim nächsten Tagesordnungspunkt. Es widert ihn so an. Das alles. Er und wie er sich verhält. Ganz das Gegenteil dessen, was wirklich in ihm vorgeht. Eine Fassade, die Patricia ihm abnimmt. Aber vielleicht ist es ihr auch einfach egal.

Sie geht in Richtung Tür. Ohne ein Wort. Robert weiß nicht, ob er das an ihr schätzt oder verabscheut. Sie umfasst bereits die Klinke, ist gerade im Begriff, sie hinunterzudrücken, da sagt Robert: »Warte.«

Patricia dreht sich zu ihm um und sieht ihn fragend an. Robert sagt nichts, stattdessen geht er zu dem Tresorschrank, in dem er die Verschlusssachen verwahrt, sucht das Hängeregister mit der Aufschrift Mavi IV heraus, geht zurück zu seinem Schreibtisch und legt die Akte darauf.

»Ich führe meine Telefonate oben«, sagt er. »Du kannst währenddessen hierbleiben und lesen.« Robert zögert. »In dieser Akte«, er legt den Zeigefinger auf den Ordner wie in eine Wunde, »findest du unsere neuesten Erkenntnisse über die Marin. Noch ist es ein heilloses Durcheinander, aber die Kollegen in London sind derzeit dabei, ein Kompendium daraus zu erstellen. Nichts von alldem darf je diesen Raum verlassen.« Pause. »Verstehst du, was ich sage?«

Patricia nickt.

»Okay«, sagt Robert. Er hält einen Moment inne, unsicher, ob er es tun wird oder nicht. Doch dann schaut er sie an, wie sie neben der Tür steht, die Hand noch immer auf der Klinke, die Bluse zerknittert, das Haar nicht mehr ganz so glatt wie zuvor, und hört sich sagen: »Ich werde deine Sicherheitsfreigabe erhöhen. Du bist jetzt Teil der Führungsebene.«

Patricia mustert ihn ungläubig, ja beinahe misstrauisch. Als würde sie damit rechnen, dass er jeden Augenblick einen Rückzieher macht und in schallendes Gelächter ausbricht. Trotzdem lässt sie die Klinke los und kommt langsam auf ihn zu, während er nach seinem Handy greift und in Richtung Tür geht.

»Wenn ich du wäre«, sagt Robert, als er auf Patricias Höhe ankommt, »würde ich den anderen nichts von deiner Beförderung erzählen.«

»Ich werde ihnen sofort davon erzählen«, sagt Patricia.

»Du weißt, dass sie dich dann hassen werden.«

»Ach«, sagt sie und macht eine wegwerfende Handbewegung. »Das tun sie doch sowieso.«

Robert lächelt und geht an ihr vorbei. Wegen genau solcher Sätze liebt er sie. Weil es ihr gleichgültig ist, was andere von ihr denken. Etwas, das er selbst nie erreicht hat.

»Ich bin bald wieder da«, sagt er und öffnet die Tür.

»Ich werde hier sein«, erwidert Patricia und setzt sich an seinen Schreibtisch.

DR. PATRICIA KOHLBECK, 30 MINUTEN SPÄTER

Patricia hat sich festgelesen. Als wären es keine trockenen Fakten, sondern ein Thriller, den sie vor sich hat. Hochspannung. Viele einzelne Puzzleteile, die ihr unvollständiges Bild nach und nach ergänzen.

Marin bevölkern Stadtstaaten und Kolonien überwiegend in der Tiefsee. Sie kommen auch vereinzelt in Seen und seichteren Bereichen des Ozeans vor, wobei dort ihre Präsenz immer weiter zurückgeht.

Mit 22,8 Millionen Einwohnern ist Marianstadt die größte Metropole der Marin (Stand Volkszählung 1992). Namensgebend ist der Marianengraben. Marianstadt ist politischer, militärischer und nachrichtendienstlicher Hauptsitz der Marin.

(Quelle: Hauptversammlung Zürich, ISA/Marinvertreter 1962)

Sinkholes sind die kontinentalen Zugänge zu den Stadtstaaten und Kolonien. Ein Großteil davon ist verbunden und bildet ein netzartiges Geflecht von Höhlen- und Wohnräumen unterhalb der Kontinentalplatten. Jedweder Versuch, in diese Tiefen vorzudringen, ist bislang gescheitert. Eingesetzte Tauchroboter kehrten von ihren Expeditionen nicht zurück. Es ist von gezielten Abwehrmaßnahmen der Gegenseite auszugehen.

Anmerkung: Um diesbezügliche Fragen zu vermeiden, hat ein Konsortium von ISA-Wissenschaftlern eine plausible Erklärung für die Existenz und Entstehung von Sinkholes erarbeitet. Diese wurde bereits über alle verfügbaren Kanäle gestreut. Etwaige Ungereimtheiten werden als »rätselhafte Naturphänomene« direkt adressiert, um das Entstehen von Verschwörungstheorien im Keim zu ersticken.

Patricia setzt zum dritten Mal die leere Kaffeetasse an, dann steht sie entnervt auf, geht zur Anrichte hinüber und schenkt sich welchen nach. Den ersten Schluck nimmt sie hastig im Gehen, dabei verschüttet sie etwas auf ihre Bluse. Es ist Patricia egal. Genauso wie die Tatsache, dass der Kaffee kalt ist und eigentlich scheußlich schmeckt.

Sie setzt sich und liest weiter. Das nächste Dokument der Akte trägt die Überschrift *Karriere und Ausbildung*.

Welche berufliche Laufbahn ein/e Marin einschlägt, entscheiden umfangreiche Tests während der Schul- und Ausbildungszeit. Am Ende erhält dann jede/r anstelle eines Abschlusses ein Resultat, das durch Gen- und Verhaltenstests eindeutig belegt, für welchen Teilbereich er oder sie die größte Eignung mitbringt.

Zur Auswahl stehen sieben Kategorien, die ihrerseits weiter untergliedert sind:

SB – Soziales & Bildung
MP – Medizin & Pflege
WFE – Wissenschaft, Forschung & Entwicklung (F&E)
IBH – Ingenieurwesen, Bau & Handwerk
JD – Jura & Diplomatie
PA – Politik & Administration
AV – Abwehr & Verteidigung

Das Eignungsverfahren bezieht weder Geschlecht noch soziale Herkunft mit ein. Einfluss auf die berufliche Laufbahn haben lediglich Fähigkeiten und Veranlagungen des/der Einzelnen. Gleichberechtigung und Chancengleichheit betragen einhundert Prozent. (MacLaine-Studie 1984, Quelle MSS)

In seltenen Fällen sind Talente gleich stark ausgeprägt oder genetische Anlagen lassen mehrere Möglichkeiten zu. Geschieht das, wählt der/die Betreffende selbst zwischen den für ihn oder sie ermittelten Eignungen. Ein nachträglicher Wechsel ist in gut begründeten Ausnahmefällen möglich. Die Wahrscheinlichkeit eines uneindeutigen Resultats liegt bei 1/10.000. (Quelle MSS, 1988)

MSS. Immer wieder MSS, denkt Patricia. *Wofür könnte es stehen? M für Marin? Für Militär?* Sie wird Robert später fragen. Der weiß es bestimmt. Patricia kritzelt eine entsprechende Notiz auf einen der kleinen gelben Haftzettel neben dem Telefon, dann legt sie die Seite weg und widmet sich der nächsten. Im Kopfbereich des Dokuments steht: *In-vitro-Fertilisation (IVF).*

Das passt, denkt Patricia.

IVF hat Sexualität abgelöst. Hintergrund ist ein massiver Anstieg von Spätaborten zu Beginn der Achtzigerjahre, meist erst nach SSW 14+.

Als wahrscheinlichste Ursache gelten Mikroschadstoffe im Wasser – insbesondere Hormone, Pestizide und Mikroplastik – sowie Giftmüll und radioaktive Abfälle. Die Hautatmung begünstigt genetische Veränderungen – Schadstoffe gelangen großflächig direkt in den Organismus.

Für die Fortpflanzung werden ausschließlich Keimzellen von Donatoren verwendet, deren genetisches Set-up sich als besonders widerstandsfähig gegen embryotoxische Einflüsse erwiesen hat. Das Erbgut wird getestet, die besten Spermien und Eizellen entnommen und optimal kombiniert. Krankheiten und vererbliche Anomalien konnten so weitestgehend ausgemerzt und die Rate der Spätaborte drastisch gesenkt werden.

Patricia lässt den Ausdruck sinken. Fehlgeburten. Schwangerschaftswoche 14 plus. Genau das, was ihnen auch noch blühen wird, bei all den hormonell verändernd wirkenden Inhaltsstoffen in Lebens- und Verhütungsmitteln, Medikamenten und Drogerieprodukten. Deos, Zahnpasta und Hautcremes, Düngemittel, Pestizide, Kosmetika – allesamt vollgestopft mit schädlichen Substanzen, die massive Schäden in der Erbsubstanz hervorrufen.

Eigentlich müsste Patricia nicht weiterlesen, der Rest ist schätzungsweise ein Sammelsurium an plausiblen Lügen und verwaschenen Halbtatsachen, die so formuliert wurden, dass die Menschen möglichst gut dastehen. Als ob ihre Nachrichtendienste es schriftlich festhalten würden, das Abkommen mit den Marin jahrzehntelang verletzt, die Meere verschmutzt und in Hormonen und Plastik ertränkt zu haben, in Schadstoffen und Giftmüll – es noch immer zu tun, jetzt mehr denn je.

Patricia kennt Studien dazu. Zahlen, die alles genau belegen und gleichzeitig verschleiern, weil eine Zahl abstrakt ist. Etwas, das ohne entsprechenden Zusammenhang nichts aussagt.

Ginge es in dieser Sache um Fische oder Korallen oder irgendwelche anderen Meereslebewesen, wäre es Patricia ziemlich egal, sie ist da ehrlich. Na gut, vielleicht nicht egal, aber es wäre anders. Irgendwie weiter weg. Es ist die Ebenbürtigkeit der Marin, die den Unterschied macht. Als wäre es völlig in Ordnung, Lebensräume zu zerstören, solange es sich nur um die von Tieren handelt.

Patricia richtet sich in ihrem Stuhl auf.

Ist das der Grund, warum die Marin an Land gekommen sind – ihre Wächter und Elite-Wächter? Und sind es nur sie? Oder werden es klammheimlich immer mehr, die unerkannt unter ihnen leben? Sind sie da, um den Menschen auf die Finger zu schauen? Weil Vertrauen gut ist, aber Kontrolle besser? Oder verlassen sie schleichend ihren Lebensraum, um sich nach und nach den der Menschen zu eigen zu machen?

Patricia schüttelt den Kopf. Sie ist müde und überarbeitet. Andererseits ergibt es Sinn. Sie schiebt den Gedanken weg und liest weiter.

Auf medizinischer Ebene markieren die Fortschritte, die aus dem »großen Föten-Sterben« resultieren, den Anfang einer wissenschaftlichen Revolution. Massive Investitionen in F&E liefern schnelle Erfolge auf dem Gebiet der epigenetischen Forschung. Deren Ziel ist eine Resistenz gegen Umweltgifte, was sich bei der steigenden Zahl an immer neuen Giften als schwierig erweist. (Stand 1999)

Um das System aufrechtzuerhalten, wird der Sexualtrieb der Marin genetisch und hormonell unterdrückt. Er lässt sich jedoch nicht ganz abstellen – ein Rest des Triebs bleibt bestehen.

Sie sind nur Kopf, denkt Patricia. *Glasklarer Verstand und reine Vernunft.* Ihr Blick fällt vor sich auf den Schreibtisch. Auf jene Stelle, auf der sie sich vorhin noch mit beiden Händen abgestützt hat, Robert hinter ihr, sein Körper an ihrem, ihre Wange auf dem kühlen Holz.

Patricia kennt den Wunsch, ihre Triebe abstellen zu können. Nicht immer wieder essen, trinken, schlafen zu müssen. Sich nicht zu Männern und Frauen hingezogen zu fühlen, eine Sklavin ihrer Gedanken und Gelüste zu sein. Nur Verstand. Rational. Doch dann denkt sie an den Sex eben mit Robert zurück und an die zwei Orgasmen, während derer ihr Verstand für ein paar herrliche Sekunden nebensächlich war. Ihr Gehirn ein rudimentäres Organ. Es gab nur ihren Körper.

Und schweren Atem. Und dieses Gefühl irgendwo zwischen Schmerz und Freiheit. Eine Essenz des Lebendigseins, auf die sie freiwillig nie verzichten würde.

Es ist ein überaus wackeliges System, ein Tauziehen zwischen ebenbürtigen Gegnern, zwischen Vernunft und Trieb, an dem die Menschheit sich seit jeher aufreibt. Die Marin tun es nicht mehr. Trotzdem können sie den Trieb nicht ganz abstellen. Weil er zu tief verankert ist. Egal, mit wie viel Rationalität man ihn zudeckt, er wird sich Bahn brechen. Patricia kennt das nur zu gut.

Bei diesem Gedanken blättert sie zur nächsten Seite und liest.

Mentorenausbildung und infiltrierte Geheimdienste

Die Selektion beginnt bereits sehr früh. Zwischen dem zwölften und dreizehnten Lebensjahr entscheidet sich, welche berufliche Laufbahn eingeschlagen wird. Dabei liegt der Fokus nicht auf einem breiten Wissensspektrum, sondern konzentriert sich von Anfang an auf die Spezialisierung des jeweiligen Fachbereichs.

In der Wächter-Grundausbildung lernen die Anwärter neben Waffengebrauch und diversen Nahkampftechniken alles über die Gegenseite – erst generell, dann spezifisch passend zum zukünftigen Einsatzgebiet. Kultur, Religion, Geschichte, Lebensart, Traditionen, linguistische Feinheiten etc.

Nach bestandener Zwischenprüfung erhalten sie eine Alias-Identität, der sie sich vollständig unterwerfen. Alle Einzelheiten der Alias-Informationen werden so lange stichprobenartig abgefragt und getestet, bis der Wächter schließlich voll und ganz zu dieser Person geworden ist.

Der zweite Ausbildungsabschnitt bereitet die Wächter optimal auf ihre akademische Laufbahn vor. Ziel ist es, einen Großteil von ihnen in die weltweit führenden Elite-Universitäten einzuschleusen, um sie so langfristig in Spitzenpositionen in den Bereichen Wirtschaft, Politik und Forschung zu bringen. Nach Ende des zweiten Abschnitts schwärmen die Wächter aus. Die Ausbildung der Elite-Wächter geht in den dritten und letzten Abschnitt: die Perfektionierung. In dieser Phase werden sie durch Waffentraining, Kampftechniken, Verhör- und Verschleierungsmethoden gezielt auf die Spionage- und Geheimdienstarbeit vorbereitet.

Elite-Wächter sind für eine Agentenlaufbahn genetisch selektiert, sie verfügen über außerordentliche körperliche und geistige Belastbarkeit und Fähigkeiten, die ihre Aufnahme in die diversen Nachrichtendienste mehr oder weniger garantieren.

Diese Strategie ermöglicht es ihnen, den Feind aus nächster Nähe zu studieren, ihn und seine Strukturen zu analysieren, Schwachstellen zu ermitteln und auszunutzen. Sie erhalten Zugang zu relevanten geheimdienstlichen Informationen, die sie direkt an ihre Befehlshaber weitergeben können.

Jedem Elite-Wächter wird zu Beginn seines Trainings ein Mentor zugewiesen. Dabei handelt es sich um eingeschleuste Elite-Wächter, die ihrerseits in national und international agierenden Geheimdiensten ranghohe Posten bekleiden. Am Ende ihrer Ausbildung vervollständigt und vertieft ihr Mentor das Wissen über den Feind in Bezug auf (geistige) Kampftechniken.

Ihr Aufsteigen in der Hierarchie macht sie zu langfristigen Assets und später zur nächsten Generation von Mentoren.

(Quelle: MSS, November 1997)

Patricia runzelt die Stirn. Die Perspektive, in der diese Passage verfasst wurde, ist seltsam. *Diese Strategie ermöglicht es ihnen, den Feind aus nächster Nähe zu studieren.* Es ist aus Sicht der

Marin. Aber wenn das stimmt, woher stammen diese Informationen? Bislang war es nie möglich, sie zu verhören. Sie haben sich ausnahmslos jedes Mal ausgeschaltet, bevor sie hätten befragt werden können. Patricia liest ein weiteres Mal den Quellenvermerk. Wieder MSS.

Sie blättert um. Dann liest sie weiter.

Wächter werden weltweit in Geheimdiensten, Behörden, Regierungen, Militär und Wirtschaftskonzernen eingeschleust. Nur etwa acht Prozent aller Marin erfüllen die Mindestanforderungen, um als Wächter in Betracht gezogen zu werden, und lediglich einer aus einhundertzwölf Wächteranwärtern hat die Eignung zum Elite-Wächter.

Diese verfügen im Gegensatz zu Wächtern über eine bessere Konstitution und Kondition. Sie benötigen kaum Schlaf, sind belastbarer und schneller (gedanklich wie körperlich), profitieren von einem beschleunigten Muskelaufbau und einer deutlich schnelleren Regeneration. Sie sind weitaus weniger schmerzempfindlich und verfügen über eine überdurchschnittliche Auffassungsgabe, die es ihnen ermöglicht, komplexe Sachverhalte zu verknüpfen und zu verarbeiten. Sie besitzen die Fähigkeit, selbst moralisch oder persönlich schwierige Entscheidungen in Sekundenbruchteilen zu treffen – beispielsweise, sich selbst auszuschalten, um nicht als Waffe gegen die Marin eingesetzt werden zu können. Ihr eigenes Leben ist im Vergleich zur Sicherheit des Kollektivs nebensächlich. Der moralische Kompass eines Elite-Wächters ist stets auf die Unversehrtheit und das Wohlergehen der Gemeinschaft gerichtet.

Den größten Unterschied zwischen Wächtern und Elite-Wächtern stellt allerdings eine bestimmte Genmutation dar, die es Elite-Wächtern ermöglicht, Menschen, Marin und andere Wächter gedanklich bzw. geistig auszuschalten.

Trotz intensiver Forschung ist nach wie vor unklar, wie diese Genmutation zustande kommt und weshalb sie nicht dominant vererbt wird. (Quelle: MSS, Stand 1998)

Patricia hält inne und liest den vorletzten Absatz noch einmal. *Menschen, Marin und andere Wächter gedanklich bzw. geistig auszuschalten.* »Genauso wie sich selbst«, murmelt sie in die Stille des Raums. Ihre Vermutung stimmt also. Es ist eine Art Selbstzerstörung, für den Fall, dass sie enttarnt werden. Bevor man sie befragen oder foltern kann, begehen sie Suizid, indem sie ihr eigenes Gehirn zerfetzen.

Patricia schaut auf, ihr Herz schlägt schnell, innerlich zittert sie, äußerlich ist sie vollkommen ruhig. Ihr Blick fällt zurück auf die Akte. Und dann auf das Kopiergerät neben der Tür.

Es wird nicht mehr lange dauern und Robert kommt zurück. Und dann ist er vielleicht nicht mehr in der Laune, sie weiterlesen zu lassen. Nach dem Sex ist er öfter mal zu kleinen Geschenken aufgelegt, zu kleinen Zeichen seiner Größe. Doch das vergeht recht schnell. Danach neigt er dazu, seine Macht anders zu demonstrieren, meist indem er genau das wieder nimmt, was er eben gegeben hat. Er tut es vor allem dann, wenn er denkt, dass sie ihn benutzt. Als eine Art vorsorgliche Rache an ihr.

Patricia schaut auf die ausgedruckten Seiten vor sich. Sie könnte weiterlesen.

Oder aber sie könnte …

TAG 5

EFRAIL, ICE 275, 2:01 UHR

Als ich aufwache, fühlt mein Kopf sich benebelt an. Als wäre er voll mit fremden Gedanken. Ich versuche, mich aufzurichten, doch Maja liegt auf meiner Brust. Sie schläft, den Arm auf meinem Bauch, meiner liegt um ihre Schultern, meine Fingerspitzen berühren ihre Brust bei jedem Atemzug, den sie nimmt.

Ich schlucke trocken, sortiere meine Gedanken, erinnere mich an Maja, wie sie neben dem Sitz auf dem Boden kniet, das Gesicht in ihren Händen vergraben. Ich habe sie festgehalten, keine Ahnung, wie lange. Und sie hat auf eine Art geweint, die ich so körperlich empfunden habe, als wäre es nicht ihr Schmerz, sondern meiner. Die Anspannung in ihren Muskeln, die Abwehr gegen die Wahrheit, das bebende Schluchzen. Ich habe *sie* gespürt. Alles von ihr. Als wäre ich um sie gewachsen.

Ich schiebe den Gedanken weg und fische umständlich mein Handy aus der Hosentasche. Bei der Bewegung atmet Maja tief ein, so als würde sie aufwachen, doch sie tut es nicht.

Ich schaue auf das grelle Display. 2:01 Uhr. Und eine neue E-Mail. Ich habe länger geschlafen als sonst. Länger, als ich sollte. Die Mail kam vor über zwei Stunden. Der Betreff lautet: *Jenecke.* Als ich sie öffne, ist da kein Text, nur zwei Anhänge. Ein eingescannter Totenschein und ein Vernehmungsprotokoll. Während ich beides überfliege, frage ich mich, ob diese Dokumente echt sind. Sie sehen echt aus.

Name: Daniel Friedrich Jenecke

Todesursache: Schädelwunde, verursacht durch stumpfe Gewalteinwirkung/Fremdverschulden

In anderen Worten: ein Kopfschuss. Es war eine Hinrichtung. An jemandem, der zur falschen Zeit am falschen Ort war. Der seine Nase ein bisschen zu tief in Angelegenheiten gesteckt hat, die ihn nichts angehen.

Mein Blick fällt auf den Umschlag, oder auf das, was davon zu sehen ist. Er steckt zwischen Majas und meinem Oberkörper, nur eine Ecke lugt hervor. Der Rest wird abgeschirmt von ihrer Brust und ihrem Arm. Man könnte fast meinen, sie versucht, ihn zu beschützen. Als wüsste sie, was ich vorhabe.

Aber es führt kein Weg daran vorbei. Jenecke scheint etwas gefunden zu haben, das er nicht hätte finden sollen, und er hat es auch noch irgendwie geschafft, es Maja zukommen zu lassen. Vielleicht ist es nichts. Oder aber es ist etwas. So oder so: Ich muss herausfinden, ob der Inhalt uns gefährlich werden könnte – oder ob Jenecke wirklich nur zur falschen Zeit am falschen Ort war. Ein Opfer von Zufall und Gründlichkeit.

Der Zug rast durch die Nacht, kaum Rad-Schienen-Geräusche, nur minimal, ein sanftes Rauschen. Ich nutze die leicht ruckelnde Bewegung, arbeite mit ihr, nehme ganz langsam den Arm von Majas Schulter, bringe Zentimeter für Zentimeter Abstand zwischen uns. Ich halte den Atem an, während ich genau auf ihren achte, ihre Lider beobachte, ihre Wimpern. Sie schläft einen toten Schlaf. Als hätte jemand sie abgestellt wie eine Maschine. Ich taste vorsichtig nach der herausstehenden Ecke des Umschlags, fange an, daran zu ziehen. Behutsam. Ohne Hast. Das Vibrieren des Zuges kaschiert, was ich tue. Ich lasse mir Zeit, konzentriere mich auf eine ruhige Hand und Majas Gesicht.

Dann endlich ist der Umschlag so weit draußen, dass ich ihn öffnen kann. Er ist schlampig zugeklebt, Jenecke muss es ziemlich eilig gehabt haben. Ich schaue zu Maja, überprüfe, ob sie noch schläft, ihre Atmung, ihre Lider, dann gleite ich mit dem Zeigefinger unter die breite Lasche des Umschlags und löse vorsichtig den Klebstoff.

Als sie offen ist, ziehe ich den Inhalt ein Stück heraus, gerade so weit, dass ich sehen kann, worum es sich bei dem Dokument handelt. Schätzungsweise zwanzig bis dreißig Seiten. Im Kopfbereich erkenne ich einen Namen und den Titel der Arbeit. Bei diesem Anblick schließe ich kurz die Augen. »Verdammt«, murmle ich. Unfassbar, wie viel Ärger uns dieser Typ mit seiner Scheißabhandlung schon gemacht hat – und immer noch macht. Selbst nach seinem Tod.

Ich lasse meine Hand sinken, wäge meine Möglichkeiten ab, samt den daraus resultierenden Folgen. Zerstöre ich den Umschlag und seinen Inhalt, zerstöre ich automatisch auch die Vertrauensgrundlage, die ich aufgebaut habe. Maja wird mir die Anschrift in Paris nicht verraten. Ich könnte ihr folgen. Aber was, wenn die ISA mir zuvorkommt? Wenn sie sie zuerst kriegen? Maja oder die Akten.

Ich könnte es aussehen lassen wie einen Angriff. Maja außer Gefecht setzen, mir selbst ein paar Wunden zufügen und dann warten, bis sie wieder zu sich kommt. Aber wie wahrscheinlich ist es, dass uns jemand in diesem Zug überfällt und dann nichts weiter mitnimmt als einen ungeöffneten Umschlag? Es sei denn, die Person weiß um die Wichtigkeit seines Inhalts. Die ISA, ein feindlicher Geheimdienst? Es wäre möglich.

Mein Blick fällt wieder auf den Titel der Abhandlung. *Marin-Studien.* Hätten sie Ricker doch einfach nur früher beseitigt. Und mit ihm jede einzelne Kopie seiner Scheißstudie. Ich wüsste wirklich gern, wie Jenecke an das Dokument gekommen ist. Wo er es herhat.

In dem Moment beginnt Maja sich zu regen. Vielleicht träumt sie, vielleicht wacht sie bald auf. Ihre Augen bewegen sich schnell unter den Lidern, sie schluckt angestrengt. Wenn ich diesen Umschlag loswerden will, sollte ich es besser schnell tun. Wenn sie erst mal wach ist, wird sie ihn öffnen. Und selbst wenn nicht, würde sie ihn nicht eine Sekunde lang unbeaufsichtigt lassen – immerhin ist Jenecke dafür gestorben.

Ich schließe kurz die Augen, das Fahrtgeräusch des Zuges geht monoton durch mich hindurch, ein friedliches Wummern, das ich bis in die Knochen spüre. Ich brauche Maja noch. Mit ihr ist die Wahrscheinlichkeit am größten, Kohlbecks Aufzeichnungen zu finden, also atme ich tief ein, schiebe das Dokument millimeterweise in den Umschlag zurück und drücke die Lasche zu.

In genau dem Moment dreht sich Maja in meine Richtung, ihren Oberkörper, das Gesicht, dann ist es plötzlich ganz dicht an meinem.

MAJA, KURZ ZUVOR

Meine Zehenspitzen berühren die Wasserlinie. Es ist warm wie Badewasser. Der Boden ringsherum ist aufgeweicht, meine Fersen sinken langsam ein. Das schlammige Gefühl ist wie eine alte Erinnerung, als wüssten meine Füße, dass sie schon einmal hier waren. Meine Arme und Beine tun weh. Schürfwunden und blaue Flecken von den Ästen, denen ich im Lauf nicht ausweichen konnte. Ich spüre, wie sich das Blut unter meiner Haut sammelt. Aber nun bin ich angekommen, das Wasser ist nah an Schwarz, die Oberfläche fast glatt, bloß ein paar winzige Wellen, klein wie ein Zittern. Als würde ein Bass durch sie hindurchdröhnen. Ich beuge mich vor, tauche mit den Fingerkuppen ein, blicke hinunter, immer weiter, so weit ich sehen kann. Dann lasse ich mich fallen, tauche tiefer. Tiefer in die Dunkelheit, sie verschluckt mich, das Wasser wird kälter. Ich schwimme. Schwimme immer weiter, als würde etwas ganz unten nach mir rufen, an meinen Armen ziehen. Und dann wird mir klar, dass ich den Punkt überschritten habe. Den Punkt, an dem ich hätte umkehren müssen. Dass ich so tief getaucht bin, dass ich es nicht wieder nach oben schaffen werde. Ich bin tot, ohne tot zu sein, existiere gerade noch lang genug, um zu sehen, dass sich in der Tiefe etwas auftut – unzählige kleine Lichter, Gebäude, Straßen, eine Welt in der Welt.

Ich schwebe irgendwo zwischen unten und oben, spüre, dass ich atmen muss, dass der Trieb den Kampf gegen meinen Verstand jeden Moment gewinnen wird. Dann plötzlich rieche ich Efrail. Ihn und seine Wärme. Als wäre er mit mir im Wasser. Seine Lippen sind meinen ganz nah, sein Gesicht, sein Blick, seine Augen. Efrail sieht mich an. Mein Brustkorb wird enger und enger, als würden meine Rippenbögen jeden Moment brechen. Ich habe sie gespürt, die Verbundenheit zwischen uns, die ich sonst immer nur zwischen anderen gesehen, aber nie selbst erlebt, nie selbst empfunden habe. Doch ich habe es ihm nicht gesagt. Ich hätte es ihm sagen sollen. Der Schmerz in meiner Brust wird lauter, so als wäre er ein Schrei in meinen Ohren. Ich spüre die Wärme von Efrails Lippen.

Dann berühren sie meine.

EFRAIL, 2:05 UHR

Maja legt ihren Arm um meinen Nacken und zieht mich an sich. Ich lasse es zu, lasse zu, dass ihre Lippen meine berühren, spüre ihre Zunge, meine Muskeln spannen sich an, alle auf einmal, ich kann nicht denken, mich nicht konzentrieren. Ihre Zunge umkreist meine, mein Herz rast, alles pulsiert, jeder Zentimeter meines Körpers, meine Haut, meine Hände. Dann küsse ich sie, ich höre nicht auf, sie zu küssen, vergesse für ein paar Sekunden alles – meinen Auftrag, den Ernst der Lage, warum ich hier bin, sogar Saul. Ich bestehe nur noch aus dem Moment und Körperzellen. In genau der Sekunde, als ich Maja an mich ziehe, durchbricht eine Durchsage die Stille: »Sehr verehrte Fahrgäste, in wenigen Minuten erreichen wir Frankfurt Hauptbahnhof.« Beim Klang der Stimme schreckt Maja hoch und reißt die Augen auf, ihr Blick ist wie ein Schlag, eine Wucht, die nur Angst auslösen kann. Majas Herz schlägt schnell, aber nicht schneller als meins. Eine Weile bleiben wir so, dann schlucke ich, finde langsam wieder zu mir, als wäre ich ohnmächtig gewesen und würde gerade zu Bewusstsein kommen. Mein Verstand schaltet sich ein und ich rücke von Maja ab.

Dann vibriert mein Telefon.

Es ist ungewöhnlich, dass sie mich anrufen. Anrufe sind kein gutes Zeichen.

Ich greife nach meinem Handy, stehe auf und nehme ab.

»Ja?«, sage ich.

»Ihr müsst verschwinden. Sie steigen in Frankfurt zu.«

MAJA, 02:14 UHR

Der Zug wird langsamer, die Räder quietschen auf den Gleisen, dann ein kleiner Ruck und wir stehen. »Meine sehr verehrten Damen und Herren, wir begrüßen Sie in Frankfurt am Main.«

Efrail geht mit großen Schritten vor mir her, ich folge ihm, den schmalen Gang hinunter, vorbei an geschlossenen Abteiltüren, den Rucksack auf dem Rücken, den Umschlag an die Brust gepresst. Keine Ahnung, vor wem wir weglaufen, Efrail hat es nicht gesagt, nur: *Wir müssen hier raus. Jetzt.*

Die Türen des ICE öffnen sich, ein paar Leute steigen aus, andere ein, wieder andere rollen verschlafen ihre Koffer in Richtung Ausgang und versperren uns den Weg. Ich frage mich, warum wir nicht aussteigen. Aber Efrail scheint nach etwas zu suchen. Wonach, weiß ich nicht. Er schaut in jedes Abteil. Geschulte, ja beinahe militärische Blicke, kurz und abgehackt. Plötzlich gibt er mir ein Zeichen, stehen zu bleiben, das ich instinktiv befolge – meine Beine verstehen es vor meinem Verstand.

Efrail sieht sich um. Als er sicher ist, dass uns niemand beobachtet, öffnet er lautlos die Tür zu dem Abteil, neben dem wir stehen, und geht hinein. Ich folge ihm mit dem Blick, erkenne eine junge Frau und einen jungen Mann, die beide schlafen. Efrail streckt sich und nimmt zwei kleine Rollkoffer von der Gepäckablage über ihren Köpfen. Dann verlässt er das Abteil, schließt die Tür und geht in Richtung Ausgang. Der Gang ist leer, wir sind allein. Efrail lässt die Koffer neben mir stehen, er stellt sich auf die unterste Stufe neben der offenen Tür und späht auf den Bahnsteig.

»In drei Minuten fährt der Zug ab«, sagt er leise. »Unmittelbar davor steigen wir aus.«

»Warum tun wir es nicht einfach jetzt?«, frage ich.

»Weil einer von denen da draußen steht und genau darauf wartet.«

»Dass wir aussteigen?«

»Dass wir aussteigen«, wiederholt Efrail.

»Aber warum?«, frage ich. »Was wollen die?«

Efrail dreht sich zu mir um. »Uns umbringen.«

In dem Augenblick bemerke ich einen Schatten, Schritte, ein Gesicht.

Dann geht alles verdammt schnell.

Efrail sieht mich an, runzelt die Stirn, versteht meinen Blick, folgt ihm und schlägt zu. Ich lasse den Umschlag sinken, halte ihn jedoch weiterhin fest, mache mich bereit, anzugreifen. Knapp neben mir ist etwas – oder jemand –, ich fahre herum und sehe eine Waffe. Das kleine schwarze Loch ist wie ein Déjà-vu. Die Erinnerung explodiert in meinem Kopf, Angst, Zorn, Kampfbereitschaft. Bilder von mir auf dem Boden, halb nackt und seltsam wehrlos. Und dann passiert es. Ein heißes Gefühl hinter meiner Stirn, hinter meinen Schläfen, tief wie ein Schmerz, der wächst, der sich ausbreitet, der meinen Schädel zu sprengen scheint, den Knochen, die Haut. Ich schreie nicht, verziehe keine Miene, frage mich, ob sich so Sterben anfühlt, ob das gerade die Kugel ist, die meinen Kopf zertrümmert und in die Gehirnmasse eindringt. Doch der Schmerz kommt von innen. Er schießt aus mir heraus.

Dann ist es vorbei.

Einen Moment stehe ich da und blinzle, schaue neben mich auf den Boden, zu der Frau, die reglos daliegt. Ihre toten Augen sehen mich direkt an, ihr letzter Blick eingefroren, ein Entsetzen, das nie enden wird.

Weit entfernt höre ich meinen Namen. Er klingt wie aus einer anderen Welt. Wie ein Fremdwort, das ich irgendwie kenne, das aber keinen Sinn ergibt. Als wäre ich nicht mehr ich.

Im selben Moment packt mich jemand am Arm und zerrt mich aus dem Zug. Ich höre es piepen, stolpere, klammere mich an den Umschlag, als könnte er mir Halt geben, unterdrücke die aufsteigende Übelkeit, schmecke die Säure, die meinen Hals hochkriecht.

Auf dem Bahnsteig liegt ein Mann mit blankem Gesicht, Augen, die ins Nichts blicken, nirgends ist Blut, keine Wunde, nur eine Hülle, die leer daliegt.

Die Türen des Zuges schließen sich. Er setzt sich in Bewegung. Und mir wird schwarz vor Augen.

SOFIE, J. VICTOR STREET, MAKATI, 1230 MANILA, PHILIPPINEN, ZUR SELBEN ZEIT

Sie sitzen in einem Hostel. Der Raum ist klein und heruntergekommen, die Stoffe passen nicht zusammen, die des Bettzeugs und der Vorhänge, wilde Muster, die sich beißen, eine nackte Glühbirne, die schräg in der Fassung hängt, dann und wann flackert das Licht.

Sofie bemerkt nichts davon. Sie sitzt auf dem Bett und isst. Sie weiß nicht, was man ihnen gebracht hat, aber nie in ihrem Leben hat etwas besser geschmeckt. Hähnchen und Reis und irgendwelche Gewürze. Das Gefühl in ihrem Mund ist warm und weich. Sofie beugt sich über die Schale und nimmt gierig einen Löffel nach dem anderen. Trotzdem klammert sie sich an Theos Hand, als würde sie der neu gewonnenen Freiheit noch nicht ganz trauen. Als wäre sie zu gut, um wahr zu sein.

Angeblich sind sie in Sicherheit, angeblich ist Teniel der Kontaktmann eines Agenten des BND. Er hat sich umgehört, etwas mitbekommen, sich auf die Suche gemacht und sie gefunden. Die meisten der Schlepper kennen sich untereinander, sagt Teniel. Er arbeitet verdeckt für den philippinischen Nachrichtendienst. Aus irgendeinem Grund war Sofie erstaunt darüber, dass es einen philippinischen Nachrichtendienst gibt. Aber natürlich gibt es den. Sofie denkt bei den Philippinen einfach eher an Traumstrände. Sie hat sich Teniels Ausweis zeigen lassen. Darauf stand *National Intelligence Coordinating Agency*, NICA. Darunter waren sein Name und ein Foto abgebildet. Aber der Ausweis könnte genauso gut gefälscht sein, schließlich hat Sofie keine Ahnung, wie so ein Ausweis aussieht. Sie möchte ihm glauben. Sie will, dass Teniels braune Augen so ehrlich sind, wie sie aussehen, und dass alles so gut ist wie dieses Essen. Wie Theos Hand in ihrer, wie die sanfte Erschöpfung, die sich langsam in ihr breitmacht. *In Sicherheit*, denkt sie. Vielleicht stimmt es ja. Immerhin haben sie ihnen etwas zu essen gegeben, oder nicht? Und Wasser. Und ein Bett für die Nacht. Und sie versuchen, Sofies Vater zu erreichen.

Erst dann wird sie es glauben. Erst, wenn sie seine Stimme hört. Dann weiß sie, dass es wahr ist. Kurz fragt sie sich, wann sie zuletzt mit ihm gesprochen hat. Die letzten Tage sind wie ein zäher Brei in ihrem Gehirn. Dann fällt es ihr wieder ein. Und alles in ihr zieht sich krampfartig zusammen. Sofie weiß nicht, wie lange es her ist, sie hat ihr Zeitgefühl verloren, doch sie weiß noch genau, was er gesagt hat. Wie matt und müde er klang. Nicht wie er selbst. Er hat nach den richtigen Worten gesucht, wollte den Schlag sanft verpacken.

Sofie hat es verdrängt, es weggeschoben. Bei allem, was passiert ist, war es nicht weiter schwer. Doch mit der Sicherheit kommt auch die Erinnerung zurück. Maja ist tot. Sie hat das alles nicht nur geträumt. Es ist wirklich passiert. Sie hatte einen Autounfall. Patricia ist selbst gefahren. Sie ist nie selbst gefahren. Und dann hat sie die Kontrolle über den Wagen verloren und ist in die Spree gerast. Sie ist ertrunken. Als ihr Vater es ihr erzählt hat, hat seine Stimme versagt.

Sofie fragt sich, ob die Beerdigung bereits stattgefunden hat. Ob Maja schon obduziert wurde. Sofie will es sich nicht vorstellen, doch das Bild ist schneller. Ein offener Brustkorb, gespreizte Rippenbögen, Majas totes Gesicht. Sofie würgt.

Sie lässt Theos Hand los und rennt hinüber in das winzige Bad, wo sie sich schwallartig übergibt.

Hähnchen und Reis und irgendwelche Gewürze.

EFRAIL, A63, 32 MINUTEN SPÄTER

Wir haben es irgendwie aus Frankfurt rausgeschafft. Der uralte Ford Fiesta, in dem wir unterwegs sind, war vielleicht nicht die beste Wahl als Fluchtwagen, dafür eine unauffällige. Außerdem hatte ich keine Zeit, wählerisch zu sein.

Ich werfe einen Blick auf den Beifahrersitz, auf Maja, die bewusstlos neben mir sitzt. Sie ist vorhin auf dem Bahnsteig einfach in sich zusammengesackt. Das ist normal. Es passiert jedem, der das erste Mal jemanden ausschaltet, aber eigentlich passiert es sofort. Im selben Moment.

Ich habe es die ganze Zeit geahnt, alles hat darauf hingedeutet. Doch ihre Augen blieben unverändert und auf das Hypoglycosol hat sie auch nicht reagiert. Wie kann sie nicht darauf reagiert haben? Die Menge, die ich ihr gegeben habe, hätte jemanden mit dem doppelten Körpergewicht im Bruchteil einer Sekunde außer Gefecht gesetzt. Ich denke an ihre Krankenakte und die widersprüchlichen Befunde. Die Thorax-Aufnahmen, die vielen Fragezeichen. Abgesehen von den Unterlagen dieser Nacht habe ich keine anderen von ihr auftreiben können. Nichts. Nichts aus ihrer Kindheit, nichts aus ihrer Jugend. Patricia Kohlbeck hat mit eiserner Hand über ihre Tochter gewacht. Langsam verstehe ich, warum.

Was ist sie?

Ich schaue noch einmal kurz zu ihr rüber. Ihr Kopf lehnt am Seitenfenster, ihre Hände liegen schlaff in ihrem Schoß. Es dürfte noch eine Weile dauern, bis sie wieder zu sich kommt. Ich war damals über zwei Stunden k.o. und das ist kurz im

Vergleich zu anderen. Die waren danach ganze Tage ausgeknockt. Ich weiß noch, dass Saul neben mir saß, als ich wieder zu mir kam. Sein bärtiges Gesicht war das Erste, was ich gesehen habe. Wie das eines Bären mit Brille und Lächeln. Beim Gedanken an ihn fasse ich instinktiv an das Tattoo an meinem rechten Schlüsselbein. *Nicht jetzt*, sage ich mir, *du bekommst noch deine Rache*.

Ich habe Maja auf einem Gepäckwagen aus dem Bahnhof geschafft, bevor jemand die Leiche entdeckt hat. Aber die Überwachungskameras haben uns aufgezeichnet. Jetzt ist nicht länger nur die ISA hinter uns her, sondern dank des Zwischenfalls am Bahnhof bald auch die Polizei. Es ist nicht viel los auf den Straßen, bis auf ein paar Lkws ist die Autobahn leer. Insgesamt fünf Stunden vierzig bis Paris sind realistisch – vorausgesetzt, es bleibt ruhig.

Im selben Moment leuchtet die Reservelampe auf, wir haben kaum noch Benzin. Vielleicht hätte ich doch einen anderen Wagen kurzschließen sollen, einen mit einem größeren Tank und etwas mehr PS.

Ich frage mich, warum die ISA ihre Leute geschickt hat. Der Angriff in Majas Wohnung war fingiert, aber der vorhin war echt. Sie hätten uns beide ausgeschaltet. Maja ist Steins Patentochter, würde er das wirklich tun? Ich kann es mir nicht vorstellen. Nikolai meinte, er findet es heraus und meldet sich dann wieder. *Schaff du sie heil nach Paris, ich kümmere mich um alles*, hat er gesagt. Aber irgendetwas stimmt nicht. Auch, dass sie Steins Tochter verloren haben. Sie war wichtig für den Plan. Andererseits funktioniert er auch so.

Ich schaue auf die Uhr. Noch drei Stunden bis Phase zwei. Dann werden sie alle wie gebannt vor ihren Fernsehern sitzen und nicht glauben können, was sie sehen. Trotzdem sollten wir unser Aussehen verändern, sicher ist sicher. Kurz vor Paris müsste reichen. Irgendein Hotel oder eine Raststätte.

Wenn Maja zu sich kommt, wird sie mich mit Fragen bombardieren, sie wird mich anschreien, Antworten verlangen, vielleicht sogar hysterisch werden. Es ist besser, wir sind allein, wenn das passiert.

In fünfhundert Metern kommt eine Tankstelle. Benzin brauchen wir so oder so. Am besten, ich erledige es gleich.

Ich setze den Blinker und fahre an der Raststation raus. Maja schließe ich im Auto ein, dann tanke ich und gehe in den Shop.

»Die Drei und das hier«, sage ich und lege die Sandwiches, die Schokolade, vier Flaschen Mineralwasser und zwei Packungen Meersalz auf den Tresen. Das wird Maja brauchen, wenn sie wach wird.

»57,12«, sagt die Kassiererin.

Ich halte ihr drei Zwanzigeuroscheine hin. Sie nimmt sie und lächelt.

»2,88 zurück.«

Ich schüttle den Kopf. »Stimmt so.«

Sie bedankt sich und wirft das Kleingeld in eine Tasse mit der Aufschrift TIP.

»Brauchen Sie eine Tüte?«

»Nein, danke«, sage ich, »es gibt viel zu viel Plastik auf dieser Welt.«

Ich gehe zum Wagen zurück. Das Gelände ist leer, ein paar geparkte Lkws, künstliches Licht, sieben verwaiste Zapfsäulen, sonst nichts. Trotzdem senke ich den Kopf, blicke stur vor mich auf den Boden, das Haar in der Stirn, das Kinn an die Brust gepresst, damit die Gesichtserkennung mich nicht erfassen kann.

Als ich den Fiesta erreiche, stecke ich umständlich den Schlüssel ins Schloss und öffne die Tür. Dann schaue ich auf und sehe in bernsteinfarbene Augen.

MAJA, 03:12 UHR

Efrail steigt zu mir in den Wagen, bepackt mit Wasserflaschen, Schokolade und einer Papiertüte. Ich sage nichts. Stelle auch keine Fragen. Nicht, wo wir sind, nicht, wo er das Auto herhat, nicht, was ich vorhin getan habe – was *wir* getan haben. Und vor allem nicht, wie.

Es riecht nach Benzin. Und nach Brot und Käse. Mein Schädel dröhnt, ein geduldiger Schmerz, der sich bis in den Nacken ausbreitet. Efrail legt die Sachen, die er gekauft hat, in den Fußraum hinter meinen Sitz – alles bis auf eine Flasche Wasser und das Meersalz, das mir bis eben nicht aufgefallen ist. Ich sehe ihm dabei zu, wie er den Deckel aufschraubt und dann die kleine Ecke des Salzkartons eindrückt. Er schüttet etwa ein Drittel des Inhalts ins Wasser, das Salz rieselt zu Boden und löst sich langsam auf. Danach dreht er den Deckel zu, schüttelt die Flasche kurz und hält sie mir entgegen. »Hier«, sagt er, »das hilft gegen die Kopfschmerzen.«

Ich frage nicht, woher er weiß, dass ich Kopfschmerzen habe, öffne einfach die Flasche und trinke. Der Druck hinter meinen Schläfen lässt sofort nach, genauso wie das Pochen in den Augen und das Dröhnen hinter meiner Stirn. Ich halte die Flasche mit beiden Händen fest, als hätte ich Angst, dass Efrail sie mir jeden Moment wegnehmen könnte.

»Trink nicht so schnell. Sonst wird dir schlecht«, sagt er.

Ich schließe die Augen. Nehme einen Schluck nach dem anderen, gebe mir Mühe, langsam zu trinken. Meine Hände werden wieder warm, meine Beine hören auf zu zittern.

Als ich höre, wie Efrail sich anschnallt und den Wagen startet, lasse ich die Flasche sinken und öffne die Augen. Wir fahren an geparkten Lastwagen vorbei, an den WCs, an einer Raststätte, weiter in Richtung Autobahnauffahrt.

»Ich habe sie getötet, richtig?«, frage ich nach einer Weile. »Die Frau vorhin im Zug.«

Ich klinge seltsam sachlich. Als wäre es mir eigentlich egal.

Efrail fährt auf den Beschleunigungsstreifen und gibt Gas. Bevor er einfädelt, überprüft er den Verkehr im Seitenspiegel, dann sagt er: »Sie hat dich mit einer Waffe bedroht.«

»Das heißt dann also ja«, sage ich ruhig.

»Hättest du es nicht getan, hätte sie es getan.«

Er hat recht. Sie hätte mich umgebracht. Dann wäre jetzt ich tot und nicht sie. Ich schaue aus dem Fenster, draußen ist es stockdunkel und ich erkenne alles. Jeden noch so kleinen Ast, die Weite, kleine Ortschaften in der Ferne, hohe Bäume, Wälder, flirrende Luft. Dieser Anblick erinnert mich an meine Kindheit. An die Morgenstunden, in denen ich in dem angrenzenden Waldstück neben dem Anwesen meiner Mutter darauf gewartet habe, dass es hell genug wird, um nach Hause zu gehen. An das raue Gefühl der Äste unter meinen nackten Füßen. An die Wasserlinie, die lockend meine Zehen berührte.

»Ich bin früher geschlafwandelt«, sage ich schließlich in die Stille des Wagens. Efrail antwortet nicht, doch ich spüre, dass er mich ansieht. »Manchmal tue ich es noch.« Ich sage es so leise, dass man es kaum hört. Aber Efrail hat es verstanden. Keine Ahnung, woher ich es weiß, aber ich weiß es. Wir fahren zwischen Bäumen hindurch, sie rasen an mir vorbei, als würde ich still stehen und sie sich bewegen. »Ich hatte als Kind ständig blaue Flecken«, sage ich nach einer Weile. »Meine Mutter wusste nie, woher sie kamen.«

Und wieder spüre ich Efrails Blick auf mir. Deutlich wie eine Berührung.

»Ich wusste immer, dass irgendwas mit mir nicht stimmt. Ich wusste nur nie, was es ist.« Jetzt schaue ich ihn an. »Wie habe ich es gemacht?«, frage ich dann. »Das vorhin? Wie habe ich sie getötet?«

Efrail bremst und fährt auf den Seitenstreifen. Als der Wagen steht, stellt er den Motor ab, zieht die Handbremse und schaltet die Warnblinkanlage ein.

»Du hast sie gedanklich ausgeschaltet«, sagt er.

»Was bedeutet das?«

»Ich kann nicht erklären, wie es funktioniert, nur, wie man es macht.«

Ich mustere ihn. »Du kannst es auch.«

»Ja«, sagt er, »ich kann es auch.«

»Du arbeitest nicht wirklich für den Staatsschutz.«

»Wie man es nimmt«, erwidert er. »Sie bezahlen mich, aber meine Loyalität liegt bei der Gegenseite.«

Bei der Gegenseite, denke ich.

»Was für eine Gegenseite?«

Efrail schaut weg, die Stille zwischen uns schwillt an, sie ist kurz davor zu platzen. Ich betrachte ihn, warte, spüre die Wut immer weiter in mir aufsteigen. Als er weiterhin schweigt, öffne ich die Beifahrertür und schnalle mich ab. Seine Hand schießt in meine Richtung und umschließt meinen Unterarm. Es passiert so schnell, dass ich es bewusst nicht wahrnehme.

Efrail sieht mich an, sein Arm zittert vor Anspannung, unsere Gesichter sind nur wenige Zentimeter voneinander entfernt. Ich atme flach, Gänsehaut kriecht über meinen Körper, sie breitet sich aus wie ein Feuer aus winzigen Haaren, die sich gleichzeitig aufrichten.

»Was bist du?«, frage ich.

Ich mustere ihn, sein schattiges Gesicht, die Augen rötlich braun, sein Blick ist ernst.

»Ich bin ein Marin«, sagt er.

Und bei diesem Wort wird etwas in mir wach. Eine alte Erinnerung, die ich nicht recht zu fassen bekomme. Nur vage Umrisse. Ich, wie ich ein Telefonat meiner Mutter belausche. Der Betrieb im Labor. Assistenten, Schutzanzüge. Injektionen und Untersuchungen. Leichensäcke.

Einige Sekunden ist es still im Wagen, ich schaue Efrail an, versuche, an den Teil der Erinnerung zu gelangen, der dieses seltsam bekannte Gefühl in mir erklärt, doch ich schaffe es nicht. Ich bin zu weit weg.

»Das mit den Akten«, sage ich schließlich, »war das die Wahrheit? Ist das der Grund, warum du hier bist?«

Efrail nickt. Die Beifahrertür steht noch immer offen, er hält mich noch immer am Arm fest.

»Wir haben keine Zeit für das hier«, sagt er dann. »Wir müssen so schnell wie möglich nach Paris.«

»Warum müssen wir so schnell wie möglich nach Paris?«, frage ich.

Er kommt noch näher, sein Griff um mein Handgelenk festigt sich. »Weil in jeder verdammten Sekunde, die wir hier rumstehen, Marin sterben«, erwidert er in einem harten Flüstern. »Sie verrecken. Tausende.«

Mein Mund ist trocken und salzig, mein Kopf voll mit Gesprächsfetzen und Bildern, die ohne Kontext keinen Sinn ergeben. Das leblose Gesicht meiner Mutter, der drängende Klang ihrer Stimme, als sie sagt: *Du kannst niemandem trauen, sie stecken alle mit drin*. Efrail, der mir in seiner Wohnung gegenübersteht und versucht, mich vom Gehen abzuhalten. *Die*

Unterlagen haben höchste Priorität. Jeder verfügbare Agent ist im Einsatz. Über den Inhalt weiß ich nicht viel. Nur, dass es um einen Erreger geht.

Es geht um einen Erreger.

In diesem Moment höre ich auf zu atmen. *Nein*, denke ich, *das hätte sie nicht getan*. Aber die Wahrheit ist, das hätte sie.

»Es ist eine biologische Waffe«, sage ich matt. Es ist keine Frage.

Efrail nickt trotzdem. »Ja«, sagt er, »und sie tötet nur Marin.«

DR. MARLIES KLAAS, MARIAN-ZENTRAL-HOSPITAL, MARIANSTADT, ZUR SELBEN ZEIT

- *Frau Dr. Klaas, wo soll ich die hinbringen?*

Der Pfleger deutet auf fünf nackte Marin. Sie liegen aufeinandergestapelt in einem Krankenbett. Organischer Abfall. Offene Wunden, eiterig und tief. Ihre Gesichter sind ohne Inhalt. Sie schauen sie mit leeren Augen an.

- *Die Grube hinten.*

- *Die ist voll, da war ich bereits.*

Dr. Klaas hebt die Hände.

- *Dann weiß ich es auch nicht.*

So etwas hört man von ihr sonst nie. Marlies Klaas wusste immer alles. Die Antwort auf jede Frage und die Lösung auf jedes Problem, sie hat alle mit ihrem brillanten Verstand und ihren ruhigen Händen beeindruckt. Mit ihrem Können. *Aus dieser Frau wird noch was*, wurde gemunkelt. *Die wird eine von den ganz Großen.*

Und jetzt ist sie hier. In einem Krankenhausflur, in dem sich die Toten türmen. Im Chaos. Umgeben von Leichen und Verzweiflung. Die Massengräber sind voll. Es gibt keine Medikamente mehr, keine Schmerzmittel, nichts, womit sie das Leiden lindern könnte. Es ist alles aufgebraucht. Ihr Können ist nichts wert, sie kann nichts tun – nicht mal dem Pfleger sagen, wo er die Leichen hinbringen soll.

Das viele Sterben bringt sie um den Verstand. Wie bei einem Gift, das erst ab einer gewissen Menge wirkt. Ein Teil von Marlies wünschte, sie hätte ihre Dosis endlich erreicht.

- Dr. Klaas?

Der Pfleger steht neben ihr, wartet auf eine Anweisung. Sie schaut in seine Richtung. Er hat ein freundliches Gesicht, wache Augen, ihre sind rot und müde. Auf dem Namensschild am Revers seines Kittels steht *Paul Vargas*. Er ist so jung, keine achtzehn. Er sollte das alles nicht sehen müssen. Nichts davon.

Marlies strafft die Schultern.

- Komm mit mir.

Vargas folgt ihr. Er schiebt das Krankenbett mit den fünf Leichen hinter ihr her. Marlies schaut in jedes Zimmer, das sie passieren. Die wenigen, die noch nicht tot sind, sterben gerade. Oder sie schauen denen, die sterben, beim Sterben zu. Verzweifelte Eltern halten ihre toten Kinder in den Armen. Sie sehen aus wie schlaffe kleine Puppen. Gestern hatten sie noch ein ganzes Leben vor sich.

- Geht es Ihnen gut?

Erst bei dieser Frage merkt Marlies, dass sie stehen geblieben ist.

Sie weiß es nicht. Sie weiß nicht, wie es ihr geht. Oder wo sie sie hinbringen sollen. Es gibt keinen Platz. Überall sind Infizierte und Tote. Es sind einfach zu viele. Vor ein paar Stunden haben sie aufgehört, die Leichen im System zu erfassen. Es gibt zu wenig Personal und zu viele Opfer. Die Nationalgarde musste anrücken. Sie haben im Akkord Massengräber ausgehoben, Berge an Toten hingekarrt, sie in die Gruben geworfen und die dann zugeschüttet. So viele namenlose Marin. Alle ausgelöscht.

Marlies hält sich an der Wand fest und geht in die Knie.

Für das hier wurde sie nicht ausgebildet. Für diese Art des Grauens. Sie würde am liebsten weglaufen, doch der Erreger ist überall. Genauso wie die Leichen, die er hinterlässt. Sie liegen in Zügen und auf den Straßen, Kindertagesstätten und Schulen sind ausgestorben, lange Flure voll mit Toten.

Marlies fragt sich, wann sich die ersten Symptome bei ihr zeigen werden, und schiebt den Gedanken weg. Genauso wie die Sorge um ihre Eltern und ihren Bruder Tom, die sie schon seit Tagen nicht mehr erreicht hat.

Marlies merkt nicht, dass sie weint, bis ihr die Tränen den Hals zuschnüren. Niemals zuvor in ihrem Leben hat sie sich so machtlos gefühlt. So hilflos und allein. In dem Moment spürt Marlies eine Hand auf ihrer Schulter und zuckt zusammen. Sie öffnet die Augen.

Vargas ist neben ihr in die Hocke gegangen. Er sieht sie an, mit einem Blick, der verrät, dass er den Tod und das Sterben sehr viel besser kennt als sie.

- *Wir sollten sie den Menschen schicken.* Er zeigt auf die Leichen. – *Wir sollten sie an die Oberfläche bringen und ihre Städte damit fluten.*

2001

PROF. ROBERT STEIN, THE WESTIN GRAND HOTEL, BERLIN, 14. FEBRUAR

Er hat das Linden Superior Zimmer gebucht, weil Patricia letztes Mal meinte: »Man sollte nur in solchen Betten schlafen.« Vermutlich weiß sie das nicht mal mehr. Er weiß es noch.

Robert hat ihr Blumen mitgebracht, dreißig langstielige, rote Rosen, die das sagen sollen, was er nicht sagen kann. Und noch weniger sagen darf. Seiner Frau hat er welche bestellt, einen kleinen Strauß, den irgendjemand liefern wird, während er bei Patricia ist. Den für sie hat er selbst gekauft und er hat fast das Dreifache gekostet. Robert hat Magdalena zum Valentinstag belogen. Angeblich musste er überraschend nach Israel zu einem Kongress. Er ist ein schrecklicher Ehemann.

»Am Valentinstag?«, hat sie gefragt. »Aber du weißt doch, dass ich den mit dir verbringen wollte.«

»Mich ärgert es ja auch«, hat er geantwortet. »Aber wenn ich erst morgen fliege, schaffe ich es nicht rechtzeitig.« Hundeblick. »Komm schon, jetzt mach es mir nicht noch zusätzlich schwer.«

Das war selbst für ihn ein Tiefpunkt. Ihr ein schlechtes Gewissen einzureden, damit er mit seinem besser leben kann. Was ist nur aus ihm geworden? Er war mal ganz anders. Ein guter Mann, ein guter Mensch. Magdalena hat es neulich beim Abendessen auf den Punkt gebracht: »Ich erkenne dich nicht wieder.« Er sich auch nicht.

Robert war bereits verheiratet und Vater von zwei Kleinkindern, als er Patricia begegnet ist. Für ihn war es sehr schnell

Liebe – was genau es für sie ist, weiß er nicht, weder damals noch heute. Sie hat ihn nie gebeten, seine Frau und die Kinder zu verlassen. Vielleicht hätte er es getan, vielleicht auch nicht.

Magdalena sitzt gerade allein zu Hause und er schläft mit Patricia. Es ist gut, aber es ist nicht so gut wie sonst. Sie ist nicht bei der Sache. Und auch Robert nicht, er denkt immerzu an seine Frau, an den enttäuschten Ausdruck in ihrem Gesicht, als er mit seiner Reisetasche im Flur stand, an die Frage: »Und du fährst wirklich nicht zu ihr?«, kurz bevor er die Tür ins Schloss ziehen konnte.

Sie weiß es schon eine Weile. Sehr viel länger, als Robert sich eingestehen will. Magdalena ist nicht dumm, sie liebt ihn nur. Ganz im Gegensatz zu Patricia, die sich lediglich nimmt, was sie will, und dann wieder geht. Könnte er doch bloß für seine Frau empfinden, was er für Patricia empfindet.

Robert schließt die Augen, dringt tief in sie ein, ganz tief, konzentriert sich auf ihr Stöhnen, aber etwas stimmt nicht. Robert wollte den Valentinstag mit ihr verbringen, einen romantischen Abend, eine lange Nacht, aber sie wollte nur über die Arbeit sprechen. Immer will sie über die Arbeit sprechen.

Trotzdem haben sich seine Gefühle für sie nicht geändert, wenn überhaupt, sind sie mit der Zeit eher stärker geworden. Er verbringt mehr Zeit mit ihr als mit seiner Familie, so viele gestohlene Nächte in seinem Büro, heimliche Treffen in seinem Wagen, Sex auf dem Rücksitz, vor seiner Wohnung, in ihrer Wohnung, in Hotels, die sie bar zahlen. Er vertraut Patricia Dinge an, die er ihr nicht sagen dürfte, Dinge, die er seiner Frau nicht erzählt. Weil sie ihn nicht verstehen würde – jedenfalls nicht so, wie Patricia es tut.

Sie zieht sein Becken ganz nah an sich heran, umschlingt es

mit den Beinen und dreht sich mit Robert um. Dann ist sie oben, endlich bei der Sache. Sie beginnt, ihn zu reiten, es treibt Robert fast in den Wahnsinn, wenn sie das tut, wenn er ihre gesamte Nacktheit sieht, ihre Brüste, ihr zerwühltes Haar, das bloß im Bett so aussieht, die stetig steigende Anspannung in ihrem Gesicht, ihr Stöhnen, das Vibrieren ihrer Stimme, dabei zuzusehen, wie sie kommt, wie sie fast daran verzweifelt, wie gut es ist. Wie sie immer schneller wird. Robert atmet schwer, er wird es nicht mehr lang zurückhalten können. Er sieht sie einfach nur an, berührt sie, ihren Bauch, ihre Beine, ihre Brüste. Jetzt denkt er nicht mehr, ist vollkommen hier, in diesem Bett – unter der Frau, die er liebt. Bei diesem Gedanken spritzt er ab.

Robert liegt da mit geschlossenen Augen, spürt sich in ihr, spürt sie um sich. Sie schweigen und atmen. Patricia legt sich auf ihn. Ihr Oberkörper ist ganz nah an seinem, er riecht ihr Haar, spürt es an seinem Hals. Es ist mehr als nur Sex, was sie verbindet, Robert weiß nicht, was es ist, aber es ist mehr.

Als Patricia sich abstützt und ihn ansieht, kann er nicht anders, als zu lächeln. Sie erwidert es. Ihr Mund ist zu breit für ihr Gesicht und er liebt, dass es so ist.

»Hast du Hunger?«, fragt Robert.

»Wann habe ich keinen Hunger?«, fragt sie zurück.

Er lacht. »Was willst du?«

Patricia greift zwischen ihre Beine, hält das Kondom fest und erhebt sich von seinem Schoß.

»Mir egal«, sagt sie, während sie nackt ins Bad geht. »Pasta, Sandwiches …«

Robert nimmt die Speisekarte vom Nachttisch.

»Ach ja«, sagt er laut, »was ich dir noch gar nicht erzählt habe.« Robert hört die Klospülung, dann kommt Patricia zurück ins Zimmer. *Gott, sie ist so schön.* So unbefangen. So aufregend. Mit Lena war er nie auf diese Art nackt. Sie hat sich immer sofort etwas übergezogen, wenn sie fertig waren, wollte kein Licht oder unter die Decke.

»Du hattest was gesagt?«, fragt Patricia und setzt sich zu ihm aufs Bett.

Robert hat vergessen, was er sagen wollte. Er zieht sie an sich, küsst sie. Patricia lacht in seinen Mund. Er liebt es, wenn sie das tut – wenn er sie zum Lachen bringt und nicht nur zum Orgasmus. Lachen kann intimer sein als Sex. Vor allem bei einer Frau wie ihr. Robert spürt, wie er wieder hart wird. Patricias Magen knurrt.

»Was hast du uns bestellt?«, fragt sie zwischen zwei Küssen und fängt an, ihm einen runterzuholen. »Nur, damit ich weiß, wie viel Zeit ich habe.«

Robert kann nicht denken, wenn sie das tut.

»Also?«, fragt sie und lächelt.

»Noch gar nichts«, presst er hervor.

Patricia reicht ihm die Speisekarte.

»Lies mir vor, was sie dahaben«, sagt sie und gleitet mit der Hand auf und ab, dann kniet sie sich zwischen seine Beine und nimmt seinen Penis in den Mund.

»Scheiße«, sagt Robert heiser.

Patricia lacht, schaut auf, stützt sich auf dem Ellenbogen ab. »Wenn du nicht willst, dass ich aufhöre«, sagt sie, »dann solltest du besser anfangen zu lesen.«

Robert atmet schwer. Er schaut zurück auf die Karte, schluckt trocken, liest: »Geräucherter Kaninchenrücken auf Sellerie und Orangen, Walnüsse und Winterkräuter.«

»Mm, mm«, macht Patricia.

»Pekannuss-Risotto mit Portwein-Feigen und Babyspinat«,

sagt Robert angespannt und lässt unwillkürlich die Hand sinken. Im selben Moment hört Patricia auf. »Okay, okay«, sagt er und schaut wieder in die Karte.

»Bestell mir einfach ein Club-Sandwich mit Pommes frites«, sagt sie.

»Ein Club-Sandwich«, wiederholt er, flach atmend.

»Ja«, sagt sie. »Mit Pommes frites.«

Er greift nach dem Telefonhörer. Und während er die Bestellung aufgibt, bläst sie ihm einen. Weil Patricia so ist. Weil sie auf diese Art von Spielchen steht.

Genau wie er.

DR. PATRICIA KOHLBECK, INSTITUT FÜR MOLEKULARE UND GENETISCHE MEDIZIN, LABOR 3, 28. FEBRUAR

»Peck«, sagt Patricia kühl.

»Was gibt's?«, fragt er, die Hand bereits an der Klinke, kurz davor zu gehen.

Sie würde ihm nur zu gern sagen, was es gibt, nämlich, dass sie alles weiß. Dass sie weiß, wer er ist, oder *was* er ist, und dass sie weiß, dass er sie seit Monaten sabotiert. Aber sie tut es nicht. Patricia reißt sich am Riemen, zeigt auf den Objektträger im Mikroskop und sagt: »Die Proben. Sie sind schon wieder verunreinigt.«

Peck wirft einen halb interessierten Blick über ihre Schulter. »Ach echt?«, fragt er.

Bevor Peck zu ihnen ans Institut kam, hatte Patricia so gut wie nie das dringende Bedürfnis, jemandem körperliche Schmerzen zuzufügen. Seither hat sie es fast täglich. So wie jetzt, wenn er sie auf diese selbstgefällige Art ansieht, die kein bisschen kaschiert, dass er weiß, wovon sie spricht. In solchen Momenten will sie ihn an den Haaren packen und seinen Kopf auf den Tresen donnern. Gäbe es die blöde Videoüberwachung nicht, würde sie es vielleicht sogar tun.

»Und Sie sind sich sicher, dass ich das war?«, fragt er.

»Wer sollte es sonst gewesen sein?«, fragt Patricia. »Der einzig Unfähige von uns beiden sind Sie.«

Er lacht. »Charmant wie immer«, sagt er und zeigt in Richtung Tür. »Wenn es sonst nichts gibt, würde ich jetzt abhauen.« Peck grinst. »Ich habe ein Date.«

»Zu dem können Sie gehen, wenn Sie mir eine neue Probe besorgt haben.«

Er schaut auf die Uhr. »Jetzt? Sie wissen genau, dass ich da keine mehr bekomme.«

»Unsere Anfragen werden priorisiert«, erwidert Patricia. »Sie kriegen schon noch eine.«

»Kommen Sie«, sagt er und lächelt. »Reicht das nicht morgen? Ihnen würde es auch mal ganz guttun, früher nach Hause zu gehen.«

Patricia verschränkt die Arme vor der Brust. »Denken Sie wirklich, mit Ihrem Lächeln erreichen Sie etwas bei mir?«

Pecks Miene verändert sich, etwas hinter seinen blauen Augen wird kaum merklich härter. *Sehr gut*, denkt Patricia und macht weiter. Er denkt, nur er kann sie provozieren? Sie kann es auch.

»Ich werde nicht schlau aus Ihnen«, sagt Patricia. »Ihrem Ruf nach sind Sie ein herausragender Wissenschaftler. Einer der Besten. Ich kenne Ihre Papers und war sehr beeindruckt. Ich habe mich tatsächlich auf die Zusammenarbeit mit Ihnen gefreut.« Sie schüttelt den Kopf. »Und dann tauchen Sie auf. Überheblich und schlampig. Sie gehen früh, Sie kommen spät. Entweder sind Sie nicht der, für den Sie sich ausgeben, oder aber Sie machen das mit Absicht. Da ich Ihren Hintergrund gecheckt habe, kommt nur das Zweite infrage.« Patricia sieht Peck lange an. »Jemandem mit Ihren Fähigkeiten unterlaufen solche Fehler nicht.«

»Moment mal«, sagt Peck. »Sie denken, dass ich Sie sabotiere?«

»Genau das denke ich«, erwidert sie.

Einige Sekunden ist es still. Es fühlt sich an wie eine Ewigkeit. Blicke, die in der Luft zu knistern scheinen.

Dann nickt Peck langsam und sagt: »In dem Fall sollten Sie unbedingt eine Beschwerde gegen mich einreichen.«

»Das habe ich bereits.«

»O, gut.« Er lächelt. »Ich habe auch eine gegen Sie eingereicht.«

»Wie bitte? Gegen mich?«, fragt Patricia. »Und mit welcher Begründung?«

»Das erfahren Sie noch früh genug.« Peck öffnet die Tür. »Ich kümmere mich morgen um die Probe. Ihnen noch einen schönen Abend«, sagt er und verlässt das Labor.

Mehrere Sekunden steht Patricia nur da und starrt auf die geschlossene Tür. Sie hat die Hände zu Fäusten geballt, geht im Kopf alle Möglichkeiten durch, worüber er sich beschwert haben könnte. Aber ihr fällt beim besten Willen nichts sein. Ihre Arbeit ist tadellos, geradezu perfekt. Es wäre ihr Wort gegen seines. Aber er ist ein Mann. Und er gilt als wissenschaftliches Wunderkind. Der Peck, dessen Papers sie gelesen hat, ist das auch, der, der für sie arbeitet, nicht. Trotzdem werden sie ihm glauben. Weil er charismatisch ist und einen Penis hat. In der Wissenschaft ist das durchaus von Vorteil.

Patricia presst die Lippen aufeinander. Sie muss wissen, worüber er sich beschwert hat. Was für Lügen er verbreitet. Patricia hat keinen guten Stand am Institut, ihre Kollegen können sie nicht leiden – die einen, weil sie besser ist als sie, die anderen, weil sie mit Robert schläft. Männer dürfen rumvögeln, das ist kein Problem, Frauen dürfen es nicht. Und tun sie es doch, sind sie billige Schlampen.

Patricia greift nach ihrer Chipkarte und geht zur Tür. Sie weiß, dass es falsch ist, es besteht kein Zweifel, sie sollte einfach in ihrem Labor bleiben und die wenigen noch nicht verunreinigten Proben untersuchen, bevor Peck sie in die Finger bekommt, aber sie kann nicht. Sie hält es nicht aus, es nicht zu wissen, es nur zu ahnen, davon ausgehen zu müssen, dass er ihren Ruf in Zweifel zieht. Das Wunderkind gegen die Schlampe. Patricia kann sich denken, wie das ausgehen wird.

Sie versucht, sich davon abzuhalten, doch etwas in ihr treibt sie hinter Peck her, hinaus in den Flur und weiter in Richtung Tiefgarage.

Sie hat eine höhere Sicherheitsfreigabe als er. Peck muss den normalen Weg gehen, sie hingegen kann die Abkürzung übers Archiv nehmen, dadurch spart sie sich ein ganzes Stockwerk. Ohne Chipkarte kommt man da nicht rein. Mit Chipkarte ist es der schnellste Weg zum Parkhaus, Patricia hat es getestet.

Sie läuft den Gang entlang, die Stufen hinunter, hält die Chipkarte an den Scanner, wartet auf das verzögerte Summen und stemmt sich gegen die schwere Brandschutztür. Patricia durchquert den schlauchartigen Raum, ohne das Licht einzuschalten, und verlässt ihn kurz darauf am anderen Ende – im Treppenhaus zur Tiefgarage.

Die Tür fällt metallisch hinter ihr ins Schloss. Patricia hört Schritte, die bei dem Laut verstummen, dann setzen sie wieder ein, und Patricia sieht Peck.

Er legt den Kopf schräg und kommt langsam auf sie zu.

»Warum nur wundert es mich nicht, dass Sie mir gefolgt sind?«, fragt er ruhig.

»Ich will wissen, warum Sie Beschwerde gegen mich eingelegt haben.«

»Das zerfrisst Sie, oder? Dass jemand etwas Negatives über Sie sagen könnte.«

»Es ist mir egal, was Leute über mich sagen«, erwidert Patricia. »Ich habe nur ein Problem damit, wenn es Lügen sind.«

»Es ist Ihre Aussage gegen meine«, sagt Peck. »Lassen wir doch die anderen entscheiden, was die Lügen sind.«

Das Licht der Neonröhren beginnt zu flackern, bald wird es ausgehen. Patricia weiß es, es ist ihr schon mehrfach passiert. Sie schaut nach dem Lichtschalter. Er ist näher an Peck.

»Was haben Sie denen erzählt?«, fragt Patricia.

»Noch gar nichts«, sagt Peck. »Mein Termin ist morgen um neun.«

»Sie haben vorhin gesagt, dass Sie Beschwerde *eingereicht haben*«, entgegnet sie. »Vergangenheit.«

»Das habe ich auch. Aber die Aussage muss in Anwesenheit eines Zeugen gemacht werden. Und das wird sie. Morgen früh um neun.«

»Und was bitte werden Sie denen sagen?«

»Na ja, die Wahrheit. Dass Sie meine Arbeit sabotieren.«

Patricia stockt der Atem, sie schüttelt den Kopf. »Das … das wird Ihnen keiner glauben.«

»Denken Sie?«, fragt Peck. Das Licht flackert wieder. »Ich wäre mir da nicht so sicher. Sie müssen bedenken, dass die Ergebnisse meiner Arbeit erst leiden, seit ich hier bin. Bei Ihnen«, sagt er ruhig. »Und alle meine Kollegen haben immer gern mit mir zusammengearbeitet. Es gab nie Beschwerden.« Er lächelt. »Über Sie hingegen gibt es einige. Sie haben eine Affäre mit dem Leiter des Instituts, sind kein Teamplayer. Manche, und ich nenne keine Namen, vergleichen Sie mit einem Nazi.« Peck zuckt mit den Schultern. »Ich habe zu allen einen guten Draht. Markus Klein und ich beispielsweise spielen regelmäßig Karten. Haben Sie gewusst, dass er gern Karten spielt? Besonders Doppelkopf. Mit Joachim gehe ich zweimal die Woche joggen, er will ein bisschen abspecken. Und Anton Seebauer hat mich für nächsten Freitag zu sich und seiner Frau Marion zum Grillen eingeladen.« Peck grinst. »Und Sie sagen, ich wäre nicht fleißig.«

Patricia nickt. »Ich kenne Ihr Geheimnis«, sagt sie dann. »Ich weiß, was Sie sind.«

»Was ich bin?«, fragt Peck.

»Ich habe das Symbol an der Innenseite Ihrer Unterlippe gesehen. Ich weiß, dass Sie spezielle Kontaktlinsen tragen, damit man die farbliche Veränderung Ihrer Iris nicht sieht. Ich weiß alles über Sie.«

Peck sagt nichts. Er grinst auch nicht mehr.

»Ich bin übrigens nicht die Einzige, die es weiß«, sagt Patricia. »Stein weiß es auch.«

»Sie haben mit Stein darüber gesprochen?«, fragt Peck.

»Na ja, ich dachte, wenn ich schon mit ihm schlafe, kann ich ihm auch davon erzählen.«

Pecks Mundwinkel zuckt, das Licht flackert.

»Verstehe«, sagt er. »Und was machen wir jetzt? Nehmen Sie mich fest und ich schalte mich aus, oder schalte ich doch lieber Sie aus und sage, Sie wären unglücklich gestürzt?«

Patricia und Peck sehen einander an. Zwei scheinbar ebenbürtige Gegner.

Dann ein leises Klicken. Und das Licht erlischt.

PROF. ROBERT STEIN, TREPPENHAUS ZUR TIEFGARAGE, WENIG SPÄTER

Patricia kniet neben Pecks Oberkörper und versucht, ihn wiederzubeleben.

»Er ist tot«, sagt Robert gereizt. »Du kannst damit aufhören.«

Aber Patricia hört nicht auf. »Ruf den Notarzt«, sagt sie, »und dann lass deine Kontakte spielen, dass wir mit der Obduktion beauftragt werden.«

»Meine Kontakte spielen lassen?«, fragt Robert fassungslos. »Sag mal, spinnst du? Wir reden hier von Mord.«

»Es war ein Unfall«, sagt sie und massiert weiter Pecks Herz.

Robert geht auf und ab. »Ein Unfall also«, murmelt er. »Ich habe es langsam so satt, deine Scherben wegzuräumen.«

»Meine Scherben?«, fragt Patricia abschätzig. »Ohne mich wärst du nichts.«

Robert bleibt stehen und starrt sie an. »Was?«

»Alles, was du denen oben präsentierst, hast du von mir. Du schmückst dich mit meinen Ergebnissen.« Robert beißt die Zähne zusammen, so fest, dass er es knirschen hört. Sie hat recht, das hat er getan, immer wieder. »Denkst du, ich weiß das nicht?«, fragt sie. »Denkst du, ich weiß nicht, dass das Hypoglycin A von nun an in allen Behörden eingesetzt werden soll? Dachtest du, ich kriege das nicht mit?«

»Ich wollte es dir sagen«, erwidert er.

»Wann, Robert?«, fragt sie. »Wann wolltest du es mir sagen?«

»Neulich im Hotel.« Er schüttelt den Kopf. »Ich wollte dir davon erzählen und dann habe ich es vergessen.«

»Hast du denen erzählt, dass ich darauf gekommen bin? Oder hast du es als deine Idee verkauft?«

Robert sieht sie schmallippig an.

»Das hast du, nicht wahr? Du hast meine Lösung als deine verkauft.«

»So war das nicht«, sagt Robert. »Und kannst du bitte mal damit aufhören.« Er zeigt auf Peck. »Er ist tot!«

Doch Patricia hört nicht auf, sie setzt die Herzmassage unbeirrt fort.

»Wahrscheinlich hast du denen sogar erzählt, dass es deine Vorahnung war, dass Peck ein Marin ist. Richtig?«

»Nein, das habe ich nicht«, erwidert Robert. »Ich habe ihnen gesagt, *wir* wären darauf gekommen. Wir. Du und ich.«

Patricia mustert ihn skeptisch. »Bei dem Gespräch ist tatsächlich mein Name gefallen? Und das soll ich dir glauben?«

»Womit, denkst du, habe ich deine Beförderung gerechtfertigt? Du bist im Team die mit der wenigsten Erfahrung.« Robert schaut zu Peck. »Und wenn du schon nicht mit der verdammten Wiederbelebung aufhörst, solltest du ihn dann nicht vielleicht auch mal beatmen?«

»Marin atmen über die Haut«, entgegnet Patricia. »Solange das Herz schlägt, passiert der Rest von allein.«

»Richtig«, sagt Robert und nickt kurz. Er fühlt sich wie ein dummer kleiner Junge. Das tut er oft in ihrer Gegenwart.

»Okay«, sagt Patricia. »Peck ist eines natürlichen Todes gestorben.«

Robert lacht auf. »Das ist eine interessante Art, die Dinge zu betrachten.«

»Es ist die Wahrheit«, sagt sie. »Er ist gestürzt.«

»Du hast ihn gestoßen!«, erwidert Robert.

»Ja, von mir weg«, sagt Patricia. Und dann: »Außerdem ist das nicht das, worauf ich hinauswollte.«

»Sondern? Worauf?«

»Dass sein Gehirn intakt ist. Er hat sich nicht ausgeschaltet.«

Die Information sickert in Roberts Verstand. Er blinzelt, sagt dann: »Okay, ja. Richtig.«

»Sorg dafür, dass *wir* seine Leiche obduzieren«, sagt Patricia. »Red mit deinen Freunden vom BND oder der ISA, mir egal, mit wem. Sie sollen den Fall übernehmen. Und dann ruf die Polizei und den Notarzt.« Patricia wischt sich den Schweiß von der Stirn. »Tu genau das, was man in so einer Situation normalerweise auch tun würde. Ich mache hier weiter.«

Robert steht da und bewegt sich nicht. »Was wirst du denen sagen?«, fragt er nach einer Weile.

»Dass ich ihn so gefunden habe«, erwidert Patricia.

Bei der Art, wie sie es sagt, bekommt Robert eine Gänsehaut. Dann geht er. Mit dem unguten Gefühl im Bauch, das Falsche zu tun.

PROF. ROBERT STEIN, NIEBUHRSTRASSE 10A, 10629 BERLIN, 23:46 UHR

Robert geht völlig fertig in den dritten Stock. Es war ein langer Tag. Ein Tag, der tonnenschwer auf ihm liegt. Als wäre Patricias Lüge nicht ihre, sondern seine. Als machte ihn die Tatsache, dass er sie gedeckt hat, selbst zum Mörder. Natürlich haben die beiden Kriminalbeamten ihr jedes Wort geglaubt. Sie war sehr überzeugend, so verschwitzt und erledigt von ihren unerschöpflichen Bemühungen, Peck wiederzubeleben. Robert hätte ihr auch geglaubt, wenn er sie nicht kennen würde. Die Haare zerzaust, Wimperntuscheflecken unter den Augen und auf den Lidern, eine lange Laufmasche in der Strumpfhose vom langen Knien – aber nichts von alldem schien sie zu bemerken. Sie war viel zu aufgewühlt. Nur, dass Robert weiß, dass Patricia nie aufgewühlt ist. Als wären ihre Nerven anders als die anderer Menschen.

Der Notarzt stellte den Tod fest und Patricia weinte. Sie weinte echte Tränen um jemanden, der ihr in Wirklichkeit vollkommen egal war, der sie sogar genervt hatte. Robert stand neben ihr, aber noch mehr neben sich selbst. Wie in einem Film, den er ansieht und der sich täuschend echt anfühlt, aber nicht sein Leben ist. Doch es war sein Leben.

Einer der Polizisten reichte Patricia ein Taschentuch, dann wandte er sich an ihn.

»Wird dieser Bereich denn nicht videoüberwacht?«

»Nicht das Treppenhaus«, hat Robert erwidert. »Nur die Tiefgarage und die Labore.«

»Verstehe. Wir wollten die Aufnahmen aus Frau Dr. Kohlbecks Labor sichten, aber es gab keine.«

»Ja, das System spinnt in letzter Zeit häufiger«, sagte Robert. »Dasselbe Problem hatten wir neulich schon mal. Da betraf es auch die Labore drei und fünf. Und die Kaffeeküche. Ich habe den Techniker bereits bestellt. Die Anlage ist relativ neu, so etwas sollte eigentlich nicht passieren.«

»Wir wurden benachrichtigt, dass dieser Fall anderweitig bearbeitet werden soll. Wissen Sie, weshalb?«

»Schätzungsweise, weil es sich bei diesem Institut um eine geheimdienstliche Einrichtung handelt«, entgegnete Robert.

Danach erzählte Patricia ihre Geschichte. Ergreifend, aber nicht zu ergreifend, ungläubig, mit genau der richtigen Menge an Pausen und Aussetzern. Sie sagte, dass sie noch etwas mit Peck hatte besprechen wollen, etwas, das mit der Arbeit zu tun hatte. Dass sie ihm deswegen gefolgt sei und dass sie ihn dann reglos am Treppenabsatz vorgefunden habe.

»Im ersten Moment wusste ich nicht, was ich tun soll.« Kurzes Kopfschütteln. »Ich meine, ich bin als Pathologin jeden Tag mit Leichen konfrontiert, aber ...« Pause. »Aber normalerweise sind es Fremde.«

»Natürlich.« Eine gerunzelte Stirn. »Was passierte dann?«

»Ich ... ich habe seine Vitalzeichen gecheckt. Aber ich habe keine feststellen können.« Zitternde Hände. »Ich stand vor der Wahl, Hilfe zu holen oder sofort mit den Wiederbelebungsmaßnahmen zu starten«, sagte sie dann. »Ich habe mich für die erste Option entschieden.« Kurzes Zögern. »Ich weiß nicht, ob das richtig war, aber ich dachte, dass die Sanitäter vielleicht noch etwas für ihn tun können.«

»Dann haben Sie den Notarzt und die Polizei kontaktiert?«

»Nein«, erwiderte sie. »Das war Professor Stein.«

»Warum haben Sie es nicht getan?«

»Das nächste Telefon ist hinter dieser Tür im Archiv.« Ein Blick in Richtung Tür. »Aber von dort aus kann man nicht nach draußen telefonieren, es sind nur interne Leitungen, daher …« Ein angestrengtes Schlucken. »Die einzige Nummer, die ich auswendig kenne, ist die von meinem Vorgesetzten, also habe ich den angerufen.«

Zwei nickende Beamte.

»Professor Stein hat sich dann um alles gekümmert. Er hat Sie gerufen und auch den Notarzt.« Pause. »Und ich habe …« Eine wegbrechende Stimme, eine einzelne Träne.

»Und Sie haben unterdessen versucht, Ihren Kollegen wiederzubeleben.«

Spiel, Satz und Sieg.

Robert erreicht den dritten Stock. Ihm hat Patricia eine andere Geschichte erzählt, nämlich, dass es zwischen Peck und ihr zu einer Auseinandersetzung kam. Dass sie Peck in dem Zusammenhang mit ihrem Wissen über die Marin konfrontiert hat, damit, dass sie weiß, dass er auch einer ist, woraufhin er meinte, dass er nun entweder sich selbst oder sie ausschalten und dann behaupten könnte, sie wäre unglücklich gestürzt. Im nächsten Moment sei das Licht ausgegangen und er auf sie los.

»Ja, ich habe ihn gestoßen«, hat sie gesagt, »aber ich wollte ihn nicht töten!«

Das Problem ist, dass Robert Patricia kennt. Und deswegen glaubt er kein Wort. Peck hatte eine Beschwerde gegen sie eingereicht, wovon Patricia jedoch nichts gewusst haben will.

»Er hat sich über mich beschwert?« Die Tonlage, in der sie es sagte, hallt noch in seinen Ohren. Echte Empörung, Wut, so überzeugend, dass es ihm tatsächlich schwerfällt, Patricia nicht zu glauben. Doch tot bringt Peck ihr so viel mehr als lebendig. Nicht nur, dass sie nicht mehr mit ihm arbeiten muss, jetzt hat sie auch noch endlich ein intaktes Marin-Gehirn – genau das, was sie immer wollte. Und zu seiner Aussage gegen sie ist Peck auch nicht mehr gekommen.

PROF. ROBERT STEIN, INSTITUT FÜR MOLEKULARE UND GENETISCHE MEDIZIN, BERLIN, DREI MONATE SPÄTER, VORMITTAGS, 7. JUNI

Patricia öffnet die Tür zu seinem Büro, tritt aber nicht ein.

»Du wolltest mich sprechen?«, sagt sie sachlich.

Der Ausdruck in ihrem Gesicht ist so gleichgültig, dass sich alles in Robert zusammenzieht.

»Ja«, erwidert er. »Bitte, komm doch rein.«

Sie folgt seiner Aufforderung, wenn auch widerwillig, schließt die Tür und setzt sich.

»Es gibt da zwei Dinge, die ich mit dir besprechen möchte.«

Patricia sieht ihn wartend an. Sie überschlägt die Beine, ihr Rock rutscht hoch, Robert schluckt bei dem Anblick. Manchmal fragt er sich, ob das ihre Art ist, sich für den Schlussstrich vor drei Monaten zu rächen, oder ob er sich das nur wünscht. Sie hat ihm keine Szene gemacht, keine Vorwürfe. Nichts. Weder damals noch heute.

Robert erinnert sich noch genau an das Gespräch. So genau, als hätten sie es gerade erst geführt.

»Lena hat gesagt, sie verlässt mich, wenn ich das mit dir nicht beende.«

Ein kurzes Nicken.

»Ich will es nicht beenden. Wirklich nicht, aber …« Angespannte Stille, ein Blick auf den Schreibtisch, der zwischen ihnen steht, denselben Schreibtisch, auf dem sie so oft Sex hatten. »Sie hat mir ein Ultimatum gestellt und sie meint es ernst.«

»Verstehe«, hat Patricia gesagt. Mehr nicht. Kein: *Bitte verlass sie.* Kein: *Wähle mich.* Robert hätte es niemals zugegeben, aber das hätte er gern gehört. Ein: *Ich liebe dich.* Ein: *Was ist mit uns? Bedeutet dir das gar nichts?* Aber nichts davon kam. Nur ein: *Verstehe.* Andererseits war er auch froh darum. Das machte die Entscheidung sehr viel leichter. Und Robert liebt seine Frau. Vielleicht nicht so, wie er Patricia liebt, seine Gefühle für Lena sind ganz anders, aber trotzdem. Er liebt sie. Sie und die Beständigkeit, die sie teilen. Ihre Loyalität, ihre Wärme und Fürsorge. Und nicht zuletzt die Tatsache, dass es bei ihr reicht, er zu sein. Kein stetiges Verstellen, keine Angst davor, enttarnt zu werden als weniger, als er wirklich ist. Einfach nur Robert. Versorger, Ehemann, Vater zweier Söhne. Erfolgreich und anerkannt.

Er stand kurz vor einer Beförderung – die er eigentlich Patricia zu verdanken hatte. Eine Tatsache, die er geflissentlich verdrängte. Seine angeblich so gute Arbeit war größtenteils ihre gewesen. Aber davon wusste schließlich niemand. Nur er. Und er wollte es nicht wissen, er wollte die Beförderung – und eine heile Welt war Teil des Deals. Robert *brauchte* seine Frau an seiner Seite. Oder auch nur eine Frau. Und Patricia ist nicht die Frau für eine Seite. Sie ist die Frau für den Mittelpunkt. Für die große Bühne. Und er eine Randerscheinung in ihrem Schatten.

Also hat er die Affäre beendet. Wenigstens nach außen hin war er es gewesen. Tief in seinem Inneren weiß er, dass es nicht stimmt. Dass er seine Frau sofort für Patricia verlassen hätte. Sie hätte nur etwas sagen müssen. Etwas anderes als *Verstehe.*

Die Trennung hat ihn und Lena einander tatsächlich wieder nähergebracht. Auf einmal hat Robert sie nicht länger nur als die Mutter seiner Kinder wahrgenommen, sondern als Frau. Als fast begehrenswerte Frau. Er dachte, er würde Patricia mit der Zeit vergessen. Doch jetzt sitzt sie vor ihm mit ihrem hochgerutschten Rock und Robert wird klar, dass er nichts vergessen hat. Nur verdrängt. Weggeschoben. Wie einen Karton mit Altlasten, den man in den Keller bringt.

»Worüber wolltest du mit mir sprechen?«, fragt Patricia und faltet die Hände in ihrem Schoß. »In deiner Mail hieß es, es sei dringend?«

Robert weiß nicht, wie er es sagen soll. Es gibt keinen guten Weg, es zu sagen, also platzt er einfach damit heraus: »Lena ist schwanger.«

Stille, ein angespannter Moment, der Robert mehr Kraft kostet, als er sollte. Als würde er ihr etwas beichten. Als hätte er sie mit seiner eigenen Frau betrogen. Am liebsten würde Robert wegschauen, doch er hält Patricias Blick stand, sucht nach einer Emotion darin, findet keine.

Patricia nickt kaum merklich, dann sagt sie: »Wie weit ist sie?«

»Zehnte Woche«, erwidert Robert.

»Meinen Glückwunsch.« Das war's. Mehr sagt sie nicht.

Roberts Herz schlägt schnell. Er weiß nicht, was er erwartet hat, was er vor ihr will. Dass es sie verletzt? Dass sie ihn dafür verachtet, wie schnell er nach dem Ende ihrer Affäre seine Frau geschwängert hat? Dass sie wenigstens ein bisschen reagiert? Irgendeine Emotion zeigt?

»Was ist das Zweite?«, fragt sie.

»Wie bitte?«, fragt Robert.

»Sagtest du eben nicht, es wären zwei Dinge, über die du mit mir sprechen möchtest?«

Robert nickt. »Ja, richtig«, sagt er.

Wie kann sie so ruhig sein? Hat sie überhaupt je etwas für ihn empfunden?

Patricia richtet sich in ihrem Stuhl auf. Es wirkt so, als wäre ihr nicht bloß der Stuhl unbequem, sondern die gesamte Situation.

»Gerade vorhin kam eine Leiche rein«, sagt sie dann. »Die möchte ich wirklich nur sehr ungern einem meiner Kollegen überlassen.« Es ist eine Übersetzung für: *Komm zum Punkt oder ich gehe.*

»Mavi wird eingestellt«, sagt Robert. »Zumindest hier in Deutschland.«

Patricia sieht ihn an, sagt aber nichts.

»Ich habe es erst heute erfahren. Es kam von ganz oben.«

»Weswegen?«, fragt sie nach einer Weile.

»Das Labor in London verzeichnet größere Erfolge«, sagt Robert.

»Das bedeutet also, dort werden die Forschungen fortgesetzt?«

Robert nickt. »So ist es«, sagt er. »Wir haben die Anweisung, ausnahmslos alle Ergebnisse und Proben im Laufe der nächsten drei Wochen an London zu überstellen.«

»Nein«, sagt Patricia und steht auf.

»Was soll das heißen, nein?«, fragt Robert und erhebt sich ebenfalls.

»Das können die nicht machen.«

»Sie können und sie werden«, erwidert Robert.

Patricia geht auf und ab. Angespannt, rastlos. In etwa diese Reaktion hätte er sich auf seine erste Neuigkeit auch erhofft. Wobei ihm eigentlich schon *irgendeine* Regung gereicht hätte.

»Ich akzeptiere das nicht«, sagt sie leise, eher zu sich als zu ihm.

»Dir wird gar nichts anderes übrig bleiben, es ist längst beschlossen.«

Patricia bleibt stehen. »Ich könnte nach London wechseln.«

»Wie bitte?«, fragt er. »Du würdest ernsthaft deswegen nach London gehen?«

»Brauchen sie noch Leute oder brauchen sie keine?«

Robert weiß es nicht, trotzdem sagt er: »Das Team ist voll.«

»Wie kann das Team voll sein? Peck ist tot.«

»Du sagst es. Und die Kollegen in London gehen davon aus, dass du es warst. Glaubst du, die wollen mit dir arbeiten?«

»Stimmt es, dass sie mich beschuldigen?«, fragt Patricia. »Oder sagst du das nur, weil du nicht willst, dass ich gehe?«

»Wieso sollte ich nicht wollen, dass du gehst?«

Sie antwortet nicht, und er ist froh, dass sie es nicht tut. Patricia sieht ihn nur an, es ist einer ihrer prüfenden Blicke, er geht ihm durch und durch.

»Du bist viel zu involviert«, sagt Robert schließlich.

»Und du nicht involviert genug«, gibt Patricia zurück. Mit diesem Satz öffnet sie die Tür und verlässt sein Büro.

TAG 5

EFRAIL, HÔTEL DE LA PAIX, BANLIEUE VOR PARIS, 5:36 UHR

Es ist heiß und stickig. Maja steht in Unterwäsche vor dem Spiegel im Bad, ich neben einem der Koffer, der offen vor mir auf dem Bett liegt. Doch anstatt hineinzusehen, sehe ich sie an. Und ihr Körper wird mir auf eine Art bewusst, wie mir noch nie ein Körper bewusst war. Die schmalen Schultern, die noch schmalere Taille, ihr Po, straff und rund, ihre langen Beine, die milchige Haut. Sie sieht weich aus. Meine Augen werden von Majas Anblick angezogen wie Motten vom Licht – ihr Körper, ihre Bewegungen, ihr Gesicht, die leicht geöffneten Lippen, die Art, wie sie ihr Spiegelbild mustert, konzentriert und kritisch.

Ich zwinge mich immer wieder, zum Fernseher zu schauen, schaue dann aber doch sofort zurück zu ihr, sehe dabei zu, wie sie sich den Kopf rasiert, eine Bahn nach der anderen. Wie lange schwarze Strähnen vor ihr ins Waschbecken fallen und hinter ihr zu Boden. Übrig bleiben nur sieben Millimeter – das ist die längste Einstellung des Langhaarrasierers. Er brummt monoton und laut durch das kleine Bad, Maja steht barfuß in ihren Haaren. Wir haben ihn in einem der Koffer gefunden, die ich aus dem Zug mitgenommen habe – neben ein paar verdammt bunten Hawaiihemden und Flipflops mit Blumen drauf. Der Typ, dem der Koffer gehört, hat sogar ein Bartpflegeset eingepackt. Manche Menschen haben wirklich zu viel Zeit.

Mein Blick wandert Majas Körper hinauf, erst in Höhe ihrer Schulterblätter bemerke ich, dass sie mich über den Spiegel ansieht. Zu direkt, obwohl es indirekt ist. Ich habe längst den Zeitpunkt verpasst wegzuschauen, also schaue ich sie weiter an, konzentriere mich auf die seltsame Form der Erregung, die in mir aufsteigt, spüre, wie ich ins Leere schlucke. Ich mag diesen Ausdruck in ihrem Gesicht. Klug und misstrauisch. Sie weiß, dass ich in den Umschlag geschaut habe. Wir saßen in der Dunkelheit des Wagens auf dem Seitenstreifen kurz nach der Raststätte und da hat sie gefragt: »Was bist du?«

Was, nicht wer.

Ich habe kurz gezögert, nur eine Sekunde. Sauls Stimme schoss mir durch den Kopf: *Gib niemals deine wahre Identität preis. Vollkommen egal, wie die Umstände sind.*

Aber irgendwas musste ich sagen, also habe ich geantwortet: »Ich bin ein Marin.«

Maja hat lange nichts gesagt. Sie hat mich nur angesehen. Letzten Endes bin ich weitergefahren und sie hat sich Rickers Studie gewidmet. Sie das Ganze selbst lesen zu lassen und es ihr nicht zu erklären, hatte vor allem den Vorteil, dass sie so nur das erfahren hat, was sie ohnehin erfahren hätte.

Jetzt weiß sie, was ich bin.

Und ich wusste es nie weniger als in diesem Moment.

Sie mustert mich, ihr Blick ist fragend. Ich sollte aufhören, sie anzustarren, aber ich kann nicht, schaue sie weiter an. Ihre Nacktheit, ihre Haut, den Umriss ihres Körpers. Spüre, wie meiner immer stärker darauf reagiert. Wie er nach ihr verlangt. Als wäre ich hungrig auf sie. Ich will an etwas anderes denken, kann aber an nichts anderes denken, stehe einfach nur da und starre sie an.

Dann schaltet Maja den Rasierer aus. Und auf einmal ist es schrecklich still, so als wären meine Blicke laut, wie Schreie, die man bis ins Nachbarzimmer hören kann.

Maja legt den Rasierer weg und dreht sich langsam zu mir um. Ich bin wie gelähmt von ihrem Anblick. So nackt, aber nicht nackt genug, schwarze Unterwäsche, Spitze, runde feste Brüste. Ich bin komplett überfordert von diesem Moment, von den Bildern in meinem Kopf, sie und ich, ich auf ihr. Mir wird schwindlig, ich fange an zu zittern, halte mich am Bettgestell fest. Alles dreht sich – ich, der Raum, Maja, wir.

Dann steht sie vor mir. Ganz nah, zu nah.

»Was ist mit dir?«, fragt sie und sieht mich eindringlich an.

Das Blut rauscht in meinen Ohren, meine Haut spannt, als würde sie jeden Moment reißen, ich spüre meinen Körper so intensiv, wie ich ihn noch nie gespürt habe, unkontrolliert, als würde ich jeden Augenblick explodieren.

Maja und ich stehen einander gegenüber, wir sehen uns an, ein Blick wie ein Funke, wie ein elektrisches Summen. Die Stille dröhnt, der Raum ist voll mit Erwartung. Ich spüre die Wärme von Majas Haut, spüre, wie meine Hände nach ihr greifen wollen, nach ihrem Gesicht, ihren Beinen, ihrem Po, spüre meine Erektion, kämpfe dagegen an.

Dann treffen ihre Lippen auf meine. Es ist wie ein Schlag. Als würde ich zu Boden gehen. Ich ziehe scharf die Luft ein, weiß nicht mehr, was ich tue, ob ich überhaupt etwas tue oder ob sie es ist. Ich spüre ihre Haut, spüre sie, ihre Hände. Maja zieht mich aus, ich ziehe sie aus, dann sind wir nackt, ihre Unterwäsche auf dem Teppich, meine Sachen daneben. Ich schiebe den Koffer vom Bett, er fällt scheppernd zu Boden und wir auf die Matratze. Alles passiert auf einmal, zu schnell und gleichzeitig nicht schnell genug. Ich liege auf ihr, will mehr, spüre ihre Haut unter meiner, ihre Zunge in meinem Mund, schmecke sie, atme schwer und angespannt gegen ihre Lippen. Mein Körper tut das alles, ich falle nur, stürze immer tiefer in etwas, das sich so unbeschreiblich anfühlt, dass es dafür keine Worte gibt. Als würde ich daran ertrinken, an mir und an ihr, an meinen Empfindungen.

Dann dringe ich in sie ein. Und verliere den Verstand.

PROF. ROBERT STEIN, GEHEIME VIDEOKONFERENZ, CODE 113, ABSTIMMUNG ISA UND EINGEWEIHTE POLITIKER, 05:55 UHR ORTSZEIT (23:55 UHR IN NEW YORK CITY)

Robert sitzt an seinem Schreibtisch. Er ist eingeloggt, gefasst und ruhig. Die Abstimmung steht kurz bevor und er ist bereit. Bereit, für sein Gewissen und gegen sein Land zu stimmen. Bereit, sich der Mehrheit anzuschließen. Nicht aus Angst, sondern aus Überzeugung.

Und trotzdem ist da ein kleiner Rest von Patricias Stimme in seinem Kopf, ein Echo, das er einfach nicht loswird. Als wäre sie sein Gewissen. *Die Marin sind uns überlegen. Nur deswegen wollen sie sie vernichten.*

Vielleicht stimmt das. Vielleicht trifft das auch auf ihn zu, vielleicht ist er feige. Oder aber, er hat einfach die Nase voll von diesem Kalten Krieg. Von den nicht endenden Verhandlungen, von der Feindseligkeit, die seit so vielen Jahren vor sich hin schwelt und immer giftiger wird. Es gibt kein Vor und kein Zurück. Überall nur Fronten und keine Einigung.

Robert ist es leid.

Ja, sie haben gegen das Abkommen verstoßen. Na und? Die Zeiten haben sich geändert. Abgesehen davon war es nie ein Miteinander, immer nur ein fauler Kompromiss, mit dem niemand so richtig zufrieden war.

Und sind sie ihnen überhaupt so überlegen? Immerhin sind sie nicht bereit, den letzten, den *entscheidenden* Schritt zu tun. Sie mögen technisch weiter sein und die Menschen im Bereich der Forschung längst abgehängt haben – aber sie sind nicht bereit, sie auszulöschen. Das nicht. Darin liegt der größte Unterschied zwischen ihnen. Denken versus Handeln. Es wird auch diesmal keine Konsequenzen geben, jedenfalls keine weitreichenden. Sie haben sie viel zu oft angedroht und dann ist nie etwas passiert. Boracay und ein paar Haiangriffe, tote Höhlentaucher und Quallenteppiche vor der Küste Floridas, ist das wirklich alles? Davor sollen sie sich fürchten?

Die einzig unsichere Komponente war Sofie. Die Marin haben sie entführt, um ihn erpressen zu können, es war ein geschickter Schachzug, er hätte alles getan, um sie in Sicherheit zu bringen. Aber seine Leute haben sie gefunden. Es geht ihr gut. Jetzt haben sie kein Druckmittel mehr gegen ihn.

»Das Plenum ist nun vollständig anwesend, das Votum kann beginnen«, sagt Jeff Hastings. »Sie kennen die Regeln. Wer dagegen ist, hebt die Hand.«

Robert wäre eine anonyme Abstimmung lieber. Aber sie ist nicht anonym und er hat seine Entscheidung getroffen.

»Bedenken Sie, dass nicht Nationalität und politische Bündnisse entscheidend sind, sondern ausschließlich Ihr Gewissen«, erinnert Margaux und sieht ihn direkt an.

Wieder Patricias Worte.

»Die Gegenseite hat uns ein Ultimatum gestellt bis heute, 23:59 Uhr. Das ist in genau …«, Hastings schaut auf die Uhr, »zwei Minuten. Das Ultimatum lautet: *Die augenblickliche Herausgabe des Gegenmittels zur sofortigen Eindämmung des Marin Extinction Virus, kurz MEV, andernfalls droht die Vernichtung der menschlichen Rasse.*« Einen Augenblick lang ist es still, dann spricht Hastings weiter: »Die Schaltung zur Gegenseite steht. Nun also stelle ich Ihnen die Frage: Die Kampfhandlungen werden weitergeführt und dem Ultimatum wird nicht stattgegeben – ist einer der hier Anwesenden dagegen?«

Drei Personen melden sich: der französische Präsident, Margaux Morel und die Bundeskanzlerin. Die restlichen Hände bleiben unten.

Auch die von Robert.

»Da wir hier in diesem Plenum nicht nach dem Gebot der Einstimmigkeit operieren«, sagt der Präsident, »sondern nach dem Mehrheitsstimmrecht, gilt es als beschlossen. Dem Ultimatum wird nicht Folge geleistet.«

MARGAUX MOREL, GEHEIME VIDEOKONFERENZ, CODE 113, ABSTIMMUNG ISA UND EINGEWEIHTE POLITIKER, NEW YORK CITY, 00:00 UHR

Es ist Punkt 00:00 Uhr und es passiert … nichts. Margaux hält den Atem an, die Anspannung im Raum ist fast greifbar, als könnte man die Luft schneiden. Niemand sagt etwas, alles ist still, als würden sie auf eine Explosion warten, auf einen Angriff, auf *etwas*.

Sie sitzen zu viert an dem langen Konferenztisch, Margaux, ihr Präsident, Hastings und seiner. Sie blicken auf die Monitore. Die anderen ISA-Vertreter und Staatschefs sind noch zugeschaltet. Keiner von ihnen spricht.

Dann klickt der Minutenzeiger der Uhr über der Tür von 00:00 Uhr auf 00:01 Uhr. Und als wäre damit alles überstanden, erhebt sich der Präsident am Kopfende des Tisches, lacht selbstgefällig auf und sagt: »Tja. So viel zur Vernichtung der menschlichen Rasse.«

In genau diesem Moment vibriert kaum merklich das Wasser in Margaux' Glas. So minimal, dass man es hätte übersehen können. Und doch weiß sie, dass das der Anfang ist. Der Anfang vom Ende. Ein paar kleine Wellen in einem Wasserglas.

PIER 1, FURMAN STREET, BROOKLYN, NEW YORK CITY, USA, 00:03 UHR

Es ist Mitternacht und noch immer unerträglich heiß, auf eine Art drückend, wie es sie nur in Millionenmetropolen gibt. Eine Beton-Hitze, die einfach nicht abfließen kann, die sich in Straßenschluchten staut, in Wohnungen und Häusern. Klimaanlagen laufen auf Hochtouren, Menschen versammeln sich am Wasser, suchen freie Flächen, hoffen auf Wind und etwas Abkühlung.

Die Vorstellung des Open-Air-Kinos hat vor knapp einer Stunde begonnen. Hunderte von Menschen sitzen nebeneinander im Gras, auf mitgebrachten Decken und Kissen unter freiem Himmel. Es ist vollkommen still, ab und zu kommt ein Lufthauch vom Hudson, sie bemerken es kaum, sind zu gebannt von Hitchcocks »Die Vögel«, halten sich an ihren Pappbechern und Flaschen fest, schwitzen zwischen so vielen Körpern, sind eingewoben in das subtile Gefühl der Gefahr, in das Wissen, dass jeden Moment etwas Schreckliches passieren wird.

Sie nehmen nicht wahr, wie der Pier unter ihnen vibriert, es ist nur eine kleine Erschütterung, die in der kollektiven Anspannung untergeht. Sie warten alle auf den Angriff der Vögel, trinken nicht, essen nicht, atmen flach. Als wären sie ein einziger Organismus, ein riesiges Wesen. Die Kulisse der Skyline rückt in den Hintergrund. Gebäude, die an den Wolken kratzen, das Lichtermeer, das sich im Hudson spiegelt, die Brooklyn Bridge, alles nebensächlich, alles ausgeblendet.

Sie bemerken die aufgewühlte Wasseroberfläche nicht, sehen nicht, dass der Fluss aussieht, als würde er anfangen zu sieden, als wäre er mit Kohlensäure versetzt. Sie warten auf die Vögel, darauf, dass sie ins Haus gelangen – sie wissen, dass es passieren wird, aber nicht, wie, sind so konzentriert auf die fiktive Gefahr, dass ihnen die echte entgeht: das stetig steigende Wasser um sie herum und das, was es aus der Tiefe mit sich bringt. Die Stimmung ist zum Zerreißen gespannt, der Fluss tritt langsam über die Ufer, schleichend und schwarz. Und mit ihm die Leichen. Eine, zwei, immer mehr. Sie treiben an die Oberfläche. Nackte, geschundene Körper, mit leeren Augen und eitrigen Wunden.

Die ersten Füße werden nass, Decken, Schuhe, Rucksäcke. Doch noch merkt es keiner, noch ist nichts passiert, obwohl es längst passiert ist. Alles scheint friedlich. Bis die erste tote Hand das erste Bein streift. Ein Schreckmoment, ein kurzer Blick in Richtung Wade. Es ist dunkel, das Gehirn versteht das Bild nicht, kann es nicht gleich einordnen. Aus dem kurzen Blick wird ein längerer, zusammengekniffene Augen, eine gerunzelte Stirn.

Dann die Erkenntnis.

Der Schrei ist markerschütternd. Ein spitzer Laut, der die Stille sprengt. Menschen springen auf, stecken ihre Nachbarn an, Unruhe wird zu Panik, zu Blindheit, zu einem kollektiven Fluchtgedanken. Sie rennen los, die meisten wissen nicht, warum, haben nichts gesehen, folgen nur der Herde.

Doch das Wasser ist schneller, es schwillt plötzlich an, verschluckt das Ufer Meter um Meter, wälzt sich über mitgebrachte Decken und Kissen, über Menschen, die sich gegenseitig unter Wasser drücken, die versuchen zu schwimmen, zu rennen – und ertrinken.

MARGAUX MOREL, BRYSON BUILDING, IM SELBEN MOMENT

Auf der anderen Seite des Flusses steht Margaux an einem der deckenhohen Fenster im zweiundzwanzigsten Stockwerk und schaut nach unten. Neben ihr ihr Präsident, Hastings und seiner. Die übrigen ISA-Vertreter und Staatschefs sind noch immer zugeschaltet. Sie können nicht sehen, was sie sehen, sehen nur ihr Entsetzen, die Fassungslosigkeit in ihren Blicken. Blasse Mienen, erstarrte Gesichter, der Präsident, der eine Hand ans Sicherheitsglas legt, als wäre ihm schwindlig oder als wollte er prüfen, ob es auch wirklich hält.

Durch die Häuserschluchten fließen die Wassermassen. Sie steigen stetig an, spülen Menschen weg, die ums Überleben kämpfen, die sich gegenseitig unter Wasser drücken, die versuchen, schnell genug zu schwimmen, sich irgendwo festzuhalten – und es nicht schaffen. Zwischen ihnen treiben tote Körper auf der schwarzen Wasseroberfläche. Hunderte von ihnen. Tausende.

Es ist unwirklich. Wie eine Szene aus einem Film. Es erinnert Margaux an die Sequenz von Titanic, in der das Schiff gerade gesunken ist. Weiß brodelndes Wasser, schreiende Menschen, Verzweiflung.

Und sie stehen hier oben und sehen dabei zu. Wie die Passagiere der ersten Klasse auf ihren Rettungsbooten. Sie, die es entschieden haben – es zu *verantworten* haben. Weit genug weg, in Sicherheit, hinter zentimeterdickem Panzerglas.

Der Minutenzeiger der Uhr über der Tür klickt von 00:08 Uhr auf 00:09 Uhr.

Margaux schaut neben sich in das aschfahle Gesicht des Präsidenten der Vereinigten Staaten. Jetzt lacht er nicht mehr. Er steht da wie versteinert.

»Tja«, sagt der französische Präsident und sieht ebenfalls zu ihm hinüber. »So viel zur Vernichtung der menschlichen Rasse.«

MAJA, HÔTEL DE LA PAIX, BANLIEUE VOR PARIS, 06:06 UHR

Wir sehen einander an, während Efrail sich in mir bewegt. Langsam und tief. Wir küssen uns, der Ausdruck in seinen Augen ist angespannt, als würde es ihn Kraft kosten, als würde er mehr spüren, als er ertragen kann. Ich dränge mich ihm entgegen, halte mich an ihm fest, atme schwer, weiß nicht, ob ich laut bin oder leise, bin taub für den Rest der Welt und so sehr im Moment wie noch nie in meinem Leben.

Efrails Körper reibt gegen meinen, ich schmecke seinen Atem, beiße in seine Unterlippe, spüre, wie sich alles in mir beginnt zusammenzuziehen, wie ich immer kleiner werde, kleiner und kleiner, als würde sich alles, was ich bin, alles, was ich je dachte, alles, was ich je gefühlt habe, knapp unterhalb meines Bauchnabels sammeln. Überlaufen. Darauf warten, aus mir herauszubrechen.

Ich sehe Efrail an, seine Augen halb geschlossen, fast schmerzverzerrt, so als wüsste er nicht, was mit ihm passiert. Als wäre es zu viel. Mit einem Fuß über dem Abgrund, ganz kurz davor zu fallen. Efrail bewegt sich weiter, seufzt warm gegen meine Lippen.

Dann der Moment, von dem es kein Zurück mehr gibt. Als würde ich das Gleichgewicht verlieren, als wäre der Faden, an dem ich mich festhalte, kurz davor zu reißen. Efrail und ich sehen einander an. Dann erstarrt er, sein Gesicht friert ein, sein Blick bleibt bei mir. Ich verliere die Orientierung. Als würde eine Welle über mir brechen, mich umwerfen, mich mit sich reißen, als wäre ich in einem Strudel, der mich von einer

Seite zur anderen wirft, mich im Kreis dreht, mich vergessen lässt, wo ich bin. Es ist wie ein kleiner Tod, eine Erlösung, ein Kribbeln in den Zellen, Efrails Hände, die mich halten, seine Lippen auf meinen, der Duft seiner Haut, ein dünner Schweißfilm, der unsere Körper verbindet.

Ich liege atemlos da, mit geschlossenen Augen und einem zittrigen Gefühl. Ich kann nicht sagen, wie lange. Sekunden, Minuten. Mein Herz schlägt schnell, das Blut pulsiert knapp unter meiner Haut. Efrail liegt noch immer auf mir, er küsst mich in die Halsbeuge.

Und es stört mich nicht.

Ich habe es immer gehasst, wenn einer von den Typen, mit denen ich im Bett war, danach noch auf mir liegen geblieben ist. Wie ein nasser Sack. Für mich waren wir fertig. Alles, was davor war, war davor – der Flirt, die Stimmung, die Anspannung. Danach wollte ich weg. Doch diesmal nicht. Diesmal stimmt es. Er auf mir, meine Finger, die zärtlich über seinen Rücken streichen, weiter über seinen Nacken, durch sein Haar. Ich spüre Efrails Atem, seine Haut, ihn in mir, seine Hände. Ich küsse ihn auf die Stirn, schmecke seinen Schweiß. Das gerade ist echt, keine Show, die ich abspiele. Nicht so wie sonst.

Ich öffne die Augen. Das Hotelzimmer ist in bläuliches Licht getaucht, die Vorhänge halten den Raum dunkel, als wäre es noch Nacht.

Efrail stützt sich auf den Ellenbogen ab, er sieht mich an. In seinem Gesicht ist irgendwo ein Lächeln, als wäre es verteilt auf Augen- und Mundwinkel. Er streicht mit den Daumen über meine Augenbrauen, fährt ihre Kontur nach, immer und immer wieder. Haarsträhnen fallen ihm in die Stirn, zimtbraun und verschwitzt, sein Gesicht glänzt.

Ich weiß nicht, was eben passiert ist. Aber es ist etwas passiert. Etwas, das mir noch nie passiert ist.

Auf einmal ist es seltsam dunkel im Raum. Efrail schaut in Richtung Fernseher. Ich folge seinem Blick, sehe Wolkenkratzer, die wie hohe Inseln aus schwarzem Wasser ragen. Im ersten Moment denke ich, es läuft ein Film. Irgendein Endzeitdrama. Aber es ist kein Film.

Es sind die Nachrichten.

MAJA, 06:44 UHR

Ich stehe nackt im Bad und kotze, zittere unter meinem eigenen Gewicht, kann nicht aufhören zu würgen, obwohl eigentlich längst nichts mehr in mir drin sein dürfte. Ein hohles, atemloses Geräusch hallt durch das Bad. Im Augenwinkel sehe ich verschwommen das Kabel des Langhaarrasierers, spüre, wie Efrails Sperma zäh meinen Oberschenkel hinunterläuft.

Ich kann nicht fassen, dass er es die ganze Zeit wusste. Dass er wusste, dass das passieren würde. Wie konnte er mit mir schlafen und es wissen? Wie geht so etwas?

Ich habe auf den Fernseher gestarrt. Es lief kein Ton, nur Bilder. Rücken und Hinterköpfe, nackte Haut, Kleidung, Haare, die im Wasser fließen wie Algen. Der Hudson war ein Meer aus Leichen.

»Keiner von ihnen ist unschuldig«, meinte Efrail tonlos.

Er stand nackt neben dem Bett, das Haar von mir zerwühlt, sein Penis noch halb erigiert.

»Wir haben ihnen ein Ultimatum gestellt. Sie hatten fünf Tage Zeit, das MEV-Gegenmittel rauszugeben. Aber sie haben es nicht getan.«

»MEV?«

»*Marin Extinction Virus.* Das ist der Erreger, den deine Mutter hergestellt hat.«

Erst wollte ich es nicht glauben, habe mich dagegen gewehrt, bin vor Efrail zurückgewichen, als er mir sein Handy mit den Bildern entgegengestreckt hat. Hunderte Massengräber, voll mit aufgedunsenen Leichen, eitrige Haut, blutunterlaufene Augen, Körper, die wie Müll entsorgt wurden.

Bei dem Gedanken zieht sich mein Magen ein weiteres Mal zusammen und ich erbreche Gallenflüssigkeit. Einmal, zweimal, dann endlich bin ich leer.

Ich richte mich langsam auf, mir ist schwindlig, mein Arm zittert, als ich die Spülung drücke. Efrail wirkt seltsam weit weg.

»Wem habt ihr das Ultimatum gestellt?«, frage ich schließlich. »Wer sind die?«

»Ein Bündnis von Staatschefs und den internationalen Vertretern der ISA.«

Ich weiche seinem Blick aus. »Ist Robert einer von ihnen?«, frage ich leise.

»Du meinst deinen Taufpaten? Ja, ist er.«

Ich schließe einen Moment die Augen. New York, Venedig, Sydney, Tel Aviv, Kapstadt. So viele Menschen. So viele Menschen, die nichts davon wussten, die nichts geahnt haben.

»Bist du okay?«, fragt Efrail neben mir.

Ich schüttle den Kopf.

»Hier, trink das«, sagt er und reicht mir ein Glas. »Und dann zieh dich an. Wir müssen weg hier.«

Das Glas in meiner Hand zittert unkontrolliert.

Efrail sieht mich eindringlich an. »Das nächste Ultimatum läuft in knapp einer Stunde ab.« Pause. »Paris ist mit auf der Liste.«

Ich nicke langsam.

»Das vorhin war erst der Anfang«, sagt er.

Für mich sah es aus wie das Ende.

TANJA ALBERS, ERKELENZDAMM 65, 10999 BERLIN, ZUR SELBEN ZEIT

»Du denkst also, diese Anhäufung von Naturkatastrophen ist in Wahrheit gar keine Anhäufung von Naturkatastrophen«, sagt Georg.

»Ich weiß es nicht«, erwidert Tanja. »Aber nach dem, was hier drinsteht«, sie zeigt auf ein paar der ausgedruckten Seiten, »scheint es einen direkten Zusammenhang zwischen den derzeitigen Ereignissen und dem Ende der protokollierten Verhandlungen zu geben.«

Georg runzelt die Stirn. Er hat die steile Falte zwischen den Augenbrauen, ein Anzeichen höchster Konzentration. »Das Ende der Gespräche liegt mehrere Jahre zurück. Seit Mitte der Neunziger hat es keine Verhandlungen mehr gegeben. Warum greifen sie erst jetzt an? Warum nicht schon vorher?«

»Keine Ahnung, vielleicht weil zu der Zeit die Gewässer einfach noch nicht so verseucht waren, wie sie es heute sind«, antwortet Tanja.

»Du verrennst dich da in etwas. Wir wissen noch nicht mal, ob es diese Marin wirklich gibt. Das könnte auch alles totaler Quatsch sein.«

Tanja schüttelt den Kopf. »Das ist kein Quatsch«, sagt sie mehr zu sich selbst als zu ihm. »Es hängt alles zusammen. Das mit diesen Sinkholes zum Beispiel. Die Tauchunfälle, über die berichtet wurde.«

»Wieso, was ist damit?«

»Devil's Den in Florida, Jacob's Well in Texas. Das sind Sinkholes.«

»Und weiter?«, fragt er. »Worauf willst du hinaus?«

»In diesen Akten heißt es, dass Sinkholes die Zugänge zu den Städten der Marin sind«, sagt Tanja. »Ich habe es vorhin nachgelesen. Im Internet steht, dass sie aufgrund der Beschaffenheit des Bodens entstehen.« Sie wechselt in ihrem Browser zu einem anderen Tab. »Hier. Bla, bla, Kombination aus Kalk, Sulfat und Salzgestein, die Zusammensetzung deutet auf Überreste eines Urmeeres hin. Erdplattenbewegungen haben diese vor Millionen Jahren weit nach oben gedrückt. Eindringendes Wasser, insbesondere saurer Regen nach Waldbränden, greift die kalk- und salzhaltigen Schichten an. Bla, bla, bla, diese werden mit der Zeit immer durchlässiger. Geologisch spricht man von einer Korrosion des Gesteins oder der Verkarstung. Dabei entstehen nach und nach immer größere Hohlräume im Erdinneren, bis schließlich die oberen Schichten instabil werden und absacken.«

Tanja schaut auf.

»Also, wenn du mich fragst, klingt das nach einer ziemlich plausiblen Erklärung«, sagt Georg.

»Und genau das soll es«, erwidert Tanja und streckt ihm die Akte entgegen.

Georg greift danach, dann liest er die Textstelle laut vor, die Tanja gelb markiert hat: »Die offizielle Erklärung ist nach wie vor lückenhaft. Das Entstehen der Sinkholes ist wissenschaftlich zwar durchaus schlüssig dargelegt, nicht aber ihr unregelmäßiges Auftreten. Es wäre anzunehmen, dass Sinkholes in Bereichen mit geologisch anfälliger Bodenbeschaffenheit überall vorkommen – was jedoch nicht der Fall ist. In manchen der betroffenen Gegenden reiht sich ein Sinkloch ans andere, in anderen gibt es kaum welche – und das trotz des Belegs der Verkarstung. Da es hierfür keine wissenschaftlich einwandfreie Begründung gibt, muss mit dem Faktor des *rätselhaften Naturphänomens* gearbeitet werden.« Georg runzelt die Stirn. »Ja, gut, ich verstehe, worauf du hinauswillst«, sagt er dann, »aber das ist noch lange kein Beweis.«

»Wenn du zu den Verstößen gegen das Abkommen blätterst, findest du eine lückenlose Auflistung von sogenannten *rätselhaften Naturphänomenen*«, sagt Tanja. »Und zu all diesen Phänomenen gibt es Fernsehdokumentationen.«

»Na und?«

»Sie sind alle von derselben Holding finanziert worden. Einer Holding, über die ich nichts herausfinden konnte. Rein gar nichts. Es gibt keinen Vorstand, keine Mitarbeiter, keine Geldflüsse, keine anderen Produktionen.«

»Ich bitte dich«, sagt Georg abgeklärt. »Wenn jemand etwas in so einer Größenordnung vertuschen will, würde er es hoffentlich geschickter anstellen. Immerhin reden wir hier von Geheimdiensten, Herrgott noch eins. Das, wie du es beschreibst, ist absolut dilettantisch. Ich kann mir nicht vorstellen, dass die so arbeiten würden.«

Tanja seufzt. Er hat recht, es ist dilettantisch.

»Du willst das alles glauben, weil es eine Wahnsinnsstory wäre«, fährt Georg fort. »Und das verstehe ich. Ganz ehrlich. Aber wenn du mich fragst, handelt es sich hierbei nur um eine weitere Verschwörungstheorie.«

Tanja denkt an den Betreff der E-Mail. *Die größte Story Ihres Lebens.*

»Und wie erklärst du dir die Zusammenhänge?«

»Welche Zusammenhänge?«

»Laut diesen Aufzeichnungen hier handelt es sich bei Sinkholes in Wahrheit um die Zugänge zu Marin-Kolonien. Die meisten davon sind untereinander verbunden und bilden ein riesiges Geflecht an Wohnräumen, das für uns Menschen weitestgehend unzugänglich ist. Niemand konnte ihnen bisher auf den Grund gehen. Die, die es versucht haben, sind entweder nicht wieder aufgetaucht oder sie mussten tot geborgen werden.«

»Und du denkst, das ist so, weil jemand sie daran gehindert hat?«, sagt Georg an der Grenze zu herablassend. »Weil jemand am anderen Ende dafür sorgt, dass wir nicht durchkommen?«

»Ja«, sagt Tanja. »Genau das glaube ich.«

Georg runzelt die Stirn. »Im Ernst jetzt? Das ist alles totaler Schwachsinn.«

»Ist es nicht«, sagt Tanja.

»Rosine«, murmelt Georg und legt die Ausdrucke zur Seite. »Du bist müde und überarbeitet, leg dich ein bisschen hin. Du brauchst etwas mehr Distanz zu deinem Job.«

Tanja atmet tief ein. »Diese E-Mail kam von Kohlbeck«, sagt sie dann.

»Das weißt du nicht.«

»Doch, das tue ich«, erwidert sie stur. »Sie waren hinter ihr her, weil sie zu viel wusste.«

Georg seufzt resigniert, doch dann nimmt er die Papiere, die Tanja ihm entgegenhält, und beginnt zu lesen. Er blättert um, liest weiter, vertieft sich in Kohlbecks Ausführungen. Tanja beobachtet ihn dabei. Wie sich sein Gesicht verändert, wie seine Skepsis nach und nach in Neugierde umschlägt. Wie er unwillkürlich nickt, dann schockiert den Kopf schüttelt, sich abwesend über die Bartstoppeln streicht.

Als er die Aufzeichnungen einige Minuten später zur Seite

legt, sieht er Tanja nachdenklich an und fragt: »Robert Stein? Der Leiter des BND?«

»Genau der«, sagt Tanja.

»Denkst du wirklich, das stimmt?«, fragt er leise, als hätte er Angst, dass sie abgehört werden. »Das sind ziemlich heftige Anschuldigungen.«

»Die Dokumente, die Kohlbeck gestohlen hat, waren streng geheim«, sagt sie. »Leute wurden schon für weitaus weniger getötet.«

Danach ist es still. Es ist mehr als nur betretenes Schweigen, es ist beunruhigend, ja fast beklemmend.

»Irgendwie seltsam«, sagt Georg nach einer Weile. »Da fragen wir uns seit Menschengedenken, ob wir allein sind im Universum, und dann sind wir es vielleicht noch nicht mal auf der Erde.«

EFRAIL, HÔPITAL SAINT-LOUIS, 1 AVENUE CLAUDE VELLEFAUX, 75010 PARIS, FRANKREICH, 07:07 UHR

Der Straßenverkehr überfordert mich, es ist alles zu viel. Spurwechsel, Fußgänger, Rollerfahrer. Die Wolken stehen wie Gebirge am Himmel, dahinter und dazwischen ist er strahlend blau. Ich versuche, mich zu konzentrieren, aber es gelingt mir nicht. Die letzten Stunden sind wie Geister in meinem Kopf. Ich bin fahrig und nervös, fühle mich, als wäre ich high.

Sie haben uns damals gesagt, dass wir um nichts betrogen werden. Dass Sex nicht so weltbewegend ist, wie die halbe Menschheit tut. Dass er überbewertet wird. Dass wir froh sein können, frei davon zu sein. Nicht davon beherrscht zu werden, so wie sie, die Menschen, die deswegen kaum denken können. Triebgesteuert, unberechenbar, irrational. Sie haben gesagt, dass Sexualität der Grund ist. Der Konflikt zwischen Trieb und Verstand.

Ich versuche, nicht daran zu denken, wie es sich angefühlt hat, mit Maja zu schlafen – wie *sie* sich angefühlt hat, wie es war, in ihr zu sein, sie zu spüren.

Glaub mir, du verpasst nichts, höre ich Saul sagen. Ich verpasse nichts?

Die Ampel schaltet auf Rot, meine Handflächen schwitzen, ich wische sie an der Jeans ab. Als wir stehen, schaue ich zu Maja. Wie sie schweigend neben mir sitzt und aus dem Fenster blickt.

Es *war* weltbewegend. Meine hat es vollkommen aus den Angeln gehoben.

»Da vorne ist die Metrostation *Goncourt*«, sagt Maja und zeigt auf das gelbe M neben dem U-Bahn-Zugang. »Die Straße links davon ist es.«

»Erst müssen wir den Wagen loswerden.« Ich klinge kalt und distanziert, obwohl ich mich nicht so fühle. Maja sieht mich an, ich schaue auf die Straße vor mir, weil ich weiß, dass ich ihrem Blick nicht standhalten könnte. Nicht mit den Bildern im Kopf. Sie in Unterwäsche vor dem Badezimmerspiegel, sie nackt unter mir. Und dann mit dem Wasserglas in der Hand, zitternd und weinend.

Maja zieht ihren Rucksack aus dem Fußraum und öffnet ihn. Ich blicke stur auf die Ampel. Als sie grün wird, fahre ich los, begleitet von einem beklemmenden Gefühl in der Brust, zu enge Rippenbögen, ein trockener Mund, seltsam aufgeladen, so als stünde ich unter Strom.

»Bei dem Krankenhaus ist eine Tiefgarage«, sagt Maja.

Ich folge ihrer ausgestreckten Hand und lese Hôpital Saint-Louis, dann blinke ich, bremse ab und fahre die Zufahrt hinunter. Der Weg ist gesäumt von Überwachungskameras. »Gesicht runter«, sage ich und wir senken den Blick. Aus dem Augenwinkel erkenne ich, dass Maja ihr Handy aus dem Rucksack geholt hat. Das Display leuchtet hell.

»Du solltest das nicht anmachen«, sage ich unfreundlich.

»Ich will wissen, ob Robert sich gemeldet hat.«

»Stein?«, frage ich, während ich in die Tiefgarage fahre und ein Ticket ziehe. »Der wird sich nicht melden. Er hat zu viel damit zu tun, uns auszulöschen.«

Maja schluckt. »Ich warte auf Nachrichten über Sofie.« Sie sagt es leise. »Er hat es mir versprochen.«

Ein paar Minuten später verlassen wir das Parkhaus. Normalerweise hätte ich die Fingerabdrücke im Wagen entfernt, alles akribisch gereinigt, um keine Spuren zu hinterlassen, aber in diesem Fall ist es egal. Es geht nicht darum, lebend hier rauszukommen. Das war nie der Plan.

Maja und ich rollen unsere Koffer über die Gehwege wie Touristen. Als wären wir ein Paar, das Paris besucht. Ich in meinem halb offenen Hawaiihemd und Flipflops, Maja in Hotpants und ihrem ärmellosen Shirt. Wir tragen große Sonnenbrillen, meine ist grün verspiegelt, Majas Lippen sind rot geschminkt. Sie hat mir vorhin im Auto die Haare am oberen Kopf zusammengebunden, von ihren ist so gut wie nichts übrig. Wir sind kaum wiederzuerkennen.

Vor allem ich nicht.

Vor ein paar Tagen war alles noch ganz klar. Da wusste ich, wer ich bin. Teil einer Wenn-dann-Welt, bestehend aus Kausalitäten, Plänen und Zielen. Ich habe Befehle erhalten und ich habe sie befolgt. Ohne Ausnahme.

Ich kenne meinen Auftrag. Ich weiß, was ich zu tun habe und was auf dem Spiel steht. Sie haben mich mein Leben lang auf das hier vorbereitet. Auf die gute Miene zum bösen Spiel. Darauf, den Feind zu täuschen. Sich nichts anmerken zu lassen.

Ich weiß, was als Nächstes kommt, ich kenne jedes Detail dieser Operation. Ich war aus auf Vergeltung, wegen Saul, wegen allem. Weil sie es verdient haben. Und das haben sie. Ich war mir meiner Sache immer so sicher, habe meine Anweisungen nie hinterfragt. Ich wollte sie vernichten, jeden Einzelnen von ihnen.

Auch Maja.

Sie dreht sich zu mir. »Das da vorne ist es. Der Eingang neben dem Café.«

MAJA, RUE DU FAUBOURG DU TEMPLE, 75011 PARIS, FRANKREICH, 07:23 UHR

Das Tor ist durch einen Zahlencode gesichert.

»Wie lautet die Nummer?«, fragt Efrail.

Ich denke an die Kinderzeichnung, an die Handschrift meiner Mutter, an das Datum ohne Jahreszahl.

»Versuch 2704«, sage ich leise.

Efrail runzelt die Stirn, dann drückt er die entsprechenden Tasten und das schwarze Metalltor springt auf.

Wir gehen an Mülltonnen und Briefkästen vorbei, weiter geradeaus befindet sich ein Innenhof, links von uns eine Eingangstür. Ich lese die Namen auf den Klingelschildern. Auf dem zweiten von rechts steht P. K. – 2ième Étage.

Efrail gibt den Code ein zweites Mal ein. Und auch diese Tür geht auf. Direkt dahinter wartet eine schmale Holztreppe mit ausgetretenen Stufen, daneben ein winziger Aufzug. Wir gehen zu Fuß. Es ist mit Abstand das seltsamste Treppenhaus, in dem ich je war, die Fenster gehen hinaus auf einen kleinen Lichthof, dann erreichen wir den zweiten Stock, vier Türen, an einer steht P. K. Doch dieses Mal ist es kein Zahlencode, für diese Tür braucht man zwei Schlüssel.

»Wo sind die Schlüssel?«, fragt Efrail.

»Ich habe keine«, sage ich.

»Was soll das heißen, du hast keine? Das sind Sicherheitsschlösser.«

Ich will gerade etwas sagen, da geht die Tür der Nachbarwohnung auf.

»Est-ce-que je peux vous aider?«, fragt eine Frau Mitte fünfzig und schaut uns prüfend an.

»Je m'appelle Maja Kohlbeck«, sage ich.

»Ah!«, sagt sie und lächelt, »Mademoiselle Kohlbeck! Finalement!« Sie strahlt mich an. »Ihre Mutter hat gesagt, dass Sie werden kommen.« Sie zeigt hinter sich in die Wohnung. »Un moment, je vais chercher les clés.«

Sie verschwindet. Einen Augenblick später steht sie wieder in der Tür.

»Die kleine Schlüssel für oben, die große für unten«, sagt sie. »Oben zuerst, sonst geht die Tür nicht auf. Es ist ein Sicherheitsschloss.«

»Vielen Dank, Madame«, sage ich, während Efrail bereits die Tür aufschließt.

»Mais bien sûr«, sagt sie. »Wenn Sie Hilfe brauchen, ich bin nebenan.«

Dann verschwindet sie.

Und wir gehen in die Wohnung.

Der Gang ist lang und schmal. An seinem Ende zweigt auf der rechten Seite eine kleine Wohnküche ab, geradeaus ein ebenso kleines Schlafzimmer, links ein winziges Klo. Vom Schlafzimmer aus erreicht man das Bad und das Wohnzimmer, vom Wohnzimmer aus wieder die Küche. Es ist mit Abstand die gemütlichste Wohnung, in der ich jemals war. Und sie passt kein bisschen zu meiner Mutter. Sie ist das genaue Gegenteil von ihr. Warm, heimelig, unprätentiös.

Efrail geht an mir vorbei und öffnet alle Schränke, dann die Schubladen. Er hebt die Matratze an, wirft die Decken zu Boden, die Kissen, die Lampe fällt um. Es ist wie Grabschändung. Wie ein persönlicher Angriff.

Er hebt das Bettgestell an, sieht darunter nach, reißt den

dunkelblauen Teppich von den Dielen, geht ins Badezimmer, zieht die Waschmaschine ein Stück von der Wand, wirft die sauberen Handtücher zu Boden, danach die wenigen Badutensilien, ein Deo, Wattepads, Zahnpasta – das Parfum meiner Mutter.

»Hör auf!«, sage ich. Ich sage es laut, aber meine Stimme bricht.

Efrail dreht sich zu mir um, ich erwarte einen harten Gesichtsausdruck, aber er ist erstaunlich sanft. »Wir müssen diese Aufzeichnungen finden«, sagt er. »Das in New York war nichts im Vergleich zu dem, was als Nächstes kommt.«

PHASE II, 08:00 UHR

Das Wasser der Flüsse steigt langsam. Man bemerkt es kaum. Touristen und Fußgänger gehen einfach weiter, sie wollen die Ersten sein, sie haben die Tour gebucht, lachen, telefonieren, machen das dreitausendste Foto von Big Ben, Tower Bridge und London Eye im frühen Morgenlicht – Bilder, die sie nie wieder ansehen werden. Sie spazieren durch den Lustgarten, genießen, dass es noch so leer ist, bald wird das anders sein, bald ist alles voll von Touristen, die den Berliner Dom besuchen oder eines der vielen Museen auf der Museumsinsel. Die Gesundheitsbewussten joggen die Spree entlang, Tierliebhaber führen Hunde aus, Übergewichtige zählen Schritte, Berufstätige stehen im Stau und Urlauber in langen Schlangen vorm Louvre und dem Musée D'Orsay. Sie reden über das, was in New York passiert ist. *Grauenhaft, nicht wahr?* Ja, schrecklich. *Noch einen Café au lait?* Aber gern.

Die Themse schiebt sich schwer durch London, sie schwillt an, als würde sie Luft holen, als wären es Lungen, die sich blähen, kurz vor einem Schrei. Die Schleusen sind außer Betrieb, noch weiß es keiner, es ist eine Überraschung für später. Lange dauert es nicht mehr. Vor der Küste steigen bereits winzige Methanbläschen auf, das Wasser wird unruhig und weiß, ein böses Omen, auf das die Frachter direkt zusteuern. Sie rechnen nicht damit – wie könnten sie auch? Schließlich passiert das sonst nie. Nicht hier. Nicht im Ärmelkanal. Im Bermuda-Dreieck vielleicht, aber das ist etwas anderes, das ist weit weg.

Noch ist alles ordentlich. Menschen gehen ihren Leben nach, denken, grübeln, fühlen sich benachteiligt, missverstanden, nicht geliebt, sie lachen, machen Urlaube und Pläne, sitzen in Meetings, warten in Lokalen auf ihr Essen, auf die Rechnung, auf Rückgeld, suchen Anschriften, streiten, schweigen sich an. Ihnen ist nicht klar, dass das gerade das Letzte ist, was sie jemals tun werden. Ihre letzte Mahlzeit, ihre letzten Minuten unter einem milchig blauen Himmel, den sie nicht sehen, weil sie Schritte zählen, auf Displays schauen, sich beeilen müssen, die Metro kommt gleich. Schnell ein letztes Telefonat, letzte Gedanken, letzte Sorgen, letzte Kalorien, die verbrannt werden, letzte Hundehaufen, die in kleine rote Tütchen wandern.

Aus den winzigen Blasen sind inzwischen große geworden. Und die ersten Frachter sinken wie Steine zum Meeresgrund. Die Seine schluckt schwarz und grün die ersten Stufen ihrer versteinerten Ufer, die Spree tut es ihr gleich, genauso wie die Themse und die Moskva.

Die ersten Leute bleiben stehen. *Was ist denn mit dem Fluss los, ist der Pegel etwa gestiegen?* Ach was, das wirkt nur so. *Bist du sicher? Er sieht höher aus.* Sie hat recht, die Themse war vorhin noch nicht so hoch, hier siehst du es auf dem Foto. *Haben wir nicht gerade Flut?* Ach so, ja. *Ja, das wird es sein.*

Nur, dass es das nicht ist. Der Yangtze ist schon etwas weiter, er ergießt sich bereits in die Straßenschluchten von Wuhan. Verschluckt Autos, Busse, Taxis, fließt in Läden und Geschäfte, in Wohnungen, in U-Bahn-Schächte. Menschen schreien, Mütter versuchen, ihre Kinder zu retten, können sie nicht halten, verlieren sie aus den Augen. Hier schaut niemand mehr auf Fotos, hier flüchten sie vor den Wassermassen, hoffen, sich irgendwie in Sicherheit zu bringen, klettern auf

Dächer, auf Baume, fliehen in Hochhäuser. Die meisten ertrinken.

In Europa denken sie unterdessen noch an New York City. An den Hudson und die Leichen und die schrecklichen Bilder. Aber das ist doch weit weg, sagen sie sich. Das hat nichts mit ihnen zu tun.

Und so stehen sie da und machen Videos, dokumentieren die Vorboten ihres eigenen Todes. Es werden immer mehr. Ganze Herden, die sich um Geländer scharen. Die Gesundheitsbewussten hören zu joggen auf, die Tierliebhaber kommen zum Ufer, die Schlangen vor den Museen lösen sich auf, Autos halten an, das Leben bleibt stehen.

Dann tritt das Wasser über die Ufer und die Ruhe bricht.

Was folgt, ist ein Sturm aus rennenden Menschen. Tausende von ihnen. Doch die Flüsse werden sie sich holen. Einen nach dem anderen. Sie werden sie verschlucken, sie mit sich in die Tiefe reißen. So lange, bis keiner mehr übrig ist.

EFRAIL, RUE DU FAUBOURG DU TEMPLE, 75011 PARIS, FRANKREICH, 08:12 UHR

Wir haben die gesamte Wohnung auf den Kopf gestellt, alles aus- und wieder eingeräumt – und nichts dabei gefunden. Nicht einen Schnipsel.

Aber es muss diese Adresse sein. Maja wusste die Codes für die Türen, die Nachbarin kannte Kohlbeck, sie hatte die Schlüssel – hat Maja sogar erwartet.

Ich gehe nach nebenan in die Küche und setze Kaffee auf.

»Robert hat angerufen«, sagt Maja. »Ich rufe ihn kurz zurück.«

Ich sage nichts dazu.

Was haben wir übersehen? Wo hat Kohlbeck die verdammten Akten versteckt?

Keine Minute später betritt Maja die Küche. Sie weicht meinem Blick aus.

»Mailbox?«, frage ich.

Maja nickt, dann geht sie zur Spüle, öffnet den Schrank und holt zwei Tassen heraus. Sie stellt sie auf den Tisch und setzt sich.

»Wie hat deine Mutter mit dir kommuniziert?«, frage ich schließlich und Maja schaut auf. »Wie bist du auf diese Anschrift hier gekommen?«

Ich lehne am Küchentresen, der Kaffee läuft gurgelnd in die Kanne.

»Wir haben monatelang nach Verbindungen gesucht, haben alles abgeglichen: ihre E-Mails, Handydaten, Geschäftsreisen, Nachrichten, Kontakte, Adressen, Geldflüsse, alles. Wir wissen, dass deine Mutter in Paris war. Doch sie war nie hier in dieser Wohnung.« Ich setze mich zu Maja, sie mustert mich. »Erklär es mir«, sage ich. »Wie bist du an diese Anschrift gekommen?«

»Über eine Kinderzeichnung«, sagt sie. »Du müsstest sie kennen, meine Mutter hatte sie in ihrem Büro im Ministerium.«

Ich nicke. »Ja, ich erinnere mich. Ein gelbes Auto und ein Haus.« Maja schaut auf ihre Hände. »Das Datum am unteren Rand.« Ich halte inne. »Es war der Code für die Türen.«

Maja nickt, ohne aufzuschauen.

»Woher wusstest du das? Wie hast du die Verbindung hergestellt?«

»Die Zeichnung war nicht von mir.«

Ich runzle die Stirn. »Was soll das heißen, sie war nicht von dir?«

»Meine Mutter war nicht der Typ, der Kinderzeichnungen einrahmt. Sie hat die meisten, die ich ihr geschenkt habe, nicht mal richtig angeschaut.« Maja steht auf und holt die Kaffeekanne. »Weißt du, was lächerlich ist? Im ersten Moment habe ich mich tatsächlich darüber gefreut, dieses gerahmte Bild zu sehen.« Sie schüttelt den Kopf. »Ich dachte, ich hatte mich vielleicht doch in ihr getäuscht. Aber das habe ich nicht.«

Maja schenkt uns Kaffee ein, stellt die Kanne weg und setzt sich wieder. Dann erzählt sie alles. Dass sie die Zeichnung zweimal gefunden hat, einmal im Haus ihrer Mutter, einmal bei ihren privaten Sachen aus dem Ministerium. Sie erzählt von dem Datum, das handschriftlich unter der Zeichnung vermerkt war, und dass es ihr seltsam vorkam, dass ihre Mutter die Jahreszahl nicht angegeben hat – so als würde damit der entscheidende Teil fehlen.

»Also habe ich das Bild aus dem Rahmen genommen«, sagt Maja und umfasst ihre leere Kaffeetasse mit beiden Händen. »Auf der Rückseite stand ganz klein eine Referenznummer. Erst wusste ich nicht, dass es eine Referenznummer ist«, sagt sie, »doch dann habe ich sie gegoogelt.«

»Du hast sie gegoogelt?«, frage ich. »Aber wir haben alles überprüft, was du gesucht hast.« In der Sekunde, als ich es laut ausspreche, kapiere ich es. »Die Uhr.« *Gott, ich fasse es nicht.*

»Das Modell ist von IWC und heißt *Sidérale Scafusia*«, erklärt Maja. »Das astronomische Modul auf der Rückseite zeigt die Sterne und Sternbilder an, die man bei klarem Himmel von einem bestimmten Ort aus sehen würde. Dafür muss man einen exakten Standort angeben.« Maja macht eine Pause. »Koordinaten.«

Ich nicke langsam. »Und es waren die zu dieser Adresse.«

»Ja«, sagt sie.

»Aber du hast nie danach gesucht. Du hast sie nirgends eingegeben.«

»Nicht auf dem Handy«, erwidert Maja. »Ich bin in ein Internetcafé bei dir um die Ecke gegangen.«

»Wo war ich zu der Zeit?«

»Im Ministerium«, erwidert sie und wir wissen beide, dass es nicht stimmt.

Wir sehen einander an.

»Was hast du mit der Uhr gemacht?«, frage ich dann.

»Ich habe sie jemandem gegeben, dem ich vertraue.«

»Weil du mir nicht vertraut hast«, sage ich. Es ist keine Frage, es ist eine Feststellung. Trotzdem nickt Maja. »Du dachtest, ich würde deine Sachen durchsuchen.«

»Hättest du das denn nicht?«

»Vermutlich«, gebe ich zu. Und dann frage ich: »Vertraust du mir jetzt?«

Sie antwortet nicht.

Es ist seltsam still. Die Fenster in Wohnzimmer und Küche stehen weit offen, aber es ist nichts zu hören. So, als hätte jemand die konstanten Laute der Stadt abgestellt. Reifengeräusche fahrender Autos, laufende Motoren, Hupen, Hundegebell, Gespräche, Gelächter. Alles weg. Wie bei Vögeln, die kurz vor einem Erdbeben aufhören zu singen.

Mein Blick fällt auf die Uhr. Das zweite Ultimatum ist abgelaufen.

»Die Dielen«, sagt Maja plötzlich.

Ich schaue sie an. »Was ist damit?«

»Da hat sie sie versteckt. Da sind die Aufzeichnungen.«

MAJA, UNMITTELBAR DANACH

Als ich sechs oder sieben Jahre alt war, hat meine Mutter sich einen Safe in den begehbaren Kleiderschrank ihres Schlafzimmers einbauen lassen. Ein riesiges Ding. Ich stand in der Tür und habe zugesehen. Und als alles fertig war, habe ich geweint. Erst wusste ich selbst nicht, warum, doch als sie mich fragte, entgegnete ich: »Weil ich auch einen Ort will, an dem ich alles verstecken kann.«

Ich habe als Kind so gut wie nie geweint, hauptsächlich, weil ich die Strenge meiner Mutter fürchtete. Und ich wollte auch so gut wie nie etwas haben – vermutlich aus demselben Grund –, doch diese Safe-Geschichte ließ mich nicht los. Ich fing immer wieder damit an.

Einige Wochen später, als ich aus der Schule kam, wartete meine Mutter überraschend am Gartentor auf mich. Sie nahm mich bei der Hand und ging mit mir hinauf in mein Zimmer. Es sah genauso aus wie immer, genauso wie ich es an demselben Morgen verlassen hatte. Nur, dass das Bett gemacht war.

»Was, wenn ich dir sage, dass du auch einen Safe hast?«, sagte meine Mutter. »Einen, der noch viel toller ist als meiner, weil man ihn nicht sehen kann?«

Ich weiß noch, wie ich mich umgeschaut habe. Ein bisschen wie jetzt in dieser Wohnung. Ein anderer Boden und andere Gründe, aber dasselbe aufgekratzte Gefühl.

Efrail und ich haben den Teppich im Schlafzimmer zusammengerollt und nach nebenan geschleppt, danach habe ich das Bettgestell verschoben. Ich knie auf dem Boden und klopfe auf jede einzelne Holzdiele, warte auf jenes hohle Geräusch, das ich aus meiner Kindheit so gut kenne. Ich weiß, wie es klingen muss, habe den Laut ganz deutlich im Ohr.

Dann höre ich ihn.

Einen Moment lang bewege ich mich nicht, verharre mit der rechten Hand knapp über dem Boden, dann klopfe ich ein zweites Mal.

»Das ist sie«, sage ich leise.

Ich schlucke, stecke meine ausgestreckten Zeigefinger in die schmalen Lücken zwischen den Brettern, das Holz klemmt, ich ruckle daran, dann löst es sich und ich ziehe die lose Diele heraus. In dem Hohlraum darunter befindet sich ein Umschlag.

»Efrail«, sage ich tonlos.

Das Klopfen aus dem Wohnzimmer verstummt.

»Hast du was gesagt?«, ruft er.

Ich antworte nicht, bekomme keinen Ton raus, starre wie gelähmt auf das große Kuvert. Ich habe ihre Aufzeichnungen tatsächlich gefunden. Sie wusste, dass ich sie finden würde – dass *nur ich* sie finden kann.

Ich hole den Umschlag unter den Dielen hervor. Er ist schwerer, als ich dachte. Dann reiße ich die Lasche auf und ziehe die Unterlagen heraus. Ein analoges Aufnahmegerät fällt mir in den Schoß, dicht gefolgt von etwas anderem – etwas, das in Watte gepackt ist.

»Ist alles okay?«, höre ich Efrail fragen. Er steht im Türrahmen und mustert mich, sein Blick fällt auf meine Hände. Dann auf die Lücke im Holzboden neben mir. »Du hast sie gefunden.«

PROF. ROBERT STEIN, MAJAKOWSKIRING 29, 13156 BERLIN, 08:26 UHR

Robert sieht auf die Uhr. Er muss los, die Kanzlerin erwartet ihn bereits und in Berlin herrscht das reinste Chaos. Doch das, was er gerade hört, schockiert ihn so sehr, dass er sich kaum bewegen kann. Er stützt sich mit beiden Händen auf seinem Schreibtisch ab. Es sind Patricias Worte. Es ist ihre Stimme.

»Ich habe nicht viel Zeit, sie sind hinter mir her und das ist mein Plan C – der Plan für den Fall, dass alles andere schiefgeht. Wenn du das hier hörst, bin ich tot. Aber du lebst, und das ist alles, was zählt. Ich kann dir nur die Fakten nennen, Maja, es wird dir vermutlich schwerfallen, das alles zu glauben, vor allem, weil es von mir kommt, aber es ist die Wahrheit.«

Robert schüttelt fassungslos den Kopf. »Dieses verdammte Miststück«, murmelt er in die Stille des Raums. Eigentlich wollte er nur kurz seinen Laptop holen. Und danach, auf dem Weg zum Wagen, Maja zurückrufen. Doch dann hörte er Patricias Stimme, ein kleines Flüstern aus den Lautsprechern des Notebooks. Als würde er den Verstand verlieren.

Robert hat am Abend zuvor die Ortungssoftware nicht abgestellt. Seine Pizza war fertig und da hat er es vergessen. Das Mikrofon des Handys, das er Maja gegeben hat, war seither aktiviert. Nach fünf Minuten hat das System ihn ausgeloggt, aber aus irgendeinem Grund ist der Ton weitergelaufen.

»Ich habe ein Virus entwickelt. MEV. Das steht für Marin Extinction Virus, worum genau es dabei geht, erkläre ich noch. Ich

will, dass du weißt, dass ich es nicht freiwillig getan habe, sie haben mich dazu gezwungen. Sie, das sind Robert, die ISA und ein paar andere. Aber dazu komme ich später noch. Als ich mich zu Beginn geweigert habe, das Virus zu entwickeln, meinte Robert: Zwing mich nicht, etwas zu tun, das ich nicht tun will. *Er hat nicht gesagt, dass es dabei um dich geht, aber es war klar, dass es so ist. Dass er dich töten würde, wenn ich es nicht tue.«*

Robert starrt auf den Bildschirm, auf die Meldung *Stimmerkennung erfolgreich: Dr. Patricia Kohlbeck.* Er hat das alles so nie gesagt. Jedenfalls nie so gemeint. Er würde Maja nie etwas tun. Niemals. Das wusste Patricia. Es war eine leere Drohung gewesen. Weil die ihm von oben Druck gemacht hatten. *Wir bauchen endlich Ergebnisse. Wie kommen wir voran mit dem Erreger? Es muss jetzt mal was passieren.* Aber er hätte es nie getan. Er liebt Maja. Das hat er immer. Er war bei ihrer Geburt dabei. Er war der Erste, der sie damals gesehen hat. Dieses kleine perfekte Mädchen. Sie war wie eine Tochter für ihn.

»Jeder hat seinen Preis, Maja, jeder hat etwas oder jemanden, für den er alles tun würde. Bei mir bist das du. Ich verstehe, wenn du mir nicht glaubst, ich war nie in der Lage, dir meine Liebe zu zeigen, aber das bedeutet nicht, dass ich sie nicht empfunden habe. Kurze Pause. *In dem Umschlag findest du neben einigen meiner Aufzeichnungen noch zwei Kanülen. Du brauchst nur eine davon, die zweite dient lediglich als Back-up. Ich wollte sichergehen. Zwei der drei benötigten Dosen hast du bereits genommen, ohne es zu wissen. Ich habe den Wirkstoff deinem Anti-Allergikum beigemischt und die beiden Injektionen Robert gegeben. Ich wusste, dass die ISA den Inhalt abfangen und testen würde, wenn ich sie dir per Post schicke. Das konnte ich unmöglich riskieren. Robert hatte keine Ahnung.«*

Er erinnert sich genau an den Abend, als Patricia ihm die Ampullen gegeben hat. Sie ist überraschend bei ihm vorbeigekommen. *Einfach so*, wie sie sagte. Da hätte er es wissen müssen. Patricia tat nie etwas einfach so. Es war ein Donnerstag, da arbeitet Verena immer länger. Dementsprechend kam sein Büro nicht infrage. Sie sind in die Tiefgarage ausgewichen, in seinen Wagen. Und dort haben sie miteinander geschlafen. Patricia saß auf ihm, sie saß gern auf ihm. Als sie sich danach wieder angezogen hat, fand sie dann *rein zufällig* das Anti-Allergikum in ihrer Tasche. *Ach ja*, sagte sie, *kannst du das Maja geben, wenn du sie das nächste Mal siehst?* Es war reine Berechnung. Alles nur dafür. Für diesen Moment. Patricia hat stets auf Lügen und Sex zurückgegriffen, um zu bekommen, was sie wollte. Robert hat ihre Beweggründe nie hinterfragt, auch an jenem Abend nicht. Weil er ihr glauben wollte. Weil er wollte, dass sie *einfach so* vorbeigekommen ist. Und doch ahnte er, dass sie ihn benutzt. Wie sie es so oft getan hat. Weil er sie liebte. Weil sie die Liebe seines Lebens war, und das hat sie gewusst. Die einzige Frau, für die er alles getan hätte – und für die er doch immer nur eine Affäre gewesen war. Eine lebenslange Affäre, mit nur drei Monaten Unterbrechung. Also hat er das gesagt, wovon Patricia ausgehen konnte, dass er es sagen würde, nämlich: *Kein Problem, ich sehe sie ohnehin morgen Abend.* Wahrscheinlich hat sie das sogar gewusst – so oft, wie sie sich heimlich in sein System eingeloggt hat, wenn er nach dem Sex duschen war oder ihnen etwas zu essen geholt hat oder eine zweite Flasche Wein.

»Bei der Substanz in den Kanülen handelt sich um einen Wirkstoff, der dich gegen das ME-Virus immunisiert. Der Schutz besteht erst dann, wenn du dir das Mittel injiziert hast, ob intravenös oder intramuskulär, ist dabei egal. Die Antikörper, die deine

B-Lymphozyten daraufhin bilden, können, sofern man sie korrekt extrahiert, als Gegenmittel gegen MEV eingesetzt werden. Die Details dazu stehen in meinen Aufzeichnungen.«

»Das hat sie nicht wirklich getan«, murmelt Robert. *Natürlich hat sie das*, denkt er gleichzeitig. Er hätte es wissen müssen und er hat es gewusst. Dass sie alles tun würde, um Maja zu schützen. Vielleicht hat ein Teil von ihm sogar darauf spekuliert und ihr deswegen für die Entwicklung des Erregers mehr Zeit eingeräumt.

Es gibt also ein Gegenmittel. Und es ist in Maja. Bei dieser Erkenntnis beginnt Robert am ganzen Körper zu zittern, ihm wird schwindlig, ja beinahe übel. Patricia war ihm immer einen Schritt voraus gewesen. Und sie ist es noch, selbst nach ihrem Tod. Immer das Quäntchen schneller als er. Dieses kleine bisschen klüger. Das muss aufhören.

Bei diesem Gedanken greift Robert nach seinem Handy und sucht Verenas Nummer bei seinen Favoriten. Er hat Patricias noch nicht gelöscht. Sein Augenlid zuckt, ein dünner Schweißfilm bedeckt seine Haut. Er wählt den Eintrag *Verena Büro* und nicht mal eine Sekunde später geht sie dran.

»Professor Stein?«, sagt sie.

»Ich brauche ein Team in Paris. Sofort.«

»Wie lautet die Anschrift?«

»Die habe ich Ihnen eben geschickt.« Robert schaut auf den Bildschirm. »Es ist die Wohnung in der zweiten Etage links.«

»Zweites OG links«, wiederholt Verena. »Wie viele Ziele vor Ort?«

»Zwei«, sagt Robert. »Ein Mann und eine Frau.«

»Wie üblich vier Agenten?«

»Nein. Schicken Sie sechs.«

»In Ordnung«, antwortet Verena. »Und die Anweisung lautet?«

»Eliminieren.«

»Beide Ziele?«, sichert sie sich ab.

Robert schließt die Augen. »Ja«, sagt er, »beide Ziele.«

»Verstanden«, sagt seine Sekretärin.

In dem Moment, als sie auflegen will, sagt Robert noch: »Ach ja. Rufen Sie die Kanzlerin an. Ich kann den Termin nicht halten.«

»Mit welcher Begründung?«

Robert zögert, dann erwidert er: »Sagen Sie ihr, dass ein unvorhergesehenes Problem aufgetreten ist, um das ich mich kümmern muss. Persönlich. Sie wird wissen, worum es geht.«

SOFIE, RÜCKTRANSPORT NACH BERLIN, ZUR SELBEN ZEIT

Ihr Vater hat einen Privatjet gechartert. Dreißigtausend Euro, einfach so. Und in dem sitzen sie jetzt, nur sie, Theo und die beiden Agenten, die sie vorhin in ihrem heruntergekommenen Hostel abgeholt haben. Bis auf die Kleider, die sie am Körper trägt, hat Sofie nichts mit an Bord genommen. Ihre Koffer sind weg, ihre Pässe, alles. Nur sie sind noch da. Zumindest das, was von ihnen übrig ist.

Als Sofie vor zehn Tagen ihre Sachen gepackt hat, war sie noch ein anderer Mensch. Eine naive, kindliche Version von sich selbst, die es nicht mehr gibt. Sie hat sie irgendwo zwischen Boracay und dem Keller in Manila verloren. Die alte Sofie wollte einfach nur einen unbeschwerten Urlaub mit ihrem Freund. Heiße Tage am Strand und heiße Nächte im Bett, gutes Essen und noch besseren Sex. Diese Sofie scheint unendlich weit weg.

Sie lehnt ihren Kopf an Theos Schulter, er küsst sie auf die Stirn. Sofie ist froh, auf dem Heimweg zu sein, und doch hat sie Angst vor dem Nachhausekommen. Vor einer Wohnung, die noch nach Maja riecht. Die voll ist mit ihren Sachen. Sofie graut davor, dieses Zimmer auszuräumen. Doch irgendjemand muss es tun. Jemand, der Maja nahestand – der sie geliebt hat. Und das hat sie.

Alles, was wirklich wichtig war, hat sie mit ihr erlebt. Sofie will nicht daran denken, sich nicht daran erinnern. Vielleicht irgendwann, wenn es länger her ist, aber noch nicht jetzt. In den vergangenen Tagen hatte Sofie keine Zeit, traurig zu sein.

Es gab keinen Raum für diese Gefühle. Jetzt gibt es nichts anders mehr. Ein riesiges schwarzes Loch, das sie verschlingt.

»Bist du okay?«, flüstert Theo.

Sofie schüttelt den Kopf, sie wischt sich die Tränen von den Wangen, doch die nächsten warten schon.

»Kann ich etwas tun?«

»Maja ist tot«, antwortet Sofie leise. So leise, dass man sie kaum versteht.

Theo legt den Arm um ihre Schultern. Er hält sie fest, zieht sie ganz nah an sich heran. »Ich weiß«, sagt er sanft und küsst sie auf die Schläfe.

Sofie vergräbt ihr Gesicht in seiner Halsbeuge und weint.

Und dann denkt sie doch all die Gedanken, die sie nicht hatte denken wollen, all die Erinnerungen, die Maja und sie verbinden – oder verbunden haben. Vergangenheit. Sie fragt sich, wie sie bei Maja in der Vergangenheit denken soll, wie es möglich ist, jemanden, der immer da war, von einem Tag auf den anderen aus seinem Leben zu streichen. Ihr nicht mehr davon erzählen zu können, wenn Theo und sie sich mal wieder wegen irgendeiner Lappalie gestritten haben. Keine Pizza mehr um drei Uhr morgens, keine von Majas schlechten Serien, keine Insider mehr. Maja wird ihr nie wieder beim Textlernen helfen, sich nie wieder mit ihr freuen, wenn sie nach einem Vorsprechen die Rolle bekommt. Sie werden nie mehr auf diese Art zusammen lachen, bei der sie beide irgendwann keine Luft mehr bekommen. Nie mehr Tränen weinen.

Sofie begreift es nicht. Die Wahrheit ist größer als sie, viel zu groß, um sie zu verstehen.

Maja ist tot.

Sie wird nie wieder in ihrem Schlaf-T-Shirt und mit zerzausten Haaren in die Küche kommen. Ihr nie wieder ein Lied vorspielen, das sie entdeckt hat, und Sofie dabei erwartungsvoll ansehen. Keine Spätvorstellungen im Kino mehr, keine Lästerrunden über die seltsamen Freundinnen von Theos Kumpels. Keine Gespräche über Daniel, kein Glas Rotwein nachts auf dem Dach, keine Vormittage in Cafés mit Croissants und Zeitschriften, kein gemeinsames Lesen in der Sonne, nie wieder eine ihrer Diskussionen.

Was bleibt, ist Sofie.

Und mit ihr der kindliche Wunsch, dass Maja noch lebt.

EFRAIL, RUE DU FAUBOURG DU TEMPLE, 75011 PARIS, FRANKREICH, 08:34 UHR

»Bei der Substanz in den Kanülen handelt sich um einen Wirkstoff, der dich gegen das ME-Virus immunisiert. Der Schutz besteht erst dann, wenn du dir das Mittel injiziert hast, ob intravenös oder intramuskulär, ist dabei egal. Die Antikörper, die deine B-Lymphozyten daraufhin bilden, können, sofern man sie korrekt extrahiert, als Gegenmittel gegen MEV eingesetzt werden. Die Details dazu stehen in meinen Aufzeichnungen.«

Maja und ich sehen einander an. Die Antikörper, die ihre B-Lymphozyten bilden, können als Gegenmittel gegen MEV eingesetzt werden. Es dauert einen Moment, bis ich es wirklich begreife, die gesamte Tragweite dessen, was ich eben gehört habe.

Maja stoppt die Aufnahme und bereitet die Spitze vor. Sie hinterfragt nicht, was ihre Mutter gesagt hat, sie tut es einfach. Und an der Art, wie es tut, wird deutlich, dass sie sich schon oft selbst Injektionen verabreicht hat.

»Was ist das für ein Anti-Allergikum, das du nehmen musstest?«

»Musst«, sagt Maja und bindet sich den Arm mit einem der Geschirrtücher aus der Küche ab. »Es ist eine seltene Hautkrankheit. Ich reagiere extrem empfindlich auf UV-Strahlung.« Deswegen ist sie so blass. Sie desinfiziert sich die Armbeuge mit einem der kleinen Pads, die ebenfalls im Umschlag waren, und setzt die Nadel an.

»Solange ich mir dieses Serum regelmäßig spritze, habe ich

keine Symptome. Meine Mutter hat es entwickelt, als ich ein Kind war.«

Maja drückt die Flüssigkeit langsam in ihren Arm – und danach wieder auf Play. Kohlbecks Stimme läuft weiter vom Band. Sie erklärt alles, was Maja schon weiß. Und noch mehr. Wer wir sind, wo wir vorkommen, worin wir uns von Menschen unterscheiden, wann sie mit ihren Forschungen über uns begannen, wann sie offiziell eingestellt wurden und wie lange man sie danach inoffiziell fortgeführt hat.

»*Marin und Menschen haben vor knapp vierzig Jahren recht unterschiedliche Wege eingeschlagen. Die Menschen in Richtung Konsum und Kapitalismus, die Marin in Richtung Wissenschaft und Medizin. Ihnen blieb aufgrund der Umweltgifte und der Wasserverschmutzung gar nichts anderes übrig. Der massive Anstieg von Fehlgeburten in den Achtzigerjahren und die Negativentwicklung von kanzerogenen und Herz-Kreislauf-Erkrankungen haben sie letztlich zum Handeln gezwungen. Ihre Investitionen im Bereich Forschung und Entwicklung haben sich ausgezahlt. Das Wissen der Marin übersteigt das unsere bei Weitem. Dementsprechend wurden von unserer Seite über zwei Jahrzehnte lang keine Anstrengungen gescheut, um an ihre Erkenntnisse in Forschung, Medizin und Technologie zu gelangen. Ohne Erfolg. Wir haben keinen Zugang zu ihren Nachrichtendiensten, wissen so gut wie nichts über ihre Streitkräfte, können ihre Server und Computersysteme seit Jahren nicht mehr hacken. Die Marin hingegen können und tun das alles. Das ist auch der Grund für den gesamten Konflikt. Ein Ungleichgewicht, das wir selbst geschaffen haben und das die ISA nun auf die einzige ihr bekannte Art versucht zu lösen: indem sie die Gegenseite vernichtet.* Pause. *Ihre Leute werden alles tun, um das zu erreichen. Das MEV, das ich entwickelt habe, ist nur ein Teil ihrer Strategie. Es wurde parallel an diver-*

sen Nervengiften gearbeitet. An Wirkstoffen, die lebensnotwendige Rezeptoren blockieren und dadurch die Reizübertragung unterbrechen. Sie alle wirken tödlich. Sollte das MEV nicht den gewünschten Erfolg bringen, werden sie damit weitermachen.«

Maja sieht mich an und ich nicke.

»Wir wissen davon«, sage ich. »Und wir haben entsprechende Antworten.«

Maja drückt Pause. »Wie die Algen?«

»Das waren nicht einfach nur irgendwelche Algen«, entgegne ich. »Sie dienten lediglich als Transportmittel. Als Träger, wenn du so willst.«

»Als Träger wofür?«, fragt sie unsicher. »Ich dachte, es handelte sich um eine genmanipulierte Art der Blaualge?«

Ich schüttle den Kopf. »Nicht die Algen sind das Problem«, sage ich, »es ist die Substanz, in der sie getränkt sind.«

Maja runzelt die Stirn. »Was ist das für eine Substanz?«

»Es ist unsere Antwort auf euren Erreger.«

Ihre Augen weiten sich. »Wann?«, fragt sie.

»Boracay war nur ein Test. Eine abgeschwächte Variante, die nicht ansteckend wirkt«, sage ich. »In Phase drei kommt die echte zum Einsatz.«

PROF. ROBERT STEIN, MAJAKOWSKIRING 29, 13156 BERLIN, 08:39 UHR

»Boracay war nur ein Test. Eine abgeschwächte Variante, die nicht ansteckend wirkt. In Phase drei kommt die echte zum Einsatz«, hört Robert Rosendahl sagen.

In Phase drei. Das ist die nächste.

»Die Aufnahme ist fast zu Ende«, sagt er. »Lass uns den Rest anhören.«

Maja erwidert nichts darauf.

Robert schaut auf die Uhr. Sein Einsatzteam müsste in fünf Minuten vor Ort sein. Dann wieder Patricias Stimme.

»Stein ist nur einer von vielen. Jedes Land und jeder Kontinent hat sein eigenes Headquarter. Die Zusammenarbeit ist eng und schwierig. Und nicht alle haben etwas zu sagen. Im Plenum der Entscheidungsträger sitzen ausschließlich die ehemaligen Siegermächte, erweitert um China und Deutschland. Ich habe den Zugang zu Steins System genutzt, um geheime Dokumente zu streuen, und sie an Margaux Morel geschickt, sie arbeitet für die ISA. Und an Tanja Albers. Und an noch ein paar Leute, die Einfluss haben. Ich weiß nicht, wer alles mit drinsteckt, die ISA ist viel größer und mächtiger, als ich lange dachte. Einer, mit dem ich erst gegen Ende viel zu tun hatte und der meiner Meinung nach ganz weit oben mitmischt, ist Saul Bernheimer. Er hat die Entwicklung des ME-Virus in der letzten Phase beaufsichtigt – und dabei für meinen Geschmack etwas zu viel Interesse an dir gezeigt. Die Gründe dafür kann ich nur erahnen, Robert und er arbeiten eng zusammen. Wahrscheinlich hat Robert ihm alles erzählt, obwohl er damals

versprochen hat, es nicht zu tun. Aber das ist lange her und seitdem ist viel passiert. Ich habe in den letzten Monaten versucht, etwas über Bernheimer in Erfahrung zu bringen, ohne Erfolg. Als wäre er ein Phantom. Jemand, den es gar nicht gibt. Laut Personalakten gehört er nicht zur ISA. Aber er ist mächtig. Vielleicht der Mächtigste von allen.«

Roberts Griff um sein Handy wird unwillkürlich fester, seine Knöchel treten weiß hervor, in seinem Bauch sammelt sich Wut. Er hat Saul nichts erzählt, kein einziges Wort. Robert hat sein Versprechen Patricia gegenüber bis zum Schluss gehalten. Trotz allem. Trotz all der Gründe, die er gehabt hätte, es nicht zu tun. Er atmet tief durch, tief in den Bauch, zwingt sich, einen kühlen Kopf zu bewahren, sich auf das zu konzentrieren, was wirklich zählt.

Er muss Saul informieren. Sofort. Robert sucht die Nummer heraus, die er einige Monate zuvor unter den Initialen SB gespeichert hat. Für genau diesen Fall. *Das ist ein Satellitentelefon. Die Nummer ist streng geheim*, hallt Sauls Stimme durch seinen Kopf. *Wähl sie nur, wenn es um Leben und Tod geht.*

Das tut es jetzt.

»Ja?« Sauls Tonfall ist wie immer, herrisch und höflich.

»Stein hier.«

»Was ist passiert?«

»Kohlbecks Tochter ist das Gegenmittel«, sagt Robert knapp. »Und dein Name ist gefallen.«

Stille.

»Verstehe«, sagt Saul. Und dann: »Ich kümmere mich darum.«

»Ein ISA-Team ist bereits unterwegs«, sagt Robert. »Wie willst du vorgehen?«

»Sag deinen Leuten Stand-by, sie sollen dort auf mich warten«, erwidert Saul. »Ich bin in Paris. Ich übernehme das Kommando.«

MAJA, ZUR SELBEN ZEIT

Efrail steht so unvermittelt auf, als hätte ihm jemand einen Schlag versetzt. Sein Gesicht ist erstarrt, fast maskenhaft, er sieht mich an, aber irgendwie auch nicht – eher durch mich hindurch.

»Was ist los?«, frage ich, schalte das Aufnahmegerät ab, lege es zur Seite und erhebe mich vom Fußboden.

Efrail sagt nichts, kein Wort, schüttelt nur den Kopf, fassungslos, ungläubig, steht da mit gerunzelter Stirn und einem Blick, der mich durchdringt. Einem Blick, der in mir rührt – der mich rührt. Efrails Muskeln sind angespannt, er zittert. Seine Hände sind zu Fäusten geballt, er beißt die Zähne zusammen, seine Kiefer mahlen.

»Was ist eben passiert?«, frage ich. »Was hast du?«

In seinen Augen sammeln sich Tränen, er kämpft dagegen an, wehrt sich, versucht, die Emotionen, die in ihm aufsteigen, zu unterdrücken. Aber es gelingt ihm nicht. In seinem Blick schimmert etwas Verletztes. Und Wut.

»Efrail?« Ich berühre ihn am Arm, aber er weicht zurück.

Mein Herz beginnt, schneller zu schlagen, bis es in meinem Brustkorb rast. Ich gehe im Kopf durch, was wir eben angehört haben. Was meine Mutter gesagt hat, kurz bevor Efrails Stimmung kippte.

Mein Blick findet seinen. »Saul Bernheimer«, sage ich schließlich. »Du kennst ihn.«

Efrail sagt nichts, er zittert.

»Red mit mir.«

Tränen laufen über sein Gesicht. Eine nach der anderen, als würden sie zusammenhängen, ein durchsichtiges Band aus Enttäuschung, ein sichtbar gewordener Schmerz. Es geht mir nah, ihn so zu sehen, seine Traurigkeit, die Art, wie er sich dagegen sträubt. Efrail schüttelt immer wieder den Kopf. So als könnte das, was er denkt, unmöglich stimmen.

Ich lege ein weiteres Mal meine Hand auf seinen Arm. Und diesmal lässt er es zu. Diesmal sieht er mich an. Ein Blick, der alles zeigt. Als würde Efrails so sorgsam errichtete Fassade ohne jede Vorwarnung in sich zusammenbrechen.

Er geht zu Boden, schirmt sein Gesicht ab, weint auf eine Art, die mir fast das Herz zerreißt. Lautlos, als würde er an seinen Gefühlen ersticken. Dazwischen atmet er schluchzend ein, versucht, sich zusammenzureißen, kämpft mit sich.

Ich gehe vor ihm in die Knie, streiche über seinen Hinterkopf, sage: »Es ist okay«, immer wieder, »es ist okay.«

Ich bleibe bei ihm, gleite mit meinen gespreizten Fingern durch sein Haar.

»Es ist okay«, flüstere ich. »Es ist okay.«

Keine Ahnung, wie oft ich es sage. Ein paar Minuten lang, vielleicht sogar länger. Sein Atem beruhigt sich, wird gleichmäßiger, als würden meine Worte langsam zu ihm durchdringen.

Irgendwann schaut Efrail auf. Seine Augen sind gerötet.

Schließlich sagt er: »Ich dachte, Saul wäre tot.« Efrail sagt es seltsam tonlos. »Ich war mir sicher, er wäre tot.«

»Woher kennst du ihn?«, frage ich. »Wer ist er?«

Efrail schluckt. »Mein Mentor.«

12 JAHRE ZUVOR

SAUL BERNHEIMER, AUSBILDUNGSZENTRUM MSS (MARIN SECRET SERVICE), MARIANSTADT

Schon als sie sich das erste Mal begegnet sind, wusste Saul, dass er es dieses Mal mit einem außergewöhnlichen Jungen zu tun hat. Efrails Testergebnisse sind herausragend, er ist ein Naturtalent – und trotzdem ein Wackelkandidat. *Neigt zu Aufmüpfigkeit*, heißt es in seiner Akte. *Zweifelt Befehle an. Stellt viele Fragen. Hat ein Problem mit Autorität. Ist renitent.*

Sauls Vorgesetzte halten Efrail für eine tickende Zeitbombe. Aber die suchen auch Soldaten. Etwas, woran Saul keinerlei Interesse hat. Was er will, ist ein Agent, ein Elite-Wächter. Jemanden mit Verstand. Jemanden, der zu eigenständigem Handeln fähig ist.

Du kannst ihn gern haben, meinten die von ganz oben nur. *Du hast ja ein Faible für die aussichtslosen Fälle.*

Das stimmt. Saul war selbst mal einer. Siebzehn Jahre alt und verloren. Bis er seinen Mentor traf. Dann war er es nicht mehr.

Die Tür zu Sauls Büro geht auf und Efrail Rosendahl kommt herein. Es ist das zweite Mal, dass er ihn sieht. Und er denkt dasselbe wie beim Mal zuvor: dass er ein Gesicht hat, das man nicht vergisst, außergewöhnlich, markant, ein Gesicht, das aus der Menge heraussticht. Das kann von Nachteil sein oder aber von Vorteil, je nachdem, wie man ihn einsetzt.

Saul erhebt sich, geht auf ihn zu und streckt ihm die Hand entgegen.

– *Efrail, schön, dass du da bist.* Sie schütteln sich die Hände, dann nickt Saul in Richtung Tür. – *Lass uns gehen. Ich habe Hunger.*

Efrail wirkt erstaunt, sagt aber nichts.

Knapp zehn Minuten später betreten sie Sauls Stammlokal. Es laufen die Rolling Stones. »Sweet Virginia«. Er liebt dieses Lied.

Sie setzen sich an einen der freien Tische am Fenster.

– *Und? Gehst du heute Abend noch feiern?*

– *Feiern?*

– *Na ja, deine bestandene Wächter-Prüfung.*

Efrail schüttelt den Kopf. – *Ich gehe nicht aus.*

– *Ja, ich habe schon gehört, dass du ein ziemlicher Einzelgänger bist.*

– *Ist das ein Problem?*

– *Ganz im Gegenteil. Ich bin selbst ein einsamer Wolf. Hat mich nie gestört.* Saul wippt zur Musik. – *Ein großartiger Song, nicht wahr?*

– *Irgendwas müssen die Menschen ja können.*

Saul grinst. – *Wohl wahr. Gibt es dieses Abschlussritual eigentlich noch?*

– *Sie meinen, das Lippentattoo? Ja, das gibt es.*

– *Tatsächlich? Und? Welches Symbol hast du gewählt?*

– *Gar keins.*

Ist renitent, denkt Saul und lächelt. – *Warum nicht?*

– *Ich finde es idiotisch. Abgesehen davon ist es etwas, woran sie uns erkennen können. Da macht man alles, um unentdeckt zu bleiben, und dann lässt man sich so ein dummes Tattoo stechen, das ergibt doch keinen Sinn.*

Saul lacht. – *Da gebe ich dir vollkommen recht.*

– *Dann haben Sie sich auch dagegen entschieden?*

– *Ich? Wo denkst du hin? Ich war jung und dumm.* Kurze Pause. – *Rückblickend glaube ich, dass es der Gruppenzwang war.*

Efrail mustert ihn. – *Welches Symbol haben Sie gewählt?*

– *Willst du es sehen? Warte, ich zeige es dir.*

Saul zieht seine Lippe ein Stück nach unten. Efrail lehnt sich ein Stück nach vorn und betrachtet die kleine Tätowierung.

– *Was bedeutet es?*

– *Strategie.* Er zuckt mit den Schultern. – *Ich dachte, das wäre irgendwie passend.*

Kurz scheint es, als wollte Efrail noch etwas erwidern, doch dann kommt Stacy zu ihnen an den Tisch und er schweigt.

– *Saul Bernheimer, heute schon so früh?* Ihr Blick fällt auf die Uhr, dann auf Efrail. Sie lächelt. – *Und dann auch noch in Begleitung. Dein neuer Schützling?*

– *Ja. Stacy, das ist Efrail, Efrail, das ist Stacy, die beste Kellnerin der Welt.*

– *Ach, du.* Sie macht eine wegwerfende Handbewegung in seine Richtung und schaut danach zu Efrail. – *Freut mich.*

Er nickt. – *Mich auch.*

– *Freut euch nicht zu früh, ihr zwei, das ist unser vorerst letztes Essen hier.*

Der Ausdruck in Efrails Gesicht bleibt unverändert. *Sehr gut*, denkt Saul.

– *Wohin geht es diesmal?*, fragt Stacy.

– *Nach Israel.*

– *Der Mossad?*

Saul nickt.

– *Wann brecht ihr auf?*

– *Noch heute Nacht. Das hier ist quasi unsere Henkersmahlzeit.*

– *Dann also zweimal den Fischburger?*, fragt Stacy und blickt zu Efrail.

– *Ja. Meinen bitte scharf.*

– *Geht klar.*

Efrail wartet, bis sie nicht mehr zu sehen ist, dann fragt er: – *Noch heute Nacht?*

– *Ja, wieso? Hast du was Besseres vor?*

Er schüttelt den Kopf.

– *Gut.* Pause. – *Wir werden eine ganze Weile weg sein, du und ich. In dem Zusammenhang gibt es noch zwei Dinge, die wir erledigen müssen.* Er bückt sich nach seiner Aktentasche und holt den Synaptor und die Tabletten heraus. – *Hier.* Er streckt Efrail die beiden Packungen entgegen. – *Das ist dein Vorrat für die nächsten sechs Monate. Pass gut darauf auf, wenn wir erst mal oben sind, ist es schwer, die zu bekommen.*

– *Wofür brauche ich die?*

– *Du stellst wirklich viele Fragen.*

Efrail sieht ihn unverwandt an.

– *Es gibt ein weitverbreitetes Phänomen unter Marin, die längere Zeit an Land sind. Eine Art Krankheit, wenn du so willst.*

– *Das Schlafwandeln.*

Stille.

– *Sehr gut, du hast davon gehört.*

– *Dann stimmt es also?*

– *Ja. Es ist, als würde das Wasser uns rufen. Je näher wir einem Sinkhole sind, desto stärker ist der Effekt.* Saul lacht. – *Wenn du mich fragst, ist es einfach nur Heimweh.*

Efrail mustert die Tabletten. – *Wie oft muss ich die nehmen?*

– *Also, bei mir reicht eine die Woche. Aber anfangs brauchst du vielleicht ein bisschen mehr. Du wirst es mit der Zeit schon rausfinden.*

Efrail steckt die zwei Packungen ein. – *Und was ist die zweite Sache?*

– *Wir müssen uns verbinden.*

– *Verbinden?*, fragt Efrail.

– *Ja. So wissen wir immer ganz genau, wo sich der jeweils andere gerade aufhält. Komm mal her.*

Efrail sieht ihn skeptisch an, doch dann lehnt er sich in seine Richtung.

– *Etwas näher. Ich beiße nicht.*

Er folgt seiner Aufforderung, bleibt aber wachsam. Saul drückt das abgerundete Metallstück des Synaptors an Efrails rechte Schläfe.

– *Das zwickt jetzt ein bisschen.*

Er drückt den Knopf, die Kontrollleuchte blinkt, Efrails Miene bleibt leer.

– *Geschafft.* Saul reicht Efrail das Gerät. – *So. Jetzt du.*

– *Einfach an die Schläfe halten und drücken?*

– *Einfach an die Schläfe halten und drücken*, erwidert Saul. – *Frag mich nicht, wie das Ding funktioniert, aber es funktioniert.* Im nächsten Moment schießt ein heißer Schmerz durch Sauls Kopf. – *Hat geklappt.* Er nimmt Efrail den Synaptor aus der Hand und steckt ihn wieder ein. – *Wie es aussieht, sind wir beide gerade hier.*

Efrail lächelt minimal. Es ist kaum sichtbar. Und trotzdem das erste Lächeln, das er von ihm sieht.

– *Das heißt, solange wir beide für den MSS arbeiten, wissen Sie immer, wo ich bin, und ich weiß immer, wo Sie sind?*

– *So ist es. Oder aber, bis einer von uns getötet wird oder stirbt, dann endet das Signal auch, weil es dann keine messbaren Gehirnströme mehr gibt.*

– *Wie lange hat es bei Ihnen gedauert, bis Sie sich an das Piepen gewöhnt haben?*

– *Ach das … das hört nach ein paar Minuten wieder auf. Und bitte nenn mich Saul.* Er lächelt. – *Immerhin teilen wir beide jetzt ein paar Synapsen, da finde ich, ist das Du mehr als angebracht, denkst du nicht?*

Efrail nickt.

Ja, er hat ein besonderes Gesicht. Es ist etwas in seinen Augen. Etwas, dem sich sein Gegenüber nur schwer entziehen kann. Er wird es noch weit bringen.

In dem Moment, als Saul das denkt, kommt das Essen.

10 JAHRE SPÄTER

EFRAIL, MINISTERIUM DES INNERN, BERLIN

Ich weiß nicht, was ich erwartet hatte, aber nicht sie. Patricia Kohlbeck deutet auf einen der beiden Stühle vor ihrem Schreibtisch und sagt: »Bitte, nehmen Sie doch Platz.« Sie klingt freundlich und unterkühlt.

Ich setze mich ihr gegenüber hin.

»Ihr Lebenslauf ist wirklich beeindruckend«, sagt sie, während ihr Blick über die Seiten wandert. »Sie sind in Israel aufgewachsen?«

»Ja«, sage ich.

Kohlbeck schaut auf. »Wo genau?«

Es fällt mir schwer, ihrem Blick standzuhalten, dieser bohrenden Strenge ihrer Augen. Eiskaltes Blau.

Lass dein Gegenüber niemals wissen, wie es in dir aussieht, echot Sauls Stimme in meinem Kopf. Dann sage ich: »In Jerusalem. Eine großartige Stadt.«

»Warum haben Sie dann nicht dort studiert?«

»Weil ich ein Stipendium für Oxford erhalten habe. So eine Gelegenheit lässt man sich nicht entgehen.«

»Da gebe ich Ihnen recht«, sagt sie und lächelt. Ihr Blick fällt erneut auf den ausgedruckten Lebenslauf vor sich. »Wie ich sehe, haben Sie als Zweitbester Ihres Jahrgangs abgeschlossen.«

»Ja«, erwidere ich, »für den Besten hat es leider nicht gereicht.«

Sie lacht. »Und warum Deutschland? Warum das politische Parkett?«

Ich lehne mich in meinem Stuhl zurück. »Zum einen natürlich wegen meines Studiums, zum anderen wegen meiner Wurzeln.« Kohlbeck sagt nichts, sie sieht mich wartend an. Irgendwann sage ich: »Meine Mutter ist Deutsche. Ihre Eltern kamen im Zweiten Weltkrieg in Auschwitz ums Leben. Sie haben sie vor Kriegsbeginn noch zu Verwandten nach Israel geschickt, nur deswegen hat sie überlebt. Ich hatte schon immer eine gewisse …«, ich tue so, als würde ich nach dem richtigen Wort suchen, sage dann: »Faszination für das Land, das einen beträchtlichen Teil meiner Familie getötet hat.«

Kohlbeck mustert mich. »Ja, das kann ich gut nachvollziehen«, sagt sie nach einer Weile. »Meine Mutter und meine Großmutter haben es gerade noch in die Schweiz geschafft. Mein Großvater starb in Dachau. Meine Großmutter hat sich nie davon erholt.«

Natürlich wusste ich das. Ich weiß alles über sie. Jede noch so kleine verachtenswerte Einzelheit. *Wenn du deinen Gegner brechen willst, musst du ihn kennen. Du musst ihn studieren, du musst denken wie er, seine Schritte mit ihm gehen, bis du ihm irgendwann zuvorkommst.*

»Das Berlin, das ich kennengelernt habe, ist ganz anders als das, das meine Mutter damals verlassen hat«, sage ich. »Ich mag es hier.«

Kohlbeck lehnt sich in meine Richtung, stützt die Ellenbogen auf dem Tisch ab und faltet die Hände. »Warum haben Sie sich explizit bei mir beworben?«, fragt sie dann. »Es gibt in Berlin sehr viele Möglichkeiten, in der Politik Fuß zu fassen. Warum wollen Sie unbedingt für mich arbeiten?«

Ich kenne die richtigen Antworten. Ich weiß genau, was sie hören will. Ich soll ihr schmeicheln. Also tue ich es.

»Weil Sie progressiv sind, weil Sie sich für die richtigen

Dinge einsetzen, weil Sie weiter denken als die meisten Ihrer männlichen Kollegen, weil Sie keine Angst haben anzuecken und weil Sie Ihre Meinung vertreten.«

Kohlbeck lächelt verhalten. »Das klang jetzt ein bisschen so, als hätten Sie es auswendig gelernt.«

Das habe ich auch, du dummes Miststück. Ich will nicht für dich arbeiten, nicht eine Sekunde lang. Ich bin nur hier, um herauszufinden, was du Saul angetan hast. Ich weiß, dass du es warst, dass du ihn getötet hast. Er war in deinem Haus, als sein Signal plötzlich endete. In dem Haus, in dem schon so viele vor ihm ihr Ende gefunden haben. Ich werde dich umbringen. Ich werde dich so sehr leiden lassen, dass du wünschtest, du wärst tot. Weil du meine Familie auf dem Gewissen hast. Die eine Person, die ich geliebt habe. Die eine Person, der ich nicht egal war. Ich spüre, wie ich mich versteife und meine Muskeln sich anspannen, doch meine Fassade bleibt davon unberührt. Ich schlucke die aufsteigende Wut hinunter und schüttle den Kopf.

»Natürlich habe ich es auswendig gelernt«, sage ich ruhig, »aber bedeutet das deswegen, dass es nicht stimmt?«

Kohlbeck legt den Kopf schräg und mustert mich einen Moment lang, dann sagt sie: »Es ist nicht einfach, mein persönlicher Assistent zu sein. Das würden Ihnen Ihre zahlreichen Vorgänger bestätigen, wenn Sie sie fragen.«

»Das heißt, ich habe die Stelle?«

Kohlbeck lehnt sich in ihrem Stuhl zurück und lächelt. »Sie erinnern mich an jemanden, mit dem ich mal gearbeitet habe«, übergeht sie meine Frage.

»Ein Politiker?«, sage ich.

»Nein. Ein brillanter junger Wissenschaftler aus London.«

2001

PROF. ROBERT STEIN, INSTITUT FÜR MOLEKULARE UND GENETISCHE MEDIZIN, BERLIN, 21:32 UHR, 9. JUNI

Robert schüttelt ungläubig den Kopf. »Du bist vollkommen geisteskrank«, sagt er in die Stille seines Büros.

»Wenn du mir nicht helfen willst, finde ich jemand anderen.«

Robert lacht auf. »Ach ja?«, fragt er. »Und wen? Etwa einen deiner zahlreichen Freunde? Einen deiner Kollegen?«

Patricia antwortet nicht.

Er weiß, dass sie recht hat. Sie würde jemanden finden. Es wäre kein Problem.

»Ich habe Peck Spermien entnommen«, sagt Patricia dann.

»Das war nicht angeordnet«, sagt Robert. Und dann begreift er es. »Du willst eine ICSI durchführen.«

»Ich habe darüber nachgedacht«, gibt sie zu.

»Ich würde sagen, es ist ein bisschen mehr, als nur darüber nachdenken, wenn du einem toten Marin Spermien aus dem Nebenhoden operierst«, sagt Robert schroff.

»Es war der Hoden«, entgegnet Patricia.

Robert schüttelt den Kopf. »Wann hast du das gemacht?«, fragt er.

»Unmittelbar nachdem die Polizei weg war.«

»Das glaube ich einfach nicht«, sagt Robert entgeistert. »Du hast ihn doch umgebracht.«

»Ich habe ihn nicht umgebracht«, sagt Patricia.

»Du behauptest, es war ein Unfall, aber du warst geistesgegenwärtig genug, dem Mann unmittelbar nach seinem Tod Spermien zu entnehmen.«

»Es war naheliegend«, sagt Patricia.

»Was daran war bitte naheliegend?«

»Die meisten Marin-Leichen, die wir reinbekommen haben, waren schon viel zu lange tot, die lagen ewig irgendwo rum, bevor wir sie gekriegt haben. Und die anderen waren nicht richtig kryokonserviert.« Patricia schüttelt den Kopf. »Peck war der Erste, bei dem eine Entnahme lebender Spermien überhaupt möglich war. Natürlich habe ich daran gedacht«, sagt sie. »Das ist mein Job.«

Einige Sekunden lang ist es still, eine Stille, als wären sie in einem Vakuum.

»Hast du die Qualität geprüft?«

Patricia nickt. »Natürlich habe ich das.«

»Wir würden damit jede Regel brechen und ungefähr genauso viele Gesetze«, sagt Robert.

»Niemand weiß davon«, erwidert Patricia.

»Ist dir eigentlich klar, dass ich das melden müsste?«, fragt Robert.

»Ja«, sagt sie. »Aber das wirst du nicht.«

Sie sagt es so sicher und gelassen, dass es Robert einen Moment die Sprache verschlägt.

»Du meinst das wirklich ernst«, sagt er schließlich.

»Ich werde es so oder so tun. Mit oder ohne deine Hilfe. Mein Entschluss steht fest.«

Roberts Blick fällt auf die Uhr an ihrem Handgelenk. Sie ist ihr zu groß. Eine Männeruhr, schwarzes Zifferblatt. Sie sieht teuer aus. Robert müsste längst auf dem Heimweg sein, Lena hat ihn vorhin angerufen und gefragt, ob er etwas zu essen mitbringen kann. Er hat Ja gesagt. Und jetzt sitzt er hier.

»Sogar, wenn ich es machen würde«, sagt er dann, »und ich sage nicht, dass ich es tue – du müsstest dich vorher einer Hormonbehandlung unterziehen. Das dauert Wochen. Und die haben wir nicht.«

»Ich habe die Hormonbehandlung mit dem heutigen Tag abgeschlossen«, sagt Patricia. »Deswegen bin ich hier.«

Robert ist fassungslos. Er starrt sie an, schüttelt nicht mal mehr den Kopf. Er sollte Nein sagen, er weiß es, das wäre das Richtige. Er sollte sie wegschicken, etwas zu essen besorgen und nach Hause fahren. Zu seiner schwangeren Frau. Aber er wird nicht Nein sagen. Er kennt sich. Er weiß, dass er es tun wird. Und das, obwohl er die Vorstellung hasst, dass Patricia von einem anderen Mann ein Kind bekommt. Ausgerechnet von Peck. Robert atmet tief ein. Er kennt Patricia. Er kennt sie gut genug, um zu wissen, dass sie jemand anderen für ihr Vorhaben finden würde. Sie kann sehr überzeugend sein, wenn sie will. Abgesehen davon gibt es einige Wissenschaftler, die ihren Vorstoß aus Sicht der Forschung sofort unterstützen würden. Und dann wäre er außen vor. Er wäre ersetzt. Unwichtig. Roberts Blick fällt auf die Männeruhr an ihrem Handgelenk. Er weiß ohnehin längst, dass er ihr helfen wird, er sucht lediglich nach einem Weg, sein Handeln vor sich selbst zu rechtfertigen. Den nächsten Fehler, den er ihretwegen begeht. Warum nur tut er das? Die Forschung ist ihm nicht so wichtig, er könnte auch etwas anderes tun. Und seine Beförderung ist in trockenen Tüchern. Wenn herauskommt, was sie getan haben, ist er erledigt. Vollkommen ruiniert.

Patricia mustert ihn. Er sieht sie an, ihr blasses Gesicht, ihre kühlen Augen, ihr herausfordernder Blick. Und dann begreift er, warum er es wirklich tut: Er will ihr weiterhin nahe sein. So ein Geheimnis bindet Menschen aneinander, schafft Abhängigkeiten. Vor allem aber bindet es sie an ihn.

»In Ordnung«, sagt Robert dann. »Ich helfe dir.«

DR. PATRICIA KOHLBECK, INSTITUT FÜR MOLEKULARE UND GENETISCHE MEDIZIN, BERLIN, 20:51 UHR, 15. JUNI

Patricia liegt mit gespreizten Beinen auf einem der Behandlungstische in der Pathologie. Ironischerweise auf demselben, auf dem auch Peck lag, als sie die Spermienentnahme bei ihm vorgenommen hat.

Robert sieht sie an. »Und du bist dir sicher?«, sagt er durch den Mundschutz.

»Ja«, sagt Patricia. Und es stimmt. Sie ist sich sicher.

Hätte man sie vor ein paar Monaten gefragt, ob sie mal Kinder haben wird, wäre die Antwort ein Nein gewesen. Eindeutig und ohne zu zögern. Bloß nicht. Sie wollte nie Kinder. Aber das jetzt ist etwas anderes.

Als sie vor sechs Tagen hier lag, war ihr übel. So übel, dass sie Galle geschmeckt hat. Robert hat sie nichts davon gesagt. Er hätte es als Unsicherheit gedeutet, gedacht, dass sie ihren Entschluss bereut. Aber so war es nicht. Sie hinterfragte nicht, was sie tat, ihr wurde einfach nur bewusst, was genau dieser Entschluss bedeutet. Dass es sich in diesem Fall nicht nur um ein spannendes Forschungsprojekt handelt, sondern um ein Lebewesen. Ein kleines Geschöpf, das vollkommen abhängig von ihr sein wird. Eine Mischung aus Peck und ihr. Sofern alles gut geht.

»Fertig«, sagte Robert. »Du kannst dich wieder anziehen.«

Sie zitterte, als sie sich aufsetzte und vorsichtig von dem Behandlungstisch kletterte. Und auch noch, als sie in die Unterhose schlüpfte. Es fühlte sich an, als wäre sie noch immer nackt und seltsam offen, als steckte das Spekulum noch immer in ihr. Kalter, desinfizierter Chirurgenstahl.

Unterdessen füllte Robert die abgesaugte Follikelflüssigkeit in Petrischalen.

»Die Hormonbehandlung war erfolgreich«, sagte er, ohne aufzuschauen. »Ich zähle sechs reife Exemplare.«

Patricia stellte sich neben ihn, sah ihm dabei zu, wie er ihre Eizellen mit einer Pipette aufsaugte und in ein Medium überführte. Danach gab er sie für eine kurze Ruhepause in den Inkubator.

Währenddessen bereitete Patricia Pecks Spermaprobe auf. Um die besten Sprinter auszubremsen, nutzte sie eine viskose Zuckerlösung, danach sammelte sie sie in einem Tropfen und legte den in einer Petrischale ab.

»Ich nehme an, das hier möchtest du machen«, sagte Robert. Und mit *das hier* meinte er das Zusammenbringen der Keimzellen. Patricia nickte und Robert machte einen Schritt zur Seite.

Sie brachte den Tropfen mit den Samenzellen mithilfe eines Joysticks in den Arbeitsbereich des hochpräzisen Mikroskops, dann drehte sie an den Reglern, um die Nadel in Position zu bringen. Im nächsten Moment zog diese dann eine einzelne Samenzelle ein. Patricia lenkte die geladene Nadel zum ersten Tropfen mit einer ihrer Eizellen. Sie war mit einer anderen Nadel fixiert, ein kaum messbarer Unterdruck, der sie an Ort und Stelle hielt.

Patricia atmete tief ein, dann stach sie durch die Hüllschicht der Eizelle und injizierte die Samenzelle per Knopfdruck.

Diesen Vorgang wiederholte sie sechs Mal.

»In circa sechzehn Stunden werden wir wissen, ob die Befruchtung erfolgreich war«, sagte Robert.

Und das war sie.

Jetzt liegt Patricia wieder hier und schaut an die nackte Decke, wieder auf die Neonröhren. Die beiden Überwachungskameras sind deaktiviert. Ihre roten Lämpchen blinken nicht, sie hängen wie tot aus dem Beton.

»Ist gleich geschafft«, sagt Robert.

Patricia spürt das Vaginalspekulum, mit dem er ihre Scheide geöffnet hat, ein gespreiztes Gefühl, nicht schmerzhaft, aber auch nicht gerade angenehm. Roberts Bewegungen sind ruhig und sicher. Er hätte einen guten Mediziner abgegeben. Einen guten Chefarzt. Die Hände dazu hätte er gehabt.

»Das war's«, sagt er dann und entfernt vorsichtig das Spekulum.

Siebenunddreißig Wochen später, nur drei Monate nach der Geburt von Roberts Tochter Sofie, bringt Patricia in ihrem Haus am Wannsee ein gesundes Kind zur Welt: Maja Fria Kohlbeck, halb Mensch, halb Marin.

TAG 5

PARIS, 9:00 UHR

Paris steht unter Wasser. Grünlich mit schwarzen Schatten in der Tiefe. Eine Schicht wie Quecksilber, die sich zäh durch die Gassen schiebt. Den Boulevard St. Michel hinunter, die Champs-Élysées, über den Place de la République. Ein paar Meter weiter tritt der Canal St. Martin über seine Ufer, sein Wasser dringt in Häuser und Keller, fließt die Straßen hinauf, stürzt sich in die umliegenden Metrostationen. Er und die Seine überfluten ein Arrondissement nach dem anderen. Leichen treiben in U-Bahn-Schächten und Souterrain-Wohnungen, ihre Kleider fließen um tote Hüllen.

Oben zieht es die Menschen aus ihren Häusern und Appartements. *Wer weiß, was noch kommt?*, sagen sie sich. *Vielleicht ist das erst der Anfang?* Sie gehen hinaus, plündern Geschäfte, Apotheken, horten Lebensmittel, heben Geld ab – vielleicht brauchen sie es für eine baldige Flucht? Sie waten knietief durch die trägen Wassermassen, schieben den Müll zur Seite, der auf der grünlich grauen Oberfläche schwimmt, ihn und die Leichen mit ihren leeren Blicken, Müll, Verpackungen, Taschen, Schuhe, Reisekoffer.

Etwas abseits auf dem Land schimpfen sie in ihren sicheren Häusern über die Umweltverschmutzung und den Klimawandel – denn der ist an allem schuld. Sie selbst sind weit genug weg, kennen nur die Bilder aus dem Fernsehen, verwackelte Handyvideos, die überall gezeigt werden. Weltuntergang auf allen Kanälen.

In den Städten sterben sie wie die Fliegen. Arm und Reich,

Einheimische wie Touristen, Alt und Jung. Während die einen ertrinken, decken sich die anderen noch mit Vorräten ein. Mit Medikamenten, Nudeln, Campingkochern, Konservendosen. Wieder andere verlassen bereits fluchtartig die Stadt, überlassen ihr altes Leben den Fluten und den Nachbarn. Unterdessen bricht nach und nach der Welthandel zusammen, keine Bullen mehr, nur noch Bären, wertlose Devisen, Aktien sind nutzloses Papier. Die archaische Weltordnung löst den Kapitalismus ab, er geht in die Knie, geht baden. Nichts wächst mehr, alles fällt: der Eurokurs, der des Dollar und des Yen – und auch alle anderen. Niemand in Paris interessiert sich für die USA, niemand in den USA für Europa. Die Flüsse und Seen steigen überall, Dämme brechen, Handelsstraßen werden unpassierbar, das weiße Wasser verschlingt Tausende Handelsschiffe, sie und ihre Waren sinken wie Steine auf Grund. Handys, Laptops, Folgemilch, Elektrofahrzeuge, Desinfektionsmittel, Klopapier, Babynahrung, Schmerztabletten, alles originalverpackt, alles weg. Ein Milliardenschaden. Danach kommen die Seuchen und die Hungersnöte. Und dann kommt Phase drei.

Sie hätten sich nicht mit ihnen anlegen sollen.

Die Weltwirtschaft wird einbrechen, Währungen werden wertlos, Trinkwasser unbezahlbar. Hunderttausende Europäer und Amerikaner werden fliehen wie Vieh, bloß weg von den Küsten und Flüssen, raus aus den Städten. Herden von Hungernden, die auf die Hilfe ihrer Nachbarn hoffen. Sie werden auf ihre eigenen Grenzzäune und Mauern branden, auf meterhohen Stacheldraht und Feindseligkeit. Der vermeintliche Schutz wird ihnen zum Verhängnis werden. Sie werden alle sterben. Aber sie hatten die Wahl.

EFRAIL, RUE DU FAUBOURG DU TEMPLE, 75011 PARIS, FRANKREICH, 09:03 UHR

Man ist entweder für etwas oder gegen etwas. Was das angeht, ist das Leben schwarz-weiß. Man muss wissen, auf welcher Seite man steht. Das waren Sauls Worte. Ich dachte, wir stehen auf derselben. Ich dachte, ich stehe auf seiner.

Die Schreie in den Straßen werden lauter, sie nehmen zu, die Stimmung ist gespannt, das Draußen kommt näher, als würde es jeden Moment in unseren Frieden dringen. Wir haben die Fenster vorhin geschlossen, aber der Horror kommt trotzdem durch. Maja mustert mich. In ihren Augen ist etwas Mildes. Etwas, das mich ruhig macht. Sie streicht mit dem Daumen über mein Bein.

Alles folgt einem höheren Plan. Das hat Saul immer gesagt. Ich höre sogar noch, wie er es betont, das tiefe Einatmen davor, das raue Kratzen in seiner Stimme. Dann denke ich an die kleine Tätowierung. *Strategie.*

Maja sieht mich an. Ich habe ihr alles erzählt. Restlos alles. Sogar meinen echten Namen. Den habe ich noch nie jemandem verraten. Sie weiß jetzt, wer ich bin, wer Saul ist – und auch, dass der Angriff in ihrer Wohnung fingiert war. Dass ich ihn eingefädelt habe, um sie dazu zu bringen, mir zu vertrauen. Sie kennt die Bedeutung meiner Tätowierungen, sie weiß, warum ich hier bin, was mein Auftrag ist, dass ich vorhatte, sie zu töten.

»Was ist mit Daniel?«, fragte sie dann. »Warst das auch du?«

»Nein«, erwiderte ich. »Das war die ISA. Aber unsere Leute

waren an ihm dran. Wenn sie ihn nicht umgebracht hätten, hätten wir es vermutlich getan.« Maja saß mir gegenüber auf dem Boden. Sie hat zugehört. Manchmal hat sie genickt oder den Kopf geschüttelt, sie hatte Tränen in den Augen.

Ihre Hand lag die ganze Zeit über auf meinem Knie.

»Vielleicht stimmt das, was meine Mutter gesagt hat, ja gar nicht«, sagte sie dann. »Das mit Saul.«

Es wäre möglich. Sie könnte gelogen haben. Aber warum hätte sie das tun sollen? Kohlbeck konnte nicht wissen, dass ich ihre Nachricht mit anhören würde. Sie musste davon ausgegangen sein, dass Maja allein sein wird. Und für sie wäre Saul Bernheimer nur ein Name gewesen. Ein Name ohne jede Bedeutung.

Ich betrachte Maja, ihr Gesicht verschwimmt vor meinen Augen. Ich wische mir die Tränen weg, Maja wirkt fiebrig, ihre Augen, ihre Wangen, Schweißperlen glänzen auf ihrer Stirn.

»Geht es dir nicht gut?«, frage ich.

»Doch«, sagt sie.

»Bist du sicher?«

Sie nickt.

Dann geht mein Blick an Maja vorbei, fällt auf die Bodendielen hinter ihr, auf die seltsamen Schatten, die darüberfließen wie schwarzgraues Blut. Für den Bruchteil einer Sekunde ist es absolut still. Nur mein Herzschlag. Im nächsten Moment durchbrechen sie die Fenster. Scheiben bersten, es regnet Splitter, sie schießen auf uns zu. Ich packe Maja, ziehe sie mit mir hoch, stelle mich vor sie, schirme sie ab.

Ich zähle sechs ISA-Männer in voller Kampfmontur, einer rennt zur Tür, die anderen fünf richten ihre Waffen auf mich – zwei drücken ab.

Es sind Pfeilgeschosse. Eine Injektion trifft mich knapp

über dem Herzen, die zweite im Oberschenkel. Es tut nicht weh, aber es wirkt sofort. Ich versuche, stehen zu bleiben, doch ich kann mich nicht halten, meine Beine sacken weg, ich gehe zu Boden.

Maja kniet sich neben mich, mein Kopf liegt in ihrem Schoß, ich sehe sie von unten an, sehe, dass sie weint.

»Nein!«, schreit sie. »Nicht ihn!«

Sie schreit es immer wieder.

Dann plötzlich hört sie auf. Als hätte jemand sie abgestellt.

Ich folge ihrem Blick.

Und dann sehe ich ihn.

EFRAIL, UNMITTELBAR DANACH

Saul kommt auf uns zu, kommt näher. Es ist sein Gang, ich erkenne die Art, wie seine Arme neben seinem Körper schwingen.

Zwei Jahre. Zwei Jahre lang dachte ich, er wäre tot.

Und jetzt steht er vor mir.

»Befestigt die Patches«, sagt er.

Im nächsten Moment klebt mir jemand etwas auf die Schläfen, erst links, dann rechts.

»Sehr gut«, sagt Saul und lächelt.

Bei diesem Lächeln ziehen sich meine Eingeweide zusammen, sie werden zu einem Klumpen aus Panik und Wut. So hat er es also damals gemacht. Ich zittere, mein Herz rast. Ich kann mich nicht bewegen, liege wie gelähmt vor ihm am Boden, Maja hält mich fest.

Saul macht eine Handbewegung in ihre Richtung, woraufhin zwei seiner Leute sie packen und von mir wegreißen. Ich will schreien – *Fasst sie nicht an! Lasst sie in Ruhe!* –, aber es geht nicht. Dafür tut es Maja, sie schreit wie am Spieß, wehrt sich, tritt um sich, tritt einen in die Kniekehle, schlägt dem anderen gegen den Kehlkopf, schafft es, sich loszureißen.

Sie sieht die Faust nicht kommen. Ich kann sie nicht warnen. Sie trifft sie mitten im Gesicht. Ein dumpfer Laut. Danach ist es still.

»Na, endlich«, murmelt Saul. »Das war ja kaum auszuhalten.«

Mir bricht der Schweiß aus, ein feuchter Film, der meine

Haut bedeckt, es fällt mir schwer zu atmen. Ich schaue zu Maja, die ein paar Meter von mir entfernt bewusstlos daliegt, ich will zu ihr, doch ich kann mich nicht bewegen.

Saul seufzt ungeduldig. »Setzt ihn mal bitte jemand auf einen Stuhl, so kann ich mich doch nicht mit ihm unterhalten.«

Zwei der Männer greifen mir unter die Arme, ein dritter holt zwei Stühle aus der Küche, sie setzen mich auf einen davon, auf dem anderen nimmt Saul mir gegenüber Platz.

Auch er hat Patches auf den Schläfen. Saul sieht, dass ich sie ansehe, und sagt: »Diese kleinen Dinger sind eine reine Vorsichtsmaßnahme. Solange sie da kleben, kannst du mich nicht ausschalten. Die Leute, die sie entwickelt haben, haben es mir erklärt, es sind irgendwelche elektromagnetischen Impulse … ach, frag mich nicht, keine Ahnung, wie sie funktionieren.« Saul schüttelt den Kopf. »Du weißt ja, Technik und ich.« Er lacht. »Na, jedenfalls verhindern sie, dass du Kontakt zu deinen Leuten aufnimmst. Oder sie zu dir. Für den MSS sieht es jetzt so aus, als wärst du«, er überschlägt die Beine, »tot.« Saul sieht mich direkt an, ich schaue zurück. Wegen ihm habe ich geweint. »Das ist jetzt alles ein bisschen viel auf einmal«, sagt er, »aber ich werde es dir erklären.«

Erst in dem Moment fällt mir auf, dass zwei der Agenten neben ihren geladenen Waffen zusätzlich noch jeweils eine Kamera auf mich richten. Zwei andere filmen Maja, einer bewacht die Tür, einer das Fenster.

»Ignorier die Kameras einfach«, sagt Saul, als er meinen Blick bemerkt. »Die laufen nur zu Dokumentationszwecken. Sonst heißt es am Ende noch, ich hätte euch laufen lassen.«

Maja liegt mit dem Gesicht in einer Blutlache. Ich versuche, etwas zu sagen, doch es werden nur gurgelnde Laute.

»Wie war das? Ich verstehe dich leider nicht«, sagt Saul.

»Die Substanz, mit der sie dich betäubt haben, ist ganz neu. Das Mittel ist noch in der Testphase, aber so wie es aussieht, funktioniert es ganz gut. Wir haben das Hypoglycosol modifiziert. Diese Version führt dazu, dass das Gegenüber außer Gefecht gesetzt wird, aber bei vollem Bewusstsein bleibt. Verstand an, Körper aus. Die reinste Hexerei.« Er lächelt. »Je nachdem, wie hoch es dosiert wird, kann der Gegner nicht mal mehr sprechen. Beeindruckend, nicht wahr?«

Ich starre ihn an. Es ist eindeutig Saul. Die dunklen Augen, der Bart, die Brille. Ich erkenne ihn, aber ich erkenne ihn nicht wieder. Als wäre er ein Fremder, der seine Haut übergezogen hat.

In den vergangenen Jahren habe ich mich oft gefragt, ob es auch einen anderen Grund für sein Verschwinden geben könnte. Es gab Gerüchte, er habe die Seiten gewechselt. *Mich würde es ehrlich gesagt nicht wundern, immerhin war Saul nie ganz linientreu.* Ich habe ihn immer verteidigt, ich habe ihnen gesagt, dass sie falschliegen. Aber sie lagen nicht falsch.

»Monsieur le Commandant«, sagt einer der Agenten. »Es ist 9:15 Uhr. Der Termin beginnt in einer halben Stunde.«

»So ist es«, sagt Saul. »Die Zeit rennt. Und wir ihr hinterher. Wir sind alle ihre Sklaven. Aber ein paar Minuten habe ich noch. Ich will, dass du verstehst, warum ich das hier tue.«

Ich sehe aus dem Augenwinkel, wie Maja langsam wieder zu sich kommt. Sie schlägt die Augen auf, blinzelt, sieht sich benommen um.

»Weißt du, die Sache ist die«, sagt Saul und atmet tief ein. »Das Abkommen ist gescheitert, der Kalte Krieg ist heiß geworden. Der Kapitalismus frisst uns alle auf. Wir wollen es nicht wahrhaben, aber es ist so. Dinge können nicht ewig wachsen, tun sie es doch, höhlen sie uns bei lebendigem Leibe aus.« Er seufzt. »Sie denken, sie steuern das Geld, aber in Wahrheit steuert es sie. Sie sind nichts weiter als Schachfiguren, unbedeutende Marionetten.« Saul macht ein abschätziges Geräusch. »Schau dich doch nur mal um, Efrail. Schau dich doch nur mal um. Überbevölkerung, Flüchtlingsströme, Hungersnöte, Krankheiten, soziale Ungerechtigkeit. Es ändert sich nichts, sie lernen einfach nicht dazu. Sie begreifen es nicht. Dass alles zusammenhängt: Konsum, Globalisierung, Klimawandel, die Zerstörung des Planeten.« Saul schüttelt den Kopf. »Man kann nicht ewig zusehen, irgendwann muss man handeln.«

Während er das sagt, rappelt Maja sich hoch, sie kniet auf dem Boden, hält sich das Gesicht, die Nase, den Mund. Ihr läuft Blut übers Kinn. Sie so zu sehen, setzt mir zu. Ich zittere, will ihr helfen, kann aber nicht.

»Was wir brauchen, ist ein Neustart. Einen sauberen Schnitt«, fährt Saul fort. »Früher gab es Seuchen und Kriege, aber heutzutage ist alles vernetzt, es sind alles potenzielle Märkte, Handelspartner, Verbündete. Das Geld frisst uns auf, Efrail. Es ist wie ein Krebsgeschwür.«

Ich sehe ihn an und frage mich, warum er mir das alles erzählt. Warum er mich nicht einfach ausschaltet. Es einfach zu Ende bringt.

»Zugegeben, auf den ersten Blick scheint das, was wir tun, geisteskrank, aber das ist es nicht«, sagt Saul. »Es ist *nötig*. Nimm sie zum Beispiel«, er zeigt auf Maja, gibt seinen Leuten ein Zeichen, sie packen sie und bringen sie auf die Füße. »Weißt du, ich kenne sie nicht, ich habe kein Problem mit ihr, es ist nichts Persönliches.«

Nein, denke ich, *nicht sie. Bitte nicht sie.*

Saul steht auf, holt etwas aus der Innentasche seiner Jacke

und hält es einem seiner Männer entgegen. Maja sieht mich an. Ich habe ihr nicht gesagt, was ich für sie empfinde. Ich wusste nicht, wie, und jetzt geht es nicht mehr. Ich würde es am liebsten rausschreien. Nur ein Mal. *Ich bin in dich verliebt.* Stattdessen sehen wir einander einfach nur an. Es ist ein Blick, der sich ausdehnt, der die Zeit anhält.

Eine einzelne Träne läuft über ihre blutverschmierte Wange.

Sie halten ihr eine Spritze an den Hals, die Nadel ist lang, dringt immer tiefer in Majas Schlagader. Ich versuche, mich zu bewegen, will schreien, will wegsehen, kann nicht wegsehen. Sehe sie weiter an.

Und dann sagt er es: »Erledigt sie.«

Der Agent spritzt die Flüssigkeit in Majas Hals. Ihr Blick ist wie ein Schlag, sie starrt mich an, geweitete Augen, Schmerz – dann rollen sie nach hinten.

Und Maja fällt zu Boden.

MAJA, RUE DU FAUBOURG DU TEMPLE, 75011 PARIS, WEIT WEG

Das Letzte, was ich sehe, ist Efrails Blick. Seine Augen, die Tränen, die Wut in seinem Gesicht und dahinter noch mehr Hilflosigkeit. Ich habe ihm nicht gesagt, dass das zwischen uns mehr für mich war. Kein Kurzschluss. Keine körperliche Triebbefriedigung. Ich wünschte, ich hätte es getan.

In dem Moment spüre ich, wie der Inhalt der Kanüle in meine Halsschlagader strömt. Die Flüssigkeit ist kalt, wächst zu einem Brennen heran, fließt meinem Herzen entgegen. Es schlägt langsamer, setzt aus. Dann verliere ich das Bewusstsein.

Ich war hier schon mal. Im Nebel meiner Gedanken. Es ist, als würde ich in Bildern schwimmen. In Erinnerungen, in Gesichtern, in den Augen meiner Mutter. Ich sehe sie neben mir auf dem Fahrersitz, die letzten Sekunden, kurz bevor sie starb, sehe, wie sie mich ansieht – mit einem Blick, der all das sagt, was sie nicht konnte. Ich erinnere mich an Sofie. Daran, dass alles an ihr rötlich ist: das Braun ihrer Augen, das Blond ihrer Haare, der Rosaton ihrer Lippen. Sie war der rote Faden meines Lebens. Sie lächelt mich zum Abschied an. Dann sehe ich Daniel. Wie er dasteht, als wäre er gekommen, um mich abzuholen. Gleich werde ich mit ihm gehen. Nur ein paar letzte Gedanken.

Ich treibe in ihnen wie auf einem See, als läge ich auf dem Rücken, Arme und Beine von mir gestreckt, und schaute hoch ins Leben – in einen Himmel, der aussieht wie Efrails Augen.

Sein Haar fließt weich im Wasser. Blasse Reflexionen zucken über die Wände. Efrail berührt mich. Mit Händen und Blicken. Diesmal hat es gestimmt. Haarsträhnen fallen ihm in die Stirn, zimtbraun und verschwitzt, sein Gesicht glänzt.

Wir sind wieder unter Wasser. Er schaut auf und seine Augen sind voll mit Bedauern, ein leiser Schmerz in meiner Brust.

Dann nichts mehr.

EFRAIL, ZUR SELBEN ZEIT

Alles ist still. Taub.

Es war umsonst. Es war alles umsonst.

Zu spät. Kein Gegenmittel. Sie ist tot.

»Check den Puls«, sagt Saul.

»Keiner vorhanden«, sagt der Agent.

Keiner vorhanden.

Ich starre auf Majas leblosen Körper. Fassungslos, leer. Tränen rollen über mein Gesicht, eine nach der anderen. Sie liegt da, als wäre sie Abfall.

»Das war es dann also«, sagt Saul und seufzt. »Packt sie ein. Wir nehmen sie mit.«

Ich sehe dabei zu, wie einer von ihnen sich bückt, Maja aufhebt und sie über seine Schulter wirft – wie einen Sack.

»Das ist der Vorteil am Chaos«, sagt Saul gut gelaunt, »eine Leiche mehr fällt nicht weiter auf.«

Die beiden Kameras filmen mich noch immer. Sie sind auf mich gerichtet. Sie und die Waffen. Und Sauls Blick.

»Ich habe gehört, dass du versucht hast, mich zu rehabilitieren«, sagt er dann. »Dass du mich verteidigt hast. Das war fast rührend. Du bist ein guter Junge, Efrail. Nichtsdestotrotz …« Er atmet tief ein und nimmt die Patches von seinen Schläfen. »Es ist Zeit für den Abschied. Glaub mir, ich tue es nicht gern.«

Saul sieht mich an, ich schaue ihm direkt in die Augen. Und dann tut er es. Er schaltet mich aus.

ERKELENZDAMM 65, 10999 BERLIN, 9:16 UHR

Sie sind alle ausgeschwärmt zu ihren Zielen. Zeitgleich. Weltweit. Der Stein ist ins Rollen gekommen, er ist nicht mehr aufzuhalten.

Tanja Albers schläft mit dem Gesicht auf ihren Unterlagen. Zu denen kommt er später noch. Zu den Akten und ihrem Laptop und den externen Festplatten. Albers ist gut, zu gut. Ihr Artikel ist beinahe fertig. Aber er wird unvollendet bleiben.

Auf dem Sofa liegt ein Mann, laut Gesichtserkennung handelt es sich um Dr. Dr. Georg Schneider. Der stand ebenfalls auf der Liste. Ein Weg weniger.

Ihn wird er zuerst erledigen – er ist groß und sieht aus, als wüsste er sich zu verteidigen. Er will keine Zeugen. Und Albers ist so und so kein Problem.

Er nähert sich der Couch, der alte Dielenboden knarrt unter seinen Schritten, als wollte er die beiden warnen. Aber das wird ihnen nichts bringen. In drei Minuten sind sie tot.

Der Drilling ist geladen und bereit. In der ersten Kanüle Sodium Thiopental – ein Barbiturat, ein Sedativum und Schmerzmittel. Es ist so hoch dosiert, dass oft diese Injektion allein schon tödlich wirkt. Die zweite Komponente ist ein neuromuskulärer Blocker, Vecuroniumbromid, ein Muskelrelaxans. Es lähmt neben den Skelettmuskeln auch die der Atemwege. Und zuletzt eine tödliche Dosis Kaliumchlorid, um das Herz zu stoppen. Die drei Nadeln durchdringen gleichzeitig die Haut, die einzelnen Substanzen jedoch werden nacheinander abgegeben. Ein ausgeklügeltes System.

Er setzt den Drilling an und drückt ab. Schneider reagiert nicht, wacht nicht mal auf. Er bleibt vollkommen reglos liegen. Zwei Minuten später ist kein Puls mehr zu fühlen.

Im Gegensatz zu ihm schlägt Tanja Albers noch einmal die Augen auf. Sie sieht ihn an, ein letzter trunkener Blick, dann Verständnis, dann Leere.

Sie ist tot.

BUNDESKANZLERAMT, WILLY-BRANDT-STRASSE 1, 10557 BERLIN, 9:20 UHR

Die Kanzlerin hat mit einigem gerechnet. Sie wusste, dass es schlimm werden würde. Aber so schlimm? Sie sitzt an ihrem Schreibtisch und sieht atemlos dabei zu, wie San Francisco von der Landkarte gelöscht wird. Es ist beinahe absurd. Bilder wie bei einem Weltuntergangsfilm. Wäre das gerade einer, würde sie das Programm wechseln.

Die Sonne scheint, der Himmel ist jetzt blau und wolkenlos. In Berlin und Kalifornien. Traumwetter. Die Luftaufnahmen, die live gesendet werden, sind gestochen scharf. Sie zeigen schonungslos, wie die Wassermassen die Stadt verschlucken, überall Menschen, die schwimmen und sterben, tote Körper, Autos, Müll, Chaos.

Dann beginnt das Wasser sich zurückzuziehen. Ganz langsam, anfangs unmerklich. Der Pegel sinkt, gibt die Stadt Meter für Meter wieder frei. Die Kanzlerin richtet sich in ihrem Drehstuhl auf. *Nein*, denkt sie. Sie weiß, was das bedeutet, dieser Sog des Wassers nach draußen, seit der Tsunamikatastrophe weiß es jeder. Was folgt, sind zwei stille Minuten. Augenblicke, die friedlich scheinen, die es jedoch nicht sind. Die Ruhe vor dem Sturm.

Die Kanzlerin schluckt, starrt auf ihren Laptop, wartet, hofft, sich zu irren. Im nächsten Moment erscheint eine schwarze Wasserwand am Horizont.

»Mein Gott«, entfährt es der Kanzlerin leise, ein kaum hörbares Flüstern, das im Raum verhallt. Sie steht langsam auf, schlägt die Hände vor den Mund, sieht zu, wie der Tsunami sich in die San Francisco Bay walzt, wie die Welle bricht, wie sie auf die Golden Gate Bridge trifft, wie sie sie mit sich reißt. Die Stahlkonstruktion bricht, wie dünne Zweige brechen.

Ein paar Sekunden lang verharrt die Kanzlerin vollkommen reglos an ihrem Schreibtisch stehend, sie zittert am ganzen Körper, ihre Hände, ja sogar ihr Gesicht.

So viel zur Vernichtung der menschlichen Rasse.

Sie haben verdient, was gerade passiert. Es ist die gerechte Antwort auf das, was sie getan haben. Auch wenn sie zu den wenigen gehört hat, die dagegen waren, so war sie doch ursprünglich mal dafür gewesen. Für ein Ende des Kalten Krieges, für ein Ende der Konflikte.

Die Kanzlerin streckt zögernd den Arm aus und tastet nach dem Telefon. Sie nimmt den Hörer ab und wählt die Drei. Wenig später erfolgt die Antwort aus dem Vorzimmer.

»Frau Bundeskanzlerin?«

Sie räuspert sich: »Verbinden Sie mich mit dem französischen Präsidenten.« Sie klingt blass und tonlos, als sie es sagt.

»Natürlich«, erwidert ihr Mitarbeiter.

Dann wartet sie. Die Handynetze sind seit Stunden überlastet. Sie hat es bereits mehrfach bei einigen Mitgliedern des Plenums versucht – erfolglos. Stein ist noch immer nicht bei ihr erschienen, sie fragt sich, worum er sich kümmern musste, und will es gleichzeitig nicht wissen.

»Frau Bundeskanzlerin«, sagt ihr Mitarbeiter und seine Stimme bricht. »Es tut mir leid, ich kann Sie nicht verbinden.«

»Wieso nicht?«, fragt sie.

»Wie ich soeben erfahren habe, ist der französische Präsident in New York City ums Leben gekommen. Dasselbe gilt für Margaux Morel.«

Die Kanzlerin bekommt keinen Ton heraus, schüttelt nur ungläubig den Kopf. Das kann unmöglich sein. Gerade will sie Luft holen, um etwas zu entgegnen, da hört sie Stimmen vor ihrer Tür und übers Telefon.

»Warten Sie mal. Einen Moment bitte«, sagt ihr Mitarbeiter ruhig und dann an jemand anderen gerichtet: »Sie ist derzeit nicht zu sprechen, ich kann Sie nicht durchlassen.« Keine Antwort. »Ich möchte wirklich nicht unhöflich sein, aber ich muss Sie bitten zu gehen.« Er sagt es bestimmt und unmissverständlich. Sein Gegenüber erwidert etwas, doch es bleibt unverständliches Gemurmel. »Moment, *wer*, sagten Sie, sind Sie?«, fragt ihr Mitarbeiter aus dem Vorzimmer. Wieder keine Antwort, dann Schritte. »Halt! Bleiben Sie stehen, Sie müssen sich erst auswei…«

Ein dumpfes Geräusch.

Stille.

Die Kanzlerin steht da, den Hörer noch in der Hand, sie hält ihn fest ans Ohr gepresst.

Kurz darauf ist die Leitung tot.

Zwei Minuten später ist es auch die Kanzlerin.

PROF. ROBERT STEIN, ISA HAUPTZENTRALE, STEINS BÜRO, BERLIN, ZUR SELBEN ZEIT

Robert legt auf. Er kann die Kanzlerin nicht erreichen, es klingelt, aber sie nimmt nicht ab, auch niemand aus dem Vorzimmer. Anfangs hat er sich nicht viel dabei gedacht, doch seit die ISA-Zentrale in Paris vor etwas über einer halben Stunde in die Luft geflogen ist, ist das anders. Angeblich ein Kurzschluss, der zu einem Schwelbrand führte, der wiederum eine Explosion der Gasflaschen in der Kantine zur Folge hatte. Ganz gut durchdacht, aber nicht wahr. Die Explosion war dafür viel zu heftig.

Robert hat versucht, Margaux zu erreichen – ohne Erfolg. Im Anschluss hat er einen gemeinsamen Freund angerufen, von dem er dann erfahren hat, dass sie tot ist. Sie und der Präsident seien in den USA auf dem Weg zum Flughafen bei einem Autounfall ums Leben gekommen.

Ein Autounfall, soso, dachte Robert.

Direkt im Anschluss hat er in Moskau angerufen, dort aber niemanden erreicht, weder das Büro des Präsidenten noch Juri. Bei seinem Kontaktmann in China hatte er mehr Glück. Nur, dass die Nachrichten leider keine guten waren. Cheng sei vor zwanzig Minuten einem Herzinfarkt erlegen. Ebenso der britische Premierminister – der vor einer Dreiviertelstunde. Und James White, der Leiter der ISA-Dienststelle London, nur ein paar Minuten danach.

Das Handynetz ist noch immer überlastet, aber der Anschluss von Hastings Büros scheint zu funktionieren. Jedenfalls klingelt es. Als wenig später eine Ansage ertönt, in der Robert gebeten wird, eine Nachricht und einen Grund für seinen Anruf zu hinterlassen, legt er auf. Es wird wohl keinen Rückruf geben.

Robert hat sich immer gefragt, ob sein Leben in Bildern an ihm vorbeiziehen wird, wenn seine Zeit gekommen ist. Und das ist sie, daran besteht kein Zweifel. Er hatte auch mal so eine Liste mit Namen. Verräter und Saboteure, Informanten und Doppelagenten. Julia Kleist, Paul Dressler, Dr. Sebastian Merten, Benedikt Thorwaldsen und noch ein paar andere. Sie sind alle tot. Jetzt steht Robert auf einer ähnlichen Liste.

Sein Blick fällt auf die Tür. In den nächsten Minuten wird jemand sie öffnen und ihn töten. Er fragt sich, wer es sein wird. Die Liste seiner Feinde ist lang. Und dann fragt er sich, wie sie ihn wohl umbringen werden. Wahrscheinlich durch einen Gift-Cocktail. Ein Barbiturat, ein Muskelrelaxans und zu guter Letzt Kalumchlorid. Er hofft, sie haben nicht am Sedativum gespart. Das wäre schlecht. Ein schrecklicher, qualvoller Tod. Ersticken bei vollem Bewusstsein, gefangen in einem gelähmten Körper, unfähig, sich bemerkbar zu machen. Eine grauenhafte Vorstellung.

Robert könnte es selbst tun. Er könnte sich das Leben nehmen, er hat eine Waffe im Schreibtisch. Aber er weiß, dass er nicht abdrücken würde. Dann doch lieber der Drilling. Wenn er Glück hat, geht es schnell. Drei Nadeln, dann ist es vorbei. Sein Herz wird aufhören zu schlagen und niemand wird es nachprüfen. Ein Herzinfarkt. In seinem Alter nicht ungewöhnlich, schon gar nicht bei dem stressigen Beruf. Kein Mensch interessiert sich in diesem Chaos für ein paar Beamte und Politiker, die in ihren Büros zusammengeklappt sind. In Friedenszeiten wäre es eine Nachricht wert, in diesen ist es das nicht. Patricia hat noch alle Ehren bekommen, Roberts Tod wird nicht mal eine Randnotiz. Und es wird auch keine Verschwörungstheorien geben, weil ihr Plenum offiziell nie existierte und dementsprechend auch keine nachweisbare Verbindung zwischen ihnen. Die Sitzungen wurden nie direkt abgestimmt, ihre Treffen fanden ausschließlich persönlich statt, alle Daten und Akten sind verschlüsselt. Vermutlich existieren sie schon nicht mehr.

Robert steht auf und geht zum Fenster. Die Sonne scheint in sein Büro, sie wirft lange Schatten auf den Boden, Linien, Muster. Immer wenn Patricia und er die Nacht hier zusammen verbracht haben, saßen sie im Morgengrauen nackt nebeneinander und schauten in die Schatten. Patricia entdeckte dann Umrisse und Gesichter, die sie ihm zeigte. Robert hat fast nie welche gesehen, trotzdem mochte er dieses Spiel. Weil es so unbeschwert und kindlich war. Als habe er sich unter all der Vernunft und unter all dem Grauen, das seine Arbeit mit sich brachte, doch einen tot geglaubten Teil seiner Selbst erhalten können.

Unschuld ist etwas sehr Kostbares. Er hat seine lange verloren.

An dem Tag, als Patricia starb, stand er genau da, wo er jetzt steht. Derselbe Teppich, dieselben Schuhe, derselbe Mann, der sie trägt. Ihr letztes Gespräch war ein Streit gewesen. Ein lautes Telefonat voller Vorwürfe. Robert in seinem Büro, Patricia in ihrem.

An jenem Morgen hat Robert herausgefunden, dass sie über Monate geheime ISA-Akten über seinen Zugang heruntergeladen hat. Erst der Anruf von Hastings hat ihn darauf gebracht. Ausgerechnet von Hastings. Der hat ihn gefragt, wofür er diese sensiblen Daten benötige. Robert hatte keine

Ahnung, wovon er sprach, er wusste nichts von irgendwelchen Downloads, stritt die Anschuldigungen vehement ab. Dann öffnete er die Protokolle. Und da stand es, schwarz auf weiß, er konnte es selbst lesen. Mitarbeiter-ID, Name des Dokuments, Datum, Uhrzeit. Sogar, von wo aus der Zugriff erfolgt war.

Patricia hat ihre Spuren gut verwischt. Das ist auch der Grund, warum Robert ihr so lange nicht auf die Schliche gekommen ist. Doch die Download-Protokolle konnte sie nicht löschen. Nicht mal er kann das. Sie dienen der Transparenz, sind eine Kontrollinstanz, die sicherstellen soll, dass man jederzeit weiß, wer wann auf welche Daten zugegriffen hat.

Im ersten Moment hat Robert es nicht wahrhaben wollen. Er weiß noch, wie er an seinem Schreibtisch saß, fassungslos und ungläubig. Es hat sich falsch angefühlt, so als hätte jemand seine Grundfesten ins Wanken gebracht. Nicht Patricia, das würde sie nicht tun.

Robert wollte es nicht glauben, *konnte* es nicht glauben. Also hat er die Daten und Uhrzeiten der Downloads mit denen seiner Verabredungen mit Patricia abgeglichen. Und sie stimmten haargenau überein.

Danach hat er sie angerufen. Außer sich vor Wut. Verletzt. Verraten.

Patricia war mit einem *Robert, was gibt's?* ans Telefon gegangen. Sie klang gut gelaunt und ein wenig überrascht.

Er hat gezittert und gesagt: »Wieso hast du das getan?«

Er hört es sich noch sagen. Drohend. Geladen. Nicht er selbst.

»Ich weiß nicht, wovon du sprichst«, erwiderte Patricia.

Aber sie wusste es genau. Robert erkannte es an ihrem Tonfall.

Er steht da und denkt an die vielen Abende und Nächte zurück, in denen sie ihn hintergangen hat. Während er schlief. Während er duschte, während er ihr etwas zu essen machte. »Ich habe Hunger«, sagte sie oft. Und er antwortete meistens: »Was hältst du von einem Sandwich? Oder einer Pizza?« Sie hat dann immer genickt und er hat sie auf die Stirn geküsst. Danach ist er in die Küche gegangen – und sie in sein Büro.

Robert schaut aus dem Fenster. Auf das schwarze Wasser, das die Stadt verschluckt, die Sonne scheint darauf, die Oberfläche glitzert. Er stand genau hier an jenem Tag. Und er fühlte dasselbe wie jetzt. So, als wäre es derselbe Moment. Robert wünschte fast, es wäre so, dann könnte er sich anders entscheiden. Die Frage ist, ob er das würde. Wohl eher nicht.

»Du hast mich verraten«, hat er zu ihr gesagt. Und bei der Erinnerung daran spürt er die Enttäuschung in sich aufsteigen, das Zittern in seiner Stimme, die unterdrückten Tränen. »Sag mir, wieso.« Da klang er bereits etwas mehr nach sich selbst, der Tonfall fester. »Los, sag schon. Wieso?« Da war er eindeutig feindselig. Patricia schwieg. Sie schwieg gern. Robert hörte sie am anderen Ende der Leitung atmen. »Ich muss wissen, wieso«, sagte er ein weiteres Mal. »Wie konntest du das tun, nach allem, was ich für dich getan habe?«

»Nach allem, was du für mich getan hast?«, fragte sie herablassend.

»Ich habe dich immer unterstützt, ich habe dir die besten Projekte verschafft, du bist nur meinetwegen da, wo du heute bist.«

»Es wundert mich nicht, dass du das so siehst.«

»Dann ist es also nicht wahr?«, fragte er gereizt.

»Ich habe die ganze Arbeit gemacht und du bist aufgestiegen«, sagte Patricia kühl. »Es waren *meine* Ergebnisse, die dich ganz nach oben gebracht haben. Wir wissen beide, dass es so ist.«

»Ich habe dir ein verdammtes Labor in deinem Haus eingerichtet, du hattest alle Freiheiten, konntest machen, was du willst.«

»Wie selbstlos von dir.«

Robert stand da, Wut füllte seinen gesamten Körper, von ganz oben bis ganz unten.

»Was ist mit Maja?«, fragte er schließlich. »Habe ich dir da etwa auch nicht geholfen?«

»O doch, das hast du«, sagte sie. »Und seitdem zahle ich dafür.« Robert wollte widersprechen, doch er kam nicht dazu. Sie kam ihm zuvor: »Seit es Maja gibt, hängt sie wie ein Damoklesschwert über mir. Du hattest mich immer in der Hand.«

Robert runzelte die Stirn. »Seltsam«, sagte er, »ich hatte immer den Eindruck, es wäre genau andersrum gewesen.« Ein paar Sekunden lang schwiegen sie, dann schließlich fragte er: »Warum erst jetzt? Warum hast du nicht schon viel früher versucht, mich loszuwerden? Du hättest gehen können. Wieso hast du es nicht getan?«

»Weil wir eine ganze Weile beide von diesem Arrangement profitiert haben. Es war eine Symbiose. Und der Sex war gut.«

»Was war es danach?«, wollte er wissen. »Ich meine, nach der Symbiose?«

»Erpressung«, sagte sie schlicht. »Erpressung und Sex.«

Robert nickte langsam. »War das zwischen uns beiden jemals echt?«

Patricia lachte auf, ein glockenheller Laut, herablassend und demütigend. »Du willst wissen, ob ich dich geliebt habe?«

Robert sagte nichts.

»Nach all den Jahren stellst du wirklich diese Frage? Ich dachte, du wärst klüger als das.«

An den Rest kann er sich nicht erinnern. Nur an diesen einen Satz: »Ich werde dich umbringen.« Der ist noch da, glasklar, Roberts Stimme, so hart und kalt, dass er sie kaum wiedererkennt.

Und genau das hat er getan. Robert hat aufgelegt und einen Befehl gegeben.

TAG 1

AM KUPFERGRABEN, BERLIN, 21:49 UHR

Der Schmerz ist da, bevor sie zu sich kommt, er wartet hinter ihrer Stirn, heiß und pulsierend. Patricia fasst sich an den Kopf, schaut auf ihre Finger, sieht Blut. Es glänzt wässrig auf ihrer Haut. Alles ist dunkelgrün, ein Ton kurz vor Schwarz. Ihre Beine sind nass, ihr Rock, der Sitz, ihre Bluse. Alles um sie herum zischt und gluckert, Wasser schießt und spritzt durch enge Risse in den Scheiben zu ihnen ins Wageninnere.

Maja.

Patricia schaut neben sich, sieht ihre Tochter reglos auf dem Beifahrersitz, wendet sich ihr zu, fühlt ihren Puls, findet ihn – er ist schwach, aber da. Maja blutet stark am Bein, das Wasser um ihr Knie ist rot gefärbt. Es reicht ihr inzwischen fast bis zum Bauch. Patricia schüttelt sie. Heftiger, als sie sollte. Doch Maja reagiert nicht. Die Karosserie ächzt, Patricia atmet flach, ihr Herz rast.

»Maja«, sagt sie laut. Doch nichts. Dann noch mal, noch lauter: »Maja!« Sie ruft den Namen ihrer Tochter wieder und wieder, bis sie ihn schließlich schreit. Doch Maja bleibt bewusstlos.

Patricia sieht sich um. Sie ist nicht so weit gekommen, um es jetzt nicht zu Ende zu bringen. Ihre Hände zittern, aber sie gehorchen ihr, tasten blind im Beifahrerfußraum nach ihrer Handtasche, bekommen den Henkel zu fassen, ziehen daran. Dann hat sie sie auf dem Schoß. Das Wasser steigt, Patricia sucht hektisch nach der Spritze, die sie vorbereitet hat – im Seitenfach, unter der Geldbörse, überall, findet sie nicht. Dann schneidet sie sich in den Finger. Scharfe Glassplitter – es sind die Bruchstücke der Kanüle.

Für ein paar Sekunden bewegt Patricia sich nicht, starrt auf die winzigen Wunden, auf die Blutstropfen. Das Wasser reicht ihr nun schon bis zur Brust, sie wird nicht lebend aus dieser Sache rauskommen. Robert hat es tatsächlich getan. Er hat tatsächlich den Befehl gegeben. Patricia kennt das Prozedere, sie weiß, wie solche »Unfälle« ablaufen, Robert selbst hat es ihr erklärt.

»Ich werde dich umbringen«, hallt seine Stimme durch ihren Kopf. So verbittert, so hasserfüllt. Vielleicht ist sie zu weit gegangen. Vermutlich ist sie das.

Patricia sieht zu Maja, sie ist noch immer bewusstlos.

»Ist dir eigentlich klar, dass du deine eigene Tochter auf dem Gewissen haben wirst?« Da war der Anflug eines Lächelns in seiner Stimme. »Der Erreger, den du entwickelt hast, wird sie töten. Wie fühlt sich das an?«

Kurz darauf hat er aufgelegt und Patricia ist in die Tiefgarage gerannt.

Sie denkt an ihren Plan C. Daran, was sie alles auf sich genommen hat, um ihn in die Tat umzusetzen. Wie viele Stunden sie dasaß und überlegt hat, wie sie Maja die Anschrift der Wohnung in Paris übermitteln könnte, ohne dass es jemand bemerkt, so, dass nur sie darauf kommt – und das, während die ISA jeden von Patricias Schritten überwacht hat.

Sie hat immer damit gerechnet, dass es so enden könnte. Dass alles schiefgeht. Dass sie stirbt. Wie sonst sollte so etwas auch ausgehen? Sie hat ihre Aufgabe erfüllt, wird nicht länger gebraucht. Lose Enden werden abgeschnitten. Patricia weiß zu viel. Wissen ist nicht nur Macht.

Patricia lehnt sich zu Maja. Sie schüttelt sie – so lange, bis sie aufwacht. Ein Blinzeln, ein benommener Blick, hellblaue Augen, groß und rund mit langen Wimpern. Sie hat eine so schöne Tochter. Der Ausdruck in ihrem Gesicht erinnert Patricia daran, wie sie sie als Kind oft angesehen hat – als sie sie noch mochte. Bei dem Gedanken lächelt sie und Maja lächelt zurück. Als hätte der Aufprall sie die Abneigung Patricia gegenüber für einen Moment vergessen lassen.

Sie müsste Maja so viel sagen, ihr alles erklären, aber es bleibt keine Zeit, das Wasser ist kurz davor, sie zu schlucken. Sie kann ihr nichts aufschreiben, ihr nichts geben, sie nicht vorbereiten auf das, was jetzt kommt. Sie kann nur hoffen, dass eine ihrer versteckten Botschaften Maja erreichen wird – eine der Zeichnungen, der Schlüsselanhänger im Safe, die Uhr – und dass das, wovon sie ausgeht, eintritt: dass Maja nicht ertrinken kann. Rein anatomisch und genetisch deutet alles darauf hin. Sie hat ihre Tochter studiert, vom ersten Tag an. Maja wird weiterleben. Sie wird die Wohnung in Paris finden und rechtzeitig an den Impfstoff kommen.

»Wir werden sterben«, sagt Maja.

»Du nicht«, erwidert Patricia.

Sie hat nur noch Zeit für ein paar Sätze. Sie könnte alles sagen. Ich liebe dich. Du bist mir das Wichtigste auf der Welt. Ich werde dich vermissen. Es tut mir leid, wie ich war. Stattdessen greift sie nach Majas Hand und hört sich sagen: »Du kannst niemandem trauen, sie stecken alle mit drin.«

TAG 5

PROF. ROBERT STEIN, ISA HAUPTZENTRALE, STEINS BÜRO, BERLIN, 9:54 UHR

»Ich nehme an, Sie wissen, warum ich hier bin.«

Robert nickt. Er sitzt an seinem Schreibtisch, vor sich einen Cognac und seine geladene Waffe. Er nimmt einen Schluck. Der Alkohol schmeckt warm und süßlich. Patricia hat ihm die Flasche vergangenes Jahr zum Geburtstag geschenkt. Er hat in der letzten Viertelstunde fast die Hälfte davon getrunken. Auf sie, aufs Leben, auf die Unschuld.

»Wollen Sie einen Schluck?«, fragt Robert.

»Das ist sehr nett. Aber nein, danke.«

»Sind Sie sicher?« Robert hält die Flasche hoch. »Der ist wirklich gut.«

»Das glaube ich Ihnen.«

Es entsteht eine Pause. Robert stellt die Flasche ab. Er mustert sein Gegenüber, runzelt die Stirn, legt den Kopf schräg.

»Sie sind gar kein Marin«, murmelt er.

»Kein was?«, fragt der andere.

»Ach, nicht so wichtig«, erwidert Robert und trinkt noch einen Schluck.

Er hat versucht, Sofie zu erreichen, hat immer wieder die beiden Agenten angerufen, die sie begleiten, doch das Handynetz war überlastet. *Tut, tut, tut.* Es war immer nur dieses Geräusch.

In etwa da hat Robert angefangen zu trinken.

Und Sofie dann eine Sprachnachricht aufgenommen. Ein

paar letzte Sätze. Er fragt sich, ob das richtig war. Aber jetzt ist es ohnehin zu spät.

Robert schaut auf die Uhr. »Sie haben sich ganz schön Zeit gelassen«, sagt er lallend. »Ich warte hier schon ewig.«

»Es war nicht leicht, herzukommen.« Der andere zeigt zum Fenster. »Mit dem Wasser und allem.«

»Hm«, macht Robert und nickt. »Da haben Sie recht.«

»Abgesehen davon war ich erst bei Ihnen zu Hause.«

»Und ich war nicht da.« Robert lacht.

»Und Sie waren nicht da.«

»Aber jetzt haben Sie mich ja gefunden.«

Der Mann kommt auf Robert zu. Immer näher, bis er schließlich vor ihm steht und sie nur noch die Tischplatte voneinander trennt. Er greift nach der Waffe, die neben dem Glas liegt. Robert lässt es geschehen.

»Ich wollte mich erschießen«, sagt er, »aber ich hab mich nicht getraut.«

»Das verstehe ich. Das ist wider die Natur.«

Robert nickt. »Wider die Natur«, sagt er. Und dann: »Wird es wehtun?«

Der Mann schüttelt den Kopf. »Sie werden nichts spüren. Das Thiopental ist sehr hoch dosiert.«

Robert mustert ihn skeptisch. »Warum sind Sie so nett zu mir?«, fragt er.

»Ich weiß auch nicht«, erwidert der andere. »Sie sind auch nur ein Mensch.«

»Da haben Sie recht. Da haben Sie verdammt noch mal recht.« Robert grinst. »Was ist mit Ihnen? Sind Sie auch einer?«

Der Mann antwortet nicht, sieht ihn nur an. Die ISA-Uniform passt ihm wie angegossen.

»Darf ich noch einmal bei meiner Tochter anrufen? Sie ist im Flugzeug.«

»Tut mir leid, das geht leider nicht.«

»Verstehe«, sagt Robert.

Er atmet tief ein, sein Herz rast. Und in dem Moment wird ihm klar, dass es schon bald stehen bleiben wird. Er wird nicht mehr atmen. Er wird einfach weg sein. *Puff.* Als hätte es ihn nie gegeben.

Der Mann tritt hinter ihn. »Arm oder Hals?«, fragt er.

»Arm«, sagt Robert. Er atmet flach, sein Atem riecht nach Cognac, seine Hand zittert.

Er spürt drei kleine Nadeln, sie berühren seine Haut.

Dann stechen sie zu.

Roberts letzter Blick fällt auf das Foto seiner Tochter.

Er hätte sie gern wiedergesehen.

SOFIE, IRGENDWO ANDERS, ZUR SELBEN ZEIT

Sie mussten zwischenlanden, um die Maschine zu tanken. Erst da haben sie davon erfahren. Alles, was passiert ist. Sofie kann es nicht fassen. Sie war aus der Welt, so weit weg, dass sie von dem Grauen nichts mitbekommen hat.

»Was ist mit meinem Vater?«, fragte sie die beiden Agenten.

»Wir versuchen, ihn zu erreichen.«

Dann sind sie gegangen.

Sofie und Theo stehen neben dem kleinen Rollfeld, irgendwo im Nichts, und schauen aufs Wasser, es zieht träge an ihnen vorüber, ein Ton zwischen Grün und Schwarz. In der Tiefe bernsteinfarbene Flecken. Sie sind kurz da und dann wieder weg. Wie Augen, die sie ansehen.

»Fräulein Stein«, sagt einer der beiden Agenten und Sofie schaut auf. »Wie es aussieht, hat Ihr Vater mehrfach versucht, uns zu erreichen. Das letzte Mal vor etwa zwanzig Minuten. Aber wir hatten wohl keinen Empfang.«

»Haben Sie ihn zurückgerufen?«, fragt sie.

»Er geht weder ans Handy noch ans Festnetz«, sagt der Agent bedauernd, »aber er hat Ihnen eine Nachricht geschickt. Hier.« Er reicht Sofie das Telefon.

Ihr Blick fällt auf das Display und der Agent entfernt sich.

Sie liest:

R. Stein: Bitte stellen Sie sicher, dass meine Tochter diese Sprachnachricht auf jeden Fall erhält. Sie ist sehr wichtig und ausschließlich für ihre Ohren bestimmt.

Sofie schluckt, dann startet sie die Nachricht.

»Sofiechen.« Tiefes Einatmen, ein Seufzen. *»Maja lebt. Ich habe keine Zeit, dir das alles zu erklären, aber es war mir wichtig, dass du das weißt. Und dass du es von mir erfährst.«* Ein angestrengtes Schlucken. *»Ich liebe dich, hörst du. Ich liebe dich mehr, als du dir vorstellen kannst. Pass auf dich auf.«*

13 RUE DES SAULES, 75018 PARIS, FRANKREICH, 10:00 UHR

Die Sonne strahlt durch das große Fenster zu ihnen herein. So als hätte Gott persönlich einen Scheinwerfer auf sie gerichtet. *Seht her, da sitzen sie, trinken Champagner, stoßen an auf ihre erfolgreiche Mission, während weiter unten alles stirbt.*

Ja, sie haben Gott gespielt. Vier Frauen und vier Männer. Und unter ihnen Saul. Er hebt sein Glas und sagt: »Wir haben es wirklich geschafft, oder?« Er lächelt. »Ich muss zugeben, ich hatte zwischendurch meine Zweifel.«

»Nicht nur du«, erwidert einer der anderen. »Wir alle.«

Sie lachen. Saul stellt sein Glas weg.

»Was ist eigentlich mit deinen Patches passiert?«, will jemand wissen.

»Ich habe sie abgenommen.«

Eine der Frauen sagt: »Ich glaube, ich habe dich nie ohne die Dinger gesehen.«

»Wenn es dir lieber ist, klebe ich sie wieder hin«, scherzt er.

»Nicht nötig«, sagt sie. »Ohne gefällst du mir sehr viel besser.« Ein zweideutiges Lächeln.

»Was haltet ihr davon, wenn wir auf die Dachterrasse gehen?«, sagt einer der anderen. »Von oben sieht man sehr viel mehr.«

»Warum nicht?«, sagt Saul.

»Gute Idee.«

»Ja, meinetwegen.«

Sie gehen gemeinsam in Richtung Flur, an den Treppen sagt jemand: »Wo ist denn der Champagner?«

»Die Flasche ist leer«, sagt Saul. »Geht ihr schon mal vor, ich hole eine neue.«

Ein paar Minuten später stehen sie alle auf dem Dach und schauen über Paris. Montmartre ist zu einer Insel geworden. Die Straßen und Gassen ringsherum sind geisterhaft leer, der Tod ist still, als hätte er nun endlich genug gehabt und wäre schlafen gegangen.

Saul schaut in die Ferne. Der Eiffelturm ragt einsam aus dem Wasser. Und sein Anblick ist auf eine ergreifende Art schön. Als wäre dieser Moment ein Gemälde, ein Kunstwerk, das sich vor ihnen auftut – von Turner oder von Caspar David Friedrich.

Saul verteilt die Champagnerflöten, der Himmel ist milchig verhangen, die Stimmung müde, als wäre die Stadt erschöpft.

»Von über sieben Milliarden auf unter drei. Und das in nur ein paar Tagen.«

»Die Marin nicht zu vergessen.«

»So ist es«, sagt Saul. »Wir waren ein wirklich gutes Team.«

Nicken. Entspannte Gesichter.

»Also dann.« Er seufzt. »Auf eine überaus erfolgreiche Operation.«

Sie sehen einander an, prosten sich zu, ihre Gläser klingen, die Morgensonne scheint heiß durch die Schleierwolken. Danach stehen sie einfach nur da, schweigend und zufrieden, nippen immer wieder an ihrem Champagner.

»Wie wäre es mit Musik?«, sagt einer. »Es ist so still.«

»Hat jemand etwas gegen die Stones?«, fragt Saul.

Zuckende Schultern, schüttelnde Köpfe.

Er startet »Sweet Virginia«, dann schaut er auf die Uhr. Es ist kurz nach zehn. Der Augenblick hat etwas von einem

Feierabend. Als hätte er nun alles erledigt, als wäre alles gemacht.

In dem Moment, als er das Handy zur Seite legt, betritt Efrail die Dachterrasse. Und die Frau neben Saul bricht tot zusammen.

EFRAIL, DIE DACHTERRASSE, UNMITTELBAR DANACH

Es läuft »Sweet Virginia« von den Rolling Stones. Saul liebt dieses Lied. Ich starre ihn an, ihn und die Frau auf dem Boden. Und die anderen, die neben ihm stehen und mich stirnrunzelnd mustern. Die Zeit dehnt sich aus, wird immer länger. Ich habe noch das Klirren des zerspringenden Champagnerglases im Ohr. Ein heller, scharfer Laut. Wie der Schnitt eines Messers.

Ich denke an das Blut. Majas Blut auf den Holzdielen. Es war es das Erste, was ich wahrgenommen habe, als ich wieder zu mir kam. Leuchtend rot. Ich lag auf dem Boden neben dem Stuhl, auf dem ich zuvor gesessen hatte, mein Körper voll da, aber ich nicht. Ich war nur ein Rest von mir, nur das, was übrig blieb. Ich habe mich aufgesetzt und umgesehen. Die Akten waren verschwunden, genauso wie das Aufnahmegerät und die Kanülen. Nur das Blut war noch da. Danach saß ich auf dem Boden und habe geweint. Nicht nur ein bisschen, es waren nicht nur ein paar Tränen, ich weinte, als würde ich sterben. Da beschloss ich, mich auszuschalten, es zu beenden. Und dann tat ich es. Ich spürte die Hitze in meinem Kopf, spürte den Vorgang, das Brennen, doch es passierte nichts. Ich blieb einfach da. Auf dem Boden. Die Wohnung hat nach ihr gerochen. Nach Maja und nach Kaffee. *Erledigt sie*, hallte Sauls Stimme durch meinen Kopf.

Irgendwann bin ich in die Küche gegangen, ich brauchte Wasser. Und da stand ich dann einige Minuten lang am Fenster und starrte auf eine Mischung aus draußen und meiner

Reflexion, in mir eine Leere, die schrecklicher war als jeder Schmerz. Mein Gesicht blickte mir fahl aus der Glasscheibe entgegen, tränennasse Augen, hasserfüllt und fremd. In dem Moment bemerkte ich die Patches an meinen Schläfen. *Solange sie da kleben, kannst du mich nicht ausschalten,* hörte ich Saul sagen. Ich nahm sie ab – und im selben Moment baute sich die Verbindung zu ihm wieder auf –, die Verbindung, die er vor über zwei Jahren getrennt hatte.

Ein paar Sekunden tat ich nichts, dann wandte ich mich ab, stellte das Glas in die Spüle und ging in den Flur. Auf dem Weg nach draußen sah ich Majas Rucksack unter dem Küchentisch. Ich habe ihn mitgenommen.

Nun bin ich hier, auf dieser Dachterrasse. Ich sehe Saul an, in seinen Augen der Anflug eines Lächelns. Im selben Moment klebt er sich seine Patches auf die Schläfen. Jetzt ist es zu spät. Ich habe zu lang gezögert, stehe mit geballten Fäusten da, kann mich nicht bewegen. Ich bin gekommen, um ihn zu töten, um ihm das Leben zu nehmen, weil er meinem den Sinn genommen hat – bereits zum zweiten Mal. Mein Blick ist wie eine geladene Waffe auf ihn gerichtet, aber ich kann ihn nicht ausschalten – es ist das passiert, was nicht passieren darf: Ich bin eingefroren. *Du musst sein wie eine Maschine. Du darfst nie zweifeln, nicht zu lange denken, du musst entscheiden, egal, wer vor dir steht*, höre ich Saul sagen. Ich habe es nicht getan.

Plötzlich kippt einer der Männer neben ihm zur Seite weg, unmittelbar danach auch der zweite. Sie fallen wie Baumstämme. Saul sieht dabei zu, kein bisschen überrascht. Die Frau links von ihm stolpert, verliert das Gleichgewicht, das Glas rutscht ihr durch die Finger, trifft hart auf die Fliesen, zerspringt in tausend Stücke. Splitter sprühen in alle Richtungen.

Die Frau versucht, sich festzuhalten, findet nichts, rudert mit den Armen – und fällt in die Scherben.

Saul schaut mich an. Abgesehen von ihm steht da jetzt nur noch eine Frau. Sie sieht in seine Richtung und dann von ihm auf den Champagnerkelch in ihrer Hand. Ihr letzter Blick ist eine Mischung aus Erkenntnis und Entsetzen. Danach leert sich ihr Gesicht und sie sackt in sich zusammen. So, als hätte jemand ihre Fäden gekappt.

Am Ende stehen nur noch Saul und ich.

Und während ich ihn ansehe, erinnere ich mich an das, was er gesagt hat, kurz bevor Maja starb: *Sie sind nichts weiter als Schachfiguren, unbedeutende Marionetten.*

EFRAIL, IM NÄCHSTEN MOMENT

Ich renne auf ihn zu. Denke nicht, handle einfach. Der erste Schlag trifft ihn unerwartet, dem zweiten versucht er auszuweichen. Doch er ist nicht schnell genug. Er ist zu alt dafür. Ich treffe Saul seitlich am Kopf. Schlage ihn ein Mal, zwei Mal, drei Mal. Meine Fäuste sind überall, sie treffen ihn unterm Auge, am Kinn, im Magen, in den Eingeweiden. Mein Zorn treibt mich an, macht mich blind, vermischt sich mit Enttäuschung. *Wie konnte er? Wie konnte er das tun?* Ich weine und schlage zu. Ein Wutausbruch, ein Kurzschluss. Ich werde Saul töten. Ich tue es mit meinen bloßen Händen, nehme meine Fäuste, schlage ihm sein Wesen aus dem Körper. Seine verdammten Patches werden ihn nicht retten. Nichts wird ihn retten. Ich dresche auf ihn ein, brülle etwas – irgendwas –, und dazwischen immer wieder: »Verräter!«

Ich schreie mich heiser, schlage zu, mein Mund schmeckt salzig und trocken. Ich will nicht weinen. Ich will ihn umbringen. Weil ich sie geliebt habe. Und ihn auch.

Saul taumelt, ist kurz davor zu fallen, sucht Halt, ich helfe ihm nicht – aber ich höre auf. Er kauert vor mir. Ein alter Mann, blutverschmiert und keuchend. Das war ich. Und er hat es verdient. Saul hält sich schützend Hände und Arme vor Gesicht und Körper. Er ist voller Blut. Es läuft ihm aus der Nase, läuft seinen Hals hinunter, wird von seinem Hemd aufgesaugt. Es ist so rot, dass alles andere daneben verblasst. Der Farbton ist so aggressiv wie ich. Vielleicht habe ich deswegen aufgehört, ich weiß es nicht. Wegen dieser Farbe.

Dann stehen wir einander gegenüber, Saul und ich, umgeben von Toten und Stille. Er hält sich die Seite, sein Gesicht verschwimmt vor meinen Augen, Tränen laufen über meine Wangen, als wären sie eine andere Art von Blut.

Ich lasse langsam die Hände sinken, spüre den Schmerz in meinen Knöcheln. Irgendwann sage ich: »Du hast Maja getötet.« Ein dummer, unnötiger Satz.

Saul spuckt auf den Boden, hellrot auf weißen Fliesen, dann schaut er auf.

»Sie ist nicht tot«, erwidert er.

»Lüg mich nicht an!«, schreie ich. »Ich habe es gesehen. Ich war da.«

»Was du gesehen hast, war eine Injektion in ihren Hals.« Er hustet trocken. »Mehr nicht.«

Ich zittere. »Sie hatte keinen Puls«, sage ich.

»Das ist richtig.« Saul versucht, sich aufzurichten. »Aber nur für knapp dreißig Sekunden.«

Er sieht mich an, steht vor mir, so dicht, dass ich ihn riechen kann, seinen Schweiß, das Blut, metallisch und warm.

»Ich bin kein Verräter«, sagt er müde. Ich schaue ihn an, schlucke angestrengt. »Maja ist nicht tot. Sie lebt.«

VIER WOCHEN ZUVOR

SAUL BERNHEIMER, RADISSON BLU HOTEL, ZIMMER 4128, KARL-LIEBKNECHT-STR. 3, 10178 BERLIN

»Und Sie sind sich absolut sicher«, sagt die Präsidentin.

Saul nickt.

»Es ist nicht nur Hörensagen?«

»Wenn es so wäre, hätte ich Sie wohl kaum gebeten herzukommen. Der Erreger ist scharf. Und er hat verheerende Auswirkungen.«

Die Präsidentin geht vor dem Fenster nervös auf und ab. Der Teppichboden verschluckt ihre Schritte, im Hintergrund das leuchtend blaue Wasser des Aquariums. Saul liebt diesen Ausblick, es ist wie ein Stück Zuhause.

»Wir müssen dieses Virus aufhalten«, sagt die Präsidentin leise, »wir müssen irgendwas tun.«

»Wir tun alles, was wir können«, erwidert Saul.

»Das ist nicht genug«, sagt sie ernst. »Wie konnten Sie das nur zulassen?«

»Bei allem nötigen Respekt«, sagt Saul. »Die Frage lautet wohl eher, wie konnten *Sie* das zulassen?«

»Ich?«, fragt sie.

Saul seufzt. »Ich habe Sie bereits vor Monaten vor dieser Situation gewarnt. Es war genau hier in diesem Hotelzimmer. Erinnern Sie sich? Sie sagten, ich sei …«, er macht eine nachdenkliche Pause, »ich glaube, es war *melodramatisch*.«

»Da wusste ich auch noch nicht, wie bösartig dieser Erreger ist.«

»Blödsinn«, antwortet Saul, »ich würde sagen, der Name

Marin Extinction Virus war deutlich genug. Und behaupten Sie jetzt bloß nicht, ich hätte Ihnen nicht gesagt, wofür MEV steht, denn das habe ich. Ich erinnere mich noch lebhaft an die Unterhaltung.«

»Tja«, sagt sie, »ich mich leider nicht.«

»Dann lassen Sie mich Ihre Erinnerung etwas auffrischen«, entgegnet Saul. »Sie sagten: ›Dieser verdammte Kalte Krieg geht doch nun schon ewig. Was ist jetzt so anders?‹ Nicht ganz Ihr Wortlaut, ja, aber das war der Inhalt. Woraufhin ich sagte, dass der Fokus der Gegenseite sich stark verschoben habe. Dass bis dato deren Bestreben überwiegend darin bestand, an unser *Wissen* zu kommen. Dass sie versucht haben, unsere Server zu hacken, unsere Elite-Wächter zu verhören, sie umzudrehen und zu brechen.« Saul lehnt sich an die Wand neben dem Bett und verschränkt die Finger. »Und dann habe ich Ihnen gesagt, dass sie das alles nun nicht mehr tun. Dass sie kein Interesse an einer Lösung haben. Und erst recht nicht an Frieden. Erinnern Sie sich? Sie haben gefragt, was sie dann wollen, und ich habe geantwortet: ›Ganz einfach, uns vernichten.‹ Daran müssen Sie sich erinnern, Sie waren so schockiert.«

»Kommen Sie zum Punkt, Saul.«

»Sie haben die Sache nicht ernst genommen. Monatelang. Fast ein Jahr.« Er sieht sie an, ein durchdringender Blick. »Und jetzt, wo die Kacke am Dampfen ist, tun Sie so, als hätten Sie keine Ahnung gehabt.« Saul schüttelt den Kopf. »Aber damit kommen Sie nicht durch, das können Sie vergessen.«

»Sie sagten etwas von einem Plan? Ich bin ganz Ohr.«

Das passt, denkt Saul. *Mächtig sein wollen sie alle, aber sich bitte nicht die Finger dabei schmutzig machen.*

»Haben Sie nun einen oder haben Sie keinen?«, fragt sie

ungeduldig. Sie hält sich mit einer Hand an der Rückenlehne des roten Stuhls fest, der neben ihr steht. »Wenn nämlich nicht, dann …«

»Natürlich habe ich einen«, fällt er ihr ins Wort. »Wir ziehen uns zurück.«

»Wir ziehen uns zurück? Das ist Ihr Plan?«

Sie lässt die Lehne los und macht zwei Schritte auf ihn zu.

»Ja«, sagt Saul. »Wir löschen jeden aus, der von unserer Existenz weiß, jeden Einzelnen von ihnen. Wir beseitigen alle Dokumente, alle Dateien, alle Akten, kurz: alles, was belegt, dass es uns gibt. Wir vernichten die ISA, ihre Server und Backup-Systeme. Und dann gehen wir nach Hause.«

»Und dann gehen wir nach Hause?«, fragt sie.

»Ganz genau.«

Die Präsidentin sieht ihn an. Ihr Gesicht wie eine Maske, der Ausdruck blank.

»Entschuldigen Sie bitte, Saul, aber sagten Sie nicht immer, wir seien den Menschen überlegen?«

»Das sind wir auch.«

»Und dann ziehen wir uns zurück und verstecken uns vor ihnen?«

»So würde ich es nicht unbedingt ausdrücken, aber ja, wenn Sie so wollen, dann tun wir genau das.«

»Wie würden Sie es denn ausdrücken?«, fragt die Präsidentin.

Saul denkt einen Moment darüber nach, dann entgegnet er: »Ich würde sagen, wir überleben.«

»Aber das tun wir nicht«, widerspricht sie. »Sie werden das Virus freisetzen, das haben Sie selbst gesagt. Und es gibt kein Gegenmittel.«

»Ich bin überzeugt davon, dass es eins gibt«, sagt Saul.

Die Präsidentin runzelt die Stirn. »Wie kommen Sie darauf?«

»Maja Kohlbeck. Einiges deutet darauf hin, dass sie eine Mischform ist. Halb Mensch, halb Marin. Ihre Mutter wird alles tun, um sie zu schützen.«

»Eine Mischform?«, sagt die Präsidentin und schließt einen Moment lang die Augen. »Mein Gott, das hört einfach nicht auf.« Sie sagt es mehr zu sich selbst als zu ihm. Und dann an ihn gerichtet: »Ist Patricia Kohlbeck nicht diejenige, die den Erreger entwickelt hat?«

»Genau die«, sagt Saul. »Einer unserer Leute ist an ihr dran. Efrail Rosendahl. Er ist ihr Assistent.«

»War das nicht Ihr Schützling?«

Saul nickt.

»Versucht er etwa immer noch herauszufinden, was mit Ihnen passiert ist?«

»Ja«, sagt Saul. »Er ist ein überaus hartnäckiger junger Mann. Das ist auch der Grund, weswegen ich so überzeugt davon bin, dass er das Gegenmittel finden wird.«

»Nichts für ungut, Saul, aber für mich klingt das alles nicht nach einem Plan, sondern eher nach einer vagen Hoffnung.«

»Wie Sie es auch nennen wollen, Frau Präsidentin«, entgegnet Saul ruhig, »es ist mehr, als Sie vorzuweisen haben.«

Sie mustert ihn abfällig. »Ihr Tonfall gefällt mir nicht«, sagt sie dann.

»Mein Tonfall gleicht Engelszungen im Vergleich zu dem, was Sie erwartet, wenn die Öffentlichkeit erst erfährt, wie lange Sie schon von dieser Sache wussten.«

Die Präsidentin sieht ihn eindringlich an, ein langer, eisiger Blick. »Wollen Sie mir drohen?«, fragt sie. Im Hintergrund schwimmen die Fische.

»Keineswegs«, erwidert Saul. »Ich bin nur hier, um Ihnen zu dienen.«

Sein Sarkasmus ist ihr nicht entgangen, das ist offensichtlich, doch sie geht nicht darauf ein, stattdessen sagt sie: »Sie meinten eben, Sie wollen sie alle auslöschen. Alle, die von uns wissen, und alles, was auf unsere Existenz hinweist.«

»So ist es.«

»Und wie bitte wollen Sie das anstellen?«

»Indem ich meine Beziehungen spielen lasse.«

»Sie sprechen von dem Zirkel?«

»Sie nennen sich selbst *Der Rat*, aber, ja«, sagt Saul.

»Richtig«, antwortet die Präsidentin. »Der Rat. Waren das nicht die mit dem Neustart? Die ›Der Kapitalismus ist gescheitert, Überbevölkerung, Knappheit der Ressourcen, alles hängt zusammen‹?«

»Genau die. Sie haben es sich zum Ziel gesetzt, das System zu stürzen. Die Weltbevölkerung zu halbieren, neu anzufangen.«

»Durch Massenmord.«

Saul zuckt mit den Schultern. »Sie kennen das ja, der Zweck heiligt die Mittel.«

Die Präsidentin seufzt. »Wissen die von uns?«

»Selbstverständlich tun sie das. Die wissen alles.« Pause. »Na ja, fast alles.«

»Dann haben sie also auch Kenntnis von dem Virus.«

Saul nickt. »Ja. Und auch davon, dass er freigesetzt werden soll. Aber was sie nicht wissen«, fährt Saul fort, »und das ist viel interessanter, ist, dass ich zur Gegenseite gehöre. Sie denken, ich bin einer von ihnen. Sie vertrauen mir.« Er lacht auf. »Ironisch, nicht wahr? Sie glauben, dass ich ihnen helfe. Dass ihre Ziele meine Ziele sind. Und genau das werde ich nutzen.«

»Wie?«, fragt die Präsidentin.

»Indem ich sie mit Fehlinformationen füttere«, sagt Saul. »Ich gebe ihnen die falschen Namen. Sie werden die Leute ausschalten. Und wir kümmern uns um den Rest.« Saul macht einen Schritt in Richtung Fenster. »Wenn wir jeden verfügbaren Wächter und Elite-Wächter zur selben Zeit hochschicken, können wir es schaffen.«

Die Präsidentin massiert sich die Schläfen. »Das ist Wahnsinn.«

»Kann sein. Aber immer noch besser als die Alternative.«

Ein paar Sekunden ist es still, dann fragt sie: »Und was ist Ihr Teil des Deals? Was haben Sie denen als Gegenleistung versprochen?«

»*Janus*«, erwidert Saul.

Die Präsidentin starrt ihn an. Fassungslos. »Das ist nicht Ihr Ernst«, sagt sie.

Saul antwortet nicht.

»Haben Sie überhaupt eine Ahnung, was *Janus* für Ausmaße hat?«

»Aber ja, ich war maßgeblich an der Planung dieser Operation beteiligt«, sagt Saul. »Dementsprechend gut bin ich damit vertraut.«

Sie sieht ihn an und schüttelt ungläubig den Kopf. »Voraussetzung für *Janus* ist der Notstand.«

»Den werden Sie ohnehin bald ausrufen müssen.« Sie sieht Saul an, in ihren Augen erkennt er so etwas wie Angst. »Das ME-Virus wird kommen«, sagt er ruhig. »Und *Janus* ist die einzig mögliche Antwort darauf.«

Stille fällt über sie. Die Präsidentin mustert ihn, er erwidert ihren Blick. Sie wirkt müde und abgespannt.

»Wir werden das überstehen, Frau Präsidentin«, sagt Saul

schließlich. »Wir bringen sie alle um. Und dann ziehen wir uns zurück.«

Die Präsidentin nickt. »Okay«, sagt sie schließlich. »Und wann wird das sein?«

»Wenn mein Plan aufgeht – und ich hoffe jetzt einfach mal, dass er das tut –, dann in ziemlich genau vier Wochen.«

»Vier Wochen«, wiederholt sie seine Worte.

»Ja, vier Wochen«, sagt er.

»Was ist mit dem Rat? Ich will keine losen Enden.«

Saul lächelt. »Es wird keine geben.«

TAG 5

EFRAIL, 13 RUE DES SAULES, DIE DACHTERRASSE, 10:07 UHR

»Maja ist nicht tot. Sie lebt.«

»Bullshit«, murmle ich. »Ich glaube dir kein Wort.«

»Es ist wahr«, sagt er. »Das Mittel, das wir ihr gegeben haben, führte zu einer Beschleunigung der Antikörperbildung.«

»Hör auf«, sage ich. »Halt den Mund.«

Sein Blick ändert sich im Bruchteil einer Sekunde. »Glaub mir, wenn ich sie hätte töten wollen, dann hätte ich es getan.« Er sagt es in einem Tonfall, den ich von früher kenne. Hart und ernst. »Nicht mit irgendwelchen Spritzen, ich hätte sie einfach ausgeschaltet.«

Mein Herz rast, meine Handflächen schwitzen.

»Dasselbe gilt im Übrigen auch für dich.«

»Du hast mich ausgeschaltet«, erinnere ich ihn.

»Ach ja? Und wieso bist du dann noch hier?«, fragt Saul und wischt sich mit dem Ärmel seines Hemds das Blut vom Kinn. »Hast du schon mal von jemandem gehört, der einen Ausschaltversuch überlebt hat? Also, ich nicht.«

Ich auch nicht.

Saul sieht mich an. »Diese Patches funktionieren in beide Richtungen«, sagt er. »Nach innen und nach außen. Keine Kommunikation, kein Standort-Signal und auch sonst keine Verbindung. Solange sie da kleben«, er zeigt auf seine Schläfen, »kann man weder sich selbst noch andere ausschalten.« Pause. »Und man kann nicht ausgeschaltet werden.« Der Ausdruck in seinen Augen ist streng und vertraut. »Ich wusste, dass du nicht sterben würdest.«

»Ich habe es versucht. Mich auszuschalten, meine ich. Als ich wieder zu mir kam, da wollte ich es tun. Aber es ging nicht.« Saul und ich sehen einander an. »Ich habe die Patches entfernt, und dann war ich auf einmal wieder mit dir verbunden.«

»Das war der Plan«, sagt Saul. »Ich habe meine abgenommen, damit du weißt, wo ich bin. Damit du mich finden kannst.« Ein paar Sekunden lang schweigen wir, dann irgendwann seufzt er und sagt: »Es musste so *aussehen*, als wärt ihr tot.«

»Warum?«, frage ich.

»Weil die Präsidentin in dieser Sache keine losen Enden will«, antwortet Saul und ich runzle die Stirn. »Ich hatte den direkten Befehl, euch zu eliminieren – und ich nehme an, dasselbe hat sie mit mir vor.«

»Besser hätte ich es nicht zusammenfassen können«, sagt eine Stimme neben uns, und wir schauen beide in Richtung Tür.

»Frau Präsidentin«, sagt Saul lächelnd. »Ich habe nicht mit Ihnen persönlich gerechnet.«

»Sie dachten, ich schicke jemanden?«

»Ja«, sagt er. »So was in der Art.«

»Ich denke, manche Dinge erledigt man am besten selbst«, sagt sie zu Saul – dann richtet sie eine Waffe auf mich und drückt ab.

DIE PRÄSIDENTIN, DIREKT DANACH

Einen Moment steht er einfach nur da, reglos und getroffen. Er schaut an sich hinunter und das Hawaiihemd färbt sich rot. Der Stoff saugt sich voll, das Blau, die Palmblätter, die Blumen. Er ist ein schöner Mann. Und so jung. Mit einem ganz besonderen Gesicht. Vielleicht ist es der Blick. Diese Augen. Sein Wesen, das durch sie sichtbar wird. Er schaut auf. Leer und überrascht.

Dann schließlich bricht er zusammen, fällt erst auf die Knie und dann zur Seite. Blut fließt aus der Wunde in seiner Brust, sammelt sich wie ein See um seinen Körper. Saul geht neben ihm zu Boden. Er blickt auf Rosendahl herab, Tränen laufen über sein geschundenes Gesicht. Es ist ein ergreifender Moment. Als wären es Vater und Sohn.

Die Präsidentin steht da, sieht zu, wie er stirbt. Es lässt sie nicht kalt, aber es war nötig. Manchmal muss man Opfer bringen. Saul kauert auf dem Boden. Der große Saul Bernheimer. Der Mann mit den Fäden. Neben ihm hat sie sich immer klein gefühlt, klein und ein bisschen dumm. Als hätte sie nur die Fragen und er all die Antworten. Er schien so stark, so mächtig. So viel klüger als sie. Jetzt ist das anders. Nun, da er neben Rosendahls Leiche kniet, wirkt er plötzlich nicht mehr wie ein Gegner. Vielleicht war er es nie, vielleicht hat erst sie ihn zu einem gemacht?

»Wo ist sie, Saul?«, fragt die Präsidentin. »Wir haben die Antikörper. Wir brauchen Kohlbeck nicht mehr.«

Sie wundert sich selbst über den kalten Klang ihrer Stimme.

In ihrem Inneren sieht es anders aus. Aufgewühlter. Für gewöhnlich lässt sie töten, sie tut es nicht selbst. Ein Leben zu nehmen, ist in der Theorie sehr viel einfacher als in der Praxis, das weiß sie jetzt.

»Wieso haben Sie das getan?«, fragt Saul matt. »Efrail hätte dichtgehalten.«

»Darauf konnte ich mich nicht verlassen.«

»Bei den richtigen Leuten kann man das«, entgegnet er.

»Kommen Sie schon, Saul, wo ist sie? Ich will nicht noch mal fragen müssen.«

Er schaut auf. Sein Gesicht ist voll mit Blut und Schmerz.

»Warum sollte ich Ihnen das sagen?« Er lacht bitter. »Sie werden mich doch ohnehin umbringen.«

»Da haben Sie recht«, erwidert sie, »nur, dass sich meine Treffsicherheit mit diesem Ding hier«, sie bewegt die Waffe hin und her, »mit jeder Minute, die ich warten muss, verschlechtert. Es liegt bei Ihnen. Eine Kugel oder mehrere.«

Saul nickt langsam, irgendwann steht er auf, umständlich und wackelig. An seinen Händen klebt Rosendahls Blut.

»Gut, ich bringe Sie zu ihr«, sagt er. »Aber nur unter einer Bedingung.«

»Sie sind nicht in der Position, Bedingungen zu stellen.«

»O doch, das bin ich«, entgegnet Saul ruhig. »Um mich zu brechen, brauchen Sie schon ein bisschen mehr als die paar Kugeln, die Sie da haben.«

Sie denkt an seine Akte, an sein Training, erinnert sich daran, dass er bereits mehrfach in Gefangenschaft war, dass er sich nicht ausgeschaltet hat, um seine Tarnung als Mensch aufrechtzuerhalten. Er ist zäh.

Also sagt sie: »In Ordnung. Was wollen Sie?«

»Ihr Wort, dass es schnell gehen wird – für Maja und mich.«

Das ist leicht, denkt die Präsidentin und nickt. »Okay«, sagt sie, »Sie haben mein Wort.«

Kurz darauf gehen sie die Treppe hinunter. Vor einer der Türen in der ersten Etage bleibt Saul stehen, er holt einen Schlüssel aus seiner Hosentasche und öffnet sie. *Kein besonders gutes Versteck*. Die Präsidentin erwartet, Kohlbeck dort liegen zu sehen, doch sie ist nicht da, stattdessen nur ein paar Sitzmöbel und ein riesiges Gemälde. Bernheimer humpelt darauf zu, greift hinter den wuchtigen Holzrahmen und fingert daran herum. Im nächsten Moment ertönt ein leises Klicken. Dann schwingt das Bild auf und gibt den Blick auf einen Gang frei. *Doch ein gutes Versteck*, muss sie sich eingestehen.

»Bitte«, sagt Saul.

»Sie glauben doch wohl nicht im Ernst, dass ich vorausgehe«, erwidert die Präsidentin lächelnd. »Ich folge Ihnen.«

Die Tür ist nur angelehnt, Saul schiebt sie auf und betritt den Raum. Er ist winzig, kaum mehr als eine Kammer. Ein schmales Bett, ein Nachttisch, kein Fenster. Die Stehlampe wirft ihr schummriges Licht an die Decke.

Saul macht einen Schritt zur Seite. Die Präsidentin geht an ihm vorbei, hält jedoch weiterhin die Waffe auf ihn gerichtet. Als sie neben dem Bett steht, fällt ihr Blick auf die Frau, die darin liegt. Nur kurz, sie muss Bernheimer im Auge behalten. Sie spürt seinen Blick auf sich, weiß, dass sie sich beeilen muss, fragt sich, ob sie ihn erst erledigen sollte, entscheidet sich dann aber dagegen.

Sie atmet einmal tief ein, schlägt die Bettdecke zurück, presst den Lauf der Waffe auf Kohlbecks Brustkorb und drückt ab. Das Geräusch ist dumpf, die Rückkopplung schießt in ihren Arm, dann wendet die Präsidentin sich ab.

»Sie wissen, dass ich das tun musste«, sagt sie zu Saul, als würde sie sich eine Absolution von ihm erhoffen. »Maja Kohlbeck war eine Mischform. Wir haben keine Ahnung, was das für Auswirkungen gehabt hätte. Eine dritte Spezies. Das können wir nicht zulassen.«

Saul antwortet nicht.

»Sie drei waren die letzten losen Enden. Und jetzt ist es nur noch eines.« Sie hebt ihre Waffe und richtet sie auf ihn. »Mir bleibt keine andere Wahl«, sagt sie. »Sie haben mich in der Hand. Sie wissen Dinge über mich, die mich erpressbar machen.«

»Nicht ich, Ihre Handlungen haben Sie erpressbar gemacht«, sagt Saul.

Die Präsidentin übergeht seine Aussage, sagt stattdessen: »Die Loyalität einiger meiner Leute liegt nicht länger bei mir, sondern bei Ihnen. Würden Sie kandidieren, würden sie für Sie stimmen und nicht für mich.«

»Aber ich kandidiere nicht«, sagt er.

»Woher soll ich wissen, dass Sie Ihre Meinung nicht ändern?«

Saul nickt. »Was ist mit Efrail?«, fragt er. »Warum musste er sterben?«

»Ich bitte Sie. Er war unberechenbar«, sagt die Präsidentin. »Sehen Sie sich doch nur mal an, wie er Sie zugerichtet hat. Und *Sie* hat er gemocht.«

»Na ja, er hatte guten Grund dazu«, erwidert Saul, »er dachte, ich hätte Maja getötet. Er hat sie geliebt.«

»Und was bitte glauben Sie, hätte er mit mir gemacht, wenn er das hier gesehen hätte?« Sie zeigt neben sich. »Ich will nachts ruhig schlafen können, Saul. Und das kann ich nicht, solange ein Elite-Wächter hinter mir her ist.« Sie macht eine

Pause. »Abgesehen davon hatten wir einen Deal, Sie und ich. Ich sagte, *keine* losen Enden.« Pause. »Ihre Videos hätten mich fast überzeugt, sie waren täuschend echt, aber dann habe ich die Patches an Rosendahls Schläfen gesehen, und da habe ich es gewusst.« Sie sieht ihn ein paar Sekunden lang an. »Geben Sie es zu, Saul, ich habe das zu Ende gebracht, was Sie nur angefangen haben.«

»Sie haben recht«, sagt er.

»Damit will ich Ihren Erfolg nicht im Geringsten schmälern«, sagt die Präsidentin. »Sie haben tolle Arbeit geleistet. Das, was Sie getan haben, war …«, sie sucht nach dem richtigen Wort, »herausragend. Sie haben die Sache nur nicht ganz zu Ende gedacht.«

»Denken Sie?«, erwidert Saul. »Ich glaube nämlich, das habe ich.«

»Wirklich?« Die Präsidentin legt den Kopf schräg. »Ich muss gestehen, das überrascht mich ein wenig.« Sie mustert ihn. »Also, so wie ich das sehe, sind Rosendahl und Kohlbeck tot. Und als Nächstes werde ich Sie umbringen.« Sie runzelt die Stirn. »Jetzt sagen Sie bloß, das war die ganze Zeit Ihr Plan?«

»Nein, das nicht«, gibt Saul zu und lächelt. »Nur, dass das in diesem Bett nicht Maja Kohlbeck ist.«

Die Präsidentin starrt ihn an, schaut zum Bett, dann wieder zu ihm.

»Herzlichen Glückwunsch«, sagt er, »Sie haben eine Leiche erschossen.«

»Das da ist nicht …?«, fragt sie, bringt den Satz jedoch nicht zu Ende.

»Nein, das ist sie nicht«, sagt Bernheimer leichthin.

»Wer ist die Frau?«

»Irgendjemand«, erwidert er. »Aber keine Sorge, sie war schon tot. Wir mussten ihr nur die Haare abrasieren. Totenflecke hatte sie glücklicherweise bloß am Rücken.«

Die Präsidentin schluckt. Es dauert einen kleinen Moment, bis sie sich wieder gesammelt hat. Ihre Hände zittern, sie schwitzt, aber sie denkt, man merkt es ihr nicht an, weder das eine noch das andere. Sie hat ihre Fassade über Jahre trainiert.

»Es spielt keine Rolle«, sagt sie schließlich. »Ich werde auch so herausfinden, wo Sie Kohlbeck versteckt haben. Und dann werde ich sie töten. Das hier ändert gar nichts.« Sie nickt zu der toten Frau neben sich. »Rosendahl ist trotzdem tot und Sie sind es auch gleich. Es macht keinen Unterschied.«

»Sind Sie sich sicher, dass er tot ist?«, fragt Saul. »Rosendahl, meine ich? Sie haben seinen Puls nicht gefühlt. *Ich* schon.«

Saul hebt die Hände in Richtung seiner Schläfen.

»Halt«, sagt die Präsidentin. Sie hat die Waffe auf ihn gerichtet, den Finger auf dem Abzug. »Wagen Sie das ja nicht.«

»Als Sie und ich vorhin die Dachterrasse verlassen haben«, sagt Saul, »da hat Efrail noch gelebt.« In derselben Sekunde betritt er den Raum. Als wäre er von den Toten auferstanden. »Sie haben nicht besonders gut gezielt«, fährt Saul fort. »Es war ein glatter Durchschuss.« Sie stehen ihr beide gegenüber. Nebeneinander.

Ganz egal, wie schnell sie ist, sie werden schneller sein. Die Präsidentin kann nur einen von ihnen erledigen, das weiß sie. Bei diesem Gedanken richtet sie ihre Waffe auf Saul, drückt ab – und stirbt.

MAJA, 296 METER ENTFERNT, IM SELBEN MOMENT

Ich schmecke die Trockenheit in meinem Mund. Den Staub und die Hitze. Es riecht modrig. Wie ein See, der langsam stirbt. Siechend, abgestanden. Ich schlucke in die Stille, mein Hals kratzt, mein Kopf ist wie in Watte. Ich treibe unter meinem Bewusstsein wie unter einer Schicht aus Eis, versuche aufzuwachen, bin in eine Decke gehüllt, darunter ist es stickig und warm. Ich fühle den glatten Stoff der Bettwäsche unter meinen Fingerkuppen, komme langsam zu mir zurück, erinnere mich an den Ausdruck der Hilflosigkeit in Efrails Gesicht – und an das Gefühl zu sterben. An den Moment, als ich aufhörte zu existieren. Die Muskeln in meinen Beinen beginnen zu zucken, erst links, dann rechts, danach in den Armen. Ich spüre meine Haut, rissig und verschwitzt, die Luft ist schwül, meine Lider flattern. Es ist, als würde ich durch Sirup schwimmen, mich durch mein Unterbewusstsein kämpfen, Schicht für Schicht nach oben, durch Erinnerungen und Gedanken, durch einen See aus Schmerz. Dann öffne ich die Augen – und tauche auf wie aus schwarzem Wasser.

DANKSAGUNG

Der erste, wichtigste und größte Dank gilt bei diesem Roman der Idee. Danke, dass du mir über zehn Jahre treu geblieben bist, dass du so geduldig auf mich gewartet hast – darauf, dass ich endlich gut genug bin, um dich zu schreiben, darauf, dass ich es mir zutraue, darauf, dass ich die richtigen Worte für dich finde. Seit 2010 bist du mir nie ganz von der Seite gewichen. Du wusstest, dass ich noch nicht bereit für dich war, aber du wusstest auch, dass ich alles geben würde, wenn der Zeitpunkt erst mal gekommen ist.

Der zweitwichtigste und zweitgrößte Dank geht an Frau Dr. Canady, die mir mit ihrem Wissen, ihren Ideen und ihrer Geduld so viel mehr geholfen hat, als ich in Worte fassen kann. Alles, was medizinisch und wissenschaftlich fundiert klingt, hat seinen letzten Schliff und seine Richtigkeit deinetwegen, Johanna. Ich danke dir für deine Zeit und deinen Enthusiasmus. Und für die jahrzehntelange Freundschaft, die uns inzwischen verbindet. Danke für dein ruhiges, sanftes und kluges Wesen. Ich mochte dich damals mit vierzehn, ich schätze dich jetzt und ich mochte dich immer dazwischen. Du gehörst zu den mir liebsten Menschen – und mit dir zu arbeiten, war mehr Vergnügen als alles andere. Danke für Wörter wie kryokonserviert und das Anatoxin A. Und die Litschi-Geschichte deiner Mutter. Kurz: DANKE für alles.

Die erste Fassung 2011 hast du damals gelesen, Irmi. Du hast schon an die Geschichte und an mich geglaubt, als es, außer meiner Familie, sonst kaum einer getan hat. Umso mehr freut es mich, dass gerade du dabei warst, als ich letzten Sommer den Anruf von meiner Agentur bekommen habe, dass bold den Roman herausbringen will. Ich werde unser Mittagessen in der Sonne und die Art, wie du dich für mich gefreut hast, nie vergessen. Danke dafür. Und für alles davor.

Adriana, du gehörst zu den wichtigsten Personen in meinem Leben, und dafür bin ich dankbar. Für den Synaptor, für die Telefonate, für die Wasserflasche im Ziel, fürs Verstehen, für die Bäume, für die Pinterest-/Sprach-/WhatsApp-Nachrichten – und natürlich für die Efrail-Gifs – *Kelly, es ist Wasser! Das ist ein Zeichen.* Du hast mir »Big Magic« von Elizabeth Gilbert geschenkt – damals, als es noch ein Geheimtipp war. Dank dir weiß ich, dass Ideen sich oftmals gleich mehrere Köpfe suchen, nur um sicherzugehen, dass es sie irgendwann geben wird. Dass manche von ihnen verloren gehen und andere einem bleiben. Wir hatten beide unsere Shit-Sandwiches und wir haben sie gegessen – ab und zu haben wir sie sogar geteilt. Das würde ich mit sonst niemandem. Ich danke dir für Kelly – und noch mehr für Grace, nicht zuletzt, weil es ohne sie keine Kelly gäbe. Und keinen Platz. Und kein Spezi am Sendlinger Tor. Und keinen Fernet-Branca. *Man sagt, er habe magische Kräfte.* Und dasselbe gilt für uns, Puppe.

Ich danke meinem Bruder für seine filmische und kreative Art zu denken. Du hast mir schon so oft geholfen, aber bei diesem Buch hast du mich wirklich an den Haaren aus der Scheiße gezogen. Ohne die Session bei dir wäre ich an diesem Ende verzweifelt. Danke für die Patches – die Idee war Gold wert. Genau wie du.

Ich danke meiner Mutter, die sich jede Fassung einer jeden Szene von mir hat vorlesen lassen. Und das so lange, bis schließlich auch ich irgendwann zufrieden damit war. Danke, dass du meine Wutausbrüche stoisch ertragen hast, danke für die Synonyme, wenn mir keine mehr eingefallen sind, danke für die Avocado-Toasts, die Mozartkugeln und deine Badewanne. Am meisten aber: Danke für dich.

Ich danke meiner Schwester fürs Antreiben und die Begeisterung. Danke, dass du immer wieder gefragt hast, wann ich denn *nun endlich* fertig bin. Deine Vorfreude hat mich motiviert. Genauso wie der Satz in meinem Hinterkopf: *Ich wollte so schnell wie möglich nach Hause, um dieses spannende Hörbuch weiterzuhören*, das es jedoch zu dem Zeitpunkt noch gar nicht gab. In deinem Kopf existierte es bereits – und bald kannst du es wirklich hören.

Danke an Eva Siegmund, eine meiner liebsten Freundinnen und Kolleginnen, fürs Zuhören und Da-Sein. Und für den Papier-Wal, der seit dem Barcelona-Wochenende auf *Verseen* gewartet hat. Danke für deine aufbauenden Worte und Sprachnachrichten-Inseln. Sie haben mir immer geholfen. Du hast mal gesagt, dass ich diese Geschichte irgendwann schon noch schreiben werde. Und du hattest recht. Jetzt ist sie fertig. (Und ich bin es auch.)

Eine weitere liebe Freundin und Kollegin, die nicht fehlen darf, bist du, liebe Anne Sanders. Du bist mir in den letzten Monaten sehr ans Herz gewachsen. Die Gespräche mit dir, die Sprachnachrichten und die Treffen an der mittleren Brücke waren und sind zu wichtigen Begleitern meines Lebens geworden. Ich freue mich auf viele weitere davon. Und ich freue mich auf dein Buch.

Ich danke Max Richter, Atticus Ross, Ludwig van Beethoven, B.B. King, den Rolling Stones, Massive Attack, Alex Gopher und Riton & Kah-Lo für ihre Musik. Ohne sie wäre dieser Roman niemals das geworden, was er ist.

Ich danke dem dtv und dem gesamten Team, das dahintersteht, es war eine grandiose Zusammenarbeit – wenn es nach mir geht, ein Anfang ohne Ende. Danke an jeden Einzelnen, aber ganz besonders an meine tolle Lektorin Christine Albach. Ich danke dir für deinen Einsatz und die vielen Telefonate, sonn- und feiertags im Homeoffice während der Ausgangsbeschränkung. Danke auch für das tolle Carepaket und die Zartheit, mit der du meinen Text behandelt hast. Du weißt ja, ich bin da eigen.

Ich danke meinen wunderbaren Damen von der Verlagsagentur Lianne Kolf, die mir den Deal bei meinem Traumverlag an Land gezogen haben. Ich wollte ja schon immer zu dtv – jetzt bin ich endlich dort.

Und zu guter Letzt bist da wie immer du, Michael. Bei dir bin ich (gerne) ich und bei dir bin ich zu Hause. Danke für deinen Teil von uns. Ich liebe dich.

›Thelma & Louise‹
meets
›Breaking Bad‹